ସୂର୍ଯ୍ୟାସ୍ତ ପୂର୍ବରୁ ସନ୍ଧ୍ୟା

ସୂର୍ଯ୍ୟାସ୍ତ ପୂର୍ବରୁ ସନ୍ଧ୍ୟା

ବିଭୂତି ପଟ୍ଟନାୟକ

ବ୍ଲାକ୍ ଈଗଲ୍ ବୁକ୍ସ
ଭୁବନେଶ୍ୱର, ଓଡ଼ିଶା

BLACK EAGLE BOOKS
Dublin, USA

ସୂର୍ଯ୍ୟାସ୍ତ ପୂର୍ବରୁ ସନ୍ଧ୍ୟା / ବିଭୂତି ପଟ୍ଟନାୟକ

ବ୍ଲାକ୍ ଇଗଲ୍ ବୁକ୍ସ : ଭୁବନେଶ୍ୱର, ଓଡ଼ିଶା • ଡବ୍ଲିନ୍, ଯୁକ୍ତରାଷ୍ଟ୍ର ଆମେରିକା

BLACK EAGLE BOOKS

USA address:
7464 Wisdom Lane
Dublin, OH 43016

India address:
E/312, Trident Galaxy, Kalinga Nagar,
Bhubaneswar-751003, Odisha, India

E-mail: info@blackeaglebooks.org
Website: www.blackeaglebooks.org

First International Edition Published by
BLACK EAGLE BOOKS, January 2023

SURYASTA PURBARU SANDHYA
By **Bibhuti Pattanaik**

Copyright © **Ruturaj Pattanaik**
E-mail: ruturaj.pattnaik@gmail.com

Cover & Interior Design: Ezy's Publication

ISBN- 978-1-64560-096-1 (Paperback)

Printed in the United States of America

ବିଂଶ ଏବଂ ଏକବିଂଶ ଶତାବ୍ଦୀର ନୂତନ ଗଳ୍ପ: ଏକ ସ୍ୱୀକାରୋକ୍ତି

ଏ ଗଳ୍ପ ଗ୍ରନ୍ଥରେ ସନ୍ନିବିଷ୍ଟ ୧୪ଟି କ୍ଷୁଦ୍ରଗଳ୍ପ ଏବଂ ଗୋଟିଏ ଛୋଟ ଉପନ୍ୟାସ ମଧ୍ୟରୁ କେବଳ ୨୦୨୧ ମସିହାରେ ପାଞ୍ଚଟି ଗଳ୍ପ ଏବଂ ଏକମାତ୍ର ଛୋଟ ଉପନ୍ୟାସ ପ୍ରକାଶିତ ହୋଇଥିଲା। 'ଉଡ଼ାଜାହାଜ' ଗଳ୍ପଟି 'ସମ୍ବାଦ' ବାର୍ଷିକ ବିଶେଷାଙ୍କ, 'ଧୂଳିଆ ବାବା' ଏବଂ 'ଅବକାରୀ ମନ୍ତ୍ରୀ' 'କଥା' ବାର୍ଷିକ ବିଶେଷାଙ୍କ, 'ଶବ୍ଦନିଶବ୍ଦ' ନାମରେ 'ପାଚିଲା ପତ୍ର ଝଡ଼ିବାର ଶବ୍ଦ' 'ସତ୍ୟବାଦୀ' ବାର୍ଷିକ ବିଶେଷାଙ୍କ, 'ଶୀତଳ ଅଗ୍ନି' 'କାହାଣୀ' ଶାରଦୀୟ ବିଶେଷାଙ୍କ ଏବଂ 'ଭୂତପୂର୍ବ ସ୍ୱାମୀ' 'ସତ୍ୟବାଦୀ' ସେହିବର୍ଷ ଶାରଦୀୟ ବିଶେଷାଙ୍କରେ ପତ୍ରସ୍ଥ ହୋଇଥିଲା। ଏ ଗ୍ରନ୍ଥରେ ଏକମାତ୍ର ଛୋଟ ଉପନ୍ୟାସ 'ସୂର୍ଯ୍ୟାସ୍ତ ପୂର୍ବରୁ ସଂଧ୍ୟା' ପ୍ରକାଶିତ ହୋଇଥିଲା ୨୦୨୧ ମସିହା 'ପକ୍ଷୀଘର' ମହାପୂଜା ସଂଖ୍ୟାରେ।

୧୯୯୫ ମସିହାରୁ ୨୦୦୩ ମସିହା ମଧ୍ୟରେ 'ଝଂଙ୍କାର'ରେ ପ୍ରକାଶିତ ହୋଇଥିଲା ନଅଟି ଗଳ୍ପ। ସେଥିମଧ୍ୟରୁ 'ମାଟି ଖୋଳୁ ଖୋଳୁ ମହାଦେବ' ୧୯୯୭ ମସିହା ଶାରଦୀୟ ବିଶେଷାଙ୍କ, 'ପ୍ରତିବାଦର ପ୍ରତିମା' ୧୯୯୫ ପୂଜାସଂଖ୍ୟା, 'ଦୂର ପାଦଶବ୍ଦ' ୨୦୦୦ ମସିହା ବିଶୁବ ବିଶେଷାଙ୍କ, 'ମାୟାଦର୍ପଣ' ସେହି ବର୍ଷ ଶାରଦୀୟ ବିଶେଷାଙ୍କ

ଏବଂ 'ତାଳଗଛର ଛାଇ' 'ଝଙ୍କାର' ଶାରଦୀୟ ସଂଖ୍ୟାରେ ପ୍ରକାଶିତ ହୋଇଥିଲା। 'ମହିଷାସୁର ବଧ', 'ମହାଯୁଦ୍ଧର ଛବି', 'ଜୀବନ ଯନ୍ତ୍ରଣା' ଏବଂ 'ନିଷିଦ୍ଧ ମୃଗୟା' 'ଝଙ୍କାର'ର କେବେ କେଉଁ ସଂଖ୍ୟାରେ ଆତ୍ମପ୍ରକାଶ କରିଥିଲା 'ଝଙ୍କାର' ପ୍ରକାଶିତ ସଂଖ୍ୟାର କପି ମୋ ପାଖରେ ନଥିବା ହେତୁ, ପ୍ରେରିତ ଗଳ୍ପର ଜେରକ୍ସ କପିରୁ ଜାଣିବା ସମ୍ଭବ ହେଇ ନାହିଁ। ସେହି କେତେବର୍ଷ ଝଙ୍କାରରେ ନିୟମିତ ବିଷୁବ ଏବଂ ଶାରଦୀୟ ବିଶେଷାଙ୍କରେ ଗଳ୍ପ ଲେଖୁଥିଲି। ତେଣୁ ପ୍ରଥମ ପାଞ୍ଚଟି ଗଳ୍ପଭଳି ଶେଷୋକ୍ତ ଚାରିଟି ଗଳ୍ପ 'ଝଙ୍କାର'ରେ ହିଁ ପ୍ରକାଶିତ ହୋଇଥିବ ବୋଲି ଅନୁମାନ କରୁଛି।

୧୯୯୫ ରୁ ୨୦୦୩ ମସିହାରେ ପ୍ରକାଶିତ ମୋର ନଅଟି ଗଳ୍ପ ସହିତ ୨୦୨୧ ମସିହାରେ ପ୍ରକାଶିତ ପାଞ୍ଚଟି ଗଳ୍ପ ଏବଂ ଗୋଟିଏ ଛୋଟ ଉପନ୍ୟାସ ଗୋଟିଏ ବହିରେ ସ୍ଥାନିତ ହୋଇଥିଲେ ମଧ୍ୟ ୨୦୨୧ ମସିହାରେ ପ୍ରକାଶିତ ଗଳ୍ପ, ଉପନ୍ୟାସ ଠାରୁ ୧୯୯୫ ମସିହାରୁ ୨୦୦୩ ମସିହାରେ ପ୍ରକାଶିତ ନଅଟି ଗଳ୍ପ ଭାବ ଓ ଭଙ୍ଗୀରେ ଯେ ସ୍ୱାଦ, ସୁଗନ୍ଧ ଏବଂ ସୌନ୍ଦର୍ଯ୍ୟ ବିଚାରରେ ସମ୍ପୂର୍ଣ୍ଣ ଭିନ୍ନ, ଏହା ଯେ କୌଣସି ସିରିୟସ୍ ପାଠକ ବୁଝି ପାରିବ।

୧୯୫୪ରୁ ୨୦୦୪- ଏହି ପଚାଶ ବର୍ଷ ମଧ୍ୟରେ ସମାଜବାସ୍ତବବାଦୀ ପାଖାପାଖି ଚାରିଶହ ଗଳ୍ପ ଲେଖି ଓଡ଼ିଆ କଥା ସାହିତ୍ୟରେ ମୁଁ ମୋର ଏକ ଅଲଗା ଜାଗା ତିଆରି କରି ନେଇଥିଲି। ଅନେକ ସାହିତ୍ୟ ସମାଲୋଚକ ମୋ ଉପନ୍ୟାସ ଅପେକ୍ଷା ମୋ ଛୋଟ ଗଳ୍ପ ଅଧିକ କଳାତ୍ମକ ବୋଲି ମତପୋଷଣ କରୁଥିଲେ। ଗୋଟିଏ 'ଭାରତବର୍ଷ' ଗଳ୍ପରେ ମୁଁ ଯେପରି ଭାରତବର୍ଷର ଆତ୍ମାକୁ ଆବିଷ୍କାର କରିପାରିଛି, ଦଶଟି 'ଏଇ ଗାଁ, ଏଇ ମାଟି' କିମ୍ବା 'ଘନ କୁହୁଡ଼ିର ଦିନ' ଉପନ୍ୟାସରେ ତାହା କରିପାରି ନାହିଁ ବୋଲି ମୋର ମଧ୍ୟ ହୃଦ୍‌ବୋଧ ହୋଇଛି। ସେଥିପାଇଁ ଗୋଟିଏ ଚରିତ୍ର ଏବଂ ତାକୁ କେନ୍ଦ୍ର କରି ଘଟି ଯାଉଥିବା ଘଟଣାକୁ ନେଇ ଏକମୁଖୀକ ଗଳ୍ପ ଲେଖାରେ ପରିବର୍ତ୍ତନ ଆଣିବା ପାଇଁ ମୁଁ ନିଜ ଭିତରେ ତାଡ଼ନା ଅନୁଭବ କରୁଥିଲି। ଗତ ଶତାବ୍ଦୀର କଂପ୍ୟୁଟର, ଲାପଟପ୍, ମୋବାଇଲ ଫୋନ୍, ଇଲେକ୍‌ଟ୍ରୋନିକ୍ ମିଡ଼ିଆର ଆବିର୍ଭାବ କେବଳ ଆମ ଜୀବନ ଧାରାକୁ ବଦଳାଇ ଦେଲାନାହିଁ, ଛୋଟ ଗଳ୍ପର ଆଙ୍ଗିକ ଓ ଆତ୍ମୀକ ପରିବର୍ତ୍ତନକୁ ତ୍ୱରାନ୍ୱିତ କରିଦେଲା। ଜୀବନ ଓ ଜଗତରେ ଘଟି ଯାଉଥିବା ପରିବର୍ତ୍ତନକୁ ମାର୍କ୍ସବାଦୀ ଦୃଷ୍ଟିରେ ନିରୀକ୍ଷଣ କରି ଭାବଜଗତରେ ସାରସ୍ୱତ ରୂପ ସାହିତ୍ୟରେ ଆଧୁନିକତା ବୋଲି ତାକୁ ମୁଁ ଗ୍ରହଣ କରି ନେଇଥିଲି। ସେହି ଧାରା ଓ ଧାରଣାକୁ ବ୍ୟବହାର କରି ସାମାଜିକ ବାସ୍ତବତାବାଦୀ ଗଳ୍ପ ଉପନ୍ୟାସକୁ ସମାଜବାଦୀ ବାସ୍ତବତା ଆଡ଼କୁ ମୁହାଁଇ ଦେଇଥିଲି। କିନ୍ତୁ ଗତ ନବେ ଦଶକର କମ୍ପ୍ୟୁଟର ଏବଂ

ନବ୍ୟ ଉଦାରବାଦୀ ବଜାର ଅର୍ଥନୀତିର ଅନୁପ୍ରବେଶ ସେ ସମାଜବାଦୀ ବାସ୍ତବତାବାଦକୁ ଶକ୍ତ ଧକ୍କା ଦେଲା। ଆଇଡ଼ଲଜି, ଆଦର୍ଶବାଦୀ ସ୍ଥାନ ଦଖଲ କରିନେଲା କଂଜ୍ୟୁମରଜିମ୍ ବା ଉପଭୋକ୍ତାବାଦ।

ଏ ସବୁ ପରିବର୍ତ୍ତନ ମୋ ଗଳ୍ପ ଭାବନାକୁ ବିଶେଷ ଭାବେ ପ୍ରଭାବିତ କରିଛି।

୨୦୦୪ ରୁ ୨୦୨୦ - ଏ ଷୋଳବର୍ଷ ଭିତରେ ମୁଁ ଲେଖିଥିବା ଅନେକ ଗଳ୍ପରେ ଏ ପରିବର୍ତ୍ତନର ଛାପ ଗାଢ଼ରୁ ଗାଢ଼ତର ହେବାରେ ଲାଗିଛି। ଏକମୁଖୀନତା ବଦଳରେ ଉପନ୍ୟାସ ଭଳି ଛୋଟ ଗଳ୍ପରେ ଏକାଧିକ ଚରିତ୍ର ଓ ଘଟଣାକୁ ନେଇ ପାଠକ ମନରେ ଏକ ପୂର୍ଣ୍ଣାଙ୍ଗ ଜୀବନ ଚିତ୍ର ଅଙ୍କନ କରିବା ପାଇଁ ନୂଆ ଗଳ୍ପ ଲେଖାରେ ମୁଁ ମନୋନିବେଶ କରିଛି। ୨୦୦୫ ରୁ ୨୦୨୦ - ଏ ପନ୍ଦର ବର୍ଷରେ ଲିଖିତ ନୂତନ ଆଙ୍ଗିକ ଓ ନୂତନ ଭାବନାର ଗଳ୍ପ ଏବଂ ଛୋଟ ଉପନ୍ୟାସ- 'ଅଠରବର୍ଷ ବୟସ', 'କାଜୁ ବଗିଚାରେ ରାତି', 'ନୂତନ ଦ୍ରୌପଦୀ' ଏବଂ 'ଅନ୍ଧାରରେ ଏକା' ଗଳ୍ପ ଗ୍ରନ୍ଥରେ ସନ୍ନିବିଷ୍ଟ ହୋଇଛି।

'ସୂର୍ଯ୍ୟାସ୍ତ ପୂର୍ବରୁ ସଂଧ୍ୟା'ରେ ୨୦୨୧ ମସିହାରେ ପ୍ରକାଶିତ ମୋର ଯେଉଁ ୫ଟି ଗଳ୍ପ ଏବଂ ଗୋଟିଏ ଛୋଟ ଉପନ୍ୟାସ ବା ଦୀର୍ଘ ଗଳ୍ପ ସ୍ଥାନିତ ହୋଇଛି, ତାହା ମୋ ପୂର୍ବପ୍ରକାଶିତ ସମାଜବାସ୍ତବତାବାଦୀ, ସମାଜବାଦୀ ବାସ୍ତବତାଧର୍ମୀ ଏବଂ ନୂତନ ଭାବନାର ଗଳ୍ପଠାରୁ ସମ୍ପୂର୍ଣ୍ଣ ଭିନ୍ନ। ଏ ପୁସ୍ତକର ପ୍ରଥମ ଗଳ୍ପ 'ଉଡ଼ାଜାହାଜ'ରେ କେହି କେହି ମ୍ୟାଜିକ୍ ରିଅଲିଜିମ୍ ବା ଯାଦୁ ବାସ୍ତବତାର ବାସ୍ନା ବାରିଥିଲାବେଳେ ଆଉ କେହି କେହି 'ଧୂଳିଆ ବାବା' ଏବଂ 'ଅବକାରୀ ମନ୍ତ୍ରୀ' ଗଳ୍ପକୁ ଉପନ୍ୟାସର ସଂକ୍ଷିପ୍ତ ସଂସ୍କରଣ ବୋଲି ଦାବି କରନ୍ତି। 'ଉଡ଼ାଜାହାଜ' ଗଳ୍ପରେ ଯାଦୁବାସ୍ତବତାର ନିବିଡ଼ ସ୍ପର୍ଶ ଥାଇପାରେ କିନ୍ତୁ ଏହା ମାରକ୍ୱେଜ୍‌ଙ୍କ ମ୍ୟାଜିକ୍ ରିଅଲିଜିମ୍ ନୁହେଁ, ଯଦିଓ କଳ୍ପନାଶକ୍ତିର କୁହୁକ ଏ ଗଳ୍ପକୁ ସାମାଜିକ ବାସ୍ତବତାର ସୀମାନ୍ତ ପାର କରିଦେଇଛି।

ନବେ ଦଶକରେ 'ଝଙ୍କାର'ରେ ପ୍ରକାଶିତ ସାମାଜିକ ବାସ୍ତବତାବାଦୀ ଗଳ୍ପ ସହିତ ୨୦୨୧ ମସିହାରେ ଲିଖିତ ମୋର ପାଞ୍ଚଟି ଭିନ୍ନଭାଷୀ ଏବଂ ଭିନ୍ନ ଭାବନାର ଗୁରୁତ୍ୱପୂର୍ଣ୍ଣ ଗଳ୍ପକୁ 'ବ୍ଲାକ୍ ଈଗଲ୍ ବୁକ୍ସ' ପ୍ରକାଶ କରୁଥିବାରୁ ପାଠକମାନଙ୍କ ଲାଗି ଏହା ଅଧିକ ଆକର୍ଷଣୀୟ ଓ ସଂଗ୍ରହଣୀୟ ହେବ ବୋଲି ଆଶା କରୁଛି।

ତା ୦୧.୦୮.୨୦୨୨ **ବିଭୂତି ପଟ୍ଟନାୟକ**

ଭୁବନେଶ୍ୱର-୭୫୧୦୧୪

ଗଳ୍ପ ସୂଚୀ

ଉଡ଼ାଜାହାଜ

॥ ଏକ ॥

ଆକାଶରେ ଚିଲଟାଏ ଉଡ଼ିଗଲେ ଅଜୁ ଦୌଡ଼ିଆସି ତା' ବୋଉର ଶାଢ଼ିକାନିକୁ ଟାଣିଧରି କହେ- ଏଇ ଦେଖ୍, ଆକାଶରେ ଉଡ଼ାଜାହାଜ ଉଡ଼ିଯାଉଛି-

ସୁଧାମଞ୍ଜରୀ ଥରେ ଆକାଶକୁ ଏବଂ ଆଉ ଥରେ ପୁଅ ମୁହଁକୁ ଚାହିଁ ହସି ଦିଅନ୍ତି। କହନ୍ତି- ନାଇଁରେ, ଏଇଟା ଗୋଟାଏ ଚିଲ। ମାଟିଆ ଚିଲ। ବେଳ ବୁଡ଼ିଆସୁଛି ବୋଲି ସେ ତା' ନୀଡ଼କୁ ଫେରିଯାଉଛି। ଉଡ଼ାଜାହାଜ ନୁହେଁ।

ବୋଉର କାନିକୁ ନିଜ ହାତରେ ଗୁଡ଼େଇଦେଇ ଅଜୁ କହେ- ବାପା ତ କହୁଥିଲେ, ଆକାଶରେ ଖୁବ୍ ଉଞ୍ଚାରେ ଉଡ଼ିଯାଉଥିବା ଉଡ଼ାଜାହାଜ ଏମିତି ଚିଲ ଭଳି ଦେଖାଯାଏ-

କିନ୍ତୁ ଏ ଚିଲ ତ ବେଶି ଉଞ୍ଚାରେ ଉଡୁନାଇଁ। ଏତିକି ଉଞ୍ଚାରେ ଉଡ଼ାଜାହାଜ ଉଡୁଥିଲେ- ଖୁବ୍ ବଡ଼ ଦେଖାଯାଆନ୍ତା- ଶବ୍ଦରେ କାନ ଅତଡ଼ା ପଡ଼ିଯାଆନ୍ତା। ଚିଲ ଉଡ଼ିଗଲା ବେଳେ ତୁ କିଛି ଶବ୍ଦ ଶୁଣିପାରୁଛୁ ?

ମୁଣ୍ଡ ହଲାଇ ନାହିଁ କଲା ଅଜୁ।

ତା'ପରେ କାନ୍ଦ କାନ୍ଦ ହୋଇ କହିଲା- ବୋଉ ! ତୁ ବାପାଙ୍କୁ କହ; ସେ ମତେ ଗୋଟିଏ ଉଡ଼ାଜାହାଜ କିଣିଦେବେ-

ସୁଧାମଞ୍ଜରୀ ଆଖିପତା ଉପରକୁ ଉଠାଇ କହିଲେ- ବାପାଙ୍କୁ କହିବି ତତେ ଗୋଟାଏ ଉଡ଼ାଜାହାଜ କିଣିଦେବେ ? ତୋ ବାପାଙ୍କର ସ୍କୁଟି କି ସ୍କୁଟର କିଣିବାକୁ ପଇସା ନାହିଁ ଯେ ପୁରୁଣା ସାଇକେଲ୍ ପେଲି ସ୍କୁଲକୁ ଯାଉଛନ୍ତି- ସେ ତତେ ଗୋଟାଏ ଉଡ଼ାଜାହାଜ କଣିଦେବା ପାଇଁ ଟଙ୍କା କେଉଁଠୁ ପାଇବେ ? ଉଡ଼ାଜାହାଜ କ'ଣ ମୁଢ଼ିମୁଆଁ କି ଖସାଲଡୁ ହୋଇଛି ଯେ-

ଅର୍ଜୁ ଏଥର ଭ୍ରମ ସଂଶୋଧନ କଲାଭଳି କହିଲା- ନା, ନା, ସତସତିକା ଉଡ଼ାଜାହାଜ କଥା କହୁନାଇଁ, ଖେଳନା ଉଡ଼ାଜାହାଜ-

ସରକାରୀ ହାଇସ୍କୁଲର ଭୂଗୋଳ ଶିକ୍ଷକ ଗୋକୁଳାନନ୍ଦ ବାବୁଙ୍କ ସାଇକେଲ ଟିଣ୍‌ଟିଣ୍ ଶବ୍ଦ ଶୁଣି- ଏଇ ବାପା ଆସିଲେଣି କହି- ସୁଧାମଞ୍ଜରୀ ପୁଅ ପାଖରୁ ଚାଲିଗଲେ ।

ଠିକ୍ ସେତିକିବେଳେ ଦୁଇମହଲା କୋଠାର ମାଲିକ- ଶିବ ବାବୁଙ୍କ ଗାଡ଼ିର ହର୍ଣ୍ଣ ଶୁଣାଗଲା । ଜଗତପୁରରେ ଥିବା ତାଙ୍କର ପାନମସଲା ତିଆରି କାରଖାନାରୁ ଚାରିଚକିଆ ଗାଡ଼ି ଚଢ଼ି ସେ ଘରକୁ ଫେରିଲେ । ତାଙ୍କ ଝିଅ ସୋନାଲି ମଧ୍ୟ କାର୍‌ରେ ବସି ପଢ଼ିବା ଲାଗି କନ୍‌ଭେଣ୍ଟ୍ ସ୍କୁଲକୁ ଯାଏ । ଆଉ ଅର୍ଜୁନ ଯାଏ ଓଡ଼ିଆ ଉଚ୍ଚ ପ୍ରାଥମିକ ସ୍କୁଲରେ ପଢ଼ିବା ଲାଗି; ପାଦରେ ଚାଲି ଚାଲି ।

ସେ ଦିନ ଦ୍ୱି'ପ୍ରହରରେ ମଧ୍ୟ ସ୍ୱପ୍ନ ଦେଖେ- ଦୁଇଚକିଆ ସାଇକେଲ୍ କିମ୍ବା ଚାରିଚକିଆ ମଟର ଗାଡ଼ି ନୁହେଁ- ଦୁଇ ଡେଣା ଥିବା ଉଡ଼ାଜାହାଜରେ ବସି ଦେଶ, ମହାଦେଶ ଘୂରି ବୁଲିବ ।

ବାପାମା'ଙ୍କର ଗୋଟିଏ ବୋଲି ପୁଅ ଅର୍ଜୁନ । ଝିଅ ନାହାନ୍ତି । ପାଖ ସରକାରୀ ଉଚ୍ଚ ପ୍ରାଥମିକ ସ୍କୁଲରେ ତୃତୀୟ ଶ୍ରେଣୀରେ ପଢୁଛି । ଯଦି ଗୋଟାଏ ଖେଳନା ଉଡ଼ାଜାହାଜ ପାଇଁ ମନ କରିଛି, ତା'ମନରେ କଷ୍ଟ ଦେବା ଠିକ୍ ନୁହେଁ ।

ସରକାରୀ ହାଇସ୍କୁଲର ଜିଓଗ୍ରାଫି ଟିଚର୍ ଗୋକୁଳାନନ୍ଦ ବାବୁ ପହିଲା ଦିନ ଦରମା ପାଇଲା ମାତ୍ରେ ଚୌଧୁରୀ ବଜାର, ଖେଳନା ଦୋକାନରୁ ଚାଳିଶ ଟଙ୍କା ଦେଇ ସ୍ପ୍ରିଂଲଗା ଗୋଟିଏ ହଳଦିଆ ଖେଳନା ଉଡ଼ାଜାହାଜ ପୁଅ ପାଇଁ କିଣି ଆଣିଲେ ।

ଏକମହଲା ଭଡ଼ାଘର ସିମେଣ୍ଟ ଚଟାଣ ଉପରେ ଖେଳନା ଉଡ଼ାଜାହାଜ ଇଞ୍ଜିନ୍ ଦେହରେ ଚାବିମୋଡ଼ି ଛାଡ଼ିଦେଲା ମାତ୍ରେ ସେ ଟିଣର ହଳଦିଆ ଉଡାଜାହାଜ ଯେ ସିମେଣ୍ଟ ଚଟାଣ ଉପରେ ଦି'ହାତ ହେଲେ ବି ଦଉଡ଼ିପାରେ, ଏ ଦୃଶ୍ୟ ଦେଖି ଅପାର ବିସ୍ମୟରେ ଅର୍ଜୁନର ମନ ଉଚ୍ଚାଟିତ ହୋଇଉଠିଥିଲା ।

ଗତ ବର୍ଷ ତା' ବାପା ଉଡ଼ାଜାହାଜ ଆକାଶରୁ କିପରି ତଳକୁ ଓହ୍ଲାଏ ଏବଂ ତଳୁ ପୁଣି ଆକାଶକୁ ଉଡ଼ିଯାଏ ଦେଖାଇବା ପାଇଁ ତାକୁ ଭୁବନେଶ୍ୱର ବିମାନବନ୍ଦରକୁ ନେଇ ଯାଇଥିଲେ । ବିମାନବନ୍ଦର ଦୁଇମହଲା ଟାୱାର ଝର୍କା ବାଟେ ସେ ଉଡ଼ାଜାହାଜ ଗର୍ଜନ କରି କେମିତି ତଳକୁ ଓହ୍ଲାଇ ଥୋଡ଼ାଏ ବାଟ ଦୌଡ଼ି ଶେଷରେ ଗୋଟିଏ ଜାଗାରେ ଠିଆହୋଇ ଯାଇଥିଲା ଦେଖି ଆଚମ୍ବିତ ହୋଇଯାଇଥିଲା । ପୁଣି ବିମାନବନ୍ଦର ପଡ଼ିଆରେ ଠିଆ ହୋଇଥିବା ଆଉ ଗୋଟାଏ ଉଡ଼ାଜାହାଜ ରନ୍‌ୱେ ଉପରେ କିଛି ବାଟ ଦୌଡ଼ିଲା ପରେ ହୁଁକିନା ଆକାଶ ଆଡ଼କୁ ଉଡ଼ିଗଲା । ମାଟି ଛାଡ଼ି ଶୂନ୍ୟ ଆକାଶକୁ

ଉଡ଼ାଜାହାଜର ଆଖିର ପଲକ ମାତ୍ରେ ଉଡ଼ିଯିବାର ଦୃଶ୍ୟ ତାକୁ ମ୍ୟାଜିକ୍ ଭଳି ମନେ ହୋଇଥିଲା। ତା'ର ଏ ହଳଦିଆ ଖେଳନା ଉଡ଼ାଜାହାଜ ସିମେଣ୍ଟ ଚଟାଣରେ ଦୁଇହାତ ଦୌଡ଼ିପାରେ; କିନ୍ତୁ ଉପରକୁ ଉଠି ଆକାଶ ଆଡ଼କୁ ଉଡ଼ିଯାଇପାରେ ନାହିଁ। ଅର୍ଜୁନର ମନ ଖରାପ ହୋଇଯାଏ।

ସେ ଆକାଶ ଦେଖିବା ପାଇଁ ତା' ଘରର ଝର୍କା ଖୋଲିଦେଲା ମାତ୍ରେ ଦୁଇମହଲା କୋଠାର ଝର୍କା ଦେଖାଯାଏ। ସନ୍ଧ୍ୟାର ଅନ୍ଧାର ଗାଢ଼ ହୋଇନଥିବା ବେଳେ ମଧ୍ୟ ଦୁଇମହଲା କୋଠାର କୋଠରୀରେ ବିଜୁଳି ଆଲୁଅ ଝର୍କାବାଟେ ଛିରିକି ଆସି ବାହାରେ ଅଜାଡ଼ି ହୋଇ ପଡୁଥାଏ। ହଠାତ୍ ଝର୍କାର ଦରଜା ଘୁଞ୍ଚାଇଦେଇ ଝଲସି ଉଠେ ସୋନାଲିର ମୁହଁ।

ସୋନାଲି ଘରକୁ ନଯିବା ପାଇଁ ବୋଉ ତାକୁ ବାରମ୍ବାର ତାଗିଦ୍ କରିଛି। ସେଥିପାଇଁ ସୋନାଲି ଡାକିଲେ ମଧ୍ୟ ଅର୍ଜୁନ କେବେ ଅଳ୍ପ ଉଚ୍ଚ ପଥର ପାଚେରୀ ଡେଇଁ ସୋନାଲି ଘରକୁ ଯାଇପାରେ ନାହିଁ। ସେ ପାଦରେ ଚାଲି ଚାଲି ଓଡ଼ିଆ ସ୍କୁଲ୍‌କୁ ଯାଉଥିବାବେଳେ ସୋନାଲି କାର୍‌ରେ ବସି ଇଂଲିସ୍ କନ୍‌ଭେଣ୍ଟ ସ୍କୁଲକୁ ଯାଏ।

ତା' ବାପାଙ୍କର ପୁରୁଣା ସାଇକେଲ୍ ଅଛି, କିନ୍ତୁ ମଟର ଗାଡ଼ି ନାହିଁ।

କିନ୍ତୁ ଆଜି ବାପା ତା'ପାଇଁ ଗୋଟାଏ ହଳଦିଆ ଉଡ଼ାଜାହାଜ ଆଣିଦେଇଛନ୍ତି। ସୋନାଲିର ଉଡ଼ାଜାହାଜ ନାହିଁ।

ହଠାତ୍ ଅର୍ଜୁନ ହାତରେ ହଳଦିଆ ଖେଳନା ଉଡ଼ାଜାହାଜ ଧରି ଝର୍କା ପାଖକୁ ଉଠିଯାଇ ବଡ଼ପାଟିରେ ଚିଲେଇଲା- ଏଇ ସୋନାଲି ! ମୋର ଏ ହଳଦିଆ ଉଡ଼ାଜାହାଜ ଅଛି। ତୋର ଉଡ଼ାଜାହାଜ ଅଛି ?

ଏକମହଲା କୋଠା ଝର୍କା ପାଖର ଚିତ୍କାର ଦୁଇମହଲା କୋଠାର ଝର୍କା ପାଖରେ ପହଞ୍ଚି ପାରିଲା ନାହିଁ।

ହଠାତ୍ ଦୁଇମହଲା କୋଠାର ଝର୍କା କିଏ ବନ୍ଦ କରିଦେଲା।

ଅର୍ଜୁନ ତା' ନିଜ ଗାଲ ଆଉଁଶିବାକୁ ଲାଗିଲା, ସତେ ଯେମିତି କିଏ ତା' ଗାଲରେ ଗୋଟାଏ ଶକ୍ତ ଚଟକଣା ବସାଇ ଦେଇଛି !

ଏହିପରି ତିନି ଚାରିଦିନ ଗଲା। ତା'ର ଯେ ଗୋଟିଏ ହଳଦିଆ ଉଡ଼ାଜାହାଜ ଅଛି ଏକଥା ସୋନାଲିକୁ ଜଣାଇ ନପାରି ମନେ ମନେ ଖୁବ୍ ରାଗିଗଲା ଅର୍ଜୁନ। ସୋନାଲି ଆଉ ତା'ର ମାଆ ତାଙ୍କ ଘରକୁ ଯିବା ପାଇଁ ଅନେକଥର ଖବର ପଠାଇଥିଲେ ବି ବୋଉ କଥା ଭାବି ଇଚ୍ଛା ଥିଲେ ବି ସେ କେବେ ତାଙ୍କ ଘରକୁ ଯାଇନାହିଁ। ଗଲେ ସୋନାଲିକୁ ସେ ତାର ହଳଦିଆ ଉଡ଼ାଜାହାଜ ନେଇ ଦେଖାଇ ଦିଅନ୍ତା। କିନ୍ତୁ

ସୋନସାଲିକୁ ସେଦିନ ତା'ର ହଳଦିଆ ଉଡ଼ାଜାହାଜ ଆସିଥିବା କଥା ଏଡ଼େ ପାଟିରେ କହିଲା ବେଳେ ସୋନାଲି ତା' ଉଡ଼ାଜାହାଜ ଦେଖିବାକୁ ନଚାହିଁ, ଯେପରି ତା' ମୁହଁ ଉପରେ ଖୋଲା ଝର୍କାକୁ ବନ୍ଦ କରିଦେଲା, ସେଥିରେ ସେ ତା' ଉପରେ ଖୁବ୍ ରାଗିଯାଇଛି।

ଦେଖାହେଲେ ତା' ସାଙ୍ଗରେ କଥାବାର୍ତ୍ତା ହେବ ନାହିଁ ବୋଲି ମନେ ମନେ ତ୍ରିବାର ସତ୍ୟ କରିଛି। ସେ ସ୍କୁଲକୁ ଗଲାବେଳେ କି ଫେରିଲାବେଳେ ତାଙ୍କ ବଗିଚାରେ ଠିଆହୋଇ ସୋନାଲି ତାକୁ- ହାଇ ଅଜୁ!- ବୋଲି ସମ୍ଭାଷଣ ଜଣାଇଲା ବେଳେ, ସେ ତା' ଆଡ଼କୁ ନ ଅନାଇ ତକଲୁ ମୁହଁପୋତି ଚାଲିଆସିଛି- ସୋନାଲି କଥାର ପ୍ରତ୍ୟୁତ୍ତର ଦେଇନାହିଁ।

ସୋନାଲି ପାନମସଲା କମ୍ପାନିର ମାଲିକଙ୍କ ଝିଅ ହେଲେ କ'ଣ ହେଲା, ସେ ମଧ୍ୟ ସରକାରୀ ହାଇସ୍କୁଲ୍ ଭୂଗୋଳ ମାଷ୍ଟ୍ରଙ୍କ ପୁଅ। ଟଙ୍କା ଆଉ ମଟର ଗାଡ଼ି ବ୍ୟତୀତ ସେ ଆଉ ତା'ଠାରୁ କେଉଁ ଗୁଣରେ ଊଣା ?

କନଭେଣ୍ଟ୍ ସ୍କୁଲରେ ପଢୁଛି ବୋଲି ସୋନାଲିର ଇଂଲିସ୍ ପ୍ରନାଉନ୍‌ସେସନ୍ ତା'ଠାରୁ ଭଲ, କିନ୍ତୁ ଗଣିତ ଆଉ ଭୂଗୋଳରେ ସେ କ୍ଲାସରେ ଫାଷ୍ଟ୍ ହୁଏ, ଆଉ ସୋନାଲି ଭୂଗୋଳ କଥା ଜାଣେ ନାହିଁ, ମାଥ୍‌ରେ କୁଆଡ଼େ ଏକଦମ୍ ଗଧୀ!

ମନେ ମନେ ସବୁଥିରେ ଜିତିଗଲେ ମଧ୍ୟ ତା'ର ହଳଦିଆ ଉଡ଼ାଜାହାଜ ଥିବା କଥା ସେ ସୋନାଲିକୁ ଜଣାଇ ପାରିନଥିବା ଦୁଃଖ କଣ୍ଟା ଭଳି ଫୋଡ଼ି ହୋଇଯାଇ ତା' ମନକୁ ଲହୁଲୁହାଣ କରିଦିଏ।

ରବିବାର। ଦୋମହଲା କୋଠାର ଝର୍କା ଖୋଲା ଥିଲା। ସୋନାଲିର ମୁହଁ ଦେଖାଯାଉ ନଥିଲେ ମଧ୍ୟ ସେ ନିଶ୍ଚୟ ତା' ପଢ଼ାଘରେ ଥିବ। ସେ ନଥିଲେ ଝର୍କା ବନ୍ଦ ଥାଏ।

ଅର୍ଜୁନ ଘର ସିମେଣ୍ଟ ଚଟାଣରେ ତା' ହଳଦିଆ ଉଡ଼ାଜାହାଜକୁ ଚାବି ମୋଡ଼ି ଦୌଡ଼ାଇବା ବଦଳରେ ତା' ପଢ଼ା ଟେବୁଲ୍‌କୁ ଝର୍କା ଆଡ଼କୁ ମୁଣ୍ଡ କରି ରଖିଦେଲା। ହଳଦିଆ ଉଡ଼ାଜାହାଜର ଚାବିଦେଇ ଛାଡ଼ିଦେବା ମାତ୍ରେ ଟେବୁଲ ଉପରୁ ଉଡ଼ାଜାହାଜ ଦୌଡ଼ିଯାଇ ଝର୍କା ବାଟେ ଉଡ଼ିଗଲା। ମୋ ଉଡ଼ାଜାହାଜ- ଉଡ଼ାଜାହାଜ ବୋଲି ଅର୍ଜୁନ ହାଉ ହାଉ ହୋଇ ପାଟି କରୁଥିବାବେଳେ ସେ ହଳଦିଆ ଟିଣର ଖେଳନା ଉଡ଼ାଜାହାଜ ଉପରକୁ ଉଠି ଦୋମହଲା କୋଠାର ଝର୍କା ଭିତରକୁ ପଶିଗଲା ଆଉ ଠିକ୍ ସେତିକିବେଳେ ସେ ଝର୍କା ବନ୍ଦ ହୋଇଗଲା!

ପୁଅର ଚିତ୍କାର ଶୁଣି ଗୋକୁଳାନନ୍ଦ ବାବୁ ଆଉ ସୁଧାମଞ୍ଜରୀ ଦୌଡ଼ିଆସି ପଚାରିଲେ- କ'ଣ ହେଲା ? ଏମିତି ଚିତ୍କାର କରି କାନ୍ଦୁଛୁ କାହିଁକି ?

କାନ୍ଦ କାନ୍ଦ ହୋଇ ଅର୍ଜୁନ କହିଲା- ମୋ ହଳଦିଆ ଉଡ଼ାଜାହାଜ ଏଇ ଟେବୁଲ ଉପରେ ଦଉଡ଼ି ଏଇ ଝର୍କା ରେଲିଂ ଫାଙ୍କ ବାଟେ ବାହାରକୁ ଉଡ଼ିଗଲା। ତା'ପରେ ଚାହୁଁ ଚାହୁଁ ଉପରକୁ ଉଠି ଦୁଇ ମହଲା ଝର୍କା ବାଟେ ଭିତରକୁ ପଶିଗଲା ଏବଂ ସାଙ୍ଗେ ସାଙ୍ଗେ ସୋନାଲି ଭିତରପଟୁ ଝର୍କା ବନ୍ଦ କରିଦେଲା। ମୋ ହଳଦିଆ ଉଡ଼ାଜାହାଜ-

ପୁଅର କଥା ଶୁଣି ତା' ବାପା ବୋଉ ଦୁହେଁ ହସି ଉଠିଲେ।

ଗୋକୁଳାନନ୍ଦ ବାବୁ କହିଲେ- ଖେଳନା ଉଡ଼ାଜାହାଜ ଏ ଝର୍କା ବାଟେ ଉଡ଼ିଯାଇ ଶିବ ବାବୁଙ୍କ ଘରେ ପଶିଗଲା ? ତୋ ମୁଣ୍ଡ ଖରାପ ହୋଇଗଲାଣି। ଚୁପ୍- ଆଉ ପାଟି କରନା। ଲୋକେ ଶୁଣିଲେ ହସିବେ। ଦେଖ୍- ଏଠି କେଉଁଠି ଟେବୁଲ ଉପରେ ଖସି ତଳେ ପଡ଼ିଯାଇଥିବ।

ସୁଧାମଞ୍ଜରୀ ଘରସାରା ତନ୍ନତନ୍ନ କରି ଖୋଜିଲେ। ହଳଦିଆ ଖେଳନା ଉଡ଼ାଜାହାଜର ପତ୍ତା ମିଳିଲା ନାହିଁ । ତାଙ୍କ ଘରର ଦୁଇ ଇଞ୍ଚ ଓସାର ଝର୍କା ରେଲିଂ ବାଟେ ଚାରି ଇଞ୍ଚ ଓସାରର ଟିଣ ଉଡ଼ାଜାହାଜ କେବେହେଲେ ଗଳି ବାହାରକୁ ଯାଇପାରିବ ନାହିଁ। ତଥାପି ଗୋକୁଳାନନ୍ଦ ବାବୁ ଘର ବାହାରକୁ ଯାଇ ଝର୍କା ତଳ ଘାସବୁଦା, ଗୁଳ୍ମଲତା- ଚାରିଆଡ଼ ଖୋଜିଲେ। ହଳଦିଆ ଉଡ଼ାଜାହାଜର ଚିହ୍ନବର୍ଣ୍ଣ ଖୋଜିପାଇଲେ ନାହିଁ।

ଘର ଭିତର ବାହାର ଖୋଜାଖୋଜି କରି ଯେତେବେଳେ ଖେଳନା ଜାହାଜର ପତ୍ତା ମିଳିଲା ନାଇଁ, ଅର୍ଜୁନ କହିଲା- ବୋଉ ! ମୁଁ ଯାଉଛି- ସୋନାଲିର ପଢ଼ାଘରୁ ମୋ ଉଡ଼ାଜାହାଜଟା ନେଇଆସିବି।

ଆଖିତରାଟି ସୁଧାମଞ୍ଜରୀ ପୁଅକୁ ଶାସନ କରିବା ଭଙ୍ଗୀରେ କହିଲେ- ଖବରଦାର, ଯଦି ଖେଳନା ବାହାନାରେ ସୋନାଲି ଘରକୁ ଯାଉ ମୁଁ ତୋ ଗୋଡ଼କୁ ବାଡ଼େଇ ଛୋଟା କରିଦେବି। ସେ ହଳଦିଆ ଟିଣ ଖେଳନାକୁ ତୁ ଆଉ କେଉଁଠି ହଜାଇଛୁ- ମିଛରେ ବୋକାଙ୍କ ଭଳି ସେ ଆମ ଘରୁ ଉଡ଼ିଯାଇ ତାଙ୍କ ଘରେ ପଶିଯାଇଛି ବୋଲି କହୁଛୁ। ତାଙ୍କ ଘରେ ତୋ କଥା ଶୁଣିଲେ ତତେ ଧରିନେଇ ପାଗଳ ଗାରଦରେ ଭର୍ତ୍ତି କରିଦେବେ।

ବୋଉ ଭୟରେ ଚୁପ୍ ହୋଇଗଲା ଅର୍ଜୁନ। ସେ ନିଜେ ଯାହା ଦେଖିଛି, ତାକୁ ଅବିଶ୍ୱାସ କରିପାରୁ ନଥିଲା; କିନ୍ତୁ ଖେଳନା ଉଡ଼ାଜାହାଜ କେମିତି ତାଙ୍କ ଘର ଝର୍କା ବାଟେ ଭିତରକୁ ପଶିଗଲା, ସେ ରହସ୍ୟ ସେ ନିଜେ ଭେଦ କରିପାରୁ ନଥିଲା।

ତା' ଆର ରବିବାର ଦିନ ଅଜୁ ତାଙ୍କ ଦାଣ୍ଡ ତୁଳସୀଚଉରା ପାଖରେ ଠିଆ

ହୋଇଥିଲା । ହଠାତ୍ ତା' ଆଖିରେ ଦିଶିଗଲା- ସୋନାଲି ତାଙ୍କ ଫୁଲ ବଗିଚା ହିଡ଼ରେ ତା' ହଳଦିଆ ଉଡ଼ାଜାହାଜକୁ ଚାବିମୋଡ଼ି ଦଉଡ଼ାଉଛି । ସେ ଚିଲ ଭଳି ଅଣ୍ଟା ଉଚ୍ଚା ପାଚେରୀ ଡେଇଁ ସୋନାଲି ପାଖରେ ପହଞ୍ଚିଗଲା । ହଳଦିଆ ଉଡ଼ାଜାହାଜଟା ତା' ହାତରୁ ଛଡ଼ାଇ ଆଣିବାକୁ ଚେଷ୍ଟା କଲା ।

ଭୂକୁଞ୍ଚନ କରି ସୋନାଲି କହିଲା- ମୋ ଖେଳନା ତୁ କାହିଁକି ଛଡ଼େଇ ନେବାକୁ ଆସିଛୁ ?

- ନା, ଏଇଟା ମୋ ଉଡ଼ାଜାହାଜ । ଗଲା ରବିବାର ଦିନ ଆମଘର ଝର୍କା ବାଟେ ଉଡ଼ିଆସି ତୋ ପଢ଼ାଘର ଝର୍କା ବାଟେ ଘର ଭିତରକୁ ପଶିଯାଇଥିଲା । ମୁଁ ମିଛ କହୁନି- ଆଖି ଛୁଉଁଛି-

ତା'ର ଆଖି ଛୁଇଁବାର ଭଙ୍ଗୀ ଦେଖି ଫିକ୍‌କିନି ହସିଦେଲା ସୋନାଲି ।

ଆଖି ମିଟି ମିଟି କରି କହିଲା- ତୁ ଅଙ୍କରେ ଫାଷ୍ଟ୍ ହେଉ ବୋଲି ଶୁଣିଛି । ଅଙ୍କ କଷି କଷି ତୋ ମୁଣ୍ଡର ସ୍କ୍ରୁ ସବୁ ଢିଲା ହୋଇଯାଇଛି । ତା' ନହେଲେ ଏଇ ବାଟେରିଚାଳିତ ଖେଳନା ଉଡ଼ାଜାହାଜ ତମ ଘର ଭିତରୁ ଉଡ଼ିଆସି ଆମ ଘର ଭିତରେ ପଶିଗଲା ବୋଲି ତୁ କହିପାରନ୍ତୁ ?

- ବ୍ୟାଟେରିଚାଳିତ ଖେଳନା ଉଡ଼ାଜାହାଜ ?

- ହଁ, ଏଇ ଦେଖ୍- ଦୁଇଟା ପେନ୍‌ସିଲ ଏଭରେଡ଼ି ବ୍ୟାଟେରି ଏଥିରେ ଖଞ୍ଜା ହୋଇଛି । ସେଇ ବ୍ୟାଟେରିର ସୁଇଚ୍ ଟିପିଦେଲେ- ଏ ପ୍ଲାଷ୍ଟିକ୍ ଖେଳନା ଏରୋପ୍ଲେନ୍ ଚାରି ଛଅ ହାତ ଦୌଡ଼ିଯାଇ ଥକ୍କାମାରି ରହିଯାଏ । ଏ କ'ଣ ଇଣ୍ଡିଆନ୍ ଏୟାରଲାଇନ୍ ମହାରାଜା ହୋଇଛି ଯେ ରନ୍‌ୱେ ଉପରେ ଦଉଡ଼ି ଆକାଶକୁ ଉଡ଼ିଯିବ ?

ତା'ର ସ୍ପ୍ରିଂଲଗା ଟିଣର ଉଡ଼ାଜାହାଜ । ଚାବି ମୋଡ଼ିଲେ ସିମେଣ୍ଟ ଚଟାଣ ଉପରେ ଚବିଶ ଇଞ୍ଚ ଦୌଡ଼ିପାରେ ।

ନା, ଏଇଟା ମୋର ନୁହଁ- କହିଦେଇ ଅଣ୍ଟାଉଚ୍ଚା ପାଚେରୀ ଡେଇଁ ତାଙ୍କ ଘରକୁ ପଳାଇ ଆସିବାକୁ ବସିଥିବାବେଳେ, ତା' ହାତଧରି ଅଟକାଇଦେଲା ସୋନାଲି ।

ତା' ଗାଲ ଟିପିଦେଇ କହିଲା- ତୋର ନହେଲେ ବି ମୋର ଏ ଉଡ଼ାଜାହାଜଟା ତୁ ନେଇଯାଆ । ତୋ ହାତରେ ମ୍ୟାଜିକ୍ ଅଛି । ଯଦି କେବେ ଏ ପ୍ଲାଷ୍ଟିକ୍ ଖେଳନା ଉଡ଼ାଜାହାଜରେ ବସି ତୁ ମୋ ପଢ଼ାଘର ଭିତରକୁ ଉଡ଼ିଆସିବୁ, ଭାରି ମଜା ହେବ ।

- ନା, ନା, ଏଇଟା ମୋର ନୁହଁ- ମୋ ହାତ ଯାଦୁଦଣ୍ଡ ନୁହେଁ- ଏତିକି କହିଦେଇ ଛାଟିପିଟି ହୋଇ ଅର୍ଜୁନ ପାଚେରୀ ଡେଇଁ ତାଙ୍କ ଘର ଦାଣ୍ଡପଟକୁ ଡେଇଁପଡ଼ିଲା ।

ପହଞ୍ଚି ଦେଖିଲା ଚଉରା ମୂଳେ ତା' ବୋଉ ଠିଆ ହୋଇଛି ଆଉ ତା' ହାତରେ ଝଟକୁଛି ସକାଳ ଖରାରେ ତା' ଟିଣର ହଳଦିଆ ଉଡ଼ାଜାହାଜ !

॥ ଦୁଇ ॥

ଆଜି ଯେମିତି ଗୋକୁଳି ମାଷ୍ଟ୍ରେ ସାଇକେଲ ପେଲି ପିଲାଙ୍କୁ ଭୂଗୋଳ ପଢ଼ାଇବା ପାଇଁ ସିଟି ହାଇସ୍କୁଲକୁ ଯାଉଛନ୍ତି, ସାତ ବର୍ଷ ତଳେ ଶିବ ସାମଲ ମଧ୍ୟ ସେଇପରି "କୁଣ୍ଡୁ ପାନମସଲା" ଡବା ଗୋଟିଏ ଟିଣ ସୁଟ୍‌କେସ୍‌ରେ ଭର୍ତ୍ତି କରି, ସାଇକେଲ୍ ପଛରେ ବାନ୍ଧି କଟକ ସହରର ଅଧିକାଂଶ ପାନ ଦୋକାନକୁ କୁଣ୍ଡୁ ଜର୍ଦ୍ଦା ଆଉ ପାନ ସୁପାରି ସପ୍ଲାଇ ଦେଉଥିଲେ। କଲିକତା ନିର୍ମଳ ଦେ ଷ୍ଟ୍ରିଟ୍‌ରେ ଥିଲା କୁଣ୍ଡୁ ପାନମସଲା ତିଆରି କାରଖାନା। ରେଭେନ୍ସା କଲେଜରୁ କେମିଷ୍ଟ୍ରି ଅନର୍ସ ନେଇ ବି.ଏସ୍‌ସି. ପାସ୍ କଲା ପରେ ଶିବପ୍ରସାଦ ଏଇ କୁଣ୍ଡୁ ପାନମସଲା ତିଆରି କାରଖାନାରେ କେମିଷ୍ଟ୍ ଭାବରେ ଯୋଗ ଦେଇଥିଲେ। ମାସକୁ ଦରମା ଚାରିଶହ ଟଙ୍କା। ପତ୍ନୀ ଶକ୍ତିମୟୀ ଆଉ ଶିଶୁକନ୍ୟା ସୋନାଲିକୁ ନେଇ ମାସକୁ ଚାରିଶହ ଟଙ୍କାର ଦରମାରେ କଲିକତା ମହାନଗରୀରେ ଚଳିବା କଷ୍ଟ ଥିଲା। କୁଣ୍ଡୁ କାରଖାନାରେ ଦୁଇବର୍ଷ କେମିଷ୍ଟ୍ ଭାବରେ କାମ କରି କଡ଼ା ଜର୍ଦ୍ଦା ଆଉ ମିଠା ସୁପାରି ତିଆରି କରିବାର କଳାକୌଶଳ ସେ ଭଲକରି ଶିଖିଯାଇଥିଲେ। କଟକ ଚାଉଳିଆଗଞ୍ଜରେ ତାଙ୍କର ଗୋଟିଏ ଏକମହଲା ଘର ଥିଲା। ତାଙ୍କ ବାପା ଥିଲେ ଜଣେ ଏଲ୍.ଏମ୍.ପି. ଡାକ୍ତର। ସରକାରୀ ଚାକିରିରୁ ଅବସର ନେଲା ପରେ ବାପା, ମା' ଓ ସାନଭାଇ ରଘୁନାଥପୁର ଗ୍ରାମକୁ ଚାଲିଯାଇଥିଲେ। କଟକ ଘର ଭଡ଼ା ଲାଗିଥିଲା। କଲିକତା ଛାଡ଼ି କଟକ ଚାଲିଆସିଲା ପରେ ଭଡ଼ାଟିଆଙ୍କୁ ଉଠାଇ ସେ ଘରକୁ ବାସୋପଯୋଗୀ କରାଇବା ପାଇଁ ଘର ମରାମତିରେ ସବୁ ସଞ୍ଚୟ ଶେଷ ହୋଇଗଲା। ପାନମସଲା କାରଖାନା ପାଇଁ ଭଡ଼ାଘର, ଯନ୍ତ୍ରପାତି ଆଉ ମାଲମସଲା ତିଆରି କଞ୍ଚାମାଲ୍, ଅଭିଜ୍ଞ କର୍ମଚାରୀଙ୍କୁ କାମ କରିବା ଲାଗି ଦରମା ଦେବା ପାଇଁ ଯେଉଁ ପରିମାଣର ଅର୍ଥ ଲୋଡ଼ା, ତାହା ତାଙ୍କ ପାଖରେ ନଥିଲା। ସେଥିପାଇଁ ନିଜେ ପାନମସଲା କାରଖାନା ବସାଇବା ଆଗରୁ କଲିକତାର "କୁଣ୍ଡୁ ପାନମସଲା" କିଣିଆଣି କଟକ ମାର୍କେଟରେ ବିକିବା ପାଇଁ ସେ ମନସ୍ଥ କଲେ।

ସେତେବେଳେ ସାରା ଓଡ଼ିଶାରେ ବାବା ଆଉ ଗୋପାଳ ଜର୍ଦ୍ଦା ମାର୍କେଟ୍ ଦଖଲ କରିସାରିଥାଏ। କୁଣ୍ଡୁ ଜର୍ଦ୍ଦାର ନାମ ବି ଓଡ଼ିଶାରେ କେହି ଶୁଣିନଥାନ୍ତି। କିଣା ଦାମ୍‌ଠାରୁ ଖୁବ୍ କମ୍ ଲାଭ ରଖି ଶସ୍ତାରେ କୁଣ୍ଡୁ ଜର୍ଦ୍ଦା ଆଉ ମିଠା ସୁପାରି କଟକ ସହରର ପାନ ଦୋକାନରେ ସେ ସପ୍ଲାଇ ଦେଉଥିଲେ। କେବଳ କଟକ ସହର

ନୁହେଁ, ସମଗ୍ର ପୂର୍ବ ଭାରତରେ ବାବା ଜର୍ଦ୍ଦାର ଚାହିଦା ଥିଲା। ହୋଲ୍‌ସେଲରମାନଙ୍କୁ ହେଭି ଡିପୋଜିଟ୍ ଖୁଚୁରା ବିକ୍ରେତାମାନଙ୍କୁ ଦେବାକୁ ପଡୁଥିଲା। କିନ୍ତୁ ଶିବ ସାମଲ କଲିକତା କୁଣ୍ଡୁ ପାନମସଲା କାରଖାନାରେ ଦୁଇବର୍ଷ କାମ କରିଥିବା ହେତୁ କମ୍ପାନିର ମାଲିକ ସତ୍ୟବ୍ରତ କୁଣ୍ଡୁ ଶିବପ୍ରସାଦଙ୍କଠାରୁ ନେଉଥିବା ମାଲ୍ ପାଇଁ ଅଗ୍ରୀମ ଜମା ତ ରଖୁ ନଥିଲେ, ଯୁବଉଦ୍ୟୋଗୀଙ୍କୁ ଉତ୍ସାହିତ କରିବା ଲାଗି କମିସନ୍ ହାର ତେତିଶ ଶତାଂଶରୁ ଚାଳିଶ ଶତାଂଶକୁ ମଧ୍ୟ ବଢ଼ାଇ ଦେଇଥିଲେ।

ଶ୍ରୀ ରାମକୃଷ୍ଣ ପରମହଂସଙ୍କ ପରମଭକ୍ତ ସତ୍ୟବ୍ରତ କୁଣ୍ଡୁଙ୍କ ଏହି ପ୍ରୋତ୍ସାହନ ଶିବ ସାମଲଙ୍କୁ ପାନମସଲା ବ୍ୟବସାୟରେ ଦୁଇ ବର୍ଷରେ ଲକ୍ଷପତି କରିଦେଇଥିଲା। ସେ ନିଜେ ଗୋଟିଏ ପାନମସଲା ତିଆରି କାରଖାନା ସ୍ଥାପନ କରିବାର ସ୍ୱପ୍ନ ଦେଖିବା ଆରମ୍ଭ କରିଦେଲେ। ତାଙ୍କୁ ଉତ୍ସାହିତ କରିବାକୁ ଲାଗିଲେ ପତ୍ନୀ ଶକ୍ତିମୟୀ। ତାଙ୍କ ବାପା ଥିଲେ କନ୍ଦରପୁରର ଜଣେ ଛୋଟ ଜମିଦାର। ତାଙ୍କର ଦୁଇଟି ପାନବରଜ ଥିଲା। ଜମିଦାରୀ ଚାଲିଗଲା ପରେ କନ୍ଦରପୁର ବଜାରରେ ପାନବରଜର ପାନ ବିକି ହଜାର ହଜାର ଟଙ୍କା ରୋଜଗାର କରୁଥିଲେ ଶକ୍ତିମୟୀଙ୍କ ବାପା ଗଣପତି ରାଉତରାୟ। ଶକ୍ତିମୟୀ ନିଜେ ପାନପ୍ରିୟ ମହିଳା। ତାଙ୍କର ଭାତ ନ ଖାଇଲେ ଚଳେ, ପାନ ଖିଲେ ପାଟିରେ, କଳରେ ଜକା ହୋଇ ନଥିଲେ ତାଙ୍କୁ ଚାରିଆଡ଼ ଅନ୍ଧାର ଦେଖାଯାଏ। ଚୁଆମଖା ଗୁଣ୍ଡି ଆଉ କେତକୀ ଖଇର ପାନଖିଲ ଭିତରେ ନଥିଲେ ତାଙ୍କୁ ଭଲ ଲାଗେ ନାଇଁ। କୁଣ୍ଡୁ ଜର୍ଦ୍ଦା ଆଉ ସ୍ୱତନ୍ତ୍ର ଲାଲ୍ ରଙ୍ଗର ମିଠା ସୁପାରି ତାଙ୍କର ପସନ୍ଦ ନଥିଲା, ଏପରିକି ଚୁଆମଖା କଡ଼ାଗୁଣ୍ଡି ଛାଡ଼ି କୁଣ୍ଡୁ ଜର୍ଦ୍ଦା ପାନରେ ପୂରାଇ ଚୋବେଇବା ମାତ୍ରେ ସେ ଥୁ' ଥୁ' କରି କାଢ଼ିପକାଉ ଥିଲେ। ତାଙ୍କର ପସନ୍ଦ ଜର୍ଦ୍ଦାମାନଙ୍କ ରାଜା ବାବା ଜର୍ଦ୍ଦା। ଜାଫ୍ରାନ୍ କେଶର ମିଶିଥାଏ ବୋଲି ବାବା ଜର୍ଦ୍ଦାପକା ପାନ ଖାଇଲେ ପାଟି ମହ ମହ ହୋଇ ବାସେ।

ସ୍ୱାମୀଙ୍କୁ ପାନମସଲା କାରଖାନା କରିବା ପାଇଁ ଉତ୍ସାହିତ କରି ସେ କହିଥିଲେ- ତମେ ଯଦି ବାବା ଜର୍ଦ୍ଦା ଭଳି ଜାଫ୍ରାନୀ ଜର୍ଦ୍ଦା ତିଆରି କାରଖାନା କର- ମୁଁ ବାପାଙ୍କୁ କହିବି ସେ ଜଗତପୁର ଶିଳ୍ପାଞ୍ଚଳରେ ତମ ପାଇଁ ଗୋଟିଏ ଘର କିଣିଦେବେ।

ଗଣପତିବାବୁ ପଚାଶ ହଜାର ଟଙ୍କା ଦେଇ ଜାମାତାଙ୍କ ପାଇଁ ଗୋଟିଏ କାରଖାନା-ଉପଯୋଗୀ ବଡ଼ଘର କିଣି ଦେଇଥିଲେ, ଆଉ ପତ୍ନୀଙ୍କୁ ଦେଇଥିବା କଥା ରଖି କାଶ୍ମୀରରୁ ଜାଫ୍ରାନ୍ କେଶର ଆଣି ଜର୍ଦ୍ଦା ପ୍ରସ୍ତୁତ କଲେ ଶିବପ୍ରସାଦ। କୁଣ୍ଡୁ ସୁପାରିର ମିଠାପଣ ଯୋଗୁଁ ଜର୍ଦ୍ଦା କଡ଼ାପତା କମି ଯାଉଥିଲା। ଶିବପ୍ରସାଦ ନିଜ କାରଖାନାରେ

ଗୁଆକଟା ମେସିନ୍‌ରେ ସୁଗନ୍ଧି ସୁପାରି ଛୋଟ ଛୋଟ କରି କାଟି ଗୁଆର ପ୍ରକୃତ ବାଦାମୀ ରଙ୍ଗର ପାଗ କରିଥିଲେ। କଷାଗୁଆ ନୁହେଁ, ଭଜାଗୁଆ। ଦାନ୍ତର ସାମାନ୍ୟ ଚାପରେ ସେ ସୁପାରି ଭାଙ୍ଗି ପାଟିରେ ମିଳେଇଯାଏ।

କାରଖାନାର ନାମ ରଖିଥିଲେ ଶିବଶକ୍ତି ପାନମସଲା।

ଶିବ ଜର୍ଦ୍ଦା ଆଉ ଶକ୍ତି ସୁପାରି।

ସ୍ୱାମୀ-ସ୍ତ୍ରୀଙ୍କ ନାମ ଅନୁସାରେ ଜର୍ଦ୍ଦା ଆଉ ସୁପାରିର ନାମକରଣ ହୋଇଥିଲେ ବି ଜର୍ଦ୍ଦାଡବା ଆଉ ସୁପାରି ପାଉଚ୍ ଉପରେ ମହାଦେବଙ୍କ ରୁଦ୍ର ମୂର୍ତ୍ତି ଏବଂ ମହାମାୟା ଦୁର୍ଗାଙ୍କ ଛବି ଛପାଯାଇଥିଲା। ମହାଦେବ ଓ ମହାଦେବୀଙ୍କ ନାମରେ ନାମିତ ଶିବ-ଶକ୍ତି ଜର୍ଦ୍ଦା-ସୁପାରିର ବାସ୍ନା କଟକ ସହର ଅତିକ୍ରମ କରି ସାରା ଓଡ଼ିଶାରେ ବ୍ୟାପିଗଲା। ଓଡ଼ିଶାର ବିଭିନ୍ନ ସହରରୁ ଶିବ ଜର୍ଦ୍ଦା ପାଇଁ ଏତେ ଅର୍ଡ଼ର ଆସି ପହଞ୍ଚିଲା ଯେ, ସମସ୍ତଙ୍କ ଚାହିଦା ଅନୁସାରେ ଜର୍ଦ୍ଦା ଯୋଗାଇବା ସମ୍ଭବ ହେଲା ନାହିଁ। ଅସଲ ଅସୁବିଧା ଥିଲା କାଶ୍ମୀର ଜାଫ୍ରାନ୍ କେଶର ଅଧିକ ଦାମ୍ ଦେଲେ ମଧ୍ୟ ପର୍ଯ୍ୟାପ୍ତ ପରିମାଣରେ ମିଳୁନଥିଲା। ଶିବ ସାମଲ ଅସଲି ଜାଫ୍ରାନ୍ କେଶର ବଦଳରେ ରାସାୟନିକ ପ୍ରକ୍ରିୟାରେ ଜାଫ୍ରାନ୍ ସୁଗନ୍ଧି ତିଆରି କଲେ। ଅସଲି ଜାଫ୍ରାନ୍ ବଦଳରେ ନକଲି ଜାଫ୍ରାନ୍-ସୁଗନ୍ଧିର ମିଶ୍ରଣ ଜର୍ଦ୍ଦାର ସୁଗନ୍ଧିକୁ ଦ୍ୱିଗୁଣିତ କରିଦେଲା।

ବଢ଼ିଗଲା ମୁନାଫାର ମାତ୍ରା।

ଏକମହଲା କୋଠା ଦୁଇମହଲା ହେଲା। ଦକ୍ଷିଣ-ଉତ୍ତର ପଟେ ଥିବା ପଡ଼ୋଶୀମାନଙ୍କ ଘରର ଜମିଠାରୁ ନିଜ ଘରର ଜମିକୁ ଚିହ୍ନଟ କରିବା ପାଇଁ ଅଣ୍ଟାଉଞ୍ଚା ପଥର ପାଚେରି ଆଗରୁ ଥିଲା। ସାମ୍ନା ଓ ପଛପଟେ କଣ୍ଟା ତାରର ବାଡ଼ ଦିଆଯାଇଥିଲା। ଶିବଶକ୍ତି ପାନମସଲାର ବିକ୍ରି ଓଡ଼ିଶାର ସହରମାନଙ୍କରୁ ଗ୍ରାମାଞ୍ଚଳକୁ ଗ୍ରାସିଯିବା ପରେ ସାମ୍ନା ଓ ପଛପଟେ ଗଛଉଞ୍ଚା ପଥର ପାଚେରୀ ଗଢ଼ା ହୋଇଗଲା। ସାମ୍ନାରେ ଲାଗିଲା ମଣିଷଉଚ୍ଚା ଲୁହାର ଫାଟକ। ଦୁଇଜଣ ଗୁର୍ଖା ଦରୱାନ୍ ଦିନରାତି ଫାଟକ ପାଖରେ ପହରା ଦେଲେ।

ଆଉ ସାମ୍ନାପଟ ମାର୍ବଲ ବାଲ୍‌କୋନିରେ ଆର୍ମ୍‌ଚେୟାରରେ ବସି ପାନେଶ୍ୱରୀ ଶକ୍ତିମୟୀ ସାମଲ ସମ୍ବଲପୁରୀ ପାଟଶାଢ଼ି ପିନ୍ଧି କଳରେ ଶିବ ଜର୍ଦ୍ଦା ଆଉ ଶକ୍ତି ସୁପାରିଦିଆ ପାନଖିଲ ଜାକି ତାଙ୍କ ଚାକର, ଡ୍ରାଇଭର, ମାଳୀ, ଦରୱାନ୍ ଠିକ୍ ସମୟରେ କାର୍ଯ୍ୟ କରୁଛନ୍ତି କି ନାହିଁ ଖରାବେଳ ସାରା ତଦାରଖ କରନ୍ତି। ଏମିତି ଠାଣିରେ ବସିଥାନ୍ତି ଯେ ସତେ ଯେପରି ସେ କଟକ ସହରର ପାଟରାଣୀ।

ଶିବ ସାମଲ ସାଇକେଲ୍‌ରେ ବାନ୍ଧି କୁଣ୍ଡୁ ପାନମସଲା ସହର ସାରା ପାନ

ଦୋକାନରେ ଫେରି କରୁଥିବାବେଳେ ଅନେକ ଥର ଭୂଗୋଳ ସାର୍‌ଙ୍କ ଘରକୁ ଆସିଛନ୍ତି, ସୁଧାମଞ୍ଜରୀଙ୍କୁ କୁଣ୍ଡୁ ଜର୍ଦ୍ଦାର ମହତ୍ତ୍ୱ ବୁଝାଇବା ପାଇଁ।

ସୁଧାମଞ୍ଜରୀ ହସିଦେଇ କହନ୍ତି- ଆମେ ତ କେହି ପାନ ଖାଉନାହୁଁ। ଆଉ ଏ ଜର୍ଦ୍ଦା, ସୁପାରି ଡବା କିଣି ରଖିବି କାହିଁକି ?

ଶକ୍ତିମୟୀ ମଧ୍ୟ ପାନପିକ ବୋହିପଡୁଥିବା ନାଲି ଓଠ ନଚାଇ ଉତ୍ତର ଦିଅନ୍ତି- ଆହାଃ ! ଆଜିକାଲି କେହି ଦାନ୍ତରେ ଦାଗ ରହିଯିବ ବୋଲି ପାନ ଖାଉନାହାନ୍ତି। କିନ୍ତୁ ଅନେକେ ଜର୍ଦ୍ଦା ଓ ସୁପାରି ମିଶାଇ ଜିଭରେ ନେଇ କଳରେ ଜାକି ପାନର ସ୍ୱାଦ ଭୋଗ କରନ୍ତି। କୁଣ୍ଡୁ ଜର୍ଦ୍ଦା ପାଟିରେ ଦୁର୍ଗନ୍ଧ ଦୂର କରେ। ଆଉ ଜର୍ଦ୍ଦା-ସୁପାରିର ଦ୍ରବଣ ଢୋକିଦେଲେ ଭୋକ ବଢ଼ାଏ। ଗୋଟାଏ, ଗୋଟାଏ ଡବା ପାଖରେ ରଖିଥାଆନ୍ତୁ। ଅତିଥି, ଅଭ୍ୟାଗତ ଘରକୁ ଆସିଲେ ଜର୍ଦ୍ଦାରୁ ଚିମୁଟାଏ ଆଉ ସୁପାରିରୁ ଚିମୁଟାଏ ସେମାନଙ୍କ ଜିଭରେ ଦେଲେ, ସେମାନେ ବାରମ୍ବାର ଏଇ କୁଣ୍ଡୁ ପାନମସଲା ପାଇଁ ତମ ଘରକୁ ଦଉଡ଼ିବେ। ତମେ ସେତିକିବେଳେ କହିଦେବ- ଏ କୁଣ୍ଡୁ କମ୍ପାନି ପାନମସଲା କଟକର ସବୁ ପାନ ଦୋକାନରେ ମିଳୁଛି। ଆମ ଘର କଥା କହିବ ନାହିଁ। ମନେ ରଖିଥିବ- ଭୁଲିବ ନାହିଁ।

ସୁଧାମଞ୍ଜରୀ ଭୁଲି ନାହାନ୍ତି, ଭୁଲିଗଲେ ଶକ୍ତିମୟୀ ସାମଲ। କୁଣ୍ଡୁ ଜର୍ଦ୍ଦା ହୋଲ୍‌ସେଲ୍ ଏଜେନ୍ସି ଛାଡ଼ିଦେଇ ନିଜେ ଶିବଶକ୍ତି ପାନମସଲା କାରଖାନା ଖୋଲିଲା ପରେ କେବଳ କୁଣ୍ଡୁ ଜର୍ଦ୍ଦା ନାମ ନୁହେଁ, ପାଖ ପଡ଼ୋଶୀମାନଙ୍କ ନାମ ମଧ୍ୟ ଭୁଲିଗଲେ। ପାନ- ମସଲାରେ ବ୍ୟବସାୟିକ ସଫଳତା ଶକ୍ତିମୟୀଙ୍କ ସ୍ୱାମୀ ଶିବ ସାମଲଙ୍କୁ ଓଡ଼ିଶାର ପଚିଶ ଜଣ ଧନପତି ଶିଳ୍ପଦ୍ୟୋଗୀମାନଙ୍କ ମଧ୍ୟରୁ ଜଣେ କରିଦେଲା। ତା'ପରେ ଆଉ ଶକ୍ତିମୟୀ ଲୋକ ଚିହ୍ନିପାରିଲେ ନାହିଁ। ହଠାତ୍ କେଉଁଠି ଦେଖାହୋଇଗଲେ, ସୁଧାମଞ୍ଜରୀଙ୍କୁ ଅଚିହ୍ନା ଆଖିରେ ଅନେଇ ମୁହଁ ବୁଲାଇ ଚାଲିଗଲେ। ସେ ନମସ୍କାର କଲେ ବି ପ୍ରତି ନମସ୍କାର କଲେ ନାହିଁ କି ପଦେ ହସି କଥା କହିଲେ ନାହିଁ।

ସୁଧାମଞ୍ଜରୀ କ୍ରୋଧ ଓ ଅପମାନରେ ଜର୍ଜରିତ ହୋଇ ମନେ ମନେ ପ୍ରତିଜ୍ଞା କରିଥିଲେ ଆଉ କେବେ ଶକ୍ତିମୟୀ ଚାହିଁଲେ ମଧ୍ୟ ସେ ତାଙ୍କ ମୁହଁ ଚାହିଁବେ ନାହିଁ। ଅଜୁ ଟିକିଏ ଇସାରା ପାଇଲେ ଏପଟ ପାଚେରୀ ଡେଇଁ ସେପଟକୁ ଚାଲିଯାଏ। ସତକୁ ସତ ତା' ଖେଳନା ଉଡ଼ାଜାହାଜ ଉଡ଼ିଯାଇ ଝର୍କାବାଟେ ସୋନାଲିର ପଢ଼ାଘରେ ପଡ଼ିଯାଇଛି ବୋଲି ବିଶ୍ୱାସ କରୁଥିଲା। ତା' ହଜିଲା ଉଡ଼ାଜାହାଜର ଖବର ନେବା ପାଇଁ ସେ ପାଚେରି ଡେଇଁ ସାମଲ ବାବୁଙ୍କ ବଗିଚାକୁ ଚାଲିଯାଇଥିଲା।

ଏଣେ ଦରକାର ପଡ଼ିଲା ବୋଲି ଦ୍ୱାର ମୁହଁରେ ମୁହଁମାଡ଼ି ପଡ଼ିଥିବା

ବାଉଁଶପାତିଆ ପାଛିଆଟାକୁ ଉଠାଇନେଲା ବେଳେ ତା' ତଳେ ପୁଅର ହଳଦିଆ ଉଡ଼ାଜାହାଜକୁ ଖୋଜି ପାଇଥିଲେ ସୁଧାମଞ୍ଜରୀ। ଅଜୁ ତା' ପଢ଼ା ଟେବୁଲ ଉପରେ ଖେଳନା ଜାହାଜର ଚାବି ମୋଡ଼ି ଛାଡ଼ିଦେଲା ପରେ ସେ ଟବୁଲ ଉପରୁ ତଳେ ପଡ଼ି ଘର ଦ୍ୱାରମୁହଁ ପର୍ଯ୍ୟନ୍ତ ଗଡ଼ି ଯାଇଥିଲା। ଟେମିବୋଉ ଘର ଝାଡୁ ଦେଉଥିଲା। ଘରର ଅଳିଆ ସାନ ବାବୁଙ୍କ ଖେଳନା ଉପରେ ପଡ଼ିବ ବୋଲି ଭୟ କରି ସେ ଏଇ ବାଉଁଶ ପାଛିଆ ଘୋଡ଼ାଇ ଦେଇଥିଲା। ଆଉ ସେମାନେ ଘର ଭିତର ବାହାର ଯେତେ ଖୋଜିହେଲେ ବି ତାକୁ ପାଇପାରିଥାଆନ୍ତେ କୁଆଡୁ?

ପୁଅର ହଜିଲା ଜିନିଷଟା ଖୋଜି ପାଇଲା ପରେ ସେ ଖେଳନା ତାକୁ ଦେଇ ଖୁସି କରିବା ପାଇଁ ସୁଧାମଞ୍ଜରୀ ସବୁ ଘର ଖୋଜି ଆସିଲେ। କେଉଁଠି ବି ସେ ଅଜୁକୁ ଖୋଜି ପାଇଲେ ନାହିଁ। ଗଲା କୁଆଡ଼େ? ଘର ବାହାରକୁ ଆସି ଦେଖିଲେ ଅଧା ପାଚେରି ଡେଇଁ ସାମଲ ବାବୁଙ୍କ ବଗିଚାରୁ ତାଙ୍କ ଦାଣ୍ଡକୁ ଡେଇଁ ଆସିଲା। ତାଙ୍କ ହାତରେ ହଳଦିଆ ଖେଳନା ଦେଖି ଖୁସି ହେବା ବଦଳରେ, ତା' ମୁହଁ ପୋଡ଼ାକାଠ ଭଳି କଳା ପଡ଼ିଗଲା। ସେ ବାରମ୍ବାର ସାମଲ ବାବୁଙ୍କ ଘରକୁ ଯିବାପାଇଁ ବାରଣ କରିଥିଲେ ବି ସେ ତାଙ୍କ କଥା ନମାନି ପାଚେରି ଡେଇଁ ତାଙ୍କ ଘରକୁ ଯାଇଥିଲା। ବଗିଚାରେ ସୋନାଲିକୁ ଦେଖି ତାଙ୍କ ଦାନ୍ତ କଡ଼ମଡ଼ ହୋଇଗଲା। ସେ ପୁଅକୁ ଏମିତି କଟମଟ କରି ଅନେଇଲେ ଯେ ସେ ଭୟରେ କାନ୍ଦକାନ୍ଦ ହୋଇଗଲା।

ବୋଉ ମୁହଁ ଖୋଲି କିଛି କହିନଥିଲେ ବି ସେ ଆଉ କେବେ ସୋନାଲି ଘରକୁ ଯିବ ନାହିଁ କି ଦେଖାହେଲେ ତାକୁ କଥା କହିବ ନାଇଁ ବୋଲି ପଣ କରି ନିଜେ ନିଜକୁ ଶାସନ କରିବା ପାଇଁ ନିଜ ଗାଲରେ ନିଜେ ଗୋଟିଏ ଶକ୍ତ ଚଟକଣା କଷିଦେଲା।

ସେ ମାସ ସାରା ଅର୍ଜୁନ ସୋନାଲି ଘରକୁ ଯାଇନାହିଁ କି ଦେଖାହେଲେ ତା' ସାଙ୍ଗରେ କଥା କହିନାହିଁ। ମାତ୍ର ତା' ପଢ଼ାଘର ସାମ୍ନା ଦୁଇମହଲା ଝର୍କା ଖୋଲା ଥିଲେ ଚଟକଣା ଖାଇଥିବା କଥା ଭଲିଯାଇ ତା' ଦୁଇ ଆଖି ସୋନାଲିର ପଢ଼ାଘର ଝର୍କା ଆଡ଼କୁ ଆପେ ପହଁରିଯାଏ। ନିଜ ମନକୁ ଏଥର ନିଜ ଶାସନରେ ରଖିବା ପାଇଁ ସୋନାଲି ଘର ଝର୍କା ଖୋଲାଥିବା ଦେଖିଲେ ସେ ନିଜ ପଢ଼ାଘର ଝର୍କା ବନ୍ଦ କରିଦିଏ।

ଆସ୍ତେ ଆସ୍ତେ ସୋନାଲିର ମୁହଁ ଝାପ୍ସା ହୋଇଯାଏ। ପଞ୍ଚମ ଶ୍ରେଣୀ ବାର୍ଷିକ ପରୀକ୍ଷା ପାଇଁ ସେ ବେଶି ପାଠପଢ଼ାରେ ମନ ଦିଏ।

ଗୋଟିଏ ଦଶ ଇଞ୍ଚିଆ ପଥର ପାଚେରୀ ଦୂରରେ ଥିବା ଶିବଶକ୍ତି ପାନମସଲା କମ୍ପାନୀ ମାଲିକମାଲିକିଆଣୀଙ୍କୁ ଗୋକୁଳି ବାବୁ ଆଉ ସୁଧାମଞ୍ଜରୀ ଜୋର୍‌କରି ମନରୁ

ତଡ଼ି ଦେଇଥିଲେ। ପାଖ ପଡ଼ୋଶୀ ହେଲେ ମଧ୍ୟ ତାଙ୍କ ପରିବାର ସହିତ ସମ୍ପର୍କର ସୂତାଖିଅ ଛିଣ୍ଡାଇ ଦେଇଥିଲେ।

ସେଦିନ ସ୍କୁଲରୁ ଫେରି ଗୋକୁଳାନନ୍ଦ ବାବୁ ପୋଷାକ ବଦଳାଇ ଧୁଆଧୋଇ ହୋଇ ଜଳଖିଆ ଖାଇବାକୁ ବାହାରିଛନ୍ତି; ସୁଧାମଞ୍ଜରୀ ଚାପା କଣ୍ଠରେ ସ୍ୱାମୀଙ୍କୁ କହିଲେ, ଟିଣ ଫାଟକ ଖୋଲି ଆମ ଘର ଆଡ଼କୁ ଚାଲି ଚାଲି ପାନମସଲା କମ୍ପାନିର ମାଲିକ ଆସୁଛନ୍ତି-

ଜଳଖିଆ ଖାଇବା ବଦଳରେ ଦ୍ୱାରମୁହଁକୁ ଯାଇ ଶିବ ବାବୁଙ୍କୁ ପାଛୋଟି ଆଣିଲେ ଗୋକୁଳାନନ୍ଦ ବାବୁ। କ'ଣ ପାଇଁ ଆସିଛନ୍ତି ବୋଲି ସେ ପଚାରିବା ଆଗରୁ ଶିବପ୍ରସାଦ ନିଜଆଡୁ କହିଲେ- କାଲି ମୋ ଝିଅର ବାର୍ଥିଡେ। ସେଥିପାଇଁ କାଲି ସନ୍ଧ୍ୟାରେ ଆମ ବଗିଚାରେ ଗୋଟାଏ କିଡ୍ସ ପାର୍ଟିର ଆୟୋଜନ କରିଛି। ସେ ପିଲାଙ୍କ ଉତ୍ସବରେ ଆମେ ବଡ଼ କେହି ରହିବୁ ନାଇଁ, ସୋନାଲିର ସ୍କୁଲ୍ ସାଙ୍ଗ ଆଉ ଆମ ସାହିର ତା'ର ପରିଚିତ ସମବୟସ୍କ ସାଙ୍ଗସାଥୀ ତା' ବାର୍ଥିଡେ ପାର୍ଟିରେ ଯୋଗ ଦେବେ। ସୋନାଲି ଯେଉଁମାନଙ୍କୁ ତା' ଜନ୍ମଦିନ ଉତ୍ସବରେ ଯୋଗ ଦେବାପାଇଁ ନିମନ୍ତ୍ରଣ କରିବାକୁ ଚାହେଁ, ସେମାନଙ୍କର ଗୋଟିଏ ତାଲିକା ମତେ ଧରାଇ ଦେଇଛି। ସେ ତାଲିକାର ସବା ଉପରେ ଆପଣଙ୍କ ପୁଅ ଅର୍ଜୁନର ନାମ। ମୋ ସ୍ତ୍ରୀ ନିମନ୍ତ୍ରଣ କରିବା ପାଇଁ ନିଜେ ଆସିଥାଆନ୍ତା- କିନ୍ତୁ ସାପ୍ତାହେ ହେଲା ପେପଟିକ୍ ଅଲ୍‌ସର୍‌ରେ ସେ ଶଯ୍ୟାଶାୟୀ। ତେଣୁ ମତେ ଆସିବାକୁ ପଡ଼ିଲା। କାଲି ସନ୍ଧ୍ୟାରେ ପୁଅକୁ ନିଶ୍ଚୟ ପଠାଇବେ।

ଶିବପ୍ରସାଦ ବାବୁ ଚାଲିଗଲା ପରେ ତାଙ୍କ ଝିଅର ବାର୍ଥିଡେ ପାର୍ଟିକୁ ଅର୍ଜୁନ ଯିବ କି ନାହିଁ- ସେଥିପାଇଁ ଗୋକୁଳାନନ୍ଦ ବାବୁ ଆଉ ସୁଧାମଞ୍ଜରୀଙ୍କ ମଧ୍ୟରେ ତୁମୁଳ ତର୍କବିତର୍କ ଲାଗିଗଲା। ପୁଅକୁ ସୋନାଲିର ଜନ୍ମଦିନ ପାର୍ଟିକୁ ନପଠାଇବା ପାଇଁ ସୁଧାମଞ୍ଜରୀ ଏକ ପ୍ରକାର ଜିଦ୍‌ଧରି ବସିଥିଲେ। ଏ କିଡ୍ସ ପାର୍ଟି କ'ଣ? ଦି'ମାସ ତଳେ ଅଜୁର ଜନ୍ମଦିନ ଗଲା। ମୁଁ ତା' ପାଇଁ ଖିରି ପିଠା କରି, ବନ୍ଦାପନା କରି ତା' ଜନ୍ମଦିନ ପାଳିଲି। ନୂଆ ଧୋତି ପିନ୍ଧିବ ନାହିଁ କି ବେକରେ ଓଡା ପକାଇବ ନାହିଁ ବୋଲି ଅଜୁ ଅଝଟ କରୁଥିଲା। ଏବର୍ଷ ଖୁସିରେ ଧୋତି, ଗଞ୍ଜି, ସମ୍ବଲପୁରୀ ଓଡା ପକାଇ ବନ୍ଦାପନା ହେବାଲାଗି ଆପେ ପିଢ଼ା ଉପରେ ବସିପଡ଼ିଲା। କାହିଁ, ତା'ର ଜନ୍ମଦିନକୁ ଖିରି ପିଠା ଖାଇବା ପାଇଁ ଆମେ ତା'ର କୌଣସି ସାଙ୍ଗକୁ ନିମନ୍ତ୍ରଣ କରିଛୁ? ଆଉ ପାନମସଲା କମ୍ପାନିର ମାଲିକ ନିଜ ବଡ଼ଲୋକୀ ଦେଖାଇବା ପାଇଁ ଝିଅର ଜନ୍ମଦିନ ପାଇଁ କିଡ୍ସ ପାର୍ଟି ଆୟୋଜନ କରୁଛନ୍ତି। ଆଉ ତମେ ଯେ ଅଜୁକୁ

ତାଙ୍କ ଜନ୍ମଦିନ ଭୋଜିକୁ ପଠାଇବାକୁ କହୁଚ- ସେ କ'ଣ ଖାଲି ହାତରେ ଯିବ? ଆଉ ଦାମିକା ଗିଫ୍‌ଟ ନନେଇ ଗଲେ ସୋନାଲିର ସାଙ୍ଗମାନେ ଦାନ୍ତ ଚିପି ହସିବେ।

ଗୋକୁଳାନନ୍ଦ ବାବୁ ସ୍ତ୍ରୀଙ୍କୁ ସାନ୍ତ୍ୱନା ଦେଇ କହିଲେ- ଗିଫ୍‌ଟ ପାଇଁ ଚିନ୍ତା କରନାଇଁ। ମୁଁ ତା' ପାଇଁ ଗୋଟିଏ ଭଲ ଗିଫ୍ଟ କିଣିଆଣିବି। ଡ୍ରେସ୍ ନୁହେଁ କି ପରଫ୍ୟୁମ୍ ନୁହେଁ- ଗୋଟିଏ ଗ୍ଲୋବ୍।

ତା' ଆରଦିନ ସନ୍ଧ୍ୟାବେଳୁ ସୋନାଲିର ବଗିଚା ନୀଳ, ନାଲି, ସବୁଜ ଲିଟୁ ଲାଇଟ୍‌ରେ ଝଲମଲ ହେଉଥିଲା। 'ହାପି ବାର୍ଥଡେ ଟୁ ଇୟୁ' - ମିଉଜିକ୍ ବାଜୁଥିଲା। କଣ୍ଠ ସଂଗୀତ ନୁହେଁ, ଯନ୍ତ୍ର ସଂଗୀତ। ଫ୍ୟାନ୍ସି ଡ୍ରେସ୍ ପିନ୍ଧି ତା' କନ୍‌ଭେଣ୍ଟ୍ ସ୍କୁଲ ସହପାଠିନୀମାନେ ପ୍ରଜାପତି ଭଳି ବଗିଚା ସାରା ଘୂରି ବୁଲୁଥିଲେ।

କିଡ୍‌ସ ପାର୍ଟି କଣ୍ଡକ୍ଟ କରୁଥିଲେ କନ୍‌ଭେଣ୍ଟ୍ ସ୍କୁଲ୍ ଗେମ୍ ଟିଚର୍ ମିସେସ୍ ରୋଜି, ଆଙ୍ଗ୍‌ଲୋଇଣ୍ଡିଆନ୍ ଲେଡ଼ି। ଗୋଟିଏ ସୋଫା ଉପରେ ଫ୍ୟାନ୍ସି ଡ୍ରେସ୍ ପିନ୍ଧି ରାଜକନ୍ୟା ଭଳି ବସିଥିଲା ସୋନାଲି। ଅର୍ଜୁନକୁ ଦେଖି ସୋଫାରୁ ଉଠି ଚାଲିଆସିଲା। ସେ ଯେତେବେଳେ ତା' ଜନ୍ମଦିନର ଉପହାରସ୍ୱରୂପ ବାପା ଆଣିଦେଇଥିବା ମଧ୍ୟମାକୃତି ଗ୍ଲୋବ୍ ତା' ହାତକୁ ବଢ଼ାଇଦେଲା, ସେ ଅଧୀର ଆନନ୍ଦରେ କ୍ଷୀଣ କଣ୍ଠରେ ଚିତ୍କାର କରିଉଠିଲା- ଏ ମାଆ! ତୁ ମୋ ପାଇଁ ଗୋଟାସୁଦ୍ଧା ପୃଥିବୀ ନେଇଆସିଛୁ?

ଆଉ କେକ୍‌କଟା, ସମବେତ ହାପି ବାର୍ଥଡେ ଟୁ ଇୟୁ ମିଉଜିକ୍‌ର ବୃନ୍ଦଗାନ ପରେ କେକ୍, ଗୁପ୍‌ଚୁପ୍, ଆଇସ୍‌କ୍ରିମ୍ ଖାଇ ଘରକୁ ଫେରିଲାବେଳକୁ ସୋନାଲି ତା' ହାତରେ ଧରାଇଦେଲା ରିଟର୍ଣ୍ଣ ଗିଫ୍‌ଟ- କାଲ୍‌କୁଲେଟର୍!

ଜନ୍ମଦିନ ଉତ୍ସବର ପନ୍ଦର ଦିନ ପୂରିନାଇଁ, ସୋନାଲି ମାଆ ଚାଲିଗଲେ।

କିଡ୍‌ସ ପାର୍ଟିର କେକ୍, ଦହିବରା, ଗୁପ୍‌ଚୁପ୍, ଚାଟ୍ ଆଉ ଆଇସ୍‌କ୍ରିମ୍ ବଦଳରେ ଶକ୍ତିମୟୀଙ୍କ ଏକାଦଶାହ ଶ୍ରାଦ୍ଧ ଭୋଜିରେ ପୁରୀ ଶ୍ରୀମନ୍ଦିରର ମହାପ୍ରସାଦ ସେବନ।

ବାପା, ବୋଉଙ୍କ ସାଙ୍ଗରେ ଅର୍ଜୁନ ମଧ୍ୟ ଯାଇଥିଲା। ମହାପ୍ରସାଦ ସେବନ ପାଇଁ। ଡେଣାଭଙ୍ଗା ପ୍ରଜାପତିଟି ଭଳି ଅଶ୍ରୁମୁଖୀ ସୋନାଲି ତା' ମାଆଙ୍କ ଫଟୋଚିତ୍ର ପାଖରେ ଠିଆ ହୋଇଥିଲା। ଯେଉଁମାନେ ତା' ମାଆଙ୍କୁ ଶ୍ରଦ୍ଧାଞ୍ଜଳି ଦେବା ପାଇଁ ତାଙ୍କ ଫଟୋଚିତ୍ର ପାଖକୁ ଯାଉଥିଲେ, ଫୁଲ ଚାଙ୍ଗୁଡ଼ିରୁ ଫୁଲନେଇ ସେମାନଙ୍କ ହାତକୁ ବଢ଼ାଇ ଦେଉଥିଲା।

ଅର୍ଜୁନ ତା' ମାଆଙ୍କ ଫଟୋ ତଳେ ପୁଷ୍ପାଞ୍ଜଳି ଦେବା ପାଇଁ ସୋନାଲି ଆଡ଼କୁ ହାତ ବଢ଼ାଇଦେଲା ବେଳେ ତା' ହାତକୁ ଫୁଲ ବଢ଼ାଇଦେବା ପରିବର୍ତ୍ତେ ତା' ହାତ ପାପୁଲିକୁ ନିଜ ହାତରେ ଚାପିଧରି କାନ୍ଦ କାନ୍ଦ କଣ୍ଠରେ କହିଲା- ଏଗାର ଦିନ ତଳେ

ମମି ବଡ଼ ଡାକ୍ତରଖାନାରେ ରୋଗଶଯ୍ୟାରେ ଶୋଇ ମତେ କେତେ କଥା କହୁଥିଲା- ଆଉ ଆଜି ସେ ଫଟୋ ହୋଇଗଲା ?

ତା'ପରେ ନିଜର ଲୁହ ସମ୍ଭାଳି ଚାପା କଣ୍ଠରେ କହିଲା- ମୁଁ ବି ଦିନେ ମମିଙ୍କ ଭଳି ଫଟୋ ହୋଇଯାଏ, ତୁ ମୋ ଫଟୋରେ ଫୁଲ ଦେବୁ- କହ ହଁ ନା ନାହିଁ ?

ସୋନାଲି ଆଖିରୁ ଲୁହ ଅର୍ଜୁନ ଆଖିକୁ ସଂକ୍ରମିତ ହୋଇଆସିଲା । କଣ୍ଠ ରୁଦ୍ଧ ହୋଇଆସିଲା । ହଁ କି ନାହିଁ- କିଛି ଗୋଟିଏ ଶବ୍ଦ ତା' ପାଟିରୁ ବାହାରିଲା ନାହିଁ ।

।। ତିନି ।।

ସୋନାଲି କାହିଁକି ନିଜେ ଦିନେ ଫଟୋ ହୋଇଯିବ- ଆଉ ତା' ଫଟୋରେ ସେ ଫୁଲ ଦେବ କି ନାହିଁ ବୋଲି ପଚାରିଲା- ଆଉ ତା'ର ସେକଥା ଶୁଣି ତା' ଆଖିକୁ କାହିଁକି ଲୁହ ଜକେଇ ଆସିଲା- ଯେତେ ଚେଷ୍ଟା କଲେ ମଧ୍ୟ ବୁଝିପାରିଲା ନାହିଁ ଅର୍ଜୁନ । ଦୁଇ ତିନି ଦିନ ସେଇ କଥା ଭାବି ତା'ର ମନ କଷ୍ଟ ହେଲା । ତା'ପରେ ପଞ୍ଚମ ଶ୍ରେଣୀ ବାର୍ଷିକ ପରୀକ୍ଷା ଆଉ ଉଚ୍ଚ ପ୍ରାଥମିକ ବୃତ୍ତି ପରୀକ୍ଷା ଲାଗି ପଢ଼ାପଢ଼ିରେ ସେ ବ୍ୟସ୍ତ ହୋଇଗଲା । ବାପା କହିଛନ୍ତି- ଯଦି ତୁ ଉଚ୍ଚ ପ୍ରାଥମିକ ବୃତ୍ତି ପାଇଯାଉ- କଟକରେ ସରକାରୀ ହାଇସ୍କୁଲରେ ଷଷ୍ଠ ଶ୍ରେଣୀରେ ନାମ ଲେଖାଇବା ଲାଗି ରାସ୍ତା ଖୋଲିଯିବ । ଭଲ ସରକାରୀ ସ୍କୁଲରେ ସିଟ୍ ପାଇବା ଲାଗି କଡ଼ା ପ୍ରତିଯୋଗିତା । ସେଥିପାଇଁ ତତେ କଠିନ ପରିଶ୍ରମ କରିବାକୁ ହେବ । ସେ ପାଠପଢ଼ାରେ ଏମିତି ବ୍ୟସ୍ତ ହୋଇଗଲା ଯେ ସାମ୍ନା ଦୋମହଲା ଘର କେତେବେଳେ ଖୋଲୁଛି- ବନ୍ଦ ହେଉଛି- ତାହା ସେ ଲକ୍ଷ୍ୟ କରିବାକୁ ଭୁଲିଗଲା ।

ପାଖ ଉଚ୍ଚ ପ୍ରାଥମିକ ବିଦ୍ୟାଳୟରୁ ପାଠପଢ଼ା ଶେଷ ହୋଇଗଲେ ଚାଉଳିଆଗଞ୍ଜଠାରୁ ଅନେକ ଦୂରରେ ଥିବା ମାଇନର ସ୍କୁଲ୍, ହାଇସ୍କୁଲ୍‌କୁ ସେ ସାଇକେଲ୍ ଚଢ଼ି ଯିବ । ଗୋକୁଳାନନ୍ଦ ବାବୁ ପୁଅକୁ ସ୍କୁଲ୍ ଛୁଟିଦିନରେ ସାଇକେଲ୍ ଉପରେ ବସାଇ ଦୁଇ ହାତରେ ହ୍ୟାଣ୍ଡେଲ୍ ଧରି ପାଦରେ ପେଡାଲ୍ ମାରି ସାଇକେଲ୍ ଚଳାଇବା କଳାକୌଶଳ ଶିଖାଇ ଦେଇଥିଲେ । ଦୁଇ ତିନି ଥର ଭାରସାମ୍ୟ ରଖି ନପାରି ଅର୍ଜୁନ ସାଇକେଲ୍‌ରୁ ଖସିପଡ଼ି ଖଣ୍ଡିଆଖାବରା ହୋଇଛି । ପାଖରେ ବାପା ଥିବାରୁ ତଳେ ପଡ଼ିଯିବା ପରେ ବାପା ତା' ଉପରେ ପଡ଼ିଥିବା ପୁରୁଣା ସାଇକେଲ୍ ଉଠାଇଦେଇ କହନ୍ତି- ଚାଲ, ଆଉ ଦୁଇ ରାଉଣ୍ଡ୍ ସାଇକେଲ୍ ଚଳା-

ଏମିତି ମାସକ ମଧ୍ୟରେ ଏକପ୍ରକାର ସାଇକେଲ୍ ଚଳା ଶିଖିଗଲା ଅର୍ଜୁନ । ପ୍ରାକ୍ଟିସ୍ କରିବା ଲାଗି ବାପା ସ୍କୁଲ୍ ଯିବା ଆଗରୁ ସେ ସାମ୍ନା ରାସ୍ତାରେ ଘଣ୍ଟାଏ ଲେଖାଁ

ସାଇକେଲ୍ ଚଳାଇବାରେ ଲାଗିଗଲା । ଥରେ ଗୋଟାଏ ରାଉଣ୍ଡ୍ ମାରିସାରି ଘରକୁ ଫେରିବା ରାସ୍ତାରେ ଗାଡ଼ିରେ ବସି ସୋନାଲି ତା'ର ବାଟ ଓଗାଳିଲା ।

ସେ ତଳେ ପାଦ ଲଗାଇ ସାଇକେଲ୍‌ରୁ ଓହ୍ଲାଇପଡ଼ିଲା । କାର୍ ଭିତରୁ ବାହାରିଆସି ସୋନାଲି ଡ୍ରାଇଭରକୁ ଗାଡ଼ିନେଇ ଗ୍ୟାରେଜ୍‌ରେ ରଖିଦେବା ପାଇଁ ଆଖି ଚାହାଣିରେ ନିର୍ଦ୍ଦେଶ ଦେଲା ।

ତା'ପରେ ଅର୍ଜୁନ ବାମ ହାତରେ ସାଇକେଲ୍ ହ୍ୟାଣ୍ଡେଲ୍ ଧରି ଧୀରେ ଧୀରେ ଚାଲିବା ଆରମ୍ଭ କଲା, ପାଖେ ପାଖେ ସୋନାଲି ।

- ତୁ ତ ବେଶ୍ ଭଲ ସାଇକେଲ୍ ଚଳାଇବା ଶିଖିଗଲୁଣି ।

- ତୁ ମଧ୍ୟ ଇଚ୍ଛା କଲେ ମାସକ ମଧ୍ୟରେ ଗାଡ଼ିଚଲା ଶିଖିଯାଇପାରିବୁ ।

- ଧେତ୍ ବୋକା ! ଯେକୌଣସି ବୟସର ପିଲା ସାଇକେଲ୍ ଚଳାଇପାରେ; କିନ୍ତୁ ଗାଡ଼ି ଚଳାଇବା ପାଇଁ ଅଠର ବର୍ଷ ବୟସରୁ କମ୍ ବୟସ୍କଙ୍କୁ ଲାଇସେନ୍ସ ମିଳେ ନାହିଁ । ଆଉ ଅଠର ବର୍ଷ ବୟସକୁ ଛୁଇଁବା ପାଇଁ ମୋର-

କଥା ଶେଷ ନକରି ଅର୍ଜୁନ ମୁହଁକୁ ଚାହିଁଲା ସୋନାଲି । ତା' ଦୁଇ ଈଷତ୍ ଲାଲ୍ ଓଠରେ ଘାସ ଉପରେ ସକାଳର ଶିଶିର ବିନ୍ଦୁ ଭଳି ମଲ୍ଲୀଫୁଲିଆ ହସ ଢଳ ଢଳ ହେଉଥିଲା ।

ତା' ମା'ଙ୍କ ଏକାଦଶାହ ଶ୍ରାଦ୍ଧ ଉତ୍ସବରେ ସେ ସୋନାଲିର ଶୋକାଚ୍ଛନ୍ନ କରୁଣ ମୁହଁ ଦେଖି ଖୁବ୍ ଭୟ ପାଇଯାଇଥିଲା । ଆଜି ତା'ର ସେ ମୁହଁରେ ଢେଉଭଙ୍ଗା ଛୋଟ ଛୋଟ ହସର ଲହର ଲକ୍ଷ୍ୟ କରି ତା'ର ସେ ଭୟ ଭାଙ୍ଗିଗଲା । ସେ ମଧ୍ୟ ହସିଦେଲା ।

ସେ ଦୁହେଁ 'ଶିବଶକ୍ତି ଶାନ୍ତି ନୀଡ଼'ର ଫାଟକ ଦେଇ ଭିତରେ ପଶିଗଲେ ।

ଚମକି ଉଠି ଅର୍ଜୁନ କହିଲା- ଏ ସୋନାଲି । ମୋର ଡେରି ହୋଇଯାଉଛି । ବାପାଙ୍କ ସାଇକେଲ୍ ନେଇଆସିଛି । ତାଙ୍କର ସ୍କୁଲ୍ ଯିବା ବେଳ ହୋଇଗଲାଣି ।

- ଆଃ, ଏତେଦିନ ପରେ ଆସିଛୁ- ଫେରିବା ପାଇଁ ଛଟପଟ ହେଉଛୁ କାହିଁକି ? ଦରୱାନ୍‌କୁ କହୁଛି- ସେ ସାଇକେଲ୍‌ଟା ନେଇ ମଉସାଙ୍କୁ ଦେଇଆସିବ-

ସୋନାଲି ସାଙ୍ଗରେ ଗପ କରିବା ପାଇଁ ତାଙ୍କ ଘରେ ବସି ସାଇକେଲ୍‌ଟା ତାଙ୍କ ଦରୱାନ୍ ହାତରେ ଫେରସ୍ତ ପଠାଇଛି ଜାଣିଲେ ବୋଉ ତା' ପିଠିରେ ରୋଲ୍‌ବାଡ଼ି ଭାଙ୍ଗିଦେବ ।

- ନା, ଥାଉ । କ'ଣ କହିବୁ କହ ।

ସୋନାଲି ତାକୁ ତା' ପଢ଼ାଘର ଭିତରକୁ ଡାକିନେଲା । ଝର୍କା ଖୋଲିବାକୁ

ଯାଉଥିଲା । ମନାକଲା ଅର୍ଜୁନ; ଯଦିଓ ସେ ଜାଣିଥିଲା ଏ ଦୁଇମହଲା କୋଠାର ଝର୍କାବାଟେ ସେ ଦୁଇଜଣ ଗପ କରୁଥିବା ଦୃଶ୍ୟ ଏକମହଲା କୋଠାର କାହାକୁ କିଛି ଦେଖାଯିବ ନାଇଁ ।

ଝର୍କା ବନ୍ଦ ରହିବାରୁ ସୁସଜ୍ଜିତ ପଢ଼ାଘର ଅନ୍ଧାରୁଆ ଦେଖାଯାଉଥିଲା । ସୋନାଲି ତା' ଟେବୁଲ୍ ଲ୍ୟାମ୍ପ୍ ଜାଳିଦେବା ମାତ୍ରେ ମେଘୁଆ ଆକାଶରେ ସୂର୍ଯ୍ୟୋଦୟ ହେଲା ।

- କ'ଣ ଖାଇବୁ ? କେକ୍, ବିସ୍କୁଟ୍, ଚକୋଲେଟ୍, ଆଇସ୍‌କ୍ରିମ୍ ! ଫ୍ରିଜ୍‌ରେ ସବୁ ଅଛି-

- ନା, ନା ମୁଁ କିଛି ଖାଇବି ନାଇଁ, ଗାଧୋଇ ନାହିଁ । ଅଗାଧୁଆ ମୁଁ ଜଳଖିଆ ଖାଏ ନାଇଁ ।

- ଠିକ୍ ଅଛି । ଜଳଖିଆ ନ ଖାଆ- ଆଁ କର- ମୁଁ ତତେ ଚିମୁଟାଏ ଜାଫ୍ରାନି ଜର୍ଦ୍ଦା ଖୁଆଇ ଦେଉଛି-

ଜର୍ଦ୍ଦା ନାଁ ଶୁଣି ଭୂତ ଦେଖିଲା ଭଳି ଚମକି ଉଠିଲା ଅର୍ଜୁନ । ସୋନାଲି ହାତରେ ଶିବଜର୍ଦ୍ଦା କରାଟ ଦେଖି ଭୟରେ ଚେୟାର ଛାଡ଼ି ପଛକୁ ଦୁଇପାଦ ସେ ଘୁଞ୍ଚିଆସିଲା ।

ଶିବ ଜାଫ୍ରାନି ଜର୍ଦ୍ଦା ଖାଇବାକୁ ଅଜୁ ଭୟ ପାଇବା ଦେଖି ସେ ଜର୍ଦ୍ଦା ନିଜ ଜିଭରେ ନେଇ ହସିବାକୁ ଲାଗିଲା ସୋନାଲି । ତା'ପରେ ତା' ମୁହଁ ଅର୍ଜୁନ ମୁହଁ ପାଖକୁ ଆଣି ପାଟିମେଲା କରି ହା- କରିଦେଲା ।

ଜାଫ୍ରାନ୍-ଅଳେଇଚର ମିଶ୍ରିତ ମିଠା ବାସ୍ନା ସୋନାଲିର ପାଟିରୁ ବସନ୍ତର ମଳୟ ପବନ ଭଳି ଉଡ଼ିଆସି ଅର୍ଜୁନର ଘ୍ରାଣେନ୍ଦ୍ରିୟକୁ ଉଚ୍ଚାଟିତ କରିଦେଲା । କିନ୍ତୁ ସେ ସୁଗନ୍ଧି ଜର୍ଦ୍ଦାକୁ ନିଜ ଜିଭରେ ନେବା ପାଇଁ ସାହସ କଲା ନାହିଁ ।

ଏକପ୍ରକାର ବିନୀତ କଣ୍ଠରେ ସେ ସୋନାଲିକୁ ବୁଝାଇଲା- ଆମ ଘରେ ବାପା ପାନ, ବିଡ଼ି, ସିଗ୍ରେଟ୍ ଖାଆନ୍ତି ନାଇଁ । ବୋଉ କଡ଼ାପାନ ତ ଦୂରର କଥା, ଚା' ମଧ୍ୟ ପିଏ ନାଇଁ । ମୋ ଧାତୁରେ ଏ କଡ଼ା ଜାଫ୍ରାନି ଜର୍ଦ୍ଦା ଯିବ ନାଇଁ- ଖାଇଲେ ବାନ୍ତି ହୋଇଯିବ- ସୋନାଲି ! ତୁ ପାଟି ବାସିବା ପାଇଁ ପଛେ ଏ ମିଠା ସୁପାରି ଖାଆ- ଜାଫ୍ରାନି ଜର୍ଦ୍ଦା ଛୁଉଁନା- ଆମ ବୟସର ପିଲାମାନେ ବାବା ଜର୍ଦ୍ଦା ହେଉ କି ଶିବ ଜର୍ଦ୍ଦା ହେଉ- ସ୍ୱାସ୍ଥ୍ୟ ପ୍ରତି ବିପଦ ।

- ତୋ କଥା ତ ସରକାରୀ ଷ୍ଟାଚ୍ୟୁଟାରି ଓ୍ୱାର୍ଣ୍ଣିଂ ଭଳି ଶୁଣାଯାଉଛି- "ତମାଖୁ ସେବନ, ଅକାଳ ମୃତ୍ୟୁର କାରଣ ।" କିନ୍ତୁ ଜିଭରେ ଏ ଜର୍ଦ୍ଦା ନେଇ କଳରେ ନ ଜାକିଲେ ମୋର ପାଠପଢ଼ାରେ ଏକାଗ୍ରତା ଆସେ ନାଇଁ- ଭୋକ ମଧ୍ୟ ହୁଏ ନାହିଁ-

କଟକ ସହରର ସବୁ ସ୍କୁଲ କଲେଜ ଛାତ୍ର ଏଇ ଜାଫ୍ରାନି ଜର୍ଦ୍ଦାର ଭକ୍ତ। ତୁ ପଛେ ନ ଖା'- ମତେ ମନା କର ନାହିଁ-

ମନା କରିଥିଲେ ମଧ୍ୟ ସୋନାଲି ତା'ର ମନା ମାନି ନଥାନ୍ତା। ସେ ସୋନାଲିକୁ କୌଣସି ଉପଦେଶ ନଦେଇ ତା' ପଢ଼ାଘରର ବନ୍ଦ ଝର୍କା ଖୋଲିଦେଲା।

ଦଲକାଏ ଥଣ୍ଡା ପବନ ଆଉ ଆଞ୍ଜୁଳାଏ ସୂର୍ଯ୍ୟକିରଣ ଭିତରକୁ ପଶିଆସି ଟେବୁଲ୍ ଲ୍ୟାମ୍ପ୍‌ର ଆଲୋକକୁ ମଳିନ କରିଦେଲା। ଆଉ ଲ୍ୟାମ୍ପ୍ ଆଲୁଅରେ ମଳିନ ଦେଖାଯାଉଥିବା ସୋନାଲିର ମୁହଁ କଅଁଳ ଖରାରେ ଉଜ୍ଜ୍ୱଳ ଦେଖାଗଲା।

।। ଚାରି ।।

ଉଚ୍ଚ ପ୍ରାଥମିକ ବୃତ୍ତି ପାଇଲା ଅର୍ଜୁନ।

ସ୍କୁଲ୍ ବାର୍ଷିକ ପରୀକ୍ଷାରେ ମଧ୍ୟ ପଞ୍ଚଷଠି ଶତାଂଶ ମାର୍କ ରଖିଥିଲା। ଗଣିତରେ ଏକାନବେ ଶତାଂଶ ମାର୍କ।

କଲେଜିଏଟ୍ ସ୍କୁଲରେ ଷଷ୍ଠ ଶ୍ରେଣୀରେ ତା'ର ନାମ ଲେଖା ହୋଇଗଲା।

ଗୋକୁଳାନନ୍ଦ ବାବୁ ପୁଅକୁ ଗୋଟିଏ ନୂଆ ରାଲେ ସାଇକେଲ୍ କିଣି ଦେଇଥିଲେ।

ସାଇକେଲ୍ ଚଢ଼ି ଘରୁ ସ୍କୁଲ୍ ଗଲାବେଳେ ମନଖୁସିରେ ଅର୍ଜୁନ 'ଆହେ ଦୟାମୟ ବିଶ୍ୱ ବିହାରୀ' ପ୍ରାର୍ଥନା ସଙ୍ଗୀତ ଗୁଣୁଗୁଣୁ ହୋଇ ଗାଉଥିଲା।

ସୋନାଲି କନ୍‌ଭେଣ୍ଟ ସ୍କୁଲ ଆନୁଆଲ୍ ଏକ୍‌ଜାମ୍‌ରେ ମଧ୍ୟ କିଛି ଖରାପ ରେଜଲ୍‌ଟ କରିନଥିଲା। ଛପନ ଶତାଂଶ ମାର୍କ ରଖିଥିଲା। ଷ୍ଟାଣ୍ଡାର୍ଡ୍ ଫାଇଭ୍‌ରେ ଇଂଲିସ୍‌ରେ ଅଠସ୍ତରି ଶତାଂଶ ମାର୍କ ରଖି କ୍ଲାସ୍‌ରେ ଟପର୍ ହୋଇଥିଲା।

ଅର୍ଜୁନ ଭାବିଥିଲା, ସୋନାଲି ସେଇ କନ୍‌ଭେଣ୍ଟରେ ହିଁ ତା'ର ଉଚ୍ଚଶିକ୍ଷା କଣ୍ଟିନିଉ କରିବ। ଗାଡ଼ିରେ ବସି ସ୍କୁଲ ଯିବ, ଆସିବ। ସରକାରୀ ଉଚ୍ଚ ପ୍ରାଥମିକ ଓଡ଼ିଆ ସ୍କୁଲରେ ସିନା ଷଷ୍ଠ ଶ୍ରେଣୀ ନଥିବାରୁ ସେ ସ୍କୁଲ୍ ବଦଳ କଲା, କନ୍‌ଭେଣ୍ଟ ଇଂଲିସ୍ ମିଡ଼ିୟମ୍ ସ୍କୁଲରେ ସେ ସମସ୍ୟା ନଥିଲା।

କିନ୍ତୁ ସୋନାଲିର ଅନ୍ୟ ସମସ୍ୟା ଥିଲା। ତା' ମା'ଙ୍କ ଦେହାନ୍ତ ପରେ ଘରେ ତା'ର ହେପାଜତ ନେବା ପାଇଁ ଆତ୍ମୀୟା କେହି ନଥିଲେ। ଠିକ୍ ସମୟରେ ଖୁଆଇପିଆଇ, ଟିଫିନ୍ ବକ୍ସ ଆଉ ପାଣି ବୋତଲ ଧରାଇ ଗାଡ଼ିରେ ସ୍କୁଲ ଯିବା ପାଇଁ ସୋନାଲିକୁ ବସାଇଦେବା କାମ ତା'ର ପାପାଙ୍କୁ ହିଁ କରିବାକୁ ପଡୁଥିଲା। ଅବଶ୍ୟ

ଝିଅର ଦେଖାଶୁଣା କରିବା ପାଇଁ ଶିବପ୍ରସାଦ ଗ୍ରାମରୁ ତାଙ୍କର ଜଣେ ବିଧାବା ପିଉସୀ ଝିଅ ଭଉଣୀକୁ ଆଣି ରଖିଥିଲେ। କିନ୍ତୁ ସୋନାଲିର ସହରୀ ଜୀବନଚର୍ଯ୍ୟା ସହିତ ସେ ଖାପ୍ ଖୁଆଇ ଚଳିପାରିଲେ ନାହିଁ। ଗାଁର ଶାଗପଖାଳ ପରିବର୍ତ୍ତେ ସହରର ବ୍ରେଡ୍, ବଟର୍, ରୋଟି, ଆମ୍‌ଲେଟ୍, ଚିକେନ୍, ମଟନ୍ ତାଙ୍କ ଦେହରେ ଗଲାନାହିଁ। ସେ ବିଧବା ହେଲା ପରେ ଆମିଷ ଛାଡ଼ି ଦେଇଥିଲେ। ଆମିଷ ବ୍ୟଞ୍ଜନ ସହ୍ୟ କରିପାରିଲେ ନାହିଁ ବୋଲି 'ଶିବଶକ୍ତି ଶାନ୍ତି ନୀଡ଼' ଛାଡ଼ି ସେ ନିଜ ଘରକୁ ଫେରିଗଲେ।

ଶିବଶକ୍ତି ପାନମସଲାର ଚାହିଦା ବୃଦ୍ଧି ପାଇବା ସଙ୍ଗେ ସଙ୍ଗେ ବ୍ୟବସାୟ ସମ୍ଭାଳିବା ପାଇଁ ଅଣନିଃଶ୍ୱାସୀ ହୋଇଯାଉଥିଲେ। ବିଶେଷକରି ଶିବ ଜର୍ଦ୍ଦାର ପ୍ରସାର ପଶ୍ଚିମବଙ୍ଗର ହାଓଡ଼ା, ମେଦିନିପୁର ଆଉ ଛତିଶଗଡ଼ର ରାୟପୁର ଲମ୍ବିଯିବା ଫଳରେ ସୋନାଲିର ପାପା ଶିବପ୍ରସାଦ କଟକରେ ସ୍ଥିର ହୋଇ ରହିବା ସମ୍ଭବ ହେଲା ନାହିଁ। ଦିଲ୍ଲୀ ବାବା ଜର୍ଦ୍ଦା କମ୍ପାନିର କେମିଷ୍ଟ କୁନାଲ ଯୋଷୀଙ୍କୁ ଅଧିକ ଦରମାରେ ଆଣି ଶିବ ଜର୍ଦ୍ଦାର କ୍ୱାଲିଟି ବଢ଼ାଇବା ଲାଗି ଶିବଶକ୍ତି ପାନମସଲା କମ୍ପାନୀର କେମିଷ୍ଟ ଭାବରେ ନିଯୁକ୍ତି ଦେଇଥିଲେ। ଶିବ ଜର୍ଦ୍ଦାର ବଜାର ବଢ଼ାଇବା ପାଇଁ ତାଙ୍କୁ ଘର ଛାଡ଼ି ଓଡ଼ିଶା ବାହାରକୁ ଯିବାକୁ ପଡ଼ିଲା। ପତ୍ନୀ ବିୟୋଗ ପରେ ପ୍ରକୃତରେ ଶକ୍ତିହୀନ ହୋଇ ପଡ଼ିଥିଲେ ଶିବପ୍ରସାଦ। ବାହାରର କୌଣସି ଅନାତ୍ମୀୟା ମହିଳାଙ୍କୁ ଝିଅର ଦେଖାଶୁଣା କରିବା ଲାଗି ଘରେ ପୂରାଇବା ପାଇଁ ତାଙ୍କର ସାହସ ହେଉନଥିଲା। ସୋନାଲି କ୍ରମଶଃ ବଡ଼ ହେଉଛି। ତା'ର ବୟସର ଏ ସନ୍ଧିକ୍ଷଣରେ କୌଣସି ଅନାତ୍ମୀୟା ମହିଳା ତା'ର ଫ୍ରେଣ୍ଡ, ଗାଇଡ୍ ଆଉ ଫିଲସଫର୍ ହୋଇପାରିବେ ବୋଲି ତାଙ୍କର ଭରସା ହେଉନଥିଲା। ସେଥିପାଇଁ କନ୍‌ଭେଣ୍ଟ ସ୍କୁଲ ବଦଳରେ କଟକର ପ୍ରଥମ ଆବାସିକ ଗାର୍ଲସ୍ ପବ୍ଲିକ୍ ସ୍କୁଲରେ ସେ ଝିଅର ନାମ ଲେଖାଇଦେଲେ। ଆମେରିକା ପ୍ରବାସୀ କେତେ ଜଣ କଟକୀ ଏନ୍.ଆର.ଆଇ. ତିନିବର୍ଷ ତଳେ ଏ ଆବାସିକ ଗାର୍ଲସ୍ ପବ୍ଲିକ୍ ସ୍କୁଲ୍ ଷ୍ଟାର୍ଟ କରିଥିଲେ। ସ୍କୁଲ୍ ଗୃହ ନିର୍ମାଣ ବେଳେ ସେ ତାଙ୍କ ପାନମସଲା କମ୍ପାନୀ ତରଫରୁ ଏକଲକ୍ଷ ଟଙ୍କା ଡୋନେସନ୍ ଦେଇଥିଲେ। ସ୍କୁଲର ପ୍ରିନ୍ସିପାଲ୍ ମିସେସ୍ ରୋଜାଲିନ୍ ମିଶ୍ରଙ୍କ ସହ ତାଙ୍କର ପରିଚୟ ଥିଲା। ଗାର୍ଲସ୍ ହଷ୍ଟେଲର ସୁପରିଟେଣ୍ଡେଣ୍ଟ ସୁଚିତ୍ରା ପାଲ୍ ଆଗରୁ କଟକ କନ୍‌ଭେଣ୍ଟ ସ୍କୁଲର ଇଂଲିସ୍ ଟିଚର ଥିଲେ। କଲିକତା ପ୍ରେସିଡେନ୍ସି କଲେଜରୁ ଅନର୍ସ ନେଇ ଇଂଲିସ୍‌ରେ ବି.ଏ. ପାସ୍ କରିଥିଲେ। ସୋନାଲିର କ୍ଲାସ୍ ନେଉନଥିଲେ ମଧ୍ୟ ସେ ତାକୁ ଜାଣିଥିଲେ। କନ୍‌ଭେଣ୍ଟ ଛାଡ଼ି ଏନ୍.ଆର.ଆଇ. ଗାର୍ଲସ୍ ପବ୍ଲିକ୍ ସ୍କୁଲରେ ଜଏନ୍ କଲାପରେ ସେ ଗାର୍ଲସ୍ ହଷ୍ଟେଲ ସୁପରିଟେଣ୍ଡେଣ୍ଟ ଦାୟିତ୍ୱରେ ଥିଲେ। ଶିବପ୍ରସାଦଙ୍କୁ ଦେଖିବା ମାତ୍ରେ ସେ ଚିହ୍ନି ପାରିଲେ। ସୋନାଲି ତାଙ୍କ କଟକ

ସ୍କୁଲ୍‌ରେ ଆଡ୍‌ମିସନ୍ ନେଉଛି ଜାଣି ଖୁସି ହେଲେ। ଭଦ୍ରମହିଳା ବଙ୍ଗୀୟ ଖ୍ରୀଷ୍ଟିୟାନ୍। ହଷ୍ଟେଲ୍‌ର ଅନ୍ତେବାସୀ ଛାତ୍ରୀମାନଙ୍କୁ କଡ଼ା ଶୃଙ୍ଖଳା ମଧ୍ୟରେ ସେ ବାନ୍ଧି ରଖିଛନ୍ତି। ସେମାନଙ୍କୁ ନିଜ ଅଭିଭାବକମାନଙ୍କ ବିନା ଲିଖିତ ଅନୁରୋଧ ବ୍ୟତୀତ ବାହାରକୁ ଯିବା ପାଇଁ ଅନୁମତି ଦିଆଯାଏ ନାହିଁ। ସ୍କୁଲ୍ କ୍ୟାମ୍ପସ୍ ଭିତରେ ହେଲ୍‌ଥ ସେଣ୍ଟର, ଛୋଟ ସପିଂମଲ୍, ଇନ୍‌ଡୋର ଗେମ୍‌ର ବ୍ୟବସ୍ଥା ଅଛି। ଦିନରାତି ସ୍କୁଲ ଗେଟ୍ ପାଖରେ ଦୁଇଜଣ ସଶସ୍ତ୍ର ଗୁର୍ଖା ଦରଓ୍ୱାନ୍ ପହରା ଦିଅନ୍ତି। ସ୍କୁଲ୍, ହଷ୍ଟେଲ୍ ଫିଜ୍ ଅନ୍ୟୁନ ଏକ ହଜାର ଟଙ୍କା। ସାଧାରଣ ମଧ୍ୟବିତ୍ତ ପରିବାରର ପିଲାମାନେ ଏ ପବ୍ଲିକ୍ ସ୍କୁଲର ଛାଇ ମାଡ଼ନ୍ତି ନାଇଁ।

ଶିବପ୍ରସାଦ ଝିଅର ସ୍କୁଲରେ ନାମ ଲେଖାଇଦେଇ ଏକ ପ୍ରକାର ନିଶ୍ଚିତ ହେଲେ। ହଷ୍ଟେଲ୍ ସୁପରିଟେଣ୍ଡେଟ୍ ମିସ୍ ପାଲ୍ ତା'ର ଲୋକାଲ୍ ଗାର୍ଡ଼ିଆନ୍ ଭାବରେ କାର୍ଯ୍ୟ କରିବେ ବୋଲି ରାଜି ହେବା ପରେ ସୋନାଲିକୁ ରହିବା ପାଇଁ ଏକ ସିଙ୍ଗଲ୍ ରୁମ୍ ମଧ୍ୟ ମିଳିଗଲା।

'ଶିବଶକ୍ତି ଶାନ୍ତି ନୀଡ଼'ର ମୁକ୍ତ ବିହଙ୍ଗୀ କଟକ ଗାର୍ଲ୍‌ସ୍ ପବ୍ଲିକ୍ ସ୍କୁଲର କ୍ୟାମ୍ପସ୍‌ରେ ଉଚ୍ଚ ପ୍ରାଚୀର ମଧ୍ୟରେ ବନ୍ଦିନୀ ହୋଇ ରହିଗଲା।

ଇଚ୍ଛା ଥିଲେ ମଧ୍ୟ ଅର୍ଜୁନର ତା' ସହିତ ଦେଖାସାକ୍ଷାତର କୌଣସି ସମ୍ଭାବନା ରହିଲା ନାହିଁ।

ଷ୍ଟାଣ୍ଡାର୍ଡ଼ ସିକ୍ସ, ସେଭେନ୍ ଓ ଏଇଟ୍- ଏ ତିନିବର୍ଷ ଖରାଛୁଟିରେ ସୋନାଲି ଚାଉଳିଆଗଞ୍ଜ 'ଶିବଶକ୍ତି ଶାନ୍ତି ନୀଡ଼'କୁ ନଆସି ତାଙ୍କ ସ୍କୁଲ ସହପାଠିନୀମାନଙ୍କ ସହ ଦେଶ ଦର୍ଶନ ପ୍ରୋଗ୍ରାମ୍‌ରେ ଗୋଆ, ସିମଲା ଆଉ ଦାର୍ଜିଲିଂ ଯାଇଥିଲା। ଖୋଲି ନଥିଲା ଦୁଇ ମହଲା କୋଠାର ସାମ୍ନା ଝର୍କା।

ବନ୍ଦ ଝର୍କାକୁ ଚାହିଁ ବିରକ୍ତ ହୋଇଯାଇଥିଲା ଅର୍ଜୁନ।

ଏ ତିନି ବର୍ଷ ଭିତରେ ସେ ନିଜେ ଖୁବ୍ ଲମ୍ବା ହୋଇଯାଇଛି। ହାପ୍‌ପ୍ୟାଣ୍ଟ୍ ବଦଳରେ ଫୁଲ୍‌ପ୍ୟାଣ୍ଟ୍ ପିନ୍ଧୁଛି। ସୋନାଲିର ଉଚ୍ଚତା ବଢ଼ିଛି କି ନାହିଁ ଜାଣି ନପାରି ଖୁବ୍ ଛଟପଟ ହେଉଛି ଅର୍ଜୁନ।

ଖରାଛୁଟିରେ କଟକ ସହରର ଅସହ୍ୟ ଗରମରୁ ରକ୍ଷା ପାଇବା ପାଇଁ ଦେଶ ଦର୍ଶନ ନାମରେ ଗୋଆ ସିମଲା ଦାର୍ଜିଲିଂ ଗଲା ଠିକ୍ ଅଛି। ସମର୍ ଭେକେସନ୍ ବ୍ୟତୀତ ଏକ୍ସମାସ, ଦୁର୍ଗାପୂଜା ପାଇଁ ତ ସ୍କୁଲ୍ ଛୁଟି ହୁଏ। ଘରକୁ ନଆସି ସ୍କୁଲ୍ ହଷ୍ଟେଲରେ ବସି ବସି କ'ଣ କରେ ସୋନାଲି ?

ତା' ବାର୍ଥଡେ ପାର୍ଟିରେ ସୋନାଲି ତାକୁ ଯେଉଁ କାଲ୍‌କୁଲେଟର ରିଟର୍ଣ୍ଣ ଗିଫ୍‌ଟ

ଦେଇଥିଲା- ପଞ୍ଚମ ଶ୍ରେଣୀରେ ଅର୍ଜୁନ ତା'ର ବ୍ୟବହାର ସୁଦ୍ଧା ଜାଣିନଥିଲା। ହଳଦିଆ ଟିଣର ଉଡ଼ାଜାହାଜ ଭଳି କାଲ୍‌କୁଲେଟରକୁ ସେ ଏକ ଖେଳନା ଭାବି ତାକୁ ହଳଦିଆ ଉଡ଼ାଜାହାଜ ସାଙ୍ଗରେ କାଠ ଆଲମିରାର ତଳ ଥାକରେ ରଖି ଦେଇଥିଲା। କିନ୍ତୁ ଅଷ୍ଟମ ଶ୍ରେଣୀରେ ଦେଖିଲା ତା' କ୍ଲାସ୍‌ର ଅନେକ ଛାତ୍ର ଜ୍ୟାମିତି ବକ୍ସ ଭଳି କାଲ୍‌କୁଲେଟର ଧରି ଆସୁଛନ୍ତି। ଗଣିତର ବହୁ ଜଟିଳ ହିସାବର ସଠିକ୍ ଉତ୍ତର ଖୋଜି ପାଇବାରେ କାଲକୁଲେଟର ଚଟାପଟ୍ କାମ ଦେଉଛି।

ଆଲମିରାର ତଳ ଥାକରେ ଧୂଳିଧୂସରିତ ହୋଇ ପଡ଼ିଥିବା କାଲ୍‌କୁଲେଟରକୁ ଝାଡ଼ିଝୁଡ଼ି ସଫାକଲା ଅର୍ଜୁନ। ବହୁସଂଖ୍ୟା ବିଶିଷ୍ଟ ଅଙ୍କର ଯୋଗଫଳ ବାହାର କରିବାରେ କାଲ୍‌କୁଲେଟର ମ୍ୟାଜିକ୍ ଭଳି କାମ କରେ।

କନ୍‌ଭେଣ୍ଟ୍‌ରେ ପଞ୍ଚମ ଶ୍ରେଣୀରେ ପଢ଼ିଲାବେଳୁ ସୋନାଲି କାଲ୍‌କୁଲେଟର ବ୍ୟବହାର ଜାଣିଥିଲା, ଭାବିଲା ମାତ୍ରେ ତା' ଆଖିରେ ସୋନାଲିର ଉଚ୍ଚତା ବଢ଼ିଯାଏ।

ଦେଖାହେଲେ କାଲ୍‌କୁଲେଟର ଗିଫ୍‌ଟ ଦେଇଥିବା ଯୋଗୁଁ ସେ ତାକୁ ଧନ୍ୟବାଦ ଦେବା ପାଇଁ ମନେ ମନେ ଉପଯୁକ୍ତ ଶବ୍ଦ ଚୟନରେ ଲାଗିଯାଏ। ପ୍ରତିଦିନ ଯେଉଁ ଶବ୍ଦ ବ୍ୟବହାର କରି ସୋନାଲିକୁ ଧନ୍ୟବାଦ ଦେବାପାଇଁ ସେ ଭାବୁଥାଏ, ତା' ଆରଦିନ ସେ ଶବ୍ଦ ବଦଳିଯାଏ। ନୂଆ ନୂଆ ଶବ୍ଦ ମନକୁ ଆସେ; କିନ୍ତୁ 'ଶିବଶକ୍ତି ଶାନ୍ତି ନୀଡ଼'କୁ ଆସେ ନାଇଁ ସୋନାଲି। ତା' ପଢ଼ା ଘରର ବନ୍ଦ ଝର୍କା ଖୋଲେ ନାଇଁ। ଧନ୍ୟବାଦ ଦେବା ପାଇଁ ଶବ୍ଦ ସବୁ ଭୁଲି ହୋଇଯାଏ।

ଦିନେ ହଠାତ୍-

॥ ପାଞ୍ଚ ॥

ଗୋକୁଳାନନ୍ଦ ବାବୁ ସ୍କୁଲରୁ ଫେରିଲେ।

ସାଇକେଲ୍‌ରେ ଚାବି ପକାଇ ଦାଣ୍ଡରେ ରଖିଦେଇ ଘର ଭିତରକୁ ଗଲାବେଳେ ସୁଧାମଞ୍ଜରୀ ସ୍ୱାମୀଙ୍କ ମୁହଁକୁ ଚାହିଁ ପଚାରିଲେ- ମୁହଁ ଶୁଖାଇଛ କାହିଁକି? ସ୍କୁଲରେ କ'ଣ କିଛି ଗୋଳମାଳ ହୋଇଛି କି?

ମୁହଁରେ ହସ ଫୁଟାଇବାକୁ ଚେଷ୍ଟା କରି ଗୋକୁଳାନନ୍ଦ ବାବୁ ଉତ୍ତର ଦେଲେ-

-ନା, ସ୍କୁଲ୍‌ରେ କିଛି ଗଣ୍ଡଗୋଳ ନାହିଁ। ସାମଲ ବାବୁଙ୍କ ଝିଅ ହଠାତ୍ ଅସୁସ୍ଥ ହୋଇପଡ଼ି କଟକ ମେଡ଼ିକାଲ୍ ଯାଇଛି। ପେଟ ବେମାରି, ଖୁବ୍ କଷ୍ଟ ପାଉଥିଲା। ଶିବ ବାବୁ ଓଡ଼ିଶା ବାହାରେ ଅଛନ୍ତି, ପାନମସଲାର ସେଲ୍‌ସ ପ୍ରମୋସନ୍ ପାଇଁ ରାୟପୁର

ଯାଇଛନ୍ତି। ଗାର୍ଲ୍‌ସ୍ ହଷ୍ଟେଲ୍‌ର ସୁପରିଟେଣ୍ଡେଣ୍ଟ ମିସ୍ ପାଲ୍ ତା'ର ଲୋକାଲ୍ ଗାର୍ଡ଼ିଆନ୍। ସେ କୌଣସି ରିସ୍କ ନନେବା ପାଇଁ ତାକୁ କଟକ ମେଡ଼ିକାଲ୍ ସ୍ପେସିଆଲ୍ କ୍ୟାବିନ୍‌ରେ ଆଡ଼୍‌ମିଟ୍ କରିଦେଇଛନ୍ତି।

- ତମେ ଏ ଖବର କେଉଁଠୁ ପାଇଲ ? ବାର ଚଉଦ ବର୍ଷର ଝିଅ। ତା' ମା'ଙ୍କ ଭଳି ହଠାତ୍ ପେଟ ଯନ୍ତ୍ରଣା କ'ଣ ପାଇଁ ? ଶକ୍ତିମୟୀଙ୍କର ପେପ୍‌ଟିକ୍ ଅଲ୍‌ସର ଥିଲା- ସୋନାଲିର କ'ଣ ପେଟରେ ଅଲସର୍ ହୋଇଛି ? ତମେ ତ ସେଇ ମେଡ଼ିକାଲ୍ ବାଟେ ଆସିଲ। ତାକୁ ଟିକିଏ ଦେଖି ଆସିଲ ନାଇଁ। ମା' ଛେଉଣ୍ଡ ଝିଅ- ବାପା ବି ପାଖରେ ନାହିଁ-

- ଯାଇଥିଲି। କିନ୍ତୁ ଲୋକାଲ୍ ଗାର୍ଡ଼ିଆନ୍‌ଙ୍କ ବିନା ଅନୁମତିରେ ସୋନାଲିକୁ କେହି ଭେଟିପାରିବେ ନାହିଁ ବୋଲି ତାଙ୍କ ସ୍କୁଲ୍ ପ୍ରିନ୍ସପାଲ୍ କଡ଼ା ଆଦେଶ ଦେଇଛନ୍ତି। ମତେ ତା' ବିଷୟରେ ଯିଏ ଖରବ ଦେଲେ ସେ ହେଉଛନ୍ତି ତାଙ୍କ ସ୍କୁଲ୍ କ୍ୟାମ୍ପସ୍ ହେଲ୍‌ଥ ସେଣ୍ଟର୍‌ର ଡାକ୍ତର ଚୌଧୁରୀ। ତାଙ୍କ ପୁଅ ଆମ ସ୍କୁଲରେ ପଢ଼େ। ଏ ବର୍ଷ ମାଧ୍ୟମିକ ଫାଇନାଲ୍ ଦେବ। ଡାକ୍ତର ଚୌଧୁରୀ କହିଥିଲେ ଅଲ୍‌ସର ନହୋଇପାରେ, ପିରିଅଡ଼୍ ଆରମ୍ଭ ହେବା ପୂର୍ବରୁ ଜଣ ଜଣକର ଏମିତି ପେଟରେ ଯନ୍ତ୍ରଣା ହୁଏ-

କଥା ଅଧାରଖି ପୋଷାକ ବଦଳାଇବା ପାଇଁ ଗୋକୁଳାନନ୍ଦ ବାବୁ ଶୋଇବା ଘର ଭିତରକୁ ଚାଲିଗଲେ।

ବାପାଙ୍କ କଥାରୁ ସୋନାଲିର ଅସୁସ୍ଥତା କଥା ଜାଣିଲା ପରେ ଅର୍ଜୁନର ହୃତ୍‌ସ୍ପନ୍ଦନର ବେଗ ବଢ଼ିଗଲା। ଛାତି ଭିତରେ ଝିଙ୍କିଲୁଟା ପାହାରର ଶବ୍ଦ ସେ ଶୁଣିବାକୁ ପାଇଲା। ରାତିରେ ଭଲ ନିଦ ହେଲା ନାହିଁ। ସୋନାଲିର ମମି ପେପ୍‌ଟିକ୍ ଅଲ୍‌ସର ଯୋଗୁଁ କଟକ ମେଡ଼ିକାଲ ସ୍ପେସିଆଲ୍ କ୍ୟାବିନ୍‌ରେ ଭର୍ତ୍ତି ହୋଇଥିଲେ। ଘରକୁ ନଫେରି ଛବି ହୋଇଗଲେ। ସୋନାଲି ତା' ମମିଙ୍କ ଭଳି ଭଲ ନହୋଇ ଛବି ହୋଇଯିବା କଥା ଭାବିବା ମାତ୍ରେ ତା' ଛାତି ଭିତରେ ଢିଙ୍କି ପ୍ରହାରର ଶବ୍ଦ ବେଶି ଶୁଣାଗଲା। ଭୟରେ ତା'ର ଆଖି ବୁଜି ହୋଇଗଲା।

ସେଇ କେଇଦିନ ଅର୍ଜୁନର ଭୀଷଣ ମନ କଷ୍ଟ ହୋଇଥିଲା। ପାଠପଢ଼ାରେ ମନ ଲାଗୁନଥିଲା। ରିଟର୍ଣ୍ଣ ଗିଫ୍‌ଟ କାଲ୍‌କୁଲେଟରକୁ ଦେଖିଲେ ତା' ଆଖି ଛଳ ଛଳ ହୋଇ ଯାଉଥିଲା।

ଛଅ ସାତ ଦିନ ପରେ ହଠାତ୍ ଦିନେ ଅର୍ଜୁନ ଦେଖିଲା ଦୋମହଲାର ସାମ୍ନା ଝର୍କା ଖୋଲିଯାଇଛି।

ମସ୍ତବଡ଼ ପଥର ଅର୍ଜୁନର ଛାତି ଉପରୁ ଓହ୍ଲାଇଯାଇଛି। 'ଆହେ ଦୟାମୟ ବିଶ୍ୱ ବିହାରୀ' ଗୀତ ତା' ଓଠକୁ ଫେରିଆସିଛି।

ତା' ଆରଦିନ ସକାଳୁ ସୋନାଲି ଗାଡ଼ିର ଡ୍ରାଇଭର ତାକୁ ଆସି ଚାପା କଣ୍ଠରେ କହିଲା- ଦିନ ଏଗାରଟା ଫ୍ଲାଇଟ୍‌ରେ ଦିଦିମଣି ବମ୍ବେ ଯିବେ। ଯିବା ଆଗରୁ ତମକୁ ଦେଖା କରିବାକୁ କହିଛନ୍ତି-

ପାଗଳଙ୍କ ଭଳି ଆଗକୁ ପଛକୁ ନଚାହିଁ ମଝି ପାଚେରି ଡେଇଁ ଅର୍ଜୁନ ସୋନାଲି ପାଖରେ ପହଞ୍ଚିଗଲା।

ଆଉ ତା' ମୁହଁକୁ ଅନେଇ ଦେଇ ଦୃଷ୍ଟି ତଳକୁ କରିଦେଲା।

ତା' ଗୋରାମୁହଁ ଧଳା ପଡ଼ିଯାଇଛି। ଦୀର୍ଘ ଅନିଦ୍ରା ଯୋଗୁଁ ଆଖି ପଶିଯାଇଛି କୋରଡ଼ ଭିତରକୁ। ସ୍ୱାସ୍ଥ୍ୟ ଭାଙ୍ଗିପଡ଼ିଛି। ଅବସାଦଗ୍ରସ୍ତ ଦେଖାଯାଉଛି ସୋନାଲି। ଅଚିହ୍ନା ଅଚିହ୍ନା ମନେହେଉଛି।

- କ'ଣ ମତେ ପ୍ରେତିନୀ ଭାବି ଡରିଯାଉଛୁ ?

ବହୁ କଷ୍ଟରେ ହସିବାକୁ ଚେଷ୍ଟା କରି ସୋନାଲି କଥା କହି ଢୋକ ଗିଳିଲା।

- ତୋର ଏ' କି ଅବସ୍ଥା ହୋଇଛି ସୋନାଲି ! ପେଟରେ ଅଲ୍‌ସର ଏମିତି କିଛି ଦୁରାରୋଗ୍ୟ ବ୍ୟାଧି ନୁହେଁ। ତୁ ଏମିତି ଓଦାକାନ୍ଥ ଭଳି ଭାଙ୍ଗି ଭୁଶୁଡ଼ି ପଡ଼ିଛୁ କାହିଁକି ?

- ଅଲସର୍ ନୁହେଁ, କ୍ୟାନ୍‌ସର୍। ଆଉ ଘଣ୍ଟାଏ ପରେ ଫ୍ଲାଇଟ୍‌ରେ ବମ୍ବେ ଯିବି ଟାଟା କ୍ୟାନ୍‌ସର୍ ହସ୍‌ପିଟାଲ୍‌ରେ ଆଡ଼୍‌ମିଟ୍ ହେବା ପାଇଁ।

କ୍ୟାନ୍‌ସର୍ ଶବ୍ଦଟା ଏକ ବିସ୍ଫୋରିତ ଆଣବିକ ବୋମା ଭଳି ତା' କାନକୁ ତାବ୍‌ଦା କରିଦେଲା।

- କ୍ୟାନ୍‌ସର୍ ! ତୋ ମମିଙ୍କ ଭଳି ତୁ ପେପ୍‌ଟିକ୍ ଅଲସର୍‌ରେ ପୀଡ଼ିତ ହୋଇଥିଲୁ ବୋଲି ମୋ ବାପା କହୁଥିଲେ।

- ମମି ବି କ୍ୟାନ୍‌ସର୍‌ରେ ମରିଛି। ଯେଉଁମାନେ ଶିବଶକ୍ତି ପାନମସଲା କମ୍ପାନିର ଜାଫ୍ରାନି ଜର୍ଦ୍ଦା ଖାଉଛନ୍ତି ସେମାନେ ସମସ୍ତେ ଆଗପଛ ହୋଇ କ୍ୟାନ୍‌ସର୍‌ରେ ମରିବେ।

କଥା କହିଲା ବେଳେ ସୋନାଲିର ପାଟି ଲାଗି ଯାଉଥିଲା। ନିଃଶ୍ୱାସ ନେବାକୁ କଷ୍ଟ ହେଉଥିଲା। ସୋଫାରେ ବସିଥିବା ବେଳେ ବି ତା' ହାତଗୋଡ଼ ଥରୁଥିଲା। ସେ କମ୍ପନ ଅର୍ଜୁନ ଦେହକୁ ମଧ୍ୟ ସଂକ୍ରମିତ ହୋଇଆସିଲା। ସେ ନିଜେ ନିଜକୁ ବୁଝାଇଲା ଭଳି କହିଲା- ପ୍ରତିବର୍ଷ ଡ୍ରଗ୍‌ସ କଣ୍ଟ୍ରୋଲ୍ ବୋର୍ଡ଼ର ସ୍ୱାସ୍ଥ୍ୟ ଅଧିକାରୀମାନେ କଡ଼ା ଜର୍ଦ୍ଦା ଲାବୋରଟାରିରେ ଟେଷ୍ଟ କରନ୍ତି। ସ୍ୱାସ୍ଥ୍ୟ ପ୍ରତି କୌଣସି ହାନିକାରକ ଉପାଦାନ

ଜର୍ଦ୍ଦାରେ ଖୋଜି ପାଇଥିଲେ କମ୍ପାନିର ଲାଇସେନ୍ସ କ୍ୟାନ୍‌ସେଲ୍ କରିଦେଇଥାଆନ୍ତେ। କାରଖାନା ସିଲ୍ କରିଦେଇଥାଆନ୍ତେ। ନା, ତୋର କିଛି ହୋଇନାଇଁ ସୋନାଲି। ତୁ ଭଲ ହୋଇ ଶୀଘ୍ର ଫେରିଆସିବୁ-

ଅର୍ଜୁନର କଥା ଶୁଣି ଏତେ ଦୁଃଖ ଭିତରେ ବି ହସିଦେଲା ସୋନାଲି। ଏ ହସରେ କ୍ୟାନ୍‌ସର୍ ଭୟର ଅପମିଶ୍ରଣ ଘଟିନଥିଲା।

ସେ ଅର୍ଜୁନର ଆଖିରେ ଆଖି ରଖି କହିଲା- ଏ ଅସୁସ୍ଥ କର୍କଟବ୍ୟାଧୀଗ୍ରସ୍ତ ପୃଥିବୀରେ ତୁ ମୋର ଏକମାତ୍ର ପ୍ରକୃତ ବନ୍ଧୁ। ସେଦିନ ମୋ କଥା ମାନି ତୁ ଜାଫ୍ରାନି ଜର୍ଦ୍ଦା ଖାଇବାକୁ ମନା କରି ଦେଇଥିଲୁ। ମୁଁ ତୋ କଥା ନମାନି ଜର୍ଦ୍ଦା ଖାଇ ତତେ ଛାଡ଼ି ମମିଙ୍କ ପାଖକୁ ଚାଲିଯିବାକୁ ବାହାରିଛି। ତୁ ମୋ କଥା ନମାନି ବଞ୍ଚିଯାଇଛୁ, ମୁଁ ତୋ କଥା ନମାନି ମରିଯାଉଛି।

କଥା ଅଧାରଖି ଦମ୍ ନେଲା ସୋନାଲି। ତା'ର ନିଃଶ୍ୱାସ ଘର ଧରୁନଥିଲା।

କିଛି ସମୟ ପରେ ଅନ୍ୟମନସ୍କ ଭାବରେ ସେ କହିଲା-

- ପ୍ରତିବର୍ଷ ଶିବ ଜର୍ଦ୍ଦାକୁ ଲାବୋରଟାରି ଟେଷ୍ଟ୍‌ରେ କ୍ଲିନ୍‌ଚିଟ୍ ଦିଆଯାଉଛି। ପାପା ସେ ସାର୍ଟିଫିକେଟ୍‌କୁ ଲାମିନେସନ୍ କରି କାଚ ଫ୍ରେମ୍‌ରେ ବାନ୍ଧି ଅଫିସ୍ କାନ୍ଥରେ ଝୁଲାଇ ଦେଇଛନ୍ତି। କିନ୍ତୁ ଏ ସାର୍ଟିଫିକେଟ୍ ଯେ ଭେଜାଲ୍, ମୋ ବାୟୋପ୍ସି ରିପୋର୍ଟ ତା'ର ପ୍ରମାଣ।

ଏହି ସମୟରେ ଗାଡ଼ିର ହର୍ଣ୍ଣ ଶୁଣାଗଲା।

ଏୟାରପୋର୍ଟ ଯିବାକୁ ତଳକୁ ଓହ୍ଲାଇ ଯିବାର ସଂକେତ।

ଧୀର ପଦକ୍ଷେପରେ ନିଜେ ପଢ଼ାଘରକୁ ଯାଇ ତା'ର ସେଇ ପ୍ଲାଷ୍ଟିକ୍ ହଳଦିଆ ଖେଳନା ଉଡ଼ାଜାହାଜ ଆଉ ସେ ତା' ହାପି ବାର୍ଥଡେରେ ଉପହାର ଦେଇଥିବା ଛୋଟ ଗ୍ଲୋବ୍ ନେଇଆସିଲା।

କହିଲା- ମୁଁ ତ ଆଜି ସତସତିକା ଇଣ୍ଡିଆନ୍ ଏୟାରଲାଇନ୍ ଉଡ଼ାଜାହାଜରେ ବସି ବମ୍ବେ ଉଡ଼ିଯିବି। ଏ ଖେଳନା ଉଡ଼ାଜାହାଜ ଆଉ ମୋର ଦରକାର ନାଇଁ। ତୁ ନେଇଯାଆ। ଆଉ ତୁ ଉପହାର ଦେଇଥିବା ଦୁଇ ଗୋଲାର୍ଦ୍ଧର ଗ୍ଲୋବ୍‌କୁ ମୁଁ ସାଙ୍ଗରେ ନେଇଯାଉଛି। କାରଣ ତୁ ହିଁ ମୋର ଏକମାତ୍ର ପୃଥିବୀ!

ଟିକିଏ ଥକ୍କା ମାରି ନିଃଶ୍ୱାସ ନେଇସାରି ତା' କାନ ପାଖକୁ ନିଜ ମୁହଁ ନେଇଆସି ସୋନାଲି ମନ୍ତ୍ର ଉଚ୍ଚାରଣ କଲା ଭଳି ଫିସ୍ ଫିସ୍ କରି କହିଲା- ତୁ ସେଦିନ କହୁଥିଲୁ, ତୋ ଟିଣ ହଳଦିଆ ଖେଳନା ଉଡ଼ାଜାହାଜ ତୋ ପଢ଼ାଘର ଝର୍କାବାଟେ ମୋ ପଢ଼ାଘରେ ପହଞ୍ଚି ଯାଇଥିଲା। କ୍ୟାନ୍‌ସର୍ ମହାମାରୀ ପାଖରେ ହାରିଗଲେ, ମୁଁ ଏକ ଅଲଗା

ପୃଥିବୀକୁ ଚାଲିଯିବି। ଇଣ୍ଡିଆନ୍ ଏୟାରଲାଇନ୍ ଏରୋପ୍ଲେନ୍‌ରେ ସେ ପୃଥିବୀରେ ପହଞ୍ଚିହେବ ନାହିଁ। କିନ୍ତୁ ତୋ ହାତରେ ଯାଦୁ ଅଛି, ସେଇ ଯାଦୁ ସ୍ପର୍ଶରେ ଏଇ ହଳଦିଆ ଖେଳନା ଉଡ଼ାଜାହାଜରେ ବସି ତୁ ନିଶ୍ଚୟ ମୋ ପାଖରେ ପହଞ୍ଚିଯିବୁ, ମୁଁ ତୋ ପାଇଁ ଅପେକ୍ଷା କରିଥିବି।

କଥା ଶେଷକରି ହାତରେ ଧରିଥିବା ଗ୍ଲୋବ୍‌କୁ ଓଠରେ ଛୁଇଁ ସୋନାଲି ଚୁମା ଦେଲାବେଳେ ଫୁଟିବା ଫୁଲ କଢ଼ ଝଡ଼ି ଯାଉଥିବା ଦୁଃଖରେ ଅର୍ଜୁନ ଦୁଇହାତ ପାପୁଲିରେ ନିଜ ମୁହଁ ଯାକି କାନ୍ଦି ପକାଇଲା।

ଧୂଳିଆ ବାବା ଏବଂ ଅବକାରୀ ମନ୍ତ୍ରୀ

॥ ଏକ ॥

ପ୍ରଥମେ ନିମୋନିଆ।

ତା'ପରେ ସନ୍ନିପାତ।

ଦୁଇଦିନ ହେଲା ଶାନ୍ତନୁ ଆଉ ଆଖି ଖୋଲୁନାହିଁ। ପାଟି ଫିଟୁନାହିଁ। ତାଳୁରୁ ତଳିପା ଯାଏ ସାରା ଦେହ ଥଣ୍ଡା, ଯେତେ ଗରମ ସେକ ଦେଲେ କି ଗରମ ଘିଅ ମାଲିସ କଲେ ବି ଥଣ୍ଡା କଟୁନାହିଁ; ଦେହକୁ ଉଷ୍ଣତା ଫେରୁନାହିଁ। ଏଲୋପାଥି, ହୋମିଓପାଥି, କବିରାଜି- ସବୁ ଔଷଧ ହିମଶୀତଳ ଦେହରେ ଉତ୍ତାପ ସଂଚାର କରିପାରୁ ନାହିଁ।

କେବଳ ନିଃଶ୍ୱାସପ୍ରଶ୍ୱାସ ଚାଲିଛି ବୋଲି ପୁଅ ବଞ୍ଚିଛି- ସେଇ ଆଶାରେ ମୁଣ୍ଡ ଉପରେ ଦିନରାତି ଜଗି ବସିଛନ୍ତି ହରୀଶପୁରର ଜମିଦାର ବିକ୍ରମ ଚୌଧୁରୀ।

ଘରେ କିନ୍ତୁ ଚାପା କଣ୍ଠରେ କାନ୍ଦବୋବାଳି ଆରମ୍ଭ ହୋଇଗଲାଣି।

ଏଇ ସନ୍ଧିକ୍ଷଣରେ କୁସୁନପୁରର ଧୂଳିଆ ନନା।

ଆଗରୁ ଜମିଦାରଙ୍କ ପର୍ବପର୍ବାଣିରେ ଧୂଳିଆ'ନାକୁ ଡାକରା ହୁଏ; କିନ୍ତୁ ବର୍ତ୍ତମାନ ତ କୌଣସି ପୂଜା ନାହିଁ, ପାର୍ବଣ ନାହିଁ।

ହଠାତ୍ କାହିଁକି ଧୂଳିଆ ନନା!

- ଆଜ୍ଞା! ଆପଣ ତ ପୁଅର ଆରୋଗ୍ୟ ପାଇଁ ସବୁ ପ୍ରକାର ଚିକିତ୍ସା କରାଇ ସାରିଲେଣି। ମତେ ଆଜି ଥରେ ଶାନ୍ତନୁ ବାବୁ ଶୋଇଥିବା ଘର ବାରଣ୍ଡାରେ ତ୍ରିନାଥ ମେଳା କରିବାକୁ ସୁଯୋଗ ଦିଅନ୍ତୁ।

ଧୂଳେଶ୍ୱର ନନ୍ଦଙ୍କୁ କି ଉତ୍ତର ଦେବେ ବୁଝିପାରିଲେ ନାହିଁ ବିକ୍ରମ ଚୌଧୁରୀ। ସେ ରେଭେନ୍ସାରୁ ପଦାର୍ଥ ବିଜ୍ଞାନରେ ସ୍ନାତକ, ଶାନ୍ତନୁ ବି ବିଜ୍ଞାନର ଛାତ୍ର; ଏଲୋପାଥି

ଏବଂ କବିରାଜି ଔଷଧ ଯେତେବେଳେ ଦେହରେ ଉତ୍ତାପ ସଂଚାର କରିପାରୁ ନାହିଁ ସେତେବେଳେ ତ୍ରିନାଥ ମେଳାର ତିନି ଗୋସାଇଁ ପୁଅ ଦେହରେ ଉତ୍ତାପ ଫେରାଇ ଆଣିପାରିବେ ?

ଚେଷ୍ଟାକରି ମଧ୍ୟ ପୂଜକ ବ୍ରାହ୍ମଣ ଧୂଳେଶ୍ୱର ନନ୍ଦଙ୍କ କଥା ସେ ବିଶ୍ୱାସ କରିପାରୁ ନଥିଲେ ।

ଜମିଦାର ଚୌଧୁରୀ ବାବୁଙ୍କ ମନକଥା ଅନୁମାନ କରିପାରିଲେ ଧୂଳିଆ ନନା ।

କହିଲେ- ବିଜ୍ଞାନ ଯେଉଁଠି ଫେଲ୍ ମାରେ, ସେଇଠି ଭଗବାନଙ୍କ ଉପରେ ବିଶ୍ୱାସ ଥାପିବାକୁ ହୁଏ । ଆଉ ତ୍ରିନାଥ ମେଳାର ତିନି ଗୋସାଇଁ ହେଲେ ବ୍ରହ୍ମା, ବିଷ୍ଣୁ, ମହେଶ୍ୱର । ସୃଷ୍ଟି କର୍ତ୍ତା, ସୃଷ୍ଟିର ପାଳକ ଆଉ ସୃଷ୍ଟିର ସଂହାରକ ! ଏ ତିନି ଗୋସାଇଁ ଚାହିଁଲେ ତାରିବେ, ନହେଲେ ମାରିବେ । ଅସଲ କଥା ହେଲା ତିନି ଗୋସାଇଁଙ୍କ ଉପରେ ବିଶ୍ୱାସ ରଖିବା । ଆପଣଙ୍କର ଯଦି ବିଶ୍ୱାସ ଥାଏ-

ବିକ୍ରମ ଚୌଧୁରୀ ମୁହଁ ଉପରେ ଚେଷ୍ଟାକରି ଗାରେ ହସ ଟାଣି କହିଲେ- ଠିକ୍ ଅଛି, ଆଜି ରାତିରେ ମେଳାର ଆୟୋଜନ କର ନନା ! ପୂଜାରେ କି କି ଦ୍ରବ୍ୟ ଲାଗିବ, କେତେ ଖର୍ଚ୍ଚ ହେବ- କୁହ ।

ଧୂଳିଆ'ନା ଖୁସି ହୋଇ କହିଲେ- ତ୍ରିନାଥ ଗୋସାଇଁଙ୍କ ପୂଜାରେ-

"ଦ୍ରବ୍ୟ ଯେ ନ ଲାଗଇ ଅତି,
ଅଳପେ ହେଉ ହେ ତୃପତି ।"
ଚିଲମ ତିନି ଗୋଟି କରି, ଗଞ୍ଜାଇ ଦଳି ତହିଁ ଭରି
ଅଗ୍ନି ଯେ ଲଗାଇ ତହିଁରେ, ଥୋଇବି ଯତନ ପ୍ରକାରେ
ପ୍ରଦୀପ ତିନି ଗୋଟି କରି, ମାଲପା ଦେଇ ବତି ଭରି
ପାନ ସୁପାରି ସଜାଡ଼ିବ, ଆସ ହେ ତ୍ରିନାଥ ବୋଲିବ ।"

ବାସ୍, ତିନିଟି ପାନପତ୍ର, ତିନିଟି ଗୋଟାଗୁଆ, ଦୀପରେ ସଳିତା ପକାଇ, ପୋଲାଙ୍ଗ ତେଲ ଢାଳି ବତି ଲଗାଇବ । ଟଙ୍କାକର ଗଞ୍ଜେଇ ହେଲେ- ମେଳାର ଗୀତ ବୋଲାଳି, ପାଳିଆ, ଗିନି ବାଦକ- ସମସ୍ତେ ଶିବ ଠାକୁରଙ୍କ ନୈବେଦ୍ୟ ଗଞ୍ଜେଇ ଧୂଆଁ କଳେ କଳେ ପାନ କରିବେ- ବାସ୍, ଏତିକିରେ ଇତି । ଏଥିରେ ପୂଜକ, ବାଦକ, ପାଳିଆମାନଙ୍କ କୌଣସି ପାଉଣା ନାହିଁ- କେବଳ କଳେ କଳେ ଗଞ୍ଜେଇ ଧୂମପାନ ସେମାନଙ୍କର ପାଉଣା, ଦକ୍ଷିଣା ।

ରାତ୍ରିର ପ୍ରଥମ ପ୍ରହରରେ ଆରମ୍ଭ ହେଲା ତ୍ରିନାଥ ମେଳା । ତିନି ଗୋସାଇଁଙ୍କ ପୂଜାରୀତି ଧୂଳିଆ ନନାଙ୍କ ମୁଖସ୍ଥ । ପୋଥି ନଦେଖି ମଧ୍ୟ ସେ ମେଳାଗୀତ ଆବୃତ୍ତି କରିଗଲେ ।

ଗଞ୍ଜେଇ ବାରଣ୍ଡା ପୂଜା ମଣ୍ଡପରୁ ଘର ଭିତରକୁ ପ୍ରବେଶ କରି ଘରକୁ ଧୂମାଭ କରି ଦେଉଥିଲା। ସେ ଧୂଆଁର କଡ଼ା ବାସ୍ନା ବିକ୍ରମ ଚୌଧୁରୀ ସହ୍ୟ କରିନପାରି ନାକରେ ସୁଗନ୍ଧି ରୁମାଲ ଚାପି ଧରିଥିବା ବେଳେ ସେ ଧୂଆଁ ଆଘ୍ରାଣ କରି ଶାନ୍ତନୁର ନିଦ୍ରାଭଙ୍ଗ ହେଲା। ଦୁଇଦିନ ବିଛଣାରେ ଅଚେତ ହୋଇ ଶୋଇ ରହିଥିବା ଶାନ୍ତନୁ ଧଡ଼ପଡ଼ ହୋଇ ଉଠିବସିଲା।

ନିଦ ମଳମଳ ଆଖିରେ ପଚାରିଲା- ବାବା ! ରାତି କେତେ ହୋଇଛି ? ଗୀତ ବୋଲୁଛି କିଏ ? ମୁଁ ଅନେକ ସମୟ ଶୋଇପଡ଼ିଥିଲି ନା !

ବିହ୍ୱଳିତ ବିକ୍ରମ ଚୌଧୁରୀ ଚେୟାରରୁ ଉଠିଯାଇ ପୁଅର ଦେହରେ ହାତ ମାରିଲେ। ଥଣ୍ଡା ଓହ୍ଲାଇଯାଇ ଦେହ ଉଷୁମ ଲାଗୁଛି।

ତ୍ରିନାଥ ଗୋସାଇଁଙ୍କ କୃପାରୁ ପୁଅ ଜୀବନ ଫେରି ପାଇଥିବାରୁ ପୁଅକୁ କୁଣ୍ଢେଇ ଧରି ଝରଝର କାନ୍ଦିଉଠିଲେ ବିକ୍ରମ ଚୌଧୁରୀ।

ତା' ଆରଦିନ ସାରା ହରୀଶପୁର ଅଞ୍ଚଳରେ ପ୍ରଚାରିତ ହୋଇଗଲା ତ୍ରିନାଥ ମେଳାର ଅଲୌକିକ ଶକ୍ତି।

ମୃଗନାଭି କସ୍ତୁରୀ ଭଳି କୁସୁନପୁର ନନ୍ଦ ସାହିର ଧୂଳିଆ ନନାଙ୍କ ସୁଖ୍ୟାତି, ତ୍ରିନାଥ ମେଳାର ଗାୟକ ଓ ପୂଜକ ଭାବରେ ସାରା ହରୀଶପୁର ଭୂଖଣ୍ଡରେ ପବନ ବେଗରେ ପ୍ରସାରିତ ହୋଇଗଲା।

॥ ଦୁଇ ॥

ହରୀଶପୁର ନୂଆ ହାଟରୁ ଫେରିଲାବେଳେ ନନ୍ଦ ସାହିର ଚକ୍ରଧର ନନ୍ଦ ରାତିବେଳେ ପଠାଣଭୂତ ଭେଟଣା ହୋଇ, ଘଟଣା- ସ୍ଥଳରେ ହୃଦ୍‌ଘାତରେ ଟଳିପଡ଼ିଲେ। ହାଟରୁ ତାଙ୍କ ପଛେ ପଛେ କୁସୁନପୁର ଗାଁର ଅନ୍ୟ ଯେଉଁମାନେ ଆସୁଥିଲେ ମୁସଲମାନ ବସ୍ତିମୁଣ୍ଡ ଝଙ୍କା ବରଗଛ ତଳେ ଚକ୍ରଧର ନନା ତଳେ ପଡ଼ି ଗଁ ଗଁ ଶବ୍ଦ କରୁଥିବା ଶୁଣି ତାଙ୍କୁ ଉଠାଇବାକୁ ଚେଷ୍ଟା କଲାବେଳେ ଗାଁ ଲୋକଙ୍କ ମୁହଁକୁ ଚାହିଁ, ଭୟରେ ଅସ୍ପଷ୍ଟ କ୍ଷୀଣ କଣ୍ଠରେ ପଠାଣଭୂତ ପଠାଣଭୂତ ବୋଲି ଦୁଇଥର ଚିତ୍କାର କରି ଆଖି ବୁଜିଦେଲେ।

ଯୋଗକୁ ପରିବାପତ୍ର ବିକ୍ରି କରି ଗୋଟାଏ ଖାଲି ଶଗଡ଼ ନୂଆ ହାଟରୁ ଫେରୁଥିଲା। କୁସୁନପୁର ଗାଁ ଲୋକେ ସେଇ ଶଗଡ଼ରେ ଚକ୍ରଧର ନନାଙ୍କ ଶବକୁ ଉଠାଇ ଗାଁକୁ ନେଇଆସିଲେ।

ପଠାଣଭୂତ ଭେଟଣା ହୋଇ ଚକ୍ରଧର ନନା ମାରା ଯାଇଥିବା ଖବର କୁସୁନପୁର ଗାଁ ସାରା ପ୍ରଘଟ ହୋଇଗଲା। ଖବର ପାଇ ପ୍ରଥମେ ପାଗଳଙ୍କ ଭଳି ଛୁଟି

ଆସିଲେ ଧୂଳିଆ ନନା। ପ୍ରଥମେ ଚକ୍ରଧର ନନ୍ଦ ତ୍ରିନାଥ ମେଳା ପାଲାର ପାଳିଆ ଥିଲେ। ଏବେ ହରୀଶପୁର ସାରା ପ୍ରତି ଗାଁରେ ତ୍ରିନାଥ ମେଳା ଆୟୋଜିତ ହେବାରୁ ଧୂଳିଆ'ନା ସବୁ ମେଳାକୁ ଯିବା ପାଇଁ ସମୟ ପାଉନାହାନ୍ତି। ତାଙ୍କ ଜାଗାରେ ପାଳିଆରୁ ମେଳା ପାଲାର ଗାୟକ ହୋଇଯାଇଥିଲେ ଚକ୍ରଧର ନନ୍ଦ, ଧୂଳିଆ'ନାଙ୍କ ଡାହାଣ ହାତ।

ଅକସ୍ମାତ୍ ହାତଟା ଛିଣ୍ଡି ପଡ଼ିବାରୁ ଧୂଳିଆ ନନା ଶକ୍ତ ଧକ୍କା ଖାଇଲେ। କିନ୍ତୁ ଭାଙ୍ଗିପଡ଼ିଲେ ନାହିଁ। ନନ୍ଦ ସାହିର ମୁରବି ବେଦଜ୍ଞ ପଣ୍ଡିତ ପରମାନନ୍ଦ ନନ୍ଦଙ୍କୁ ଚକ୍ରଧରଙ୍କ ଶବ ସତ୍କାର ପାଇଁ ବ୍ୟବସ୍ଥା କରିବାକୁ ଅନୁରୋଧ କଲେ। ନିଜେ କୋକେଇ ସଜାଇବା ଲାଗି ବାଉଁଶ, କତା ଦଉଡ଼ି ଯୋଗାଡ଼ରେ ଲାଗିପଡ଼ିଲେ।

ଶବ ସତ୍କାର ପୂର୍ବରୁ ନନ୍ଦ ସାହିରେ କେହି ଅନ୍ନଜଳ ସ୍ପର୍ଶ କରିବା ବିଧିସମ୍ମତ ନୁହେଁ। ଏଇଟା ରାତ୍ରିଭୋଜନ ସମୟ। ଧୂଳିଆ ନନା ପଣ୍ଡିତ ପରମାନନ୍ଦ ମହାରାଜଙ୍କୁ ନନ୍ଦ ସାହିରେ ସମସ୍ତେ ଶବସତ୍କାର ପୂର୍ବରୁ ପାନଭୋଜନରୁ ନିବୃତ୍ତ ରହିବାକୁ ପରାମର୍ଶ ଦେବାପାଇଁ ଅନୁରୋଧ କଲେ।

ବେଦଜ୍ଞ ପଣ୍ଡିତ ନନ୍ଦ ମହାଶୟ ଏତେ ସମୟ ପରେ ମୁହଁ ଖୋଲିଲେ।

କହିଲେ- ଧୂଳେଶ୍ୱର ! ତମେ ଜାଣ ଚକ୍ରଧର ବିଧବା ଖଣ୍ଡାୟତ ସ୍ତ୍ରୀଲୋକକୁ ବିବାହ କରି ନିଜର ବ୍ରହ୍ମ ନଷ୍ଟ କରିଛି। ସେ ଆଉ ବ୍ରାହ୍ମଣ ହୋଇ ନଥିଲା। ପୁନଶ୍ଚ ଆଜି ପଠାଣଭୂତ ଦ୍ୱାରା ଆକ୍ରାନ୍ତ ହୋଇ ମୃତ୍ୟୁବରଣ କରିଛି। ତା'ର ଶରୀରକୁ ପଠାଣଭୂତ ଗ୍ରାସ କଲାପରେ ସେ ଆଉ ହିନ୍ଦୁ ହୋଇ ନାହିଁ। ଜଣେ ଅବ୍ରାହ୍ମଣ, ଅଣହିନ୍ଦୁର ଶବସତ୍କାର କରିବାକୁ ସାହିର କୌଣସି ବ୍ରାହ୍ମଣଙ୍କୁ କହିପାରିବି ନାହିଁ। ଆଉ ବ୍ରାହ୍ମଣମାନେ ଯେହେତୁ ଅବ୍ରାହ୍ମଣର ଶବସତ୍କାର କରିବେ ନାହିଁ, ଶବସତ୍କାର ପର୍ଯ୍ୟନ୍ତ ସେମାନଙ୍କୁ ଅନ୍ନଜଳ ସ୍ପର୍ଶ ନକରିବା ପାଇଁ କହିବାକୁ ମୁଁ କିଏ ?

ବେଦଜ୍ଞ ପଣ୍ଡିତ ପ୍ରବର ପରମାନନ୍ଦ ମହାରାଜଙ୍କ ବାଣୀ ଶୁଣି ସ୍ତମ୍ଭିତ ହୋଇଗଲେ ଧୂଳେଶ୍ୱର ନନ୍ଦ।

ଦୁଇ ହାତଯୋଡ଼ି ପ୍ରାର୍ଥନା ମୁଦ୍ରାରେ ବ୍ୟାକୁଳ କଣ୍ଠରେ ସେ ପରମାନନ୍ଦ ମହାରାଜାଙ୍କୁ ଅନୁନୟ କରି କହିଲେ- ଆପଣ ମୋର ପିତୃପ୍ରତିମ, ଗୁରୁ, ବ୍ରାହ୍ମଣ-ସମାଜର ଆଚାର୍ଯ୍ୟ। ଆପଣଙ୍କ ମୁହଁରୁ ମୁଁ ଏ କ'ଣ ଶୁଣୁଛି ? ମୃତକର କୌଣସି ଜାତି ନଥାଏ। ଶବ ହେଉଛି ଶିବ। ଆଉ ବିଧବା ବିବାହ ସପକ୍ଷରେ ଏବଂ ଜାତିଭେଦ ବିରୋଧରେ କେଉଁ କାଳରୁ ଆଇନ୍ ପାସ୍ ହୋଇସାରିଛି। ଜଣେ ଶୂଦ୍ରାଣୀ ବ୍ରାହ୍ମଣକୁ ବିବାହ କଲେ ବ୍ରାହ୍ମଣୀ ହୋଇଯାଏ- ଯେପରି ବ୍ରାହ୍ମଣୀ ଜଣେ ଶୂଦ୍ରକୁ ବିବାହ କଲେ

ଶୂଦ୍ରାଣୀ ହୋଇଥାଏ। ବିଧବା ଖଣ୍ଡାୟତ ଝିଅକୁ ବିବାହ କରି ଚକ୍ରଧର କୌଣସି ବେଆଇନ କାମ କରିନାହିଁ କି ନିଜର ବ୍ରହ୍ମତ୍ୱ ହରାଇ ନାହିଁ। ତା'ର ପୁଅଝିଅ ମାତୁଳ ଘରର ନାୟକ ସଂଜ୍ଞା ବଦଳରେ ବ୍ରାହ୍ମଣ ପିତାର ସନ୍ତାନ ଭାବରେ ନନ୍ଦ ସଂଜ୍ଞାରେ ନାମିତ ହୋଇଛନ୍ତି। ଆପଣ ଦୟାକରି ଚକ୍ରଧରର ଶବସତ୍କାର ପାଇଁ ନନ୍ଦ ସାହିର ବ୍ରାହ୍ମଣ ଭାଇମାନଙ୍କୁ ପରାମର୍ଶ ଦିଅନ୍ତୁ।

ଏଥର ପଣ୍ଡିତ ପରମାନନ୍ଦ ନିଜର ବ୍ରହ୍ମତେଜ ପ୍ରକାଶ କଲେ।

କଠିନ କଣ୍ଠରେ କଠୋର ଭାଷାରେ ନିଜର ଶେଷ କଥା ଶୁଣାଇଦେଲେ।

- ଚକ୍ରଧର ଖଣ୍ଡାୟତ ଘରର ବିଧବା ଝିଅକୁ ରେଜିଷ୍ଟ୍ରି ମ୍ୟାରେଜ୍ କଲାପରେ ଆମେ ତାଙ୍କୁ ବ୍ରାହ୍ମଣ ସମାଜରୁ ବହିଷ୍କାର କରିବା ପାଇଁ ନିଷ୍ପତ୍ତି କରିଥିଲୁ, ଧୂଳେଶ୍ୱର। ତମେ ସେତେବେଳେ ସରକାରୀ ଆଇନର ଭୟ ଦେଖାଇବା ଫଳରେ ଜେଲ୍ ଯିବା ଭୟରେ ଆମେ ତାକୁ ବହିଷ୍କାର କରିବାରୁ ବିରତ ହୋଇଥିଲୁ। ସରକାରୀ ଆଇନ ଆଉ ସାମାଜିକ ଆଇନ ସମାନ ନୁହେଁ। ଜଣେ ଅବ୍ରାହ୍ମଣ ଶବସତ୍କାର କରିବା ପାଇଁ ବ୍ରାହ୍ମଣମାନଙ୍କୁ ବାଧ୍ୟ କରିବା ଲାଗି ସରକାର କୌଣସି ଆଇନ କରିନାହାନ୍ତି। ତେଣୁ ଚକ୍ରଧରର ଶବସତ୍କାର କରିବା ପାଇଁ ମୁଁ କୌଣସି ବ୍ରାହ୍ମଣଙ୍କୁ ପରାମର୍ଶ ଦେଇପାରିବି ନାହିଁ। ତମେ ଆଉ କଟାଳ କରି ମୋର ରାତ୍ରି ଭୋଜନରେ ବ୍ୟାଘାତ ସୃଷ୍ଟି କରନାହିଁ।

କୁସୁନପୁର ନନ୍ଦ ସାହିର ବେଦଜ୍ଞ ପଣ୍ଡିତ ପରମାନନ୍ଦ ମହାରାଜାଙ୍କ ଦ୍ୱାରା ଉପେକ୍ଷିତ ହୋଇ ସେଦିନ ଧୂଳିଆ ନନା ମୃତ ଚକ୍ରଧରର କୋକେଇରେ ନିଜେ କାନ୍ଧ ଦେଇଥିଲେ। ଚକ୍ରଧରର ପୁଅ, ଶ୍ୟାଳକ, ତ୍ରିନାଥ ମେଳାର ଗିନି ବାଦକ ଗନ୍ତୁନ୍ ଆଉ ପାଳିଆ ଗୋବର୍ଦ୍ଧନ କୋକେଇ କାନ୍ଧେଇ ଶ୍ମଶାନରେ ଶବସତ୍କାର କରିଥିଲେ। ମୁଖାଗ୍ନି ଦେଇଥିଲା ଚକ୍ରଧରର ବଡ଼ ପୁଅ- ମାଧବାନନ୍ଦ।

ଶ୍ମଶାନ ସଂଲଗ୍ନ ବଡ଼ ପୋଖରୀରେ ଧୂଳିଆ ନନା ସ୍ନାନ କଲାବେଳେ ମନ୍ତ୍ରପୂତ ଉପବୀତ କାଢ଼ି ପାଣି ଭିତରକୁ ଫିଙ୍ଗି ଦେଇଥିଲେ।

ସେଇଦିନୁ କେବଳ କୁସୁନୁପୁର ଗ୍ରାମ ନୁହେଁ- ଆଖପାଖ ପଚାଶ ଖଣ୍ଡ ଗାଁରୁ କାହାର ମୃତ୍ୟୁର ଖବର ପାଇଲେ ଧୂଳିଆ'ନା ଆପେ ପହଞ୍ଚିଯାଆନ୍ତି। ସର୍ବତ୍ର ତାଙ୍କୁ କୋକେଇରେ କାନ୍ଧ ଦେବାକୁ ପଡ଼େ ନାହିଁ; କିନ୍ତୁ ଶବ ଶୋଭାଯାତ୍ରାରେ 'ରାମ ନାମ ସତ୍ୟ ହୈ' ବାଣୀ ଉଚ୍ଚାରଣ କରିବାଠାରୁ ଆରମ୍ଭ କରି ଅନ୍ତ୍ୟେଷ୍ଟି କ୍ରିୟାର ସମସ୍ତ କର୍ମ ସେ ନିଜେ ତଦାରଖ କରନ୍ତି।

କେବଳ ଜୀବିତ ମାନବାତ୍ମାର ମୁକ୍ତି ପାଇଁ ତ୍ରିନାଥମେଳାର ଆୟୋଜକ ଭାବରେ

ନୁହେଁ, ଶୋକାଚ୍ଛନ୍ନ ପରିବାରର ଶ୍ମଶାନ-ବାନ୍ଧବ ଭାବରେ ଧୂଳିଆ'ନାଙ୍କ ଖ୍ୟାତି ଅରଣ୍ୟର ଅଗ୍ନି ଭଳି ଚାରିଆଡ଼େ ବ୍ୟାପିଗଲା।

ତ୍ରିନାଥମେଳାର ନାୟକ, ଶ୍ମଶାନ-ବାନ୍ଧବ ସହିତ ଅଳ୍ପ କିଛିଦିନ ପରେ ଆଉ ଗୋଟିଏ ଖ୍ୟାତି ଧୂଳିଆ'ନାଙ୍କ ନାମ ସହିତ ଯୋଡ଼ି ହୋଇଗଲା- ମନ୍ତ୍ର ବଳରେ ସେ ସର୍ପଦଂଶନର ବିଷ ହରଣ କରିପାରନ୍ତି।

ସର୍ପଦଂଶନ ବିଷ-ହରଣ ମନ୍ତ୍ର ସେ ଜାଣନ୍ତି ନାହିଁ ବୋଲି ଯେତେ ବୁଝାଇ କହିଲେ ମଧ୍ୟ ଲୋକେ ବୁଝିଲେ ନାହିଁ। ଯାହାର ପୁଅ କି ଭାଇକୁ ସାପ କାମୁଡ଼ିଛି- ଧୂଳିଆ ନନାଙ୍କ ବାରଣ ସତ୍ତ୍ୱେ କେହି ତାଙ୍କୁ ଛାଡ଼ନ୍ତି ନାହିଁ। କନ୍ଦାକଟା କରି ତାଙ୍କ ହାତଗୋଡ଼ ଧରି ଲୋକେ ତାଙ୍କୁ ସର୍ପଦଂଶନରେ ଛଟପଟ ହେଉଥିବା ରୋଗୀ ପାଖକୁ ନେଇଯାଆନ୍ତି।

ନିରୁପାୟ, ଅସହାୟ ଧୂଳିଆ ନନା ଅନ୍ୟ କେହି ଶୁଣି ନପାରିବା ଭଳି ନିମ୍ନ ସ୍ୱରରେ ଆଖିବୁଜି ଶିବସ୍ତୁତି ଆବୃତ୍ତି କରି ସର୍ପଦଂଶନ କରିଥିବା କ୍ଷତକୁ ବାରମ୍ବାର ଫୁଙ୍କିବାକୁ ଲାଗନ୍ତି।

ହରୀଶପୁର ପାହାଡ଼ିଆ, ବଣଜଙ୍ଗଲ ଘେରା ଅଞ୍ଚଳ ନୁହେଁ। ଏ ସମତଳ ଅଞ୍ଚଳରେ ବିଲବାରି, ଗଛବୃଛ, ପୋଖରୀ ନାଳରେ ଯେଉଁସବୁ ସାପ ଗାତ ଭିତରେ ଥାଆନ୍ତି- ସେମାନେ ସମସ୍ତେ ବିଷଧର ସର୍ପ ନୁହଁନ୍ତି। ଧଣ୍ଡ, ଢମଣା ଭଳି ବହୁ ବିଷହୀନ ସାପର ଦଂଶନରେ ବିଷଜ୍ୱାଳା ଅପେକ୍ଷା ଭୟ ଓ ଆତଙ୍କରେ ଅନେକ ସର୍ପଦଂଶିତ ଲୋକ ପ୍ରାଣ ହରାନ୍ତି। ଏଭଳି ବିଷହୀନ ସର୍ପଦଂଶନରେ ଭୟ ଓ ଆତଙ୍କଜନିତ ହୃଦ୍‌ଘାତରେ ଅନେକଙ୍କର ମୃତ୍ୟୁ ହୁଏ। ଧୂଳିଆ ନନା ଶିବସ୍ତୁତି ଉଚ୍ଚାରଣ କରି ସର୍ପଦଂଶନରେ ପୀଡ଼ିତ ଲୋକଙ୍କ ମନରୁ ସେ ମୃତ୍ୟୁଭୟ ଦୂର କରିଦିଅନ୍ତି। ନନାଙ୍କ ମନ୍ତ୍ରଶକ୍ତି ବଳରେ ସେମାନେ ନିଶ୍ଚୟ ଭଲ ହୋଇଯିବେ- ଏହି ବିଶ୍ୱାସ ହିଁ ବିଷହରଣ ମନ୍ତ୍ର ଭାବରେ କାମ କରେ।

ସର୍ପଦଂଶନ ବିଷହରଣ ମାନ୍ତ୍ରିକ ଭାବରେ ଧୂଳିଆ ନନାଙ୍କ ଯଶ ଚତୁର୍ଦ୍ଦିଗରେ ବାଡ଼ବାଗ୍ନି ପରି ବ୍ୟାପିଯାଏ।

ତ୍ରିନାଥମେଳାର ପୂଜକ, ଶ୍ମଶାନ-ବାନ୍ଧବ ଆଉ ସର୍ପ ବିଷହରଣ ମାନ୍ତ୍ରିକ ଭାବରେ ନିଜ ଘରେ ରହିବାକୁ ଆଉ ଧୂଳିଆ ନନାଙ୍କୁ ଫୁରୁସତ ମିଳେନାହିଁ। ତାଙ୍କର ସବୁ ସମୟ ହରୀଶପୁରର ସବୁ ଗାଁରେ ବାଣ୍ଟି ହୋଇଯାଏ। ସେ ଖିଅର ହେବାକୁ ବେଳ ପାଆନ୍ତି ନାହିଁ। ମୁହଁର ଦାଢ଼ି, ମୁଣ୍ଡର ବାଳ ବଢ଼ି ଜଙ୍ଗଲ ହୋଇଯାଏ। ଖଣ୍ଡେ ନଅହାତି ଧୋତି ଆଉ ଧଳା ଚାଦର ଘୋଡ଼ାଇହୋଇ ଯେଉଁ ଗାଁରୁ ଡାକରା ଆସେ

ସେ ଗାଁକୁ ଚାଲିଯାଆନ୍ତି। ସ୍ନାନ ଶେଷରେ ତ୍ରିଶୂଳର ଅଗ୍ରଭାଗ ଛାଞ୍ଚର ତ୍ରିଶାଖା ଚିତା ତାଙ୍କ କପୋଳରେ ଶୋଭା ପାଏ। ମୁହଁରେ ଦାଢ଼ି, କପୋଳରେ ତ୍ରିଶୂଳାକୃତି ଚିତା, ଗହଳ ଭ୍ରୂଲତା, କେଶଭର୍ତ୍ତି କର୍ଣ୍ଣ ତାଙ୍କୁ ଏକ ତପସ୍ୱୀର ପ୍ରତ୍ୟୟ ଲୋକମାନଙ୍କ ମନରେ ତିଆରି କରିଦିଏ।

ଧୂଳେଶ୍ୱର ନନ୍ଦ, ଧୂଳିଆ ନନାଙ୍କୁ ହରୀଶପୁରର ଚାରିଆଡ଼େ ଧୂଳିଆ ବାବା ବୋଲି ଲୋକେ କହିବାକୁ ଲାଗିଲେ।

ଧୂଳିଆ'ନା ହୋଇଗଲେ ଧୂଳିଆ ବାବା।

।। ତିନି ।।

ଶ୍ମଶାନ ବାନ୍ଧବ ଭାବରେ ଧୂଳିଆ ବାବାଙ୍କ ପରିଚୟ କୁସୁନପୁର ଆଉ ଆଖପାଖ ଦଶ କୋଡ଼ିଏ ଗାଁରେ ସୀମିତ ରହିଥିଲେ ହେଁ ତ୍ରିନାଥ ମେଳା ପାଲାର ଗାୟକ ଆଉ ନାୟକ ଏବଂ ସର୍ପ ବିଷହରଣକାରୀ ମାନ୍ତ୍ରିକ ଭାବରେ ତାଙ୍କର ସୁନାମ କେବଳ ହରୀଶପୁର ନୁହେଁ ମରିଚିପୁର ଅଞ୍ଚଳକୁ ବ୍ୟାପିଗଲା।

ତ୍ରିନାଥ ମେଳାର ମାହାତ୍ମ୍ୟ ଚାରିଆଡ଼େ ପ୍ରସାରିତ ହୋଇଗଲା ପରେ ଧୂଳିଆ ବାବାଙ୍କୁ ଆଉ ଘରେ ରହିବାକୁ ଫୁରୁସତ ମିଳିଲା ନାହିଁ। ମେଳା ପୂଜା କରିବା ପାଇଁ ହେଉ କି ସର୍ପ ଦଂଶନରେ ବଞ୍ଚିବାର ଆଶା ଛାଡ଼ିଦେଇଥିବା ରୋଗୀକୁ ବଞ୍ଚାଇବା ଲାଗି ହେଉ- ଧୂଳିଆ ବାବା ପାଦରେ ଚାଲି ଗୋଟିଏ ଗାଁରୁ ଆଉ ଗୋଟିଏ ଗ୍ରାମକୁ ବର୍ଷସାରା ଚାଲିଥାଆନ୍ତି।

ବାବା ଗାଁକୁ ଆସିଲେ ତାଙ୍କୁ ଆତିଥ୍ୟ ଦେବାପାଇଁ ଗାଁ ଲୋକଙ୍କ ଭିତରେ ଝଗଡ଼ା ଲାଗିଯାଏ। ଆତିଥ୍ୟ ଗ୍ରହଣ କରିବାର ଆନ୍ତରିକ ଆମନ୍ତ୍ରଣ ଏଡ଼ାଇ ନପାରି ଗୋଟିଏ ଗାଁରେ ଦୁଇ ତିନିଦିନ ରହିଯାଆନ୍ତି ବାବା ଧୂଳେଶ୍ୱର।

ଦୁଇ ତିନି ବର୍ଷ ମଧ୍ୟରେ ହରୀଶପୁରର ଏପରି କୌଣସି ଗ୍ରାମ ବାକି ରହିଲା ନାହିଁ, ଯେଉଁ ଗ୍ରାମରେ ଧୂଳିଆ ବାବାଙ୍କ ପାଦ ପଡ଼ିନାହିଁ କି ସେଠାରେ ତ୍ରିନାଥ ଗୋସାଇଁଙ୍କ ପାଲା ସେ ଗାୟନ କରିନାହାନ୍ତି। ଏପରି ଖୁବ୍ ବେଶୀ ଗ୍ରାମ ନଥିବ ଯେଉଁଠି ସର୍ପ ଦଂଶନ ଜ୍ୱାଳାରେ ଛଟପଟ ହେଉଥିବା ରୋଗୀକୁ ମନ୍ତ୍ର ପଢ଼ି ଆରୋଗ୍ୟ କରିବା ପାଇଁ ଧୂଳିଆ ବାବା ଯାଇନାହାନ୍ତି। ସବୁ ରୋଗୀ ଯେ ଭଲ ହୋଇଯାଆନ୍ତି ସେକଥା ମଧ୍ୟ ନୁହେଁ। ମଲେ ଭାଗ୍ୟ ଦୋଷ, ବଞ୍ଚିଗଲେ ଧୂଳିଆ ବାବାଙ୍କ ହାତ ଯଶ !

ଧୋତିପିନ୍ଧା ବାବା, ପଇତା ନଥିବା ବ୍ରାହ୍ମଣ ଆଉ ବିଛା ମନ୍ତ୍ର ନଜାଣି ସର୍ପ

ମନ୍ତ୍ର ଉଚ୍ଚାରଣ କରୁଥିବା ଧୂଳିଆ ବାବାଙ୍କ ଲୋକପ୍ରିୟତା ବନ୍ଧଭଙ୍ଗା ବନ୍ୟାଜଳ ଭଳି ସାରା ହରୀଶପୁର ଅଞ୍ଚଳକୁ ପ୍ଳାବିତ କରିଦେଲା।

ଧୂଳିଆ ବାବାଙ୍କ ଏହି ବିପୁଳ ଲୋକପ୍ରିୟତା ଶେଷରେ ତାଙ୍କର କାଳ ହେଲା।

ସେ ରାଜନୀତିର ଜଟିଳ ଚକ୍ରବ୍ୟୁହ ମଧ୍ୟରେ ଫସିଯାଇ ବାହାରି ଆସିବାକୁ ବାଟ ପାଇଲେ ନାହିଁ।

॥ ଚାରି ॥

ସେଦିନ ରାତିରେ ମଙ୍ଗଳପୁର ଧନୀ ମହାଜନଙ୍କ ଦାଣ୍ଡଘରେ ଧୂଳିଆ ବାବାଙ୍କର ତ୍ରିନାଥ ମେଳା। ମହାଜନ ଧନୀ ସାହୁ ଗଲା ଚାରିମାସ ହେଲା ଅନିଦ୍ରା ରୋଗ ଭୋଗୁଥିଲେ। ରାତିରେ ଶୋଇଥିବା ବେଳେ ଅନେକ ଭୟଙ୍କର ଅଶୁଭ ସ୍ୱପ୍ନ ଦେଖି ଦେଖି ସେ ପ୍ରଥମେ ବିଳିବିଳେଇ ଏବଂ ପରେ ଚିରିଚିରେଇ ନିଦ ଭାଙ୍ଗି ଉଠି ବସି ପଡୁଥିଲେ। ପ୍ରଥମେ ପ୍ରଥମେ ସେ ଚାଷୀ ଓ ବ୍ୟବସାୟୀମାନଙ୍କଠାରୁ ଲଗାଣ ଲଗାଇଥିବା କରଜ ଟଙ୍କା ଆଦାୟ କରିବାକୁ ଭରା ନଈରେ ଡଙ୍ଗାରେ ପାରି ହେଉଥିବା ବେଳେ ଡଙ୍ଗା ଓଲଟି ପଡ଼ିଲା। ପହଁରା ଜାଣି ନଥିବା ଧନୀ ମହାଜନ ସୁଅ ତୋଡ଼ରେ ମଝି ନଈରେ ଭାସିଗଲା ବେଳେ ଜୀବନ ବିକଳରେ ବୁଡ଼ିଗଲି ବୁଡ଼ିଗଲି ବୋଲି ଚିତ୍କାର କରି ନିଦ ଭାଙ୍ଗି ବିଛଣାରେ ବସିପଡ଼ି ଝାଳଉଥିଲେ।

ପତ୍ନୀ ମନୋରମା ସ୍ୱାମୀଙ୍କୁ ନିଦ ବାଉଳାରେ ଉଠି ବସିବା ଦେଖି ଭୟ ପାଇଯାଇଥିଲେ। ସ୍ୱାମୀଙ୍କ ଦେହରୁ ଗମଗମ ହୋଇ ବୋହିଯାଉଥିବା ଝାଳକୁ ନିଜ ଶାଢ଼ି କାନିରେ ପୋଛିଦେଇ ପଚାରନ୍ତି- କ'ଣ ହେଲା ? କଞ୍ଚା ନିଦରୁ ଉଠି ଏମିତି ବିଳିବିଳୋଉଛ କାହିଁକି ?

ଧନୀ ସାହୁ ପଲଙ୍କରୁ ଓହ୍ଲାଇ ସୁରେଇରୁ ଗଡ଼ାଇ ଗୋଟାଏ ଗ୍ଲାସ୍ ପାଣି ପିଇ ପ୍ରକୃତିସ୍ଥ ହେଲା ପରେ ସ୍ୱପ୍ନର ସବୁ ଘଟଣା ପତ୍ନୀଙ୍କୁ ବୁଝାଇ କୁହନ୍ତି।

ମନୋରମା ଲଣ୍ଠନର ବତି ଟିକିଏ ତେଜେଇ ଦେଇ ସ୍ୱାମୀଙ୍କ ମୁହଁକୁ ଚାହିଁ କହନ୍ତି- ଆମ ଘର ପାଖରେ ନଈ କାହିଁ ? ତମେ ତ ମୋଟର ଗାଡ଼ିରେ ବସି କଳନ୍ତର ଟଙ୍କାର ସୁଧ ଆଣିବାକୁ ଯାଅ। ଆମ ଘର ପାଖରୁ ଦେବୀ ନଈ ଆଠ କୋଶ ଦୂର। ସେଠାରେ ତ କେହି ତମ ପାଖରୁ ଟଙ୍କା ଜରଜ ନେଇ ନାହାନ୍ତି। ତମେ ସେ ଟଙ୍କାପଇସା କଥା ଭାବି ଭାବି ଏତେ ସରି ହେଲଣି। ସେ ମହାଜନୀ ଟଙ୍କା କଥା ଭୁଲିଯାଇ ମା' ଦୁର୍ଗାଙ୍କୁ ସୁମରଣା କରି ଶୋଇପଡ଼।

ଯେତେ ଠାକୁରଠାକୁରାଣୀଙ୍କ ନାଁ ନେଇ ମୁହଁ, ଗୋଡ଼-ହାତ ଧୋଇ ଶୋଇଲେ

ମଧ୍ୟ ସେ ଅଶୁଭ ସ୍ୱପ୍ନ ଧନୀ ସାହୁଙ୍କ ପିଛା ଛାଡ଼େ ନାହିଁ। ବାମ କଡ଼ ମାଡ଼ି ଶୋଇଲେ ଅଶୁଭ ସ୍ୱପ୍ନ ଦେଖାଯାଉଛି ବୋଲି ସେ ଡାହାଣ କଡ଼ ମାଡ଼ି ଶୁଅନ୍ତି। କିନ୍ତୁ ଛାଇନିଦ ଲାଗିଆସିଲା ବେଳେ ହଠାତ୍ ସେଇ ଦୈତ୍ୟପ୍ରାୟ ଯମଦୂତମାନେ ଟହଟହ ହସି ତାଙ୍କ ତଣ୍ଟି ଚିପି ଧରନ୍ତି। ଆଖି ଖୋଲିଦେଲା ମାତ୍ରେ ବଣମଣିଷ ପ୍ରାୟ ଦେଖାଯାଉଥିବା ଯମଦୂତମାନେ ଆଖି ତରାଟି ତାଙ୍କ ଛାତି ଉପରେ ବସି ତାଙ୍କ ତଣ୍ଟି ଚିପି ଧରିଲାବେଳେ ସେ ଗଁ ଗଁ ଶବ୍ଦ କରି ଉଠିବସନ୍ତି।

ମନୋରମାଙ୍କ ନିଦ ଭାଙ୍ଗିଯାଏ।

ସେ ଉଠି ବସି ପଚାରନ୍ତି- ଏମିତି ଚିରିଚିରେଇ ଉଠି ବସିଛ କାହିଁକି ? କ'ଣ ହେଲା ?

ଧନୀ ସାହୁ କାନ୍ଦ କାନ୍ଦ ହୋଇ କମ୍ପିତ କଣ୍ଠରେ ଉତ୍ତର ଦିଅନ୍ତି- ମୁଁ ଆଉ ବଞ୍ଚିବି ନାଇଁ ମନୋରମା ! ସେମାନେ ମତେ ନମାରି ଛାଡ଼ିବେ ନାଇଁ। କ'ଣ କରିବି, ମତେ କିଛି ବୁଦ୍ଧିବାଟ ଦେଖାଯାଉ ନାହିଁ।

ମନୋରମା ସ୍ୱାମୀଙ୍କୁ ସାହସ ଦିଅନ୍ତି।

- ତମେ ତୁଚ୍ଛାଟାକୁ ସ୍ୱପ୍ନକୁ ସତ ମଣି ଡରିଯାଉଛ। ସ୍ୱପ୍ନ କେବେ ସତ୍ୟ ହୁଏ ନାଇଁ। ତମେ ମୋ ଛୋଟ କଥା ମାନ। ଯେଉଁ ଟଙ୍କା ଚାଷୀମାନଙ୍କୁ ଋଣ ଦେଇଛ, ସେଇ ଟଙ୍କା ଆଦାୟ କରିବା କଥା ଭୁଲିଯାଅ। ଫି ବରଷ ବନ୍ୟା, ମରୁଡ଼ିରେ ଫସଲ ହାନି ହେଉଛି- ଚାଷୀମାନେ କରଜ ଟଙ୍କା ଶୁଝି ନପାରିଲେ ଗୁଣ୍ଡା ଲଗାଇ ସେମାନଙ୍କୁ ଧମକଚମକ ଦିଅନା-

ପତ୍ନୀଙ୍କ କଥା ମାନି ଆଖପାଖ ଦଶ ପନ୍ଦର ଖଣ୍ଡ ଗାଁର ଚାଷୀ, ଛୋଟ ତେଜରାତି ଦୋକାନୀମାନଙ୍କୁ ଦେଇଥିବା ଋଣ କଥା ଭାବିବେ ନାଇଁ ବୋଲି ଯେତେ ଚେଷ୍ଟା କଲେ ବି ଭୁଲିପାରନ୍ତି ନାଇଁ। କରଜ ଲଗାଇଥିବା ଟଙ୍କାର ସୁଧରେ ତାଙ୍କର ସଂସାର ଚଳେ। ଦେଶ ସ୍ୱାଧୀନ ହେବା ଆଗରୁ ମହାଜନମାନଙ୍କୁ ଖାତକମାନଙ୍କଠାରୁ ଚଢ଼ା ହାରରେ ସୁଧ ଆଦାୟ କରିବାର କିଛି ସମସ୍ୟା ନଥିଲା। ସ୍ୱାଧୀନତା ପରେ ସରକାର ମହାଜନୀ କାରବାର ଉପରେ ନାନା ପ୍ରକାର କଟକଣା ଜାରି କରିଛନ୍ତି। ସିଧା ଆଙ୍ଗୁଠିରେ ଘିଅ ଉଠେ ନାହିଁ ବୋଲି ସୁଧ କଥା ଛାଡ଼, ମୂଳ ଟଙ୍କା ଆଦାୟ କରିବା ଲାଗି ଖାତକମାନଙ୍କୁ ଭୟ ଦେଖାଇବାକୁ ହୁଏ। ପୋଲିସ୍‌ର ଭୟ ନୁହେଁ, ଗୁଣ୍ଡା ବଦ୍‌ମାସମାନଙ୍କ ଭୟ। ଏଥିପାଇଁ ତାଙ୍କୁ ମାସିକିଆ ବେତନ ଦେଇ ଗୁଣ୍ଡା ପୋଷିବାକୁ ପଡ଼େ। ଫସଲହାନି ହେଉଛି ବୋଲି ଚାଷୀମାନେ ସାର, ପୋକମରା ଔଷଧ କିଣିବା ପାଇଁ ନେଇଥିବା ଋଣ ପରିଶୋଧ ନକଲେ ସେ ପାଳିତ ବାହୁବଳୀମାନଙ୍କୁ ମାସିକ ବେତନ ଆଣି ଦେବେ କେଉଁଠୁ ?

ଧନୀ ସାହୁ ଖାତକମାନଙ୍କଠାରୁ ଋଣ ଆଦାୟ କଥା ଭୁଲିପାରନ୍ତି ନାହିଁ। ଅଶୁଭ ସ୍ୱପ୍ନମାନେ ତାଙ୍କ ସୁଖନିଦ୍ରାକୁ ଖୁନ୍ କରିବାକୁ ଭୁଲନ୍ତି ନାହିଁ।

ଚିନ୍ତାରେ ପଡ଼ିଯାଆନ୍ତି ପତ୍ନୀ ମନୋରମା।

ଅଶୁଭ ସ୍ୱପ୍ନ ଦେଖି ସ୍ୱାମୀ ନିଦ୍ରାହୀନତା ଭୋଗି ଦିନକୁ ଦିନ ରୋଗଣା ହୋଇଯାଉଛନ୍ତି। ଗୁଣିଆ ଡକାଇ ଯେତେ ଝଡ଼ାଫୁଙ୍କା, ଗ୍ରହାଚାର୍ଯ୍ୟଙ୍କଠାରୁ ମନ୍ତ୍ରସିଦ୍ଧ ତାବିଜ ଆଣି ସ୍ୱାମୀଙ୍କ ହାତରେ ବାନ୍ଧିଲା ପରେ ମଧ୍ୟ ଅଶୁଭ ସ୍ୱପ୍ନଦେଖାରୁ ତାଙ୍କୁ ତ୍ରାହି ମିଳିଲା ନାହିଁ।

ଦିନେ ସ୍ୱାମୀଙ୍କ ବଦଳରେ ମନୋରମା ହିଁ ଏକ ସ୍ୱପ୍ନ ଦେଖିଲେ। ତ୍ରିନାଥ ଗୋସାଇଁ ତାଙ୍କୁ ସ୍ୱପ୍ନରେ ଦେଖାଦେଲେ। ସ୍ୱାମୀ ଅଶୁଭ ସ୍ୱପ୍ନ ଦେଖି ଅନିଦ୍ରା ରୋଗ ଭୋଗୁଛନ୍ତି। ଯଦି ତ୍ରିନାଥ ଗୋସାଇଁଙ୍କ ଆଶୀର୍ବାଦରୁ ତାଙ୍କର ଅଶୁଭ ସ୍ୱପ୍ନଦେଖା ବନ୍ଦ ହୁଏ, ସୁନିଦ୍ରା ହୁଏ, ତାହାହେଲେ ଧୂଳିଆ ବାବାଙ୍କୁ ଡକାଇ ସେ ନିଶ୍ଚୟ ମେଳା କରିବେ ବୋଲି ମାନସିକ କରିଥିଲେ।

ଏହି ମାସେ ହେଲା ଅଶୁଭ ସ୍ୱପ୍ନମାନେ ଧନୀ ମହାଜନଙ୍କ ନିଦ୍ରାରେ କୌଣସି ବ୍ୟାଘାତ ଘଟାଉନାହାନ୍ତି। ସୁନିଦ୍ରା ତାଙ୍କର ସ୍ୱାସ୍ଥ୍ୟ ଫେରାଇ ଦେଇଛି।

ମନସ୍କାମନା ପୂର୍ଣ୍ଣ ହେଲା ପରେ ଲୋକ ପଠାଇ କୁସୁନପୁରରୁ ତ୍ରିନାଥ ମେଳା କରିବାକୁ ଧନୀ ସାହୁ ଧୂଳିଆ ବାବାଙ୍କୁ ଗୁଆ ପଠାଇ ନିମନ୍ତ୍ରଣ କରିଥିଲେ।

କାଲି ରାତ୍ରିରେ ମେଳା ସାରି ସକାଳୁ ସ୍ନାନାହାର ସାରି ବାବା ଧୂଳେଶ୍ୱର ନିଜ ଥଳିରେ ତ୍ରିନାଥ ମେଳା ପୋଥି, ଚିଲମ, ତିଳକ ଆଉ ନାଲି ଗାମୁଛା ରଖି ଚକ୍ରଧରପୁରରୁ ମାଧବାନନ୍ଦ ସହିତ ଗ୍ରାମକୁ ଫେରିବାକୁ ବାହାରିପଡ଼ିଲେ।

କିନ୍ତୁ ଧନୀ ସାହୁଙ୍କ ଘର ଏରୁଣ୍ଡିବନ୍ଧ ଡେଇଁ ସେ ଦାଣ୍ଡପିଣ୍ଡାରେ ଗୋଡ଼ ରଖିବା ମାତ୍ରେ ହରୀଶପୁର ପଞ୍ଚାୟତ ସମିତିର ସେକ୍ରେଟେରୀ, ସରପଞ୍ଚ, ପଞ୍ଚାୟତ ୱାର୍ଡ଼ ମେମ୍ବରମାନେ ତାଙ୍କୁ ଘେରିଗଲେ।

ଦାବି କଲେ ଆସନ୍ତା ମଇ ମାସରେ ଓଡ଼ିଶା ବିଧାନସଭା ନିର୍ବାଚନରେ ହରୀଶପୁର ନିର୍ବାଚନ ମଣ୍ଡଳୀରୁ ସ୍ୱାଧୀନ ପ୍ରାର୍ଥୀ ଭାବରେ ଧୂଳିଆ ବାବାଙ୍କୁ ପ୍ରାର୍ଥୀ ହେବାକୁ ପଡ଼ିବ। ପଞ୍ଚାୟତ ସମିତିର ଚେୟାରମ୍ୟାନ୍ ବିକ୍ରମ ବାବୁ ସେମାନଙ୍କୁ ତାଙ୍କ ପାଖକୁ ପଠାଇଛନ୍ତି।

ସମସ୍ତେ ସମସ୍ୱରରେ ଦାବି କଲେ- ଏକା ଆପଣ ହିଁ ପ୍ରାର୍ଥୀ ହେଲେ ଶାସକ ଦଳର ପ୍ରାର୍ଥୀ ଅବକାରୀ ବିଭାଗ ମନ୍ତ୍ରୀ ଅକ୍ରୂର ବିଶ୍ୱାଳଙ୍କୁ ପରାସ୍ତ କରି ହରୀଶପୁରକୁ ମଦମୁକ୍ତ ଅଞ୍ଚଳ ଭାବରେ ଘୋଷଣା କରିପାରିବେ।

ସେମାନଙ୍କ ସହିତ ସ୍ୱର ମିଳାଇଲେ ଧନୀ ସାହୁ ମହାଜନ।

- ମଦୁଆଙ୍କ ଉପଦ୍ରବରେ ଘରେ ଘରେ, ଗାଁରେ ଗାଁରେ ଅଶାନ୍ତି। ଆପଣ ସେ ଅବକାରୀ ମନ୍ତ୍ରୀଙ୍କୁ ହରାଇବା ପାଇଁ ଠିଆ ହୁଅନ୍ତୁ- ଯାହା ଖର୍ଚ୍ଚ ହେବ- ମୁଁ କରିବି।

- ମୁଁ ଭୋଟରେ ଠିଆହେବି? ମୁଁ କି ଜାଣେ ରାଜନୀତି? ଆଉ ମନ୍ତ୍ରୀଙ୍କ ବିରୋଧରେ ଲଢ଼େଇ କରିବା ପାଇଁ ମୋର ଦମ୍ କାହିଁ? ନା- ବାବା- ନା। ମାଳିକି ଛେଳି ଅଡୁଆ। ବାବାଙ୍କୁ ଅଡୁଆ ରାଜନୀତି। ମତେ ମାଫ୍ କର। ମୁଁ ଭୋଟରେ ଠିଆ ହୋଇପାରିବି ନାହିଁ।

ଧୂଳିଆ ବାବା ଯେତେ ନାହିଁ ନାହିଁ କଲେ ବି ଗାଁ ସାରା ଲୋକେ ଜମା ହୋଇଯାଇ, ହଁ ହଁ କହି ତାଙ୍କୁ ନିର୍ବାଚନ ମଝିନଈକୁ ଠେଲିଦେଲେ।

ଶେଷକୁ ମାଧବାନନ୍ଦ କହିଲା- ହଁ କକେଇ! ତମେ ଭୋଟରେ ଠିଆ ହୁଅ। ମୁଁ ତମକୁ ସାଇକେଲ୍ ପଛରେ ବସାଇ ସାରା ହରୀଶପୁର ବୁଲାଇବି। ଆମର କେହି ନଥିଲେ ବି ସାହା ଅଛନ୍ତି ତ୍ରିନାଥ ଗୋସାଇଁ।

ନାହିଁ ନାହିଁ କହି ଶେଷରେ ବାବା ଧୂଳେଶ୍ୱର ହରୀଶପୁର ନିର୍ବାଚନମଣ୍ଡଳୀରୁ ସ୍ୱାଧୀନ ପ୍ରାର୍ଥୀ ଭାବରେ ପ୍ରାର୍ଥୀପତ୍ର ଦାଖଲ କଲେ। ନିର୍ବାଚନ କମିଶନ୍ ତାଙ୍କୁ ତ୍ରିଶୂଳ ନିର୍ବାଚନ ଚିହ୍ନ ମଞ୍ଜୁର କଲେ।

ମନ୍ତ୍ରୀ ଅକ୍ରୁର ବିଶ୍ୱାଳଙ୍କ ନିର୍ବାଚନ ଚିହ୍ନ ଖଣ୍ଡା।

ଆରମ୍ଭ ହୋଇଗଲା ଖଣ୍ଡା ଆଉ ତ୍ରିଶୂଳ ମଧ୍ୟରେ ଘମାଘୋଟ ନିର୍ବାଚନ ଲଢ଼ାଇ। ମନ୍ତ୍ରୀ ଆଉ ତାଙ୍କ ଦଳର ନେତାମାନେ ମଟରଗାଡ଼ିରେ ଧୂଳି ଉଡ଼ାଇ, ପେଟ୍ରୋଲ ଗନ୍ଧ ଛାଡ଼ି, ମଦ ପିଇ, ମାତାଲ ହୋଇ ନିର୍ବାଚନ ଘୋଡ଼ାଦୌଡ଼ରେ ମାତିଥିଲା ବେଳେ, ମାଧବାନନ୍ଦଙ୍କ ସାଇକେଲ୍ ପଛପଟେ ବସି କପୋଳରେ ତ୍ରିଶାଖା ତିଳକ ଚିତା ଆଉ ହାତରେ ତ୍ରିଶୂଳମାର୍କା ଧଳା ପତାକା ଲଗାଇ ଗାଁ ଗଣ୍ଡା ଘୂରି ବୁଲିଲେ ଧୂଳିଆ ବାବା।

॥ ପାଞ୍ଚ ॥

ବିରୋଧୀ ଦଳ ତରଫରୁ ତ୍ରିନାଥ ମେଳା ପାଲା ଗାୟକ ଧୂଳିଆ ବାବା ତାଙ୍କ ସହ ସ୍ୱାଧୀନ ପ୍ରାର୍ଥୀ ଭାବରେ ପ୍ରତିଦ୍ୱନ୍ଦ୍ୱିତା କରୁଛନ୍ତି ଜାଣି ମନ୍ତ୍ରୀ ଅକ୍ରୁର ବିଶ୍ୱାଳ ଓଠରେ ଫୁ କରି ହସରେ ସ୍ୱାଧୀନ ପ୍ରାର୍ଥୀଙ୍କୁ ହରାଇ, ହଟାଇଦେଲେ।

ପ୍ରତି ଦୁଇଟା ନିର୍ବାଚନ ବୁଥ୍ ମଝିରେ ସେ ଗୋଟାଏ ଗୋଟାଏ ମଦଭାଟିକୁ ଲାଇସେନ୍ସ ନେଇ ଦେଇଛନ୍ତି। ଏଇ ମଦଭାଟିର ଶୁଣ୍ଢୀମାନେ ବୁଥ୍‌କୁ ଭୋଟରମାନଙ୍କୁ ଅଡ଼େଇ ଆଣିବା ପାଇଁ ଦାୟିତ୍ୱ ନେଇଛନ୍ତି। ପ୍ରତି ଭୋଟର ପିଛା ପଚାଶ ଟଙ୍କା,

ମହିଳା ଭୋଟରମାନଙ୍କୁ ନୂଆ ଶାଢ଼ି, ହରିଜନ ବସ୍ତିରେ ଦେଶୀ ମଦ ବୋତଲ, ମଧ୍ୟବିତ୍ତମାନଙ୍କୁ ରମ୍, ହୁଇସ୍କି- ଭୋଟ ଗ୍ରହଣ ପୂର୍ବଦିନ- ଅର୍ଥାତ୍ ମେ' ମାସ ୧୪ ତାରିଖ ଦିନ ରାତିରେ ବାଣ୍ଟିଦିଆଯିବା ବ୍ୟବସ୍ଥା ହୋଇଯାଇଛି। 'ଷଣ୍ଢ' ନିର୍ବାଚନ ଚିହ୍ନ ପୋଷ୍ଟରରେ ହରୀଶପୁର ହାଟବଜାର ଗାଁର ଘର ଆଉ ଗଛରେ ଛାଇଦିଆଯାଇଛି।

ପ୍ରାର୍ଥୀପତ୍ର ଦାଖଲ କଲାପରେ ମନ୍ତ୍ରୀ ବିଶ୍ୱାଳ ଆଉ ହରୀଶପୁର ଯାଇନାହାନ୍ତି। ମୁଖ୍ୟମନ୍ତ୍ରୀ ତାଙ୍କୁ ଅନ୍ୟ ଜିଲ୍ଲାରେ ନିର୍ବାଚନ ପ୍ରଚାର ଦାୟିତ୍ୱ ଦେଇଛନ୍ତି।

ଗତଥର ଷଣ୍ଢ ଜିତିଥିଲା, ଏଥର ବି ଷଣ୍ଢ ନିଶ୍ଚୟ ଜିତିବ ବୋଲି ଷଣ୍ଢମାର୍କା ମନ୍ତ୍ରୀ ଅକ୍ରୂର ବିଶ୍ୱାଳ ଗଭୀର ଆତ୍ମବିଶ୍ୱାସରେ ନିଜ ନିର୍ବାଚନ ମଣ୍ଡଳୀ ଛାଡ଼ି ଅନ୍ୟ ନିର୍ବାଚନ ମଣ୍ଡଳୀରେ ନିଜ ଦଳର ପ୍ରାର୍ଥୀଙ୍କୁ ଜିତାଇବା ପାଇଁ ବାହାରିଯାଇଥିଲେ।

ଧୂଳିଆ ବାବାଙ୍କ ପ୍ରଚାର ନାହିଁ, ପ୍ରଚାରକ ନାହାନ୍ତି। ମାଧବାନନ୍ଦ ସାଇକେଲ୍ ପଛପଟେ ବସି ସେ ହରୀଶପୁରର ସବୁ ଗାଁ ଘୂରି ବୁଲୁଛନ୍ତି। ସବୁ ଗାଁ ଲୋକଙ୍କୁ ଭେଟୁଛନ୍ତି, କହୁଛନ୍ତି ମୁଁ ତ୍ରିନାଥ ଗୋସାଇଁଙ୍କ ଶିଷ୍ୟ। ତାଙ୍କର ମହିମା ପ୍ରଚାର କରିବା ପାଇଁ ଭୋଟରେ ଠିଆ ହୋଇଛି। ପ୍ରଚାର କରିବା ପାଇଁ ମୋର ମୋଟରଗାଡ଼ି ନାହିଁ କି ମାଇକ୍ ନାହିଁ। ଆପଣମାନଙ୍କର ଯଦି ତ୍ରିନାଥ ଗୋସାଇଁଙ୍କ ଉପରେ ଆସ୍ଥା ଥାଏ, ତାହାହେଲେ ତାଙ୍କର ଶିଷ୍ୟଙ୍କୁ ତ୍ରିଶୂଳ ଚିହ୍ନରେ ମୋହର ମାରି ଭୋଟ ଦେବେ। ଜିତିଲେ ତ୍ରିନାଥ ଗୋସାଇଁ ଜିତିବେ, ହାରିଲେ ମୁଁ ହାରିବି। ହାରିଲେ ବି ମୁଁ ଆପଣମାନଙ୍କ ବିପଦ ଆପଦରେ ଆପଣମାନଙ୍କ ପାଖରେ ଠିଆ ହୋଇଥିବି। ମୋର ନିଜର ଆଉ କୌଣସି ଘର ନାହିଁ, କାରଣ ଆପଣମାନେ କେହି ମୋର ପର ନୁହଁନ୍ତି।

ଧୂଳିଆ ବାବାଙ୍କ ଏଇ ନିରବ ପ୍ରଚାର ଲୋକଙ୍କ ମନ କିଣି ନେଇଥିଲା। ଅବକାରୀ ମନ୍ତ୍ରୀଙ୍କ ଗର୍ଜନ, ତର୍ଜନ, ଭାଷଣ, ଅର୍ଥ, ବସ୍ତ୍ର ବଣ୍ଟନ ବେଶୀ କାଟୁ କରୁନଥିଲା।

ମେ' ମାସ ଷୋଳ ତାରିଖ ଦିନ ରାଜ୍ୟର ଅନ୍ୟ ନିର୍ବାଚନ ମଣ୍ଡଳୀରୁ ଦଳ ପାଇଁ ନିର୍ବାଚନ ପ୍ରଚାର ସାରି ଅକ୍ରୂର ବିଶ୍ୱାଳ ରାଜଧାନୀ ମନ୍ତ୍ରୀ ଉଆସକୁ ଫେରି ଆସିଲେ। ରାଜ୍ୟ ଗୋଏନ୍ଦା ବିଭାଗ ହରୀଶପୁର ନିର୍ବାଚନ ମଣ୍ଡଳୀର ବୁଥ୍‌ୱାରି ଲୋକମତ ସର୍ବେକ୍ଷଣ କରି ଯେଉଁ ରିପୋର୍ଟ ପ୍ରସ୍ତୁତ କରିଥିଲେ, ତାହା ପାଠ କରିବା ମାତ୍ରେ ମନ୍ତ୍ରୀଙ୍କ ମୁହଁରୁ ରକ୍ତ ଶୁଖିଗଲା। ବଢ଼ିଗଲା ଦ୍ରୁତ ହୃତ୍‌ସ୍ପନ୍ଦନ।

ଗୋଏନ୍ଦା ସର୍ବେକ୍ଷଣ ରିପୋର୍ଟ କହୁଛି- ନିର୍ବାଚନ ମଣ୍ଡଳୀର ଶତକଡ଼ା ସତୁରି ଭାଗ ଭୋଟର ତ୍ରିଶୂଳ ଚିହ୍ନରେ ମୋହର ମାରିବା ପାଇଁ ଅନେକ ଆଗରୁ ମନ ସ୍ଥିର କରିସାରିଥିବା ଭଳି ମନେ ହେଉଛି। ତ୍ରିନାଥ ମେଳା ସାରା ନିର୍ବାଚନ ମଣ୍ଡଳୀରେ

ଏକ ଜନ ଆନ୍ଦୋଳନ ଭଳି ବ୍ୟାପିଯାଇଛି। ଧୂଳିଆ ବାବାଙ୍କ ଶ୍ମଶାନ ବାନ୍ଧବ, ସର୍ପବିଷ ହରଣ ମାନ୍ତ୍ରିକ ଭାବମୂର୍ତ୍ତି ଏତେ ଲୋକପ୍ରିୟ ହୋଇଛି ଯେ ଲୋକେ ତାଙ୍କୁ ଜିତାଇଲେ ନିଜେ ଜିତିଯିବେ ବୋଲି ଭାବୁଛନ୍ତି।

ମଦ୍ୟପ ସ୍ୱାମୀମାନଙ୍କ ଅତ୍ୟାଚାରରେ ଅତିଷ୍ଠ ମହିଳା ଭୋଟରମାନେ ଷଣ୍ଢ ନିର୍ବାଚନ ଚିହ୍ନ ନାମ ଦେଖିଲେ ମୁହଁ ମୋଡୁଛନ୍ତି। ମଦଭାଟି ମାଲିକମାନଙ୍କୁ ପ୍ରତି ବୁଥ୍‌କୁ ଭୋଟରମାନଙ୍କୁ ଆଣିବା ଦାୟିତ୍ୱ ଦେବା ବୁମରାଂ ହୋଇଛି।

ଧୂଳିଆ ବାବାଙ୍କ ପାଖରେ ହାରିବା କଥା ଭାବିବା ମାତ୍ରେ ମନ୍ତ୍ରୀ ଅକ୍ରୂର ବିଶ୍ୱାଳ ଆହତ ଶାର୍ଦ୍ଦୂଳ ଭଳି ଗର୍ଜନ କରିବାକୁ ଲାଗିଲେ। ମନ୍ତ୍ରୀଙ୍କ ଏ ପରାଜୟଜନିତ ଗର୍ଜନର ଆବାଜ ମୁଖ୍ୟମନ୍ତ୍ରୀଙ୍କ କାନରେ ଅଜାଡ଼ି ହୋଇପଡ଼ିଲା।

ଯେକୌଣସି ମତେ ଧୂଳିଆ ବାବାଙ୍କୁ ଭୋଟ ଗ୍ରହଣ ପୂର୍ବରୁ ବାନ୍ଧି ଯନ୍ତାରେ ପୂରାଇବାକୁ ପଡ଼ିବ।

ସ୍ୱୟଂ ମୁଖ୍ୟମନ୍ତ୍ରୀ କେନ୍ଦ୍ର ନାର୍କୋଟିକ୍ସ କଣ୍ଟ୍ରୋଲ ବ୍ୟୁରୋ ଓଡ଼ିଶା ଶାଖାର ଡିରେକ୍ଟରଙ୍କୁ ନିଜ ଉଦ୍ଦେଶ୍ୟ ସ୍ପଷ୍ଟ ବୁଝାଇଦେଲେ।

ଏନ୍‌ସିବି ନିର୍ଦ୍ଦେଶକ ମୁଖ୍ୟମନ୍ତ୍ରୀଙ୍କ ଉଦ୍ଦେଶ୍ୟ ପୂରଣ ପାଇଁ ତୁରନ୍ତ ଇନ୍‌ସ୍‌ପେକ୍ଟର ସିଦ୍ଧାର୍ଥ ପଟ୍ଟନାୟକଙ୍କ ନେତୃତ୍ୱରେ ଏକ ସଶସ୍ତ୍ର ଦଳକୁ ହରୀଶପୁର ପଠାଇଦେଲେ।

॥ ଛଅ ॥

ହରୀଶପୁର ବଡ଼ ବଜାର ଛକରେ ସ୍ୱାଧୀନ ପ୍ରାର୍ଥୀ ଧୂଳେଶ୍ୱର ବାବାଙ୍କ ଅସ୍ଥାୟୀ ନିର୍ବାଚନ ଅଫିସ୍।

ଗତ ରାତିରେ ବଡ଼ ବଜାରରେ ବଡ଼ ବସ୍ତ୍ର ବ୍ୟବସାୟୀ ଜଗଦୀଶ ସିଂହଙ୍କ ଘରେ ତ୍ରିନାଥ ମେଳା ଥିଲା। ନିର୍ବାଚନରେ ଠିଆହେଲା ପରେ ଧୂଳିଆ ବାବାଙ୍କ ଏଇ ପ୍ରଥମ ତ୍ରିନାଥ ମେଳା। ତ୍ରିନାଥ ଗୋସାଇଁଙ୍କ ପାଲା ଶୁଣିବା ପାଇଁ ବହୁତ ଭିଡ଼ ହୋଇଥିଲା। ହରୀଶପୁର ବଜାର ଅଞ୍ଚଳରେ ମନ୍ତ୍ରୀ ଅକ୍ରୂର ବିଶ୍ୱାଳଙ୍କ ଅଖଣ୍ଡ ପ୍ରଭବ। ପ୍ରତି ଘର ଚାଳ, ଛାତରେ ଷଣ୍ଢ ନିର୍ବାଚନ ଚିହ୍ନିତ ସବୁଜ ପତାକା ଉଡୁଛି। ବାବା ମନ୍ତ୍ରୀଙ୍କୁ ଭୋଟ ନଦେବା ପାଇଁ କାହାକୁ କହନ୍ତି ନାହିଁ କି ତାଙ୍କ ତ୍ରିଶୂଳ ଚିହ୍ନ ପ୍ରାଚୀରପତ୍ର କେଉଁଠି ଲଗାଇବାକୁ ଦେଇନାହାନ୍ତି।

କିନ୍ତୁ କାଲି ତ୍ରିନାଥ ମେଳା ପାଲା ଶୁଣିବାକୁ ବଡ଼ ବଜାରର ଯେଉଁ ଲୋକେ ଆସିଥିଲେ, ସମସ୍ତେ ତ୍ରିଶୂଳ ଚିହ୍ନରେ ଭୋଟ ଦେବେ ବୋଲି ନିଜେ କହିଗଲେ।

ଧୂଳିଆ ବାବା ଚାହୁଁନଥିଲେ ମଧ୍ୟ ଆଖପାଖ ଗାଁର ଯୁବକମାନେ ତାଙ୍କୁ ନିଜ

ଗାଁକୁ ନେଇ ନିର୍ବାଚନ ପ୍ରଚାର କରିବା ପାଇଁ ସକାଳୁ ଆସି ବଡ଼ ବଜାର ନିର୍ବାଚନ ଅଫିସ୍ ପାଖରେ ଭିଡ଼ ଜମାଇଥିଲେ।

ପ୍ରଚାରରେ ଯିବା ପାଇଁ ଧୂଳିଆ ବାବା ପୂଜାପାଠ ସାରି, ମୁଣ୍ଡରେ ତ୍ରିଶାଖା ତିଳକ ଚିତା ପିନ୍ଧି ପଦାକୁ ଗୋଡ଼ କାଢ଼ିଲା ବେଳେ ହଠାତ୍ ପୋଲିସ୍ ଗାଡ଼ି ଆସି ନିର୍ବାଚନ ଅଫିସ୍ ଆଗରେ ହର୍ଣ୍ଣ ବଜାଇଲା।

- ଆପଣମାନେ କିଏ ? ମୁଁ ତ ଚୋରୀନାରୀ କିଛି କରିନାହିଁ- ମୋ ନିର୍ବାଚନ ଅଫିସ୍‌ରେ ପୋଲିସ୍ କାହିଁକି ?

ବିସ୍ମିତ ବାବାଙ୍କ ପ୍ରଶ୍ନର ଉତ୍ତର କଥାରେ ନଦେଇ ଏନ୍‌ଫୋର୍ସ୍ ଡିପାର୍ଟମେଣ୍ଟ୍ ଇନ୍‌ସପେକ୍ଟର ସିଦ୍ଧାର୍ଥ ପଟ୍ଟନାୟକ ତାଙ୍କ ଆଡ଼କୁ ସର୍ଚ୍ଚ ୱାରେଣ୍ଟ୍ ବଢ଼ାଇଦେଲେ।

ଚାରିଜଣ ଲାଲ ପଗଡ଼ି ପିନ୍ଧା ପୋଲିସ୍ ଧଡ଼ଧାଡ଼ ଅଫିସ୍ ଘର ଭିତରେ ପଶି ଜିନିଷପତ୍ର ଘଣ୍ଟାଘଣ୍ଟି ଆରମ୍ଭ କରିଦେଲେ। ଅଫିସ୍ ଘରେ ସନ୍ଦେହଜନକ କୌଣସି ବସ୍ତୁ ନଥିଲା। ଦୁଇଟା ଚେୟାର, ଗୋଟାଏ ଟେବୁଲ୍ ଆଉ ଗୋଟାଏ ଖଟ। ଖଟର ବିଛଣା କାଢ଼ି ତା' ତଳ ଉପର ତନ୍ନତନ୍ନ କରି ଖାନତଲାସ କଲେ। ମୁଣ୍ଡ ଉପର ତକିଆକୁ ଚିରିଦେଲା ବେଳେ ଶିମିଳି ତୁଳା ସବୁ ଏଣେ ତେଣେ ପଡ଼ି ପବନରେ ଘରସାରା ଉଡ଼ିବୁଲିଲା। ସନ୍ଦେହଜନକ ଦ୍ରବ୍ୟ କିଛି ମିଳିଲା ନାହିଁ।

ଟେବୁଲ୍ ଉପରେ ଏକ ବଣ୍ଡିଲ୍ ତ୍ରିଶୂଳ ନିର୍ବାଚନ ଚିହ୍ନ ଥିବା ପ୍ରଚାରପତ୍ର ଆଉ ବାବାଙ୍କ ଝୁଲାମୁଣି।

ସେଇ ଝୁଲାମୁଣି ଭିତରୁ ବାହାରିଲା ତ୍ରିନାଥ ମେଳା ପାଲା ପୋଥି, ତିନିଟା ଚିଲମ ଆଉ ପାଞ୍ଚ ଛଅ ଭରି ଗଞ୍ଜେଇ।

ନିଷିଦ୍ଧ ମାଦକଦ୍ରବ୍ୟ ଗଞ୍ଜେଇ ରଖିଥିବା ଅପରାଧରେ ଧୂଳିଆ ବାବାଙ୍କୁ କୋର୍ଟ ଚାଲାଣ କରିବା ଲାଗି ଇନ୍‌ସ୍‌ପେକ୍ଟର ପଟ୍ଟନାୟକ ତାଙ୍କୁ ଗିରଫ କରିବାକୁ ଗଲାବେଳେ ଧୂଳେଶ୍ୱର ନନ୍ଦ ଦୂରକୁ ଘୁଞ୍ଚିଗଲେ।

ବାବା ଆବାକାବା ହୋଇ ଇନ୍‌ସ୍‌ପେକ୍ଟରଙ୍କୁ ପଚାରିଲେ- ମୁଁ ନିର୍ବାଚନ ପ୍ରଚାରରେ ବାହାରିଛି। ଭୋଟ ଗ୍ରହଣ ଆଉ ତିନିଦିନ ବାକି- ମତେ ହଠାତ୍ ଆକାରଣରେ ଗିରଫ କରିବାକୁ ଆସିଛନ୍ତି କାହିଁକି ?

ଏତେବେଳ ଯାଏ ପାଟିବୁଜି ରହିଥିଲେ ଇନ୍‌ସ୍‌ପେକ୍ଟର।

ଧୂଳିଆ ବାବାଙ୍କୁ ଗିରଫର କାରଣ ବୁଝାଇବା ପାଇଁ ସେ କହିଲେ- ଗଞ୍ଜେଇ ଏକ ନିଷିଦ୍ଧ ମାଦକ ଦ୍ରବ୍ୟ। ଛଅ ଭରି ଗଞ୍ଜେଇ ରଖିଥିବା ଅପରାଧରେ ଆପଣଙ୍କୁ ମୁଁ ଗିରଫ କରୁଛି।

ଇନ୍‌ସ୍‌ପେକ୍ଟର କଥା କହିବା ପାଇଁ ପାଟି ଖୋଲିବା ମାତ୍ରେ ଆଲ୍‌କହଲ୍‌ର ଗନ୍ଧ ଭାସି ଆସି ବାବାଙ୍କ ମୁହଁକୁ ବିକୃତ କରିଦେଲା ।

ସର୍ଚ୍ଚ୍ ୱାରେଣ୍ଟ୍ ନେଇ ହରୀଶପୁରକୁ ଆସିବା ଆଗରୁ ଅବକାରୀ ମନ୍ତ୍ରୀଙ୍କ ପ୍ରାଇଭେଟ୍ ସେକ୍ରେଟେରୀ ତାଙ୍କୁ ଦୁଇଟା ପିଟର୍ ସ୍କଚ୍ ବୋତଲ ଉପହାର ଦେଇ ଯାଇଥିଲେ । ଲୋଭ ସମ୍ଭାଳି ନପାରି ଗୋଟାଏ ବୋତଲ ଖୋଲି ସେ ଦୁଇ ପେଗ୍ ପାଟିରେ ଢାଳି କଣ୍ଠନଳୀ ଓଦା କରିଦେଇ ଆସିଛନ୍ତି ।

ଆଲ୍‌କୋହଲ୍‌ର ଗନ୍ଧ ସହି ନପାରି ଧୂଳିଆ ବାବା ବିସ୍ମୟ-ବିମୂଢ଼ କଣ୍ଠରେ ପଚାରିଲେ- ଇଏ କି ବିଚାର ? ମଦ ପିଇବା ଅପରାଧ ନୁହେଁ ଆଉ ଗଞ୍ଜେଇ ସେବନ ଦଣ୍ଡନୀୟ ଅପରାଧ ?

ଇନ୍‌ସ୍‌ପେକ୍ଟର ହସିଦେଇ ଉତ୍ତର ଦେଇଥିଲେ- ମଦ ପିଇଲେ କେହି କେହି ମାତାଲ ହୁଅନ୍ତି; କିନ୍ତୁ ଗଞ୍ଜେଇ ଟାଣିଲେ ଲୋକେ ପାଗଳ ହୋଇଯାଆନ୍ତି ।

ଆକାଶରୁ ଖସିପଡ଼ିଲା ଭଳି ଆବାକ୍ ହୋଇଯାଇ ଧୂଳିଆ ବାବା କହିଲେ- ଏଗାର ବର୍ଷ ହେଲା ତ୍ରିନାଥ ମେଳାରେ ମୁଁ ଗଞ୍ଜେଇ ସେବନ କରିଆସୁଛି । ମୁଁ କ'ଣ ପାଗଳ ହୋଇଯାଇଛି ?

ଏଥର ଇନ୍‌ସ୍‌ପେକ୍ଟର ପଟ୍ଟନାୟକ ନିଜ ମୁହଁରେ ଏକ ରହସ୍ୟମୟ ତୀର୍ଯ୍ୟକ୍ ହସର ଆଲୋଡ଼ନ ସୃଷ୍ଟି କରି ଉତ୍ତର ଦେଲେ- ହଁ, ତମେ ପାଗଳ ହୋଇଯାଇଛି । ପାଗଳ ହୋଇନଥିଲେ ତମେ ଅବକାରୀ ମନ୍ତ୍ରୀଙ୍କ ବିରୁଦ୍ଧରେ ନିର୍ବାଚନରେ ପ୍ରାର୍ଥୀ ହୋଇଥାଆନ୍ତ ?

ଇନ୍‌ସ୍‌ପେକ୍ଟରଙ୍କ କଥା ଶୁଣିସାରିଲା ପରେ ଧୂଳିଆ ବାବା ହାତକଡ଼ି ପିନ୍ଧିବା ଲାଗି ନିଜର ଦୁଇ ହାତ ବଢ଼ାଇଦେଲେ । କାରଣ ସେ ବୁଝିପାରିଥିଲେ ମଦ ଓ ଗଞ୍ଜେଇ ନିଶାଠାରୁ ବେଶୀ ଗାଢ଼ ନିଶା ହେଉଛି ଅବକାରୀ ଅକ୍ରୂର ବିଶ୍ୱାଳଙ୍କ କ୍ଷମତାର ନିଶା !

■

ପାଚିଲା ପତ୍ର ଝଡ଼ିବାର ଶବ୍ଦ

॥ ଏକ ॥

ଓଡ଼ିଶାର କୃଷିମନ୍ତ୍ରୀ ଶାନ୍ତନୁ ସାମନ୍ତ ଆସନ୍ତା ବିଧାନସଭା ନିର୍ବାଚନରେ ନିଜ ନିର୍ବାଚନମଣ୍ଡଳୀ ଧର୍ତ୍ତଙ୍ଗଗଡ଼ ଆସନରୁ ଶାସକ ପ୍ରଗତି ଦଳର ପ୍ରାର୍ଥୀ ଭାବରେ ପ୍ରାର୍ଥୀପତ୍ର ଦାଖଲ କରିବେ ବୋଲି ସବୁ ଆୟୋଜନ ଶେଷ କରିଥିଲେ। ତିନିସେଟ୍ ପ୍ରାର୍ଥୀପତ୍ରରେ ଛଅଜଣ ବିଧାୟକ ପ୍ରସ୍ତାବକ ଭାବରେ ସ୍ୱାକ୍ଷର କରି ସାରିଥିଲେ। ଆଜି ପ୍ରାର୍ଥିପତ୍ର ଦାଖଲ କରିବାର ଶେଷ ଦିନ। ପାଞ୍ଜି ଦେଖି ଦିନ ଏଗାରଟା ପଇଁତିରିଶ ମିନିଟ୍‌ରେ ଶୁଭ ଲଗ୍ନରେ ପ୍ରାର୍ଥିପତ୍ର ଦାଖଲ ହେବ। ଧର୍ତ୍ତଙ୍ଗଗଡ଼ର ଆଠଶହ ସମର୍ଥକ କାଲି ରାତିରୁ ଆସି ତମ୍ବୁ ପକାଇ ରହିଛନ୍ତି। ଆଜି ଶୋଭାଯାତ୍ରାରେ ଯାଇ ସେ ପ୍ରାର୍ଥିପତ୍ର ଦାଖଲ କରିବେ ବୋଲି ଗାଡ଼ି ମଧ୍ୟ ସଜ ହୋଇ ରହିଛି।

ହଠାତ୍ ସକାଳ ଆଠଟା ବେଳେ ମୁଖ୍ୟମନ୍ତ୍ରୀ ଗୁରୁଦେବ ପଟ୍ଟନାୟକଙ୍କ ଜରୁରୀ ଟେଲିଫୋନ୍ ଆସିଲା। ମୁଖ୍ୟମନ୍ତ୍ରୀଙ୍କ ବାସଭବନକୁ ଯିବାପାଇଁ ଗାଡ଼ି ଆସୁଛି। ତୁରନ୍ତ ଦେଖା କରିବା ପାଇଁ ନିର୍ଦ୍ଦେଶ।

ମୁଖ୍ୟମନ୍ତ୍ରୀଙ୍କ ସହ ଟେଲିଫୋନ୍‌ରେ କଥା ଶେଷ ହେବା ମାତ୍ରେ ବାହାରେ ଗାଡ଼ିର ହର୍ଣ୍ଣ ଶୁଣାଗଲା।

ମୁଖ୍ୟମନ୍ତ୍ରୀଙ୍କଠାରୁ ଜରୁରୀ ବାର୍ତ୍ତା ପାଇ ତାଙ୍କ ବାସଭବନକୁ ଯାଉଛି- ଏକଥା ତା'ପାଇଁ ଜଳଖିଆ ଆଣିବାକୁ ଯାଉଥିବା ପତ୍ନୀଙ୍କୁ ମଧ୍ୟ କହି ଯିବାକୁ ସେ ସମୟ ପାଇଲା ନାହିଁ।

ମୁଖ୍ୟମନ୍ତ୍ରୀ ପଟ୍ଟନାୟକ ତା'ପାଇଁ ଅପେକ୍ଷା କରିଥିଲେ। ଏକା। ସେ କୋଠରିରେ ପ୍ରବେଶ କରିବା ମାତ୍ରେ ମୃଦୁ ହସି କହିଲେ- ଶାନ୍ତନୁ! କାଲି ରାତିରେ ତମ ଧର୍ତ୍ତଙ୍ଗଗଡ଼ ନିର୍ବାଚନ ମଣ୍ଡଳୀର ଜନମତ ସର୍ବେକ୍ଷଣ ରିପୋର୍ଟ ଆସି ପହଞ୍ଚିଛି। ତମ ପ୍ରାର୍ଥିତ୍ୱ

ବିରୋଧରେ ଅଣସ୍ତରି ଶତାଂଶ ଭୋଟର ମତ ଦେଇଛନ୍ତି। ତମେ ଆଜି ଆଉ ପ୍ରାର୍ଥିପତ୍ର ଦାଖଲ କରନାହିଁ। ବିରୋଧୀ ଗଣତନ୍ତ୍ର ଦଳର ନେତ୍ରୀ ରାଜେଶ୍ୱରୀ ଚମ୍ପତିରାୟ ଆମ ଦଳରେ ଯୋଗ ଦେଇଛନ୍ତି। ଧର୍ତ୍ତଙ୍ଗଗଡ଼ ନିର୍ବାଚନମଣ୍ଡଳୀରୁ ସେ ଏଥର ଆମ ପ୍ରଗତି ଦଳର ପ୍ରାର୍ଥୀ ଭାବରେ ପ୍ରାର୍ଥିପତ୍ର ଦାଖଲ କରିବେ।

ମୁଖ୍ୟମନ୍ତ୍ରୀଙ୍କ କଥା ଶୁଣି ବିଦ୍ୟୁତ ଛାଟ ଖାଇଲା ଭଳି ଶାନ୍ତନୁର ତାଳୁରୁ ତଳିପା ହଲି ଦୋହଲିଗଲା। ନିଜେ ଦେଖିପାରୁନଥିଲେ ମଧ୍ୟ ତା' ମୁହଁ ଯେ ରକ୍ତହୀନ; ଶେତା ପଡ଼ିଯାଇଛି, ମୁଖ୍ୟମନ୍ତ୍ରୀଙ୍କ ମୁହଁଭଙ୍ଗୀରୁ ସେ ଅନୁମାନ କରିପାରୁଥିଲା। ସେ ବିଶ୍ୱାସ କରିପାରୁନଥିଲା ଯେ ପାଞ୍ଚବର୍ଷ ତଳେ ଯେଉଁ ମୁଖ୍ୟମନ୍ତ୍ରୀ ପଟ୍ଟନାୟକ ତାକୁ କୃଷି ବିଶ୍ୱବିଦ୍ୟାଳୟ କୃଷି-ବୈଜ୍ଞାନିକ ଚାକିରିରୁ ଇସ୍ତଫା ଦେଇ ପ୍ରଗତି ଦଳ ତରଫରୁ ତା' ନିଜ ଗ୍ରାମ ଧର୍ତ୍ତଙ୍ଗଗଡ଼ ନିର୍ବାଚନମଣ୍ଡଳୀରୁ ପ୍ରାର୍ଥୀ ହେବା ଲାଗି ହାତ ଧରି ଡାକି ଆଣିଥିଲେ ଏବଂ ସେ ଜିତିଲା ପରେ ତାକୁ ଓଡ଼ିଶାର କୃଷିମନ୍ତ୍ରୀ ଭାବରେ ଦାୟିତ୍ୱ ଦେଇଥିଲେ, ଏଥର ସେ ନିଜ ନିର୍ବାଚନ ମଣ୍ଡଳୀରୁ ଦ୍ୱିତୀୟ ଥର ପ୍ରାର୍ଥୀପତ୍ର ଦାଖଲ କରିବାର ଠିକ୍ ଦୁଇଘଣ୍ଟା ପୂର୍ବରୁ ପ୍ରାର୍ଥିପତ୍ର ଦାଖଲ ନକରିବା ଭଳି ନୃଶଂସ ନିଷ୍ପତ୍ତି ଶୁଣାଇପାରିବେ! ଏକଥା ଭାବିଲା ବେଳକୁ ତା'ର ଛାତି ଭିତରୁ କୋହ ହାବୁକା ମାରି ଉଠି ଆସୁଥିଲା, ଆଖି ଲୁହରେ ଭର୍ତ୍ତି ହୋଇଯାଉଥିଲା; କିନ୍ତୁ ଶେଷ ମୁହୂର୍ତ୍ତରେ ନିଜକୁ ସମ୍ଭାଳିନେଲା ଶାନ୍ତନୁ। ମୁହଁରେ ଏକ କୃତ୍ରିମ ହସର ଆଲୋଡ଼ନ ସୃଷ୍ଟି କରି କହିଲା, ଠିକ୍ ଅଛି। କୌଣସି ଦିନ ରାଜନୀତି ପ୍ରତି ମୋର ମୋହ ନଥିଲା। ଆପଣଙ୍କ କଥା ମାନି ମୁଁ ନିର୍ବାଚନରେ ଠିଆ ହୋଇଥିଲି। ଆପଣ ଯଦି ଚାହୁଁ ନାହାନ୍ତି, ମୁଁ ଆଜି ପ୍ରାର୍ଥିପତ୍ର ଦାଖଲ କରିବି ନାହିଁ। ମୁଁ ଉଠୁଛି-

ପ୍ରଗତି ଦଳର ସଭାପତି ଗୁରୁଦେବ ପଟ୍ଟନାୟକ ତାଙ୍କୁ ଉଠିବାକୁ ଦେଲେ ନାହିଁ।

କହିଲେ- ତମେ ଠିଆ ନହେବା ଅର୍ଥ ନୁହେଁ ରାଜନୀତିରୁ ସନ୍ନ୍ୟାସ ନେବା। ତମକୁ ମୋର ଆଉ ଗୋଟିଏ କଥା ରଖିବାକୁ ହେବ। ତମକୁ ଏଥର ଆମ ଦଳର ପ୍ରାର୍ଥୀ ରାଜେଶ୍ୱରୀ ଚମ୍ପତିରାୟଙ୍କୁ ନିର୍ବାଚନରେ ଜିତାଇବା ଦାୟିତ୍ୱ ନେବାକୁ ପଡ଼ିବ। ରାଜେଶ୍ୱରୀ ଧର୍ତ୍ତଙ୍ଗଗଡ଼ର ଝିଅ, କିନ୍ତୁ ଏବେ କେନ୍ଦୁଝରଗଡ଼ର ବୋହୂ। ତାଙ୍କ ଜେଜେବାପା ଥିଲେ ଏକଦା ଧର୍ତ୍ତଙ୍ଗଗଡ଼ର ପ୍ରବଳ ପ୍ରତାପୀ ଜମିଦାର। ତାଙ୍କୁ ଗଡ଼ର ରାଜା ବୋଲି କୁହାଯାଉଥିଲା। ଧର୍ତ୍ତଙ୍ଗଗଡ଼ର ପ୍ରଜାମାନେ ରାଜେଶ୍ୱରୀଙ୍କ ଜେଜେବାପାଙ୍କୁ ଏବେ ସୁଦ୍ଧା ଝୁରି ହୁଅନ୍ତି। ତମେ କୃଷିମନ୍ତ୍ରୀ ଭାବରେ ଗଡ଼ର ଚାଷୀ, ମୂଲିଆ, ହରିଜନ, ଗିରିଜନଙ୍କ ପାଇଁ ଅନେକ ଭଲ କାମ କରିଛ। ରାଜେଶ୍ୱରୀଙ୍କ ଜେଜେବାପାଙ୍କ ଅନୁରକ୍ତ ଉଚ୍ଚବର୍ଣ୍ଣର ଲୋକଙ୍କ ସହିତ ତମ ପ୍ରତି କୃତଜ୍ଞ କୃଷକ, ହରିଜନ ଓ ଗିରିଜନଙ୍କ ଭୋଟ

ମିଶିଲେ କେହି ଧର୍ତ୍ତଙ୍ଗଗଡ଼ ବିଧାନସଭା ଆସନରୁ ରାଜେଶ୍ୱରୀଙ୍କୁ ହରାଇପାରିବେ ନାହିଁ। ସେ ଥିଲେ ବିରୋଧି ଗଣତନ୍ତ୍ର ଦଳର ପ୍ରଭାବଶାଳୀ ନେତ୍ରୀ। ତାଙ୍କର ଇଞ୍ଜିନିୟର ସ୍ୱାମୀ ରୁଦ୍ର ଚମ୍ପକରାୟ କେନ୍ଦୁଝରର ବଡ଼ ଖଣି ମାଲିକ। ଗଣତନ୍ତ୍ର ଦଳର ସେ ହେଉଛନ୍ତି ATM। ଆମ ପାର୍ଟି ଟିକେଟରେ ସେ ବିଧାନସଭାରେ ପ୍ରବେଶ କଲେ ରାଜ୍ୟର ରାଜନୀତି ଓଲଟପାଲଟ ହୋଇଯିବ। ଆଉ ତୁମେ ତାଙ୍କୁ ବିଧାନସଭାକୁ ଜିତାଇ ଆଣିଲେ ମୁଁ ତମର ଥଇଥାନ ବ୍ୟବସ୍ଥା କରିବି। ମନ୍ତ୍ରୀ ନଥାଇ ମଧ୍ୟ ଜଣେ କ୍ୟାବିନେଟ୍ ପାହ୍ୟା ମନ୍ତ୍ରୀର ସବୁ ସୁବିଧା ସୁଯୋଗ ଥିବା କୌଣସି ନିଗମର ଅଧ୍ୟକ୍ଷ କରିଦେବି।

ସେ ନିଜେ ନିର୍ବାଚନରେ ଠିଆ ହେବ ନାହିଁ, ଆଉ ତାଙ୍କ ଜାଗାରେ ଦଳ ଯାହାକୁ ପ୍ରାର୍ଥୀ କରିଛି, ତାଙ୍କୁ ଜିତାଇ ଆଣିବା ଦାୟିତ୍ୱ ନେବାକୁ ପଡ଼ିବ, ଏକଥା ଭାବିଲା ମାତ୍ରେ ତା'ର ହୃଦୟ ଭିତରେ ଏକ ଶୂନ୍ୟ ହାହାକାର ଛାତିର ପଞ୍ଜରା ଦୋହଲାଇ ତପ୍ତ ଦୀର୍ଘଶ୍ୱାସ ଭାବରେ ନିର୍ଗତ ହୋଇଗଲା।

ସେ ଘରକୁ ଫେରି ଦେଖିଲା କଲେଜ ଯିବାପାଇଁ ପ୍ରସ୍ତୁତ ହେଉଛି ଜୟନ୍ତୀ। ପୁଅ ତୀର୍ଥ ବୋଧହୁଏ ସ୍କୁଲ ବସ୍‌ରେ ତା' ଡି.ଏ.ଭି. ସ୍କୁଲକୁ ଚାଲିଗଲାଣି।

ସ୍ୱାମୀଙ୍କୁ ଦେଖି ଚକିତ କଣ୍ଠରେ ପଦାର୍ଥବିଦ୍ୟାର ଅଧ୍ୟାପିକା ଜୟନ୍ତୀ ସାମନ୍ତ ପଚାରିଲା- ତମ ପାଇଁ ଜଳଖିଆ ନେଇ ଆସୁ ଆସୁ ତମେ କୁଆଡ଼େ ଉଭାନ ହୋଇଗଲ ? ତମେ ପରା ଏଗାରଟା ବେଳେ ପ୍ରାର୍ଥିପତ୍ର ଦାଖଲ କରିବାକୁ ଯିବ ? ଦଶଟା ବାଜିଲାଣି-

ଭିତରପଟୁ କବାଟ ବନ୍ଦ କରି ଶାନ୍ତନୁ କହିଲା- ମୁଁ ଏଥର ନିର୍ବାଚନ ଲଢ଼ିବି ନାଇଁ-

କଥା ଶେଷ କରିବା ଆଗରୁ ନିଜକୁ ଆଉ ସମ୍ଭାଳି ନପାରି ପିଲାଙ୍କ ଭଳି କଇଁକଇଁ ହୋଇ କାନ୍ଦିଉଠିଲା ଶାନ୍ତନୁ !

ସବୁ କଥା ଶୁଣି ସାରି ଜୟନ୍ତୀ କହିଲା- ଏଇ ସାମାନ୍ୟ କଥା ପାଇଁ କାନ୍ଦୁଛ ? ତମେ ତ ମନ୍ତ୍ରୀ ହେବା ପାଇଁ ଜନ୍ମ ହୋଇ ନଥିଲ। ତମେ ମୋର ସ୍ୱାମୀ, ତୀର୍ଥଙ୍କରର ବାପା, ଏଇ ପରିଚୟ କ'ଣ ତମ ପାଇଁ ଯଥେଷ୍ଟ ନୁହେଁ ?

॥ ଦୁଇ ॥

ଧର୍ତ୍ତଙ୍ଗଗଡ଼ ବିଧାନସଭା ନିର୍ବାଚନମଣ୍ଡଳୀ ପାଇଁ ଓଡ଼ିଶାର କୃଷିମନ୍ତ୍ରୀ ଶାନ୍ତନୁ ସାମନ୍ତ ପରିବର୍ତ୍ତେ ବିରୋଧୀ ଗଣତନ୍ତ୍ର ଦଳର ନାରୀ ନେତ୍ରୀ ରାଜେଶ୍ୱରୀ ଚମ୍ପତିରାୟ ପ୍ରଗତି ଦଳର ପ୍ରାର୍ଥୀ ଭାବରେ ନାମାଙ୍କନପତ୍ର ଦାଖଲ କରିଛନ୍ତି ବୋଲି ସବୁ

ଖବରକାଗଜରେ ବଡ଼ବଡ଼ ଅକ୍ଷରରେ ଛପା ହୋଇଗଲା ପରେ ଶାନ୍ତନୁର ମୋବାଇଲ ଅନବରତ ବାଜିବାରେ ଲାଗିଲା। ସାମ୍ବାଦିକମାନେ ନାନା ପ୍ରଶ୍ନ ପଚାରି ତା'ର ଅସ୍ୱସ୍ତି ବଢ଼ାଇବାରେ ଲାଗିଲେ।

ସକାଳ ଆଠଟାବେଳେ ଗଣତନ୍ତ୍ର ଦଳର ସଭାପତି ତଥା ବିରୋଧୀଦଳର ନେତା କନକପୁରର ପୂର୍ବତନ ମହାରାଜା ଗିରିଗୋବର୍ଦ୍ଧନ ସିଂହଦେଓଙ୍କ ସଚିବ ଗୋପାଳବଲ୍ଲଭ ମିଶ୍ର ଟେଲିଫୋନ୍ ନକରି ସିଧା ଆସି ଶାନ୍ତନୁର ମନ୍ତ୍ରୀ ନିବାସରେ ପହଞ୍ଚିଗଲେ।

ସେତେବେଳକୁ ଶାନ୍ତନୁ ମନ୍ତ୍ରୀନିବାସ ଖାଲିକରି ଅଧ୍ୟାପିକା ପତ୍ନୀଙ୍କ ଟାଇପ୍-ଭି କ୍ୱାର୍ଟର୍ସକୁ ଚାଲିଯିବା ପାଇଁ ଟ୍ରକ୍‌ରେ ଜିନିଷପତ୍ର ଲୋଡ୍ କରୁଥିଲା। ଘର ଫାଟକରେ ଲଗା ହୋଇଥିବା ନେମ୍‌ପ୍ଲେଟ୍ ମଧ୍ୟ କାଢ଼ି ଦେଇଥିଲା। ଗତ ସନ୍ଧ୍ୟାରେ ମନ୍ତ୍ରୀପଦ ଏବଂ ଧର୍ତ୍ତଙ୍ଗଗଡ଼ ବିଧାନସଭା ସଭ୍ୟପଦରୁ ଇସ୍ତଫାପତ୍ର ମଧ୍ୟ ମୁଖ୍ୟମନ୍ତ୍ରୀଙ୍କୁ ପଠାଇଦେଇ ସାରିଥିଲା।

ବିରୋଧୀଦଳର ସିଂହଦେଓଙ୍କ ରାଜନୈତିକ ସଚିବ ଗୋପାଳବଲ୍ଲଭଙ୍କୁ ବସିବା ପାଇଁ ଦେବାକୁ ଚେୟାର ଖଣ୍ଡେ ମଧ୍ୟ ଘରେ ନଥିଲା।

ମିଶ୍ରବାବୁ ମନ୍ତ୍ରୀ ସାମନ୍ତଙ୍କୁ ତାଙ୍କ ବସିବା ଲାଗି ଆସନ ଖୋଜିବା ପାଇଁ ବ୍ୟସ୍ତ ନହେବାକୁ ଅନୁରୋଧ କରି ଠିଆଠିଆ ଗଣତନ୍ତ୍ର ଦଳର ସଭାପତି ସିଂହଦେଓ ସାହେବଙ୍କ ସହ କଥାବାର୍ତ୍ତା ହେବା ପାଇଁ ନିଜ ମୋବାଇଲରେ ତାଙ୍କ ନମ୍ବର ଡାଏଲ୍ କରି ଶାନ୍ତନୁ ସାମନ୍ତ ହାତକୁ ବଢ଼ାଇଦେଲେ।

ମନ୍ତ୍ରୀପଦ, ବିଧାନସଭା ଆସନକୁ ଇସ୍ତଫା ଦେଇଥିଲେ ମଧ୍ୟ ଶାନ୍ତନୁ ପ୍ରଗତି ଦଳ ସଭ୍ୟପଦରୁ ଇସ୍ତଫା ଦେଇନଥିଲା।

ମୋବାଇଲରେ ସିଂହଦେଓ ତାକୁ ପ୍ରଗତି ଦଳରୁ ଇସ୍ତଫା ଦେଇ ଗଣତନ୍ତ୍ର ଦଳରେ ଯୋଗ ଦେବାପାଇଁ ଅନୁରୋଧ କଲେ ଏବଂ ଆସନ୍ତା ରାଜ୍ୟସଭା ନିର୍ବାଚନରେ ତାକୁ ରାଜ୍ୟସଭାକୁ ପଠାଇବା ଲାଗି ପ୍ରତିଶ୍ରୁତି ଦେଲେ। ଶାନ୍ତନୁ ଘାବରେଇଗଲା। କ'ଣ ଉତ୍ତର ଦେବ ହଠାତ୍ ଭାବିପାରିଲା ନାହିଁ।

ସିଂହଦେଓ ଯେତେବେଳେ ବାରମ୍ବାର ନିଜ ପ୍ରସ୍ତାବ ସମ୍ପର୍କରେ ତା'ର ମତାମତ ଜାଣିବାକୁ ଚାହିଁଲେ- ସେ ସାହସ ସଂଗ୍ରହ କରି ଉତ୍ତର ଦେଇଥିଲା- ଏଥର ନିର୍ବାଚନରେ ଧର୍ତ୍ତଙ୍ଗଗଡ଼ ନିର୍ବାଚନମଣ୍ଡଳୀରୁ ପ୍ରଗତିଦଳ ପ୍ରାର୍ଥୀଙ୍କୁ ଜିତାଇବା ପାଇଁ ମୁଖ୍ୟମନ୍ତ୍ରୀଙ୍କୁ ମୁଁ ପ୍ରତିଶ୍ରୁତି ଦେଇସାରିଛି। ନିର୍ବାଚନ ଫଳାଫଳ ଘୋଷଣା ହେଲାପରେ ମୁଁ ରାଜନୀତି ଛାଡ଼ିଦେବି। ଆପଣଙ୍କ ପ୍ରସ୍ତାବ ଗ୍ରହଣ କରିପାରୁନଥିବାରୁ ମୁଁ ଦୁଃଖିତ।

କିନ୍ତୁ ତା’ ଟିକଟ କାଟି ମୁଖ୍ୟମନ୍ତ୍ରୀ ବିରୋଧୀ ଦଳର ଜଣେ ନେତ୍ରୀଙ୍କୁ ତା’ ନିର୍ବାଚନମଣ୍ଡଳୀରୁ ପ୍ରାର୍ଥୀ କଲେ। ସେଇ ବିରୋଧୀ ଦଳର ନେତ୍ରୀଙ୍କୁ ତା’ ପୂର୍ବ ନିର୍ବାଚନମଣ୍ଡଳୀରୁ ଜିତାଇବା ଦାୟିତ୍ୱ ସେ ଗ୍ରହଣ କଲା କାହିଁକି? ତାହାର ଯଦି ଆଉ ରାଜନୀତି କରିବାର ନାହିଁ, ସେ ମୁଖ୍ୟମନ୍ତ୍ରୀଙ୍କ ଆଦେଶ ପାଳନ କରିବା ଲାଗି ରାଜି ହେଲା କ’ଣ ପାଇଁ? ମନ୍ତ୍ରିତ୍ୱ ବଦଳରେ କୌଣସି ଅର୍ଥକାରୀ ନିଗମର ଅଧ୍ୟକ୍ଷ ହେବା ଲୋଭରେ?

ଶେଷ ମୁହୂର୍ତ୍ତରେ ତା’ର ଟିକଟ କାଟି ମୁଖ୍ୟମନ୍ତ୍ରୀ ତା’ ଜାଗାରେ ଯାହାକୁ ପ୍ରାର୍ଥୀ କଲେ ତାକୁ ଜୟଯୁକ୍ତ କରିବାର ଦାୟିତ୍ୱ ନିଜ ଉପରକୁ ନେବା ଠିକ୍ ହେଲାନାହିଁ ବୋଲି ଜୟନ୍ତୀ ତାକୁ ବାରମ୍ବାର ସ୍ମରଣ କରାଇ ଦେଇଥିଲା। ମନ୍ତ୍ରିମଣ୍ଡଳରୁ ଇସ୍ତଫା ଦେବା ସହିତ ପ୍ରଗତିଦଳର ପ୍ରାଥମିକ ସଭ୍ୟପଦରୁ ଇସ୍ତଫା ଦେଇଦେବା ପାଇଁ ତାକୁ ପ୍ରବର୍ତ୍ତାଇ ଥିଲା। ବୁଝାଇଥିଲା- ଗତ ପାଞ୍ଚବର୍ଷ ରାଜ୍ୟର କୃଷିମନ୍ତ୍ରୀ ଥିବାବେଳେ ମାସକୁ ଦୁଇ ତିନି ଦିନ ବ୍ୟତୀତ ଅନ୍ୟ ସବୁ ଦିନ ନିଜ ନିର୍ବାଚନମଣ୍ଡଳୀରେ ପଡ଼ି ରହିଥିଲ। ମାସକେ ଯେଉଁ ଦୁଇ ତିନି ଦିନ କ୍ୟାପିଟାଲ ଆସ, ସେଦିନଗୁଡ଼ିକ ତମେ ଦିନବେଳା ଘରେ ନଥାଅ, ମନ୍ତ୍ରିମଣ୍ଡଳ ବୈଠକ, ପାର୍ଟି ସଂଗଠନ କାମରେ ପାର୍ଟି ଅଫିସ୍‌ରେ, ସଚିବାଳୟରେ ତମର ସମୟ କଟେ। କ୍ୟାବିନେଟ୍ ମିନିଷ୍ଟର ଭାବରେ ତମେ କେତେ ଟଙ୍କା ଦରମା ପାଅ, କେତେ ଭତ୍ତା ପାଅ- ମତେ ଅନ୍ୟ କେହି ପଚାରିଲେ ମୁଁ ତା’ର ଉତ୍ତର ଦେଇପାରେ ନାହିଁ। କାରଣ ଦରମା ଟଙ୍କାରୁ ଘର ଖର୍ଚ୍ଚ ପାଇଁ ତମେ କେବେ ମତେ ଶହେ ଦୁଇ ଶହ ଟଙ୍କା ମଧ୍ୟ ଦେଇ ନାହଁ। ତମର ସବୁ ଟଙ୍କା ନିର୍ବାଚନମଣ୍ଡଳୀର ଦରିଦ୍ର ସେବାରେ ଖର୍ଚ୍ଚ ହୋଇଯାଇଛି ବୋଲି ଶୁଣି ମୁଁ ମନେ ମନେ ଖୁବ୍ ଖୁସି ହୋଇଛି। ନିଜ ଦରମା ଟଙ୍କାରେ ତୀର୍ଥର ପାଠପଢ଼ା, ମୋର ନିଜ ଖର୍ଚ୍ଚ ଚଳିଯାଏ, ତମ ଦରମା ଟଙ୍କା ମୋର ଲୋଡ଼ା ହୁଏ ନାହିଁ। କିନ୍ତୁ ଗୋଟାଏ କଥା ପାଇଁ ବେଳେବେଳେ ତମ ଉପରେ ମୋର ରାଗ ହୁଏ। ମୋ ପାଇଁ ନହେଲା- ତୀର୍ଥ ପାଇଁ ତମେ ଯେ କିଛି ସମୟ ଦେବା ଉଚିତ- ସେକଥା ଭାବି ମୁଁ ବେଳେବେଳେ ଖୁବ୍ କଷ୍ଟ ପାଏ। କେଉଁଦିନ ସେ କଷ୍ଟର ଶେଷ ହେବ- କେଉଁଦିନ ରାଜନୀତିରୁ ଗୋଡ଼ କାଢ଼ି ତମେ ଆମ ମାଆପୁଅଙ୍କ ପାଖକୁ ଫେରିଆସିବ ସେଥିପାଇଁ ମୁଁ ଦିନ ଗଣୁଥାଏ, ଆଉ ସେଥିପାଇଁ ଯେଉଁଦିନ ତମେ ମୁଖ୍ୟମନ୍ତ୍ରୀଙ୍କ ଦପ୍ତରରୁ ଫେରି ପ୍ରାର୍ଥିପତ୍ର ଦାଖଲର ଶେଷଦିନ ମୁଖ୍ୟମନ୍ତ୍ରୀ ତମର ଟିକଟ କାଟି ଦେଇଛନ୍ତି ବୋଲି ତମେ ଅସହ୍ୟ ମନ ଦୁଃଖରେ ଛୋଟ ପିଲାଙ୍କ ଭଳି କଇଁକଇଁ ହୋଇ କାନ୍ଦିଉଠିଲ, ସେତେବେଳେ ମନଖୁସିରେ ମୁଁ ମନେମନେ ହସୁଥିଲି। ଏଥର ମୁଁ କେବଳ ମୋର ସ୍ୱାମୀଙ୍କୁ ଫେରି ପାଇନି, ତୀର୍ଥ ତା’ର ବାପାଙ୍କ କୋଳରେ ଆଗଭଳି ବସି ଗେହ୍ଲା ହେବ ଭାବି ମୁଁ ତମକୁ ବୁଝାଇଥିଲି।

ମନ୍ତ୍ରୀ ହେବା ପାଇଁ ତମେ ଜନ୍ମ ହୋଇନଥିଲ- ଜୟନ୍ତୀର ସେ ଶେଷ କଥା ପଦକ ଏବେ ମଧ୍ୟ ଶାନ୍ତନୁ କାନରେ କୋଇଲିର କୁହୁ ଭଳି ଶୁଭିଯାଉଛି। ମନ୍ତ୍ରୀ ଭାବରେ ଗତ ପାଞ୍ଚବର୍ଷ ନିଜ ଦାୟିତ୍ୱ ପାଳନ କରି ନିଜ ସ୍ତ୍ରୀ ଓ ପୁତ୍ରକୁ ଅବହେଳା କରି ଧର୍ତ୍ତଙ୍ଗଗଡ଼ ନିର୍ବାଚନମଣ୍ଡଳୀରେ ପଡ଼ି ରହିଥିଲା ବୋଲି ତା'ର ଅବସୋସ ହୋଇଛି। ସେଥିପାଇଁ ରାଜେଶ୍ୱରୀ ଚମ୍ପତିରାୟ ତା' ନିର୍ବାଚନ ମଣ୍ଡଳୀରୁ ପ୍ରାର୍ଥିପତ୍ର ଦାଖଲ କଲାପରେ ସେ ସରକାରୀ ମନ୍ତ୍ରୀନିବାସ ଛାଡ଼ି ଜୟନ୍ତୀର ଅଧ୍ୟାପିକା type-v କ୍ୱାର୍ଟର୍ସକୁ ଫେରିଯାଇଛି ପତ୍ନୀଙ୍କ କଥାମାନି। ରାଜନୀତିର ଆବିଳ ଜଳରେ ନିଜ ଗୋଡ଼ ନବୁଡ଼ାଇବା ପାଇଁ ସିଦ୍ଧାନ୍ତ କରିସାରିଛି; କିନ୍ତୁ ଜୟନ୍ତୀର ତୀବ୍ର ବିରୋଧ ସତ୍ତ୍ୱେ ସେ ମୁଖ୍ୟମନ୍ତ୍ରୀ ପଟ୍ଟନାୟକଙ୍କୁ ଦେଇଥିବା ପ୍ରତିଶ୍ରୁତିରୁ ଓହରିଯାଇ ପାରିନାହିଁ। ରାଜେଶ୍ୱରୀକୁ ଜିତାଇବା ତା'ର ଦାୟିତ୍ୱ ନୁହେଁ, ତା'ର ସମ୍ମତି ନେଇ ଧର୍ତ୍ତଙ୍ଗଗଡ଼ ନିର୍ବାଚନମଣ୍ଡଳୀରୁ ରାଜେଶ୍ୱରୀକୁ ପ୍ରାର୍ଥୀ କରାଯାଇ ନାହିଁ; କିନ୍ତୁ ତା' ସହିତ ସେ ନିର୍ବାଚନ ପ୍ରଚାରରେ ଯିବ ନାହିଁ ବୋଲି ବଡ଼ ପାଟିରେ କହିଦେବାକୁ ଗଲାବେଳେ ତା' ଜିଭକୁ କିଏ ଟାଣିଧରିଛି।

ଗାଡ଼ିରୁ ଓହ୍ଲାଇ ରାଜେଶ୍ୱରୀ ତା' ଟାଇପ୍-ଭି କ୍ୱାର୍ଟର୍ସକୁ ପଶିଆସି ଢପ୍ କିନି ତା' ପାଦତଳେ ମୁଣ୍ଡିଆ ମାରି ଠିଆ ହୋଇଗଲା। ଘଟଣାଟା ଏପରି ଆକସ୍ମିକ ଭାବରେ ଘଟିଗଲା ଯେ ଶାନ୍ତନୁ ପାଟିରୁ ଆଉ କଥା ବାହାରିଲା ନାହିଁ।

କଥା କହିଲା ରାଜେଶ୍ୱରୀ।

- ମୁଁ ଆପଣଙ୍କ ସାନଭଉଣୀ ଭଳି। ମୁଁ କେବେ ଧର୍ତ୍ତଙ୍ଗଗଡ଼ ନିର୍ବାଚନମଣ୍ଡଳୀରୁ ପ୍ରାର୍ଥୀ ହେବାକୁ ଚାହିଁନଥିଲି। ଗଣତନ୍ତ୍ର ଦଳ କେନ୍ଦୁଝରଗଡ଼ ସାଧାରଣ ସିଟ୍‌ରୁ ମତେ ପ୍ରାର୍ଥୀ ନକରିବାରୁ ପ୍ରଗତି ଦଳ ଟିକଟରେ ମୁଁ ସେଇ ନିର୍ବାଚନମଣ୍ଡଳୀରୁ ପ୍ରାର୍ଥୀ ହେବାକୁ ଚାହୁଁଥିଲି; କିନ୍ତୁ ସି.ଏମ୍. ପଟ୍ଟନାୟକ କେନ୍ଦୁଝର ସାଧାରଣ ଆସନରୁ ଦଳର ଜଣେ ଆଦିବାସୀ ନେତାଙ୍କୁ ପ୍ରାର୍ଥୀ ହେବା ପାଇଁ ଆଗରୁ କଥା ଦେଇ ସାରିଥିବାରୁ ମତେ ଧର୍ତ୍ତଙ୍ଗଗଡ଼ରୁ ଠିଆ କରିଛନ୍ତି। ମୋ ଜେଜେବାପା ବ୍ରିଟିଶଭକ୍ତ ଚୂଡ଼ାମଣି ଚମ୍ପତିରାୟ ଦେଶ ସ୍ୱାଧୀନ ହେବାବେଳକୁ ଏ ଧର୍ତ୍ତଙ୍ଗଗଡ଼ର ଜମିଦାର ଥିଲେ। ସ୍ୱାଧୀନତା ପରେ ଜମିଦାର ଉଚ୍ଛେଦ ହେଲା। ବାପା ଏଠାରୁ ଘରବାଡ଼ି, ଜମିବାଡ଼ି ବିକିଦେଇ କେନ୍ଦୁଝରଗଡ଼କୁ ଉଠିଯାଇଥିଲେ। ମୋର କେନ୍ଦୁଝରଗଡ଼ରେ ଜନ୍ମ। ଏ ନିର୍ବାଚନମଣ୍ଡଳୀ ସହିତ ମୋର ନାଡ଼ିର ସମ୍ପର୍କ ନାହିଁ। ଆପଣଙ୍କ ଭରସାରେ ହିଁ ମୁଁ ଏଠାରେ ପ୍ରାର୍ଥୀ ହୋଇଛି, ଆପଣ ମୋ ମୁଣ୍ଡରେ ହାତରଖି କହନ୍ତୁ-

ଶାନ୍ତନୁର ଡାହାଣ ହାତକୁ ନିଜ ମୁଣ୍ଡ ଉପରେ ଥାପି ନିର୍ବାଚନରେ ଜିଣିବା

ପାଇଁ ତା'ର ଆଶୀର୍ବାଦ ଭିକ୍ଷା କଲା। ନାହିଁ କରିବାକୁ ଶାନ୍ତନୁର ଜିଭ ଲେଉଟିଲା ନାହିଁ।

ପ୍ରସ୍ଥାନ ପୂର୍ବରୁ ନିଜ ହାତ ବ୍ୟାଗ୍‌ରୁ ପାଞ୍ଚ ଥାକ ହଜାରଟଙ୍କିଆ ନୋଟ୍ କାଢ଼ି ତା' ଟେବୁଲ ଉପରେ ରଖିଲା ରାଜେଶ୍ୱରୀ। ଏ ଦଶ ଲକ୍ଷ ଅଛି। ଆପଣ ତ ସରକାରୀ ଗାଡ଼ି ସରେଣ୍ଡର କରିଦେଇଛନ୍ତି। ମୁଁ ଗୋଟାଏ ଆମ୍ବାସଡ଼ର ଏବଂ ଡ୍ରାଇଭର ପଠାଇଦେଉଛି ନିର୍ବାଚନ ପ୍ରଚାରରେ ଆପଣଙ୍କ ବ୍ୟବହାର ପାଇଁ।

ଏଥର ପାଟି ଖୋଲିଲା ଶାନ୍ତନୁ।

ନୂଆ ହଜାର ଟଙ୍କିଆ ନୋଟ ବିଡ଼ା ଫେରସ୍ତ ଦେଇ କହିଲା- ଟଙ୍କା, ଗାଡ଼ି କିଛି ଦରକାର ନାହିଁ। ଏସବୁ ଖର୍ଚ୍ଚ ପାଟି ବହନ କରିବ। ପାର୍ଟିର ଇଲେକ୍‌ସନ୍ ଜିପ୍ ନେଇ, ନିର୍ବାଚନ ମଣ୍ଡଳୀକୁ ଯିବି-

ବିଛା ମନ୍ତ୍ର ନଜାଣି ସାପ ଗାତରେ ହାତ ପୂରାଇ ଦେଇଥିବା ଭଳି ରାଜେଶ୍ୱରୀ ଚମ୍ପତିରାୟ କମ୍ପିତ ହସ୍ତରେ ଫେରସ୍ତ ନୋଟ୍ ଥାକ ବ୍ୟାଗ୍‌ରେ ଭର୍ତ୍ତି କରି ମୁହଁ ତଳକୁ ପୋତି ଆଉ ଥରେ ଶାନ୍ତନୁର ପାଦ ଛୁଇଁ ପ୍ରଣାମ କରି ଗାଡ଼ିକୁ ଫେରିଗଲା।

॥ ତିନି ॥

ରାଜେଶ୍ୱରୀ ପାଇଁ ଧର୍ତ୍ତଙ୍ଗଗଡ଼ ନିର୍ବାଚନମଣ୍ଡଳୀକୁ ପ୍ରଗତି ଦଳ ତରଫରୁ ନିର୍ବାଚନ ପ୍ରଚାରରେ ଯାଇ ଧକ୍କା ଖାଇଲା ଶାନ୍ତନୁ। ତା' ହାତର ରେଖା ଭଳି ଏ ନିର୍ବାଚନମଣ୍ଡଳୀର ପ୍ରତି ଗାଁ, ପଡ଼ା, ବିଲବାରି, ବଣପାହାଡ଼, ପର୍ବତ, ଝରଣା, ବାଂଶରୀ ନଈ ସହିତ ତା'ର ଚିହ୍ନା ପରିଚୟ। ଗଡ଼ର ଉତ୍ତରାଂଶ ପାହାଡ଼-ଅରଣ୍ୟ ଘେରା ପାହାଡ଼ିଆ ଅଞ୍ଚଳ। ଭୂୟାଁ, ହୋ, ସାନ୍ତାଳ ଆଦିବାସୀମାନଙ୍କର ଆଦି ବାସଭୂମି। ଏ ଅଞ୍ଚଳରେ ଜଳସେଚନର ବ୍ୟବସ୍ଥା ନାହିଁ। ପାହାଡ଼ ଝରଣା ଆଉ ବର୍ଷାଜଳ ଏ ଆଦିମ ଆଦିବାସୀମାନଙ୍କର ସାହା ଭରସା। ଗତ ପାଞ୍ଚବରଷ ସେ ଏହି ଆଦିବାସୀ ଅଞ୍ଚଳରେ ସୋରିଷ, ମାଣ୍ଡିଆ ଆଉ ମକା ଚାଷ ପାଇଁ ଛୋଟବଡ଼ ଜଳାଶୟମାନ ଖୋଳାଇ ବର୍ଷାଜଳକୁ ଧରିରଖିବାର ବ୍ୟବସ୍ଥା କରିଛି। ବିଶୁଦ୍ଧ ପାନୀୟଜଳ ଯୋଗାଇଦେବା ଲାଗି ଜଳ-ବିଶୁଦ୍ଧୀକରଣ ପ୍ଲାଣ୍ଟ୍ ପ୍ରତିଷ୍ଠା କରିଛି। ଚାଷ ସମୟରେ ଉନ୍ନତମାନର ବିହନ, ସାର, ପୋକମରା ଔଷଧ ଆଦିବାସୀ ଚାଷୀମାନଙ୍କୁ ଯୋଗାଇଦେବା ପାଇଁ ଖୋଲିଛି ସମବାୟ ସମିତି। ନିଜେ ସପ୍ତାହ ସପ୍ତାହ ଧରି ଏଇ ଆଦିବାସୀ ପଡ଼ାରେ ରହି ବିହନ, ସାରର ସୁଷମ ବଣ୍ଟନ ବ୍ୟବସ୍ଥା କରିଛି। ପ୍ରତି ପଡ଼ାର ମୁଖିଆମାନଙ୍କ ସହିତ ତା'ର ଗଢ଼ିଉଠିଛି ଆତ୍ମିକ ସମ୍ପର୍କ।

ଏଇ ପାଞ୍ଚବର୍ଷ ଭିତରେ ସୋରିଷ, ମାଣ୍ଡିଆ ଆଉ ମକା ଉତ୍ପାଦନ ଚାରିଗୁଣା ପାଞ୍ଚଗୁଣା ବଢ଼ିଛି। ଆଦିବାସୀ ଚାଷୀ ସମବାୟ ସମିତି ଜରିଆରେ ଉତ୍ପାଦିତ ଫସଲ ସରକାରୀ ଧାର୍ଯ୍ୟ ମୂଲ୍ୟରେ ବିକ୍ରି କରି ବେଶ୍ ଲାଭବାନ୍ ହୋଇଛନ୍ତି। ମୂଲ ଲାଗି ପେଟ ପୋଷିବା ପାଇଁ ଆଉ ଏ ଅଞ୍ଚଳର ଧାଙ୍ଗଡ଼ାଧାଙ୍ଗିଡ଼ିମାନେ ଠିକାଦାରର ଟ୍ରକ୍ ଡାଲାରେ ବସି ମୂଲ ଲାଗିବାକୁ ବାହାରକୁ ଯାଉନାହାନ୍ତି।

ଆଦିବାସୀ ପିଲାମାନଙ୍କୁ ପାଠ ପଢ଼ିବାର ସୁଯୋଗ ଆଣି ଦେବାପାଇଁ ଏଠାରେ ଖୋଲିଛି ଗୋଟିଏ ଉଚ୍ଚ ପ୍ରାଥମିକ ବିଦ୍ୟାଳୟ। ପ୍ରାଇମେରୀ ହେଲ୍‌ଥ ସେଣ୍ଟର ଆଉ ସମବାୟ ବ୍ୟାଙ୍କ୍‌ର ଏକ ଶାଖା ମଧ୍ୟ ଖୋଲିଛି ତା'ର ପାଞ୍ଚବର୍ଷର ମନ୍ତ୍ରିତ୍ୱ କାଳରେ।

ଏ ଆଦିବାସୀ ଅଧ୍ୟୁଷିତ ଶାନ୍ତ ପାହାଡ଼ି ଅଞ୍ଚଳ ନିର୍ବାଚନ ମଣ୍ଡଳୀର ଏକ ତୃତୀୟାଂଶ। ଅବଶିଷ୍ଟ ଦୁଇ ତୃତୀୟାଂଶ ସମତଳ ଅଞ୍ଚଳ, ହରିଜନ, ଚାଷୀ ଓ ଗଡ଼ ସାଆନ୍ତମାନଙ୍କ ଜନ୍ମ ଓ କର୍ମଭୂମି। ଦଳିତ ହରିଜନମାନେ ସାଆନ୍ତମାନଙ୍କ ଆଶ୍ରିତ ଏବଂ ସେମାନଙ୍କ ବିଲ, ବାରି, ବଗିଚାର ଶ୍ରମିକ; ଚାଷୀମାନଙ୍କ ଭିତରୁ ଅଧିକାଂଶ ଭୂମିହୀନ ଭାଗଚାଷୀ। ଧାନ, ମୁଗ, ବିରି ଥିଲା ଏ ଅଞ୍ଚଳର ପ୍ରଧାନ ଫସଲ। ବ୍ରାହ୍ମଣୀର ଶାଖାନଦୀ ବାଂଶରୀ ଚିରସ୍ରୋତା। ଖରାଦିନେ ସୁଦ୍ଧା ଏ ନଈରେ ପାଣିଥାଏ- ଯଦିଓ ଶୀର୍ଣ୍ଣସ୍ରୋତା।

ଶାନ୍ତନୁ କୃଷିମନ୍ତ୍ରୀ ଥିବାବେଳେ ବାଂଶରୀ ନଦୀରୁ ବିଦ୍ୟୁତ୍ ଚାଳିତ ପମ୍ପ୍ ସାହାଯ୍ୟରେ ଉପକୂଳ-ଅଞ୍ଚଳର ଚାଷଜମିରେ ଜଳସେଚନ ବ୍ୟବସ୍ଥା କରି ଧାନ, ମୁଗ, ବିରି ସହିତ ପନିପରିବା ଚାଷ ପାଇଁ କ୍ଷେତ୍ର ପ୍ରସ୍ତୁତ କରିଥିଲା। ବଡ଼ ବଡ଼ ପୋଖରୀ ଖୋଳାଇ ମାଛଚାଷ ଆଉ ହରିଜନ ବସ୍ତିରେ କୁକୁଡ଼ା ଚାଷ ବ୍ୟବସ୍ଥା କରିଥିଲା। ଏ ଅଞ୍ଚଳ ବାଉଁଶ ବଣରେ ପରିପୂର୍ଣ୍ଣ। ଦଳିତ ସଂପ୍ରଦାୟୀ ମହିଳା-ମାନଙ୍କୁ ବାଉଁଶପାତର କୁଲା, ଟୋକେଇ, ପାଛିଆ, ଡାଲା ତିଆରି କରିବା ପାଇଁ କାରିଗର ଡକାଇ ତାଲିମ ଦେଇଥିଲା। ବାଉଁଶଜାତ ପଦାର୍ଥ ପାଇଁ ଧର୍ତ୍ତଙ୍ଗଗଡ଼ର ହରିଜନ ସାହିର ଖ୍ୟାତି ଏମିତି ବଢ଼ି ଯାଇଥିଲା। ରାଜ୍ୟର ବିଭିନ୍ନ ଅଞ୍ଚଳରୁ ଏସବୁ ଜିନିଷ ପାଇଁ ବରାଦ ଆସୁଥିଲା।

ହରିଜନ ବସ୍ତିର ନାରୀ ଓ ପୁରୁଷମାନେ କୁକୁଡ଼ା ଫାର୍ମ ଆଉ କୁଲା, ବେତା, ଟୋକେଇ ପ୍ରଭୃତି ତିଆରି କରି ଆତ୍ମ-ନିର୍ଭରଶୀଳ ହୋଇଗଲା ପରେ, ସାଆନ୍ତମାନଙ୍କ ବିଲବାରିରେ ଅଳ୍ପ ମଜୁରିରେ କାମ କରିବା ପାଇଁ ମୂଲିଆ ମିଳିଲେ ନାହିଁ। ସେମାନେ ଏଥିପାଇଁ ମୁହଁଖୋଲି ପ୍ରତିବାଦ କରିପାରୁ ନଥିଲେ ମଧ ମନ୍ତ୍ରୀ ଶାନ୍ତନୁ ସାମନ୍ତ ଉପରେ ରାଗି ଦାନ୍ତ କଡ଼ମଡ଼ କରୁଥିଲେ।

ଏଥର ନିର୍ବାଚନରେ ତାକୁ ପାନେ ଦେଇ ମନର ଓରିମାନା ମେଣ୍ଟାଇଦେବେ ବୋଲି ମନେମନେ ଆଣ୍ଠ ବାନ୍ଧିଥିଲେ।

ଆଦିବାସୀ, ହରିଜନ, ଭାଗଚାଷୀମାନଙ୍କ ତୁଳନାରେ ବଡ଼ ଚାଷୀ ଓ ଗଡ଼ ସାଆନ୍ତମାନଙ୍କ ସଂଖ୍ୟା କମ୍ ହେଲେ ମଧ୍ୟ ସେମାନେ ଥିଲେ ଓପିନିୟନ୍ ମେକର୍। ସେଇମାନେ ପଞ୍ଚାୟତ ସମିତିର କର୍ମକର୍ତ୍ତା। ଆଗ ସାଧାରଣ ନିର୍ବାଚନରେ ସେଇମାନଙ୍କ ଆଙ୍ଗୁଠି ଇଙ୍ଗିତରେ ସଂଖ୍ୟାଗରିଷ୍ଠ ଆଦିବାସୀ, ଦଳିତ ଓ ଭାଗଚାଷୀ ଦଳବାନ୍ଧି ସେମାନଙ୍କ ମନୋନୀତ ପ୍ରାର୍ଥୀଙ୍କୁ ଭୋଟ ଦେଉଥିଲେ। ଏଥର ସେହିମାନଙ୍କ ଭିତରୁ ଜଣେ ଦୀପକ ସାମନ୍ତରାୟ ଗଣତନ୍ତ୍ର ଦଳର ନିର୍ବାଚନ ପ୍ରାର୍ଥୀ।

ସେଇମାନେ ସମ୍ଭବତଃ ନିର୍ବାଚନମଣ୍ଡଳୀର ଜନମତ ସର୍ବେକ୍ଷଣ କରୁଥିବା ରାଜ୍ୟ ସରକାରଙ୍କ ଗୁଇନ୍ଦା ବିଭାଗକୁ ତାଙ୍କ ବିରୁଦ୍ଧରେ ୬୯ ଶତାଂଶ ଭୋଟଦାତା ଭୋଟ ଦେବେ ବୋଲି ସୂଚନା ଦେଇଥିଲେ।

ପାର୍ଟି ପଲିଟିକ୍ସରେ ଏମିତି ହୁଏ। ବିଶେଷତଃ ନିର୍ବାଚନ ବେଳେ ଶାନ୍ତନୁ ଗଡ଼ସାମନ୍ତମାନଙ୍କ ଏ ଛନ୍ଦ କପଟର ମାୟାଜାଲ ଭିତରେ ଛନ୍ଦିହୋଇ ନପଡ଼ି ନିଜର ଆତ୍ମବିଶ୍ୱାସକୁ ମୂଳଧନ କରି ରାଜେଶ୍ୱରୀ ପାଇଁ ପ୍ରଚାର ଅଭିଯାନ ଆରମ୍ଭ କରି ଦେଇଥିଲା। ପାଞ୍ଚବର୍ଷ ତଳେ ଦୀପକ ସାମନ୍ତରାୟ ପ୍ରଗତି ଦଳ ଟିକଟ ପାଇଁ ଗୁରୁଦେବ ପଟ୍ଟନାୟକଙ୍କ ପାଖରେ ଲବି କରିଥିଲା। ଟିକଟ ନପାଇ ପ୍ରଗତି ଦଳ ଛାଡ଼ି ଗଣତନ୍ତ୍ର ଦଳରେ ଯୋଗ ଦେଇଛି। କଣ୍ଟାରେ କଣ୍ଟା କାଢ଼ିବା ନ୍ୟାୟରେ ମୁଖ୍ୟମନ୍ତ୍ରୀ ରାଜେଶ୍ୱରୀ ଚମ୍ପତିରାୟଙ୍କୁ ଗଣତନ୍ତ୍ର ଦଳରୁ ଭଙ୍ଗାଇ ଆଣି ପ୍ରଗତି ଦଳର ପ୍ରାର୍ଥୀ କରିଛନ୍ତି। ରାଜେଶ୍ୱରୀ ମଧ୍ୟ ଦୀପକ ସାମନ୍ତରାୟ ଭଳି ଗଡ଼ସାମନ୍ତ ପରିବାରର କନ୍ୟା।

ଧର୍ତ୍ତଙ୍ଗଗଡ଼ ପାହାଡ଼ି ଅଞ୍ଚଳରେ ଆଦିବାସୀ ଆଉ ସମତଳଭୂମିର ଭାଗଚାଷୀ, ଦଳିତ ହରିଜନମାନଙ୍କ ପାଇଁ କୃଷିମନ୍ତ୍ରୀ ଭାବରେ ସେ ଯେତେ କାମ କରିଛି ତା'ର କଥା ମାନି ସେମାନେ ରାଜେଶ୍ୱରୀଙ୍କୁ ଭୋଟ ଦେବେ, ଏ ବିଷୟରେ ନିଃସନ୍ଦେହ ଥିଲା ଶାନ୍ତନୁ ସାମନ୍ତ; କିନ୍ତୁ ଏ ନିର୍ବାଚନମଣ୍ଡଳୀର ଚାଷୀ ନେତା- ଘନ ପ୍ରଧାନ- ଯେ ଥିଲା ଗତ ନିର୍ବାଚନରେ ତା'ର ମୁଖ୍ୟ ପ୍ରଚାରକ- ପ୍ରଗତି ଦଳର ଦମ୍ଭିଲା ଖୁଣ୍ଟ- ସେ ତା' ସହିତ ରାଜେଶ୍ୱରୀ ପାଇଁ ନିର୍ବାଚନ ପ୍ରଚାରରେ ଯିବ ନାହିଁ ବୋଲି ରୋକ୍‌ଠୋକ୍ କହିଦେଲା ପରେ ତା'ର ତଣ୍ଟି ଶୁଖି ଅଠାଅଠା ହୋଇଗଲା।

- ମୋ ସହିତ ନିର୍ବାଚନ ପ୍ରଚାରରେ ଯିବ ନାହିଁ କାହିଁକି ? - ଏକ ପ୍ରକାର ଡରିଡରି ପ୍ରଶ୍ନ କଲା ଶାନ୍ତନୁ-

- ଆପଣ ପଚାଶ ଲକ୍ଷ ଟଙ୍କାରେ କେନ୍ଦୁଝର ଖଣି ମାଫିଆ ରୁଦ୍ର ଚମ୍ପତିରାୟ

ପାଖରେ ବିକ୍ରି ହୋଇଯାଇଛନ୍ତି। ସେଥିପାଇଁ ନିଜେ ନଲଢ଼ି ତା' ସ୍ତ୍ରୀକୁ ବିଧାନସଭା ନିର୍ବାଚନ ପାଇଁ ବାଟ ଛାଡ଼ି ଦେଇଛନ୍ତି। ମୁଁ ସେ ମାଫିଆର ସ୍ତ୍ରୀକୁ ଭୋଟ ଦେବାପାଇଁ କହିଲେ ଲୋକେ ମତେ ବି କହିବେ ଟଙ୍କା ନେଇ ତା'ଲାଗି ପ୍ରଚାର କରୁଛି। ନାଇଁ ବାବୁ! ମତେ ଏ ଦୁର୍ନାମ ମୁଣ୍ଡାଇବାକୁ କୁହନ୍ତୁ ନାଇଁ।- ଘନ ପ୍ରଧାନ ସଫା କଥା କହିଦେଇ ମୁହଁ ବୁଲାଇନେଲା।

ହରିଜନ ବସ୍ତିର ସବୁ ମିଣିପେ ମାଇପେ ମଧ୍ୟ ରାଜେଶ୍ୱରୀକୁ ଭୋଟ ଦେବେନାଇଁ ବୋଲି ସିଧା ମନା କରିଦେଲେ। ଦିନେ ନାହିଁ, କାଲେ ନାହିଁ- ଗହ୍ମା ପୂନେଇଁରେ ମାଇଁ! କେନ୍ଦୁଝରର ଖଣି ମାଲିକିଆଣୀକୁ ଆମେ ଭୋଟ ଦେବୁ କାହିଁକି ? ଆମେ ଅଛୁଆଁ ଜାତିର ଲୋକ ହେଲେ ବି ଟଙ୍କା ଦେଇ କେହି ଆମ ମୁଣ୍ଡ କିଣି ପାରିବେ ନାଇଁ।

ଟଙ୍କା ଦେଇ ଏ ମୁଣ୍ଡକିଣା କଥାଟା ଯେ ତାକୁ ଲକ୍ଷ୍ୟ କରି କୁହାଯାଇଛି, ଏକଥା ବୁଝିଗଲା ପରେ ଶାନ୍ତନୁ ଉଁ କି ଚୁଁ ନକରି ଦଳିତ ଅସ୍ପୃଶ୍ୟ ବସ୍ତି ଛାଡ଼ି ବାହାରିଆସିଲା। ଚୁପ୍‌ଚାପ୍।

ତା'ର ଶେଷ ଭରସା ହେଲା ଆଦିବାସୀ ଗ୍ରାମବାସୀଙ୍କ ଉପରେ।

କିନ୍ତୁ ସେ ପ୍ରଗତି ଦଳର ପ୍ରାର୍ଥୀଙ୍କ ପ୍ରଚାର ପାଇଁ ଆସିଛି ବୋଲି ଶୁଣି ଆଦିବାସୀ ସର୍ଦ୍ଦାର ଘନ ଭୂୟାଁ ନିଆଁରେ ଘିଅ ଢାଳି ହୋଇଗଲା ଭଳି ରାଗରେ ଜଳିଉଠିଲା।

- ତୁ ଭୋଟ କାଗଜ ଜମା ଦେବା ପାଇଁ କିଲଟର ଅଫିସକୁ ଯିବାବେଳେ ଆମେ ଦୁଇ ଶହ ଧାଙ୍ଗଡ଼ା ଧାଙ୍ଗଡ଼ି ଗୁରୁପ ବାଜା ବଜାଇ ତୋ ଗାଡ଼ି ପଛେ ପଛେ ଯିବା ଲାଗି ରାତି ଜଗିଥିଲୁ। ସକାଳ ବେଳା ତୋ ଗାଡ଼ି ପଛେ ପଛେ ଯିବାକୁ ସଜ ହେଲା ବେଳେ ତୁ ଖବର ପଠାଇଲୁ ତୁ ନୁହଁ, କେନ୍ଦୁଝରଗଡ଼ର ଜଣେ ମାଇପି ଲୋକ ଏଥର ଭୋଟ ଲଢ଼ିବ। ଆମକୁ ତା' ଗାଡ଼ି ପଛେପଛେ ଧାଡ଼ିବାନ୍ଧି ଯିବାକୁ ହେବ- ଏ ଖବର ଶୁଣି ଆମ ମୁଣ୍ଡ ତଳକୁ ହୋଇଗଲା। କାନ୍ଦ ବୋବାଳି ପଡ଼ିଗଲା। କ'ଣ ପାଇଁ ନିଜେ ଛିଡ଼ା ନହୋଇ ସେ ମାଇପିଲାକୁ ଭୋଟରେ ଛିଡ଼ା କରିଦେଲୁ? ତୁ ଅଣ୍ଡିରୀ ପୁଅନା ଅଣପୁରୁଷା ? ଆମେ କ'ଣ ତୋ ଘରେ ଗୋତି ଖଟୁଛୁ ଯେ ତୁ ଯାହାକୁ କହିଲୁ- ଆମେ ତାକୁ ଭୋଟ ଦେବୁ ?

ତା' ଆରଦିନ ମୁହଁ ଶୁଖାଇ ରାଜେଶ୍ୱରୀ ଆସି କହିଗଲା- ଆପଣଙ୍କୁ ଭୋଟ କିଣିବା ପାଇଁ ଦଶଲକ୍ଷ ଦେଲି- ଆପଣ ଫେରସ୍ତ ଦେଲେ। ତେଣେ ଦୀପକ ସାମନ୍ତରାୟ ଆଦିବାସୀ, ଦଳିତମାନଙ୍କୁ ମଦ ପିଆଇ, ମାଂସଭାତ ଖୁଆଇ ମାତ୍ କରି ରଖିଛି। ସବର୍ଣ୍ଣ ଏବଂ ଚାଷୀମାନଙ୍କୁ ଟଙ୍କା ବାଣ୍ଟୁଛି। ଆପଣ ନିଜେ ଖାଇବେ ନାହିଁ କି

କାହାକୁ ଖାଇବାକୁ ଦେବେ ନାହିଁ। ଭୋଟ କିଣାଯାଏ, କିଣାଯାଏ ନାହିଁ। ଆପଣ ଏକଥା ବୁଝନ୍ତି ନାହିଁ କାହିଁକି ? ଆପଣ ଦୟାକରି ଆଉ ମୋ ପାଇଁ ନିର୍ବାଚନ ପ୍ରଚାରରେ ଯାଆନ୍ତୁ ନାହିଁ। ଆପଣ ପ୍ରଚାର କଲେ ମୋ ଅମାନତ ସୁଦ୍ଧା ରହିବ ନାହିଁ।

ରାଜେଶ୍ୱରୀର ସେଇ ଶେଷ କଥା ପଦକ ତା' ମୁହଁରୁ ଉଡ଼ି ଆସି ଏକ ଶକ୍ତ ଚଟକଣା ଭଳି ତା' ଗାଲରେ ବାଡ଼େଇ ହୋଇଗଲା। ସେ ଚପେଟାଘାତରେ ତା'ର ମୁହଁ ବଙ୍କେଇଗଲା ଭଳି ଲାଗିଲା, ମୁଣ୍ଡ ଘୂରାଇଦେଲା। ସେ ଦେହର ଭାରସାମ୍ୟ ରକ୍ଷା କରିନପାରି ତଳେ କଚାଡ଼ି ହୋଇ ପଡ଼ିଲା।

।। ଚାରି ।।

ସେଇ ଯେ ତଳେ ପଡ଼ିଗଲା, ଆଉ ନିଜେ ଉଠିପାରିଲା ନାହିଁ କୃଷିବିଜ୍ଞାନୀ ଶାନ୍ତନୁ ସାମନ୍ତ। ତା' ସ୍ତ୍ରୀ ଫିଜିକ୍ସ ଅଧ୍ୟାପିକା ଜୟନ୍ତୀ ତାକୁ ତଳୁ ଉଠାଇ ଠିଆକଲା। ସେ ଠିଆ ହେଲା, ଚଲାବୁଲା କଲା; କିନ୍ତୁ ପଦାକୁ ବାହାରି ପାରିଲା ନାହିଁ। ତା'ର ଭୟ ହେଲା, ସେ ପଦାକୁ ବାହାରିଲେ ସମସ୍ତେ ପଚାରିବେ- ତମେ ପଚାଶଲକ୍ଷ ଟଙ୍କାରେ ବିକ୍ରି ହୋଇଗଲ କୃଷିବିଜ୍ଞାନୀ, ପୂର୍ବତନ କୃଷିମନ୍ତ୍ରୀ ଶାନ୍ତନୁ ସାମନ୍ତ ?

ସେ ନାହିଁ କଲେ ମଧ୍ୟ କେହି ତା' କଥା ବିଶ୍ୱାସ କରିବେ ନାହିଁ। ସେ କାହାକୁ ବୁଝାଇପାରିବ ନାହିଁ ଯେ ସେ ବିକ୍ରିତ ବ୍ୟକ୍ତିତ୍ୱ ନୁହେଁ!!

ବାରମ୍ବାର ଲୋକେ ଫୋନ୍ କରିବାରୁ ସେ ନିଜ ମୋବାଇଲରୁ ସିମ୍‌କାର୍ଡ଼ ବାହାର କରି ଅଳିଆଗଦାକୁ ଫିଙ୍ଗିଦେଲା।

ମୁଖ୍ୟମନ୍ତ୍ରୀଙ୍କୁ ଦେଖା କରିବା ପାଇଁ ସେ ଗାଡ଼ି ପଠାଇ ଥିଲେ। ସେ ଗାଡ଼ି ଡ୍ରାଇଭର ହାତରେ ପ୍ରଗତି ଦଳର ପ୍ରାଥମିକ ସଭ୍ୟପଦରୁ ଇସ୍ତଫାପତ୍ର ପଠାଇ ଦେଇଥିଲା।

ଚିନ୍ତିତ ପତ୍ନୀ ଜୟନ୍ତୀ କଟକ ମେଡ଼ିକାଲର ସାଇକିଆଟ୍ରିକ୍ ପ୍ରଫେସରଙ୍କୁ ଡାକି ତା' ସ୍ୱାମୀଙ୍କ ସ୍ୱାସ୍ଥ୍ୟ ପରୀକ୍ଷା କରାଇଥିଲା।

ସେ ଗଭୀର ଅବସାଦ (ଡିପ୍ ଡିପ୍ରେସନ୍)ର ଶିକାର। କେବଳ ତମେ ତାଙ୍କ ମନରୁ ସେ ଅବସାଦ ଦୂର କରିପାରିବ- ଡାକ୍ତର ପରାମର୍ଶ ଦେଇଥିଲେ।

ମନ୍ତ୍ରୀ ହେବା ପୂର୍ବରୁ ସ୍ୱାମୀ ଥିଲେ ଜଣେ ଯୌନଯୋଦ୍ଧା। ମନ୍ତ୍ରୀ ହେବା ପରେ ସେ ପତ୍ନୀଙ୍କ ସହିତ ଘନିଷ୍ଠ ହେବାରେ ଆଗ୍ରହ ହରାଇଥିଲେ। ନିର୍ବାଚନମଣ୍ଡଳୀରେ କାର୍ଯ୍ୟବ୍ୟସ୍ତ ଥାଇ ସେ ଗୃହୀ-ସନ୍ନ୍ୟାସୀ ହୋଇଯାଇଥିଲେ।

ସ୍ୱାମୀଙ୍କ ନିଦ୍ରିତ ପୌରୁଷକୁ ଶାଣ ଦେବାପାଇଁ ଜୟନ୍ତୀ ସେଦିନ ନିଜର ଅନାବୃତ୍ତ

ଦେହକୁ ତା' ସହିତ ଜଡ଼ିତ କଲାବେଳେ ଶାନ୍ତନୁର ହଠାତ୍ ମନେ ପଡ଼ିଗଲା ଆଦିବାସୀ ସର୍ଦ୍ଦାର ଜଗା ଭୂୟାଁର ତାଛଲ୍ୟ- ତୁ ଅଣ୍ଡିରୀ ପୁଅ ନା ଅଣପୁରୁଷା ?

ଶିଥିଳ ହୋଇଗଲା ତା'ର ଉଦ୍ଧିତ ପୌରୁଷ । ସେ ଜୟନ୍ତୀ ଛାତିରେ ମୁହଁ ଜାକି ଅବସାସଗ୍ରସ୍ତ ଗ୍ଲାନିରେ ଚାପା କଣ୍ଠରେ କାନ୍ଦି ଉଠିଥିଲା ଅବୋଧ ଶିଶୁଟିଏ ଭଳି ।

■

ଶୀତଳ ଅଗ୍ନି

ଜଣେ ଝିଅ ପକ୍ଷରେ ସିଗାରେଟ ଖାଇବାଟା ସତୀତ୍ୱ ହରାଇଲା ଭଳି ସତେ ଯେପରି ଏକ ଗୁରୁତ୍ୱର୍ଣ୍ଣ ଘଟଣା !

ଦରଜା ବନ୍ଦକରି ନିର୍ଜ୍ଜନ କୋଠରୀରେ ସିଗାରେଟ ଖାଇଲା ବେଳେ ଅନ୍ତତଃ ତାହାହିଁ ମନେହୁଏ କୃଷ୍ଣାର । ସିଗାରେଟ୍ ଖାଇ ସାରିଲା ପରେ ମଧ୍ୟ ନିଶ୍ଚିତ ହୋଇ ହୁଏନାହିଁ । ସିଗାରେଟ୍‌ର ବାସ୍ନା ଘରସାରା ମହକୁ ଥାଏ, ଅବୈଧ ପ୍ରେମର ଅପବାଦ ପରି ! ସେଥିପାଇଁ ତାକୁ ଗୋଟାଏ ସୁବାସିତ ଧୂପକାଠି ଜାଳିବାକୁ ହୁଏ, ତା'ପରେ ଘର ଖୋଲି ବାହାର ଲୋକଙ୍କୁ ସାମ୍ନା କରିବାକୁ ପଡ଼େ ।

ହଁ, ସେ ନିଜ ଘରେ ମଧ୍ୟ ଜଣେ ବାହାର ଲୋକ । ଘର ଲୋକେ ତା' ପାଇଁ ବାହାରର ଅନାତ୍ମୀୟ ବନ୍ଧୁ ପରିଜନଙ୍କ ଭଳି । ତେରବର୍ଷ ବୟସରେ ହିଁ ଅକସ୍ମାତ ତା'ର ନିଜ ପରିବାର ସହିତ ସମ୍ପର୍କ ଛିନ୍ନ ହୋଇ ଯାଇଥିଲା, ନିଜର ଅନିଚ୍ଛା ସତ୍ତ୍ୱେ ।

ସେଦିନ ସେମାନେ ତାକୁ ଶିଖଣ୍ଡୀ ଭଳି ବ୍ୟବହାର କରିବାକୁ ଚାହିଁଥିଲେ । ଝିଅମାନେ ଶୋଭାଯାତ୍ରାର ସାମ୍ନାରେ ରହିଲେ ପୋଲିସ ଗୁଳି କିମ୍ବା ଲାଠି ଚଳାଇବାକୁ ସାହସ କରିବ ନାହିଁ-ବିଶେଷତଃ ତା'ର ଡାଡି ଯେହେତୁ ନିଜେ ଜଣେ ପୋଲିସ ବିଭାଗର ବଡ଼ କର୍ତ୍ତା– ଏହାହିଁ ଥିଲା ସେମାନଙ୍କର ପରିକଳ୍ପନା ।

ଦାବି ପୂରଣ ପାଇଁ ଛାତ୍ର ଆନ୍ଦୋଳନରେ ତାହା ଥିଲା ତୃତୀୟ ଦିନ । ଡାଡି, ମମି ତାକୁ ବାରମ୍ବାର ବାରଣ କରିଥିଲେ ସେଦିନ କଲେଜ ଯିବା ପାଇଁ । ସେଇ କାରଣରୁ ସେ ବିପଦର ବାସ୍ନା ବାରି ପାରିଥିଲା । ପ୍ରଥମ ଦୁଇଦିନ ଭଙ୍ଗାରୁଜା କାମ ବରଦାସ୍ତ କରିଥିଲେ । ଆଜି ନିଶ୍ଚୟ ପୋଲିସ୍ ଆକ୍‌ସନ ଆରମ୍ଭ ହେବ । ସେମାନେ କେବେ ଛାତ୍ର ଶୋଭାଯାତ୍ରାକୁ ରାଜଭବନ ସୀମା ସ୍ପର୍ଶକରି ରାଜ୍ୟପାଳଙ୍କୁ ସତର ଦଫା ସମ୍ବଳିତ ଦାବିପତ୍ର ଦେବାକୁ ଦେବେ ନାହିଁ ।

ଯେଉଁଠି ବାରଣ, ବାଧା, ପ୍ରତିବନ୍ଧକ, ସେଇଠାରେ ବାରଣ ଅମାନ୍ୟ କରିବାକୁ ଜିଦ୍। ପ୍ରତିବନ୍ଧକକୁ ପ୍ରତ୍ୟାଖ୍ୟାନ କରିବାର ଅହଂକାର। ଅନ୍ତତଃ ସେଇ ବୟସରେ ଥିଲା ସେଦିନ କୃଷ୍ଣା।

ଘରେ ସମସ୍ତଙ୍କ ବାରଣ ଅମାନ୍ୟ କରି ସେ କଲେଜକୁ ଯାଇଥିଲା ଏବଂ ଛାତ୍ରମାନଙ୍କର ସତର ଦଫା ନ୍ୟାୟସଙ୍ଗତ ଦାବି ପୂରଣ ପାଇଁ ବାହାରୁଥିବାର ଶୋଭାଯାତ୍ରାର ସେଇ ସତର ବର୍ଷ ବୟସରେ ତାକୁ ସାମ୍ନା ଧାଡ଼ିରେ ରହିବାକୁ ପଡ଼ିଥିଲା !

ରାଜଭବନ ସାମ୍ନାରେ ସଶସ୍ତ୍ର ପୋଲିସ କର୍ଡ଼ନ୍। ଲକ୍ଷ୍ମଣ ରେଖା ଅତିକ୍ରମ କଲେ ଗୁଳିର ଧମକ। କିନ୍ତୁ କାହାର କଥା, କିଏ ମାନେ ? ପ୍ରଥମେ ଶୂନ୍ୟରେ ବନ୍ଧୁକର ଫାଙ୍କା ଆବାଜ। ତା'ପରେ ଶୋଭାଯାତ୍ରାର ସୌନ୍ଦର୍ଯ୍ୟ ହରଣ ପାଇଁ ମୃଦୁ ଲାଠି ଚାଳନା। ଟେକା ପଥର ଫିଙ୍ଗା। ଆର୍ତ୍ତ ଚିତ୍କାର। ଠେଲା ପେଲା। ଧାଁ ଧଉଡ଼। ତାରି ମଧ୍ୟରେ ସଂଜ୍ଞାହୀନ କୃଷ୍ଣା।

ସଂଜ୍ଞା ଫେରିଲା ଜେଲ ହାଜତ ମଧ୍ୟରେ।

ତାକୁ ଖଲାସ କରି ନେବାକୁ ଡାଡି କି ଭାଇ କେହି ଆସିନଥିଲେ। ସ୍ୱାଭିମାନର ଅଶ୍ରୁରେ ପରିବାର ପ୍ରତି ଥିବା ସମସ୍ତ ଅନୁରାଗ, ଆନୁଗତ୍ୟ ଧୋଇ ଦେଇଥିଲା କୃଷ୍ଣା। ତାକୁ ବିଚାରପତି ବିନା ସର୍ତ୍ତରେ ଖଲାସ କରି ଦେଇଥିଲେ– କାରଣ ତା'ର ବୟସ ଅଠର ବର୍ଷରୁ ଗୋଟିଏ ବର୍ଷ ଊଣା ଥିଲା। ସେ ଥିଲା ନାବାଳିକା ଅପରାଧିନୀ !

ସତରବର୍ଷ ବୟସରେ ବିଚାରାଳୟ ସବୁ ଦୋଷକୁ କ୍ଷମା କରିଦେଇପାରେ, କିନ୍ତୁ ତା'ର ପୋଲିସ ଅଫିସର ପିତା ତା'ର ଅବାଧ୍ୟତାକୁ କ୍ଷମା କରିନଥିଲେ। ତାଙ୍କୁ ଜାଣିଶୁଣି ବଦ୍‌ନାମ କରିବା ପାଇଁ କେଉଁ ବିପକ୍ଷ ବିରୋଧୀ ରାଜନୈତିକ ଦଳର ଚକ୍ରାନ୍ତର ସେ କୁଆଡ଼େ ଶିକାର ହୋଇଥିଲା !

ସେଇ ଜେଲଖାନାରେ ଜଣେ ଛାତ୍ର ସହବନ୍ଦୀ ଶ୍ରୀମୟଠାରୁ ପ୍ରଥମେ ସିଗାରେଟ ଖିଆ ଶିକ୍ଷା କରିଥିଲା କୃଷ୍ଣା। ଜେଲ ଜଗୁଆଳୀଙ୍କ କଡ଼ା ଦୃଷ୍ଟିକୁ ଫାଙ୍କି ଦେଇ ଶ୍ରୀମୟ ସିଗାରେଟ ପ୍ୟାକେଟ୍ କିପରି ଲୁଚାଇ ରଖିଥିଲା, ସେ କଥା ତାକୁ ଜଣାନଥିଲା। କିନ୍ତୁ ଅନ୍ୟମାନଙ୍କ ସହିତ ମିଳିତ ଭାବରେ ସିଗାରେଟ ଖାଇଲାବେଳେ ପ୍ରଥମେ ପ୍ରଥମେ ଖୁବ୍ କାଶ ହେଉଥିଲା, ତଥାପି ଧୂମପାନର ଆନନ୍ଦରେ ସେ ଅନୁଭବ କରିଥିଲା ବିଚିତ୍ର ଏକ ଆତ୍ମତୃପ୍ତି।

ପ୍ରଥମେ ସିଗାରେଟ ଟାଣି କାଶି ଉଠିବା ବେଳେ ଅର୍ଚ୍ଚନା ଦିଦି ତା' ପିଠି ଆଉଁସି ଦେଇ କହିଥିଲେ-ୟୁ ଜଷ୍ଟ ଲଷ୍ଟ ଇୟୋର ଭର୍ଜିନିଟି ! ଶାରୀରିକ ସତୀତ୍ୱ ହରାଇବା ଭଳି ପ୍ରଥମ ଧୂମପାନ ବେଳେ ଏଇପରି ଯନ୍ତ୍ରଣା ହୁଏ। କିନ୍ତୁ ପରବର୍ତ୍ତୀ

ଆନନ୍ଦ ପାଇଁ ଏ ପୂର୍ବବର୍ତ୍ତୀ ଯନ୍ତ୍ରଣା ସବୁ ଝିଅଙ୍କୁ କୌଣସି ନା କୌଣସି ସମୟରେ ସହ୍ୟ କରିବାକୁ ପଡ଼େ କୃଷ୍ଣା !

ଅର୍ଚ୍ଚନା ଦିଦି ତା' କାନରେ ମନ୍ତ୍ର ଉଚ୍ଚାରଣ ଭଳି ଖୁବ୍ ନିମ୍ନ କଣ୍ଠରେ ସେ ମନ୍ତବ୍ୟ କଲାବେଳେ କୃଷ୍ଣା ଖୁବ୍ ସ୍ନାୟବିକ ଉତ୍ତେଜନା ଅନୁଭବ କରିଥିଲା । ଅର୍ଚ୍ଚନା ଦିଦି ତା'ଠାରୁ ଚାରିବର୍ଷ ବଡ଼ । ଏମ୍.ଏ. କ୍ଲାସ୍‌ର ଛାତ୍ରୀ ! ଆଉ ତା'ର ତ ସେଦିନ ଯୁକ୍ତ ଦୁଇରେ ପ୍ରଥମ ବର୍ଷ ମାତ୍ର ! ସତୀତ୍ୱ ହରାଇବାର ଆନନ୍ଦ, ଯନ୍ତ୍ରଣା ବିଷୟରେ ତାଙ୍କଭଳି ତା'ର କୌଣସି ଅଭିଜ୍ଞତା ନ ଥିଲା କିନ୍ତୁ ସିଗାରେଟ ଖାଇବା ପାଇଁ ଝିଅମାନଙ୍କ ଉପରେ ଲଦି ଦିଆଯାଇଥିବା ଅନାବଶ୍ୟକ ନିଷେଧାତ୍ମକ ମୂଲ୍ୟବୋଧକୁ ସେ କାଶି କାଶି ଛେପ ଖଙ୍କାର ଭଳି ଦୂରକୁ ଫିଙ୍ଗି ଦେଇଥିଲା । ସେଇ ଅହଂକାରରେ ତା'ର ମୁହଁ ସେଦିନ ଖୁବ୍ ଉଜ୍ଜ୍ୱଳ ଦେଖା ଯାଇଥିଲା ।

ଡାଡି ମମିଙ୍କ ସୁରକ୍ଷିତ ସଂସାରର ଆବଦ୍ଧ ଚାରିକାନ୍ଥ ମଧ୍ୟରେ ତା'ର ଯେଉଁ ସତର ବର୍ଷର ଦେହ ମନ ଗଢ଼ି ଉଠିଥିଲା ଛାତ୍ର ଆନ୍ଦୋଳନରେ ଭାଗ ନେଲାପରେ ସେ ଦେହ ମନ ତା'ର ଆଉ ଏକ ପ୍ରକାର ଆଲୋକ ଅନ୍ୱେଷଣରେ ଭିନ୍ନ ଆକାଶକୁ ଊର୍ଦ୍ଧ୍ୱମୁଖ ହୋଇ ଅନେଇ ରହିଲା ।

ଆଇନ୍ ରକ୍ଷାକର୍ତ୍ତା ତା'ର ଡାଡି ଆଇନ୍ ଭଙ୍ଗ କରି ଜେଲକୁ ଯାଇଥିବା ଝିଅକୁ ଜାମିନରେ ନେବାପାଇଁ ସୁଦ୍ଧା ଆସିନଥିଲେ । ଅଥଚ ଛାତ୍ର କ୍ରିୟାନୁଷ୍ଠାନ କମିଟି ତରଫରୁ ଯେଉଁ ଓକିଲ କୋର୍ଟରେ ଲଢ଼େଇ କରି ତାକୁ ବିନା ସର୍ତ୍ତରେ ଖଲାସ କରି ଆଣିଥିଲେ, ତାଙ୍କ ସହିତ ତା'ର ପରିଚୟ ସୁଦ୍ଧା ନ ଥିଲା ।

ପୋଲିସ୍ ଏସ୍.ପି.ଙ୍କ ଝିଅ କୃଷ୍ଣା ରଥର ଫଟୋ ଓ ଛାତ୍ରଛାତ୍ରୀଙ୍କ ଦାବି ପୂରଣ ଲାଗି ତା'ର ଜେଲ ବରଣ ସମ୍ବାଦ ସବୁ ଓଡ଼ିଆ ଖବରକାଗଜରେ ପ୍ରଥମ ପୃଷ୍ଠା ମଣ୍ଡନ କରିଥିଲା ।

ସେଇ ଛବି, ସେଇ ବିବରଣୀ ପଢ଼ି ନିଜକୁ ନୂଆକରି ଆବିଷ୍କାର କରିଥିଲା କୃଷ୍ଣା । କେଉଁ ମନ୍ତ୍ର ବଳରେ ଚୁଇଙ୍ଗମ କଳରେ ଜାକି ଶ୍ରେଣୀ ଗୃହରେ ଲେକ୍‌ଚର ନୋଟ୍ କରୁଥିବା ନିରୀହ ଝିଅଟା ହଠାତ୍ ଆନ୍ଦୋଳନର ନେତ୍ରୀ ଆଉ ଖବର କାଗଜର ଶିରୋନାମା ହୋଇଗଲା, ସେ କଥା ସେ ନିଜେ ଜାଣିପାରୁନଥିଲା ।

କଥା ଥିଲା, ସେ ସାଇନ୍‌ସରେ ପ୍ଲସ୍‌ଟୁ ପାଶ୍‌କରି ମେଡ଼ିକାଲରେ ପଢ଼ିବ । ହାୟର ସେକେଣ୍ଡାରୀରେ ତା'ର ଶତକଡ଼ା ବୟାଅଶି ଭାଗ ମାର୍କ ଥିଲା । ମେଡ଼ିକାଲ୍‌ରେ ପଢ଼ିବା ପାଇଁ ଛାଡ଼ପତ୍ର ପାଇବାରେ ତା'ର କୌଣସି ଭୟର କାରଣ ନ ଥିଲା । କିନ୍ତୁ ଜେଲରୁ ଫେରିବା ପରେ ବଦଳି ଯାଇଥିଲା ତା'ର ଜୀବନର ଗତିପଥ ।

'ଏ ସାରା ସମାଜ ଅସୁସ୍ଥ ହୋଇ ପଡ଼ିଛି କୃଷ୍ଣା! ଅର୍ଥନୈତିକ ଶୋଷଣ, ସାମାଜିକ ବୈଷମ୍ୟ ଦୁରାରୋଗ୍ୟ ବ୍ୟାଧି ଭଳି ଏ ସମାଜକୁ ଗ୍ରାସ କରିଯାଇଛି। ବେକରେ ଷ୍ଟେଥୋ ଝୁଲାଇ ଏ ସାମାଜିକ ବ୍ୟାଧିକୁ ତମେ ଦୂର କରିପାରିବ ନାହିଁ। ଏ ସମାଜ ଏକ ବଡ଼ଧରଣର ଅସ୍ତ୍ରୋପଚାରର ଅପେକ୍ଷାରେ ଅଛି। ଷ୍ଟେଥୋ ନୁହେଁ ହାତରେ ବିପ୍ଳବର ଲାଲ ଝଣ୍ଡା ଉଠାଇ ନିଅ।'

ଏ ଥିଲା କମ୍ରେଡ ରଘୁ ମଲ୍ଲିକଙ୍କ ପରାମର୍ଶ। କଲେଜ ନିର୍ବାଚନରେ ସଭାପତି ପଦ ପାଇଁ ଲଢ଼ି ଅଳ୍ପଭୋଟରେ ହାରିଥିବା ଏଇ ପିଲାଟା ଯେ କୌଣସି ବାମପନ୍ଥୀ ଦଳର ଭତ୍ତାଭୋଗୀ କର୍ମୀ, ସେଦିନ ସେକଥା ତାକୁ ଜଣାନଥିଲା।

'ଏ ସମାଜ ରୁଗ୍‌ଣ, ଏ କଥା ସତ୍ୟ। ଏ ସମାଜ ବ୍ୟବସ୍ଥାକୁ ବଦଳାଇବା ଦରକାର। କିନ୍ତୁ ଝଣ୍ଡା ଉଞ୍ଚାଇ ସ୍ଲୋଗାନ ଦେଇ ଏ ସମାଜକୁ ବଦଳା ଯାଇପାରେନାହିଁ। ଏ ସବୁ ଚାନ୍ଦା-ଜୀବୀ ବିପ୍ଳବ-ବ୍ୟବସାୟୀ ରାଜନେତାମାନଙ୍କୁ ମତମତାଣିଆ ଉକ୍ତି। କୃଷ୍ଣାମାଆ, ସେ ଭୁଲ୍ ବାଟରେ ତମେ ଯାଅନାହିଁ। ଆଇନ ଦ୍ୱାରା ସମାଜକୁ ବଦଳାଇ ଦିଆଯାଇପାରେ। ବିଧାନସଭାରେ ପ୍ରବେଶ କରିବା ପାଇଁ ଜନସେବାରେ ମାର୍ଗ ଧରି ରାଜନୀତି କରିବାକୁ ହେବ। ତମ ଭିତରେ ଜ୍ୱଳନ୍ତ ଅଗ୍ନିର ଶିଖା ମୁଁ ଦେଖିପାରୁଛି। ତମେ ଆମ ପାର୍ଟିରେ ଯୋଗ ଦିଅ। ଆମରି ପାର୍ଟିର ହିଁ ସାରା ଦେଶରେ ମଜବୁତ ସଂଗଠନ ଅଛି। ଆଗାମୀ ପଚାଶବର୍ଷ ଧରି ଆମ ଦଳ ହିଁ ଏ ଦେଶର ଶାସନଡୋରି ହାତରେ ଧରି ବସିବ। ତମେ ଯଦି ଦେଶ ପାଇଁ କିଛି କରିବାକୁ ସ୍ୱପ୍ନ ଦେଖୁଥାଅ-ତାହେଲେ ଆମ ଦଳର ଛାତ୍ର ସଂଗଠନର ନେତୃତ୍ୱ ନିଅ–'

ଡାଡି ଯେଉଁଭଳି କ୍ଷମତାସୀନ ବ୍ୟକ୍ତିଙ୍କୁ ଦେଖିଲେ ସାଲ୍ୟୁଟ କରନ୍ତି, ସେଇଭଳି ଜଣେ ନେତା ଥିଲେ ନୀଳମଣି ବାବୁ। ସେ ତା' ପିଠି ଆଉଁସି ତାଙ୍କ ଶାସକ ଦଳକୁ ତାଙ୍କୁ ଟାଣିବା ପାଇଁ ଚେଷ୍ଟା କରିଥିଲେ।

କିନ୍ତୁ ଅର୍ଚ୍ଚନା ଦିଦି ସେଦିନ ତା' ବାମହାତ ବାହୁମୂଳ ଚିମୁଟି ଦେଇ ତାକୁ ସାବଧାନ କରିଦେଇଥିଲେ–

– କୃଷ୍ଣା! ଏମାନଙ୍କ ରାଜନୈତିକ ଫାନ୍ଦରେ ପାଦ ରଖନାଇଁ। ଥରେ ଛନ୍ଦିହୋଇ ପଡ଼ିଲେ ଉଠିପାରିବନାହିଁ। ନିଜକୁ ସ୍ୱାଧୀନ କରି ରଖିବା ହିଁ ନାରୀର ସବୁଠାରୁ ବଡ଼ ସମସ୍ୟା। ତମେ ତ ବର୍ତ୍ତମାନ ଝିଅଟିଏ–ନାରୀ ସୁଦ୍ଧା ହୋଇନାହଁ! ରାଜନୀତି ତମେ କ'ଣ ବୁଝ?

- ନାରୀ ସ୍ୱାଧୀନ ହୁଏ କିପରି ଅର୍ଚ୍ଚନାଦି?- ସତରେ ଗୋଟିଏ ଅବୁଝା ସାନଝିଅ ଭଳି ପ୍ରଶ୍ନ କରିଥିଲା କୃଷ୍ଣା।

ଅର୍ଚ୍ଚନାଦି ତା' ଗାଲ ଟୋରିଦେଇ, ଛାତିକୁ ଆଉଜାଇ ନେଇ କହିଥିଲେ- ପ୍ରଥମ ନାରୀର ଲୋଡ଼ା ଅର୍ଥନୈତିକ ସ୍ୱାଧୀନତା। ସେଥିପାଇଁ ତମକୁ ଡାକ୍ତରୀ ପଢ଼ିବାକୁ ହେବ– କିମ୍ବା ଅଧ୍ୟାପିକା ଚାକିରି ପାଇଁ ପ୍ରସ୍ତୁତ ହେବାକୁ ପଡ଼ିବ- ଅଥବା ଅନ୍ୟ କିଛି–

ଅର୍ଚ୍ଚନା ଦିଦିଙ୍କ କଥା ତା'ର ମନକୁ ପାଇ ଯାଇଥିଲା। ନିଜ ଗୋଡ଼ରେ ଛିଡ଼ା ହେବାପାଇଁ ସେ ପାଠପଢ଼ାରେ ମନ ଦେଇଥିଲା। ଡାଡିଙ୍କର ଏ ସହରରୁ ବଦଳି ହୋଇଯିବା ପରେ ସେ ହଷ୍ଟେଲରେ ରହି ପାଠ ପଢ଼ିଥିଲା। ମେଡ଼ିକାଲରେ ପଢ଼ିଲା ବେଳେ ହିଁ ହଠାତ୍ ତା' ଜୀବନର ଗତି ଏକ ଭିନ୍ନ ମୋଡ଼ ନେଲା।

ତା' ପ୍ରେମରେ ପଡ଼ିଗଲା ହାଉସ୍‌ସର୍ଜ୍ଜନସିପ୍ କରୁଥିବା ଜଣେ ଯୁବା ପୁରୁଷ, ଜୟନ୍ତ ଦାସ।

ଦିନେ ଆସି ତା' ପାଖରେ କାତର କଣ୍ଠରେ ଜୟନ୍ତ ପ୍ରାର୍ଥନା କଲା- କୃଷ୍ଣା! ମୁଁ ତମକୁ ଭଲପାଏ। ତମକୁ ନ ପାଇଲେ ମୋ ଜୀବନ ବ୍ୟର୍ଥ ହୋଇଯିବ। ମୋ ବାବା ହାଇକୋର୍ଟର ଜଣେ ମାନ୍ୟବର ବିଚାରପତି। ଯୁକ୍ତ ଦୁଇ ପରୀକ୍ଷାରେ ପ୍ରଥମ ପନ୍ଦରଜଣଙ୍କ ମଧ୍ୟରେ ମୋର ସ୍ଥାନ ଥିଲା ତୃତୀୟ। କୃଷ୍ଣା! ତମେ ବାହାଘର ପାଇଁ ଆପତ୍ତି କରନାହିଁ–

ଏଭଳି ଯେ କେହି କାହା ପାଖରେ ବିବାହ ପ୍ରସ୍ତାବ ରଖିପାରେ, ଏକଥା ତାକୁ ଜଣାନଥିଲା। ସେ ପ୍ରଥମେ ଭାବିଥିଲା ଲୋକଟା ହୁଏତ ବିକୃତ ମସ୍ତିଷ୍କ। ଅଥବା ବିପ୍ଳବ-ବ୍ୟବସାୟୀ ରାଜନୈତିକ କର୍ମୀଙ୍କ ଭଳି ଜଣେ ବିବାହ-ପାଗଳ ଉଦ୍‌ଭ୍ରାନ୍ତ ଯୁବକ କିନ୍ତୁ ସେ ନିଜ ପରିଚୟ ସଂପର୍କରେ ଯାହା କହିଥିଲା ତା'ର ସତ୍ୟତା ସବୁ ଗୋଟି ଗୋଟି ମିଳିଗଲା ପରେ ଗଭୀର ଭାବନାର ଆବର୍ତ୍ତରେ ପଡ଼ିଗଲା କୃଷ୍ଣା ରଥ!

ଅର୍ଚ୍ଚନା ଦି'ଙ୍କ ସାଙ୍ଗରେ କଲେଜ ଛକରେ ଦେଖା ହେଲା ମାତ୍ରେ ହଠାତ୍ ତା'ର ମନେହୋଇଥିଲା–ଏ ସମସ୍ୟାର ସମାଧାନ ସୂତ୍ର କେବଳ ସେ ତାକୁ କହି ଦେଇପାରନ୍ତି।

ଅର୍ଚ୍ଚନା ଦିଦି ସେତେବେଳେ ରେଭେନ୍ସାର ଅଧ୍ୟାପିକା। ବୟସ ହୋଇଯାଇଥିଲେ ମଧ୍ୟ ସେପର୍ଯ୍ୟନ୍ତ ସୀମନ୍ତରେ ସିନ୍ଦୁର ପିନ୍ଧିନଥିଲେ।

ଜୟନ୍ତ ଦାସର ପ୍ରେମ ନିବେଦନ, ବିବାହ ପ୍ରସ୍ତାବ ଆଉ ତା'ର କୃତି ଓ କୃତିତ୍ୱ ସଂପର୍କରେ ସବୁକଥା ଶୁଣିସାରି ଅର୍ଚ୍ଚନା ଦିଦି ହସି ପକାଇଲେ।

– ଆପଣ ହସୁଛନ୍ତି ଯେ! ସେ ଲୋକଟା କଥା ଭାବିଲେ ମୋର ରକ୍ତ

ଶୁଖିଯାଉଛି। କେମିତି କେଜାଣି ଆଜିକାଲି ମେଡ଼ିକାଲରେ ପ୍ରାୟ ତା' ସହିତ ଦେଖା ହେଉଛି। ଆଉ ତା'ର ସେ ପଚାରିଲା ପଚାରିଲା ଆଖିର ଚାହାଣି ଦେଖିବା ମାତ୍ରେ ମୁଁ ଡରିଯାଉଛି। ତାକୁ କ'ଣ ଉତ୍ତର ଦେବି ?

ଅର୍ଚ୍ଚନାଦି ନିଜ ହାତରେ କଫି ତିଆରି କରି ତାକୁ ଖୁଆଇଲେ।

ମୃଦୁ କଣ୍ଠରେ କହିଲେ– କୃଷ୍ଣା ! ନାରୀର ସ୍ୱାଧୀନତା ଅପହରଣ କରିବା ପାଇଁ ଚାରିଆଡ଼େ ଅପହରଣକାରୀମାନଙ୍କର ଭିଡ଼। ବିବାହ ହେଉଛି ନାରୀ ସ୍ୱାଧୀନତାର ପ୍ରଧାନ ଶତ୍ରୁ। ଅବଶ୍ୟ ତମେ ଯଦି ନିଜେ କାହାକୁ ଭଲପାଇ ବିବାହ କର ସେ ଭିନ୍ନ କଥା। କିନ୍ତୁ ତମେ ଯାହାକୁ ଭଲ ପାଅ ନାହିଁ, ସେ ତମକୁ ବାହା ନ ହେଲେ ପାଗଳ ହୋଇଯିବ ବୋଲି ତମେ ତାକୁ ବାହା ହେବ–ଏ କେମିତି କଥା ! ଜୟନ୍ତ ଦାସ କ'ଣ ବାଘ ଆଉ ତମେ ବଉଳା ଗାଈ ! ସେ ଉପାସ ଅଛି ବୋଲି ତମେ ତା'ର ପ୍ରସାରିତ ପାଟିକୁ ବେକ ବଢ଼ାଇ ଦେବ !

ତା' ଆରଦିନ ଜୟନ୍ତ ସହିତ ଦେଖାହେଲା ମାତ୍ରେ ସେ ଅର୍ଚ୍ଚନା ଦିଦିଙ୍କ କଥା ମନେପକାଇ ତାକୁ ସ୍ପଷ୍ଟ କହିଦେଇଥିଲା– ଦେଖ, ତମେ ମତେ ଭଲପାଇପାର, ମୁଁ ତମକୁ ଚେଷ୍ଟା କରି ମଧ୍ୟ ଭଲ ପାଇପାରୁନାହିଁ। ବିବାହ କଥା ଭୁଲିଯାଅ।

ତା'ର ପ୍ରତ୍ୟାଖ୍ୟାନ ପରେ ତା'ର ପ୍ରଣୟ-ପ୍ରାର୍ଥୀର ମୁହଁ କିଭଳି ବର୍ଣ୍ଣ ଧାରଣ କରିଥିଲା ସେକଥା ଲକ୍ଷ୍ୟ କରିବାକୁ ଆଉଥରେ ପଛକୁ ଫେରି ଚାହିଁ ନଥିଲା କୃଷ୍ଣା।

କିନ୍ତୁ ଠିକ୍ ତା'ର ଆରଦିନ ଜୟନ୍ତର ଆତ୍ମହତ୍ୟା ସମ୍ବାଦ ଶୁଣି ତା'ର ମୁହଁ ବିବର୍ଣ୍ଣ ହୋଇଯାଇଥିଲା। ତା'ର ସୁଇସାଇଡ୍ ନୋଟ୍‌ରେ ଉଲ୍ଲେଖ ଥିଲା ଯେ, ତା'ର ମୃତ୍ୟୁ ପାଇଁ କେହି ଦାୟୀ ନୁହନ୍ତି। ବଞ୍ଚି ରହିବାର ଆବଶ୍ୟକତା ନିଜେ ଅନୁଭବ କରୁ ନ ଥିବାରୁ ସେ ସୁସ୍ଥ ମସ୍ତିଷ୍କରେ ବିଷ ଖାଇ ଆତ୍ମହତ୍ୟା କରୁଛି।

ତା'ର ମୃତ୍ୟୁ ପାଇଁ କେହି ଦାୟୀ ନୁହଁନ୍ତି ବୋଲି ଜୟନ୍ତ ଲେଖିଯାଇ ତାକୁ ପୋଲିସ୍ ଝାମେଲାରୁ ରକ୍ଷାକରି ଦେଇଗଲା ସତ୍ୟ, କିନ୍ତୁ ତା'ର ନିଜ ବିବେକ ପାଖରେ ସେ ଚିରଦିନ ପାଇଁ ଅପରାଧିନୀ ହୋଇ ରହିଗଲା।

ଚିକିତ୍ସା ବିଜ୍ଞାନର ଜଣେ କୃତୀଛାତ୍ର, ହାଇକୋର୍ଟ ବିଚାରପତିଙ୍କ ପୁଅ, ତାଠାରେ କି ଐଶ୍ୱର୍ଯ୍ୟ ଦେଖି ତାକୁ ବିବାହ କରିବାକୁ ଚାହୁଁଥିଲା ସେକଥା କୃଷ୍ଣାକୁ ଜଣାନଥିଲା ଏବଂ ସେ ତାକୁ ଭଲ ପାଏନାହିଁ ବୋଲି କହିଦେବାରୁ ସେ କାହିଁକି ଯେ ଆତ୍ମହତ୍ୟା କଲା ତାହା ମଧ୍ୟ ସେ ବୁଝିପାରୁନଥିଲା। କିନ୍ତୁ ତା'ର ଏଥିରେ କୌଣସି ସନ୍ଦେହ ନ ଥିଲା ଯେ ଜୟନ୍ତର ମୃତ୍ୟୁ ପାଇଁ ସେଇ ହିଁ ଦାୟୀ।

ତା'ର ଏଇ ଭାବନା ତା'ର ସବୁ ପରିକଳ୍ପନାକୁ ଓଲଟପାଲଟ କରିଦେଲା। ସେ ବ୍ୟକ୍ତିଗତ ଭାବରେ ପ୍ରେମ ଓ ଭଲପାଇବାରେ ବିଶ୍ୱାସ କରୁନଥିଲା। କାରଣ ଏ ଶବ୍ଦ ଦୁଇଟାର ଅପବ୍ୟବହାର ଦେଖି ତା' ପ୍ରତି ତା'ର ଅରୁଚି ଆସିଯାଇଥିଲା। ତା'ର ଅନେକ ପୁରୁଷ ବନ୍ଧୁ ଥିଲେ। ସେମାନଙ୍କ ମଧ୍ୟରୁ କେହି ଜୟନ୍ତ ଭଳି ତାକୁ ଭଲପାଆନ୍ତି ବୋଲି କହିନଥିଲେ ମଧ୍ୟ ସେମାନଙ୍କ ଆଖିର ଚାହାଣିରେ ଲୋଭ ଲାଳସାର ଭାଷା ସେ ସ୍ପଷ୍ଟଭାବରେ ପଢ଼ି ପାରିଥିଲା। କିନ୍ତୁ ସେ ସମସ୍ତଙ୍କୁ ସେ ଏକ ନିରାପଦ ଦୂରତ୍ୱରେ ରଖି ଆସିଥିଲା କାରଣ ତା'ର ଭୟ ହେଉଥିଲା ସେମାନଙ୍କ ଭିତରୁ ଜଣକୁ ପ୍ରଶୟ ଦେବାମାତ୍ରେ ତା'ର ସ୍ୱାଧୀନତାର ଛୁଟିଘଣ୍ଟା ବାଜିଯିବ। ପତ୍ନୀତ୍ୱ ତ ଏ ଦେଶରେ କେବଳ ଦାସୀତ୍ୱର ନାମାନ୍ତର ମାତ୍ର !

କିନ୍ତୁ ଜୟନ୍ତ ବଞ୍ଚିଥିବାବେଳେ ଯାହା କରିପାରିନଥିଲା, ଆତ୍ମହତ୍ୟା କରି ତାହା ସମ୍ଭବ କରିଦେଲା। ତା'ର ଭଲପାଇବା ଯେ ଅନ୍ୟ ପାଞ୍ଚଜଣଙ୍କ ଭଲପାଇବାଠାରୁ ଅଲଗା, ତା'ର ମୃତ୍ୟୁ ହିଁ ତାହା ପ୍ରମାଣିତ କଲା ଏବଂ ଏକ ପ୍ରମାଣିତ ସତ୍ୟକୁ ଅସ୍ୱୀକାର କରି ନିଜ ବ୍ୟକ୍ତି-ସ୍ୱାଧୀନତାକୁ ବଞ୍ଚାଇ ରଖିବା କୃଷ୍ଣା ପକ୍ଷରେ ଅସମ୍ଭବ ହୋଇ ଉଠିଲା।

ଜୟନ୍ତର ଆତ୍ମହତ୍ୟା ପାଇଁ ସେ ଦାୟୀ ନୁହେଁ, ସେ ତାକୁ ଭଲପାଏ ନାହିଁ, ଏକଥା ତା' ନିଜ କାନକୁ କିପରି ଅବିଶ୍ୱାସ୍ୟ ମନେହେଲା।

ଦିନେ ଦେଖାଗଲା କୃଷ୍ଣା ନିଜ ଦେହର ସବୁ ଅଳଙ୍କାର ଓହ୍ଲାଇ ଦେଇ ଧଳା ଶାଢ଼ି ପିନ୍ଧି ହସ୍ପିଟାଲକୁ ଯିବା ଆସିବା କରୁଛି ଏବଂ ତା'ର ଶୋଇବାଘର ଡ୍ରେସିଂ ଟେବୁଲ ଉପରେ ମୃତ ଜୟନ୍ତର ଯେଉଁ ଛବି ଖବରକାଗଜରେ ଛପା ହୋଇଥିଲା ତା'ର କଟିଂ କାଚ ଫ୍ରେମରେ ବନ୍ଧାଇ କରି ରଖିଦେଇଛି।

ଅର୍ଚ୍ଚନା ଦିଦି ତା'ର ଏ ଅନ୍ୟରୂପ ଦେଖି ବିସ୍ମୟରେ ପ୍ରଶ୍ନ କଲେ... ତମର ଏ କ'ଣ ହେଲା କୃଷ୍ଣା। ତମେ ବିଧବା ନାରୀ ଭଳି ଏ କି ବେଶ ଧରିଛ !

କୃଷ୍ଣା ମ୍ଳାନ ହସ ହସି ଉତ୍ତର ଦେଇଥିଲା –

– ହଁ, ମୁଁ ଜଣେ ଅବିବାହିତା ବିଧବା। ଜଣେ ମୃତ ଲୋକର ପତ୍ନୀ ହେଲେ ସତୀତ୍ୱ ଓ ସ୍ୱାଧୀନତା–ଉଭୟ ଅକ୍ଷତ, ଅକ୍ଷୁର୍ଣ୍ଣ ରହେ ବୋଲି ମୁଁ ଜୟନ୍ତକୁ ଅବଶେଷରେ ବାହା ହୋଇ ପଡ଼ିଛି। ଅର୍ଚ୍ଚନାଦି ! ତମେ ଆଶୀର୍ବାଦ କର ଯେପରି ମୋର ଶେଷ ସ୍ୱାଧୀନତା ହରାଇବା ପାଇଁ ମୁଁ ଅନ୍ୟ କୌଣସି ପ୍ରଲୋଭନରେ କ୍ରୀତଦାସୀ ହୋଇନଯାଏ !

ଛାତ୍ର ଆନ୍ଦୋଳନ ଶୋଭାଯାତ୍ରାର ପୁରୋଭାଗରେ ଥିବା ସେଇ ଅଗ୍ନି କନ୍ୟାର ଏ ସନ୍ନ୍ୟାସିନୀ ରୂପଦେଖି ଅର୍ଚ୍ଚନା ଅବାକ୍ ହୋଇଗଲେ। ପୋଲିସ ଲାଠିମାଡ଼, ଜେଲର

ବିଭୀଷିକା, ଡାଡି ମମିଙ୍କ ଆଦେଶ ଉପଦେଶକୁ ଉପେକ୍ଷା କରି ଯେଉଁ ଝିଅ ବ୍ୟକ୍ତି ସ୍ୱାଧୀନତାର ଯେଉଁ ପତାକାକୁ ଊର୍ଦ୍ଧ୍ୱକୁ ତୋଳି ଧରିଥିଲା, ଜଣେ ଯୁବା ପୁରୁଷର ଆତ୍ମତ୍ୟାଗର ପ୍ରେମ ସେଇ ପତାକାକୁ ଯେ ସେ ଏତେ ଶୀଘ୍ର ତଳକୁ ଓହ୍ଲାଇ ଦେବ, ଏକଥା ସେ ଅନୁମାନ କରିପାରିନଥିଲେ।

କୃଷ୍ଣାର ଆଖିକୋଣରୁ ଝରି ଆସୁଥିବା ଅଶ୍ରୁଧାରାକୁ ଶାଢ଼ିକାନିରେ ପୋଛିଦେଲା ବେଳେ ତାଙ୍କ ଦୁଇଆଖି ମଧ୍ୟ ଲୁହରେ ଛଳଛଳ ହୋଇଗଲା।

ମାଟି ଖୋଳୁ ଖୋଳୁ ମହାଦେବ

ମାଟି ଖୋଳୁ ଖୋଳୁ ହଠାତ୍ ମହାଦେବ ବାହାରି ପଡ଼ିଲେ। ଯାହାର ଗଇଁତି ଚୋଟ ମହାଦେବଙ୍କ ମୁଣ୍ଡରେ ବାଜିଥିଲା, ସେ ଅତର୍କ୍କରେ ଗଇଁତି ଫୋପାଡ଼ିଦେଇ ପଡ଼ିଆ ମଝିରେ ଲମ୍ବହୋଇ ମୁହଁମାଡ଼ି ପଡ଼ିଗଲା। ଅନ୍ୟ ମୂଲିଆମାନଙ୍କୁ ଶୁଣାଇଲା ଭଳି ବଡ଼ପାଟିରେ ଚିତ୍କାର କଲା- ମତେ ଖେମା କରିଦିଅ ମହାପ୍ରୁ। ମୁଁ ଅଗ୍ୟାନି ମଣିଷ। ଜାଣିଶୁଣି ତମ ମୁଣ୍ଡରେ ଗଇଁତି ଚୋଟ ପକାଇନି।

ଶ୍ରୀଧରର ଚିତ୍କାର ଶୁଣାଯାଉଥିଲା ଏକପ୍ରକାର କାନ୍ଦଣା ଭଳି। କ'ଣ ହେଲା, କ'ଣ ହେଲା ବୋଲି ଅନ୍ୟମାନେ ତା' ପାଖକୁ ଦଉଡ଼ି ଆସିଲେ। ସମସ୍ତଙ୍କ ମୁହଁରେ ସେଇ ଗୋଟିଏ ପ୍ରଶ୍ନ- କାହା ମୁଣ୍ଡରେ ତୋ ଗଇଁତି ମାଡ଼ ବାଜିଲା ?

ଶ୍ରୀଧର ସେତେବେଳକୁ ଶୋଇବା ଜାଗାରୁ ଉଠି ବସିଥିଲା। ସେ ନିଜ କପାଳରେ କରାଘାତ କରି କହିଲା- କାଲି ରାତିରେ ମହାଦେବ ମତେ ସପନେଇଥିଲେ। ସନିଆବୋଉ ମତେ ପଦି ପଦି କରି ବାରଣ କରୁଥିଲା। କହୁଥିଲା- ଆଜି ସୋମବାର। ଚାଲ, ଗାଁମୁଣ୍ଡ ମା'ଦେବ ମନ୍ଦିରରେ ବେଲପତର ଚଢ଼େଇ ଆଇବା- ମୁଁ ତା'ର ମନା ମାନିଲି ନାଇଁ। ଗଲା ରାତିର ସପନ କଥା ପାସୋରିଦେଲି। କହିଲି- ଗାଁମୁଣ୍ଡ ମନ୍ଦିରରେ ଆଉ ମହାଦେବ ନାହାନ୍ତି। ସେଠି ନାନା ଅନାଚାର ହେଉଛି। ଗଞ୍ଜେଇ ଟାଣି ପଞ୍ଚାଏ ଟୋକା ମନ୍ଦିର ଭିତରେ ତାସ୍, ପଶା ଖେଳୁଛନ୍ତି- କାମ ବନ୍ଦ କରି ସେଠି ବେଲପତର ଚଢ଼ାଇଲେ ପୁଣ୍ୟ ନାଇଁ।

ଅନ୍ୟମାନେ ଅନାଚାରୀ ମହାଦେବ ମନ୍ଦିର କଥା ଶୁଣିବା ପାଇଁ ଆଗ୍ରହୀ ନଥିଲେ। ଏକଥା ସେମାନେ ଢେର୍ ଶୁଣିଛନ୍ତି। ଶ୍ରୀଧର ବଢ଼େଇକରି କହୁଛି- ପ୍ରକୃତରେ ଗାଁ ଟୋକାମାନେ ସେଠାରେ ମାଲ୍ ଟାଣି ରାତିରେ ଆଡ୍ଡା ମାରୁଛନ୍ତି। ସେଇ ମନ୍ଦିର ବେଢ଼ାରେ ସକାଳୁ ଖାଲି ବୋତଲ, ଭଙ୍ଗା ଚୁଡ଼ି- ଥରେ ଗୋଟାଏ କାହାର କାନର

ଢୁଲ ପଡ଼ିଥିବା ଦେଖାଯାଇଛି। ଗାଁରେ ଏଥିପାଇଁ ଚାରିଥର ନିଶାପ ହେଲାଣି। କିଛି ଫଳ ହୋଇନାହିଁ।

ସେକଥା ସେମାନେ ଶ୍ରୀଧର ମୁହଁରୁ ଶୁଣିବାକୁ ଚାହାନ୍ତି ନାଇଁ। ସେମାନେ ଠୁଳ ହୋଇଛନ୍ତି ମାଟିଖୋଳା ମହାଦେବଙ୍କ ସ୍ୱପ୍ନାଦେଶ କଥା ଶୁଣିବା ପାଇଁ।

ସେତେବେଳକୁ ମଧ୍ୟାହ୍ନର ସୂର୍ଯ୍ୟ ଆକାଶରୁ ରୌଦ୍ର ବୃଷ୍ଟି କରୁଥିଲା। ପଞ୍ଚାୟତ ଘର ତୋଳା ପାଇଁ ଏ ପଡ଼ିଆରୁ ମାଟିଖୋଳା ହେଉଥିଲା। କାନ୍‌ଟରାଟି ଚ୍ୟାଉ ପଟ୍ଟନାୟକ ଟ୍ରକରେ ସେମାନଙ୍କୁ ଓହ୍ଲାଇଦେଇ କାମ ଦେଖିବାକୁ ଆଉ କୁଆଡ଼େ ବାହାରି ଯାଇଛି। ଗୋଟାକ ବେଳକୁ ଫେରିବ। ଫିତା ପକାଇ ମାଟି ମାପିବ। କାମ କମି ହୋଇଥିଲେ ପାଟିତୁଣ୍ଡ କରିବ। ତଥାପି ଟାଣ ଖରା, କାନ୍‌ଟରାଟି ବାବୁର ଟାଣ କଥାକୁ ପରୱା ନକରି ସେମାନେ ଶ୍ରୀଧର ଚାରିପଟେ ଘେରି ବସିଛନ୍ତି। ମାଟିତଳ ମହାଦେବଙ୍କ ଆବିର୍ଭାବ କଥା ଶୁଣିବା ପାଇଁ।

ଶ୍ରୀଧର କଥା କହିବାର ଗୋଟାଏ ଅଲଗା ଧରଣ ଅଛି। ସେ ଶ୍ରୋତାମାନଙ୍କ ମନରେ ପ୍ରତ୍ୟୟ ସୃଷ୍ଟି କରିବା ପାଇଁ ଆଗ ଆଖି ଛୁଏଁ। ସେଦିନ ମଧ୍ୟ ଆଖି ଛୁଇଁ ଶପଥ କରି କହିଲା- କାଲି ରାତିରେ ମତେ ମହାଦେବ ସପନେଇଲେ- ମାଟିତଳେ ରହି ରହି ମୋ ଉପରୁ କୋହ୍ଲ ମାରିଗଲାଣି। ଖାଲି ମୋ ଗଳାରେ ଛନ୍ଦି ହୋଇଥିବା ସାପ ପାଇଁ ମୁଁ ବିଲରେ ଅଛି। ମୁଁ ଖରା ପୋହିଁବାକୁ ଚାହେଁ। ମତେ ମାଟିତଳୁ କାଢ଼ି ବାହାର କର।

ଆଖି ଛୁଉଁଛି, ମାଧିଆ'ଇ। ମିଛ କହିଲେ ମୋ ଆଖି ଫୁଟିଯିବ। ମୋର ନିଦ ଭାଙ୍ଗିଗଲା। ସେ ଅଧାଦେଖା ସପନ ସତ ହେବ ବୋଲି ମନରେ ପରତେ ନଥିଲା। ସତ ମଣିଥିଲେ ମୁଁ ଆଜି ମାଟି କାମକୁ ଆସି ନଥାନ୍ତି- ଆଉ ମୋ ଗଇଁତି ଚୋଟରେ ଶିବ ଠାକୁରଙ୍କ ମୁଣ୍ଡ...। କଥା ଅଧା ରଖି ବିଳାପ କରିବାକୁ ଲାଗିଲା ଶ୍ରୀଧର।

ନାଗା ବାରିକ ତା' ନାଲି ଗାମୁଛାରେ ଲୁହ ପୋଛିଦେଇ ପଚାରିଲା- ଠାକୁରଙ୍କୁ ସପନରେ ଦେଖିଲ; ସପନ କଥା ସତ ହେବ ବୋଲି ବିଶ୍ୱାସ କଲ ନାହିଁ କାହିଁକି ? କଥାରେ ଅଛି ପରା- ବିଶ୍ୱାସେ ମିଳନ୍ତି ବିଷ୍ଣୁ !

ଶ୍ରୀଧର ଉତ୍ତର ଦେଲା- "ଅରେ ନୁହେଁ, ଦୁଇ ଦୁଇ ଥର ସପନ ଦେଖିଲି, ସନିଆ ବୋଉର ସବୁ ପିତଳ ଗହଣା ସୁନା ହୋଇଯାଇଛି। ଥରକୁ ଥର ସେ ନୋଥ, ବସଣି, କାନଫୁଲ ଧରି ବାନା ବଣିଆ ଦୋକାନକୁ ଗଲି। ଗହଣା ପରଖି ଦେଖିଲା ବଣିଆ। ଦ୍ୱିତୀୟ ଥର ଗହଣାତକ ମୋ ମୁହଁ ଉପରକୁ ଫୋପାଡ଼ି ଦେଇ କହିଲା- ପିତଳ କେବେ ସୁନା ହୁଏ ନାଇଁ। ଆଉ ସପନ ଯଦି ସତ ହୋଇଥାଆନ୍ତା, ତୁ କୋଉଦିନୁ

ରାଜା ହୋଇଯାଆନ୍ତୁଣି। ଯା' ଯା', ଆଉ କେବେ ଏ ପିତଳ ଗହଣା ଧରି ମୋ ଦୋକାନକୁ ଆସିବୁ ନାଇଁ।

ଚାପୁଡ଼ା ଖାଇଲା ଭଳି ସେଦିନ ସେ ଗହଣା ଧରି ଫେରି ଆସିଥିଲି। କାନ ମୋଡ଼ି ହୋଇଥିଲି ଆଉ ସପନ ଦେଖିବି ନାଇଁ- ହେଲେ, କାଲି ରାତିରେ ପୁଣି ମହାଦେବ ଆସି ମତେ ଉଠାଇଲେ।

ସ୍ୱପ୍ନ ଦେଖିବା ପାଇଁ ଟିକସ ପଡ଼େ ନାହିଁ; କିନ୍ତୁ କେଳା ବାଉରି କେବଳ ଦୁଃସ୍ୱପ୍ନ ଦେଖେ। ସେ ମୂଳରୁ ଶ୍ରୀଧର କଥା ବିଶ୍ୱାସ କରୁନଥିଲା। ସେ ଏବେ ମନମୋହିନୀ ବ୍ୟାଣ୍ଡ୍ ପାର୍ଟିର କନିଷ୍ଠ କଳାକାର। ଓସ୍ତାଦଠାରୁ ହିନ୍ଦି ସିନେମା ଗୀତ ସୁର୍‌ରେ କ୍ଲାରିଓନେଟ୍ ବଜାଇ ଶିଖିଛି। ବାହାଘର ପ୍ରୋସେସନ୍‌ରେ ତା' କ୍ଲାରିଓନେଟ୍ ସୁର୍‌ର ତାଳେ ତାଳେ ଟୋକା ବାବୁମାନେ ଅଣ୍ଟା ହଲେଇ ଟୁଇଷ୍ଟ୍ ନାଚନ୍ତି। ସେ ଭାବିପାରୁ ନଥିଲା, ଏ ଅଞ୍ଚଳରେ ଏତେ ଜାଗା ଥାଉ ଥାଉ ଏ ରସ୍ତାକଡ଼ ଅସନା ପଡ଼ିଆରେ ଖରା ପୋହିଁବାକୁ ମହାଦେବଜୀ ଆସିବେ କାହିଁକି ?

ସେ ଲଘୁ ପରିହାସରେ କହିଲା- ଶୀରିଆ'ଦି ! ତମ ଗଇଁତି ମାଟିତଳ ମାଙ୍କଡ଼ା ପଥର ଦେହରେ ବାଜିଥିବ। ତମେ ତୁଚ୍ଛାଟାକୁ ମାଙ୍କଡ଼ାକୁ ମହାଦେବ କହୁନା' ତ।

ତା' କଥା ଶୁଣି ରାଗିଗଲା ଶ୍ରୀଧର। କେଳା ବାଉରି କାଲିକା ମେଞ୍ଚଡ଼ ଟୋକା। ଏଇ ଦୁଇମାସ ହେଲା ବାପାଠୁଁ ଗଳାଧକ୍କା ଖାଇ ମାଟି କାମକୁ ଆସୁଛି। ସେ ପୁଣି ତା' କଥାକୁ ଅବିଶ୍ୱାସ କରିବ ?

ସେ ଅଳ୍ପ ଦୂରରେ ପଡ଼ିଥିବା ଗଇଁତି ଉଠାଇ ଆଣି କହିଲା- ଦେଖ୍, ଏଇ ଗଇଁତିରେ ମୁଁ କେତେ ପାହାଡ଼ ତାଡ଼ିଛି। ଧାର କେବେ ଓଲଟି ନାଇଁ। ଆଉ ମହାଦେବଙ୍କ ମୁଣ୍ଡ ହୋଇନଥିଲେ ମାଙ୍କଡ଼ା ପଥରରେ ବାଜି ଧାର ଓଲଟି ନଥାଆନ୍ତା। ମହାଦେବଙ୍କୁ ଥଟ୍ଟା କରୁଛୁ ? ଦେଖିବୁ, ହରହର ମହାଦେବ ଯେତେବେଳେ ମାଟିତଳୁ ଉପରକୁ ଉଠିଆସିବେ, ସେତେବେଳେ ତୋର ଚେତା ବୁଡ଼ିଯିବ। 'ଦିଦି ତେରେ ଦେବର ଦିବାନା' ତାଳରେ ତୋର କ୍ଲାରିଓନେଟ୍ ବଜାର ମଜା ବାହାରିଯିବ।

ମାଟିତଳେ ମହାଦେବ ଅଛନ୍ତି କି ନାହିଁ ଜାଣିବା ପାଇଁ ଅନ୍ୟ ମୂଲିଆ-ମୂଲିଆଣୀଙ୍କ କୌତୂହଳ ସେତେବେଳେ ଚରମ ସୀମାରେ ପହଞ୍ଚି ସାରିଥିଲା। ଆଉ କିଛି ସମୟ ପରେ ଟ୍ୟାଉ ପଟ୍ଟନାୟକ କାମ ତଦାରଖ କରିବାକୁ ପହଞ୍ଚିଯିବେ। କାମ କମ୍ ହୋଇଛି ବୋଲି ତେରିମେରି ହେବେ। ଆଉ ମାଟିତଳୁ ମହାଦେବ ଉଦ୍ଧାର କରିହେବ ନାହିଁ।

ସେମାନେ ସମସ୍ତେ ଫାଉଡ଼ା, ଶାବଳ, ଗଇଁତି ଉଞ୍ଚାଇ ମହାଦେବ ଉଦ୍ଧାର କାମରେ ଲାଗିଗଲେ। ମାଙ୍କଡ଼ା ପଥର ନୁହଁ- ଶିବଲିଙ୍ଗ ଆକୃତିର ଲମ୍ବା କଳା ମୁଗୁନି

ପଥର ଖଣ୍ଡ ବାହାରିଲା। ମାଟି କାମରେ ଆସିଥିବା ସବୁ ମୂଲିଆଣୀ ସାଙ୍ଗେ ସାଙ୍ଗେ ହୁଳହୁଳି ପକାଇଲେ। 'ଜୟ ଶିବଶମ୍ଭୁ ଭୋଳାନାଥ... ହର ହର ମହାଦେବ' ଧ୍ୱନିରେ ଚତୁର୍ଦ୍ଦିଗ ପ୍ରକମ୍ପିତ ହୋଇଉଠିଲା। ଖୁବ୍ ଜୋରରେ ଫଟଫଟିଆ ଚଢ଼ି ମାଟିକାମ ଦେଖିବାକୁ କଣ୍ଟ୍ରାକ୍ଟର ସୁଦର୍ଶନ ଚ୍ୟାଉ ପଟ୍ଟନାୟକ ଆସୁଥିଲେ। ମାଟିଖୋଳା ସାଇଟ୍‌ରେ ଏ ଶବ୍ଦ ଶୁଣି ସେ ଚମକିଗଲେ- ଲଙ୍କାରେ ହରିନାମ !

କେଉଁ କାଳରୁ ଗଉଡ଼ସାହିକୁ ଲାଗି ଏ ପଡ଼ିଆଟା ଫାଁ ଗାଳିଦେଇ ପଡ଼ି ରହିଥିଲା। ଅରମା, ଅସନା, ଆବର୍ଜନାମୟ। ପାଖରେ ଦୁଇଟା ଖଜୁରୀ ଗଛ ଛଡ଼ା ଛାୟାଦାନ କଲାଭଳି ଅନ୍ୟ କୌଣସି ଝଙ୍କା ଗଛ ମଧ୍ୟ ନଥିଲା। ମହୁଲପଡ଼ା ଗ୍ରାମପଞ୍ଚାୟତର ନୂଆ ଘରତୋଳା ପାଇଁ ଏଇ ସର୍ବସାଧାରଣ ଜାଗାରୁ ମାଟି ଖୋଳିବା ପାଇଁ ସ୍ଥାନ ବାଛିଥିଲେ ସୁଦର୍ଶନ ବାବୁ। କିନ୍ତୁ ହଠାତ୍ ମହାଦେବ ବାହାରିବେ ଏବଂ ମାଟିଖୋଳା ମୂଲିଆମାନେ ବ୍ରାହ୍ମଣ ଡାକି ରାତାରାତି ସେଠାରେ ଶିବଲିଙ୍ଗ ପ୍ରତିଷ୍ଠା କରିବେ, ଏକଥା ସେ କେବେ ଭାବିନଥିଲେ। ବ୍ରାହ୍ମଣ-କରଣ ସାହିର ମହାଦେବ ମନ୍ଦିରରେ ନାନା ଅନାଚାର ହେଉଥିବା କଥା ଜଣାପଡ଼ିଲା ପରେ ଗଉଡ଼-ଭଣ୍ଡାରି-ବାଉରି ସାହିର ଲୋକେ ଏଇଟା ସେମାନଙ୍କ ଶିବଠାକୁର ବୋଲି ମାନିନେଲେ।

ସେଦିନ ରାତିରେ ସାହିରେ ମିଟିଂ ବସିଲା। କଥା ଛିଡ଼ିଲା, ମହାଦେବ ଯେତେବେଳେ ସ୍ୱୟଂ ଖରା ଖାଇବାକୁ ମାଟି ଉପରେ ଉଭା ହୋଇଛନ୍ତି, ତାଙ୍କ ମୁଣ୍ଡ ଉପରେ ଛାତ ରହିବ ନାଇଁ। ଚାରିପଟେ କାନ୍ଥ ରହିବ ନାହିଁ। କେବଳ ଚାରିପଟେ ଗୋଟାଏ ସିମେଣ୍ଟ ପିଣ୍ଡି ତିଆରି ହେବ। ଶିବଲିଙ୍ଗ ଉପରେ ଯେଉଁମାନେ ନଡ଼ିଆ ଭାଙ୍ଗି ପାଣି ଢାଳିବେ କି କ୍ଷୀର ଢ଼ାଳିବେ, ସେ କ୍ଷୀର ନୀର ଯେପରି ରାସ୍ତାକୁ ବହି ନଯାଏ- ଲୋକେ ଠାକୁରଙ୍କ ଗାଧୁଆ ପାଣି ପାଦରେ ନ ମାଡ଼ନ୍ତି- ସେଥିପାଇଁ ଗୋଟାଏ ଗହୀରିଆ ସିମେଣ୍ଟ କୁଣ୍ଡ ତିଆରି ହେବ, ଆଉ ମହାଦେବ ମଣ୍ଡପରୁ ଗୋଟାଏ ମାହାରା କରିଦିଆଯିବ, ସେ କୁଣ୍ଡ ପର୍ଯ୍ୟନ୍ତ। ସେ କୁଣ୍ଡର ନାଁ ରହିବ ପାଦୁକ କୁଣ୍ଡ। ଆଉ ମହାଦେବ ମନ୍ଦିର ବଦଳରେ ନାଁ ହେବ ମହାଦେବ ମଣ୍ଡପ। ଆଉ ଯେହେତୁ ଏ ମୁଗୁନି ମୂର୍ତ୍ତି ମୂଲିଆମାନଙ୍କ ମହାଦେବ, ଏ ମଣ୍ଡପ, ପାଦୁକ କୁଣ୍ଡ ନିର୍ମାଣ ପାଇଁ ଯାହା ଖର୍ଚ୍ଚ ହେବ, ସେସବୁ ଅର୍ଥ ମୂଲିଆମାନେ ମୂଲ ଲାଗି ହିଁ ଦେବେ। ଗୋଟିଏ ସୋମବାର ଉପବାସ କରିବେ- ସେଦିନର ମୂଲ କୁଣ୍ଡ-ମଣ୍ଡପ ନିର୍ମାଣ ପାଇଁ ଦେବେ। ଆଉ ଗଉଡ଼ସାହିର ଶ୍ରୀଧରକୁ ଶିବ ଠାକୁର ଯେହେତୁ ପ୍ରଥମେ ସପନେଇଥିଲେ, ତା' ସ୍ତ୍ରୀ ପ୍ରଥମେ ଶିବଲିଙ୍ଗ ଉପରେ କଞ୍ଚାକ୍ଷୀର ଢାଳି ଗାଧୋଇଦେବ।

ଦିନ କେତେଟାରେ ସେ ଅରମା ଅସନା ପଡ଼ିଆର ଚେହେରା ବଦଳିଗଲା।

ଚାରିଆଡ଼ ଘାସ ତଞ୍ଚା ହୋଇଗଲା ପରେ ବାଉରି ସାଇର ମାଇପିମାନେ ଆସି ଆଗ ଗୋବରପାଣିରେ ଲିପାପୋଛା କରିଦେଲେ। ତିନି ସାହିର ମୂଲିଆ-ମୂଲିଆଣୀ ଗୋଟିଏ ଦିନ ଶିବ-ଉପାସ କରି ମଜୁରି ଟଙ୍କା ମଣ୍ଡପ ତିଆରି ପାଇଁ ଦେଇଗଲେ। ସିମେଣ୍ଟ, ବାଲି କିଣା ହୋଇ ଆସିଲା। ରାଜମିସ୍ତ୍ରୀ ଆସି ନଡ଼ିଆ ଭାଙ୍ଗି ମଣ୍ଡପ ତିଆରି ଆରମ୍ଭ କରିଦେଲା।

ଗଉଡ଼-ଭଣ୍ଡାରି-ବାଉରି ସାହିରେ ମହାଦେବ ବିଜେ ହୋଇଛନ୍ତି ବୋଲି ଶୁଣି ବ୍ରାହ୍ମଣ-କରଣ-ଖଣ୍ଡାୟତ ସାହିର ପୁରୁଖା ଲୋକେ ଟାହିଟାପରା ଆରମ୍ଭ କରିଦେଲେ।

ଖରାଖିଆ ମହାଦେବ! ୟାଁ- ଏ କଳିଯୁଗରେ ମହାଦେବ ଶେଷରେ ଗଉଡ଼ ସାହିରେ ବିଜେ ହେଲେ? ଭଣ୍ଡାରି ହାତରୁ ପାଣି ପିଇଲେ? ଯେଉଁ ପଡ଼ିଆରେ ବାଉରି ସାହିର ଲୋକେ ସକାଳେ ସଞ୍ଜେ ନିତ୍ୟକର୍ମ ସାରୁଥିଲେ, ଖରାଖିଆ ମହାଦେବ ସେଇ ଘୁଅ ପଡ଼ିଆରେ ବିଜେ ହେଲେ? ଛ୍ୟା- ଛ୍ୟା-

ପଦନନା ମହୁଲପଡ଼ା ଗାଁର ପ୍ରଧାନ ପୁରୋହିତ। ଗାଁ ମହାଦେବ ମନ୍ଦିରର ପୂଜକ। ଜଜମାନି କରି ବାରମାଣ ଜମି, କୋଠାଘର କରିଛନ୍ତି। ପୁଅ ବି.ଏ. ପାଶ୍ କରି ବେକାର ବସିଛି। ମହାଦେବ ମନ୍ଦିରରେ ସାଙ୍ଗମାନଙ୍କୁ ଧରି ମହୁଲି ପାନ କରେ ବୋଲି ଗାଁ ପଡୁଛି ଉଠୁଛି। ଏତିକିବେଳେ ଗଉଡ଼ସାହିରେ ନୂଆ ମହାଦେବଙ୍କ ଆବିର୍ଭାବ ତାଙ୍କୁ ଉତ୍କ୍ଷିପ୍ତ କରିଦେଇଛି। ନିଜର ମନ୍ତ୍ରସିଦ୍ଧ ପଇତାକୁ ସେ ବାରମ୍ବାର ସ୍ପର୍ଶ କରି ଗଉଡ଼ ସାହିର ଶ୍ରୀଧର ବେହେରା ଉପରେ ବିଷ ଉଦ୍‌ଗାର କରୁଛନ୍ତି।

କରଣ ସାହିର ହରି ମହାନ୍ତି ମିଶ୍ରଙ୍କ ଚଉପାଢ଼ିରେ ବସି ବିଡ଼ି ଟାଣୁଥିଲେ। ପଦିଆ'ନାଙ୍କ କଥା ଶୁଣି ସେ ଗଳା ଖଙ୍କାରି କହିଲେ- ଛୋଟ ଜାତିର ଲୋକଙ୍କୁ ମୁହଁ ଦେଲା କିଏ? ଶାଳଗ୍ରାମ ଶିଳାରେ ଶିବଲିଙ୍ଗ ଆବାହନ କରିନଥିଲେ ମୁଗୁନି ପଥରକୁ ମହାଦେବ ବୋଲି ମାନି ଥାଆନ୍ତା କିଏ? ଦକ୍ଷିଣା ଲୋଭରେ ଗୋବିନ୍ଦ ରଥେ ଯଦି ଘୁଅ ପଡ଼ିଆର ମହାଦେବଙ୍କୁ ମନ୍ତ୍ର ପଢ଼ି ପ୍ରତିଷ୍ଠା କରି ନଥାନ୍ତେ, ତା'ହେଲେ ନୀଚ ଜାତି ଲୋକଙ୍କ ମୁହଁ ଉପରକୁ ହୋଇଥାଆନ୍ତା କାହିଁକି? ସେ ଶୀରିଆ ଗଉଡ଼ର ସାହସ ହୁଅନ୍ତା- ସେ ମୋ ମୁହେଁ ମୁହେଁ କହନ୍ତା- ଓଡ଼ିଶାଟା ଗୋପାଳମାନଙ୍କ ଦେଶ- ସେଇମାନଙ୍କ ନାଁରେ ଗୋପାଳପୁର ହୋଇଛି। ଓଡ଼ିଶାରେ ବ୍ରାହ୍ମଣ, କରଣଙ୍କ ନାମରେ ବ୍ରାହ୍ମଣପୁର କି କରଣପୁର ଅଛି?

ପଦନ ମିଶ୍ରେ ଜାଣନ୍ତି, ଗୋବିନ୍ଦ ରଥ ମହାଦେବ ମନ୍ଦିର ଆଗରେ ନଡ଼ିଆ ବିକିବାକୁ ଚାହୁଁଥିଲା। ତାଙ୍କ ଛଡ଼ା ଆଉ କାହାରି ନଡ଼ିଆ ମହାଦେବଙ୍କ ପାଖରେ ପାଣି ନାଗି ହେବ ନାହିଁ ବୋଲି ସେ ଫତୁଆ ଜାରି କରିଦେଲେ। ପ୍ରତି ସୋମବାର ଦିନ ଆଖପାଖ ଆଠ ଦଶ ଖଣ୍ଡ ଗାଁର ଲୋକେ ମହୁଲପୁର ମହାଦେବଙ୍କ ପାଖରେ ପଚାଶ

ଶହେ ନଡ଼ିଆ ପାଣି ନାଗି କରନ୍ତି । ସେସବୁ ନଡ଼ିଆ ପଦନ ମିଶ୍ରଙ୍କ ଦୋକାନରୁ ଯଜମାନମାନେ କିଣନ୍ତି । ସେ ପୂଜକ, ତାଙ୍କ ବାରି-ନଡ଼ିଆ ଛଡ଼ା ମହାଦେବ ଆଉ କାହା ବାରି-ନଡ଼ିଆ ପାଣିରେ ଗାଧୋଇବେ କାହିଁକି ? ନଡ଼ିଆ ବିକ୍ରି ନହେବାରୁ ଗୋବିନ୍ଦ ରଥ ତାଙ୍କ ପୁଅ ନାଁରେ ନିନ୍ଦା ରଟନା କରି ଚାଲିଛି ଯେ, ତାଙ୍କ ପୁଅ କୁଆଡ଼େ ରାତିରେ ମହାଦେବ ମନ୍ଦିରରେ ଗଞ୍ଜେଇ ଟାଣେ- ମହୁଲି ପିଏ- କେତି ମାଲୁଣୀ ଝିଅ ନେତି ସାଙ୍ଗରେ ବୋହୂ-ବୋହୂକା ଖେଳେ- ଯାପ... ବ୍ରାହ୍ମଣ କୁଳ କୁଳାଙ୍ଗାର ।

ହରି ମହାନ୍ତି ଟିହାଇଦେଲେ- କ'ଣ ମିଶ୍ରେ ? ଗୋବିନ୍ଦ ରଥଙ୍କ କଥା ଶୁଣି ଚୁପ୍ ହୋଇଗଲ ଯେ' ?

ଦିଆସିଲି କାଠି ଭଳି ଜଳିଉଠିଲେ ପଦିଆ'ନା ।ନିଜ ମନ୍ତ୍ରସିଦ୍ଧ ଉପବୀତକୁ ଡାହାଣ ହାତରେ ଆକର୍ଷି ଧରି ଚିତ୍କାର କଲେ, ଥ- ଥ- ହରିବାବୁ । ଗୋବିନ୍ଦା ଗୋଟାଏ ଜନ୍ମ-ଖନା । ତା' ପାଟିରେ ଶୁଦ୍ଧମନ୍ତ୍ର ଉଚ୍ଚାରିତ ହୁଏ ? ଖନା ମନ୍ତ୍ରରେ ମହାଦେବେ ନିଜ ମନ୍ଦିର ଛାଡ଼ି ଘୁଅପଡ଼ିଆ ମନ୍ଦିରକୁ ଯିବେ ? ଗୋଟିଏ ଗାଁରେ ଦୁଇ ଦୁଇ ମହାଦେବ ? ଯା'- ଇଏ ସବୁ ତମ ସାଆନ୍ତ ସାହି ସୁଦର୍ଶନ ଚ୍ୟାଉ ପଟ୍ଟନାୟକର କାମ । ଗଉଡ଼-ଭଣ୍ଡାରି-ବାଉରି ଭୋଟରେ ତାଙ୍କ ସ୍ତ୍ରୀ ପଞ୍ଚାୟତ ନିର୍ବାଚନ ଜିଣି ଚେୟାରମାନ୍ ହୋଇଛନ୍ତି ତ ! ସେଇ ଏଇ ଛୋଟଲୋକଙ୍କୁ ମୁହଁ ଦେଇ ଖରାଖିଆ ମହାଦେବ ଥାପିଛନ୍ତି- ମୋ ଯଜମାନି ବୁଡ଼ାଇବାକୁ ବସିଛନ୍ତି । ମୁଁ କହିରଖୁଛି ହରିବାବୁ, ମୋ ବ୍ରହ୍ମ ଜଳୁଛି- ମୋ ଅମାର ଘରେ ନଡ଼ିଆ ସବୁ ଗଡୁଛନ୍ତି- ସଢୁଛନ୍ତି । ସବୁ ଗାଁଲୋକେ ଯାଇ ଖରାଖିଆ ମହାଦେବଙ୍କ ପାଖରେ ଗୋବିନ୍ଦ ଗଛର ନଡ଼ିଆ ଭାଙ୍ଗୁଛନ୍ତି । ମୋ ପାଟିରୁ କେତେବେଳେ କ'ଣ ବାହାରିଯିବ... ।

ଅଭିଶାପ କଥା ଶୁଣିଲେ ଭୂତପୂର୍ବ ଗୁମାସ୍ତା ହରି ମହାନ୍ତିଙ୍କ ହୃତ୍‌କମ୍ପ ହୁଏ । ପଦିଆନା'ଙ୍କ କଥା ଶୁଣି ସେ ଡରିଗଲେ । କହିଲେ- ଥୟ ଧର ପଦିଆ'ନା ! ହଠାତ୍ ତୂଣୀରରୁ ବ୍ରହ୍ମାସ୍ତ୍ର ବାହାର କରନାଇଁ- ସୁଦର୍ଶନ କ୍ୟାପିଟାଲ ଯାଇଛି- ଫେରିଆସୁ ! କ'ଣ ଗୋଟାଏ କିଛି ବିହିତ କରିବା ନା !

ସୁଦର୍ଶନ କ୍ୟାପିଟାଲରୁ ଫେରି ସବୁ କଥା ଶୁଣି ଦ୍ୱନ୍ଦ୍ୱରେ ପଡ଼ିଗଲେ । ସେ ଶୁଣି ଆସିଛନ୍ତି ପଞ୍ଚାୟତରେ ବିରଳା କମ୍ପାନୀ ଗୋଟାଏ ସାର କାରଖାନା ବସାଇବ । ବଡ଼ କାରଖାନା । ହଜାର ହଜାର ଲୋକ କାମ କରିବେ । ଏହା ଏକ ଶିଳ୍ପାଞ୍ଚଳ ହୋଇଯିବ । ଜମିର ଦାମ୍ ବଢ଼ିଯିବ । କାଚ ହୋଇଯିବ କାଂଚନ । ଏଠାରେ ଆଉ ଖାଲି ଜମି ନାହିଁ । କେବଳ ଖରାଖିଆ ମହାଦେବ ଜାଗା ମାଡ଼ି ବସିଥିବା ଦୁଇ ତିନି ଏକର ପଡ଼ିଆ ଜମି କେହି ଦଖଲ କରିନାହାନ୍ତି । ଅନାବାଦି ଜମି । ଯଦି ସେଇ ଜାଗାଟା ତାଙ୍କ ଅକ୍ତିଆରକୁ

ଆସିଯାଆନ୍ତା, ତା'ହେଲେ ସେଠାରେ ସେ କାରଖାନା କର୍ମଚାରୀ-ଅଫିସର୍‌ମାନଙ୍କୁ ଭଡ଼ା ଦେବାପାଇଁ ଗୋଟିଏ ବହୁତଳ ପ୍ରାସାଦ ତିଆରି କରିଦିଅନ୍ତେ। କିନ୍ତୁ ସେଠାରୁ ସେ ଖରାଖିଆ ମହାଦେବଙ୍କୁ ଉଠାଇବେ କେମିତି ? ଥରେ ଠାକୁର ଜାଗା ମାଡ଼ିବସିଲେ ତାଙ୍କୁ ଉଠାଇବା ମୁସ୍କିଲ।

ଏତିକିବେଳେ ହରି ମହାନ୍ତି ପହଞ୍ଚି ତାଙ୍କୁ ଆଉ ଟିକିଏ ତେଜେଇଦେଲେ।

କହିଲେ, ଦେଖ ସୁଦର୍ଶନ। ତମ ସ୍ତ୍ରୀ ପଞ୍ଚାୟତ ସମିତି ଚେୟାରମ୍ୟାନ୍ ହେଲେ ବି ତମେ ହିଁ ନାଟକର ସୂତ୍ରଧର। ତମେ ସୂତୀ ଧରି ଯେମିତି ନଚାଉଛ, ସେ ସେମିତି ନାଚୁଛନ୍ତି। ତମେ ଚାହିଁଲେ ସମିତି ଚେୟାରମ୍ୟାନ୍‌ଙ୍କ କଥାରୁ ଗଉଡ଼-ଭଣ୍ଡାରି-ବାଉରି ସାହିଆ କେହି ବାହାରିଯିବେ ନାହିଁ। ତମ ସ୍ତ୍ରୀ ଚେୟାରମ୍ୟାନ୍ ଥାଉ ଥାଉ ଗୋଟିଏ ଗାଁରେ ଦୁଇ ଦୁଇ ମହାଦେବ!

ସୁଦର୍ଶନ କଥାଟାକୁ ଖୁବ୍ ମନଧ୍ୟାନ ଦେଇ ଶୁଣିଲେ। ତାଙ୍କ ଦୁଇ ଆଖି ଖୋଲିଲା ପୁଣି ବନ୍ଦ ହେଲା। ଶେଷକୁ ତୋଳାରୁ ବାହାରି ଆସିଲା ଦିବ୍ୟଜ୍ୟୋତି।

ସେ କହିଲେ- ନାଇଁ ହରିଆ'ଦି! ଶିବ ଠାକୁର ଶ୍ମଶାନଚାରୀ। ସେ ମହୁଲପଡ଼ା ଗାଁ ମନ୍ଦିରରେ ନୁହଁ- ପଡ଼ିଆ ମଣ୍ଡପରେ ହିଁ ରହିବେ। ତମେ ପଦନ ମିଶ୍ରଙ୍କ ବ୍ରହ୍ମ ଅଭିଶାପକୁ ବୃଥା ଭୟ କରୁଛ। ତତଲା ପାଣିରେ ଘର ପୋଡ଼ିଯିବ ନାଇଁ। ପାଣି ଆପେ ଆପେ ଥଣ୍ଡା ହୋଇଯିବ।

ତା' ଆରଦିନ ସକାଳୁ ମିସ୍ତ୍ରୀ ମୂଲିଆମାନେ ଖରାଖିଆ ମହାଦେବଙ୍କ ମଣ୍ଡପ ଚାରିପଟେ ଇଟା, ବାଲି, ସିମେଣ୍ଟରେ କାନ୍ଥ ତିଆରି କରିବାକୁ ଲାଗିଲେ। ଛାତ ଢଳେଇ ପକାଇବା ପାଇଁ ଲୁହାଛଡ଼, ତାର, ବାଲି, ସିମେଣ୍ଟ ଆସି ଟାହୁଁ ଟାହୁଁ ଜମା ହୋଇଗଲା। ସାରା ପଡ଼ିଆ ଚାରିପଟେ ତିଆରି ହୋଇଗଲା ପାଚେରୀ। ପନ୍ଦର ଜଣ ମୂଲିଆ ଲାଗି ପଡ଼ିଆସାରା ମାଟି ହାଣି ଖଡ଼ା ଗଛ ରୋଇବାକୁ ଲାଗିଗଲେ। ସୁଦର୍ଶନ ଚ୍ୟାଉ ପଟ୍ଟନାୟକଙ୍କ ପତ୍ନୀ ପଞ୍ଚାୟତ ସମିତି ଚେୟାରମ୍ୟାନ୍ ମନ୍ଦାରମାଳା ଦେବୀ, ନିଜେ ଖଡ଼ା ଚାରା ରୋପଣ କରି 'ଅପରେସନ ଖଡ଼ାଗଛ'ର ଶୁଭାରମ୍ଭ କଲେ।

ଖବରଟା ବିଦ୍ୟୁତ୍ ଗତିରେ ଚାରିଆଡ଼େ ପ୍ରସାରିତ ହୋଇଗଲା। ଶ୍ରୀଧର ବେହେରା, ଗଉଡ଼, ଭଣ୍ଡାରି ଆଉ ବାଉରି ସାହିର ଲୋକଙ୍କୁ ଧରି ଲେଡ଼ି ଚେୟାରମ୍ୟାନ୍‌ଙ୍କ ପାଖରେ ଫେରାଦ ହେଲା-

- ଏ କ'ଣ କଲେ ସାଆନ୍ତାଣି! ମହାଦେବ ମତେ ସପନେଇଥିଲେ ସେ ଖରା ଖାଇବାକୁ ମାଟିତଳୁ ବାହାରି ମଣ୍ଡପରେ ଉଭା ହେବେ। ମନ୍ଦିର ତୋଳି ଛାତ ପକାଇଦେଲେ, ଶିବଲିଙ୍ଗ ଉପରେ ଖରା ପଡ଼ିବ କେମିତି ?

ପଞ୍ଚାୟତ ସମିତି ନବନିର୍ବାଚିତା ଚେୟାରପରସନ୍ ମନ୍ଦାରମାଳା ଟହ ଟହ ହସିଉଠି କହିଲେ- ମୁଁ କ'ଣ କରିବି ଶ୍ରୀଧର ! କାଲି ରାତିରେ ମହାଦେବ ମୁହଁ ଶୁଖାଇ ମତେ ସପନରେ କହିଲେ- ମା' ମନ୍ଦାରମାଳା ! ଶିରିଆ ଗଉଡ଼ ଗୋଟାଏ ମସ୍ତ କାଲା। ମୁଁ ତାକୁ 'ଖଡ଼ା ଖାଇବି' ବୋଲି କହିଲି- ସେ 'ଖରା ଖାଇବି' ବୋଲି ଶୁଣିଲା। ମତେ ସେ ପଡ଼ିଆରେ ନିର୍ଦ୍ଧୁମ ଖରାରେ ବସାଇ ଦେଇଛି- ମୁଁ ଖରାରେ ଶିଝିଗଲିଣି। ତୁ କାଲି ସକାଳୁ ମୋ ମୁଣ୍ଡ ଉପରେ ଛାତ ଉଠା- ପଡ଼ିଆ ସାରା ଖଡ଼ା ଲଗା। ମୋ ମୁଣ୍ଡରେ ଢଳା ହେଉଥିବା ନଡ଼ିଆ ପାଣି, କ୍ଷୀର ସବୁ ଯେମିତି ଖଡ଼ା କିଆରିକୁ ଯିବ- ସେଥିପାଇଁ ମୋ ବସିବା ଜାଗାରୁ ଖଡ଼ା କିଆରିକୁ ଗୋଟାଏ ମାହାରା କର- ଆଉ ସେଥିପାଇଁ ତ ସକାଳୁ ସକାଳୁ ମୁଁ ମିସ୍ତ୍ରୀ ମୂଲିଆ ଧରି ଧାଇଁଛି।

କେଳା ବାଉରି ନାଗା ଭଣ୍ଡାରୀକୁ ଆଖି ମାରିଦେଇ କହିଲା- ଶୁଣିଲ ତ ! ମୁଁ କ'ଣ କହୁଥିଲି। ଶୀରିଆ'ଦି ଗୋଟାଏ ମସ୍ତ କାଲ। ଖଡ଼ାକୁ ଶୁଣିଲା ଖରା। ଖଡ଼ାଖିଆ ମହାଦେବଙ୍କୁ ଖରାଖିଆ ମା'ଦେବ କରିଦେଲା।

ଗୋବିନ୍ଦ ରଥେ ଡରି ଡରି ପଚାରିଲେ- ମୁଁ ତ ଖରାଖିଆ ମହାଦେବ ପୂଜା ଅର୍ଚ୍ଚନା କରୁଥିଲି। ଏ ଖଡ଼ାଖିଆ ମହାଦେବଙ୍କ ପୂଜା କରିବ କିଏ ?

ବୁଦ୍ଧି ନିଅଣ୍ଟ ପଡ଼ିଲେ ମନ୍ଦାରମାଳା ସୁଦର୍ଶନଙ୍କ ଆଡ଼କୁ ଚାହାନ୍ତି। ତାଙ୍କରି ବୁଦ୍ଧିରେ ସେ ବାଟ ଚାଲନ୍ତି। ସେଦିନ ମଧ୍ୟ ସେ ସୁଦର୍ଶନଙ୍କ ଆଡ଼କୁ ଅନେଇଲେ।

ସୁଦର୍ଶନ କହିଲେ- ତମେ କେହି ବ୍ୟସ୍ତ ହୁଅ ନାହିଁ। ଗୋବିନ୍ଦା'ନା ! ବିରଳା କମ୍ପାନୀ ସାର କାରଖାନା ବସାଇବା ଆଗରୁ ଆମର ମହାଦେବ ଇଣ୍ଡଷ୍ଟ୍ରି ଆରମ୍ଭ ହୋଇଯାଇଥିବ। ବିରଳା ସାର କାରଖାନା ପାଇଁ ଜମି ଦଖଲ କରିବା ଆଗରୁ ଆମେ ସବୁ ଅସାର ଜମିରେ ଖଡ଼ାଖିଆ ମହାଦେବଙ୍କ ନାମରେ ଖଡ଼ା ଲଗାଇଦେବା।

ସ୍ୱାମୀଙ୍କ କଥା ମନ୍ଦାରମାଳାଙ୍କୁ କିପରି ଦୁର୍ବୋଧ ମନେହେଲା। ସେ ପଚାରିଲେ- ମହାଦେବ ଇଣ୍ଡଷ୍ଟ୍ରି ! ସେ କଥାଟା କ'ଣ ?

ସୁଦର୍ଶନ ଆଖି ମିଟି ମିଟି କରି ହସିଲେ। କହିଲେ, ଭାରତବର୍ଷ ତେତିଶ କୋଟି ହିନ୍ଦୁ ଦେବଦେବୀଙ୍କ ଦେଶ। ମୁସଲମାନ, ଖ୍ରୀଷ୍ଟିୟାନ, ବୌଦ୍ଧ, ଜୈନମାନେ ମଧ୍ୟ ବହୁ କାଳରୁ ଏ ଦେଶରେ ବସବାସ କରୁଛନ୍ତି। ଏହି ଭାରତୀୟ ଦେବତାମାନଙ୍କୁ ନେଇ କେତେ ଆଧ୍ୟାତ୍ମିକ ଇଣ୍ଡଷ୍ଟ୍ରି ଗଢ଼ିଉଠିଛି। କେତେ ମନ୍ଦିର, କେତେ ମସ୍‌ଜିଦ୍, ଗୀର୍ଜା, ସ୍ତୁପ, ଧର୍ମଶାଳା, ଚଟିଘର, ଭୋଗ, ପ୍ରସାଦ, ଚନ୍ଦନ, ତିଳକ, ମାଳି, ଫୁଲ, ଘିଅଦୀପ, ମହମବତୀ, ଧୂପକାଠି ଇଣ୍ଡଷ୍ଟ୍ରି ଏଇ ଠାକୁରମାନଙ୍କୁ ନେଇ ଗଢ଼ିଉଠିଛି। ଆମର ଈଶ୍ୱରମାନେ ଦେଶରେ ସବୁଠାରୁ ବଡ଼ ଇଣ୍ଡଷ୍ଟ୍ରିଆଲିଷ୍ଟ। ଜଗନ୍ନାଥ ମହାପ୍ରଭୁଙ୍କ

ରୋଷଘର ଆନନ୍ଦବଜାରଠାରୁ ବଡ଼ ହୋଟେଲ ଆଉ ଅଛି ? ତିରୁପତି ବାଲାଜୀଙ୍କଠାରୁ ବଡ଼ ଧନପତି ଆଉ କିଏ କୁହ ?

ଶ୍ରୀଧର, ନାଗା, କେଳା ଆଉ ଅନ୍ୟମାନେ ତାଟଙ୍ଗା ହୋଇ ଚାହିଁ ରହିଥାଆନ୍ତି ସୁଦର୍ଶନ ଚ୍ୟାଉ ପଟ୍ଟନାୟକଙ୍କ ମୁହଁକୁ। ଖରାଖିଆ ମହାଦେବଙ୍କୁ ଖଡ଼ାଖିଆ ମହାଦେବ କରିଦେଇ ସେ ଯେମିତି ସମସ୍ତଙ୍କୁ ଗୋଟାଏ ମ୍ୟାଜିକ୍ ଦେଖାଉଛନ୍ତି !

ଗୋବିନ୍ଦ ରଥେ ମନ୍ଦିରର ପୂଜକ ଭାବରେ ରହିବେ କି ନାହିଁ, ସେଥିପାଇଁ ଚିନ୍ତିତ। ସେ ବାରମ୍ବାର ବିକଳ ହୋଇ ମନ୍ଦାରମାଳାଙ୍କ ମୁହଁକୁ ଅନେଇ ରହିଥାଆନ୍ତି। କହୁଥାଆନ୍ତି- ମୋର କ'ଣ ହେବ ?

- ତମେ ପୂଜା କରିବ, ଦକ୍ଷିଣା ନେବ। ମୁଁ ଖଡ଼ା-ବଗିଚା ପାଚେରିକୁ ଲଗେଇ ଧାଉଡ଼ିଏ ଘର ତୋଳିଦେବି। ପ୍ରଥମ ଘର ହେବ ପଦନନାଙ୍କ ନଡ଼ିଆ ଷ୍ଟୋର। ତା' ପାଖ ଘର ଶ୍ରୀଧର ବେହେରାର କ୍ଷୀର ଭଣ୍ଡାର। ଯେଉଁମାନେ ମହାଦେବଙ୍କ ମୁଣ୍ଡରେ କ୍ଷୀର ଢାଳିବାକୁ ଚାହିଁବେ, ସେମାନେ ଶ୍ରୀଧର ଗୋପାଳର କ୍ଷୀରମିଶା ପାଣିକୁ ଖାଣ୍ଟି କ୍ଷୀର ମୂଲ୍ୟରେ କେବଳ ତା' କ୍ଷୀର ଭଣ୍ଡାରରୁ କ୍ରୟ କରିବେ। ତୃତୀୟ ଘର ହେବ ପତ୍ର-ପୁଷ୍ପ-ମଣ୍ଡପ। କୋଡ଼ିଏ ପଚିଶ ଟଙ୍କା ପାଇଁ କେତି ମାଲୁଣୀର ଝିଅ ନେତି ରାତିର ଅନ୍ଧାରରେ କାନର ଦୁଲ ହଜାଇବା ପାଇଁ ଗାଁ ମୁଣ୍ଡ ମହାଦେବ ମନ୍ଦିରକୁ ଯିବନାହିଁ। ସେ ଏଇ ପୁଷ୍ପ-ମଣ୍ଡପରେ ବସି ବେଲପତର ଆଉ କନିଅର ଫୁଲ ବିକ୍ରି କରିବ।

ସୁଦର୍ଶନଙ୍କ ତୁଣ୍ଡରୁ କଥା ସରିଛି କି ନାହିଁ ନାଗା ଭଣ୍ଡାରି ପଚାରିଲା- ସାଆନ୍ତେ ! ସମସ୍ତଙ୍କ ଦୁଃଖ ବୁଝିଲ- ଆଉ ମୁଁ ?

- ତୁ, ଯେଉଁମାନେ ପିଲାଙ୍କ ଜାଆଁ ବାଳ ପକାଇବା ପାଇଁ ଖଡ଼ାଖିଆ ମା'ଦେବଙ୍କ ପାଖକୁ ଆସିବେ, ତୁ- ଧୂର୍ତ୍ତ ନାପିତ, ସେମାନଙ୍କୁ ଛଅର କରି ନଣ୍ଡା କରିଦେବୁ। କିନ୍ତୁ ଏଥିପାଇଁ ତତେ ଘର ମିଳିବ ନାଇଁ। ତୁ ତୋର କାଠ କ୍ୟାବିନ୍ ପକାଇବୁ- ହେଲା ?

ଜୟ ଶମ୍ଭୁ ଭୋଳାନାଥ ଖରାଖିଆ ମହାଦେବକୀ-

ଶ୍ରୀଧର କଥାରେ କେହି ଜୟଧ୍ୱନି ଦେଲେ ନାହିଁ। କେଳା ବାଉରି କହିଲା, ଖରାଖିଆ ନୁହଁ- ଖଡ଼ାଖିଆ ମହାଦେବକୀ ଜୟ !

ନିଜର ଭ୍ରମ ସଂଶୋଧନ କରିନେଇ ଶ୍ରୀଧର ଜିଭ କାମୁଡ଼ି ପକାଇଲା।

■

ପ୍ରତିବାଦର ପ୍ରତିମା

ଜୟନ୍ତୀ ସେତେବେଳେ ବାଥରୁମ୍‌ରେ ହିଁ ଥିଲା ।

ଧସ୍ତାଧସ୍ତି ଏବଂ ଶେଷରେ ଅନିତାର ପାଟିତୁଣ୍ଡ ଶୁଣି ସେ ଯେତେବେଳେ ବାହାରକୁ ଆସିଲା, ନିଜର ପୋଷାକପତ୍ର ସଜାଡ଼ି କାନ୍ଦ କାନ୍ଦ ମୁହଁରେ ଠିଆ ହୋଇଥିଲା ତା'ର ପ୍ରିୟ ସହପାଠିନୀ ଅନିତା । ବାପା ମୁଣ୍ଡ ତଳକୁ କରି ଘର ଛାଡ଼ି ବାହାରକୁ ଚାଲି ଯାଇଥିଲେ ।

ହତଚକିତ ଜୟନ୍ତୀ ପ୍ରଶ୍ନ କରିଥିଲା- କ'ଣ ହେଲା ? ତୁ ଏମିତି ଗୋଟାସୁଦ୍ଧା ଥରୁଛୁ କାହିଁକି ?

ଏଥର ନିଜକୁ ସମ୍ଭାଳି ପାରିଲା ନାହିଁ ଅନୀତା । ଚାପା କଣ୍ଠରେ କାନ୍ଦି କାନ୍ଦି କହିଲା- ଇୟୋର ଫାଦର... ବ୍ଲଡ଼ି ବାଷ୍ଟାର୍ଡ଼... ଏଭଳି ଗୋଟାଏ ପଶୁର ଝିଅ ହୋଇଥିଲେ ମୁଁ ଆତ୍ମହତ୍ୟା କରି ମରିଯାଇଥାନ୍ତି । ଥୁ- ଥୁ- ଥୁ-

କ୍ରୋଧ ଓ ଘୃଣାରେ ଥୁ ଥୁ କରି ଅନିତା ଯେଉଁ ଛେପ ବାହାରକୁ ପକାଉଥିଲା, ସେ ଛେପ ତା' ମୁହଁ ସାରା ଛାଟି ହୋଇଗଲା ଭଳି ଅନୁଭବ କଲା ଜୟନ୍ତୀ । ମା' ଘରେ ନାହାନ୍ତି- ସେ ବାଥରୁମ୍‌ରେ- ଅନୀତା ତା' ସହିତ ଦେଖା କରିବାକୁ ଆସିଥିଲା । ସେଇ ସୁଯୋଗରେ ତା'ର ପ୍ରୌଢ଼ ପିତା ତା' ଉପରେ ବଳାତ୍କାର କରିବାକୁ ଚେଷ୍ଟା କରିଥିଲେ- ଏକଥା ଶୁଣିବା ମାତ୍ରେ ଲଜ୍ଜା ଓ ଅପମାନରେ ଜୟନ୍ତୀର ଯୁବତୀ ଦେହ କଣ୍ଟକିତ ହୋଇଉଠିଲା ।

ଅନିତା ଚାଲିଗଲା । କାଲି କଲେଜ ସାରା ତା' ବାପାଙ୍କ କଳଙ୍କ କାହାଣୀ ପ୍ରଚାରିତ ହୋଇଯିବ । ଆଦିତ୍ୟ ଓ ଅନ୍ୟାନ୍ୟ ସାଙ୍ଗସାଥିଙ୍କ ମୁହଁକୁ ସେ ମୁହଁ ଟେକି ଚାହିଁପାରିବ ନାହିଁ ।

ଏ ଲଜ୍ଜା, ଏ ଗ୍ଲାନିକୁ ଲୁଚାଇ ରଖିବାକୁ ମନେ ମନେ ଜାଗା ଖୋଜି ପାଇଲା

ନାହିଁ ଜୟନ୍ତୀ। ତା' ମୁଣ୍ଡ ଭିତରର ସବୁ ଶିରା ଉପଶିରା ଛିଡ଼ିଗଲା ଭଳି ଲାଗିଲା। ତା'ର ଇଚ୍ଛା ହେଲା ସେ ତା'ର ନଷ୍ଟଚରିତ୍ର ପିତାଙ୍କୁ ବିଷ ଦେଇ ହତ୍ୟା କରିବ। ବିଚାରପତିଙ୍କ ପାଖରେ ଆତ୍ମସମର୍ପଣ କରି କହିବ-

- ହଁ, ମି ଲର୍ଡ଼। ମୋର ପିତା, ଶାସନ ବିଭାଗର ଦକ୍ଷ ପ୍ରଶାସକ ଆଇ.ଏ.ଏସ୍. ପ୍ରଦୀପ ଆଚାର୍ଯ୍ୟଙ୍କୁ ମୁଁ ଖୁନ୍ କରିଛି। ସେ ଆମ ପରିବାରର ଲଜ୍ଜା, ଆମ ମାଆ ଝିଅ ଦୁହିଁଙ୍କ ତଣ୍ଟିରେ ଅଟକି ରହିଥିବା କଣ୍ଟା, ସାରା ଦେଶର କଳଙ୍କ... ସେ ଆଜି ମୋର ସହପାଠିନୀ, ତାଙ୍କର କନ୍ୟା ସଦୃଶ୍ୟା ଅନିତା ମହାପାତ୍ର ଉପରେ ପାଶବିକ ଅତ୍ୟାଚାର କରିବାକୁ ଚେଷ୍ଟା କରୁଥିଲେ। ଏଭଳି ପାଶବିକତା ଏଇ ପ୍ରଥମ ନୁହଁ- ଆଗରୁ ଆଉ ଦୁଇ ଥର-

ପ୍ରାଜ୍ଞ ପକ୍ୱକେଶ ବିଚାରପତି ସରକାରୀ ଓକିଲଙ୍କ ଆଡ଼କୁ ତାଙ୍କର ମତାମତ ଜାଣିବା ପାଇଁ ଚଷମା ଉତ୍ତୁଆଳରୁ ଅନେଇବେ। ଚତୁର ବିଜ୍ଞ ଆଇନଜୀବୀ ନିଜ କାନ୍ଧ ଝୁଙ୍କାଇ ପୁରାଣଶାସ୍ତ୍ରରୁ ପ୍ରମାଣ ଦେଇ ଯୁକ୍ତି ଉପସ୍ଥାପିତ କରିବେ- ମାଇଁ ଲର୍ଡ଼! ନଦୀରେ ସ୍ନାନ କରୁଥିବା ବେଳେ ଜଳକ୍ରୀଡ଼ାରେ ଲିପ୍ତ ଥିବା ରାଜା ଚିତ୍ରରଥ ଏବଂ ତାଙ୍କର ପତ୍ନୀଙ୍କୁ ଦେଖି ରେଣୁକାଙ୍କ ମନରେ ପାପ ଇଚ୍ଛା ଜାଗ୍ରତ ହୋଇଥିଲା। କେବଳ ଇଚ୍ଛା ମାତ୍ର, କୌଣସି ପାପ କାର୍ଯ୍ୟ ନୁହେଁ। ସେଥିପାଇଁ ତାଙ୍କ ସ୍ୱାମୀ ଜମଦଗ୍ନି ଯେତେବେଳେ ରେଣୁକାଙ୍କ ମସ୍ତକ ଛେଦିବା ଲାଗି ଆଦେଶ ଦେଲେ, ପୁତ୍ର ପର୍ଶୁରାମ ମାତାଙ୍କ ବେକରେ କୁଠାରାଘାତ କରିବା ପାଇଁ ତିଳେହେଲେ ଦ୍ୱିଧା କରିନଥିଲେ। ପୁରାଣରେ ମାତାଙ୍କ ପାପଚିନ୍ତା ପାଇଁ ପୁତ୍ର ମାତୃହତ୍ୟା କରିବାର ପ୍ରମାଣ ରହିଛି; କିନ୍ତୁ ପିତା ଯେତେ ବଡ଼ ପାପିଷ୍ଠ ହେଲେ ବି ଆଇନକୁ ନିଜେ ହାତକୁ ନେଇ କନ୍ୟା ନିଜ ପିତୃହତ୍ୟା କରିବ- ଏଭଳି ଉଦାହରଣ ନାହିଁ। ତେଣୁ ଏଭଳି ଏକ ଉଦାହରଣହୀନ ଅପରାଧ ପାଇଁ ଜୟନ୍ତୀ ଆଚାର୍ଯ୍ୟଙ୍କୁ-

ଜୟନ୍ତୀ କାଠଅଡ଼ାରେ ଠିଆ ହୋଇ ନିଜ ଓକିଲଙ୍କୁ ଆଖିର ଚାହାଣିରେ କହିବ- କେଉଁ ଅନନ୍ତ କାଳରୁ ହିନ୍ଦୁ ମୁନିଋଷି, କବି, ଶାସ୍ତ୍ରକାରମାନେ ଅସଂଖ୍ୟ ଶାସ୍ତ୍ରପୁରାଣ ଲେଖି ଯାଇଛନ୍ତି। ବିନା ଅପରାଧରେ କେତେ ସୀତାଙ୍କୁ ଅଗ୍ନିରେ ପ୍ରବେଶ କରିବାକୁ ହୋଇଛି। ଜଣେ ଜଘନ୍ୟ ଅପରାଧୀ ପିତାଙ୍କୁ ଶାସ୍ତି ଦେବାପାଇଁ କୌଣସି କନ୍ୟା ହାତରେ ହତିଆର ଉଠାଇ ନେବା ପାଇଁ ହିନ୍ଦୁ ଶାସ୍ତ୍ରକାର, ପୁରାଣ କବିମାନେ ଉତ୍ସାହିତ କରିନାହାନ୍ତି କାହିଁକି? ବିଚାରପତିଙ୍କୁ ପ୍ରଶ୍ନ କରନ୍ତୁ... କାହିଁକି? କାହିଁକି?

ପ୍ରତିପକ୍ଷ, ସପକ୍ଷ ଓକିଲ ନୀରବ ରହିବେ। ବିଚାରପତି ପ୍ରମାଣ ଅଭାବରୁ ନିରୁପାୟ ଭାବରେ ବସି ରହିବେ। କୋର୍ଟ ରୁମ୍‌ର ଦର୍ଶକମାନେ ଅସହାୟ ବୋଧ

କରିବେ। ଦୋଷୀକୁ ଶାସ୍ତି ଦେଇଥିବାର ଅପରାଧରେ ତା' ବେକ ଚାରିପଟେ ଫାଶୀ ଦଉଡ଼ିର ଫାଶ ଜାକି ହୋଇ ଆସିବ !

ତା'ପରବର୍ତ୍ତୀ ଦୃଶ୍ୟ କଥା କଳ୍ପନା କରିପାରି ନଥିଲା ଜୟନ୍ତୀ। ସେଇ ମୁହୂର୍ତ୍ତରେ ରୁନୁ ମାଉସୀଙ୍କ ଲୁହ ସରସର କାନ୍ଦୁରା ମୁହଁଟା ତା' ଆଖି ଆଗରେ ଝଲସି ଉଠିଥିଲା। ତାଙ୍କର ଆର୍ତ୍ତ ଚିତ୍କାର ତା' କାନରେ ବାରମ୍ବାର ପ୍ରତିଧ୍ୱନିତ ହେବାକୁ ଲାଗିଲା। ଭାଙ୍ଗି ପଡ଼ିଲା ତା'ର ଧୈର୍ଯ୍ୟର ବାଲିବନ୍ଧ। ସେ ବିଛଣାରେ ଲୋଟିପଡ଼ି ନିଜ ଆଖିର ଲୁହରେ ତକିଆ ଭିଜାଇବାକୁ ଲାଗିଲା।

ମା' ସତ୍ୟବତୀ ମନ୍ଦିର ଯାଇଥିଲେ। ଘରକୁ ଫେରି ଝିଅକୁ ତକିଆରେ ମୁହଁ ମାଡ଼ି କାନ୍ଦୁଥିବା ଦେଖି ବ୍ୟାକୁଳ ଭାବରେ ପ୍ରଶ୍ନ କଲେ- ତୋର କ'ଣ ହୋଇଛି ? ଏମିତି ହୀନିମାନିଆ ହୋଇ କାନ୍ଦୁଛୁ କାହିଁକି ?

ଆଖିରୁ ଲୁହପୋଛି କୋହ-କମ୍ପିତ କଣ୍ଠରେ ଜୟନ୍ତୀ ବର୍ଣ୍ଣନା କରିଥିଲା ବାପାଙ୍କ କୀର୍ତ୍ତିକାହାଣୀ। ଅନିତାର ଆକ୍ଷେପୋକ୍ତି। ତା'ପରେ ତା'ର ଦୁଇ ଆଖିରୁ ଅଶ୍ରୁଜଳ ବଦଳରେ ଅନଳକଣିକା ସ୍ଫୁରିତ ହୋଇଥିଲା। ବାପାଙ୍କୁ ଖୁନ୍ କରି ନିଜ ମନର ଓରିମାନା ମେଣ୍ଟାଇବା ଇଚ୍ଛା ତା'ର ମରି ଯାଇଥିଲା। ସେ କହିଲା- ମୁଁ ଆଉ କଲେଜରେ କାହାରି ପାଖରେ ମୁହଁ ଦେଖାଇ ପାରିବି ନାହିଁ। ମୁଁ ବିଷ ଖାଇଦେବି- ହଁ-

ସ୍ୱାମୀଙ୍କ ସହିତ କିଛି ସମୟ ସତ୍ୟବତୀଙ୍କର ତିକ୍ତ ବାକ୍ୟ ବିନିମୟ ହୋଇଥିଲା। ତା'ପରେ ସେ ଝିଅ ପାଖକୁ ଫେରିଆସି କହିଥିଲେ- ତୋ ବାପା କହୁଛନ୍ତି, ଆଲ୍‌କହଲ୍ ପ୍ରଭାବରେ ତାଙ୍କର ହୋସ ନଥିଲା। ମଦ ନିଶାରେ ସେ ଗୋଟାଏ ମସ୍ତବଡ଼ ଭୁଲ କରି ପକାଇଛନ୍ତି। ମିଛ ହେଲେ ମଧ୍ୟ ବାବାଙ୍କର ଏ କୈଫିୟତକୁ ସତ୍ୟ ବୋଲି ଗ୍ରହଣ କରି ତୁ ତାଙ୍କୁ କ୍ଷମା କରିଦେ ମା' !

ବ୍ୟଭିଚାରୀ ବାପାଙ୍କର ନିର୍ଜଳା ମିଥ୍ୟାକୁ ସତ୍ୟ ବୋଲି ମାନିନେବା ଥିଲା ମା'ର ତାଳିପକା ଦାମ୍ପତ୍ୟ ଜୀବନର ମୂଳ ସୂତ୍ର। ସେଥିପାଇଁ ସେ ଥରେ ଆଉ ଫେରିବ ନାହିଁ ବୋଲି ତା' ମୁଣ୍ଡ ଛୁଇଁ ଶପଥ କରି ସ୍ୱାମୀଙ୍କ ଘର ଛାଡ଼ି ବାପଘରକୁ ଚାଲିଯାଇଥିଲା। ମାତ୍ର ମାସକ ପରେ ପୁଣି ଆପେ ଆପେ ସେ ତାଙ୍କୁ କୋଳରେ ଧରି ଫେରି ଆସିଥିଲା।

ବାପାଙ୍କର ଏହି ଚାରିତ୍ରିକ ସ୍ଖଳନ ପ୍ରଥମ ନୁହେଁ। ତାଙ୍କୁ ନେଇ ଏ ସହରରେ ଅନେକ କୁତ୍ସା କାହାଣୀ ପ୍ରଚାରିତ। ସମ୍ବଲପୁରରେ ଏସ୍.ଡି.ଓ ଥିଲାବେଳେ ତାଙ୍କର ଜଣେ ଅଧୀନସ୍ଥ ଅଫିସରଙ୍କ ପତ୍ନୀଙ୍କ ସହିତ ଘନିଷ୍ଠ ହେଲାବେଳେ ଧରାପଡ଼ି କୁଆଡ଼େ ଖୁବ୍ ମାଡ଼ ଖାଇଥିଲେ। ସେ ଅଞ୍ଚଳର ମସ୍ତାନମାନେ ଭଣ୍ଡାରୀ ଡାକି ତାଙ୍କ ଡାହାଣ ପଟ ନିଶରୁ ଫାଳେ ତଣ୍ଟାଇ ଦେଇଥିଲେ।

ସେତେବେଳେ ସେ ମାତ୍ର ଚାରିବର୍ଷର ଶିଶୁ। କିନ୍ତୁ ରୁନୁ ମାଉସୀଙ୍କୁ ନେଇ ଯେଉଁ ବୀଭତ୍ସ କାଣ୍ଡ ଘଟିଗଲା, ଯେଉଁଥି ପାଇଁ ମା' ବାପାଙ୍କୁ ତ୍ୟାଗକରି ବାପଘରକୁ ଚାଲି ଯାଇଥିଲା ତା'ର ସ୍ମୃତି ଜୟନ୍ତୀର ମନରେ ଏବେ ସୁଦ୍ଧା ସଜୀବ ହୋଇ ରହିଛି।

ରୁନୁ ମାଉସୀ ଥିଲା ମା'ର ମାଉସୀ ଝିଅ ଭଉଣୀ। ମଉସା ତାଙ୍କୁ ଏ ସହରରେ ବି.ଏ. ପଢ଼ିବାକୁ ପଠାଇଥିଲେ। ହଷ୍ଟେଲରେ ରଖିବାକୁ ଚାହୁଁଥିଲେ। ବାପା ହିଁ ବାଧା ଦେଲେ, ମୋର ଏତେ ବଡ଼ ସରକାରୀ କ୍ୱାର୍ଟର୍ସ ଥାଉ ଥାଉ ରୁନୁ ହଷ୍ଟେଲରେ ରହିବ କାହିଁକି ? ଗାଡ଼ି ଅଛି, ଡ୍ରାଇଭର ଅଛି, କଲେଜ ଯିବାରେ କିଛି ଅସୁବିଧା ହେବ ନାହିଁ। ରୁନୁ ମଧ୍ୟ ଜୟନ୍ତୀର ଦେଖାଶୁଣା କରିପାରିବ। ମା'ର ଆପତ୍ତି କରିବାର କିଛି ନଥିଲା।

ରୁନୁ ମାଉସୀ ଥିଲେ ଖୁବ୍ କୋମଳ ସ୍ୱଭାବର ଝିଅ। କଣ୍ଠସ୍ୱର ଥିଲା ବୀଣାର ଝଙ୍କାର ଭଳି ମଧୁର। ମାଆ ଭଳି ସୁନ୍ଦରୀ ନଥିଲେ, ଦେହର ରଙ୍ଗ ମଧ୍ୟ ମଳିନ ଥିଲା- କିନ୍ତୁ ତାଙ୍କର ପାନପତ୍ର ଭଳି ମୁହଁରେ ଏଭଳି ଏକ ସ୍ନିଗ୍ଧ ଲାବଣ୍ୟ ଥିଲା, ଯାହା ଦେଖିଲେ ସବୁ ଦୁଃଖ ଭୁଲି ହୋଇ ଯାଉଥିଲା। ମା' ସହିତ ଝଗଡ଼ା କରି ସେ କୌଣସି ଦିନ ରୁଷି ଖାଇନଥିଲେ ରୁନୁ ମାଉସୀ ଯେତେବେଳେ ତାକୁ କହନ୍ତି- ଏ କୁନୁ ! ମୋ ମୁହଁକୁ ଥରେ ଅନା- ଖାଇବୁ ଚାଲ। ତୁ ନଖାଇଲେ ମୁଁ ବି ଉପାସ।

ରୁନୁ ମାଉସୀ ହିଁ ତା'ର ଡାକ ନାମ ଦେଇଥିଲେ- କୁନୁ। ରୁନୁ ସହିତ ଏ କୁନୁ ଡାକର ଏକ ଛନ୍ଦଗତ ମେଳ ଥିଲା, ଯେଉଁଥିପାଇଁ ଆମ ଘରକୁ ଆସୁଥିବା ଅନେକ ପ୍ରତିବେଶୀମାନଙ୍କର ଧାରଣା ହେଉଥିଲା ମୁଁ ତାଙ୍କର ଝିଆରୀ ନୁହଁ, ସାନ ଭଉଣୀ।

ରୁନୁ ମାଉସୀଙ୍କ ମୁହଁକୁ ଚାହିଁଦେଲେ, ତା'ର ସବୁ ରାଗ ଅଭିମାନ ପାଣି ଫାଟି ଯାଉଥିଲା। ଖାଇବି ନାହିଁ ବୋଲି ମନା କରିପାରୁ ନଥିଲା। ତାକୁ କୋଳରେ ବସାଇ ବଳେଇ ବଳେଇ ଖୁଆଇ ଦେଉଥିଲେ ରୁନୁ ମାଉସୀ।

ହଠାତ୍ ଦିନେ କାନ୍ଦି କାନ୍ଦି ମା' ପାଖରେ ମାଉସୀ ପ୍ରକାଶ କଲେ- ସେ ଅନ୍ତଃସତ୍ତ୍ୱା। ବାପା ତାଙ୍କୁ ଜୋରକରି ଭୋଗ କରିଛନ୍ତି। ତା'ର ଗର୍ଭକୋଷରେ ତାଙ୍କର ପାପର ଫସଲ।

ସେତେବେଳେ ଜୟନ୍ତୀର ବୟସ ଆଠ କିମ୍ବା ନଅ। ପାପଗର୍ଭର ଗୂଢ଼ ରହସ୍ୟ ବୁଝିବାର ଅଭିଜ୍ଞତା କିମ୍ବା ବିଚାରବୋଧ ତା'ର ନଥିଲା। କିନ୍ତୁ ସେଇ ଘଟଣାକୁ ନେଇ ବାପା ମାଆଙ୍କ ମଧ୍ୟରେ କଥା କଟାକଟି ହାତ ଉଠାଉଠି ହେଲା। ତା ଆରଦିନ ଏକବସ୍ତ୍ର ହୋଇ ତାକୁ କାଖରେ ଧରି ମାଆ ବାହାରି ଆସିଥିଲା ତା'ର ବାପଘରକୁ। ତା' ମୁଣ୍ଡ ଛୁଇଁ ସତ୍ୟ କରିଥିଲା, ଆଉ କୌଣସି ଦିନ ସେ ଲମ୍ପଟ ସ୍ୱାମୀ ପାଖକୁ ଫେରିବ ନାହିଁ।

ବାପା କୁଆଡ଼େ ମା'କୁ ଚିଠି ଲେଖି ଜଣାଇଥିଲେ, ରୁନୁର ଏ ଦୁରବସ୍ଥା ପାଇଁ ଏକା ସେ ଦାୟୀ ନୁହନ୍ତି। ରୁନୁ ତାଙ୍କୁ ଜାଣିଶୁଣି ଏଥିପାଇଁ ପ୍ରଭାବିତ କରିଛି, ତାଙ୍କୁ ଜାଲରେ ପକାଇ ବାହା ହେବାକୁ ଚାହେଁ। ଯଦି ମାଆ ସାତ ଦିନ ମଧ୍ୟରେ ଫେରି ନଆସେ, ତା'ହେଲେ ରୁନୁକୁ ବିବାହ କରିବା ଭିନ୍ନ ତାଙ୍କ ପାଖରେ ଆଉ ଅନ୍ୟ ରାସ୍ତା ରହିବ ନାହିଁ।

ମା' ସାତ ଦିନ ଅପେକ୍ଷା କରିନଥିଲା। ଚିଠି ପାଇବାର ଆରଦିନ ପୁଣି ତାକୁ ସାଙ୍ଗରେ ଧରି ବାପାଙ୍କ ପାଖକୁ ଫେରି ଆସିଥିଲା। ଟୁର୍ ପକାଇ ବାପା ରୁନୁ ମାଉସୀକୁ ସାଙ୍ଗରେ ଧରି ବମ୍ବେ ଯାଇଥିଲେ। ସେଠି କୌଣସି ପ୍ରାଇଭେଟ୍ ନର୍ସିଂ ହୋମ୍‌ରେ କଳଙ୍କମୁକ୍ତ ହୋଇ ସେ ଫେରି ଆସିଥିଲା; କିନ୍ତୁ ମା' ଆଉ ଭଉଣୀକୁ ସଉତୁଣୀ ହେବାର ସୁଯୋଗ ଦେଇନଥିଲା। ତାକୁ ଗୋଟାଏ ରିକ୍ସାରେ ବସାଇ ଦେଇ ଷ୍ଟେସନକୁ ପଠାଇ ଦେଲାବେଳେ କହିଥିଲା- ପୋଡ଼ାମୁହିଁ, ଆଉ ଏ ମୁହଁ ମତେ ଦେଖାଇବାକୁ ଆସିବୁ ନାହିଁ।

ମା'ର ସେ ଶେଷ କଥା ପଦକ ଶୁଣି ରୁନୁ ମାଉସୀର କି ବ୍ୟାକୁଳ କାନ୍ଦଣା... ଆର୍ତ୍ତ ଚିତ୍କାର!

ସେ ରୁନୁ ମାଉସୀକୁ ଅଟକାଇବାକୁ ଚେଷ୍ଟା କରିଥିଲା। ମା' ତାକୁ ଜବରଦସ୍ତ ଟାଣି ଆଣି ପାଟି କରିଥିଲା, ତୋର ସେ ମାଉସୀ ସୁହାଗ ଛାଡ଼। ତା' ଆଖିର ଚାହାଣି ପୁରୁଷଧରା ଫାନ୍ଦ... ତା' ନିଃଶ୍ୱାସରେ ବିଷ...

ଅର୍ଥାତ୍ ବାପାଙ୍କ ମିଥ୍ୟା କଥାକୁ ସତ୍ୟ ବୋଲି ଧରି ନେଇଥିଲେ ମା'।

ପ୍ରଦୀପ ଆଚାର୍ଯ୍ୟ ଏମିତି ଜଣେ ଦକ୍ଷ ଅଫିସର। ଲାଞ୍ଚର ପାଖ ମାଡ଼ନ୍ତି ନାହିଁ। ପ୍ରଶାସନିକ କାର୍ଯ୍ୟରେ ପକ୍ଷପାତ କରନ୍ତି ନାହିଁ। ଭଦ୍ରକର ସାଂପ୍ରଦାୟିକ ଦଙ୍ଗା ସମ୍ଭାଳିବାରେ ତାଙ୍କର ଦକ୍ଷତା ଓ ଦୂରଦୃଷ୍ଟି ପାଇଁ କେନ୍ଦ୍ର ସ୍ୱରାଷ୍ଟ୍ର ବିଭାଗ ମନ୍ତ୍ରୀ ମଧ୍ୟ ପ୍ରକାଶ୍ୟରେ ତାଙ୍କୁ ପ୍ରଶଂସା କରିବାକୁ କୁଣ୍ଠିତ ହୋଇନଥିଲେ। ବୟସ ପଚାଶ ପାଖାପାଖି ହେଲେ ମଧ୍ୟ ତାଙ୍କର ମେଦହୀନ ଲମ୍ବା ଚାବୁକ ଭଳି ଚେହେରା ଯୁବକର ଭ୍ରମ ସୃଷ୍ଟି କରେ। ସେଥିପାଇଁ ନାରୀମାନଙ୍କ ପ୍ରତି ତାଙ୍କର ମାଂସାଶୀ ଆଚରଣ କଥା ଜାଣି ସୁଦ୍ଧା ବହୁ ନାରୀ ତାଙ୍କ ପ୍ରତି ଆକୃଷ୍ଟ ହୁଅନ୍ତି।

ଥରେ ଯେଉଁ ପୁରୁଷ ନିଷିଦ୍ଧ ପ୍ରେମର ସ୍ୱାଦ ଆସ୍ୱାଦନ କରିଛି, ତାକୁ ଦାମ୍ପତ୍ୟ ଜୀବନର ଲକ୍ଷ୍ମଣରେଖା ମଧ୍ୟରେ ବାନ୍ଧି ରଖିବା କଷ୍ଟ। ଜୟନ୍ତୀର ଧାରଣା, ବାପାଙ୍କର ଏ ପଦସ୍ଖଳନ ପାଇଁ ମା'ର ସହନଶୀଳତା ମଧ୍ୟ ଅନେକ ପରିମାଣରେ ଦାୟୀ।

ସ୍ୱାମୀର ମିଥ୍ୟାଚାରକୁ ସତ୍ୟ ବୋଲି ଧରିନେଇ ଘର ସଂସାର କରିବା ପାଇଁ

ତା'ର ଯେଉଁ ପ୍ରଚେଷ୍ଟା, ସେଦିନ ଜୟନ୍ତୀକୁ ତାହା ଅନ୍ୟ ଏକ ପ୍ରକାର ବ୍ୟଭିଚାର ଭଳି ମନେ ହୋଇଥିଲା।

ସେ ରାଗିଯାଇ ଚିତ୍କାର କରିଥିଲା- ତୋହରି ଯୋଗୁ ବାପାଙ୍କର ଏ ଅଧଃପତନ। ତୋରି ସାହସ ପାଇ ସେ ଗୋଟିକ ପରେ ଗୋଟିଏ ବ୍ୟଭିଚାର କରି ଚାଲିଛନ୍ତି। ଆମ ମୁଣ୍ଡ ତଳକୁ କରିଛନ୍ତି।

ସତ୍ୟବତୀ ଝିଅର ସେ ଉଗ୍ରରୂପ ଦେଖି ପଚାରିଥିଲେ-ତୁ ଆଜି ଏ କ'ଣ କହୁଛୁ ? ତୋ ବାପାଙ୍କୁ ଏ ଅନାଚାର କରିବାକୁ ମୁଁ ସାହସ ଦେଇଛି ?

- ତା' ନହେଲେ ରୁନୁ ମାଉସୀ ଘଟଣା ପରେ ମୋ ମୁଣ୍ଡ ଛୁଇଁ ଆଉ ଏ ଘରକୁ ଫେରିବୁ ନାହିଁ ବୋଲି ସତ୍ୟ କରିଥିଲୁ। ତା'ପରେ ପୁଣି କାହିଁକି ଆପେ ଆପେ ଫେରି ଆସିଲୁ ? ତତେ ପୋଷିବା ପାଇଁ ତୋ ବାପା ଭାଇଙ୍କର ଅର୍ଥର ତ ଅଭାବ ନଥିଲା। ବାପାଙ୍କ ପ୍ରଭାବ, ପ୍ରତିପତ୍ତି, ସୁଖର ସାମଗ୍ରୀ କ୍ରୟ କରିବା ପାଇଁ ଅର୍ଥବଳ ତୋ ପାଖରେ ଏତେ ଲୋଭନୀୟ ମନେହେଲା ଯେ ଝିଅ ମୁଣ୍ଡ ଛୁଇଁ କରିଥିବା ପ୍ରତିଜ୍ଞା କଥା ଭୁଲିଗଲୁ ? ମୋ ଜୀବନ ଅପେକ୍ଷା ତୋ ସ୍ୱାମୀ-ସୋହାଗ ଏତେ ବଡ଼ ମନେ ହେଲା ଯେ-

ସତ୍ୟବତୀ ଆଉ ସହ୍ୟ କରିପାରିଲେ ନାହିଁ। ଝିଅ ଗାଲରେ ଏକ ଶକ୍ତ ଚଟକଣା ବସାଇ ଦେଇ କହିଲେ- ହତଭାଗୀ; ପାଠଶାଠ ପଢ଼ି ତୋର ଏଇ ବୁଦ୍ଧି ? ନିଜ ଲୁହ ନିଜେ ପିଇ ସବୁ ଅପମାନ, ଲାଞ୍ଛନା ସହି ଏଇ ନର୍କରେ ଯେ ମୁଁ ଘାଣ୍ଟି ହେଉଛି, ସେସବୁ କାହା ପାଇଁ ? ମୋ ଅସମ୍ମାନର ବଦଲା ନେବା ପାଇଁ ମୁଁ ତତେ ପିତୃସୁଖରୁ ବଞ୍ଚିତ କରିବାକୁ ଚାହିଁଥିଲେ ମୁଁ ତାଙ୍କ ମୁହଁ ସୁଦ୍ଧା ଚାହିଁନଥାନ୍ତି-

ନିଜ ଗାଲ ଆଉଁସୁ ଆଉଁସୁ ପ୍ରଶ୍ନ କରିଥିଲା ଜୟନ୍ତୀ:-

- ମୋ ପାଇଁ ?

- ହଁ, ତୋ ପାଇଁ। ମୁଁ ନଆସିଥିଲେ ତୋ ବାପାଙ୍କୁ ଆଉ ଗୋଟିଏ ସ୍ତ୍ରୀ ମିଳିଥା'ନ୍ତା। କିନ୍ତୁ ତତେ ଆଉ ବାପା ମିଳିନଥାନ୍ତା। ମୋ ନିଜ ଦୁଃଖ ପାଇଁ ମୁଁ ତତେ ତୋ ଅଧିକାରରୁ ବଞ୍ଚିତ କରିବାକୁ ଚାହିଁନଥିଲି। ସ୍ୱାମୀ ହିସାବରେ ସେ ଅବିଶ୍ୱାସୀ, ବିଶ୍ୱାସଘାତକ; କିନ୍ତୁ ପିତା ଭାବରେ ସେ କେତେ ଅନୁରକ୍ତ, କନ୍ୟାଗତପ୍ରାଣ। ତୁ ଚାହିଁଲେ, ଆକାଶରୁ ଚାନ୍ଦ ଆଣି ଦେବା ପାଇଁ...

- ଥାଉ, ଥାଉ। ଆଉ ସେସବୁ କଥା ମତେ ଶୁଣା ନାହିଁ। ମୁଁ ସୁଖ ଚାହେଁ ନାହିଁ, ଶାନ୍ତି ଚାହେଁ। ସମ୍ମାନ ଚାହେଁ। ସେ ମୋର ବାପା ହୋଇପାରନ୍ତି, ମୁଁ ତାଙ୍କର ଝିଅ ନୁହେଁ।

ସତ୍ୟବତୀ କଟମଟ କରି ଚାହିଁ ରହିଲେ ଜୟନ୍ତୀକୁ। ସେ କ'ଣ କହୁଛି, ସେ

ବୁଝିପାରୁନଥିଲେ। ତାଙ୍କ ନିଜ ରକ୍ତର ଗଢ଼ା ପ୍ରତିମା ତାଙ୍କୁ ଅଚିହ୍ନା ଅଚିହ୍ନା ମନେ ହେଉଥିଲା। ଆଜି ପର୍ଯ୍ୟନ୍ତ ସେ ନିଜ ସ୍ୱାମୀଙ୍କୁ ଚିହ୍ନପାରି ନାହାନ୍ତି, ଆଜି ତାଙ୍କ ଝିଅ ମଧ୍ୟ ତାଙ୍କ ପାଖରେ ଅଚିହ୍ନା ହୋଇ ରହିଗଲା।

ସତ୍ୟବତୀଙ୍କ ଆଖିକୁ ଲୁହ ଆସିଗଲା। ସେ ବାଟ ଭାଙ୍ଗି ଚାଲିଗଲେ।

ତା' ଆରଦିନ କଲେଜରେ ଅନିତା ସହ ଦେଖାହେଲା; କିନ୍ତୁ ସେ ତାକୁ ଦେଖି ମଧ୍ୟ ନଦେଖିଲା ଭଳି ଏଡ଼ାଇ ଚାଲିଗଲା। ଏକା ସେ ନୁହେଁ- ପ୍ରଭା, ପ୍ରତିମା, ଲୀନା, ସୁଚରିତା- ତା'ର ସ୍କୁଲ ଜୀବନର ସହଚରୀମାନେ ମଧ୍ୟ ଅନ୍ୟ ଦିନ ଭଳି ତା' ସହିତ କଥା କହିଲେ ନାହିଁ।

ସୁଚରିତାକୁ ସେ କାଣ୍ଟିନ୍‌ରେ ଜଳଖିଆ ଖାଇବାକୁ ଡାକିଲେ ମଧ୍ୟ ସେ ଆସିଲା ନାହିଁ। ବରଂ ସେ ଲକ୍ଷ୍ୟ କଲା, ଯେଉଁମାନେ ପରସ୍ପର ସହିତ କଥାବାର୍ତ୍ତା ହେଉଥିଲେ, ସେମାନଙ୍କ ପାଖରେ ପହଞ୍ଚିବା ମାତ୍ରେ ସେମାନେ ଚୁପ୍ ହୋଇଯାଉଥିଲେ।

ଲଜ୍ଜା ଓ ଅପମାନରେ ମନେ ମନେ କୁହୁଳିବାକୁ ଲାଗିଲା ଜୟନ୍ତୀ। ବାପାଙ୍କ ଅପରାଧ ପାଇଁ ତାକୁ ଯେ ଦଣ୍ଡଭୋଗ କରିବାକୁ ହେଉଛି, ସେକଥା ବୁଝିବାରେ ତା'ର କୌଣସି କଷ୍ଟ ହେଉନଥିଲା।

ମନେ ମନେ ସେ ଆଦିତ୍ୟକୁ ଖୋଜିବାକୁ ଲାଗିଲା। ସବୁ ଦିନ ତା' ସହିତ ଦେଖା କରିବା ପାଇଁ ସେ ଲେଡ଼ିଜ୍ କମନ୍ ରୁମ୍ ପାଖରେ ବାଆଁରେଇ ହୋଇ ବୁଲୁଥାଏ; କିନ୍ତୁ ସେଦିନ ତା'ର ମଧ୍ୟ ଦେଖା ନଥିଲା।

ଅବଶେଷରେ ତାଙ୍କ ଇକନମିକ୍ସ ଡିପାର୍ଟମେଣ୍ଟ୍‌ରେ ଆବିଷ୍କାର କଲା ଆଦିତ୍ୟକୁ। ଲାଇବ୍ରେରୀରୁ ଥାକେ ବହି କାଖେଇ ସେ ଫେରୁଥିଲା।

- ଆଦିତ୍ୟ! ତମ ସହିତ ମୋର ଜରୁରୀ କଥା ଥିଲା।

ଆଦିତ୍ୟ ବିସ୍ମୟରେ ଭ୍ରୂକୁଞ୍ଚନ କରି ପଚାରିଲା-

- ମୋ ସହିତ ଜରୁରୀ କଥା ? କ'ଣ ?

- ନା, ଏ କରିଡର୍‌ରେ ଠିଆହୋଇ ସେସବୁ କଥା କହି ହୁଏ ନାହିଁ। କାଣ୍ଟିନ୍ ଚାଲ-

ପ୍ରଥମେ ଇତସ୍ତତଃ ହୋଇଥିଲା ଆଦିତ୍ୟ। ତା'ପରେ କହିଲା- ଠିକ୍ ଅଛି। ଚାଲ-

କାଣ୍ଟିନ୍ ପ୍ରାୟ ଶୂନ୍ୟ ଶୂନ୍ୟ ଲାଗୁଥିଲା।

ସେ ଦୁହେଁ ଗୋଟିଏ କୋଣରେ ଦୁଇଟି ଚେୟାର ଦଖଲ କରି ବସିଲେ। ମାଛ କିମ୍ବା ମାଂସ କଟ୍‌ଲେଟ୍ ନଥିଲା। ଦୁଇ ଦୁଇଟା ଭେଜିଟେବଲ ଚପ୍‌ର ବରାଦ ଦେଲା ଜୟନ୍ତୀ।

ତା'ପରେ ଆଦିତ୍ୟର ଆଖି ଉପରେ ଦୃଷ୍ଟି ନିବଦ୍ଧ କରି ପଚାରିଲା- ଆଚ୍ଛା, ତମେ ମତେ ସତରେ ଭଲ ପାଅ ?

ଆଦିତ୍ୟ ଅବାକ୍ ହୋଇଗଲା । ଏଭଳି ଏକ ପ୍ରଶ୍ନ ସେ ଜୟନ୍ତୀଠାରୁ ଆଶା କରୁନଥିଲା ।

- ହଠାତ୍ ମୋ ଭଲପାଇବା ସମ୍ପର୍କରେ ତୋର ସନ୍ଦେହ କାହିଁକି ହେଲା ?

- ମୋର ଆଜି ସବୁ ବିଷୟରେ ସନ୍ଦେହ । ଏପରିକି ମୋ ନିଜ ଅସ୍ତିତ୍ୱ ସମ୍ପର୍କରେ । ଆଚ୍ଛା, ତୁମେ ଯଦି ମତେ ସତରେ ଭଲପାଅ, ମତେ ସାଙ୍ଗରେ ନେଇ କୁଆଡ଼େ ପଳାଇଯାଇ ପାରିବ ? ମତେ ଆଉ ଘର ଭଲ ଲାଗୁନାହିଁ- ମୁଁ ପଳାଇଯିବାକୁ ଚାହେଁ-

ଆଦିତ୍ୟ ଏଥର ମନେମନେ ଭୟ ପାଇଗଲା । ମୁହଁ ତା'ର ବିବର୍ଣ୍ଣ, ରକ୍ତହୀନ ଦେଖାଗଲା । ସେ ସନ୍ଦିଗ୍ଧ କଣ୍ଠରେ ପଚାରିଲା- ତୋର ଆଜି କ'ଣ ହୋଇଛି ? ଏସବୁ ଅସଂଲଗ୍ନ କଥା ତୋ ମୁହଁରେ କାହିଁକି ? ପଳାଇବା କ'ଣ ଏତେ ସହଜ ? ଯିବା ବା କେଉଁଠିକି ? କେତେ ଦୂର ଯାଇପାରିବା ?

କ୍ୟାଣ୍ଟିନ୍ ବୟ ଦୁଇ ପ୍ଲେଟ୍ ଭେଜିଟେବଲ୍ ଚପ ରଖିଦେଇ ଗଲା ।

ଜୟନ୍ତୀ କହିଲା- ମତେ ପାଇବା ପାଇଁ ତମର ଏଇଟା ଶେଷ ଚାନ୍ସ । ମୋ ବାପା ତମ ସହିତ ମୋର ବିବାହ କେବେ ଦେବେ ନାହିଁ ।

ଗୋଟିଏ ପରେ ଗୋଟିଏ ଚପ୍ ଖାଇସାରି ପାଣି ପିଇଲା ଆଦିତ୍ୟ । ତା'ପରେ ଖୁବ୍ ନିମ୍ନ କଣ୍ଠରେ କହିଲା-

- ମୁଁ ଆଇ.ଏ.ଏସ୍. ପାଇଁ ପ୍ରସ୍ତୁତ ହେଉଛି । ପାଇଯିବି ବୋଲି ଖୁବ୍ ବିଶ୍ୱାସ ଅଛି । ତା'ପରେ ଯଦି ତୋ ବାପା ରାଜି ନହୁଅନ୍ତି, ଆମେ ରେଜିଷ୍ଟ୍ରି ମ୍ୟାରେଜ କରିପାରିବା । କିନ୍ତୁ ତୋ ବାପାମା'ଙ୍କ ଇଚ୍ଛା ବିରୁଦ୍ଧରେ ତତେ ନେଇ ପଳାଇଯାଇ ମୁଁ ନିଜ କ୍ୟାରିଅର ନଷ୍ଟ କରିବାକୁ ଚାହେଁନା । ସେଇଟା ବୁଦ୍ଧିମାନର କାମ ହେବନାହିଁ ।

ନିଜ ପ୍ରିୟ ପୁରୁଷର ଶେଷ କଥା ଶୁଣି ଖୁବ୍ ଯତ୍ନକରି ହସିଲା ଜୟନ୍ତୀ । ଆଜି ୟୁନିଭର୍‌ସିଟିର ସବୁ ପୁଅଝିଅ କ୍ୟାରିଅର୍ ପାଇଁ ବ୍ୟସ୍ତ । ପ୍ରେମ ପାଇଁ ସମୟ ନାହିଁ । ସେ ଭାବିଥିଲା ଆଦିତ୍ୟ ସେମାନଙ୍କ ମଧ୍ୟରେ ଏକ ବ୍ୟତିକ୍ରମ । ସେ ଅହଂକାର ତା'ର ଭାଙ୍ଗିଗଲା ।

ସେ କଫି ଖାଇସାରି ଟଙ୍କା ଦେଇ ବାହାରକୁ ଆସିବା ପର୍ଯ୍ୟନ୍ତ ଆଉ ପାଟି ଖୋଲିନଥିଲା ।

ଆଦିତ୍ୟ ପଚାରିଲା- ମୋ ଉପରେ ରାଗିଲୁ ?

- ନା, ରାଗିବି କାହିଁକି ? ବରଂ ଖୁବ୍ ଖୁସି ହେଲି ଯେ ତମେ କ'ଣ ଚାହଁ, ସେ ବିଷୟରେ ନିଜେ ନିଜ ପାଖରେ ଖୁବ୍ ସ୍ପଷ୍ଟ । ମୁଁ ଖୁବ୍ କନ୍‌ଫ୍ୟୁଜନ୍ ଭିତରେ ଅଛି । ନିଜ କ'ଣ ଚାହେଁ, ନିଜେ ହିଁ ଜାଣେନା ।

ତା'ପରେ ନିଜର ମତାମତ ଉପରେ ଆଦିତ୍ୟର କୌଣସି ମନ୍ତବ୍ୟ ଶୁଣିବାକୁ ଅପେକ୍ଷା ନକରି ସେ କାଣ୍ଟିନ୍ ଛାଡ଼ି ବାହାରକୁ ଚାଲିଆସିଲା ।

ଆକାଶରେ ସେତେବେଳେ ଗୋଧୂଳିର ରଙ୍ଗ । ତା' ମନ ଭିତରେ କିନ୍ତୁ ରାଶି ରାଶି ଅନ୍ଧକାର ।

ତା' ଆରଦିନ ଗୋଧୂଳିର ଖରା ଝାଉଁଳି କଳା ପଡ଼ିଗଲା । ଥରକୁ ଥର ବାରଣ୍ଡାକୁ ଆସି ଫାଟକ ଆଡ଼କୁ ଚାହିଁ ଚାହିଁ ଫେରିଗଲେ ସତ୍ୟବତୀ । ସନ୍ଧ୍ୟା ହେଲା । ତଥାପି କଲେଜରୁ ଫେରିନଥିଲା ଜୟନ୍ତୀ । ଘରେ ସୁଇଚ୍ ଜାଳି ସେ ଅନୀତା, ସୁଚରିତା, ପ୍ରଭା, ପ୍ରତିମା- ଝିଅର ସବୁ ଅନ୍ତରଙ୍ଗ ସହଚରୀଙ୍କ ଘରକୁ ଫୋନ୍ କଲେ । ସମସ୍ତଙ୍କର ସେଇ ଗୋଟିଏ ଉତ୍ତର ଆଜି କ୍ଲାସ୍ ଆଟେଣ୍ଡ୍ କରି ନାହିଁ ଜୟନ୍ତୀ । ସେମାନେ ତାକୁ କେହି କଲେଜରେ ମଧ୍ୟ ଦେଖି ନାହାନ୍ତି ।

ସେମାନଙ୍କ ମଧ୍ୟରୁ ଜଣେ କେହି ତାକୁ ଦେଖି ନଥାଇ ପାରେ; କିନ୍ତୁ ସମସ୍ତେ କହିଲେ, ଦେଖିନାହାନ୍ତି ? ଅଥଚ ଠିକ୍ ସମୟରେ ଖାଇସାରି ବ୍ୟାଗ୍ ଧରି ସେ ରିକ୍ସାରେ କଲେଜ ଯାଇଛି ।

ସତ୍ୟବତୀଙ୍କ ମୁଣ୍ଡ ଭିତରେ ଗୋଟାଏ ବିପଦର ଘଣ୍ଟି ଶବ୍ଦ କରି ବାଜି ଉଠିଲା । ମୁଣ୍ଡ ଘୂରାଇ ଦେଲା । ତାଙ୍କୁ ନକହି ଝିଅ କେବେ କଲେଜ ନଯାଇ ଅନ୍ୟତ୍ର ଯାଏ ନାହିଁ । ସେଭଳି ଝିଅ ସେ ନୁହେଁ । ଆଜି ସେ କୁଆଡ଼େ ଗଲା ?

ସନ୍ଧ୍ୟା ଗଡ଼ିଯାଇ ରାତି ହେଲା ।

ଆଦିତ୍ୟ କଥା ତାଙ୍କର ମନେ ପଡ଼ିଗଲା । ମନ ପାପ ଛୁଇଁଲା । ଆଦିତ୍ୟ ହଷ୍ଟେଲରେ ରହେ । ସେ ହଷ୍ଟେଲ ସୁପରିଟେଣ୍ଡେଣ୍ଟଙ୍କୁ ଫୋନ୍ କଲେ । ଆଦିତ୍ୟକୁ ଡାକିଦେବାକୁ କହିଲେ ।

ଆଦିତ୍ୟ ଥିଲା, ଆସି ଫୋନ୍ ଧରିଲା । ସତ୍ୟବତୀ ଝାଳେଇବାକୁ ଲାଗିଲେ । ଭାବିଥିଲେ ଆଦିତ୍ୟ ନଥିବ ।

- କ'ଣ ମାଉସୀ । ମୁଁ ଆଦିତ୍ୟ-

- ଜୟନ୍ତୀ ଏପର୍ଯ୍ୟନ୍ତ ଘରକୁ ଫେରି ନାହିଁ ।

- ମୁଁ ମଧ୍ୟ ଆଜି ତାକୁ କଲେଜରେ ଖୋଜୁଥିଲି । ପାଇ ନାହିଁ । ଫାଷ୍ଟ ଶୋ ସିନେମା ଯାଇଥାଇପାରେ । 'ହମ୍ ଆପ୍‌କେ ହୈ କୌନ୍' ଯିବ ବୋଲି ଥରେ କହୁଥିଲା ।

ସତ୍ୟବତୀ ଫୋନ୍ ଥୋଇଦେଲେ।

ସ୍ୱାମୀ ଏପର୍ଯ୍ୟନ୍ତ ଅଫିସରୁ ଫେରିନାହାନ୍ତି। ଆସେମ୍ବ୍ଲି ଚାଲିଛି। ଆଜି ତାଙ୍କର ବିଭାଗର ଖର୍ଚ୍ଚଦାବି ଉପରେ ଆଲୋଚନା ହେବାର ଥିଲା। ଗଲାବେଳେ ଡେରିରେ ଫେରିବେ ବୋଲି କହୁଥିଲେ।

ସେ ତାଙ୍କ ଫୋନ୍ ନମ୍ବର ଡାଏଲ କଲେ।

- କ'ଣ ହେଲା ? ଝିଅ କଲେଜରୁ ଫେରି ନାହିଁ ? ସାଙ୍ଗରେ ଟଙ୍କା, ଦେହରେ ଗହଣା ଥିଲା ?

- ନା, ସେ କଲେଜକୁ ଅଳଙ୍କାର ପିନ୍ଧି ଯାଏ ନାହିଁ। ଟଙ୍କା ମଧ୍ୟ ନେଇ ନାହିଁ। ମତେ ଭୟ ଲାଗୁଛି।

- ଆଦିତ୍ୟ ? ଆଦିତ୍ୟ ହଷ୍ଟେଲରେ ଅଛି ? ଠିକ୍ ଅଛି- ମୁଁ ଯାଉଛି-

ସ୍ୱାମୀ ଫୋନ୍ ଥୋଇଦେଲେ।

ପୁଣି ଥରେ ବାରଣ୍ଡାକୁ ଯାଇ ରାସ୍ତାକୁ ଚାହିଁଲେ ସତ୍ୟବତୀ। ନା, କେହି ଫାଟକ ଖୋଲୁ ନାହିଁ।

'ହମ୍ ଆପ୍‌କେ ହେଁ କୌନ୍'ର ଫାଷ୍ଟ ଶୋ ସମୟ ଅତିକ୍ରାନ୍ତ ହୋଇଗଲା। ସ୍ୱାମୀ ଫେରିଲେ। ଝିଅ ଫେରିଲା ନାହିଁ।

ରାତି ପାହି ସକାଳ ହେଲା, ଦିନ ଯାଇ ରାତି ହେଲା। ଜୟନ୍ତୀ ଫେରିଲା ନାହିଁ। ତା'ର ବିଛଣା, ତକିଆ ତଳ, ବହିଥାକ- ସବୁ ଘଣ୍ଟାଘାଣ୍ଟି ସରିଲା- ଘର ଛାଡ଼ି ଚାଲି ଯାଇଥିବାର କୌଣସି ନୋଟ୍ ଲେଖି ଯାଇନାହିଁ ଜୟନ୍ତୀ।

ରେଡ଼ିଓ, ଖବରକାଗଜରେ ସମ୍ବାଦ ପ୍ରଚାରିତ ହେଲା। ଟେଲିଭିଜନରେ ଫଟୋ ସଂପ୍ରସାରିତ ହେଲା। ଥାନାକୁ ଖବର ଦିଆଗଲା। କୌଣସି ପତ୍ତା ମିଳିଲା ନାହିଁ। ଏକୋଇଶି ବର୍ଷର ଜୟନ୍ତୀ ହାଓ୍ୱା ହୋଇଗଲା କୁଆଡ଼େ ?

ପ୍ରଦୀପ ଆଚାର୍ଯ୍ୟଙ୍କର ଦୃଢ଼ ଆଶା ଥିଲା, ସାଙ୍ଗରେ ଯେହେତୁ ଟଙ୍କା କିମ୍ବା ଅଳଙ୍କାର ନେଇ ଯାଇନାହିଁ, ଅଳ୍ପଦିନ ମଧ୍ୟରେ ଝିଅ ଘର ଛାଡ଼ି ଯିବାର ଭୁଲ ବୁଝି ଫେରିଆସିବ। କିନ୍ତୁ ଦିନ ଯେତେ ବିତିଲା, ତାଙ୍କର ନିଜ ଭୁଲ୍ ସେ ବୁଝିପାରିଲେ।

ତା'ପରେ ଆରମ୍ଭ ହେଲା ତାଙ୍କ ନିଜ ଭିତରେ ଭଗ୍ନ ଦୁର୍ଗ ଭଳି ଭାଙ୍ଗି ଭୁଷୁଡ଼ି ପଡ଼ିବାର ପ୍ରକ୍ରିୟା। ପ୍ରଥମେ ପ୍ରଥମେ ସ୍ୱାମୀଙ୍କ ବ୍ୟଭିଚାରୀ ସ୍ୱଭାବ ପାଇଁ ଝିଅ ଘର ଛାଡ଼ି ନିରୁଦ୍ଦିଷ୍ଟ ହୋଇଗଲା ବୋଲି ସତ୍ୟବତୀ ସ୍ୱାମୀଙ୍କୁ ଦୋଷ ଦେଉଥିଲେ। ହେଲେ, ସ୍ୱାମୀ ଆପେ ଆପେ ଭାଙ୍ଗିପଡ଼ିବା ଦେଖି ତାଙ୍କର ଭାବନା ଭିନ୍ନ ମୋଡ଼ ନେଲା। ତାଙ୍କ ଆଖିର ଲୁହ ଶୁଖିଗଲା।

ପ୍ରଦୀପ ଆଚାର୍ଯ୍ୟ ମଝିରେ ଛୁଟି ନେଇ ବାହାରି ପଡ଼ିଲେ ଗାଡ଼ିଧରି ନିଜେ ଝିଅକୁ ଖୋଜି ବାହାର କରିବା ପାଇଁ। ସେ ସନ୍ଦେହ କରୁଥିବା ସବୁ ସ୍ଥାନ ଖୋଜି ନିରାଶରେ ଫେରିଆସିଲେ।

ଜୟନ୍ତୀର ସନ୍ଧାନ ମିଳିଲା ନାହିଁ।

ସେ ଦୁଇଜଣଙ୍କର ଏକମାତ୍ର ସାନ୍ତ୍ୱନା ଥିଲା ଯେ ଝିଅ ଆତ୍ମହତ୍ୟା କିମ୍ବା ଦୁର୍ଘଟଣାଗ୍ରସ୍ତ ହୋଇଥିବାର କୌଣସି ପ୍ରମାଣ ମଧ୍ୟ ମିଳିନଥିଲା। ଯେଉଁଠି ଥିଲେ ବି ସେ ବଞ୍ଚି ଜୀଇଁ ଅଛି; ଏଇ ସାନ୍ତ୍ୱନା ସ୍ୱାମୀ-ସ୍ତ୍ରୀଙ୍କୁ କିଛି ପରିମାଣରେ ସ୍ୱାଭାବିକ ଜୀବନଯାପନ ପାଇଁ ଶକ୍ତି ଯୋଗାଇଥିଲା।

କୋରାପୁଟର ମାଳ ଅଞ୍ଚଳରେ ସେଇ କନ୍ୟାଶ୍ରମ ସ୍କୁଲରେ ଜିନ୍ ପ୍ୟାଣ୍ଟ ଆଉ ଟି ସାର୍ଟ୍ ପିନ୍ଧି କାନ୍ଧରେ ଗୋଟାଏ ବ୍ୟାଗ୍ ଝୁଲାଇ ଜଣେ କେହି ଆସି ପହଞ୍ଚିଗଲା। ସ୍କୁଲର ପ୍ରଧାନ ଶିକ୍ଷୟିତ୍ରୀର ପାଦ ଛୁଇଁ ପ୍ରଣାମ କରି ସେ କହିଲା- ରୁନୁ ମାଉସୀ। ମତେ ଚିହ୍ନି ପାରୁଛୁ?

ଶିକ୍ଷୟିତ୍ରୀ ଜଣଙ୍କ ବିସ୍ମୟ ବିସ୍ଫାରିତ ଦୃଷ୍ଟିରେ ତାଙ୍କୁ ଚାହିଁ ପଚାରିଲେ- ନା, ତମେ କିଏ?

- ବମ୍ବେ ନର୍ସିହୋମ୍‌ରେ ଯେଉଁ ଗର୍ଭସ୍ଥ ଭ୍ରୁଣକୁ ତୁ ନଷ୍ଟ କରିଦେଇ ଆସିଥିଲୁ, ମୁଁ ସେଇ ନଷ୍ଟ ଭ୍ରୁଣର ଜୀବନ୍ତ ରୂପ... କୁନୁ।

କଣ୍ଠସ୍ୱର ବାରିପାରି ସେ ମଧ୍ୟବୟସ୍କା ଶିକ୍ଷୟିତ୍ରୀ ତାକୁ କୁଣ୍ଢେଇ ଧରିଲେ। ତା' ମୁହଁରେ ମୁହଁ ଘସି କାନ୍ଦ କାନ୍ଦ ହୋଇ ପଚାରିଲେ- ଏତେ ଦିନଯାଏ ତୁ କୁଆଡ଼େ ଥିଲୁ କୁନୁ! ତୋ ବାପା ଦୁଇଥର ଆସି ଖୋଜି ଫେରିଗଲେଣି। ତୋ ମା'-

- ମୋର ବାପାମା' କେହି ନାହାନ୍ତି। ତୁ ମୋର ବାପା, ତୁ ମୋର ମାଆ। ମୁଁ ତୋର ନଷ୍ଟ ଝିଅ ଜୟନ୍ତୀ ନୁହେଁ- କୁନୁ। ତୁ ଯଦି ମତେ ପୁଣି ସେମାନଙ୍କ ପାଖକୁ ଫେରିଯିବାକୁ କହିବୁ-

ରୁନୁ ଭିତରେ ମୃତ ମାତୃତ୍ୱ ପୁଣି ଥରେ ଯେପରି ଜୟନ୍ତୀର କଥା ଶୁଣି ଜୀଇଁ ଉଠିଲା। ସେ ଆହୁରି ଜୋର୍‌ରେ ତାକୁ ଛାତିରେ ଜାକିଧରି କେବଳ କାନ୍ଦିବାକୁ ଲାଗିଲେ।

ଦୂର ପାଦଶବ୍ଦ

ପ୍ରଥମେ ସନ୍ଦେହ ହୋଇଥିଲା, ହୁଏତ ବିଦ୍ୟୁତ୍ ଲାଇନ୍ ନାହିଁ। କଲିଂ ବେଲ୍ ବାଜୁନାହିଁ। କିନ୍ତୁ ତୃତୀୟ ଥର ସୁଇଚ୍ ଟିପିଲା ପରେ ଦରଜା ଖୋଲିଗଲା। ବ୍ରଜ ମନରୁ ସନ୍ଦେହ ଦୂର ହୋଇଗଲା। ଲାଇନ୍ ଅଛି।

କିନ୍ତୁ ଅଧାଖୋଲା ଦରଜା ଉଢୁଆଳରୁ ଯାହାର ମୁହଁ ଦେଖାଗଲା, ସେ ରବି ବାବୁ କଣ୍ଟ୍ରାକ୍ଟର ନୁହନ୍ତି, ତାଙ୍କ ସାନ ଝିଅ ଟିକିଲି।

- ବାପାଙ୍କୁ ଖୋଜୁଛ ? ସେ ତ ଏଇ ଘଣ୍ଟାଏ ହେଲା ବାହାରକୁ ଚାଲିଗଲେ। ଯାଅ- ପରେ ଆସିବ-

ଟିକିଲିର କଥାରେ ତା'ର ବିଶ୍ୱାସ ହେଲା ନାହିଁ। ଏଇ ଅଧଘଣ୍ଟାଏ ଆଗରୁ ସେ ଫୋନ୍ କରିଥିଲା। ଚାକର ଧରିଥିଲା। କହିଥିଲା- ବାବୁ ଦାଢ଼ି କାଟୁଛନ୍ତି। ଅଥଚ ଟିକିଲି କହୁଛି, ସେ ଘଣ୍ଟାଏ ହେଲା ବାହାରିଗଲେଣି।

ବଡ଼ ଆଶା କରି ଆସିଥିଲା ବ୍ରଜକିଶୋର। ଡ୍ରାମା ରିହାରସାଲ ଆରମ୍ଭ ହୋଇଗଲାଣି। 'ରେଡ଼ଷ୍ଟାର' କ୍ଲବର କର୍ମକର୍ତ୍ତାମାନଙ୍କୁ ସେ ପାଞ୍ଚ ହଜାର ଯୋଗାଡ଼ କରି ଦେବ ବୋଲି କଥା ଦେଇଛି। ସେଇ ଭରସାରେ ସେମାନେ ଗୀତାକୁ ହିରୋଇନ୍ ରୋଲ୍ ଦେଇଛନ୍ତି। ଅଥଚ ରବିବାବୁ...

ମନେ ମନେ ଖୁବ୍ ଚିଡ଼ିଯାଇଥିଲା ବ୍ରଜ। ଲୋକଟା କଳାଟଙ୍କାର ରାଜା। ପ୍ରଥମ ଶ୍ରେଣୀର ଠିକାଦାର, ପ୍ରଥମ ଶ୍ରେଣୀର ଠକ। ସେ ମନେ ମନେ ଭାବିଥିଲା, ପୂରା ପାଞ୍ଚ ହଜାର ମାଗିନେବ। ସେ'ତ ନିଜ ପାଇଁ ଧାର ଚାହୁଁ ନାହିଁ, କ୍ଲବ୍ ଡ୍ରାମା ଲାଗି ଚାନ୍ଦା ! ମାଗିବାରେ ତା'ର ସଂକୋଚ ନାହିଁ। କିନ୍ତୁ ସେ ତିନି ତିନି ଥର ଫେରିଲାଣି। ମୂଳରୁ ଦେଖା ହୋଇନାହିଁ।

ସେ ମନେ ମନେ ଭାବିଲା, ସେ ଯେ ଚାନ୍ଦା ପାଇଁ ଆସିଚି, ଏକଥା ସମ୍ଭବତଃ

ଠିକ୍ ବୁଝି ଯାଇଛନ୍ତି ରବି ବାବୁ। ଚାନ୍ଦା ଦେବାକୁ କାହାକୁ ବା ଭଲ ଲାଗେ ? ସେଥିପାଇଁ ସେ ଘରେ ଥାଇ ମନା କରୁଛନ୍ତି। ଅଧଘଣ୍ଟା ତଳେ ଦାଢ଼ି କାଟୁଥିଲେ, ଆଉ ଘଣ୍ଟାଏ ଆଗରୁ ଅନ୍ତର୍ଦ୍ଧ୍ୟାନ ହୋଇଗଲେ କୁଆଡ଼େ ?

କଣ୍ଠ କୋମଳ କରି କହିଲା- ଟିକିଲି ମା'! ବାପାଙ୍କ ସାଙ୍ଗରେ ମୋର ଖୁବ୍ ଜରୁରୀ କଥା ଥିଲା। ସେ ଆଜି ଆସିବା ପାଇଁ କହିଥିଲେ। ତୁ ଟିକିଏ ଘରେ ଭଲକରି ଦେଖ୍- ହୁଏତ ବାଥରୁମ୍‌ରେ ଥାଇପାରନ୍ତି।

ବାଥରୁମ୍ କଥାଟା ସ୍ୱତଃ ତା'ର ଜଉ ଅଗକୁ ଚାଲି ଆସିଲା। ବାବା ମନ୍ତ୍ରୀ କିମ୍ବା ବଡ଼ ଅଫିସରଙ୍କୁ ଖୋଜିଲେ ଅନେକ ସମୟରେ ଉତ୍ତର ମିଳେ, ସାର୍ ବାଥ ରୁମ୍‌ରେ ଅଛନ୍ତି। ବାବା ସବୁବେଳେ ଥଟ୍ଟା କରି ମମିଙ୍କୁ କହନ୍ତି- ବାଥରୁମ୍‌ବାସୀମାନେ ହିଁ ତମ ରାଜ୍ୟରେ ମନ୍ତ୍ରୀ ହୁଅନ୍ତି।

ଟିକିଲି ପିଲାଲୋକ। ଇଂଲିସ୍ ମିଡ଼ିୟମ୍ ସ୍କୁଲରେ ପଢୁଛି। ତାକୁ ଟିକିଏ କଅଁଳେଇ କହିଲେ ସେ ତା'ର ବାପାଙ୍କୁ ସ୍ୱର୍ଗ-ମର୍ତ୍ତ୍ୟ-ପାତାଳ, ଯେଉଁଠି ଥିଲେ ବି ଖୋଜି ବାହାର କରି ଆଣିପାରେ, ଏମିତି ଏକ ଧାରଣା ବ୍ରଜର ମନରେ ବଦ୍ଧମୂଳ ହୋଇ ଯାଇଥିଲା।

ତା' କଥା ଶୁଣି ଫିଙ୍କ୍‌କିନି ହସିଦେଲା ଟିକିଲି। ତା'ର ଦାନ୍ତଗୁଡ଼ିକ ଡାଳିମ୍ବ ମଞ୍ଜି ଭଳି ଛୋଟ ଛୋଟ, ଚକ୍‌ଖଡ଼ି ପରି ଧଳା ଆଉ ମୁକ୍ତା ଭଳି ଚିକ୍ ଚିକ୍। ହସିଲେ କୌଣସି ଟୁଥ୍‌ପେଷ୍ଟ କମ୍ପାନୀର ବିଜ୍ଞାପନ ଛବି ଭଳି ଦେଖାଯାଏ।

ହସି ହସି ସେ ଉତ୍ତର ଦେଲା, ବାପା ଘରେ ଥିଲେ ଗ୍ୟାରେଜ୍‌ରେ କାର୍ ନଥାନ୍ତା ? ଦେଖୁନ, ଗ୍ୟାରେଜ୍ ଖୋଲା- ଗାଡ଼ି ନାହିଁ।

ଦରଜାମେଲା ଗ୍ୟାରେଜ୍ ଆଡ଼କୁ ଚାହିଁ ଗୋଟାଏ ଦୀର୍ଘଶ୍ୱାସ ପକାଇଲା ବ୍ରଜ।

କାଲି ସଂଧ୍ୟାରେ ଗୀତା ତାକୁ ପଚାରିଥିଲା, ତମ ପାଞ୍ଚ ହଜାର ଚାନ୍ଦା ସଂଗ୍ରହ କେଉଁଆଡ଼େ ଗଲା ? ତମେ ଟଙ୍କା ନଦେଲେ ସେମାନେ ଅନ୍ୟ ହିରୋଇନ୍ ନେଇଯିବେ। କ୍ଲବ୍‌ର ସେକ୍ରେଟେରି ତମ ମମିଙ୍କ ବିରୋଧୀ ପାର୍ଟିର ଲୋକ। ମନ୍ତ୍ରୀ ସାଧୁବାବୁଙ୍କ ଶାଳୀ ସୁରଭି ତାଙ୍କ ପାଖକୁ ଦେଖା କରିବାକୁ ଆସୁଛି।

ଆଗେ ରେଡ୍‌ଷ୍ଟାର କ୍ଲବର ସେକ୍ରେଟେରି ଦୟାନିଧି ବାବୁ ତା' ମମିଙ୍କ ସମର୍ଥକ ଥିଲେ। ହାୱା ବିରୋଧରେ ଲଢ଼େଇ କରି ମମି ହାରିଯିବା ପରେ ସେ ପକ୍ଷ ପରିବର୍ତ୍ତନ କରିଦେଇଛନ୍ତି। ମନ୍ତ୍ରୀଙ୍କ ଶାଳୀକୁ ହିରୋଇନ୍ ରୋଲ ଦେଇ ସେ ବିଜୟୀ ଶାସକ ଦଳର ସମୀପବର୍ତ୍ତୀ ହେବାକୁ ଚେଷ୍ଟା କରୁଛନ୍ତି।

ସେ ମୃଦୁ କଣ୍ଠରେ ପ୍ରତିବାଦ କରିଥିଲା- ସାଧୁ ବାବୁ ଅବିବାହିତ। ସୁରଭି ତାଙ୍କର ଶାଳୀ ହେଲା କିପରି ?

ଇଷତ୍ ଉଷ୍ମ କଣ୍ଠରେ ମୁହଁ ଛିଞ୍ଚାଡ଼ି ଗୀତା ଉତ୍ତର ଦେଇଥିଲା-

-ଅବିବାହିତ ମନ୍ତ୍ରୀଙ୍କର ପତ୍ନୀ ନଥାଇ ପାରନ୍ତି, ଶାଳୀ ହେବା ପାଇଁ ସୁରଭି ଭଳି ଝିଅଙ୍କର ଅଭାବ ହେବ କାହିଁକି ? ଏତିକି ବୋଧଶକ୍ତି ନାହିଁ, ତମେ ଏମ୍.ଏ.ରେ ଫାଷ୍ଟ୍କ୍ଲାସ ପାଇଲ କେମିତି ?

ଗୀତାର ଏଇ ଶେଷ ପଦକ କଥା ବ୍ରଜର ମର୍ମଭେଦ କରି ଯାଇଥିଲା। ସେ ଯେ ନିଜ ଅଧ୍ୟବସାୟ, ଜ୍ଞାନର ଗଭୀରତା ଯୋଗୁଁ ଏମ୍.ଏ.ରେ ପ୍ରଥମ ଶ୍ରେଣୀ ପାଇନାହିଁ, ମମିଙ୍କ ଚେଷ୍ଟା ଯୋଗୁଁ ହିଷ୍ଟ୍ରି ପେପର୍ ପରୀକ୍ଷକମାନେ ତାକୁ ଉପହାର ଦେଇଛନ୍ତି, ଏକଥା କେହି ତାକୁ ମନେ ପକାଇଦେଲେ ସେ ଲଜ୍ଜା ଓ ଅପମାନରେ ଝାଉଁଳିଯାଏ।

ଏହି ଏମ୍.ଏ.ରେ ଆକସ୍ମିକ ପ୍ରଥମଶ୍ରେଣୀ ତା' ମୁଣ୍ଡ ଉପରେ ବୋଝ ହୋଇ ରହିଛି। ଏହି ମିଥ୍ୟା ଡିଗ୍ରୀର ବୋଝ ତା' ପାଇଁ ନାନା ସମସ୍ୟା ସୃଷ୍ଟି କରିଛି। ବି.ଏ.ରେ ଅନର୍ସ କିମ୍ବା ଡିଷ୍ଟିଙ୍କ୍ସନ୍ ନଥିଲା ବୋଲି ତାକୁ ଘରୋଇ କଲେଜରେ ସୁଦ୍ଧା ଅଧ୍ୟାପକ ଚାକିରି ମିଳିନାହିଁ। ଏମ୍.ଏ.ରେ ପ୍ରଥମ ଶ୍ରେଣୀ ପାଇ କରାଣୀ କିମ୍ବା ସେଇଭଳି କୌଣସି ନନ୍ଗେଜେଟେଡ୍ ଚାକିରି କଲେ ପରିବାରର ଇଜ୍ଜତ ଚାଲିଯିବ ବୋଲି ଡାଡି-ମମି ତାକୁ ସେଥିପାଇଁ ଦରଖାସ୍ତ କରିବାକୁ ଦେଇ ନାହାନ୍ତି। ଡାଡିଙ୍କର ଇଚ୍ଛା, ସେ ଆଇ.ଏ.ଏସ୍. ହେଉ। ଗତଥର ପ୍ରିଲିମିନାରି ଦେଇଥିଲା। ଡାକରା ଆସିଲା ନାହିଁ। ଏଥର କୋଚିଂ ପାଇଁ ଦିଲ୍ଲୀ ଯିବାର ପ୍ରସ୍ତାବ ଅଛି। ଏଥିପାଇଁ ତାକୁ ସାହସ ଓ ଉତ୍ସାହ ଯୋଗାଇଦେଉଛି ଗୀତା। ସେ ପାରିବ ନାହିଁ ବୋଲି କହିଲେ ବୁଝାଉଛି, ଚେଷ୍ଟାର ଅସାଧ୍ୟ କିଛି ନାହିଁ। ଏମ୍.ଏ.ରେ ଯେପରି ରାଜନୈତିକ ପ୍ରଭାବ ବିସ୍ତାର କରି ଡିଗ୍ରୀ କିଣାଯାଏ, ସେଇଭଳି ବାରମ୍ବାର ଚେଷ୍ଟା ଦ୍ୱାରା ଦୁର୍ଗ ଜିଣାଯାଏ।

ଆଉ କିଛି ସମୟ ଠିଆ ହୋଇ ସେ ରବି ସାମନ୍ତରାଙ୍କୁ ଭେଟିବାକୁ ଚେଷ୍ଟା କରିବ ?

ତାକୁ ଆଉ ଚେଷ୍ଟା କରିବାକୁ ସୁଯୋଗ ଦେଲା ନାହିଁ ଟିକିଲି। ଛିଟକନାର ଫ୍ରକ୍ପିନ୍ଧା ସେଇ ଅଳ୍ପ-ବୟସ୍କା କହିଲା, ଅଙ୍କଲ୍! ଡାଡ଼ି ବନ୍ଧୁକ ନେଇ ଶିକାରରେ ଯାଇଛନ୍ତି। ଫେରୁ ଫେରୁ ରାତି ହେବ। ତମେ କାଲି ସକାଳୁ ଆସ!

ଆଉ ଅପେକ୍ଷା କରିବାର କିଛି ମାନେ ହୁଏ ନାଇଁ।

ବ୍ରଜ ତା'ର ମଟର ସାଇକେଲର ଗତି ସଞ୍ଚାର କରିବା ଲାଗି କିକ୍ ଦେଲା। ବାଟରେ ହଠାତ୍ ପଡ଼ିଲା ଅକ୍ରୁର ବାବୁଙ୍କ ଘର।

ଷ୍ଟାର୍ଟ୍ ବନ୍ଦ କରି ସେ ଫାଟକ ବାଟେ ଭିତରକୁ ଚାହିଁଲା। ଦୀର୍ଘକାୟ ଆଲିସିସିଆନ୍ ଜିଭ ଲହ ଲହ କରି ତା' ଆଡ଼କୁ ଅନେଇ ରହିଛି। ଗେଟ୍ ଖୋଲିବା

ମାତ୍ରେ ତା' ଉପରକୁ ଝାମ୍ପିପଡ଼ି ଦାନ୍ତ ଲଗେଇଦେବ- ଏମିତି ତା'ର ଠାଣି, ମାଣି, ଆଖିର ଚାହାଣି।

ଭିତରକୁ ଯିବ ? ମାଗିଲେ ପାଞ୍ଚ ହଜାର କାହିଁକି; ଦଶ ହଜାର ଦେଇପାରନ୍ତି ଅଙ୍କୁର ବୋଷ। ଆଲୁମିନିୟମ୍ କାରଖାନାର ବରିଷ୍ଠ ଇଞ୍ଜିନିୟର। ଟଙ୍କାର ଅଭାବ ନାହିଁ। କିନ୍ତୁ ଚାନ୍ଦା ମାଗିଲେ, ସେ ଗୋଟାଏ ସର୍ତ୍ତ ରଖିବେ- କଲ୍ୟାଣୀକୁ ବୁଝାଇ ଶୁଝାଇ ଛାଡ଼ପତ୍ର ମକଦ୍ଦମାଟା ବାପାଙ୍କୁ କହି ଉଠାଇନିଅ।

ତାର ଡାଡି ମିସେସ୍ କଲ୍ୟାଣୀ ବୋଷ୍‌ଙ୍କ ଛାଡ଼ପତ୍ର ମାମଲାର ଓକିଲ। ବିବାହର ଆଠବର୍ଷ ପରେ ତାଙ୍କର କୌଣସି ସନ୍ତାନସନ୍ତତି ହୋଇନାହାନ୍ତି। ହେବାର ସମ୍ଭାବନା ନାହିଁ। ମିସେସ୍ ବୋଷ୍‌ଙ୍କର ବୟସ ଚଉତିରିଶି। ଆଉ ଅପେକ୍ଷା କରିବାକୁ ସେ ରାଜି ନୁହନ୍ତି। ସନ୍ତାନର ଜନନୀ ହେବା ଲାଗି ସେ ଅନ୍ୟତ୍ର ବିବାହ ଚାହାନ୍ତି। ବିବାହ କରି ତାଙ୍କ ସନ୍ତାନର ଜନକ ହେବା ଲାଗି କଲିକତାର ଏକ ମଲ୍‌ଟି ନ୍ୟାସ୍‌ନାଲ କମ୍ପାନୀର ଜଣେ ସେଲ୍‌ସ ଏକ୍‌ଜିକିଉଟିଭ୍ ଅପେକ୍ଷା କରି ରହିଛନ୍ତି। ପ୍ରକୃତରେ ସେହି ଭଦ୍ରଲୋକଙ୍କ ମନ୍ତ୍ରଣାରେ ହିଁ ମିସେସ୍ ବୋଷ ଛାଡ଼ପତ୍ର ମୋକଦ୍ଦମା ଦାଏର କରିଛନ୍ତି।

ସେ ନିଜ ପତ୍ନୀଙ୍କୁ ସନ୍ତାନଟିଏ ଦେବା ପାଇଁ ଅକ୍ଷମ; ସେଥିପାଇଁ ତାଙ୍କୁ ଛାଡ଼ପତ୍ର ଦେଇ ତାଙ୍କ ବିବାହିତ ପତ୍ନୀ ଆଉ ଜଣେ କମ୍ ବୟସ୍କ ଅବିବାହିତ ଯୁବକକୁ ବାହା ହୋଇ ଯାଉଛନ୍ତି- ଏକଥା ଭାବିଲେ ଲଜ୍ଜା ଓ ଅପମାନରେ ଭାଙ୍ଗିପଡ଼ନ୍ତି ଅଙ୍କୁର ବୋଷ। ଛୋଟ ପିଲାଙ୍କ ଭଳି ଡାଡ଼ିଙ୍କ ପାଖରେ କାନ୍ଦିପକାନ୍ତି।

ଯୁକ୍ତି କରନ୍ତି- ଭାରତବର୍ଷରେ ଜନବିସ୍ଫୋରଣ ଘଟିଛି। ଭାରତ ଜନନୀ ବର୍ତ୍ତମାନ ଆଉ ସନ୍ତାନ ଚାହେଁ ନାହିଁ; ଚାହେଁ ସୁଖ। ସୁଖର ସାମଗ୍ରୀ କ୍ରୟ କରିବା ପାଇଁ ମୁଁ କଲ୍ୟାଣୀକୁ ଯଥେଷ୍ଟ ଅର୍ଥ ଦେଇଛି। କଲିକତାରେ ତା' ନାମରେ ଫ୍ଲାଟ୍ କିଣିଦେଇଛି। ନୂଆ ଏନୋଭା ବୁକ୍ କରିଛି। ସେ ସୁଖ ଛାଡ଼ି ସନ୍ତାନ ପାଇଁ ଏତେ ବ୍ୟାକୁଳ କାହିଁକି ? ସନ୍ତାନର ଲୋଭ ଦେଖାଇ ସରୋଜ ଗାଙ୍ଗୁଲି ତାକୁ ବାହା ହେବ ବୋଲି କହୁଛି। ପ୍ରକୃତରେ ତା'ର ଆଖି ପାର୍କ୍ ଷ୍ଟ୍ରିଟ୍‌ର ସେଇ ଫ୍ଲାଟ୍- ସେଇଟା ମୁଁ କଲ୍ୟାଣୀ ନାମରେ କିଣିନଥିଲେ ସେ କେବେହେଲେ...

ତା' ମୁହଁରୁ ଏ ନାଟକୀୟ କଥୋପକଥନ ଶୁଣି ଗୀତା ଦାସ ମଝିରେ ଝାମ୍ପି ପଡ଼ିଥିଲା। କହିଥିଲା- ତମେ ଯାହା କୁହ ପଛେ, ଅଙ୍କୁର ବୋଷ ପ୍ରକୃତରେ ଜଣେ ଆଦର୍ଶ ସ୍ୱାମୀ। ପତ୍ନୀଙ୍କୁ ଗର୍ଭ ଯନ୍ତ୍ରଣା ନଦେଇ ଯାବତୀୟ ସୁଖ କ୍ରୟ କରିବା ଲାଗି ଯଥେଷ୍ଟ ଅର୍ଥ ଅକାତରେ ଦାନ କରିବା, କମ୍ ସ୍ୱାମୀଙ୍କଠାରେ ଦେଖାଯାଏ। ତମେ ବାବୁଙ୍କୁ କହି ଏ ଛାଡ଼ପତ୍ର ମାମଲା ଉଠାଇନିଅ। ପତ୍ନୀଙ୍କୁ ସନ୍ତାନ ନଦେବା ଆମର

ଜାତୀୟ ନୀତି- ବନ୍ଧ୍ୟା ନାରୀ ହିଁ ଆମ ସମୟର ଆଦର୍ଶ ଭାରତମାତା। ସନ୍ତାନ ଚାହିଁଲେ ସେମାନେ ପୋଷ୍ୟ ଗ୍ରହଣ କରିପାରନ୍ତି- ମୁଁ ସେମାନଙ୍କର ପୋଷ୍ୟକନ୍ୟା ହୋଇଯିବା ଲାଗି ଖୁବ୍ ଆଗ୍ରହୀ।

କଥା ଶେଷ କରି ସେଦିନ ହସି ଉଠିଥିଲା ଗୀତା। କିନ୍ତୁ ତା' କଥାର ମର୍ମ ତା ମନକୁ ଆଚ୍ଛନ୍ନ କରି ରଖିଥିଲା। ଏ ଯୁଗର ଆଧୁନିକା ନାରୀମାନେ ସନ୍ତାନ ଚାହାନ୍ତି ନାହିଁ। ସୁଖ କ୍ରୟ କରିବା ଲାଗି ଅର୍ଥ ଚାହାନ୍ତି।

ସେ ଫାଟକ ଖୋଲି ଭିତରକୁ ଯିବ?

କହିବ- ଦାଦା! ମତେ ପାଞ୍ଚ ହଜାର ଚାନ୍ଦା ଦିଅନ୍ତୁ। ମୁଁ ଗୀତାର ହିରୋଇନ୍ ହେବାର ରାସ୍ତାରେ ଯେଉଁ ସବୁ କଣ୍ଟା ଅଛି, ତାକୁ ଚାନ୍ଦା ଟଙ୍କାରେ ସଫା କରିଦିଏ। ଦୂରଦର୍ଶନ ପରଦାରେ ତା'ର ଅଭିନୟର ଭଗ୍ନାଂଶ ଦେଖି କୌଣସି ଓଡ଼ିଆ ଚଳଚ୍ଚିତ୍ର ପ୍ରଯୋଜକ କିମ୍ବା ନିର୍ଦ୍ଦେଶକ ତାକୁ ଗୋଟାଏ ଭଲ ରୋଲ୍ ଦିଅନ୍ତୁ। ତା' ସହିତ ମୋର ସମ୍ପର୍କ ଏବେ ସୁଦ୍ଧା ତରଳ ଅବସ୍ଥାରେ ଅଛି। ତାକୁ ସିନେମାରେ ଗୋଟାଏ ବ୍ରେକ୍ ଦେଇଦେଲେ ସେ ତରଳ ସମ୍ପର୍କ ଗାଢ଼ ହୋଇଯିବ। ତା' ବଦଳରେ ମୁଁ କଲ୍ୟାଣୀ ବୌଦିଙ୍କୁ କହିବୋଲି ଆପଣଙ୍କ ସହିତ ଆଉ କିଛି ଦିନ ଘରସଂସାର କରିବାକୁ ଅନୁନୟ ବିନୟ କରିବି। ମୁଁ ଫଟାମନକୁ ଯୋଡ଼ି ଦେଇ ନପାରେ; କିନ୍ତୁ ଭଙ୍ଗାଘରକୁ କିଛିଦିନ ସଜାଡ଼ି ଦେଇପାରେ। ଆପଣଙ୍କ ଦାମ୍ପତ୍ୟ ଜୀବନରେ ସରୋଜ ଗାଙ୍ଗୁଲି ଯେପରି ନାକ ନଗଳାଏ, ସେଥିପାଇଁ ତାକୁ ବେନାମୀ ଚିଠି ଲେଖି ଧମକ ଦେଇପାରେ। ତା' ପଛରେ ଗୁଣ୍ଡା ଲଗାଇପାରେ। ରେଡ଼୍‌ଷ୍ଟାର କ୍ଲବ୍‌ର ଅନେକେ ଏ କାମରେ ମତେ ସହାୟତା କରିପାରନ୍ତି।

ହଠାତ୍ ଏହି ସମୟରେ ଅକ୍ରୁର ବାବୁଙ୍କ ଆଲସିସିଆନ୍‌ଟା ଗର୍ଜନ କରିଉଠିଲା।

ବ୍ରଜ ଲକ୍ଷ୍ୟକରି ଦେଖିଲା, ଫାଟକ ଖୋଲି ଜଣେ ଦୀର୍ଘାଙ୍ଗୀ ତରୁଣୀ ଭିତରକୁ ପ୍ରବେଶ କରୁଛନ୍ତି। ତାଙ୍କ ପଛପଟ ଦେଖାଯାଉଛି- ମୁଖମଣ୍ଡଳ ଅଦୃଶ୍ୟ। କୁକୁରର ଗର୍ଜନ ସ୍ତବ୍ଧ ହୋଇଗଲା। ତରୁଣୀ ଜଣକ ତା'ର ସନ୍ନିକଟବର୍ତ୍ତୀ ହୋଇ ଆଲସିସିଆନ୍ ମୁଣ୍ଡକୁ ଆଉଁସିବାକୁ ଲାଗିଲେ। ଆଲସିସିଆନ୍ ତାଙ୍କ ଶାଢ଼ିଢଙ୍କା ଆଣ୍ଠୁରେ ମୁହଁ ଘଷିବାକୁ ଲାଗିଲା- ଅର୍ଥାତ୍ ଭଦ୍ରମହିଳା ତା'ର ପୂର୍ବ ପରିଚିତା!

କିଏ ଏହି ତରୁଣୀ? କଲ୍ୟାଣୀ ବୌଦି!

ସେ କ'ଣ ସନ୍ତାନ ବଦଳରେ ସୁଖ ସହିତ ସାଲିସ କରିବା ପାଇଁ ପୁନଶ୍ଚ ତାଙ୍କ ସ୍ୱାମୀଙ୍କ ପାଖକୁ ଫେରି ଆସିଲେ? ଛାଡ଼ପତ୍ର ମକଦ୍ଦମା ସ୍ୱେଚ୍ଛାରେ କୋର୍ଟରୁ ଉଠାଇ ଆଣିଲେ?

ନା, ଏ କଲ୍ୟାଣୀ ବୋଷ ନୁହନ୍ତି। ଏ ଭଦ୍ରମହିଳାଙ୍କର ନିତମ୍ବସ୍ପର୍ଶୀ ଘନକୃଷ୍ଣ ମୁକ୍ତ କେଶଗୁଚ୍ଛ। ମିସେସ୍ ବୋଷ୍‌ଙ୍କର ବୟକଟ୍ ହେୟାର ଷ୍ଟାଇଲ। ଆଠଦିନ ତଳେ ଡାଡ଼ିଙ୍କ ଚାମ୍ବର୍ସରେ ତାଙ୍କ ମଥାର ସଂକ୍ଷିପ୍ତ କେଶଗୁଚ୍ଛ ଦେଖିଛି। ଆଠଦିନ ଭିତରେ ବର୍ଷଣୋନ୍ମୁଖ ଘନ ମେଘମାଳା ଭଳି କେଶଗୁଚ୍ଛ ବଢ଼ି ପିଠି ଉପରକୁ ଲମ୍ବି ଆସିପାରେ ନାହିଁ।

ଭଦ୍ରମହିଳା ଆଉ ବେକ ବଙ୍କାଇ ପଛକୁ ଫେରି ନଚାହିଁ ସିଧା ଘର ପାହାଚ ଉପରକୁ ଉଠିଗଲେ, ସତେ ଯେପରି ଏହି ପ୍ରଥମ ନୁହେଁ, ଆଗରୁ ଅନେକ ଥର ସେ ଏ ଘରକୁ ଯିବା ଆସିବା କରିଛନ୍ତି!! ବ୍ରଜର ମନ ଖରାପ ହୋଇଗଲା।

ସେ ଦୀର୍ଘାଙ୍ଗୀ କେଶବତୀ କନ୍ୟା କିଏ ? ଅକ୍ରୂର ବାବୁଙ୍କ ପ୍ରେମିକା ନା ରକ୍ଷିତା ? ଏହି ତୃତୀୟ ନାରୀ କ'ଣ ସେ ଦୁହିଁଙ୍କ ସୁଖୀ ଦାମ୍ପତ୍ୟ ଜୀବନର ଶନିଗ୍ରହ ? କେବଳ ସନ୍ତାନ ଦେଇ ନପାରିବାର ଅସାମର୍ଥ୍ୟ ନୁହେଁ, ସ୍ୱାମୀଙ୍କର ଅନ୍ୟ ନାରୀପ୍ରତି ଆସକ୍ତି ଲାଗି କ'ଣ କଲ୍ୟାଣୀ ବୋଷ ତାଙ୍କ ସ୍ୱାମୀଙ୍କୁ ଛାଡ଼ପତ୍ର ଦେଇ ଅନ୍ୟ ଜଣେ ପୁରୁଷଙ୍କୁ ବାହା ହୋଇଯିବାକୁ ଚାହୁଁଛନ୍ତି ?

ଅକ୍ରୂର ବୋଷଙ୍କର ଅନ୍ୟ ଜଣେ ପ୍ରେମିକା ଥିବା କିଛି ଅସ୍ୱାଭାବିକ କଥା ନୁହେଁ। ଅବିବାହିତ ମନ୍ତ୍ରୀଙ୍କର ଯେପରି ଶ୍ୟାଳିକା ଥାଇପାରନ୍ତି, ଉପାର୍ଜନକ୍ଷମ ବିତ୍ତଶାଳୀ ନପୁଂସକର ମଧ୍ୟ ସେଇପରି ପ୍ରେମିକା ରହିପାରନ୍ତି !

ବିବାହିତ ଜୀବନର ଏ ଜଟିଳ ସମ୍ପର୍କର ରହସ୍ୟ ଭେଦ କରିପାରେ ନାହିଁ ବ୍ରଜ କିଶୋର। ମଟରେ ସାଇକେଲ ଷ୍ଟାର୍ଟ କରି ସେ ପଳାଇଯିବାକୁ ଚାହେଁ।

ଘରେ ଡାଡ଼ି-ମମିଙ୍କ ସମ୍ପର୍କ ଖୁବ୍ ଭଲ ନୁହେଁ। ମମି ରାଜନୀତି କରନ୍ତୁ ବୋଲି ଡାଡ଼ି ଚାହାନ୍ତି ନାହିଁ। କିନ୍ତୁ ମମିଙ୍କ ରକ୍ତରେ ରାଜନୀତିର ନିଶା। ତାଙ୍କ ବାପା ଜଣେ ସ୍ୱାଧୀନତା ସଂଗ୍ରାମୀ ଥିଲେ। ଡାଡ଼ିଙ୍କ ପତ୍ନୀ ଭାବରେ ଯେତେ ନୁହେଁ, ଅଜାଙ୍କ ଝିଅ ଭାବରେ ତାଙ୍କର ଚାରିଆଡ଼େ ସେତେ ଚିହ୍ନା ପରିଚୟ। ସେ କଲେଜକୁ ଗଲା ପରେ ମମି ପ୍ରତ୍ୟକ୍ଷ ରାଜନୀତିରେ ଅଂଶ ଗ୍ରହଣ କରି ଆସୁଛନ୍ତି। ଡାଡ଼ିଙ୍କ ଅପେକ୍ଷା ମମିଙ୍କ ପୁଅ ଭାବରେ ଏ ସହରରେ ସେ ବେଶୀ ଜଣାଶୁଣା। ଡାଡ଼ି ତାଙ୍କ ଆଇନ ବ୍ୟବସାୟ ନେଇ ବ୍ୟସ୍ତ। ରାଜନୀତିର ଗୋଳିଆପାଣିରେ ସେ ଗୋଡ଼ ବୁଡ଼ାଇବାକୁ ଚାହାନ୍ତି ନାହିଁ। ଏଥର ମମିଙ୍କ ପାର୍ଟି ବିରୁଦ୍ଧରେ ଜୋର୍ ହାୱା ବହୁଥିଲା। ଡାଡ଼ି ମମିଙ୍କୁ ନିର୍ବାଚନରେ ଠିଆ ନହେବାକୁ ଅନେକ ବୁଝାଇଥିଲେ। ମମି ମାନିଲେ ନାହିଁ। ମାନିବା ସହଜ ନଥିଲା। ତାଙ୍କ ବାପାଙ୍କର ଗ୍ରାମ ନିର୍ବାଚନମଣ୍ଡଳୀରୁ ଠିଆ ହେବା ପାଇଁ ପାର୍ଟି ଓ ଲୋକଙ୍କ ତରଫରୁ ଏତେ ଚାପ ପଡୁଥିଲା ଯେ ମମି ମନା କରିବା ପାଇଁ ଭାଷା ଖୋଜି ପାଇନଥିଲେ।

ସେ ସ୍ୱାଧୀନତା ସଂଗ୍ରାମୀ ସୋମନାଥ ମହାପାତ୍ରଙ୍କ ଝିଅ- ହାରିଯିବା ଭୟରେ ଯୁଦ୍ଧକ୍ଷେତ୍ରରୁ ଛତ୍ରଭଙ୍ଗ ଦେଇ ପଳାଇବା ତାଙ୍କ ଜାତକରେ ନଥିଲା, ସେ ନିର୍ବାଚନ ଲଢ଼ିଲେ ଏବଂ ହାରିଲେ। ହାରିଥିବା ଯୋଗୁଁ ତାଙ୍କ ମୁହଁରେ ଦୁଃଖ କିମ୍ବା ଅବସାଦର ଚିହ୍ନ ସେ ଦେଖି ନାହିଁ, କିନ୍ତୁ ଡାଡ଼ି ଖୁବ୍ ଭାଙ୍ଗି ପଡ଼ିଲେ। ଦିନେ ସେ ଫେରି ଆସି ଦେଖିଲା ନିର୍ବାଚନରେ ଠିଆ ହୋଇଥିବା ଯୋଗୁଁ ଡାଡ଼ି ଓ ମମିଙ୍କ ଭିତରେ ଖୁବ୍ ଉତ୍ତେଜକ ବାକ୍ୟ ବିନିମୟ ହେଉଥିଲା। ତା'ପରେ ମମି ଡାଡ଼ିଙ୍କ ବେଡ଼ ରୁମ୍ ଛାଡ଼ି ପାଖ ଗେଷ୍ଟ ରୁମ୍‌କୁ ନିଜର ଶୟନ କକ୍ଷ କରିଦେଲେ। ଡାଡ଼ି-ମମିଙ୍କ ଆଗ ଶୋଇବା ଘରେ ଯେଉଁ ଟେଲିଫୋନ ଥିଲା, ତାହା ମମିଙ୍କ ନୂଆ ଶୋଇବା ଘରକୁ ସ୍ଥାନାନ୍ତରିତ ହୋଇଗଲା।

ସେଇ ଟେଲିଫୋନ୍ ଥିଲା ଡାଡ଼ି ଓ ମମିଙ୍କ ମଧ୍ୟରେ ମନାନ୍ତରର ପ୍ରଧାନ କାରଣ। ମମିଙ୍କ ପ୍ରତିପକ୍ଷ ଲୋକେ ସମୟ ଅସମୟରେ ତାଙ୍କ ବିରୁଦ୍ଧରେ ଗ୍ରାମ୍ୟ ଭାଷାରେ ଗାଳିଗୁଲଜ କରୁଥିଲେ। ଫୋନ୍ ଉଠାଇ ଡାଡ଼ି ସେସବୁ ଅଶ୍ରାବ୍ୟ ଗାଳି ଶୁଣି ରାଗି ଯାଉଥିଲେ। ସେଥିପାଇଁ ଶୋଇବା ଘରୁ ସେ ଟେଲିଫୋନ୍ ଡ୍ରଇଁ ରୁମ୍‌କୁ ଉଠାଇ ନେବାକୁ ଚାହୁଁଥିଲେ।

ମମି ରାଜି ହୋଇନଥିଲେ।

ଟେଲିଫୋନ୍ ପାଇଁ ସେ ଡାଡ଼ିଙ୍କୁ ଛାଡ଼ି ଶୋଇବା ଘର ବଦଳାଇ ଦେଇଥିଲେ। ଏଇଟା ବ୍ରଜକୁ ଆଦୌ ଭଲ ଲାଗିନଥିଲା।

ସେ ପ୍ରତିବାଦ କରିଥିଲା- ମମି! ଏଇଟା ବାହାର ଲୋକଙ୍କ ଆଖିକୁ ଭଲ ଦେଖାଯାଉ ନାହିଁ। ଗୋଟିଏ ଘରର ଛାତତଳେ ରହିବେ, ଅଥଚ ଅଲଗା ଅଲଗା ଘରେ ଶୋଇବେ- ଏଇଟା ଏକ ସୁଖୀ ଦାମ୍ପତ୍ୟ ଜୀବନର ଆଦର୍ଶ ଚିତ୍ରନାଟ୍ୟ ନୁହେଁ।

ମମି ତାକୁ ସାନ୍ତ୍ୱନା ଦେଇଥିଲେ, ତୋ ବାପା ମୋର ରାଜନୀତି କରିବାକୁ ଯେପରି ସମର୍ଥନ କରନ୍ତି ନାହିଁ, ପରୀକ୍ଷକମାନଙ୍କ ଉପରେ ରାଜନୈତିକ ଚାପ ପକାଇ ତତେ ଏମ.ଏ.ରେ ଫାଷ୍ଟକ୍ଲାସ ଡିଗ୍ରୀ ଆଣିଦେବା କାର୍ଯ୍ୟକୁ ମଧ୍ୟ ସେଇଭଳି ପସନ୍ଦ କରନ୍ତି ନାଇଁ। ତାଙ୍କ ପସନ୍ଦ ଅପସନ୍ଦ ଅନୁସାରେ ପୃଥିବୀ ଚଳେନାଇଁ। ଆମ ଦୁଇଜଣଙ୍କ ଶୋଇବା ଘର ମଝିରେ ଯେଉଁ କାନ୍ଥଟା ରହିଛି, ମୁଁ ଆସନ୍ତା ନିର୍ବାଚନରେ ଜିଣିଗଲା ପରେ ସେ କାନ୍ଥ ଭାଙ୍ଗିଯିବ।

ମମିଙ୍କ କଥାକୁ ଅବିଶ୍ୱାସ କରେ ନାହିଁ ବ୍ରଜ, ତଥାପି ମନରୁ ଅସ୍ୱସ୍ତି ଭାବ ଯାଏ ନାହିଁ। ରାଜନୈତିକ କାର୍ଯ୍ୟରେ ମମିଙ୍କର ସବୁ ସମୟ ଖର୍ଚ୍ଚ ହୋଇଯାଏ। ଡାଡ଼ି ନିଜକୁ ଅବହେଳିତ ମନେ କରନ୍ତି। ମମିଙ୍କ ପାଖକୁ ତାଙ୍କ ନିର୍ବାଚନମଣ୍ଡଳୀର

କର୍ମୀମାନଙ୍କଠାରୁ ଆରମ୍ଭ କରି ନେତାମାନଙ୍କ ଯିବା ଆସିବା ଲାଗି ରହିଥାଏ। ଡାଡ଼ି କଚେରୀରୁ ଫେରି ନିଜ ଜୋତାର ଫିତା ନିଜେ ଖୋଲନ୍ତି। କଳା ଗାଉନ୍ କାଢ଼ି ନିଜେ ହାଙ୍ଗର୍‌ରେ ଝୁଲାନ୍ତି। ଚାକର ଚା' ଜଳଖିଆ ଠିକ୍ ସମୟରେ ଦେଇଯାଏ। ମମିଙ୍କର ଅନେକ ସମୟରେ ବାହାରେ ପାର୍ଟି ଥାଏ। ଡାଡ଼ିଙ୍କ ସହିତ ରାତ୍ରି ଭୋଜନ ସମୟରେ ତାକୁ ହିଁ ଖାଇବାକୁ ହୁଏ।

ଡାଡ଼ି ଖୁବ୍ ଦୁଃଖୀ ମନେ ହୁଅନ୍ତି। ସବୁ ଥାଇ କିଛି ନଥିବାର ଦୁଃଖ ତାଙ୍କ ମୁହଁସାରା ଅଠାଭଳି ଲାଗି ରହିଥାଏ। ଅନ୍ୟମନସ୍କ ଭାବରେ ଅଧା ଖାଇ ହାତ ଧୋଇବାକୁ ଉଠିଗଲା ବେଳେ ସେ ବାଧାଦିଏ- ଡାଡ଼ି! କିଛି ଖାଇଲ ନାହିଁ ଯେ! ରୁଟି, କଷା ମାଂସ, ଭେଣ୍ଡି ଭଜା-

- ଥାଉ। ମୋର ହଜମ କରିବା ଶକ୍ତି ଧୀରେ ଧୀରେ କମିଯାଉଛି। ପେଟପୂରା ଖାଇଲେ ଅସ୍ୱସ୍ତି ଲାଗେ।

ଡାଡ଼ି ଉଠିଯାଆନ୍ତି। ମମି ତଥାପି ଫେରିନଥାନ୍ତି। ଗଲାବେଳେ କହି ଯାଇଥାନ୍ତି, ଆଜି ନିର୍ବାଚନମଣ୍ଡଳୀ ଗସ୍ତରେ ଯାଉଛି- ଫେରୁ ଫେରୁ ଅନେକ ରାତ୍ରି ହେବ। ଖାଇ ପିଇ ଶୋଇଯିବୁ।

ବ୍ରଜକିଶୋର ମଟର ସାଇକେଲ ରଖି ପ୍ରଥମ ମହଲାରେ ଥିବା ତା'ର ବେଡ୍-କମ୍-ରିଡ଼ିଂ ରୁମ୍‌କୁ ଯାଏ। ତା' ପଢ଼ାପଢ଼ିର ସୁବିଧା ପାଇଁ ଫାଷ୍ଟ୍ ଫ୍ଲୋର୍‌ରେ ଡାଡ଼ି ଏଇ ଘରଟା ଛାଡ଼ି ଦେଇଛନ୍ତି। ଆଟାଚଡ୍ ବାଥ୍। ଟେବୁଲ ଉପରେ ଆଇ.ଏ.ଏସ୍. ପ୍ରସ୍ତୁତି ପାଇଁ ମୋଟା ମୋଟା ବହି।

ସେ ବହିର ପୃଷ୍ଠା ଅନେକ ଦିନ ହେଲା ଖୋଲା ହୋଇନାହିଁ। ସେ କ୍ଲବ୍‌ର ଡ୍ରାମା ନେଇ ବ୍ୟସ୍ତ। ଗୀତାକୁ ନେଇ ବିବ୍ରତ।

ତା' ସହିତ ଏକ ସ୍ଥାୟୀ ସମ୍ପର୍କ ଗଢ଼ିବା ପାଇଁ ସେ ଚେଷ୍ଟା କରିଯାଉଛି। ଗୀତା ତା'ର ହିଷ୍ଟ୍ରି ପ୍ରଫେସରଙ୍କ ଝିଅ। ପ୍ରଫେସର ତାକୁ ଖୁବ୍ ଭଲ ପାଆନ୍ତି। କିନ୍ତୁ ସେ ଆଇ.ଏ.ଏସ୍. କିମ୍ବା ସେହିଭଳି କିଛି ବଡ଼ ଚାକିରି ନପାଇଲେ ତା' ସହିତ ଥିବା ତା'ର ସମ୍ପର୍କକୁ ଆଗକୁ ବଢ଼ିବାକୁ ଦେବେ, ଏକଥା ବିଶ୍ୱାସ କଲାଭଳି ଗଜମୂର୍ଖ ସେ ନୁହେଁ। ସେଥିପାଇଁ ସେ ଗୀତାକୁ ଫୁସୁଲାଇ ନେଇ ପଳାଇଯିବାକୁ ଚାହେଁ। ତା'ର ଏ ଗୋପନ ଇଚ୍ଛା କଥା ଅନ୍ୟ କେହି ଜାଣନ୍ତି ନାଇଁ, ଏପରିକି ଗୀତା ମଧ୍ୟ ନୁହେଁ।

ଗୀତାକୁ ସତର ଚାଲିଛି। ଆସନ୍ତା ପୌଷ ପୂର୍ଣ୍ଣମୀକୁ ସତର ପୂରିଯିବ। ଅଠର ବର୍ଷ ଆଗରୁ ନେଇ ପଳାଇବା ଆଇନ ଦୃଷ୍ଟିରେ ଅପରାଧ। ଅଠର ଆଗରୁ ଗୀତା ଯାଇପାରିବ ନାହିଁ କି ସେ ନେଇପାରିବ ନାହିଁ। ସେ ଏ ସହରର ଜଣେ ପ୍ରଥିତଯଶା

ଆଇନଜୀବୀଙ୍କ ପୁତ୍ର- ଅଠର ବର୍ଷରେ ପହଞ୍ଚିବା ଆଗରୁ କୌଣସି ନାବାଳିକା ଝିଅକୁ ବାହା ହେବା ଯେ ଦଣ୍ଡନୀୟ ଅପରାଧ, ସେକଥା ସେ ଜାଣେ।

ଝିଅମାନଙ୍କ ପାଇଁ ଏ ସତର ବର୍ଷ ବୟସଟା ଖୁବ ବିପଦଜନକ। ପାଦ ଏତିକିବେଳେ ଟଳମଟଳ ହୁଏ- ମନ ଅସ୍ଥିର, ଚଞ୍ଚଳ। ଗୀତାର ଓଡ଼ିଆ ସିନେମାରେ ହିରୋଇନ୍ ହେବାପାଇଁ ଇଚ୍ଛା। ତା'ର ଦୃଢ଼ ଧାରଣା, କ୍ଲବ୍ ଡ୍ରାମାରେ ନାୟିକା ହେବାର ସୁଯୋଗ ପାଇଲେ ସେ ନିଜ ଅଭିନୟ ଦକ୍ଷତାର ପ୍ରମାଣ ଦେଇପାରିବ।

ବ୍ରଜ କଥା ମଝିରେ ଟିପ୍ପଣୀ କରେ, କିନ୍ତୁ ତମର ତ ପୂର୍ବରୁ ଅଭିନୟ କରିବାର ଅଭିଜ୍ଞତା ନାହିଁ!

ତଳ ଓଠକୁ ଦାନ୍ତରେ ଚାପିଧରି ଗୀତା ଦାସ ଉତ୍ତର ଦିଏ, ଝିଅମାନେ ମାଆ ପେଟରୁ ଭଲ ଅଭିନୟ-କଳାକୌଶଳ ଶିଖିକରି ଜନ୍ମ ହୋଇଥାଆନ୍ତି। ଯେ ଯେତେ ଭଲ ଅଭିନୟ କରିପାରେ, ଜୀବନରେ ସେ ସେତେ ସୁଖୀ ହୁଏ। ତମେ ଖାଲି ପାଞ୍ଚ ହଜାର ଚାନ୍ଦା ସଂଗ୍ରହ କରିଦିଅ, ମୁଁ ହିରୋଇନ୍ ରୋଲ୍ ପାଇଯାଏ- ମଞ୍ଚ ଉପରେ ମୋର ଅଭିନୟ ଦେଖି ଟେରା ହୋଇଯିବ-

ରବିବାବୁ ଠିକାଦାର ବନ୍ଧୁକ ଧରି ଶିକାରରେ ବାହାରି ଯାଇଛନ୍ତି। ଦେଖାହେଲା ନାହିଁ। ସେ ଦୀର୍ଘାଙ୍ଗୀ ଝିଅଟା ଅକ୍ରୂର ବୋଷଙ୍କ ଫାଟକ ଖୋଲି ପଶିଗଲା। ତାଙ୍କୁ ଚାନ୍ଦା ମାଗିବାର ସୁଯୋଗ ମିଳିଲା ନାହିଁ। ପାଞ୍ଚ ହଜାର ଟଙ୍କା ଯୋଗାଡ଼ ହୋଇପାରିଲା ନାହିଁ। କାଲି ସେ ଗୀତାକୁ ମୁହଁ ଦେଖାଇବ କେମିତି ? ଆଇ.ଏ.ଏସ. ଚାକିରି ନହେଲା ପଛେ, ମାତ୍ର ପାଞ୍ଚ ହଜାର ଟଙ୍କା ଚାନ୍ଦା ସେ ସଂଗ୍ରହ କରିପାରିଲା ନାହିଁ? ବଡ଼ ଦୁଶ୍ଚିନ୍ତାରେ ରାତି କଟିଗଲା।

ତା' ଆରଦିନ ସକାଳୁ ମମି ତାକୁ ସ୍ମରଣ କରାଇଦେଲେ, ଗୀତା ବୋଲି କିଏ ଜଣେ ତତେ ଫୋନ୍ କରିଥିଲା। ସଂଧ୍ୟାରେ ତାଙ୍କ ଘରକୁ ଯିବାକୁ ବାରମ୍ବାର କହିଛି।

ବ୍ରଜକିଶୋର କିଛି ଉତ୍ତର ଦେଲା ନାହିଁ।

ମମି ଉତ୍ସାହିତ ହୋଇ କହିଲେ, ଝିଅଟିର ଗଳା ଖୁବ୍ ମିଠା। ଦେଖିବାକୁ କେମିତି ? ସେ ତୋର ଗାର୍ଲ୍ ଫ୍ରେଣ୍ଡ୍ ନା କ୍ଲାସ ମେଟ୍ ?

- ସେ ମୋ ପ୍ରଫେସରଙ୍କ ଝିଅ। ଗୀତା ଦାସ। ସେ ଆମ କ୍ଲବ୍ ଡ୍ରାମାର ହିରୋଇନ୍।

ମମି କିଛି ମନ୍ତବ୍ୟ କଲେ ନାହିଁ। ପୁଅ ବଡ଼ ହୋଇ ଯାଇଛି। ତା'ର ବ୍ୟକ୍ତିଗତ ବ୍ୟାପାରରେ ସେ ମୁଣ୍ଡ ପୂରାଇବାକୁ ଚାହାନ୍ତି ନାହିଁ।

ସଂଧ୍ୟାରେ କ୍ଲବ୍ ହାଉସ୍‌ରେ ନୂଆ ଡ୍ରାମାର ରିହର୍ସାଲ୍ ହେବାର କଥା। ଗୀତା ସେହି ରିହର୍ସାଲ୍‌ରେ ଉପସ୍ଥିତ ରହିବା ନିହାତି ଦରକାର। ସେହିଠାରେ ତା' ସହିତ

ଦେଖା ହେବାକଥା। ହଠାତ୍ କ୍ଲବ୍ ବଦଳରେ ଘରେ ଦେଖା କରିବାକୁ ସେ ଟେଲିଫୋନ୍ କରିଛି କାହିଁକି ?

ଖୁବ୍ ଦ୍ୱିଧାଗ୍ରସ୍ତ ଭାବରେ ସେ ପ୍ରଫେସର ଦାସଙ୍କ ଘରେ ପ୍ରବେଶ କରିଥିଲା। ମିସେସ୍ ଦାସ ତାକୁ ବାଟ କଢ଼ାଇ ନେଇଥିଲେ ତାଙ୍କ ବଗିଚାକୁ। ସେହିଠାରେ ହିଁ ଚାଲିଥିଲା ଗୀତାର ଜନ୍ମଦିନ ଉପଲକ୍ଷେ ଆୟୋଜିତ ଉଦ୍ୟାନ-ଭୋଜି। ବଡ଼ ଧରଣର ବାର୍ଥ୍‌ଡ଼େ ପାର୍ଟି ନୁହେଁ; ଏକପ୍ରକାର ପାରିବାରିକ ବନ୍ଧୁମିଳନ। ହୋ ହଲ୍ଲା ନଥିଲା, ବର୍ଣ୍ଣାଢ୍ୟ ଆଲୋକସଜ୍ଜା ମଧ୍ୟ ହୋଇନଥିଲା। ଭୋଜିଭାତ ନୁହେଁ, ହାଇ ଟି ବ୍ୟବସ୍ଥା କରାଯାଇଥିଲା।

ଗୀତା ହିଁ ତା'ର ସମ୍ପର୍କୀୟ ଆତ୍ମୀୟ ସ୍ୱଜନମାନଙ୍କ ସହ ତା'ର ପରିଚୟ କରାଇଦେଲା। ସେ ଏମ୍.ଏ.ରେ ପ୍ରଥମ ଶ୍ରେଣୀ ପାଇଛି ବୋଲି ଉଲ୍ଲେଖ କଲାବେଳେ ନିଜ ଛାତି ଭିତରେ ପବନ ଅଟକି ଯାଉଥିବା ଭଳି ଯନ୍ତ୍ରଣା ଅନୁଭବ କରୁଥିଲା ବ୍ରଜକିଶୋର। ତାର ଭୟ ହେଉଥିଲା, ଏହାପରେ ଯଦି ସେ ତା'ର ଆଇ.ଏ.ଏସ୍. ପ୍ରିଲିମିନାରି କଥା କହେ-

ନା, ସେକଥା କହିଲା ନାହିଁ। କହିବା ଦରକାର ହେଲା ନାହିଁ। ସେମାନେ ଧୀରେ ଧୀରେ ସଂଧ୍ୟାର ଅନ୍ଧାର ଘନୀଭୂତ ହେବା ପରେ ଜଣକ ପରେ ଜଣେ ଚାଲିଗଲେ। ବ୍ରଜ ଶୂନ୍ୟ ଦୃଷ୍ଟିରେ ଆକାଶକୁ ଚାହିଁଲା। ଆଜି ଗୀତାର ଜନ୍ମଦିନ, କିନ୍ତୁ ଆକାଶରେ ପୌଷପୂର୍ଣ୍ଣମୀର ଜହ୍ନ ନାହିଁ। ଅଥଚ ପୌଷପୂର୍ଣ୍ଣମୀରେ ଜନ୍ମ ହୋଇଥିଲା ବୋଲି ତାକୁ ବାରମ୍ବାର ସେ କହିଥିଲା।

ତା'ର ସନ୍ଦେହମୋଚନ କରିବା ପାଇଁ ଗୀତା କହିଲା, କି ବୋକା ! ଇଂରେଜୀ ତାରିଖ ଅନୁସାରେ ଆଜି ମୋର ଜନ୍ମଦିନ। ତିଥି ଅନୁସାରେ ଜନ୍ମଦିନ ଆଉ ଛଅଦିନ ଡେରି ଅଛି। କାଲି ମୁଁ ପୁନେ ଚାଲିଯାଉଛି। ସେଥିପାଇଁ ମାଆ ଇଂରାଜୀ ତାରିଖ ଅନୁସାରେ ଆଜି ବାର୍ଥ୍‌ଡ଼େ ସେଲିବ୍ରେସନ୍ କରିଦେଲେ।

- ପୁନେ ଯାଉଛ କାହିଁକି ?

- ଫିଲ୍ମ ଇନ୍‌ଷ୍ଟିଚ୍ୟୁଟ୍‌ରେ ନାମ ଲେଖାଇବା ପାଇଁ। ସିଟ୍ ମିଳିଯାଇଛି-

- ଆଉ ଆମ କ୍ଲବ୍ ଡ୍ରାମା ?

ମ୍ଲାନ ହସି ଗୀତା ଉତ୍ତର ଦେଲା, ସୁରଭି ମୋ ରୋଲ୍ କରିବ। ଦେଖିବ, ନାଟକ ଠିକ୍ ଜମି ଉଠିବ।

ଗୀତାକୁ ଅଠର ହୋଇଗଲା। ସେ ଚାହିଁଲେ ନିର୍ବାଚନରେ ଭୋଟ ଦେଇପାରିବ, ନିଜ ଇଚ୍ଛା ଅନୁସାରେ ଅନ୍ୟଜଣକ ହାତ ଧରି ଚାଲି ଯାଇପାରିବ।

ତା' ହାତ ଛାଡ଼ିଦେଇ ପୁନେ ଚାଲିଯାଉଛି ବୋଲି ସେ ଜାଣିଗଲା ପରେ ବ୍ରଜର ମନ ଖରାପ ହୋଇଗଲା । ପ୍ରଫେସର ଦାସଙ୍କ ବଗିଚା ପାର ହେଲାବେଳେ ସେ ନାଟକର ସଂଳାପ ଉଚ୍ଚାରଣ କରୁଥିବା ଭଳି ଗଙ୍ଗଶିଉଳି ଗଛକୁ ଚାହିଁ କହିଲା, ଏ ଫୁଲର ଆୟୁଷ ଗୋଟିଏ ରାତି । କାଲି ସକାଳୁ ଏ ଫୁଲ ଝରିଯିବ ।

ତା' ହାତ ପାପୁଲିରେ ମୃଦୁଚାପ ଦେଇ ଗୀତା ଉତ୍ତର ଦେଲା, ଗୋଟିଏ ଗଛର ଫୁଲ ଝରିଗଲେ ଅନ୍ୟ ଗଛର କଢ଼ ସବୁ ଫୁଟିଯିବେ । ଫୁଲର ଆୟୁଷ ଶେଷ ହୋଇଗଲେ ବି ବଗିଚାର ବୟସ ବଢ଼େ ନାହିଁ । ବଢ଼େ ?

ବ୍ରଜ ତା'ର ସେ ପ୍ରଶ୍ନର କୌଣସି ଉତ୍ତର ଦେଇପାରିଲା ନାହିଁ । ତା'ର ମନେ ହେଲା, ପୌଷ ପୂର୍ଣ୍ଣମୀର ତିଥି ଦୂରରେ ଥିଲେ ବି ମାୟାବୀ ଜ୍ୟୋସ୍ନାରେ ବଗିଚା ସାରା ଆଲୋକମୟ ହୋଇଉଠିଛି । ତା'ର ହାତ ଛାଡ଼ିଦେଇ ସେଇ ମାୟାବୀ ଜ୍ୟୋସ୍ନାରେ ଦୂରକୁ ଦୂରକୁ ଚାଲିଯାଉଛି ଗୀତା । ସେ ଧରିବା ପାଇଁ ହାତ ବଢ଼ାଇଲେ ମଧ୍ୟ ହାତ ପାଉନାହିଁ ।

ସେ କେବଳ ବଗିଚା ମଝିରେ ଠିଆ ହୋଇ ଶୁଣିପାରୁଛି ଦୂର ପାଦ ଶବ୍ଦ !

■

ତାଳଗଛର ଛାଇ

ଶ୍ୟାମଳ ସଂସାର କରିଥିଲା, ଘର କମ୍ ନଥିଲା।

ଚାକିରି ଜୀବନର ଦୀର୍ଘ ଏଗାର ବର୍ଷ କମ୍ପାନି କ୍ୱାର୍ଟର୍ସରେ ଭଲରେ ଭଲରେ କଟାଇ ଦେଇଥିଲା। ସଂଗୀତା ଯେତେ କହିଲେ ବି ଏ ପାର୍ବତ୍ୟ ଅଞ୍ଚଳରେ ନିଜ ପାଇଁ ଅଲଗା ଗୋଟାଏ ଘର ତିଆରି କରିବା କଥାରେ ସେ କାନଦେଇ ନଥିଲା।

ସଂଗୀତା ଥରେ ରାଗିଯାଇ କହିଲା, ତମେ କ'ଣ ଭାବୁଛ, ଏ କମ୍ପାନୀ ଚାକିରି ଶେଷ ହୋଇଗଲେ ମତେ ପୁଣି ଝିଅ ଦୁହିଁଙ୍କୁ ନେଇ ତମର ସେ ଅପନ୍ତରା ଗାଁରେ ରହିବାକୁ ହେବ ? ଲାଇଟ୍ ନାହିଁ, ପାଇପ୍ ପାଣି ନାହିଁ...

- ନନା ତ ସେଦିନୁ ଲଗାଇଛନ୍ତି ଗାଁରେ କୋଠାଘର କରିବାକୁ। ଗତବର୍ଷ ଇଟା ପକାଇଥିଲେ। ଏଠି ଘର କରିବା ଅପେକ୍ଷା ଗାଁରେ ବରଂ କୋଠାଘରଟିଏ ତୋଳିବା, ପକ୍କା ପାଇଖାନା କରିବା, ଗାଁକୁ ତ ବିଜୁଳିବତି ମିଳିବ ବୋଲି ଗାଁ ଗହୀରରେ ଖୁଣ୍ଟି ପୋତା ହେଲାଣି। ନଳକୂଅଟିଏ ବସାଇଦେଲେ ତମକୁ ଆଉ ଗହୀରିଆ କୂଅରୁ ଦଉଡ଼ି ପକାଇ ପାଣି କାଢ଼ିବାକୁ ପଡ଼ିବ ନାହିଁ।

ସ୍ୱାମୀଙ୍କ କଥା ଶୁଣି ବାରୁଦ ସ୍ତୂପରେ ନିଆଁ ଲାଗିଗଲା ଭଳି ରାଗରେ ବିସ୍ଫୋରିତ ହୋଇଯାଇଥିଲା ସଂଗୀତା।

ଚିତ୍କାର କରି ଉଠିଥିଲା, ଗାଁରେ ଯେତେବଡ଼ କୋଠାଘର କଲେ ବି ତମ ନନା, ଦୁଇ ବଡ଼ଭାଇ, ସେମାନଙ୍କ ପିଲାଛୁଆଙ୍କୁ ନିଅଣ୍ଟ। ସେମାନେ ସବୁ ଘର ଦଖଲକରି ବସିଥିବେ- ଚାକିରି ଶେଷରେ ଗାଁକୁ ଫେରିଲେ ତମ ରହିବା ପାଇଁ ଘର ଛାଡ଼ିଦେବେ କିଏ ନା ତମେ ସେମାନଙ୍କୁ ବେଦଖଲ କରିପାରିବ ?

ଶ୍ୟାମଳ ସ୍ତ୍ରୀର କଥା ଶୁଣି ଧକ୍କା ଖାଇଲା ଭଳି ଦୋହଲି ଯାଇଥିଲା।

ଗତବର୍ଷ ଦଶହରା ଛୁଟିରେ ଗାଁକୁ ଯାଇଥିଲା। ଦେଖି ଆସିଥିଲା ସାଆନ୍ତସାହି

ଆଉ ବ୍ରାହ୍ମଣସାହିରେ ଅଧକରୁ ବେଶି ଘର ପକ୍କାଘର ହୋଇଗଲାଣି । ତାଙ୍କ ସାହିରେ ତାଙ୍କରି ଘରଟି ଖାଲି ମାଟିଘର । ଛପର ଚାଳର ବତାସବୁ ଦାନ୍ତୁରୀ ବୁଢ଼ୀର ଛାମୁଦାନ୍ତ ଭଳି ବାହାରକୁ ବାହାରି ଖତେଇ ହେଲାପରି ଦେଖାଯାଉଛି । ଏତେ ପକ୍କାଘର ଭିତରେ ନିଜର ଚାଳଘରଟି ଦେଖିଲେ ମାଡ଼ିପଡୁଛି ।

ନନା କହିଥିଲେ, ମୁଁ ଏଥର ଗୋଟିଏ ଭାଟି ଇଟା ପୋଡୁଛି । ତୁ ଯୋଗାଡ଼ କରି ଲକ୍ଷେ ଟଙ୍କା ପଠା । ଶରତ ଓ ସୁବଳ, ଦିହେଁ ମିଶି ପଚାଶ ହଜାର ଯୋଗାଡ଼ କରିବେ ବୋଲି କହିଛନ୍ତି । ମୁଁ ଏ ବର୍ଷ କୋଠାଘର କାମ ଆରମ୍ଭ କରିଦେବି ।

ବଡ଼ଭାଇ ପ୍ରାଇମେରି ସ୍କୁଲ ଟିଚର୍, ମଝିଆ ବ୍ଲକ୍ ଅଫିସ୍‌ରେ କିରାଣୀ । ସେମାନେ ଯଦି ପଚାଶ ହଜାର ଯୋଗାଡ଼ କରିପାରିବେ, ବାଘମୁଣ୍ଡା ଇସ୍ପାତ କାରଖାନାର ଇଞ୍ଜିନିୟର ହୋଇ ସେ ଲକ୍ଷେ ଟଙ୍କା ଘର ତୋଳା ପାଇଁ ଦେଇପାରିବ ନାହିଁ ?

ସେଦିନ ରାତିରେ ସ୍ତ୍ରୀଙ୍କୁ ପ୍ରସ୍ତାବ ସମ୍ପର୍କରେ ପଚାରିଥିଲା ଶ୍ୟାମଳ । ତା' କଥା ଶୁଣି ସଂଗୀତା ମୁହଁ ଛିଞ୍ଚାଡ଼ି ଉତ୍ତର ଦେଇଥିଲା,- ଲକ୍ଷେ କାହିଁକି, ଦୁଇ ଲକ୍ଷ ଦେଉନାହଁ ! ମୁଁ କ'ଣ ମନାକଲି ? ବ୍ୟାଙ୍କ୍‌ରେ ଜମା କରିଥିବ- ନନାଙ୍କୁ ଦେଇଦେବ । କିନ୍ତୁ ମୁଁ ବାପଘରୁ ଯେଉଁ ସୁନା ଗହଣା ଆଣିଛି, ସେଥିରେ ହାତ ମାରିବାକୁ ଦେବିନାହିଁ...

ସେ ପହିଲାଦିନ ଯାହା ଦରମା ପାଏ, ସଂଗୀତାକୁ ଧରାଇଦିଏ । ମାସକ ଭିତରେ କ'ଣ ଖର୍ଚ୍ଚ ହେଲା ନହେଲା, ସେକଥା କେବେ ପଚାରେ ନାହିଁ । ଆଉ ତା' ବ୍ୟାଙ୍କ୍ ଆକାଉଣ୍ଟ୍‌ରେ ଯେ ଦଶ ବାର ହଜାରରୁ ଅଧିକ ସଞ୍ଚୟ ନାହିଁ, ସେକଥା ଭଲକରି ଜାଣେ ସଂଗୀତା । ତେଣୁ ଗାଁରେ ଘରତୋଳା ପାଇଁ ଲକ୍ଷେ ଟଙ୍କା ଦେବା ପ୍ରସଙ୍ଗ ସେ ଏଡ଼ାଇ ଯାଇଥିଲା । ନନାଙ୍କୁ ମୁହଁ ଉପରେ ମନା କରିଦେବା ସମ୍ଭବ ହୋଇପାରି ନଥିଲା ବୋଲି ଚାକିରି କ୍ଷେତ୍ରକୁ ଫେରିଆସି ଚିଠି ଲେଖିଥିଲା- ନନା ! ମୋ ହାତରେ କିଛି ସଂଚୟ ନାହିଁ । ଯାହା ରୋଜଗାର କରୁଛି, ସବୁ ଖର୍ଚ୍ଚ ହୋଇଯାଉଛି । କାରଖାନାରେ ଇସ୍ପାତ ଉତ୍ପାଦନ ବୃଦ୍ଧି ସ୍ଥଗିତ ରହିଛି । ଦେଶରେ ଇସ୍ପାତ ବଜାର ଖୁବ୍ ମାନ୍ଦା । ଅବସ୍ଥା ସୁଧୁରିଲେ ପ୍ରମୋଶନ ହେବ, ଇନ୍‌କ୍ରିମେଣ୍ଟ ମିଳିବ ବୋଲି ଆମକୁ କୁହାଯାଉଛି । ଆପଣଙ୍କ ଦୁଇ ନାତୁଣୀ ମିଲି ଆଉ ଜଲି ଏଠାରେ ଇଂଲିସ୍ ମିଡ଼ିୟମ୍ ସ୍କୁଲରେ ପଢୁଛନ୍ତି । ସ୍କୁଲ ପାଠ ଠିକ୍ ଭାବରେ ପଢ଼ି ବୁଝିବାରେ ସାହାଯ୍ୟ କରିବା ଲାଗି ସେମାନେ ଟିଉସନ୍ ହେଉଛନ୍ତି । ମୋ ଦରମାର ଅର୍ଦ୍ଧେକ ଅର୍ଥ ସେ ଦୁଇଜଣଙ୍କ ପାଠପଢ଼ାରେ ଖର୍ଚ୍ଚ ହୋଇଯାଉଛି । ଗାଁରେ କୋଠାଘର ତୋଳିବା ପାଇଁ ଏବେ ଆଉ ଟଙ୍କା ପଠାଇବା ସମ୍ଭବ ହେଉନାହିଁ ।

ଚିଠିଟା ଲେଖିସାରିଥିଲେ ମଧ୍ୟ ଡାକରେ ପଠାଇବାବେଳେ ତାକୁ ଖୁବ୍ କଷ୍ଟ

ଲାଗିଥିଲା । ନନା ଗାଁର ଚାଷଜମି ବିକି, ଧାରଉଧାର କରି ତାକୁ ଇଞ୍ଜିନିୟରିଂ ପଢ଼ାଇଥିଲେ, କେବେ କିଛି ତାକୁ ମାଗି ନଥିଲେ । ଘର ତୋଳିବା ପାଇଁ ଚାହିଁଥିଲେ ମାତ୍ର ଏକ ଲକ୍ଷ ଟଙ୍କା । ଇଚ୍ଛା କରିଥିଲେ ସେ ଏ ଟଙ୍କାଟା ଯେ ଯୋଗାଡ଼ କରି ପଠାଇ ପାରିନଥାନ୍ତା, ସେକଥା ନୁହେଁ । ଋଣ ନେଇପାରିଥାଆନ୍ତା- ଭବିଷ୍ୟନିଧି ପାଣ୍ଠିରେ ଗଚ୍ଛିତ ଥିବା ଅର୍ଥରୁ କିଛି ଟଙ୍କା ଉଠାଇ ପାରିଥାଆନ୍ତା । କିନ୍ତୁ ଗାଁରେ ଘର ହେଲେ ତା'ର କିଛି ଉପକାରରେ ଆସିବ ନାହିଁ ବୋଲି ସଂଗୀତା ଚେତାଇ ଦେଲାପରେ ସେ ଖୁବ୍ ସ୍ୱାର୍ଥପର ହୋଇଯାଇଥିଲା । ଚିଠିଟା ଡାକରେ ପଠାଇବ କି ନାହିଁ, ମନରେ ତର୍କବିତର୍କ କରିସାରି ଦିନେ ଚିଠିଟା ଡାକ ବାକ୍ସରେ ପକାଇଦେଲା ।

ତା'ପରେ ଖବର ପାଇଥିଲା, ଘର ତୋଳିବା ପାଇଁ ନନା ଯେଉଁ ଇଟାଭାଟି ପୋଡ଼ାଇଥିଲେ, ସେ ଭାଟିକ ଇଟା ଗାଁର ସ୍କୁଲଘର ତିଆରି ପାଇଁ ଦାନ କରିଦେଇଛନ୍ତି ।

କମ୍ପାନୀ କ୍ୱାଟର୍ସରେ ଦିନ ସବୁ ଭଲରେ ଭଲରେ କଟିଯାଉଥିଲା । ହଠାତ୍ ଦିନେ ସଂଗୀତା ଅଡ଼ିବସିଲା, ଝିଅ ଦୁହେଁ ବଡ଼ ହେଉଛନ୍ତି । ଏ ଦୁଇକୋଠରୀ ବିଶିଷ୍ଟ କ୍ୱାଟର୍ସରେ ସେମାନଙ୍କ ପାଇ ଜାଗା ଅଣ୍ଟୁନାହିଁ । ବଡ଼ କ୍ୱାର୍ଟର୍ ମିଳିବ ମିଳିବ ବୋଲି କହି କମ୍ପାନୀ ଦିନ ଗଡ଼ାଇ ଚାଲିଛି । ଚାଲ, ଆମର ଗୋଟାଏ ଘର ତୋଳିବା ।

- ଘର ତୋଳିବା ? କେଉଁଠି ? କାହିଁକି ? କିପରି ? ଆକାଶରୁ ଖସିପଡ଼ିଲା ପରି ପ୍ରଶ୍ନ କରିଥିଲା ଶ୍ୟାମଳ ।

ସଂଗୀତା ମୃଦୁ ହସି ଉତ୍ତର ଦେଇଥିଲା, ଏଇ ବାଘମୁଣ୍ଡା ସହରରେ ତମ ପ୍ଲାଣ୍ଟର ଜଣେ ସିନିଅର୍ ଆସିଷ୍ଟାଣ୍ଟ ଗୋଟିଏ ଚାରିଗୁଣ୍ଠିଆ ପ୍ଲଟ୍ କିଣିଥିଲେ । ତାଙ୍କ ଝିଅ ବାହାଘର ପାଇଁ ଶସ୍ତାରେ ସେ ପ୍ଲଟ ବିକି ଦେଉଛନ୍ତି । ଚାରି ଗୁଣ୍ଠର ଦାମ୍ ମାତ୍ର ଏକଲକ୍ଷ ।

- କିନ୍ତୁ ଲକ୍ଷେଟଙ୍କା ଆମେ ହଠାତ୍ ପାଇବା କେଉଁଠୁ ?

ଏକ ରହସ୍ୟମୟ ସ୍ନିଗ୍ଧ ହସରେ ସଂଗୀତାର ସାରା ମୁହଁ ଆଲୋକିତ ହୋଇଉଠିଲା । ଆଖିକୋଣରେ ଝଲସି ଉଠିଲା, କ୍ଷୀଣ ବିଦ୍ୟୁତ୍ । ସେ ନିଜ ମୁହଁ ସ୍ୱାମୀର କାନପାଖକୁ ନେଇଆସି କହିଥିଲା, ଏ ଟଙ୍କା ମୁଁ ଦେବି । ତମେ ପ୍ରତି ମାସରେ ମୋ' ହାତରେ ତମ ଦରମା ଟଙ୍କା ଧରାଇଦିଅ । ମୁଁ ସେଇ ଟଙ୍କାରୁ ଖେଣ୍ଟିଖାଣ୍ଟି ଏ ଟଙ୍କା ସଞ୍ଚିଛି- ନିଜର ଗୋଟିଏ ଘର ତୋଳିବା ପାଇଁ ।

ଶ୍ୟାମଳର ମନେପଡ଼ିଯାଇଥିଲା ଗାଁରେ କୋଠାଘର ତୋଳିବା ପାଇଁ ବାପା ଲକ୍ଷେ ଟଙ୍କା ଚାହିଁଥିଲେ । ତା'ର ଏକଥା ମଧ୍ୟ ସ୍ମରଣ ହୋଇଯାଇଥିଲା, ତା' ପାଖରୁ ନାସ୍ତିସୂଚକ ପତ୍ର ପାଇଲା ପରେ, ଦୁଃଖରେ, ଘର ତୋଳିବା ପାଇଁ ପୋଡ଼ିଥିବା ଇଟାସବୁ ସ୍କୁଲଘର ନିର୍ମାଣ ପାଇଁ ସେ ଦାନ କରିଦେଇଥିଲେ । ଅଥଚ ସେତେବେଳେ ପାଖରେ

ଲକ୍ଷେ ଟଙ୍କା ଥାଇ ସୁଦ୍ଧା ଗୋଟିଏ ପଇସା ନାହିଁ ବୋଲି ସେ ମନାକରି ଲେଖିଦେଇଥିଲା ।

ସ୍ୱାମୀଙ୍କ ନିର୍ଲିପ୍ତ ଉଦାସୀନତା ଲକ୍ଷ୍ୟକରି ସଂଗୀତା ଆହୁରି ଆହୁରି ତାଙ୍କ ପାଖକୁ ଘୁଞ୍ଚିଆସି କହିଲା, କ'ଣ ଭାବୁଛ ? ଜମି କିଣା ହୋଇଗଲା ପରେ ଘର ତୋଳିବା ପାଇଁ ଟଙ୍କା କେଉଁଠୁ ଆସିବ ? କାହିଁକି, ସମସ୍ତେ କମ୍ପାନୀରୁ ଟଙ୍କା ଋଣ ନେଇ ଘର ତୋଳୁଛନ୍ତି, ଗାଡ଼ି କିଣୁଛନ୍ତି । ଋଣ ନେବା ପାଇଁ ତମକୁ ଭୟ ଲାଗୁଛି କାହିଁକି ? ଏମିତି ଭୟ କରୁଥିଲେ ତମେ କୌଣସି ଦିନ ନିଜପାଇଁ ଘରଟିଏ ତୋଳିପାରିବ ନାହିଁ...

- ଋଣ ତ ମିଳିଯିବ, କିନ୍ତୁ ଋଣ ଶୁଝିବା କେମିତି ?

- ସେକଥା ମଧ୍ୟ ଭାବି ସ୍ଥିର କରିରଖିଛି, ଆମେ ଗୋଟିଏ ଦୁଇମହଲା ଘର ତୋଳିବା । ଉପର ମହଲାରେ ଆମେ ରହିବା, ତଳମହଲାଟିକୁ କୌଣସି ଜାତୀୟକରଣ ବ୍ୟାଙ୍କ୍ କିମ୍ବା ମଲ୍‌ଟିନ୍ୟାସନାଲ କମ୍ପାନୀ ଅଫିସ ଅଥବା ଦୋକାନ ଘର ଶୋ'ରୁମ୍ ଲାଗି ଭଡ଼ା ଲଗାଇଦେବା । ତମର ଚାକିରି ଆହୁରି ବାରବର୍ଷ ଅଛି, ତା'ଭିତରେ ଋଣ ପରିଶୋଧ ହୋଇଯାଇଥିବ- ଚାକିରିରୁ ଅବସର ନେଲା ବେଳକୁ ଋଣମୁକ୍ତ ଘରଟା ଆମକୁ ଉପହାର ମିଳିଯିବ ।

ସ୍ତ୍ରୀର ଯୁକ୍ତିକୁ ଖଣ୍ଡନ କରିପାରି ନଥିଲା ଶ୍ୟାମଳ । ନିଜର ଇଚ୍ଛା ମୁତାବକ ଗୋଟିଏ ଘର ତୋଳିବାର ସ୍ୱପ୍ନ ସଂଗୀତାର ଅନେକ ଦିନର । ସେ ସ୍ୱପ୍ନର ଘର ସହିତ କମ୍ପାନୀ କ୍ୱାଟର୍ସ ମେଳଖାଏ ନାହିଁ ବୋଲି ସେ ସବୁବେଳେ ଚିଡ଼ିଚିଡ଼ି ହୁଏ । ଆଉ ଗାଁର ମାଟିଘରକୁ ଗଲେ ଶାଶୂ, ଶଶୁର, ଜାଆ, ଦେଢ଼ଶୁରମାନଙ୍କ ଗହଣରେ ସେ ଅଣନିଃଶ୍ୱାସୀ ହୋଇଯାଏ । ସେଥିପାଇଁ ଖର୍ଚ୍ଚରୁ ଖେଣ୍ଟି ସେ ଘର ତୋଳିବା ପାଇଁ ଟଙ୍କା ସଞ୍ଚି ରଖିଛି । ଋଣ ଆଣି ଘର ତୋଳିବା ପାଇଁ ମନା କରିଦେଲେ ସେ କେବଳ ଭାଙ୍ଗିପଡ଼ିବ ନାହିଁ, ଖଣ୍ଡପ୍ରଳୟ ସୃଷ୍ଟିକରିବ ।

ପ୍ରଥମେ ଚାରି ଲକ୍ଷ, ତା'ପରେ ତିନି ଲକ୍ଷ ।

ସାତଲକ୍ଷରେ ତିଆରି ହୋଇଗଲା ଘର । ବାଘମୁଣ୍ଡା ସହରର ଏକନମ୍ବର ଠିକାଦାର ପାଞ୍ଚଲକ୍ଷ ଟଙ୍କାର ଏଷ୍ଟିମେଟ୍ ଦେଇଥିଲେ; କିନ୍ତୁ ଘରର ଚଟାଣରେ ସଂଗୀତାର ସ୍ୱପ୍ନର ମାର୍ବଲ ଏବଂ ମିଳି ଆଉ ଜଲିଙ୍କ ବାଥରୁମ୍ ସାଜସଜ୍ଜାରେ ଆଉ ଦୁଇଲକ୍ଷ ଲାଗିଗଲା ।

ଗୋଟିଏ ବର୍ଷରେ ଘରତୋଳା ଶେଷ ହେବାର ଥିଲେ ବି ସରୁସରୁ ବିତିଗଲା ଦୁଇବର୍ଷ ।

ଗୃହପ୍ରବେଶର ଦିନ ସ୍ଥିର ହୋଇଗଲା।

ଶ୍ୟାମଳର ଖୁବ୍ ଇଚ୍ଛା ଥିଲା, ଗୃହପ୍ରବେଶ ଉତ୍ସବକୁ ଗାଁରୁ ନନା ଓ ଭାଇନା ଦୁଇଜଣଙ୍କୁ ଡାକିବାପାଇଁ। ସଂଗୀତା ବାରଣ କଲା।

- ଡାକିଲେ ସମସ୍ତଙ୍କୁ ଡାକିବ, କେବଳ ନନା-ଭାଇନାଙ୍କୁ ଡାକିଲେ ସେଇଟା ଅସୁନ୍ଦର ଦେଖାଯିବ, ଆଉ ଘରର ସମସ୍ତଙ୍କୁ ଆମନ୍ତ୍ରଣ କଲେ ସେମାନଙ୍କୁ ସମ୍ଭାଳିବ କିଏ ? ତା'ଛଡ଼ା...

ବାକ୍ୟ ସମ୍ପୂର୍ଣ୍ଣ କରିନଥିଲେ ସୁଦ୍ଧା ସ୍ତ୍ରୀର ଅବ୍ୟକ୍ତ କଥାର ବିଷୟବସ୍ତୁ ଶ୍ୟାମଳଙ୍କୁ ଜଣାଥିଲା... ଗାଁରେ କୋଠାଘର ତୋଳିବା ପାଇଁ ଯେତେବେଳେ ଲକ୍ଷେ ଟଙ୍କା ଦେଇପାରିବି ନାହିଁ ବୋଲି ନନାଙ୍କୁ ଚିଠି ଲେଖି ଦେଇଥିଲି, ନିଜେ ଏ ପାହାଡ଼ି ସହରରେ ନିଜ ପାଇଁ ସାତଲକ୍ଷ ଟଙ୍କାରେ ଏ ଘର କେମିତି ତିଆରି କଲି ବୋଲି ସମସ୍ତଙ୍କ ମୁହଁରେ ପ୍ରଶ୍ନବାଚକ ଚିହ୍ନ ଅଙ୍କା ହୋଇଯିବ।

ସେ ନନାଙ୍କ କି ଉତ୍ତର ଦେଇପାରିବ ?

କିନ୍ତୁ ଘରତୋଳା କଥା ତ ସବୁଦିନେ ଘରଲୋକଙ୍କଠାରୁ ଲୁଚେଇ ରଖିହେବ ନାହିଁ। ତେଣୁ ସେ ନନାଙ୍କୁ, ଋଣନେଇ ଘରତୋଳିବା କଥା ଉଲ୍ଲେଖ କରି ଘରପ୍ରତିଷ୍ଠାକୁ ଆସିବା ପାଇଁ ଆନ୍ତରିକତାହୀନ ଏକ ଚିଠି ଲେଖି ଡାକରେ ପଠାଇଦେଲା।

ନନା ଆସି ନଥିଲେ; କିନ୍ତୁ ବାଘମୁଣ୍ଡାରେ ସେ ଗୋଟାଏ କୋଠାଘର ତୋଳିଥିବାରୁ ଘରେ ସମସ୍ତେ ଖୁସି ବୋଲି ଚିଠି ଲେଖି ଜଣାଇଥିଲେ।

ଅଫିସ୍‌ର ବଛାବଛା କେତେଜଣ ସହକର୍ମୀ, ଇସ୍ପାତ କାରଖାନାର ଜେନେରାଲ ମେନେଜର ଓ ଅନ୍ୟ କର୍ମକର୍ତ୍ତାମାନଙ୍କୁ ଗୃହପ୍ରବେଶ ଉତ୍ସବକୁ ଆମନ୍ତ୍ରଣ କରିଥିଲା ଶ୍ୟାମଳ। ଜେନେରାଲ ମେନେଜର ଦିଲ୍ଲୀ ଯାଇଥିଲେ, ସେଇଦିନ ଫେରିଆସିଥିଲେ, ତା'ର ଗୃହପ୍ରବେଶ ଉତ୍ସବକୁ। ତାଙ୍କ ମୁହଁ ମେଘାକ୍ରାନ୍ତ ମନେ ହେଉଥିଲା। ଏମିତି ତ ସେ ଗମ୍ଭୀର ପ୍ରକୃତିର ବ୍ୟକ୍ତି, ସେଥିରେ ବିଷଣ୍ଣତାର ଛାପ ତାଙ୍କ ମୁହଁକୁ କାରୁଣ୍ୟମଣ୍ଡିତ କରିଦେଇଥିଲା।

ଡେପୁଟି ଜେନେରାଲ ମେନେଜର ପଚାରିଲେ, "କ'ଣ ହେଲା ସାର୍ !"

- "ଏ ଇସ୍ପାତ କାରଖାନା ବନ୍ଦ ହୋଇଯିବ।" ଜି.ଏମ୍. ମିଷ୍ଟର ମାଲହୋତ୍ରାଙ୍କ ଉତ୍ତର ଗୋଟାଏ ବିସ୍ଫୋରଣର ଶବ୍ଦ ଭଳି ଅନ୍ୟମାନଙ୍କ କାନକୁ ଶୁଣାଗଲା।

ଏକା ବାଘମୁଣ୍ଡା ଇସ୍ପାତ କାରଖାନା ନୁହେଁ, ରାଉରକେଲା ଷ୍ଟିଲ୍ ପ୍ଲାଣ୍ଟ ମଧ୍ୟ ବନ୍ଦ ହୋଇଯିବ ବୋଲି ଅନେକ ଦିନୁ ଶୁଣାଯାଉଥିଲା, କିନ୍ତୁ ଏକଥା ସେମାନେ କେହି ବିଶ୍ୱାସ କରୁନଥିଲେ।

ଡି.ଜି.ଏମ୍. ମିଷ୍ଟର ବୋଷ୍ ବିସ୍ମୟରେ ପ୍ରଶ୍ନ କଲେ, ବନ୍ଦ ହୋଇଯିବ କାହିଁକି ସାର୍? ଗତବର୍ଷ ଆମର ଉତ୍ପାଦନ ବଢ଼ିଛି...

-ଉତ୍ପାଦିତ ଇସ୍ପାତର ମୂଲ୍ୟ ମଧ୍ୟ ବଢ଼ିଛି, ଆଉ ଆମ ଉତ୍ପାଦିତ ଇସ୍ପାତ ଇଣ୍ଟରନ୍ୟାସନାଲ ଷ୍ଟାଣ୍ଡାର୍ଡ଼ର ନୁହେଁ। ବାଘମୁଣ୍ଡା ପାହାଡ଼ରୁ ଲୌହପଥର ସରିଆସିଲାଣି। ଉତ୍ତର କୋରିଆରୁ ଶସ୍ତାରେ ଉନ୍ନତମାନର ଇସ୍ପାତ ଆମ ଦେଶରେ ବିକ୍ରି ହେଉଛି। ଆମ ପ୍ଲାଣ୍ଟର ପ୍ରଡ଼କ୍ଟସ୍‌ର ମାର୍କେଟ ନାହିଁ। ଇସ୍ପାତ ମନ୍ତ୍ରଣାଳୟ ବାଘମୁଣ୍ଡା ଇସ୍ପାତ କାରଖାନା ବନ୍ଦ କରିଦେବାପାଇଁ ଶେଷ ସିଦ୍ଧାନ୍ତ ନେଇସାରିଛନ୍ତି।

- "ଆମର ଚାକିରି ସାର୍।" ଭୋଜି ଖାଇବା ପାଇଁ ଆମନ୍ତ୍ରିତ କାରଖାନାର ସମସ୍ତ କର୍ମଚାରୀଙ୍କ ସମବେତ କଣ୍ଠସ୍ୱର ଶୁଣାଗଲା।

ଜି.ଏମ୍. ସଂକ୍ଷେପରେ ଉତ୍ତର ଦେଲେ, ସମସ୍ତଙ୍କୁ ସ୍ୱେଚ୍ଛା ଅବସର ନେବାକୁ ହେବ, ଭି.ଆର.ଏସ୍.ରେ। ଆଗାମୀ ବଜେଟ୍‌ରେ ଅର୍ଥବ୍ୟବସ୍ଥା ହେଲେ ନୋଟିଫିକେସନ୍ ହେବ।

ଏତିକିବେଳେ ଶ୍ୟାମଳ ଆସି କହିଲା, ଆପଣମାନେ ଦୟାକରି ଡାଇନିଂ ହଲ୍‌କୁ ଆସନ୍ତୁ- ପ୍ଲେଟ୍ ସଜଡ଼ା ସରିଲାଣି। କିନ୍ତୁ ଭି.ଆର.ଏସ୍. କଥା ଶୁଣିଲାପରେ ସେମାନଙ୍କର ଭୋକ ମରିଯାଇଥିଲା। ତଥାପି ନିମନ୍ତ୍ରଣ ରକ୍ଷାକରି ସେମାନେ ହଲ୍‌କୁ ଟାଣିହୋଇ ଗଲେ। କିନ୍ତୁ ଖାଦ୍ୟ ସବୁ ସ୍ୱାଦହୀନ ଲାଗିଥିଲା।

କାରଖାନା ବନ୍ଦ ହୋଇଯାଉଥିବା ଖବର ଶ୍ୟାମଳ କାନରେ ପହଞ୍ଚି ପାରିନଥିଲା। ପରଦିନ ଅଫିସ୍‌ରେ ଏ ଦୁଃସମ୍ବାଦ ଶୁଣି ହତଚକିତ ହୋଇଯାଇଥିଲା ଶ୍ୟାମଳ। ସାରା ଅଫିସ୍‌ରେ ବ୍ୟାପି ରହିଥିଲା ଏକ ଶୋକାକୁଳ ଅବସ୍ଥା। ଓଡ଼ିଶାର ଏହି ଦ୍ୱିତୀୟ ବୃହତ୍ କାରଖାନା ଆଦିବାସୀ ଅଧ୍ୟୁଷିତ ବାଘମୁଣ୍ଡା ପାହାଡ଼ର ପାଦଦେଶରେ ପ୍ରତିଷ୍ଠିତ ହେଲା ପରେ ତା' ଭଳି ଅନେକ ଇଞ୍ଜିନିୟର୍ ସରକାରୀ ଚାକିରି ଛାଡ଼ି ଅଧିକ ବେତନ ଓ ପ୍ରମୋଶନ ଆଶାରେ ଏହି କମ୍ପାନୀ ଚାକିରିରେ ଯୋଗ ଦେଇଥିଲେ। ଏବେ ଏ ଇସ୍ପାତ କାରଖାନା ବନ୍ଦ୍ ହୋଇଗଲେ ସେମାନେ ଯିବେ କୁଆଡ଼େ? କରିବେ କ'ଣ?

କାରଖାନା ବନ୍ଦ ହୋଇଯିବ, ସ୍ୱାମୀଙ୍କ ଚାକିରି ଚାଲିଯିବ, ଏକଥା ଶୁଣି ମଧ୍ୟ ନଶୁଣିଲା ଭଳି ଚାଲିଯାଇଥିଲା ସଂଗୀତା। ଏଇଟା ଜନରବ- ଗୁଜବରେ କାନଦେବା ଉଚିତ ନୁହେଁ ବୋଲି ସେ ଶ୍ୟାମଳକୁ ଉପଦେଶ ଦେବାକୁ ମଧ୍ୟ ଭୁଲିନଥିଲା।

ଚାକିରି ତାଳଗଛର ଛାଇ- ଏଇ ଅଛି, ଏଇ ନାହିଁ- ଏ କଥାଟି ତାକୁ ଦୁଇ

ସପ୍ତାହ ପରେ ବିଶ୍ୱାସ କରିବାକୁ ହିଁ ହେଲା। ପ୍ରଥମ ଦଫାରେ ଯେଉଁ ଏଗାର ଜଣ ଇଞ୍ଜିନିୟରଙ୍କୁ ସ୍ୱେଚ୍ଛା ଅବସର ଗ୍ରହଣ ପାଇଁ ଚିଠି ଆସିଥିଲା, ସେଥିରେ ଥିଲା ଶ୍ୟାମଳର ନାଁ। ଚିଠିପାଇଲା ପରେ ସେ ହିସାବକରି ଦେଖିଲା- ଭି.ଆର.ଏସ୍. ନେବାପରେ ତାକୁ ଯେତିକି କ୍ଷତିପୂରଣ ମିଳିବ ତାହା ସେ ଘରତୋଳା ଲାଗି ନେଇଥିବା ଋଣଠାରୁ ମଧ୍ୟ ଊଣା। ଅର୍ଥାତ୍ ସେଇ ଅର୍ଥ ଶୁଝିବାପାଇଁ ତା'ର ସି.ପି.ଏଫ୍. ପ୍ରାପ୍ୟ ଟଙ୍କାରୁ ମଧ୍ୟ କିଛି ଉଠାଇବାକୁ ପଡ଼ିବ।

କମ୍ପାନୀ କ୍ୱାର୍ଟର୍ସ ନଛାଡ଼ିଲେ ଭି.ଆର.ଏସ୍. ଟଙ୍କା ମିଳିବ ନାହିଁ ବୋଲି ନୋଟିସ୍ ବାହାରିଲା ପରେ ବାଘମୁଣ୍ଡା କାରଖାନା ଅଞ୍ଚଳର ଶହଶହ କ୍ୱାର୍ଟର୍ସ ଖାଲି ହେବାରେ ଲାଗିଲା। ଚାକିରି ଚାଲିଗଲା ପରେ କିଏ କାହିଁକି କମ୍ପାନି ଘରେ ମାଟି କାମୁଡ଼ି ପଡ଼ି ରହିବାକୁ ଚାହିଁବ ?

ଶ୍ୟାମଳ ନିଜ ଘରେ ରହୁଥିଲା। ତା'ର ଘର ଛାଡ଼ିବା ପ୍ରଶ୍ନ ନଥିଲା। ସେ କେବଳ ନିଜ ଘର ବାଲ୍‌କୋନିରେ ଠିଆହୋଇ ଘରଛାଡ଼ି ଟ୍ରକ୍‌ରେ ଜିନିଷପତ୍ର ଲଦି ଚାଲିଯାଉଥିବା କାରଖାନା କର୍ମଚାରୀଙ୍କ ଶୁଖିଲା ମୁହଁର କରୁଣ ଦୃଶ୍ୟ ଦେଖୁଥିଲା।

ତଳଘର ଭଡ଼ା ନେବାପାଇଁ ୟୁ.ଟି.ଆଇ. ବ୍ୟାଙ୍କ୍ ସହିତ କଥାବାର୍ତ୍ତା ଚାଲିଥିଲା। କାରଖାନା ବନ୍ଦ ହୋଇଯାଉଥିବା କଥା ଜଣାପଡ଼ିଗଲା ପରେ ସେ କଥାବାର୍ତ୍ତା ଭାଙ୍ଗିଗଲା। ସେମାନେ ଆଉ ବାଘମୁଣ୍ଡାରେ ବ୍ୟାଙ୍କ୍‌ର ଶାଖା ଅଫିସ୍ ଖୋଲିବେ ନାହିଁ ବୋଲି ଜଣାଇ ଦେଇଗଲେ। ସେଦିନ ସ୍କୁଲରୁ ଫେରି ଜଲି କହିଲା- ମମି ! ଆମ ସ୍କୁଲ ମଧ୍ୟ ବନ୍ଦ୍ ହୋଇଯିବ। କମ୍ପାନୀ ଆଠଜଣ ସାର୍-ମାଡ଼ାମ୍‌ଙ୍କର ଚାକିରି ନେଇଯାଇଛି। ଅନ୍ୟମାନଙ୍କ ପାଖକୁ ନୋଟିସ୍ ଆସିଛି।

ମିଲିର ଷ୍ଟାଣ୍ଡାର୍ଡ୍ ଟେନ୍। ଏ ବର୍ଷ ତା'ର ମାଧ୍ୟମିକ ଫାଇନାଲ୍। ଜଲିର ଷ୍ଟାଣ୍ଡାର୍ଡ୍ ନାଇନ୍। ସ୍କୁଲ ବନ୍ଦ ହୋଇଗଲେ ସେମାନେ ପଢ଼ିବେ କେଉଁଠି ?

ସଂଗୀତା କାକୁସ୍ଥ ହୋଇ ଶ୍ୟାମଳକୁ କହିଲା- ଚାଲ, ଏ ବାଘମୁଣ୍ଡା ନୂଆଘରଟା ବିକିଦେବା। ବିକ୍ରି ଟଙ୍କାରେ ଭୁବନେଶ୍ୱରରେ ଗୋଟିଏ ନୂଆ ଘର କିଣିନେବା। ଗାଁକୁ ଗଲେ ସେଠାରେ ଇଂଲିଶ୍ ମିଡ଼ିୟମ୍ ସ୍କୁଲ ନାହିଁ।

ଶ୍ୟାମଳ ବାଲ୍‌କୋନିରେ ଠିଆହୋଇ ବାଘମୁଣ୍ଡା ପାହାଡ଼କୁ ଚାହିଁ ରହିଥିଲା। ଏଇ ପାହାଡ଼ର ନାଁ ଅନୁସାରେ ଏଇ ସହରର ନାମକରଣ କରାଯାଇଥିଲା। ବାଘର ମୁଣ୍ଡାକୃତି ଏଇ ପାହାଡ଼। ସେଇ ପାହାଡ଼ ଆଜି ସତେ ଯେପରି ଏକ ହିଂସ୍ର ବାଘରେ ରୂପାନ୍ତରିତ ହୋଇଯାଇଛି। ସେଇ ନରଖାଦକ ବ୍ୟାଘ୍ରର ହେଷ୍ଟାଳ ଶୁଣି ସାରା ସହରର

ଲୋକେ ନିଜ ନିଜ ଜୀବନ ବଞ୍ଚାଇବା ପାଇଁ ସହର ଛାଡ଼ି ପଳାଉଛନ୍ତି। ଆଉ ଦିନ କେତେଟା ପରେ ଏହି କୋଳାହଳମୟ ସହର ଏକ ଶୂନ୍‌ଶାନ୍ ଶ୍ମଶାନ ହୋଇଯିବ।

ଆଠ ନଅ ଲକ୍ଷ ଟଙ୍କା ଦେଇ କିଏ କିଣିବ ସଂଗୀତାର ଏଇ ମାର୍ବଲ ଚଟାଣର ଦୁଇମହଲା ସ୍ୱପ୍ନର ଘର।

ସଂଗୀତା ଆଉଥରେ କହିଲା- ହେ, ମୋ କଥା ଶୁଣୁଛ, ଆମେ ଏ ଘର ବିକିଦେବା...

ଶ୍ୟାମଳ ପଚାରିଲା, କିଏ କିଣିବ ଏ ଘର? କାରଖାନା ବନ୍ଦ୍ ହୋଇଗଲା ପରେ ଏଇଟା ତ ଗୋଟାଏ ଭୂତକୋଠି!!

ତା' କଥା ଶୁଣି ସଂଗୀତାର ଆଖି ଛଳଛଳ ହୋଇଆସିଲା।

■

ମାୟାଦର୍ପଣ

ସଂସାର ଭିତରେ କବି ଜଣେ ସନ୍ନ୍ୟାସୀ। ଏ ଦିଗନ୍ତବ୍ୟାପୀ ସୁନୀଳ ଆକାଶ, ଆଖି ଅପହଞ୍ଚ ଦିଗ୍‌ବଳୟ, ଶ୍ୟାମଳ ଦୁର୍ବାଦଳ, ସୀମାହୀନ ସାଗର- ଏସବୁର ତ ସେ ଅଧିକାରୀ। ତା'ର କ'ଣ ଗୋଟାଏ ଚାରିକାନ୍ଥର ଇଟା-ସିମେଣ୍ଟର ଘର ଦରକାର? ତାହା ପୁଣି ଏଇ ଅସତ୍ୟ ସହରରେ!

ସୀତାନାଥର ମନ ନାହିଁ ନାହିଁ କରି ଉଠେ। ତା'ର ମନେ ହୁଏ, ଏ ରାଜଧାନୀ ସହର ଏକ କଂକ୍ରିଟର ଜଙ୍ଗଲ। ଏଠାରେ କେବଳ କ୍ରୀତଦାସ, କ୍ରୀତଦାସୀମାନେ ବାସ କରନ୍ତି- କବି ଏଠାରେ ଶ୍ୱାସରୋଧର ଯନ୍ତ୍ରଣା ଅନୁଭବ କରେ।

କିନ୍ତୁ ପତ୍ନୀ ସବିତା ଓ ତା'ର ଆତ୍ମୀୟସ୍ୱଜନ ତାଙ୍କର ଏ ମତ ସହିତ ଏକମତ ହୁଅନ୍ତି ନାହିଁ। ତା'ର ଆତ୍ମୀୟସ୍ୱଜନମାନେ ଯୁକ୍ତି କରନ୍ତି-

ଏ କ୍ୟାପିଟାଲ୍‌ରେ ପିଅନ, କିରାଣୀ, ଉଠାଦୋକାନୀ-ମାନେ ମଧ୍ୟ ଘର କରିଛନ୍ତି। ସେ ଘରକୁ ଭଡ଼ା ଲଗାଇ ସୁଖରେ ଅଛନ୍ତି। ତମେ କେବଳ ସ୍ୱପ୍ନ-ଆହାରୀ କବି ନୁହଁ, ସରକାରୀ କଲେଜର ବରିଷ୍ଠ ଅଧ୍ୟାପକ। ଆଉ କେତେବର୍ଷ ପରେ ଚାକିରିରୁ ଅବସର ନେବ। ତା'ପରେ ରହିବ କେଉଁଠି? ସରକାରୀ କ୍ୱାଟର୍ସ ନ ଛାଡ଼ିଲେ ତ ପେନ୍‌ସନ୍ ମିଳିବ ନାହିଁ!

ସୀତାନାଥ ରସିକତା କରି କହନ୍ତି, ମହିପଡ଼ା ଗାଁରେ ଆମର ପୈତୃକ ଚାଳଘର ଅଛି। ନଈକୂଳିଆ ଗାଁ। ସେଇ ଗାଁରେ ମୋର ଜନ୍ମ। ସେଇ ଗ୍ରାମର ରୂପବତୀ ନଦୀର ସୌନ୍ଦର୍ଯ୍ୟ ମତେ କବିତା ଲେଖିବାର ପ୍ରେରଣା ଦେଇଥିଲା- ସେଇ ଗାଁକୁ ଫେରିଯିବି।

ସ୍ୱାମୀଙ୍କ କଥାରେ ଦୃଢ଼ ପ୍ରତିବାଦ କରନ୍ତି ସବିତା।

- ଥାଉ ଥାଉ, ବୁଢ଼ୀ ଦିନେ ମୁଁ ସେ କାଦୁଅ ପଚର ପଚର ତେଲୁଣିପୋକ

ସାଲୁସାଲୁ ଅପାଣ୍ଡବା ମହିପଡ଼ା ଗାଁର ଚାଳଘରେ ରହିପାରିବି ନାହିଁ। ତମେ କ'ଣ ଭାବୁଛ, ମୁଁ ଗଲେ ବି ତମ ପୁଅଝିଅ ସେ ଗାଁରେ ରହିପାରିବେ? ଆଜି ସୁଦ୍ଧା ସେ ଗାଁକୁ ଇଲେକ୍‌ଟ୍ରି ଲାଇନ୍ ଯାଇନାହିଁ- ଜୁଆରିଆ ନଈ ପାରି ହୋଇ ବିଜୁଳି ଖୁଣ୍ଟ ସେ ଗାଁରେ କେବେ ବି ପୋତା ହେବ ନାଇଁ- ପେଟ୍ରୋମାକ୍ସ ଜାଳି ଥିଏଟର ହୁଏ- ସେଠି ରହିବ କିଏ?

ମୃଦୁ ଧକ୍କା ଖାଇଲା ଭଳି ସୀତାନାଥ ଚମକି ଉଠନ୍ତି।

ତାଙ୍କ ପୁଅ ଶଶାଙ୍କ ଆଉ କନକଲତା ମହିପଡ଼ା ଗାଁକୁ ବିଦ୍ୟୁତ୍ ଆଲୋକ ଗଲେ ଯେ ଯିବେ, ଏକଥା ସେ କେବେ ଆଶା କରିନାହାଁନ୍ତି। ସେ ଦୁହେଁଯାକ ଇଂଲିସ ମିଡ଼ିୟମ୍ ସ୍କୁଲ ପିଲା। ଭଲ ଓଡ଼ିଆ କହିପାରନ୍ତି ନାହିଁ। ଇଂରେଜୀ କହିଲାବେଳେ ପାଟିରେ ବାଟୁଳି ବାଜେ ନାହିଁ, ଓଡ଼ିଆ କହିଲାବେଳକୁ ଥରକୁ ଥର ଝୁଣ୍ଟନ୍ତି। ଯେତେ କହିଲେ ବି ସବିତା ପୁଅଝିଅଙ୍କ ସାଙ୍ଗରେ ଓଡ଼ିଆରେ କଥାବାର୍ତ୍ତା କରନ୍ତି ନାହିଁ। ଓଡ଼ିଆ ବହି ପଢ଼ିବାକୁ ଦିଅନ୍ତି ନାହିଁ। ଇଂଲିସରେ କଥା ନକହିଲେ ଜୀବନ ଯୁଦ୍ଧରେ ହାରିଯିବେ, ଏମିତି ଏକ ଧାରଣା ସେମାନଙ୍କ ମନରେ ସୃଷ୍ଟି କରିଦେଲେ; ଗାଁରେ ରହିବା ସେମାନଙ୍କ ପକ୍ଷରେ ଖୁବ୍ କଷ୍ଟକର ହେବ।

ସେଇମାନଙ୍କ ପାଇଁ ଏଇ ସହରରେ ଗୋଟାଏ ଘର ଦରକାର।

ଲୋନ୍ କରି ହୁଏତ ସେ ଘର ତୋଳିପାରିବେ; କିନ୍ତୁ ଜାଗା କିଣିବାକୁ ତାଙ୍କୁ ଟଙ୍କା ଦେବ କିଏ? ସରକାରୀ ଜମି ନମିଳିଲେ ଗୁଣ୍ଠକୁ ଲକ୍ଷେ ଟଙ୍କା ଦେଇ ସେ ପ୍ରାଇଭେଟ ଲାଣ୍ଡ୍ କିଣିପାରିବେ? ସ୍ତ୍ରୀଙ୍କ ଚାପରେ ଦୁଇ ବର୍ଷ ତଳେ ସରକାରୀ ଜମି ପାଇଁ ଆପ୍ଲାଇ କରିଥିଲେ। କାହିଁ ଜମି? ଆପ୍ଲାଇ... ଆପ୍ଲାଇ... ନୋ ରିପ୍ଲାଇ।

ନିଜ ରସିକତାରେ ନିଜେ ହସି ଉଠିଲେ ସୀତାନାଥ।

ତାଙ୍କର ପ୍ରତିବେଶୀ ରଙ୍ଗାଧର ବାବୁ କରିତ୍‌କର୍ମା ଲୋକ। ସେ କ୍ୟାପିଟାଲରେ ଗୋଟାଏ ନୁହେଁ, ଦୁଇ ଦୁଇଟା ଜାଗା ମାରି ନେଇଛନ୍ତି। ଗୋଟାଏ ସ୍ୱନାମରେ, ଅନ୍ୟଟି ନିଜ ଶଳା ନାଁରେ। ଗୋଟାଏ ବରମୁଣ୍ଡାରେ, ଆଉ ଗୋଟିଏ ପ୍ଲଟ୍ ଟଙ୍କପାଣି ରୋଡ୍‌ରେ।

ରଙ୍ଗାଧର ବାବୁ କିପରି ଦୁଇ ଦୁଇଟା ସରକାରୀ ପ୍ଲଟ୍ ପାଇଛନ୍ତି, ସେକଥା ବୁଝିବା ଲାଗି ଅଧ୍ୟାପକ ସୀତାନାଥ ପଣ୍ଡା ତାଙ୍କର ଦ୍ୱାରସ୍ଥ ହେଲେ।

ସାମ୍ନାସାମ୍ନି ଦୁଇଟା ଘରେ ଦୁଇଜଣଯାକ ରହିଥିଲେ ସୁଦ୍ଧା ସୀତାନାଥ କେବେ ରଙ୍ଗାଧରଙ୍କ ଘରକୁ ଯା'ନ୍ତି ନାହିଁ। ଏକରେ ଅଧ୍ୟାପକ, ଦ୍ୱିତୀୟରେ କବି। ରଙ୍ଗାଧର ବାବୁଙ୍କ ଭଳି ଓଭରସିଅର୍‌ଙ୍କ ଘରକୁ ଯିବାର ପ୍ରୟୋଜନ ସେ କେବେ ଅନୁଭବ କରିନାହାନ୍ତି।

ସେଦିନ ସବିତା ତାଙ୍କୁ ପଛରୁ ଠେଲିପେଲି ରଙ୍ଗାଧରଙ୍କ ଫାଟକ ଭିତରେ ଛାଡ଼ି ଆସିଲେ। ରଙ୍ଗାଧର ବାବୁ ଦାଢ଼ି ଖିଅର ହେଉଥିଲେ। ଫାଟକ ଖୋଲି ସୀତାନାଥ ବଗିଚାରେ ପାଦ ଦେବା ମାତ୍ରେ ସେ ସାବୁନ୍ ଫେଣ ମୁହଁରୁ ଧୋଇଦେଇ ଉଠିଆସିଲେ।

ସେ ଯେଉଁ କଲେଜର ଇଂରାଜୀ ଅଧ୍ୟାପକ ରଙ୍ଗାଧର ବାବୁଙ୍କ ସାନପୁଅ ସେଇ କଲେଜର ଛାତ୍ର। ଇଂଲିସରେ ଟିକିଏ ଦୁର୍ବଳ। ଅନେକ ଥର ରଙ୍ଗାଧର ଭାବିଛନ୍ତି, ସୀତାନାଥ ବାବୁଙ୍କୁ କହିବେ- ପୁଅକୁ ଟିକିଏ ଇଂଲିସ୍ ପଢ଼ାଇ ଦିଅନ୍ତୁ- କିନ୍ତୁ ସାହସ କରି ପାରିନାହାନ୍ତି। ତାଙ୍କୁ କୁହାଯାଇଛି, ସେ ଆତ୍ମଭୋଳା କବି ଲୋକ। ଘରେ ଚା' ଖାଇ, ସିଗାରେଟ୍ ଜାଳି ଟେବୁଲ ଉପରେ ବସି କବିତା ଲେଖୁଥାନ୍ତି- କେହି ତାଙ୍କୁ ଡିଷ୍ଟର୍ବ୍ କଲେ ଚିଡ଼ିଯାଆନ୍ତି। ତାଙ୍କ କବିତା କଲେଜ ପିଲାଙ୍କ ପଢ଼ାବହିରେ ଛପା ହୋଇଛି। ସେ ଖୁବ୍ ବଡ଼ ମାପର କବି। ଯଦି ଟିଉସନ୍ କରିବାକୁ ରାଜି ନ ହୁଅନ୍ତି !

ପୁଅର ଫାଇନାଲ୍ ପରୀକ୍ଷା ପାଖ ହୋଇଆସୁଛି; ଆଉ ସୀତାନାଥ ବାବୁ ଫାଟକ ଖୋଲି ଆପେ ଆପେ ତାଙ୍କ ଘରକୁ ମାଡ଼ି ଆସୁଛନ୍ତି- ଏହାକୁ ତ କହନ୍ତି ଭାଗ୍ୟ।

କିନ୍ତୁ ରଙ୍ଗାଧର ବାବୁ ପୁଅର ଟିଉସନ୍ କଥା କହିବା ଆଗରୁ ସୀତାନାଥ ବାବୁ ଆଗ କହି ପକାଇଲେ- ମୋର ଖଣ୍ଡେ ସରକାରୀ ପ୍ଲଟ୍ ଦରକାର, ଘର କରିବା ପାଇଁ ସ୍ତ୍ରୀ ଜିଦ୍ ଧରି ବସିଛନ୍ତି। ଆପଣ ଚାହିଁଲେ ହୋଇପାରିବ ବୋଲି ତାଙ୍କର ଧାରଣା।

ଆକାଶରୁ ପଡ଼ିଲା ଭଳି ଚମକି ଉଠି ରଙ୍ଗାଧର ବାବୁ କହିଲେ-

- ମୁଁ ଚାହିଁଲେ ସରକାରୀ ପ୍ଲଟ୍ ହୋଇଯିବ ? ମୋର କେହି ଶତ୍ରୁ ନିଶ୍ଚୟ ଆପଣଙ୍କୁ ଏ ଭୁଲ ଖବର ଦେଇଛି। ମୋ ଦ୍ୱାରା ଶାଗ ଛିଣ୍ଡେ ନାହିଁ- ମୁଁ ଚାହିଁଲେ ଦୁର୍ଲଭ ସରକାରୀ ଘରଡିହ କରାଇ ଦେଇପାରିବି ବୋଲି କିଏ କହିଲା ?

ସୀତାନାଥ ଟିକିଏ ଅପ୍ରସ୍ତୁତ ହୋଇପଡ଼ିଲେ। ରଙ୍ଗାଧର ବାବୁ ସିଧାସଳଖ ତାଙ୍କୁ ନାହିଁ କରିଦେବେ ବୋଲି ସେ ଆଶା କରି ନଥିଲେ। ତାଙ୍କ ଆତ୍ମସମ୍ମାନକୁ ଖୁବ୍ ବାଧିଲା। ତଥାପି ସେ ଆଶା ଛାଡ଼ିଲେ ନାହିଁ। ଶେଷ ଚେଷ୍ଟା କରି ଦେଖିବା ପାଇଁ ପଚାରିଲେ- ସତ କି ମିଛ, ଠିକ୍ ଜାଣେ ନାହିଁ- ଆପଣ ତ ଏ କ୍ୟାପିଟାଲରେ ଦୁଇଟା ପ୍ଲଟ ପାଇଛନ୍ତି, ଯଦି ପାଇଥାଆନ୍ତି କିପରି ପାଇଲେ ?

ଏଥର ରଙ୍ଗାଧର ବାବୁ କାଳବିଳମ୍ବ ନକରି ଉତ୍ତର ଦେଲେ-

- ସେଇଟା ମୋର କୌଣସି ପାରିଲାପଣ ନୁହେଁ, ଧରାଧରି ବାବାଙ୍କ ଦୟା ! ସେ ଦୟା କରିନଥିଲେ ମତେ ବରମୁଣ୍ଡାରେ ଆଉ ମୋ ପୋଲିଓ ପେସେଣ୍ଟ୍ ଶଳାକୁ ଟଙ୍କପାଣି ରୋଡ୍‌ରେ ପ୍ଲଟ୍ ଦେଇଥାଆନ୍ତା କିଏ ?

- ଧରାଧରି ବାବା ! ସେ ମହାପୁରୁଷ କିଏ ?

- ତାଙ୍କର ହୁଏତ ଅନ୍ୟ କୌଣସି ନାମ ଥାଇପାରେ; କିନ୍ତୁ ଧରାଧରି କରି ସେ ଅସାଧ୍ୟ ସାଧନ କରନ୍ତି ବୋଲି ଲୋକ ମୁଖରେ ସେଇ ନାମରେ ସେ ପରିଚିତ । ତାଙ୍କ ଜୀବନଦର୍ଶନ ହେଲା, ଧରାଧରି କରିପାରିଲେ ସଂସାରରେ ନହୋଇ ପାରିବ, ଏମିତି କୌଣସି କାମ ନାହିଁ ।

କଥାଟା କହିସାରି ପରିତୃପ୍ତିର ହସ ହସିଲେ ରଙ୍ଗାଧର ବାବୁ, ତାଙ୍କର ଚିକ୍କଣ କଳା ଗୋଲ୍ ମୁହଁରେ ସେ ସ୍ମିତ ହସ ଚମତ୍କାର ମାନୁଥିଲା । ଏକ ଶ୍ୱେତବର୍ଣ୍ଣର ଜ୍ୟୋତି ସଂଚରି ଯାଇଥିଲା ମୁହଁ ସାରା ।

ଏଥର ଖୁବ୍ ଆଶାନ୍ୱିତ ହୋଇ ସୀତାନାଥ କହିଲେ,

- ମୋ ପାଇଁ ତାଙ୍କୁ ଟିକିଏ କହିବେ ? ତାଙ୍କର ଯାହା ଫିଜ୍ ମୁଁ ଦେବାକୁ ପ୍ରସ୍ତୁତ ।

ରଙ୍ଗାଧର ବାବୁ ଉତ୍ତର ଦେଲେ, ସେ ଫିଜ୍ ନିଅନ୍ତି ନାହିଁ । ଯାହାକୁ ସାହାଯ୍ୟ କରିବା ଉଚିତ ବୋଲି ସେ ଭାବନ୍ତି, ତାଙ୍କ ପାଇଁ ମନ୍ତ୍ରୀ, ସେକ୍ରେଟେରି ଯାହାକୁ ହେଉ, ଧରାଧରି କରି କାମ ହାସଲ କରିନିଅନ୍ତି । ଠିକ୍ ଅଛି- ମୁଁ ଆପଣଙ୍କୁ ସାଙ୍ଗରେ ନେଇ ତାଙ୍କ ପାଖକୁ ଯିବି- ଖୁବ୍ ଶିକ୍ଷିତ ବାବା । ଭଗବତ୍ ଗୀତା ଉପରେ ପିଏଚ୍.ଡ଼ି କରିଛନ୍ତି । ଯଦି ନପାରିବେ, ମନା ମରିଦେବେ । ଯଦି ହଁ ଭରିଦେଲେ, ଯେପରି ହେଉ କାର୍ଯ୍ୟ ହାସଲ କରିଆଣିବେ ।

ଘରଡିହ ହେଉ କି ନହେଉ, ଧରାଧରି ବାବାଙ୍କୁ ଭେଟିବା ପାଇଁ ସୀତାନାଥଙ୍କ ମନରେ ପ୍ରବଳ କୌତୁହଳ ସୃଷ୍ଟି ହୋଇଥିଲା । ତା' ଆରଦିନ ହୋଟେଲ କଳିଙ୍ଗ ଅଶୋକାରେ ଧରାଧରି ବାବା ରହୁଛନ୍ତି ଶୁଣି ସେ ରଙ୍ଗାଧର ବାବୁଙ୍କ ସହିତ ସେଠାରେ ପହଞ୍ଚିଗଲେ ।

ଧରାଧରି ବାବାଙ୍କୁ ଭେଟିବା ପାଇଁ କଳିଙ୍ଗ ଅଶୋକାରେ ସେତେବେଳେ ବେଶ୍ ଭିଡ଼ । ସେ ଭିଡ଼ ଠେଲି ରଙ୍ଗାଧର ବାବୁ ରୁମ୍ ନମ୍ବର ତିନି ଶହ ତିନି ପହଞ୍ଚିଗଲେ । ଅନ୍ୟମାନଙ୍କୁ ଦେଖା କରିବା ଲାଗି ପୂର୍ବ-ଅନୁମତି ପତ୍ର ଦେଖାଇବା ପାଇଁ ମାଗୁଥିବା ଦରୱାନ୍ ରଙ୍ଗାଧର ବାବୁଙ୍କୁ ଆପେ ଦରଜା ଖୋଲିଦେଲା ।

ସୀତାନାଥଙ୍କ ଧାରଣା ଥିଲା, ଧରାଧରି ବାବା ଗେରୁଆ ବସ୍ତ୍ର ପିନ୍ଧିଥିବେ, ମୁଣ୍ଡରେ ଜଟାଜୁଟ ଥିବ । ହାତରେ ମନ୍ତ୍ରସିଦ୍ଧ ବାଡ଼ି ଧରିଥିବେ । ଦେଖା କରିବାକୁ ଆସିଥିବା ଅନୁଗ୍ରହପ୍ରାର୍ଥୀ ମୁଣ୍ଡ ନୁଆଁଇ ପ୍ରଣାମ କଲାବେଳେ ସେ ତା' ମୁଣ୍ଡରେ ବାଡ଼ି ଛୁଆଁଇ ଅଭୟବାଣୀ ଶୁଣାଉଥିବେ । କିନ୍ତୁ ଏ ଲୋକଟି ନିହାତି ସାଧାରଣ ପ୍ୟାଣ୍ଟ୍,

ହାୱାଇ ଶାର୍ଟ୍ ପିନ୍ଧି ଖଟ ଉପରେ ତକିଆକୁ ଆଉଜି ବସିଛନ୍ତି। ସକାଳର ଦୁଇଟା ଇଂଲିସ୍ ଖବରକାଗଜ ଖୋଲା ହୋଇ ପଡ଼ିଛି। ଫ୍ୟାନ୍ ଖୁବ୍ ଧୀରେ ଧୀରେ ଘୂରୁଛି।

ରଙ୍ଗାଧର ବାବୁଙ୍କୁ ଦେଖିବା ମାତ୍ରେ ତାଙ୍କର ଆଖି ଦୁଇଟା ଆନନ୍ଦରେ ଚିକ୍ ଚିକ୍ କରିଉଠିଲା।

ସେ ପଚାରିଲେ, ଖବର କ'ଣ ରଙ୍ଗାଧର ! ତମ ପୋଲିଓ ପେସେଣ୍ଟ୍ ସାନଭାଇ କେମିତି ଅଛି ? ଭଲ ?

କୁଶଳ ଜିଜ୍ଞାସା ପରେ ରଙ୍ଗାଧର ବାବୁ କହିଲେ- ସାର୍ ! ଏ ହେଉଛନ୍ତି ଅଧ୍ୟାପକ ସୀତାନାଥ ପଣ୍ଡା। ମୋ ପୁଅର ଟିଉସନ୍ ମାଷ୍ଟର। ଖୁବ୍ ଭଲ ଇଂଲିଶ ପଢ଼ାନ୍ତି। କ୍ଲାସ ନିୟମିତ ଯାଆନ୍ତି। ଅଧିକନ୍ତୁ ସେ ଓଡ଼ିଶାର ବିଶିଷ୍ଟ କବି। ତାଙ୍କର କବିତା ଅନୂଦିତ ହୋଇ ଇଂଲଣ୍ଡ, ଆମେରିକାର ପତ୍ରପତ୍ରିକାରେ ପ୍ରକାଶିତ ହୁଏ।

ଧରାଧରି ବାବା ରଙ୍ଗାଧରଙ୍କ ସୁଦୀର୍ଘ ଭାଷଣକୁ ସଂକ୍ଷିପ୍ତ କରିଦେଇ ପଚାରିଲେ, ଏ ମହାଶୟଙ୍କର ମୋ ପାଖରେ କି ପ୍ରୟୋଜନ ?

ରଙ୍ଗାଧର ବାବୁ ସେତେବେଳକୁ ଖଟ ଉପରେ ବସିପଡ଼ି ବାବାଙ୍କ ପାଦ ଚିପିଦେବା ଆରମ୍ଭ କରିଥିଲେ। ସୀତାନାଥ ଏ ଦୃଶ୍ୟ ଦେଖି ନିଜେ ବଡ଼ ଅସ୍ୱସ୍ତି ଅନୁଭବ କରୁଥିଲେ। ତାଙ୍କୁ ବି କ'ଣ ବାବାଙ୍କ ପାଦସେବା କରିବାକୁ ହେବ ? ଏପରି ପାଦସେବା କରି ପ୍ଲଟ୍ ନେଇ ଘର କରିବା ଅପେକ୍ଷା ଭଡ଼ାଘରେ ରହିବା ବରଂ ଭଲ।

ରଙ୍ଗାଧର ଖୁବ୍ ବିନୀତ ବଶମ୍ବଦ କଣ୍ଠରେ କହିଲେ-

- ଘର ତୋଳିବା ପାଇଁ ଦରଖାସ୍ତ କରିଥିଲେ। ସିରିଆଲ୍ ନମ୍ବର ସାତଶହ ପାଞ୍ଚରେ ଅଛି। ସରକାରୀ ନାଲିଫିତାର କଚ୍ଛପ ଗତି କଥା ଆପଣ ଜାଣନ୍ତି। ନିୟମ ଅନୁସାରେ ତାଙ୍କ ପାଳି ପଡୁ ପଡୁ କ୍ୟାପିଟାଲର ସବୁ ଜମି ସରି ଯାଇଥିବ। ଜମି ମିଳିଲେ ମିଳିବ ଖୋର୍ଦ୍ଧା କିମ୍ବା ପିପିଲି ପାଖରେ। ଆପଣ ସାର୍...

- ଶୁଣୁଛି, ଟିଉସନ୍ ସାର୍‌ମାନେ ମାସକୁ ଆଠ ଦଶ ହଜାର ଟଙ୍କା ଟିଉସନ୍‌ରୁ ପାଉଛନ୍ତି। ୟୁଜିସି ସ୍କେଲ୍‌ରେ ସରକାରୀ କଲେଜ ଅଧ୍ୟାପକ-ପ୍ରଧ୍ୟାପକମାନେ ମୋଟା ଅଙ୍କର ବେତନ ପାଉଛନ୍ତି। ପ୍ରାଇଭେଟ୍ ପ୍ଲଟ୍ ନକିଣି ଶସ୍ତାରେ ସରକାରୀ ଜମି କିଣିବା ଲାଗି ମହାଶୟଙ୍କର ଆଗ୍ରହ କାହିଁକି ?

ସେତେବେଳକୁ ରଙ୍ଗାଧର ବାବୁ ଧରାଧରି ବାବାଙ୍କ ବାଁ ଗୋଡ଼ ଛାଡ଼ି ଡାହାଣ ଗୋଡ଼ର ଆଙ୍ଗୁଠି ଫୁଟାଉଥାଆନ୍ତି। ସେ ଜିଭ କାମୁଡ଼ି ପକାଇ କହିଲେ, ଟଙ୍କା ନେଇ ଟିଉସନ୍ କରୁଥିବା କୌଣସି ସାର୍‌ଙ୍କ ପାଇଁ ସରକାରୀ ଜମି କରାଇଦେବା ଲାଗି ମୁଁ ଆପଣଙ୍କୁ ଅନୁରୋଧ କରିବାକୁ ଆସିଥାଆନ୍ତି ? ସୀତାନାଥ

ବାବୁ ସେଭଳି ଲୋକ ନୁହଁନ୍ତି। ସେ ମୋ ପୁଅକୁ ମାଗଣା ଇଂଲିଶ ଗ୍ରାମାର ପଢ଼ାଇ ଦିଅନ୍ତି। ମୋର ଅତି ଅନ୍ତରଙ୍ଗ ପ୍ରତିବେଶୀ। ପାଠ ବୁଝିବାକୁ ଯାଇଥିବା ମୋ ପୁଅକୁ ସେ ଜଳଖିଆ ନଖୁଆଇ ଛାଡ଼ନ୍ତି ନାହିଁ। ଆପଣ ଯେଉଁ ଟିଉସନ୍ ମାଷ୍ଟରଙ୍କ କଥା ଭାବୁଛନ୍ତି, ସେ ଲୋକ ଅଲଗା। ମାଥ୍, ଫିଜିକ୍ସ ଆଉ କେମିଷ୍ଟ୍ରି ସାର୍‌ମାନେ ଟିଉସନ୍ କରି ଟଙ୍କା ରୋଜଗାର କରନ୍ତି। ଇଂଲିଶ୍ ସାର୍‌ମାନଙ୍କ ପାଖକୁ ପିଲା ଆସନ୍ତି, ମାଗଣା ପାଠ ବୁଝିବା ପାଇଁ।

ତା'ପରେ ସୀତାନାଥ ବାବୁଙ୍କ ଆଡ଼କୁ ଚାହିଁ ସେ କହିଲେ-

- ସାର୍ ଅଲଗା ପ୍ରକାର ମଣିଷ। କବି ଲୋକ। ଏ ପାର୍ଥିବ ବସ୍ତୁ ପ୍ରତି ତାଙ୍କର ଲୋଭ ନଥାଏ। ମୁଣ୍ଡ ଗୁଞ୍ଜିବାକୁ ଘର ଖଣ୍ଡେ ନାହିଁ ବୋଲି ତାଙ୍କ ମାଡ଼ାମ୍ ଲଗାଇବାରୁ ମୁଁ ତାଙ୍କୁ ଧରି ଆଣିଛି। ଆପଣ ଚାହିଁଲେ ସାର୍, ଆଉଟ୍ ଅଫ୍ ଟର୍ଣ୍ଣ ବେସିସ୍‌ରେ ସାର୍‌ଙ୍କୁ ଖଣ୍ଡେ ପ୍ଲଟ୍ ମିଳିଯିବ।

ତା'ପରେ ସେ ସୀତାନାଥଙ୍କୁ ଆଖିରେ ଠାରିଦେଲେ।

ସୀତାନାଥ ନିଜ ଶାନ୍ତିନିକେତନୀ ଝୁଲା ବ୍ୟାଗ୍‌ରୁ ନିଜର ସଦ୍ୟ ପ୍ରକାଶିତ କବିତା ବହି ଖଣ୍ଡେ କାଢ଼ି ଧରାଧରି ବାବାଙ୍କୁ ଉପହାର ଦେବାଲାଗି ବଢ଼େଇ ଦେଉଥିଲେ।

ବାଧା ଦେଲେ ଧରାଧରି ବାବା।

- ଥାଉ, ଥାଉ। ମୁଁ ଆଧୁନିକ କବିତା କିଛି ବୁଝେ ନାହିଁ, ପାଖରେ ରଖ, ପଛରେ କାମରେ ଆସିବ।

ଏମିତି ତାଙ୍କ କବିତା ବହିକୁ ଅପମାନିତ କରି କେହି କେବେ ଫେରାଇଦେଇ ନାହାନ୍ତି। ସୀତାନାଥଙ୍କ ଆତ୍ମସମ୍ମାନ ଧରାଧରି ବାବାଙ୍କ ପ୍ରତ୍ୟାଖ୍ୟାନରେ ଲହୁଲୁହାଣ ହୋଇଗଲା। ତାଙ୍କ ମର୍ମସ୍ଥଳରେ ଆଞ୍ଚୁଡ଼ା ଦାଗ ରହିଲା। କିନ୍ତୁ ସେ ଆଜି ଜଣକର ଅନୁଗ୍ରହପ୍ରାର୍ଥୀ ହୋଇ ଆସିଛନ୍ତି, ତାଙ୍କୁ ଆଘାତ କଲାଭଳି କିଛି କହିବା ଠିକ୍ ହେବ ନାହିଁ ବୋଲି ସେ ନିଜକୁ ସମ୍ଭାଳିନେଲେ।

ଏତିକିବେଳେ ଟେଲିଫୋନ୍ ଉଠାଇ ନେଇ ଧରାଧରି ବାବା ଶୋଇ ଶୋଇ କାହା ସହିତ କ'ଣ କଥାବାର୍ତ୍ତା ହେଲେ। ତା'ପରେ କହିଲେ- ଚାଲ, ଶୁଭସ୍ୟ ଶ୍ରୀଘ୍ରମ୍।

ରଙ୍ଗାଧର ବାବୁ ପଚାରିଲେ- ମୁଁ ଯିବି ସାର୍।

-ନା, ସେଇ ମହାଶୟ ଚାଲନ୍ତୁ। ଚିଫ୍ ମିନିଷ୍ଟର୍ ପାଞ୍ଚ ମିନିଟ୍ ସମୟ ଦେଇଛନ୍ତି- କେଉଁଠି କେଉଁଠି ସରକାରୀ ଜାଗା ଖାଲି ଅଛି, ତା'ର ତାଲିକା ଅଛି ?

- ୟେସ୍ ସାର୍ !

ସାଙ୍ଗେସାଙ୍ଗେ ରଙ୍ଗାଧର ବାବୁ ପକେଟରୁ ଖଣ୍ଡେ ଚାରି ଚଉତା କାଗଜ କାଢ଼ି ତାଙ୍କ ହାତକୁ ବଢ଼ାଇଦେଲେ। ଖାଲି ପ୍ଲଟ୍‌ର ତାଲିକା ଯେ ସେ ପକେଟରେ ଧରି ଆସିଥିଲେ, ସେକଥା ସୀତାନାଥଙ୍କୁ ମଧ୍ୟ ଜଣା ନଥିଲା।

ଆଗେ ଆଗେ ଧରାଧରି ବାବା, ପଛେ ପଛେ ସୀତାନାଥ।

ଦେଖା କରିବାକୁ ଆସିଥିବା ଲୋକମାନେ 'ସାର୍' 'ସାର୍' କହି ପଛରେ ଗୋଡ଼ାଉଥାଆନ୍ତି, ସେ ତେଣିକି ନିଘା ଦେଉନାହାନ୍ତି। ସିଧା ଗାଡ଼ିରେ ବସି ସେକ୍ରେଟେରିଏଟ୍। ତାପରେ ତିନି ମହଲା ଚିଫ୍ ମିନିଷ୍ଟରଙ୍କ ଚାମ୍ବର।

ପ୍ରାଇଭେଟ୍ ସେକ୍ରେଟେରି ତାଙ୍କୁ ଭିତରକୁ ବାଟ କଢ଼େଇ ନେଲାବେଳେ ଚାପା କଣ୍ଠରେ କହିଲେ- ସାର୍! ବେଶି ସମୟ ନେବେ ନାହିଁ, ୱାର୍ଲଡ଼୍ ବ୍ୟାଙ୍କ୍ ଟିମ୍ ଆସିଛନ୍ତି। ଚିଫ୍ ଏଗାରଟା ଚାଳିଶିରେ ତାଙ୍କୁ ସମୟ ଦେଇଛନ୍ତି।

କଥାଟା ଶୁଣି ନଶୁଣିଲା ଭଳି ଧରାଧରି ବାବା ଭିତରକୁ ପଶିଲେ। ପଛେ ପଛେ ସୀତାନାଥ, ତାଙ୍କ ଛାତି ଭିତର ଧକ ଧକ ହେଉଥାଏ, ପ୍ଲଟ ମିଳିବ ନା ନାହିଁ? ଯଦି ଚିଫ୍ ମିନିଷ୍ଟର ମନା କରି ଦିଅନ୍ତି।

ଚଷମା ଲଗାଇ କ'ଣ ଗୋଟାଏ ଫାଇଲ୍ ମନଯୋଗ ଦେଇ ପଢୁଥିଲେ ମୁଖ୍ୟମନ୍ତ୍ରୀ। ଧରାଧରି ବାବାଙ୍କୁ ଦେଖି ସ୍ମିତ ହସ ହସି ଦୁଇ ହାତ ଉପରକୁ ଟେକି ହାଇ ମାରିଲେ।

କହିଲେ, ନାତିର ଜାତକ ତିଆରି ପାଇଁ ତମକୁ ମନେ ମନେ ଖୋଜୁଥିଲି। ମୋ ସ୍ତ୍ରୀଙ୍କର କମ୍ପ୍ୟୁଟର ଅପେକ୍ଷା ତମ ଗଣନା ଉପରେ ଆସ୍ଥା ଅଧିକ। କୁଆଡ଼େ ଯାଇଥିଲ?

ଧରାଧରି ବାବା ମୃଦୁହସି ଉତ୍ତର ଦେଲେ- ବନାରସରେ ଭଗବତ୍ ଗୀତା ଉପରେ ଗୋଟିଏ ସେମିନାର ହେଉଥିଲା। ଗୋଟାଏ ସେସନ୍‌ରେ ସେମାନେ ମତେ ଅଧ୍ୟକ୍ଷତା କରିବାକୁ ଅନୁରୋଧ କରିଥିଲେ। ଜଣେ ଓଡ଼ିଆ ପାଇଁ ଏହା ଏକ ବିରଳ ସମ୍ମାନ। ଆନ୍ତର୍ଜାତିକ ସଂପାନରେ ଗୋଟାଏ ଅଧିବେଶନର ଅଧ୍ୟକ୍ଷତା... ବୁଝି ପାରୁଛନ୍ତି ତ?

ମୁଖ୍ୟମନ୍ତ୍ରୀ ହସିଦେଇ କହିଲେ, ଗୀତାର ଗୋଟାଏ କଥା ମୁଁ ମନେ ରଖିଛି- କାମ କରିଯାଅ, ଫଳରେ ଆଶା ରଖନାହିଁ- ବାସ୍! ଗୀତା ଉପରେ ତମର ଯେଉଁ ଥିସିସ୍ ଦେଇଥିଲ, ତା'ର ପୃଷ୍ଠା ଓଲଟାଇବାକୁ ସମୟ ପାଇନାହିଁ। ଆଉ କ'ଣ ଖବର, କୁହ?

-ଖବର ଆଉ କ'ଣ। ଆପଣଙ୍କ ଭଳି ସାହିତ୍ୟପ୍ରେମୀ ସଂସ୍କୃତିବାନ୍ ମୁଖ୍ୟମନ୍ତ୍ରୀ

ଥାଉ ଥାଉ ଏ କ୍ୟାପିଟାଲ ଅଣଓଡ଼ିଆ ବ୍ୟବସାୟୀ, ଠିକାଦାର, ଚୋର, ଖଣ୍ଟଙ୍କ ବାସଭୂମି ହେବ। ଆଉ କବି, ସାହିତ୍ୟିକମାନେ ଖଣ୍ଡେ ପ୍ଲଟ୍ ପାଇଁ ଦରଖାସ୍ତ କରି ଚାହିଁ ବସିଥିବେ। ମାରି ନେଉଥିବେ ମହାପାତ୍ରେ ଚାହିଁଥିବେ ଜଳକା...

- କୋଉ କବି ସାହିତ୍ୟିକ କଥା କହୁଛ ? ଦେବାପାଇଁ ଆଉ ଏ କ୍ୟାପିଟାଲରେ ଜାଗା କାହିଁ ? ଆମ ପୂର୍ବ ସରକାର ତ ବିଦା ହୋଇଯିବା ପୂର୍ବରୁ ସବୁ ଜମି ଲଟେରୀ ନାଁରେ ଲୁଟ୍ କରି ବିକିଦେଇ ଯାଇଛନ୍ତି। ଆମ ପାଖରେ କେବଳ ଦରଖାସ୍ତ ଅଛି- ଜମି ନାହିଁ।

ସୀତାନାଥଙ୍କ ଆଡ଼କୁ ଆଙ୍ଗୁଠି ଦେଖାଇ ଧରାଧରି ବାବା କହିଲେ- ଏ ହେଉଛନ୍ତି ଇଂରେଜି ଅଧ୍ୟାପକ କବି ସୀତାନାଥ। ବଡ଼ ମୁହଁଚୋରା ଲୋକ। କହିବୋଲି ଜାଣନ୍ତି ନାହିଁ। ତାଙ୍କର ଓଡ଼ିଆ କବିତା ଇଂରେଜିରେ ଅନୂଦିତ ହୋଇ ଆମେରିକାରେ ପ୍ରକାଶିତ ହେଉଛି। ସେ ଆମ ସମୟର ଜଣେ ଆନ୍ତର୍ଜାତିକ ଖ୍ୟାତିସଂପନ୍ନ କବି ବୋଲି ଖୁସବନ୍ତ ସିଂହ 'ହିନ୍ଦୁସ୍ଥାନ ଟାଇମସ୍'ରେ ପ୍ରବନ୍ଧ ଲେଖିଛନ୍ତି- ଭାରତ ବାହାରେ ସେ ଓଡ଼ିଶାର ନାମ ରଖିଛନ୍ତି- ମୁଁ ବନାରସ ସେମିନାର୍‌ରେ ଅଧକ୍ଷତା କରୁଥିବା ବେଳେ ଜଣେ ଫରାସୀ ଡେଲିଗେଟ୍ ତାଙ୍କ ଇଂରେଜି କବିତାର କୋଟେସନ୍ ଦେଇ ସେଥିରେ କିପରି ଭଗବତ୍ ଗୀତାର ଅନ୍ତଃସ୍ୱର ଅନୁରଣିତ ହୋଇଛି, ତାହା ବୁଝାଇଥିଲେ। ଲଜ୍ଜାରେ ମୋ ମୁଣ୍ଡ ତଳକୁ ହୋଇଗଲା। ମୋ ଭାଷାର ଜଣେ କବିଙ୍କୁ ଫ୍ରାନ୍ସ ଦେଶର ପ୍ରାଜ୍ଞ- ପୁରୁଷ ଜାଣନ୍ତି, ଅଥଚ ମୁଁ ତାଙ୍କ ନାଁ ସୁଦ୍ଧା ଜାଣେ ନାହିଁ! ବନାରସରୁ ଫେରି ମୁଁ ତାଙ୍କୁ ନିଜ ତରଫରୁ ଖୋଜି ବାହାର କଲି- ସରକାରୀ ପ୍ଲଟ୍ ଖଣ୍ଡେ ପାଇ ସେ ଏକ ପୂର୍ଣ୍ଣକୁଟୀର ନିର୍ମାଣ କରି ରହିବେ ବୋଲି ଦରଖାସ୍ତ କରି ଅପେକ୍ଷା କରି ରହିଛନ୍ତି। ଆପଣଙ୍କ ଇଷ୍ଟେଟ ବିଭାଗ ଲୋକେ ତାଙ୍କୁ ପତ୍ତା ଦେଉ ନାହାନ୍ତି। ଦରଖାସ୍ତକାରୀମାନଙ୍କ ତାଲିକାରେ ତାଙ୍କର କ୍ରମିକ ନମ୍ବର ସାତ ଶହ ପାଞ୍ଚ।

ଧରାଧରି ବାବା କିପରି ଚମତ୍କାର ମିଛ କଥା କହି ଶ୍ରୋତା ମନରେ ସତ୍ୟର ପ୍ରତ୍ୟୟ ସୃଷ୍ଟି କରିପାରନ୍ତି, ତାହା ଲକ୍ଷ୍ୟକରି ଆନନ୍ଦ ଓ ଲଜ୍ଜାରେ ବିଗଳିତ ହୋଇ ଯାଇଥିଲେ ସୀତାନାଥ। ଥରେ ମାତ୍ର ଶୁଣି ତାଙ୍କ ଦରଖାସ୍ତର କ୍ରମିକ ନମ୍ବର ସଠିକ୍ ଭାବେ ସ୍ମରଣ ରଖିଥିବା ଦେଖି ସେ ବିସ୍ମୟରେ ବିମୂଢ଼ ହୋଇଯାଇଥିଲେ। ଖୁସବନ୍ତ ସିଂହ- ଫରାସୀ ଡେଲିଗେଟଙ୍କ ପ୍ରଶଂସା- ଏସବୁ କାଳ୍ପନିକ ମିଥ୍ୟା, ସେ ଏପରି ଅନର୍ଗଳ କହିଯାଉଥିଲେ ଯେ, ମୁଖ୍ୟମନ୍ତ୍ରୀ ଅବିଶ୍ୱାସ କରିପାରୁ ନଥିଲେ।

ଏତିକିବେଳେ ତାଙ୍କ ଆଡ଼କୁ ଚାହିଁ ଧରାଧରି ବାବା ଆଖି ମାରିଦେଲେ,

ସୀତାନାଥ ନିଜ ବ୍ୟାଗ୍‌ରୁ ତାଙ୍କର ସଦ୍ୟ ପ୍ରକାଶିତ କବିତା ବହିର ଖଣ୍ଡେ କପି ମୁଖ୍ୟମନ୍ତ୍ରୀଙ୍କ ହାତକୁ ଠିଆହୋଇ ବଢ଼ାଇ ନମସ୍କାର କଲେ।

ବହିର ମୁଦ୍ରଣ ପରିପାଟୀ ଦେଖୁ ଦେଖୁ ମୁଖ୍ୟମନ୍ତ୍ରୀ କହିଲେ-

- ପ୍ଲଟ୍, ଆଉଟ୍ ଅଫ୍ ଟର୍ଣ୍ଣ ବେସିସ୍‌ରେ ଦେବାରେ ମୋର ଆପତ୍ତି ନାହିଁ; କିନ୍ତୁ ପ୍ଲଟ କାହିଁ ?

ନିଜ ପକେଟରୁ ସେଇ ଚାରି ଚଉତା କାଗଜ ଖଣ୍ଡିକ କାଢ଼ି ଧରାଧରି ବାବା ମୁଖ୍ୟମନ୍ତ୍ରୀଙ୍କ ହାତକୁ ବଢ଼ାଇଦେଲେ। ତାଙ୍କର କୁଲା ଢାଉଁ ଢାଉଁ ଶବ୍ଦରେ କଂସାରି ଘରର ପାରାର କାନ ଅତଡ଼ା ପଡ଼ିଗଲା।

ମୁଖ୍ୟମନ୍ତ୍ରୀ ପ୍ରାଇଭେଟ୍ ସେକ୍ରେଟେରୀଙ୍କୁ ଡାକି ଆଦେଶ ଦେଲେ-

ଏ କାଗଜରେ ଲେଖାଥିବା ପ୍ଲଟ୍ ଯଦି ଏଥି ମଧ୍ୟରେ କାହାରିକୁ ଦେଇ ଦିଆଯାଇ ନଥାଏ, ସେଥିରୁ ଗୋଟିଏ ପ୍ଲଟ୍ ସିରିୟାଲ୍ ନମ୍ବର ସାତ ଶହ ପାଞ୍ଚ ଦରଖାସ୍ତକାରୀଙ୍କୁ ଦେବାପାଇଁ ପ୍ରସ୍ତାବ କରି ମୋ ପାଖକୁ ଆଜି ଫାଇଲ୍ ପଠାଅ-

ତା'ପରେ ଧରାଧରି ବାବାଙ୍କୁ ଲକ୍ଷ୍ୟ କରି କହିଲେ- ନାତିର ଜାତକ କଥା ମନେ ରହିଲା ? ଆଜି ରାତିରେ ଆମ ଘରକୁ ଆସ-

ପ୍ଲଟ୍ ହୋଇଗଲା।

ତିନିଦିନ ପରେ ଅର୍ଡ଼ର ପାଇଗଲେ ସୀତାନାଥ। ଧରାଧରି କରି କାମ ହାସଲ କରିବାଟା କବିତା ଲେଖାଭଳି ଏକ କଳା ନୁହେଁ, ଏହା ଏକ ପ୍ରକାର ଆଧୁନିକ ବିଜ୍ଞାନ। ନାମକୁ ମାତ୍ର ଭଗବତ୍ ଗୀତା ଉପରେ ଗବେଷଣା କରି ବହି ଲେଖିଥିଲେ ସୁଦ୍ଧା ତାଙ୍କର ପକୃତ ଥିସିସ୍ ଯେ ଧରାଧରି କରିବାର ବିଜ୍ଞାନ ଉପରେ, ସେ ବିଷୟରେ ତାଙ୍କର କୌଣସି ସନ୍ଦେହ ନଥିଲା।

ତା' ଆରଦିନ ଖୁବ୍ ଭୋଅରୁ ଉଠି ସୀତାନାଥ ଟେବୁଲ ପାଖରେ ବସିଥିଲେ। କବିତା ଲେଖା ପାଇଁ ଏକ ପ୍ରତ୍ୟୁଷ ବେଳ ହିଁ ବ୍ରାହ୍ମ ମୁହୂର୍ତ୍ତ। କିନ୍ତୁ ସବୁଦିନେ ମୁଡ୍ ଆସେ ନାଇଁ, ଆଜି ଆସି ଯାଇଥିଲା।

ଚେୟାରରେ ବସି ଟେବୁଲ ଉପରକୁ ସେ ଝୁଙ୍କି ପଡ଼ିଥିଲେ।

କେଉଁ ଏକ ଦୂର ତାଳବଣରେ ବର୍ଷା ହୋଇ ଯାଇଥିବାର ଅନୁଭୂତି ତାଙ୍କ କଲମରୁ କାଳି ଝରାଇ ଦେଉଥିଲା। ଶବ୍ଦ ସବୁ ସ୍ୱତଃ ଧାଡ଼ିବାନ୍ଧି ଠେଲାପେଲା ଲଗାଇଥିଲେ।

ସବିତା ଚା' କପ୍‌ଟା ଥୋଇଦେଇ ଅନ୍ୟ ଦିନ ଭଳି ଚାଲିଗଲେ ନାହିଁ।

ପଚାରିଲେ- ତମେ ରଙ୍ଗାଧର ବାବୁଙ୍କ ପୁଅକୁ ଇଂଲିଶ ପାଠ ପଢ଼ାଇଦେବ ବୋଲି କହିଥିଲ ? ସେ ବହିଖାତା ଧରି ଅନେକ ବେଳୁ ଅପେକ୍ଷା କରିଛି-

ସୀତାନାଥଙ୍କ ମୁହଁ ବିବର୍ଣ୍ଣ ହୋଇଗଲା। ନଷ୍ଟ ହୋଇଗଲା କବିତା ଲେଖାର ଦୁର୍ଲଭ ମାନସିକତା।

ସବିତା ହସିଦେଇ କହିଲେ- ମୁଁ ସେତେଦିନୁ ଲଗାଇଛି, ଟିଉସନ୍ କର- ଟିଉସନ୍ କର- ଟିଉସନ୍ କରି ତମରି କଲେଜର ଫିଜିକ୍ସ, କେମିଷ୍ଟ୍ରି ଆଉ ମାଥ୍ ସାର୍‌ମାନେ ଉଠି ବସିଲେଣି। ଜାଗା ତ ମିଳିଗଲା, ଘର ତୋଳିବାକୁ ତ ପୁଣି ଟଙ୍କା ଦରକାର-

ଚା' ସ୍ୱାଦହୀନ, ପାଣିଚିଆ ଲାଗୁଥିଲା।

କପ୍‌ଟା ଦୂରକୁ ଠେଲିଦେଇ ସେ କହିଲେ- ରଙ୍ଗାଧର ବାବୁଙ୍କ ପୁଅକୁ ମାଗଣା ଟିଉସନ୍ କରିବାକୁ ହେବ- ଘରୁ ଜଳଖିଆ ତିଆରି କରି ଦେବାକୁ ପଡ଼ିବ।

ବିସ୍ମୟରେ ସବିତା ପଚାରିଲେ, ମାଗଣା ଟିଉସନ୍? କାହିଁକି ?

ବିରକ୍ତ ହୋଇ ସୀତାନାଥ ଉତ୍ତର ଦେଲେ- ଏ ସଂସାରରେ ମାଗଣା କିଛି ମିଳେ ନାହିଁ, କିଛି ପାଇବାକୁ ହେଲେ, କିଛି ଦେବାକୁ ହୁଏ- ଏକଥା ତୁମେ ବୁଝୁନାହିଁ କାହିଁକି ?

■

ମହିଷାସୁର ବଧ

ସମସ୍ତେ ଅଇଁଠା ପତର ପୋଖରୀ ହୁଡ଼ାରେ ପକେଇଦେଇ ଆସି ମୁହଁ ଧୋଇଲେ।

ଅରୁଣା ଲକ୍ଷ୍ୟ କଲା ତୃତୀୟ ଶ୍ରେଣୀର ଗୁରୁବାରୀ ପତ୍ର ପକାଇ ଚାଲିଆସିଲା, କିନ୍ତୁ ମୁହଁ ଧୋଇବାକୁ ପୋଖରୀ ତୁଠକୁ ଗଲା ନାହିଁ।

ରାଗିଗଲା ଅରୁଣା।

ପଚାରିଲା- ମୁହଁ ନଧୋଇ କ୍ଲାସ୍‌କୁ ଆସୁଛୁ? ତମକୁ କେତେଥର କୁହାହୋଇଛି- ଖାଇସାରି ଭଲକରି ମୁହଁ ଧୋଇବ। କୁଲୁକୁଞ୍ଚା କରି ଦାନ୍ତ ମୂଳରେ ଲାଖିଥିବା ଖାଦ୍ୟ କଣିକା ସଫା କରିଦେବ। ତା'ନହେଲେ-

କଥା ମଝିରୁ ଅଟକିଗଲା ସରକାରୀ ବାଳିକା ବିଦ୍ୟାଳୟର ତୃତୀୟ ଶିକ୍ଷୟିତ୍ରୀ ଅରୁଣା ନାୟକ।

ଗୁରୁବାରୀର ମୁହଁକୁ ନିରୀକ୍ଷଣ କରି କିଛି ସମୟ ଚାହିଁ ରହିଲା ପରେ ସେ ବିସ୍ମିତ କଣ୍ଠରେ ପଚାରିଲା- କାହିଁ ତୋ ଓଠରେ କି ପାଟିରେ ତ ଅଇଁଠା ଲାଗିନାହିଁ! ତୁ କ'ଣ ଖେଚେଡ଼ି ସବୁ ତଣ୍ଟିବାଟେ ପେଟକୁ ଗଳାଇ ପକାଇଛୁ?

ଗୁରୁମାଆଙ୍କ କଥା ଶୁଣି ଗୁରୁବାରୀ ଖୁମ୍ବ ଭଳି ଠିଆ ହୋଇ ରହିଲା। ଉଁ ଚୁଁ କିଛି କହିଲା ନାହିଁ।

ଅରୁଣାର ମୁଣ୍ଡକୁ ପିତ୍ତ ଚଢ଼ିଗଲା।

ସେ ପାଟିକରି ଉଠିଲା- ମୋ କଥା ତତେ ଶୁଣାଯାଉ ନାହିଁ? କହ-

ଏଥର ଝରଝର ହୋଇ କାନ୍ଦି ଉଠିଲା କୁସୁନ ମଲିକର ଝିଅ ଗୁରୁବାରୀ।

କାନ୍ଦି କାନ୍ଦି କହିଲା- ମୁଁ ଖେଚେଡ଼ି ଖାଇନାଇଁ ଗୁରୁମାଆଁ। ଆଖି ଛୁଉଁଛି- ମୁଁ ମୁହଁ ଅଇଣ୍ଠା କରିନାଇଁ।

- ତୋ ପତରରେ କ'ଣ ସାରିଆ ମାଆ ଖେଚେଡ଼ି ଦେଇନଥିଲା?

ସେତେବେଳକୁ ଗୁରୁବାରୀ ଚାରିପଟେ ତା'ର ଆଉ ଦୁଇ ତିନି ଜଣ ସାଙ୍ଗ ଘେରି ଯାଇଥିଲେ।

ସେମାନଙ୍କ ଭିତରୁ ଜଣେ କିଏ କହିଲା- ସେ ଖାଇନାଇଁ- ଜରି ଥଳିରେ ଖେଚେଡ଼ି ବହି ବ୍ୟାଗରେ ଲୁଚାଇ ରଖିଛି ଗୁରୁମାଆ! ତା' ବ୍ୟାଗ୍ ଆଣିବି?

ଏଥର ହାଉ ହାଉ ହୋଇ କାନ୍ଦି ଉଠିଲା ଗୁରୁବାରୀ।

କାନ୍ଦି କାନ୍ଦି କହିଲା- ଦି' ଦିନ ହେଲା ବାପା ବେମାର। କାମକୁ ଯାଇ ନାଇଁ। ଘରେ ଚୂଲି ଜଳି ନାଇଁ। ବାପା ଭୋକରେ ଆଉଟି ପାଉଟି ହୋଇ ଯାଉଥିବ। ମୁଁ ତା' ପାଇଁ ଖେଚେଡ଼ି ନେଇ ଯାଉଛି। ସେ ଖେଚେଡ଼ି ଛଡ଼େଇନେଲେ ବାପା-

ଗୁରୁବାରୀର କଥା ଶୁଣି ଅରୁଣାର ରାଗ ଥଣ୍ଡା ପଡ଼ିଗଲା। ଆଖି ଛଳ ଛଳ। ସେ ନିଜ ଶାଢ଼ୀ କାନିରେ ନିଜ ପ୍ରିୟ ଛାତ୍ରୀର ଆଖି ଲୁହ ପୋଛିଦେଇ କହିଲା- ନା, ତୋ ଖେଚେଡ଼ି କେହି ଛଡ଼େଇ ନେବେ ନାହିଁ-

ତା'ପରେ ସେ ରୋଷେଇ ଘରକୁ ଯାଇ ରାନ୍ଧୁଣୀକୁ ପଚାରିଲା- ସବୁ ଖେଚେଡ଼ି କ'ଣ ଶେଷ ହୋଇଯାଇଛି? ସେ କୁସୁନ ମଳିକର ଝିଅର ପେଟ ପୂରି ନାଇଁ- ତାକୁ ଯଦି ଗୋଟାଏ ତାଟିଆ ଖେଚେଡ଼ି-

ସନିଆ ମାଆ ଉତ୍ତର ଦେଲା- ଖେଚେଡ଼ି ଆଉ ବଳିବ କେଉଁଠୁ? ହେଡ୍‌ପଣ୍ଡିତ ତ ନିତି ପିଲାଙ୍କ ଭୋଜନରେ ଭାଗ ବସାଉଛନ୍ତି। ପ୍ରତି ଦିନ ଦୁଇ ମାଣ ଚାଉଳ ଆଉ ଡାଲି ବନ୍ଧାହୋଇ ତାଙ୍କ ଘରକୁ ଯାଉଛି- ଯେତିକି ଚୂନାକୁ ସେତିକି ପିଠା। ସେଇ ଅଳପ ଖେଚେଡ଼ିରୁ ବଳିବ ନାଇଁ କି କେଉଁ ପିଲାର ପେଟ ବି ପୂରିବ ନାଇଁ-

ତା'ପରେ ହେଡ୍‌ପଣ୍ଡିତଙ୍କ ପାଇଁ ରନ୍ଧା ନହୋଇ ବନ୍ଧା ହୋଇଥିବା ଡାଲିଚାଉଳ ପୁଡ଼ିଆ ଆଡ଼କୁ ଆଙ୍ଗୁଠି ଦେଖାଇଦେଲା ସନିଆ ମାଆ।

ଅରୁଣା ସେ ଡାଲିଚାଉଳ ପୁଡ଼ିଆ ନେଇ ଗୁରୁବାରୀକୁ ଦେଇ କହିଲା- ନେ, ତୋ ବୋଉକୁ କହିବୁ ଏ ଡାଲିଚାଉଳରେ ଭାତ ଡାଲି କରି ତମ ସମସ୍ତଙ୍କୁ ଭଲକରି ଖାଇବାକୁ ଦେବ।

ପିଲାଙ୍କ ମଧ୍ୟାହ୍ନ ଭୋଜନ ପାଇଁ କିଣାହୋଇ ଆସୁଥିବା ଡାଲିଚାଉଳରୁ ହେଡ୍‌ପଣ୍ଡିତ ଗଦାଧର ମିଶ୍ର ବାଟମାରଣା କରୁଥିବା କଥା ଚାରିଆଡ଼େ ପ୍ରଘଟ ହୋଇଗଲା। ପିଲାମାନଙ୍କ ଅଭିଭାବକ ମାନେ ଆସି ସ୍କୁଲ ଘେରାଉ କଲେ।

ହେଡ୍‌ପଣ୍ଡିତଙ୍କ ବଦଳି ପାଇଁ ଏସ.ଆଇ.ଙ୍କୁ ଦାବିପତ୍ର ଦିଆଗଲା।

କିନ୍ତୁ ହେଡ୍‌ପଣ୍ଡିତ ବଦଳରେ ଅରୁଣା ନାୟକର ବଦଳି ଆଦେଶ ଆସିଲା।

ଫୁଲବାଣୀରୁ କୋରାପୁଟ!

ବସ୍‌ରେ ବସି ସେଦିନ ରାତିରେ କୋରାପୁଟ ଆସିଲା ବେଳେ ଅରୁଣାକୁ ଛାଡ଼ିବାକୁ କୌଣସି ଶିକ୍ଷକ କିମ୍ବା ଶିକ୍ଷୟିତ୍ରୀ ଆସିନଥିଲେ। ଆସିଥିଲେ କେବଳ ଗୁରୁବାରୀ ଆଉ ତା'ର ବାପା କୁସୁନ ମଳିକ। ମୁଣ୍ଡିଆ ମାରି ବିଦାୟ ନେଲାବେଳକୁ କୁସୁନ ଝରଝର୍ ହୋଇ କାନ୍ଦି ପକାଇଥିଲା। କହିଥିଲା- ମାଆ! ମୋ ମୁହଁରେ ଆହାର ଦେବା ପାଇଁ ଯାଇ ତମର ବଦଳି ହେଲା। ଗାଁ ସାରା ସାଆନ୍ତମାନେ ଏଥିପାଇଁ ମତେ ନିନ୍ଦୁଛନ୍ତି-

ଅରୁଣା ମନ କୁସୁନିଆର ମାଆ ଡାକ ଶୁଣି ପୂରି ଯାଇଥିଲା। ସେ ତାକୁ ବୁଢ଼ାପୁଅ ବୋଲି ସମ୍ବୋଧନ କରି କହିଥିଲା- ସରକାରୀ ଚାକିରି କଲେ ବଦଳି ହୁଏ। ଏଥିପାଇଁ ମୋର ଡର ନାହିଁ। ମୁଁ ଚାଲିଯାଉଛି ବୋଲି ଗୁରୁବାରୀକୁ ସ୍କୁଲରୁ ଉଠାଇ ଆଣିବୁ ନାଇଁ। ତାକୁ ପାଠ ପଢ଼ାଇ ମଣିଷ କରିବୁ-

ବସ୍‌ରେ ଉଠିଲା ବେଳକୁ ଗୁରୁବାରୀ ତା' ହାତକୁ ପାଚିଲା କଦଳୀ ଫେଣାଏ ବଢ଼ାଇଦେଇ କହିଥିଲା- ଆମ ଗଛରେ କାନ୍ଦି ପଡ଼ିଥିଲା- ଉପର ଫେଣା ଠାକୁରଙ୍କ ପାଖରେ ଭୋଗ ଲାଗେ- ପହିଲି କାନ୍ଦି ତ! ବୋଉ କହିଲା- ତୋ ଗୁରୁମାଆ ତ ସାକ୍ଷାତ ଠାକୁରାଣୀ- ଏ ଫେଣା ତାଙ୍କ ପାଖରେ ଭୋଗ ଲଗାଇ ମୁଣ୍ଡିଆ ମାରି ଆସିବୁ-

ଗୁରୁବାରୀ କଥା ଶେଷ କରିବା ମାତ୍ରେ ଢପ୍‌କିନା ତା' ପାଦତଳେ ମୁଣ୍ଡିଆ ମାରିଦେଲା।

ବସ୍ ଛାଡ଼ିଦେଲା।

ଦରପାଚିଲା କଦଳୀ ଫେଣାକୁ କିଛିକ୍ଷଣ ଚାହିଁ ଚାହିଁ ଅରୁଣାର ଆଖି ଓଦା ହୋଇ ଆସିଲା। ସେମାନେ ଗରିବ। ଦଳିତ, ଅବହେଳିତ। କିନ୍ତୁ ସେମାନଙ୍କ ଭଲପାଇବା ଆଉ ଭକ୍ତିରେ କିଛି ଖାଦ ମିଶି ନାଇଁ। ସେମାନଙ୍କ ଆଖିରେ ସେ ମାଷ୍ଟ୍ରାଣୀରୁ ଠାକୁରାଣୀ ହୋଇଯାଇଛି! ଏହାଠାରୁ ବଳି ବଡ଼ ପ୍ରାପ୍ତି ଆଉ ତା'ପାଇଁ କ'ଣ ଥାଇପାରେ?

ତା' ଆରଦିନ ସ୍କୁଲରେ ଯୋଗଦେବା ପାଇଁ ଯାଇ ଚମକି ଉଠିଥିଲା ଅରୁଣା।

ପ୍ରାଥମିକ ବିଦ୍ୟାଳୟରେ ତାଲା ଝୁଲୁଛି। ବାରଣ୍ଡାରେ ବସି ରହିଛି ଜଣେ ମଧ୍ୟବୟସ୍କା ଆଦିବାସୀ ସ୍ତ୍ରୀଲୋକ।

ଅରୁଣା ବାରଣ୍ଡାକୁ ଉଠିବା ମାତ୍ରେ ସେ ଉଠିପଡ଼ି ନବେ ଡିଗ୍ରୀ ବେକ ବଙ୍କାଇ ଗୋଟାଏ ଲମ୍ବା ଦଣ୍ଡବତ ପକାଇଲା। ତା' ହାତକୁ ଚାବିନେନ୍ଥା ବଢ଼ାଇ ଦେଇ କହିଲା- ଘର ଖୋଲନ୍ତୁ। ମୁଁ ଘରେ ଝାଡୁ ଦେବି। ମାସେ ହେଲା ଘରେ ତାଲା ପଡ଼ିଛି ତ!

– ମାସେ ହେଲା ସ୍କୁଲ ବନ୍ଦ! ପିଲାମାନେ କ'ଣ ବାରଣ୍ଡାରେ ବସି ପଢ଼ନ୍ତି?

ସ୍ତ୍ରୀଲୋକଟି ଲାଜ ଲାଜ ହୋଇ ଉତ୍ତର ଦେଲା- ମାଷ୍ଟ୍ରେ ଦୁଇ ମାସ ହେଲା

ଛୁଟିରେ। ସେ ସ୍କୁଲକୁ ପଢ଼ାଇବା ପାଇଁ ଆସୁଥିଲା ବେଳେ ମଧ୍ୟ ପିଲା କେହି ପଢ଼ିବାକୁ ଆସୁନଥିଲେ। ମାଷ୍ଟ୍ରେ ବସି ବସି ଯାଉଥିଲେ।

- ପିଲାମାନେ ପଢ଼ିବାକୁ ଆସନ୍ତି ନାହିଁ କାହିଁକି? ହଁ- ତୋ ନାଁ କ'ଣ?

- ମାଲ୍‌ତି! ମୁଁ ଅନନ୍ତ୍ ମାଝିର ଡିରଲା। ଏ ସ୍କୁଲର ପିଓନ୍। ଦୁଇ ମାସ ହେଲା ଦରମା ପାଇନି- ଇନ୍‌ସପେକ୍ଟର ଅଫିସ୍ ଯାଇଥିଲି- ଦରମା କଥା ଶୁଣି ସାଇବ ହସିଲେ। କହିଲେ- ମାସେ ହେଲା ମାଷ୍ଟ୍ର ନାହାନ୍ତି କି ପିଲା ନାହାନ୍ତି। ତୁ କାମ କରିଛୁ ବୋଲି ମାଷ୍ଟ୍ରେ ସୁପାରିଶ ନକଲେ ଦରମା କେନ୍‌ତା ପାଇବୁ। ନୂଆ ଦିଦିମଣି ଆସୁଛନ୍- ତାଙ୍କଠାରୁ ଲେଖାଇ ଆଣ୍- ମୁଁ ସକାଳୁ ଜଗି ବସିଛି- ମୋ ଦରମା କଥା କାଗଜ୍‌ରେ ଲେଖିଦିଅନ୍ତୁ- ମୁଁ ତ ନିତି ହାଜିରା ଦଉଛି- ସ୍କୁଲ ବନ୍ଦ ହେଲେ ମୋ ଦରମା ବନ୍ଦ ହେବ କାହିଁକି?

- କିନ୍ତୁ ପିଲାମାନେ ସ୍କୁଲକୁ ଆସୁନାହାନ୍ତି କାହିଁକି? ଆଉଥରେ ନିଜ ପ୍ରଶ୍ନକୁ ଦୋହରାଇ ଥିଲା ଅରୁଣା।

ଶୀତଦିନ। ପୂର୍ବାହ୍ନ। ଆକାଶରେ ସୂର୍ଯ୍ୟ ଜଳୁଥିଲେ ବି ଗଛର ଡାଳପତ୍ର ଭେଦି ଖରା ଟାଇଲଛପର ସ୍କୁଲଘର ବାରଣ୍ଡା ଛୁଇଁଲାବେଳକୁ ତେଜହୀନ ହୋଇଯାଇଥିଲା। ସ୍କୁଲ ଚାରିପଟେ ଡେଙ୍ଗା ଡେଙ୍ଗା ଗଛ। ଶାଳ, ପିଆଶାଳ, ଆଉ କେତୋଟି ହଳଦିଆ ଫୁଲଭର୍ତ୍ତି ବନ୍ୟବୃକ୍ଷ। ପାଖରେ ମାଝି ପଡ଼ା। ମାଟିଘର। ଝାଟିମାଟିରେ ତିଆରି ପଲା।

ମାଳତୀ ଉତ୍ତର ଦେଇଥିଲା- କନ୍ଧ, ପରଜା, ସଓରାଘର ପିଲାମାନେ ସକାଳୁ ସଂଜ ଯାଏ ନିଜ ନିଜ ବାପମାଆଙ୍କ ସାଙ୍ଗରେ କାମକୁ ଯାଆନ୍ତି। ବଣରୁ ମହୁଲ ଫୁଲ, ଶାଳ ମଞ୍ଜି ଗୋଟାଇ ଆଣନ୍ତି। ବଣରୁ ଗଛର କନ୍ଦା, ଫଳମୂଳ ସାଉଁଟନ୍ତି। ଏବେ ସହର ପାଖରେ ମାଟି କାମ ହେଉଛି। ଆମ ମାଝିପଡ଼ାର ଛୁଆପିଲା ସମସ୍ତେ ବାପମାଆଙ୍କ ସାଙ୍ଗରେ କାମ କରିବାକୁ ଯାଇଛନ୍ତି। କାମ କଲେ ଖାଇବାକୁ ମିଳିବ। ପାଠ ପଢ଼ିଲେ ପେଟ ପୂରିବ କି? ପିଲାଏ କାଇଁକି କାମଧନ୍ଦା ଛାଡ଼ି ଇସ୍କୁଲକୁ ଆସିବେ-

ମାଳତୀର କଥା ଶୁଣି ଧକ୍କା ଖାଇଲା ଭଳି ଚମକି ଉଠିଲା ଅରୁଣା। ତାକୁ ଗୋଟାଏ ବନ୍ଦ ସ୍କୁଲକୁ ବଦଳି କରାଯାଇଛି?

ହଠାତ୍ ଗୋଟାଏ ଭୁଲି ଯାଇଥିବା କଥା ସ୍ମରଣ ହୋଇଗଲା ଭଳି ଚମକି ଉଠି ମାଲ୍‌ତୀ କହିଲା- ଅସଲ କଥା କହିବାକୁ ଭୁଲି ଯାଇଛି ଦିଦିମଣି! ଇନ୍‌ସପେକ୍ଟର ସାଇବ କହି ଯାଇଛନ୍ତି- ତାଙ୍କ ଅଫିସରେ ଯାଇ ଜଏନ୍ କରିବେ-

- ଇନ୍‌ସପେକ୍ଟରଙ୍କ ଅଫିସ୍ କେଉଁଠି?

ଗଛ ଉଡୁଆଳରେ ଅଳ୍ପ ଦୂରରେ ଦେଖା ଯାଉଥିବା କଚ୍ଚା ସଡ଼କ ଆଡ଼କୁ ଆଙ୍ଗୁଠି ଦେଖାଇ ମାଳତୀ ପଥ ନିର୍ଦ୍ଦେଶ ଦେଲା-

ସେଇ ସଡ଼କରୁ ବସ୍ ଧରି କୋରାପୁଟ ସହରରେ ପହଞ୍ଚିଥିଲା ଅରୁଣା।

ଇନ୍‌ସପେକ୍ଟର ଶିବରାମ ପରିଚ୍ଛା ପଟ୍ଟନାୟକ ତା'ପାଇଁ ଅପେକ୍ଷା କରି ରହିଥିଲେ। ଅରୁଣାର ଜଏନିଂ ରିପୋର୍ଟ ଗ୍ରହଣ କରି କହିଲେ- ମିସ୍ ନାୟକ! ଏ ଆଦିବାସୀ ବିଦ୍ୟାଳୟକୁ ଯାହାକୁ ପଠାଯାଉଛି, କେହି କାମରେ ଯୋଗ ଦେଉନାହାନ୍ତି। କାରଣ ଏଠାରେ ଯିଏ ଶିକ୍ଷୟିତ୍ରୀ ଭାବରେ ଯୋଗଦେବ, ତାକୁ ଆଦିବାସୀ ପଡ଼ାର ଘର ଘର ବୁଲି ପିଲାଙ୍କୁ ପାଠ ପଢ଼ିବା ପାଇଁ ଧରି ଆଣିବାକୁ ପଡ଼ିବ। ସେମାନଙ୍କୁ କ୍ଲାସ୍‌ରେ ଏପରି ହସେଇ ହସେଇ ପଢ଼େଇବାକୁ ହେବ ଯେ ସେମାନେ ଯେପରି ଆଗେ ନିଜ ଇଚ୍ଛାରେ ସ୍କୁଲକୁ ଆସିବାକୁ ଆଗ୍ରହୀ ହେବେ। ପାଠ ପଢ଼ିବା ପିଲାମାନଙ୍କର ଗରଜ ନୁହେଁ, ସେମାନଙ୍କୁ ପାଠ ପଢ଼ାଇ ମଣିଷ କରିବା ଆମର କର୍ତ୍ତବ୍ୟ। ଆଖି ଦେଖାଇ, ବେତ ଉଞ୍ଚାଇ ଆଦିବାସୀ ପିଲାମାନଙ୍କୁ ଶାସନ କଲେ ସେମାନେ ପଢ଼ିବାକୁ ଆସିବେ ନାହିଁ। ସ୍ନେହ ଦେଇ, ସେମାନଙ୍କ ମନ ମୋହି ପାରିଲେ, ସେମାନେ ପାଠ ପଢ଼ିବା ପାଇଁ ଆଗ୍ରହୀ ହେବେ। ତମେ ପାରିବ?

ଅରୁଣା ହଠାତ୍ ହଁ କହିଦେଇ ପାରିଲା ନାହିଁ। ପାଟି ଭିତରୁ ତା' ଜିଭକୁ କିଏ ପଛରୁ ଟାଣି ଧରୁଥିଲା। ସେ ହଁ କହିବ ବୋଲି ଚାହିଁ ମଧ୍ୟ ହଁ ଭରି ପାରୁନଥିଲା।

ଶିବରାମ ତାକୁ ଆଉ ଟିକିଏ ଡରେଇଦେଲେ।

କହିଲେ- ଏ ଅଞ୍ଚଳରେ ନକ୍ସାଲ ମାତିଛନ୍ତି। ଶିକ୍ଷାର ବିକାଶ ଆଉ ଶିକ୍ଷର ପ୍ରସାର ପାଇଁ ସରକାର ଯେତେ ଚେଷ୍ଟା କରୁଛନ୍ତି- ସେମାନେ ତାକୁ ଭଣ୍ଡୁର କରିବାରେ ଲାଗିଛନ୍ତି। ନକ୍ସାଲ ଭୟରେ ଏ ସ୍କୁଲରେ କେହି ପାଠ ପଢ଼ାଇବାକୁ ଆସୁନାହାନ୍ତି। ତମ ଆଗରୁ କଟକରୁ ଜଣେ ଶିକ୍ଷକ ଚାକିରିରେ ଯୋଗ ଦେଇଥିଲେ। ନକ୍ସାଲଙ୍କ ଭୟରେ ମାସେ ହେଲା ଛୁଟି ନେଇ ଘରେ ବସିଛନ୍ତି। ଏଠାରୁ ବଦଳି ହୋଇ ଯିବାଲାଗି ଚେଷ୍ଟା ଚଳାଇଛନ୍ତି। ତମେ ଚାକିରିରେ ଜଏନ୍ କରିସାରି ଛୁଟିରେ ଯିବ ନାହିଁ ତ?

ଏଥର ଅରୁଣା ନିଜର ମେରୁଦଣ୍ଡ ସିଧା କରି ଠିଆ ହେଲା। ଇନ୍ସପେକ୍ଟରଙ୍କୁ ଦୃଢ଼ କଣ୍ଠରେ ଉତ୍ତର ଦେଇଥିଲା- ସାର୍! ମୁଁ କଥା ଦେଉଛି- ମୁଁ ଏଠାରେ ଶିକ୍ଷୟିତ୍ରୀ ଚାକିରି କରିବି। ଛୁଟିରେ ଯିବି ନାହିଁ କି ବଦଳି ପାଇଁ ଧରାଧରି କରିବି ନାହିଁ-

କଥା ରଖିଥିଲା ଅରୁଣା।

ବନବାସୀ ପ୍ରାଥମିକ ବିଦ୍ୟାଳୟକୁ ବାଛି ନେଇଥିଲା ନିଜର ଜୀବନତୀର୍ଥ ଭାବରେ। ଏଥିପାଇଁ ତାକୁ ପ୍ରଥମେ କନ୍ଧ, ପରଜା, ସଉରାମାନଙ୍କ ଭାଷା ଶିଖିବାକୁ ହୋଇଥିଲା। ଆଗେ ସରକାରୀ ଓଡ଼ିଆ ବହିର ଭାଷା ବୁଝିପାରୁ ନଥିଲେ ବୋଲି କନ୍ଧ, ସଉରା ଛୁଆମାନେ ପଢ଼ିବା ପାଇଁ ସ୍କୁଲକୁ ଆସିବାକୁ ଡରୁଥିଲେ। ମଝିରୁ ପାଠପଢ଼ା

ଛାଡ଼ିଦେଇ ପଳାଉଥିଲେ। ବାପାଭାଇ ତଡ଼ିକରି ସ୍କୁଲକୁ ପଠାଇଲେ ବାଟରେ ବଣରେ, ପାହାଡ଼ ଖୋଲରେ ଲୁଚୁଥିଲେ। ଅରୁଣା କନ୍ଧ ପିଲାମାନଙ୍କୁ କୁଇ ଭାଷାରେ ସରକାରୀ ବହିର କଥା ବୁଝାଇ ଦେଲାପରେ ସେମାନେ ଓଡ଼ିଆ ଶିଖିଗଲେ। ପାଠ ବୁଝିଗଲେ। ସ୍କୁଲକୁ ଆସିବା ଲାଗି ସେମାନଙ୍କର ଡର ଚାଲିଗଲା।

ଆଗେ ଗାଁ ଗାଁ ବୁଲି ଅରୁଣା କନ୍ଧ ପିଲାମାନଙ୍କୁ ସାଙ୍ଗରେ ଧରି ସ୍କୁଲକୁ ଆସୁଥିଲା। ପରେ ସେମାନେ ଦଳବାନ୍ଧି ଆଗପଛ ହୋଇ ସ୍କୁଲକୁ ଆସିଲେ। ଆଉ ସେମାନଙ୍କୁ ଡାକିବାକୁ ଯିବାପାଇଁ ପଡ଼ିଲା ନାଇଁ। ଯଦି କେଉଁ ପିଲା ଲାଗ୍ ଲାଗ୍ ସ୍କୁଲରେ ଅନୁପସ୍ଥିତ ରହୁଥିଲା ଅରୁଣା କାରଣ ବୁଝିବା ପାଇଁ ଖାଲି ପାଦରେ ଚାଲି ଚାଲି ତାଙ୍କ ଘରେ ପହଞ୍ଚି ଯାଉଥିଲା। ଦେହ ଅସୁସ୍ଥ ଥିଲେ ଡାକ୍ତର ଦେଖାଇ ଚିକିତ୍ସା ବ୍ୟବସ୍ଥା କରୁଥିଲା। ବାପାମାଆଙ୍କୁ ଦିନବେଳା କାମଧନ୍ଦାରେ ସାହାଯ୍ୟ କରିବାକୁ ସ୍କୁଲକୁ ଯାଇନଥିଲେ, ସେମାନଙ୍କୁ ବୁଝାଇ ଶୁଝାଇ ପରଦିନ ସ୍କୁଲକୁ ଫେରାଇ ଆଣୁଥିଲା।

ସେମାନେ ସମସ୍ତେ ଗରିବ। ଆଗେ ଜଙ୍ଗଲରୁ ଫଳମୂଳ ଆଣି ଖାଉଥିଲେ। ବଣର ପଶୁପକ୍ଷୀ ଶିକାର କରୁଥିଲେ। ଜଙ୍ଗଲର ଗଛ ଉପରେ ସେମାନଙ୍କର ଅଧିକାର ଥିଲା। ମହୁଲ ଫୁଲ, ଶାଳମଞ୍ଜି, କେନ୍ଦୁପତ୍ରଠାରୁ ଆରମ୍ଭ କରି ଝୁଣା, କନ୍ଦା, ଶୁଖିଲା କାଠ ଆଣି ବିକି ସେମାନେ ସଂସାର ଚଳାଉଥିଲେ। ବ୍ରିଟିଶ ସରକାର ଏଇ ବନବାସୀମାନଙ୍କର ବନ ଉପରୁ ଅଧିକାର କାଢ଼ି ନେଇଥିଲେ। ସ୍ୱାଧୀନ ସରକାର ଜଙ୍ଗଲଜାତ ପଦାର୍ଥକୁ ଠିକାଦାର, ସାହୁକାର-ମାନଙ୍କୁ ଠିକା ଦେଇଦେଲେ। ଏମାନେ କେନ୍ଦୁପତ୍ର ତୋଳି, ଶାଳମଞ୍ଜି ସାଉଁଟି ଠିକାଦାରଙ୍କୁ ବିକି ଯେଉଁ ମୂଲ ପାଇଲେ ସେଥିରେ ପାଟି ଭରିଲା ନାହିଁ କି ପେଟ ପୂରିଲା ନାହିଁ। ଓଡ଼ିଆ ସାହୁକାର, ତେଲୁଗୁ ଗୋପନ୍ନାମାନେ ଶାଗମାଛ ଦରରେ ସେମାନଙ୍କ ସୋରିଷ, ରାଶି, କାନ୍ଦୁଲ କିଆରୀ କିଣି ନେଇଗଲେ। ଏପରିକି ସଜନାଗଛ, ପଣସ, ଆମ୍ବଗଛ ଆଗୁଆ ପଚାଶ ଶହେ ଟଙ୍କାରେ ନିଲାମ ଧରିନେଲେ। ନିଜ ବାରି ବଗିଚାର ଫଳ ଉପରେ ମଧ୍ୟ ସେମାନଙ୍କର ଅଧିକାର ରହିଲା ନାହିଁ। ଆଗତୁରା ନିଜ ଜମିର ଫଳ ଓ ଫସଲ ବିକି ଯେଉଁ ଟଙ୍କା ଆଣୁଥିଲେ ସେଥିରେ କୌଣସିମତେ ମାସେ, ଦୁଇ ମାସ ଚଳି ଯାଉଥିଲା, ବାକି ଆଠ ଦଶ ମାସ ସେମାନେ ପିଲାଛୁଆଙ୍କୁ ଧରି ଗାଁ ଛାଡ଼ି ମାଟି କାମ ପାଇଁ, ବଞ୍ଚିବା ପାଇଁ ଦୂର ଜାଗାକୁ ଚାଲିଯାଉଥିଲେ।

ପିଲାଦିନୁ ଅରୁଣା ସ୍ୱପ୍ନ ଦେଖିବାକୁ ଭଲ ପାଉଥିଲା। ଜନପଦବାସୀ ହୁଅନ୍ତୁ କି ବନବାସୀ ହୁଅନ୍ତୁ- ଗରିବ ଲୋକଙ୍କ ପାଇଁ ସ୍ୱପ୍ନ ଦେଖିବା ହିଁ ବଞ୍ଚି ରହିବାର ଏକମାତ୍ର ମସୃଣ ରାସ୍ତା। କାରଣ ସ୍ୱପ୍ନ ଦେଖିବା ଲାଗି ଟଙ୍କା ଲାଗେ ନାହିଁ କିମ୍ବା ଟ୍ୟାକ୍ସ ଦେବାକୁ ପଡ଼େ ନାହିଁ।

ଏଇ ବନାଞ୍ଚଳରେ କନ୍ଧମାନଙ୍କୁ ଅରୁଣା ପାଠ ପଢ଼ି ମଣିଷ ହେବାର ସ୍ୱପ୍ନ ଦେଖାଇଥିଲା। ପାଠ ଦେଖାଏ ବଞ୍ଚିବାର ବାଟ। ପାଠ ହେଲା ସୂର୍ଯ୍ୟକିରଣ, ଚିର ଦାରିଦ୍ର୍ୟର ଘନଘୋର ଅନ୍ଧକାର ବିନାଶ କରି ଏହି ପାଠର ସୂର୍ଯ୍ୟାଲୋକ ମୁକ୍ତିର ବାଟ ଦେଖାଇ ପାରେ ବୋଲି ସେ ପିଲା, ବୁଢ଼ା, ଧାଙ୍ଗଡ଼ା, ଧାଙ୍ଗଡ଼ି- ସମସ୍ତଙ୍କ ମନରେ ପ୍ରତ୍ୟୟ ସୃଷ୍ଟି କରିଥିଲା। ତା' କଥାରେ ଆଖପାଖ ପାଞ୍ଚ ଛଅ ଖଣ୍ଡ ଗାଁର ବନବାସୀ ପାଠପଢ଼ାରେ ମାତି ଯାଇଥିଲେ।

ଜିରୁ ସାଓଁତାର ଝିଅ କାଜୋଡ଼ି ଥିଲା ତାର ପ୍ରିୟ ଛାତ୍ରୀ। ଉଚ୍ଚ ପ୍ରାଥମିକ ପରୀକ୍ଷାରେ ବୃତ୍ତି ପାଇବ ବୋଲି ଅରୁଣା ତା' ପିଛା ଦିନରାତି ଲାଗିଥିଲା। କନ୍ଧ ଗାଁର ସର୍ଦ୍ଦାର ଜିରୁ। ଝିଅକୁ ପାଠ ପଢ଼ାଇବା ପାଇଁ ସେ ନିୟମିତ କାଜୋଡ଼ିକୁ ସାଇକେଲରେ ବସାଇ ସ୍କୁଲରେ ଛାଡ଼ିଦେଇ ଯାଉଥିଲା।

କିନ୍ତୁ ଲାଗ୍ ଲାଗ୍ ଚାରିଦିନ କାଜୋଡ଼ି ସ୍କୁଲକୁ ଆସିଲା ନାହିଁ। ମୁଣ୍ଡ ଉପରେ ବୃତ୍ତି ପରୀକ୍ଷା। କ'ଣ ହେଲା- କାହିଁକି ସେ ସ୍କୁଲକୁ ଆସୁନାହିଁ ବୋଲି ବୁଝିବା ପାଇଁ ଦିନେ ଅରୁଣା ସାଓଁତାର ଗାଁରେ ପହଞ୍ଚିଲା।

ବେଳ ରତ ରତ। ମୁଣ୍ଡା ପାହାଡ଼ ଆରପଟେ ଲାଲ୍ ସୂର୍ଯ୍ୟ ଆସ୍ତେ ଆସ୍ତେ ଅସ୍ତ ହୋଇ ଯାଉଥିଲା। ପାହାଡ଼ି ଝୋଲା କୂଳରେ ଆଣ୍ଠୁ ଉପରେ ମୁଣ୍ଡ ରଖି ବସି ରହିଥିଲା କାଜୋଡ଼ି। କ'ଣ ହେଲା ? କାହିଁକି ସ୍କୁଲକୁ ଯାଉନୁ ? ଗୁରୁମାଆଙ୍କ କଥା ଶୁଣି ଝରଝର କାନ୍ଦି ପକାଇଲା କାଜୋଡ଼ି।

ଲୁହ ସମ୍ଭାଳି ଆଣ୍ଠୁ ଉପରୁ ମୁହଁ ଉଠାଇ ଗୋଟି ଗୋଟି ସବୁ ପ୍ରଶ୍ନର ଉତ୍ତର ଦେଲା।

କୁମୁଟି ମୋପନ୍ନା ଏ ଅଞ୍ଚଳର ବଡ଼ ଧନୀ। ତା'ର ଖମାର ଘର ଉପରେ ବୋମା ପକାଇ କିଏ ଜାଳିଦେଇଛି। ସାହୁକାରର ପାଚିଲା କିଆରୀରୁ କିଏ ଧାନ କାଟି ନେଇଛି। ପୋଲିସ୍ ସନ୍ଦେହ କରି ତା' ବାପାକୁ ତିନି ଦିନ ହେଲା ଥାନାକୁ ଧରିନେଇଛି। ସେ କନ୍ଧ ଗାଁର ସର୍ଦ୍ଦାର, ସାଓଁତା। ନକ୍ସାଲଙ୍କୁ ଲଗାଇ ସେ ସାହୁକାରର ଧାନ କାଟିନେଇଛି- ନକ୍ସାଲଙ୍କୁ ଧରାଇ ନଦେଲେ ସେମାନେ ତାକୁ ଛାଡ଼ିବେ ନାଇଁ।

ତା'ପରେ ଆଉ ଅସରାଏ କାନ୍ଦି ପକାଇ କାଜୋଡ଼ି ତା' ପାଦ ଧରି କହିଲା- ମୋ ବାପାଙ୍କୁ ବଞ୍ଚାଅ ଗୁରୁମାଆ ! ସମସ୍ତେ କହୁଛନ୍ତି- ମୁଁ ପାଠ ପଢ଼ିଲି ବୋଲି ବାପାର ଏଡ଼େ ବିପଦ ହେଲା-

କାଜୋଡ଼ିର କଥା ଶୁଣି ଅରୁଣା କ୍ରୋଧରେ ବିସ୍ଫୋରିତ ହୋଇଉଠିଲା। ବିନା ଅପରାଧରେ ଜଣେ ନିରୀହ ଆଦିବାସୀକୁ ଥାନାରେ ଅଟକ ରଖାଯାଇଛି ? ଆଇନର ରକ୍ଷାକର୍ତ୍ତା ପୋଲିସର ଏ କି ବେଆଇନ୍ କାର୍ଯ୍ୟ ?

ତା' ଆରଦିନ ସ୍କୁଲର ସବୁ ପିଲାଙ୍କ ଅଭିଭାବକମାନଙ୍କୁ ସାଙ୍ଗରେ ଧରି ଅରୁଣା ଥାନାରେ ପହଞ୍ଚିଲା। ଜିରୁ ସାଓଁତାକୁ ଛାଡ଼ିନଦେଲେ ସେମାନେ ଘରକୁ ଫେରିବେ ନାହିଁ ବୋଲି ଜିଦ୍ ଧରି ଦାରୋଗାଙ୍କ ଅଫିସ୍ ଆଗରେ ବସିପଡ଼ିଲେ।

କନ୍ଧ, ପରଜା ଆଦିବାସୀଙ୍କ ସହ ଏତେ ସଂଖ୍ୟକ ଅଣଆଦିବାସୀ ପାଣ, ଡମଙ୍କୁ ଦେଖି ଦାରୋଗା ରଙ୍ଗା ରେଡ୍ଡି ଚିନ୍ତାରେ ପଡ଼ିଗଲେ। ଏ ଅଞ୍ଚଳରେ କନ୍ଧମାନଙ୍କ ସହ ଡମମାନଙ୍କର ଚିରଦିନ ଶତ୍ରୁତା। ଜିରୁ ସାଓଁତାକୁ ଖଲାସ କରିବା ପାଇଁ କାହା କଥାରେ ସେମାନେ ଥାନା ଘେରାଓ କରିବାକୁ ଆସିଛନ୍ତି ?

ତାଙ୍କ କାନ ପାଖକୁ ନିଜର ଥୋମଣିକୁ ଲମ୍ବେଇଦେଇ ଧନପତି କୁମୁଟି ସାହୁକାର ରାମୁଲୁ ଚାପା କଣ୍ଠରେ କହିଲା- ଏଇ ମାଇକିନିଆ ଅସଲ ନକ୍ସାଲ- ଆଦିବାସୀ, ପାଣ, ଡମଙ୍କ ପିଲାଙ୍କୁ ପାଠ ପଢ଼ାଇ ନକ୍ସାଲ କରିଦେଉଛି- ସେମାନେ ଟିପଚିହ୍ନ ଦେଇ ଦୈନିକ ମଜୁରୀ ପଚାଶ ଟଙ୍କା ଜାଗାରେ କୋଡ଼ିଏ ଟଙ୍କା ନେଉ ନାହାନ୍ତି- ଦସ୍ତଖତ କରି ପଚାଶ ଜାଗାରେ ସତୁରି ମାଗୁଛନ୍ତି। କମ୍ ମଜୁରୀରେ କ୍ଷେତ ଖମାରରେ କାମ କରିବାକୁ ମୂଲିଆଟିଏ ମିଳୁ ନାହାନ୍ତି- ଏ ମାଷ୍ଟ୍ରାଣୀର ଶାଢ଼ୀ ଖୋଲି ସମସ୍ତଙ୍କ ଆଗରେ ବେଇଜ୍ଜତ କରିଦିଅନ୍ତୁ। ଏଇମାନେ ମୋ ଖମାର ଘର-

ଅରୁଣିମାକୁ ଦେଖି ଦାରୋଗା ରଙ୍ଗା ରେଡ୍ଡିର ମୁଗୁନି ପଥର ଭଳି ଘନକୃଷ୍ଣ ମୁହଁର ମାଂସପେଶୀ ଲାଳସାରେ ରଙ୍ଗା ପଡ଼ିଗଲା। ତା' ଓଠରେ ବାଜିଉଠିଲା ଅଶ୍ଳୀଳ ହୁଇସିଲ୍। ଆଖି ଠାରିଦେବା ମାତ୍ରେ ଦୁଇଜଣ ଷଣ୍ଢାମାର୍କା କନେଷ୍ଟବଳ ଝାମ୍ପମାରି ତଳେ ବସିଥିବା ଅରୁଣା ନାୟକଙ୍କୁ ଶୂନ୍ୟେ ଶୂନ୍ୟେ ଉଠାଇନେଲେ। ସମସ୍ତଙ୍କ ଆଗରେ କନେଷ୍ଟବଳ ଦୁଇ ଜଣ ତାଙ୍କ ହାତ ପଛଆଡ଼େ ଲୁହା ଶିକୁଳିରେ ବାନ୍ଧି ଶାଢ଼ୀ ଖୋଲିଲାବେଳେ ଦାନ୍ତ ଲଗାଇ ବ୍ଲାଉଜର ବୋତାମ ଛିଣ୍ଡାଇ ନେଲା ରଙ୍ଗା ରେଡ୍ଡି। ଘୃଣାରେ ମେଞ୍ଚା ମେଞ୍ଚା ଛେପରେ ଅରୁଣା ଦାରୋଗାର ମୁହଁକୁ ଆବର୍ଜନାମୟ କରିଦେଲା ବେଳେ ଗୁରୁମା'ଙ୍କୁ ଛାଡ଼, ଛାଡ଼ ବୋଲି ତାଙ୍କ ଛାତ୍ରଛାତ୍ରୀମାନଙ୍କ ଅଭିଭାବକମାନେ ଚିତ୍କାର କରି ଥାନା ଥରେଇଦେଲେ। କିନ୍ତୁ ନିରସ୍ତ୍ର ଦଳିତ, ଆଦିବାସୀମାନଙ୍କ ନିଷ୍ଫଳ କ୍ରୋଧ ସେମାନଙ୍କ ଗୁରୁମା'ଙ୍କ ଇଜ୍ଜତ ରକ୍ଷାକରି ପାରିଲା ନାହିଁ।

କେବଳ ତା' ଆରଦିନ ଖବରକାଗଜରେ ବାହାରିଲା ଦାରୋଗା ରଙ୍ଗା ରେଡ୍ଡି ଜିପ୍‌ରେ କୋରାପୁଟ ଫେରୁଥିବା ବେଳେ ନକ୍ସାଲମାନେ ରାସ୍ତାରେ ମାଇନ୍‌ସ ବିଛାଇଥିବା ହେତୁ ତାଙ୍କ ଜିପ୍ ଧ୍ୱଂସ ହୋଇଯାଇଛି। ଦାରୋଗାଙ୍କ ମୁଣ୍ଡ, ଗଣ୍ଡି, ହାତ, ଗୋଡ଼, ଏଣେତେଣେ ଛିନ୍ନଭିନ୍ନ ହୋଇ ପଡ଼ିଛି।

■

ମହାଯୁଦ୍ଧର ଛବି

ପାବ୍‌ଲୋ ପିକାଶୋଙ୍କର 'ଗୁୟେରନିକା' ଛବିଟି ଦେଖିଲା ପରେ ପ୍ରକାଶ ମନେମନେ ସ୍ଥିର କରିଥିଲା ଯେ ସେ ତୃତୀୟ ମହାଯୁଦ୍ଧର ଚିତ୍ର ସାମ୍ବାଦିକ ଭାବରେ ରଣକ୍ଷେତ୍ରରେ ପ୍ରବେଶ କରିବ। ନିଜର ଶକ୍ତିଶାଳୀ ଅଟୋମେଟିକ୍ କ୍ୟାମେରାରେ ତୋଳି ଆଣିବ ମହାଯୁଦ୍ଧର ଛବି। ସଂଚୟ କରି ରଖିବ ଭବିଷ୍ୟତ ବଂଶଧରମାନଙ୍କ ପାଇଁ।

ତା'ର ସଂକଳ୍ପ ଶୁଣି ହସି ଉଠିଥିଲା ପ୍ରାର୍ଥନା। ତା'ର ବାଳିକାବନ୍ଧୁ। ଖଲିକୋଟ ଆର୍ଟ କଲେଜର ପୂର୍ବତନ କୃତୀ ଛାତ୍ରୀ।

ପରିହାସ କରି କହିଥିଲା- ଆଉ ତୃତୀୟ ମହାଯୁଦ୍ଧ ହେବ ନାହିଁ। ଯଦି ବା କେବେ ମହାଯୁଦ୍ଧ ଲାଗେ- ତମେ କ୍ୟାମେରାରେ ଧରି ରଖିଥିବା ଯୁଦ୍ଧଚିତ୍ର ଦେଖିବାକୁ କେହି ଜଣେ ହେଲେ ଲୋକ ଏ ପୃଥିବୀରେ ବଞ୍ଚି ରହିନଥିବେ। ଏ ଯୁଦ୍ଧ ହେବ ପରମାଣବିକ ଯୁଦ୍ଧ। ଦ୍ୱିତୀୟ ମହାଯୁଦ୍ଧ ବେଳେ କେବଳ ଆମେରିକା ପାଖରେ ଏ ପରମାଣୁ ବୋମା ଥିଲା। ଆଜି ତ ପାକିସ୍ଥାନ ଭଳି ଛୋଟ ଦେଶ ହାତରେ ପରମାଣୁ ଅସ୍ତ୍ର!

ପ୍ରାର୍ଥନା ସହିତ ପ୍ରକାଶର ମତ ମିଳେ ନାହିଁ। ତର୍କ ଆରମ୍ଭ ହୋଇଯାଏ। କଥା କଟାକଟି। ପାଟିତୁଣ୍ଡ। ରାଗରୁଷା।

ପ୍ରକାଶର ମାଆ ଦେବଦୂତୀ ଭଳି ହଠାତ୍ ପହଞ୍ଚିଯାଇ ନାଟକୀୟ ଭଙ୍ଗୀରେ କହନ୍ତି- ଏଇ ତ ଆରମ୍ଭ ହୋଇଗଲା ବିଶ୍ୱଯୁଦ୍ଧ! ଶାନ୍ତି, ଶାନ୍ତି!

ଲଜ୍ଜାରେ ଅଧୋବଦନ ହୋଇ ରହେ ପ୍ରାର୍ଥନା।

ଶାନ୍ତି ଫେରିଆସେ। ଦୁଇ କପ୍ ବାମ୍ଫଉଠା କଫି କପ୍ ଧରି ପ୍ରାର୍ଥନାର ସାନ ଭଉଣୀ ଅନୁକମ୍ପା ଯୁଦ୍ଧ କ୍ଷେତ୍ରରେ ପ୍ରବେଶ କରେ। ଶ୍ୱେତ ପତାକା ଉଡ଼ିଯାଏ। ତର୍କ ବନ୍ଦ କରି ପ୍ରକାଶ ଆଉ ପ୍ରାର୍ଥନା କଫି କପ୍ ଉଠାଇନେଇ ଓଠରେ ଲଗାନ୍ତି।

ଏଇ ପ୍ରଥମ ନୁହେଁ, ସେ ଦୁହିଁଙ୍କ ଭିତରେ ସାମାନ୍ୟ କଥାରେ ବାରମ୍ବାର ତର୍କ

ବିତର୍କ ଚାଲେ। ପ୍ରକାଶ ଇଂରେଜୀ ଦୈନିକୀ 'ମର୍ଣ୍ଣି ନିଉଜ୍'ର ଫଟୋ ସାମ୍ବାଦିକ। ସହର ଆଖପାଖରେ କୌଣସି ବିଶେଷ ଘଟଣା ଘଟିଲେ, ସେ ଫଟୋ ଉଠାଇ ନିଜ ଖବରକାଗଜକୁ ପଠାଏ। ଫଟୋ ଜର୍ଣ୍ଣାଲିଜିମ୍ ଓଡ଼ିଶାରେ ବିଶେଷ ପ୍ରସାର ଲାଭ କରିନାହିଁ। ଅଧିକାଂଶ ପ୍ରେସ୍ ଫଟୋଗ୍ରାଫର ମନ୍ତ୍ରୀ- ପ୍ରଧାନମନ୍ତ୍ରୀଙ୍କ ସଭାସମିତିର ଫଟୋ ଉଠାଇବାରେ ହିଁ ସବୁ ସମୟ ଖର୍ଚ୍ଚ କରନ୍ତି। କୌଣସି ବିଶେଷ ଘଟଣାର ଅନୁସନ୍ଧାନମୂଳକ ଚିତ୍ର-ଉତ୍ତୋଳନ କରିବାର ଅନୁସନ୍ଧିତ୍ସା ଓଡ଼ିଆ ଖବରକାଗଜରେ ପ୍ରାୟ ନଥାଏ। ସେଥିପାଇଁ ବିପୁଳ-ପ୍ରଚାରିତ ଏକ ଓଡ଼ିଆ କାଗଜର ମୋଟା ବେତନର ଚାକିରି ଛାଡ଼ି ଅପେକ୍ଷାକୃତ କମ୍ ଦରମାରେ ସେ 'ମର୍ଣ୍ଣି ନିଉଜ୍'ରେ କାମ କରୁଛି।

ତା'ର ବଡ଼ ଆଶା ସତକୁ ସତ ଯଦି କେବେ ମହାଯୁଦ୍ଧ ହୁଏ ସେ 'ମର୍ଣ୍ଣି ନିଉଜ୍'ର ଫଟୋଜର୍ଣ୍ଣଲିଷ୍ଟ ଭାବରେ ଯୁଦ୍ଧକ୍ଷେତ୍ରକୁ ଯିବ। ଭୟାବହ ଯୁଦ୍ଧର ଅବିସ୍ମରଣୀୟ ଦୃଶ୍ୟର ଛବି କ୍ୟାମେରାରେ ବନ୍ଦୀ କରି ନେଇଆସିବ। ସେଇ ଫଟୋଚିତ୍ରକୁ ଆହୁରି ଜୀବନ୍ତ କରି ନିଜ ରଙ୍ଗ ଓ ତୂଳୀରେ ଛବି ଆଙ୍କିବ ପ୍ରାର୍ଥନା।

ଯେପରି ପିକାଶୋଙ୍କର 'ଗୁୟେରନିକା'!

କିନ୍ତୁ ପ୍ରାର୍ଥନା ସେ ଛବିରୁ କୌଣସି ଯୁଦ୍ଧର ଚିହ୍ନ ଖୋଜି ପାଇନାହିଁ, ପିକାଶୋଙ୍କ ସେ ଛବିରେ କୌଣସି ବୋମାବର୍ଷୀ ବିମାନର ଦୃଶ୍ୟ ନାହିଁ। ବୋମା ବିସ୍ଫୋରଣର ଛବି ନାହିଁ, ଦେଖାଯାଉ ନାହିଁ ମଧ୍ୟ ଶତ୍ରୁର ବିକଟାଳ ମୁହଁ। ଅଛି କେବଳ ପଶୁ ଓ ମଣିଷମାନଙ୍କର ସମବେତ କ୍ରନ୍ଦନର ଦୃଶ୍ୟ, ପୁତ୍ରହରା ଜନନୀର ଅସହାୟତା, ବାଳକର ଆର୍ତ୍ତନାଦ ଆଉ ମୃତ ଶିଶୁଙ୍କ ପାଖରେ ଶିଙ୍ଗ ଉଞ୍ଚାଇ ଠିଆ ହୋଇଥିବା ଏକ ମାରଣା ଷଣ୍ଢର ମୁହଁ!

ସେ ପ୍ରଶ୍ନ କରେ- ଏ କି ପ୍ରକାର ଯୁଦ୍ଧ ଚିତ୍ର? ଏହା ୧୯୩୭ ମସିହାରେ ଜେନେରାଲ ଫ୍ରାଙ୍କୋଙ୍କ ପକ୍ଷରୁ ସ୍ପେନ୍‌ର ଗୁୟେର୍‌ନିକା ସହର ଉପରେ ଜର୍ମାନୀ ଯୁଦ୍ଧବିମାନରୁ ବୋମା ବର୍ଷଣର ଛବି? ନା ଦ୍ୱିତୀୟ ମହାଯୁଦ୍ଧର ଶେଷ ଦିନରେ ନାଗାସାକି, ହିରୋସିମା ସହର ଉପରେ ଆମେରିକାର ପରମାଣୁ ବୋମା ନିକ୍ଷେପଣର ଦୃଶ୍ୟ? ଏସବୁର କୌଣସି ଚିହ୍ନବର୍ଣ୍ଣ ସୁଦ୍ଧା ଏଥିରେ ନାହିଁ। ଅଛି?

ପ୍ରକାଶ ମୃଦୁ ହସି ଉତ୍ତର ଦିଏ- ଅଛି ପୁଣି ନାହିଁ।

ପ୍ରାର୍ଥନା କିଛି ବୁଝିନପାରି ନିଜର ପ୍ରିୟ ବନ୍ଧୁଙ୍କ ମୁହଁକୁ ଚାହିଁ ରହେ।

ପ୍ରକାଶ 'ଗୁୟେର୍‌ନିକା'ର ରହସ୍ୟ ଉନ୍ମୋଚନ କରେ।

କହେ- ଫଟୋରେ ସମୟର ଠିକଣା ଲେଖା ଥାଇପାରେ। କାରଣ ତାହା ସେହି ମୁହୂର୍ତ୍ତର ଅବିକଳ ପ୍ରତିକୃତି; କିନ୍ତୁ ଶିଳ୍ପୀ ହାତଅଙ୍କା ଛବିରେ ମୁହୂର୍ତ୍ତ; ମହାକାଳରେ ପରିଣତ

ହୋଇଯାଏ। ପିକାଶୋଙ୍କ ହାତଅଙ୍କା ଛବି ବୋମାବିଧ୍ୱସ୍ତ ଗୁୟେରନିକା ସହରର ଛବି ହୋଇପାରେ। ହୋଇପାରେ ମଧ୍ୟ ପରମାଣୁ ବୋମା ଆକ୍ରାନ୍ତ ମହାଶ୍ମଶାନ ହିରୋସିମାର ଚିତ୍ର। ଏ ଛବିରେ ଜେନେରାଲ ଫ୍ରାଙ୍କୋ କିମ୍ବା ଆମେରିକା ରାଷ୍ଟ୍ରପତି ଟ୍ରୁମାନ୍‌ଙ୍କ ମୁହଁ ଦିଶୁ ନାହିଁ; ଏଠାରେ ଦେଖାଯାଉଛି ଏକ କୃଦ୍ଧ ମାରଣା ଷଣ୍ଢର ମୁହଁ- ଏ ଷଣ୍ଢ ମାରଣାସ୍ତ୍ରର ପ୍ରତୀକ ! ପ୍ରାର୍ଥନା ! ଯଦି କେବେ ତୃତୀୟ ମହାଯୁଦ୍ଧ ହୁଏ, ମୁଁ ନିଶ୍ଚୟ ସେ ପରମାଣବିକ ଅଗ୍ନି ମଧ୍ୟରେ ପଶି ଅନେକ ନିଖୁଣ ଫଟୋଚିତ୍ର ତୋଳି ଆଣିବି- ସେ ଫଟୋ ଦେଖି ନିଜର କଳ୍ପନାଶକ୍ତି ପ୍ରୟୋଗ କରି ତମେ ଆଉ କେତୋଟି ଗୁୟେରନିକା ଆଙ୍କିଦେବ।

ପ୍ରକାଶଙ୍କ କଥା ଶୁଣି ହସିଦିଏ ପ୍ରାର୍ଥନା। କିଛି ମନ୍ତବ୍ୟ କରେ ନାହିଁ।

ମହାଯୁଦ୍ଧର ଛବି ଆଙ୍କିବା ପାଇଁ ତା'ର କୌଣସି ଅଭିଳାଷ ନାହିଁ। ସେ ଟେକ୍ସଟ୍ ବୁକ୍ ଆର୍ଟିଷ୍ଟ। ପିଲାଙ୍କ ପଢ଼ାବହିର ଭିତର ଛବି ଆଙ୍କେ। ବେଳେବେଳେ ଗଳ୍ପ, ଉପନ୍ୟାସ ବହିର ପ୍ରଚ୍ଛଦ ଚିତ୍ର ଅଙ୍କନ କରେ। ଛବି ଅଙ୍କା ତା'ର ଜୀବନ ନୁହେଁ, ଜୀବିକା। ବାହାହୋଇ ବୋହୂ ହେବା ଏବଂ ଦୁଇଟି ଛୋଟ ଛୋଟ ପୁଅଝିଅଙ୍କ ମାଆ ହେବାର ସ୍ୱପ୍ନରେ ତା'ର ମନ ସବୁବେଳେ ଆଚ୍ଛନ୍ନ ହୋଇ ରହିଛି। ସେଇ ସ୍ୱପ୍ନର ଛବି ସେ ମନର କାନ୍‌ଭାସରେ ଗତ ଚାରିବର୍ଷ ହେଲା ଆଙ୍କିଚାଲିଛି।

କିନ୍ତୁ ତା'ର ସେ ସ୍ୱପ୍ନକୁ ସଫଳ କରିବାକୁ ଦେଇନାହାନ୍ତି ପ୍ରକାଶ।

ମହାଯୁଦ୍ଧର ଫଟୋ ଉଠାଇବା ପାଇଁ ଓଡ଼ିଆ କାଗଜର ଚାକିରି ଛାଡ଼ି ସାମାନ୍ୟ ଦରମାରେ 'ମର୍ଣ୍ଣି ନିଉଜ୍'ରେ ଚିତ୍ର ସାମ୍ବାଦିକ ହୋଇଛନ୍ତି। ଦରମା ଏତେ କମ୍ ଯେ ଏ ରାଜଧାନୀ ସହରରେ ଗୋଟିଏ ଭଲ ଘର ଭଡ଼ା ନେଇ ରହିବା ସେମାନଙ୍କ ପକ୍ଷରେ ସମ୍ଭବ ନୁହେଁ। ବର୍ତ୍ତମାନ ସନ୍‌ରାଇଜ ଷ୍ଟୁଡ଼ିଓରେ ଏକୁଟିଆ ରହି ଯାଉଛନ୍ତି ପ୍ରକାଶ। କିନ୍ତୁ ବାହାହେଲା ପରେ ତାଙ୍କୁ ଦୁଇଜଣ ରହିଲା ଭଳି ଘରଟିଏ ଦରକାର ସେକଥା ବୁଝନ୍ତି ନାହିଁ କାହିଁକି ପ୍ରକାଶ।

କମ୍ ଦରମା, ଅସ୍ଥାୟୀ ଚାକିରି। ସେଥିପାଇଁ ପ୍ରାର୍ଥନାର ବାପା ପ୍ରକାଶ ସହିତ ତା'ର ବିବାହ ଦେବାକୁ ଚାହାନ୍ତି ନାହିଁ। ମାଆ ପରାମର୍ଶ ଦିଅନ୍ତି- ପ୍ରକାଶକୁ ବୁଝାଇଦେ'- ଯୁଦ୍ଧର ଛବିଅଙ୍କା ବୃଥା ଆଶା ଛାଡ଼ି ଶାନ୍ତିରେ ରହିବା ପାଇଁ ସେ ଗୋଟାଏ ଭଲ ଚାକିରି କରୁ। ଓଡ଼ିଶା ସରକାରଙ୍କ ପବ୍ଲିକ୍ ରିଲେସନ୍ ଡିପାର୍ଟ୍‌ମେଣ୍ଟରେ ଜଣେ ପ୍ରେସ୍-ଫଟୋଗ୍ରାଫର ଚାକିରି ଖାଲି ଅଛି- ଇଚ୍ଛା କଲେ-

ମାଆଙ୍କ ପ୍ରସ୍ତାବ ଶୁଣି ପ୍ରକାଶ ଗମ୍ଭୀର ହୋଇ ଯାଇଥିଲେ।

ଉତ୍ତର ଦେଇଥିଲେ- ମନ୍ତ୍ରୀଙ୍କ ଭାଷଣ ଆଉ ବୃକ୍ଷ ରୋପଣର ଫଟୋଚିତ୍ର ଉତ୍ତୋଳନ ପାଇଁ ମୁଁ ପବ୍ଲିକ୍ ରିଲେସନ୍ ଡିପାର୍ଟ୍‌ମେଣ୍ଟରେ ଚାକିରି କରିପାରିବି ନାହିଁ।

ଟଙ୍କା ରୋଜଗାର କରିବା ପାଇଁ ଜଣେ ଭଲ ଫଟୋଗ୍ରାଫର୍ ଲାଗି ଆହୁରି ଅନେକ ରାସ୍ତା ଖୋଲା ଅଛି–

ପ୍ରାର୍ଥନା ଉତ୍କଣ୍ଠିତ ଭାବରେ ପ୍ରଶ୍ନ କରିଥିଲା– ଯଥା ?

– ଯଥା ଫିଲ୍ମ ଫଟୋଗ୍ରାଫି । ହାଇଦ୍ରାବାଦର ଜଣେ ଚଳଚ୍ଚିତ୍ର ପ୍ରଯୋଜକ 'ଭାରତବର୍ଷ' ନାମରେ ଗୋଟିଏ ଛବି ତିଆରି କରୁଛନ୍ତି । ତ୍ରିଭାଷୀ ଛବି । ହିନ୍ଦି, ତେଲୁଗୁ ଏବଂ ଓଡ଼ିଆ ଭାଷାରେ ଛବିଟି ନିର୍ମିତ ହେବ । ସେ ଫିଲ୍ମର ସ୍କ୍ରିପ୍ଟ ଲେଖିଛନ୍ତି ଆମ 'ମର୍ଣ୍ଣି ନିଉଜ୍'ର ବରିଷ୍ଠ ସାମ୍ବାଦିକ ନାସିରୁଦ୍ଦିନ ଖାଁ । ସେ ମତେ ସେହି ଫିଲ୍ମରେ ଫଟୋଗ୍ରାଫର୍ ଭାବରେ କାମ କରିବାକୁ ପ୍ରସ୍ତାବ ଦେଇଛନ୍ତି । ଏ ଛବିର ପ୍ରଯୋଜକ ହାଇଦ୍ରାବାଦ ମେହବୁବା ଷ୍ଟୁଡ଼ିଓର ମାଲିକ । ତାଙ୍କ ଷ୍ଟୁଡ଼ିଓରେ ବର୍ଷ ସାରା ସୁଟିଂ ଚାଲିଥାଏ । ଯଦି ଏ ଫିଲ୍ମରେ ମୋ ଫଟୋଗ୍ରାଫି ତାଙ୍କ ମନକୁ ପାଇଯାଏ– ତାହାହେଲେ ମେହେବୁବା ଷ୍ଟୁଡ଼ିଓ ମତେ ସ୍ଥାୟୀ ଫଟୋଗ୍ରାଫର୍ ଭାବରେ ନିଯୁକ୍ତି ଦେଇପାରେ । କିନ୍ତୁ ମୁଁ ଏ ଅଫର୍ ଗ୍ରହଣ କରିବି କି ନାହିଁ ସ୍ଥିର କରି ନାହିଁ ।

ଫିଲ୍ମ ଫଟୋଗ୍ରାଫି ଚାକିରି କଥା ଶୁଣି ସେଦିନ ଆନନ୍ଦରେ ନାଚିଉଠିଲା ପ୍ରର୍ଥନା ।

ପ୍ରକାଶର ବେକ ଚାରିପଟେ ନିଜ ଦୁଇ ବାହୁକୁ ଛନ୍ଦିଦେଇ, ଛାତିରେ ମୁହଁ ଥାପି ବିହ୍ୱଳିତ କଣ୍ଠରେ କହିଥିଲା– ପ୍ଲିଜ୍ ! ମୋ ପାଇଁ– ଆମର ଭବିଷ୍ୟତ ପାଇଁ ତମେ ଏ ପ୍ରସ୍ତାବ ଗ୍ରହଣ କର ।

ନାସିରୁଦ୍ଦିନ୍‌ଠାରୁ ଫିଲ୍ମର କାହାଣୀ ଶୁଣିଲାପରେ ତାଙ୍କ ପ୍ରସ୍ତାବ ଗ୍ରହଣ କରିନେଇଥିଲା ପ୍ରକାଶ । ମେହେବୁବା ଷ୍ଟୁଡ଼ିଓର ମାଲିକ ଜି. କେ. ରେଡ୍ଡି କଣ୍ଟ୍ରାକ୍ଟ ସାଇନ୍ କଲାପରେ ତାକୁ ଅଗ୍ରିମ ଏକ ଲକ୍ଷ ଟଙ୍କାର ଚେକ୍ ଧରାଇଦେଇ କହିଥିଲେ– 'ମର୍ଣ୍ଣି ନିଉଜ୍'ରେ ନାସିରୁଦ୍ଦିନ ସାହେବଙ୍କର ଯେଉଁସବୁ ଇନ୍‌ଭେଷ୍ଟିଗେଟିଂ ରିପୋର୍ଟ ଛାପିଥିଲେ, ସେଇ କାହାଣୀକୁ ନେଇ ଏ ଛବି ହେବ । ଛବିର ନାମ ରହିବ– 'ଝଟ ଝଟ ଝଟକୁଛି ଭାରତବର୍ଷ' । ଏ ଛବିର ଦୃଶ୍ୟସବୁ ଷ୍ଟୁଡ଼ିଓ ସେଟ୍‌ରେ ଅଭିନୀତ ହେବ ନାହିଁ । ଏହା କାଳ୍ପନିକ କାହାଣୀ ନୁହେଁ, ସ୍ୱାଧୀନତାପ୍ରାପ୍ତିର ସତାବନ ବର୍ଷ ପରେ ଝଲସିତ ଭାରତବର୍ଷରେ ଯେଉଁସବୁ ଅଶୀ ଶତାଂଶ ଲୋକ ଅନ୍ଧକାରରେ ବଞ୍ଚି ରହିବାର ବାଟ ଅଣ୍ଡାଳି ହେଉଛନ୍ତି ସେଇମାନଙ୍କ ଜୀବନର କରୁଣ-ବାସ୍ତବ ଜୀବନଗାଥା । ଭାରତବର୍ଷର ବିଭିନ୍ନ ପ୍ରାନ୍ତରୁ ଆପଣଙ୍କୁ ଏ ଟ୍ରାଜେଡ଼ିର ଚିତ୍ର କ୍ୟାମେରାରେ ତୋଳି ଆଣିବାକୁ ହେବ । ଏହା ହେବ ଭାରତବର୍ଷର ଆତ୍ମା-ଆବିଷ୍କାରର ଛବି । ମୁଁ ଏ ଛବିକୁ ବିଭିନ୍ନ ଭାରତୀୟ ଭାଷାରେ ଡବିଂ କରିବି । ଆନ୍ତର୍ଜାତିକ ଚଳଚ୍ଚିତ୍ର ଉତ୍ସବରେ ପ୍ରଦର୍ଶନ ପାଇଁ ପଠାଇବି !

ନାସିରୁଦ୍ଦିନ ଖାଁ 'ମର୍ଣ୍ଣି ନିଉଜ୍'ର ସାହସୀ ସାମ୍ବାଦିକ। ଓଡ଼ିଶାର ମହାବାତ୍ୟା, ଗୁଜୁରାଟର ଭୂମିକମ୍ପ ଆଉ କାଶ୍ମୀର ଉପତ୍ୟକାରେ ପାକିସ୍ତାନୀ ଆତଙ୍କବାଦୀଙ୍କ ଅତର୍କିତ ଆକ୍ରମଣର ପ୍ରତ୍ୟେକ୍ଷଦର୍ଶୀ ବିବରଣୀ ଛାପି ସେ 'ମର୍ଣ୍ଣିଂ ନିଉଜ୍'କୁ ଜାତୀୟ ସମ୍ବାଦପତ୍ରର ମର୍ଯ୍ୟାଦା ଆଣି ଦେଇଥିଲେ। 'ଝଟ ଝଟ୍ ଝଟକୁଛି ଭାରତବର୍ଷ'ରେ ଓଡ଼ିଶାର ଦାଦନ ଶ୍ରମିକ, ଅନାହାରକ୍ଲିଷ୍ଟ ଆଦିବାସୀ ଜନନୀର 'ପିଲା ବିକ୍ରି', ଆନ୍ଧ୍ରରେ ଧାନର ଅଭାବୀ ବିକ୍ରି ଯୋଗୁଁ ଚାଷୀମାନଙ୍କର ଆତ୍ମହତ୍ୟା, ମଧ୍ୟପ୍ରଦେଶରେ ଚର୍ଚ୍ଚ ଉପରେ ଆକ୍ରମଣ, ନନ୍‌ମାନଙ୍କୁ ଗଣଧର୍ଷଣ ପ୍ରଭୃତି ଜୀବନ୍ତ ସମସ୍ୟାକୁ ନେଇ ରଚନା କରିଛନ୍ତି ଅପୂର୍ବ ଚିତ୍ରନାଟ୍ୟ।

ଏ ଘଟଣା ଏବେ ମଧ୍ୟ ଘଟିଚାଲିଛି। ପ୍ରକାଶଙ୍କୁ ସେଇ ସବୁ କରୁଣ-ବାସ୍ତବ ଘଟଣାର ଛବି ତୋଳି ଆଣିବାକୁ ପଡ଼ିବ।

ଏ ଛବିର ନାୟିକା ଭାରତୀ ମାଝି। ହାଇଦ୍ରାବାଦର ନିଷିଦ୍ଧ ଇଲାକାର ନାୟିକା। ଘର ଓଡ଼ିଶାର ରାୟଗଡ଼ା ଜିଲ୍ଲା। ଚାଷ କରିବା ପାଇଁ ଜମି ନାହିଁ, ଖଟି ଖାଇବାକୁ କାମ ନାହିଁ। ଭୋକର ଦାଉ ସମ୍ଭାଳି ନପାରି ଭାରତୀ ତା'ର ଭାଇ, ଭାଉଜ ଏବଂ ଗାଁର ଆଉ ଷୋଳଜଣ ଭେଣ୍ଡିଆ ପୁରୁଷ, ନାରୀଙ୍କ ସହିତ ଦାଦନ ଠିକାଦାର କଥାରେ ଭୁଲି କାମ କରିବାକୁ ପ୍ରଥମେ ବେଜୱାଡ଼ା ଆଉ ପରେ ସିକନ୍ଦରାବାଦ ଆସିଥିଲେ। ଦାଦନ ଠିକାଦାର ସେମାନଙ୍କୁ ଚାରିମାସ ବେଜୱାଡ଼ା ଚାଷଜମିରେ ମୂଲିଆ କାମ କରାଇ ଟଙ୍କା ନଦେବାରୁ ସେମାନେ ଗାଁକୁ ଫେରିଯିବାକୁ ଚାହିଁଥିଲେ। କିନ୍ତୁ ଫେରିବା ପାଇଁ ବାଟ ଖରଚ ଦେବା ବଦଳରେ ଠିକାଦାର ସେମାନଙ୍କୁ ବନ୍ଧୁକ ଦେଖାଇ ଜବରଦସ୍ତ ଟ୍ରକ୍‌ରେ ବସାଇ ନେଇ ଆସିଥିଲା ସିକନ୍ଦରାବାଦ। ବାଧ୍ୟ କରିଥିଲା ବେଗମ୍‌ପେଟ ଅଞ୍ଚଳରେ ଇଟାଭାଟିରେ କାମ କରିବା ଲାଗି। ଆଗ ଚାରିମାସର ମୂଲ ନ ପାଇଲେ ସେମାନେ କାମ କରିବେ ନାହିଁ ବୋଲି ଅଡ଼ି ବସିବାରୁ ଠିକାଦାରର ପୋଷା ଗୁଣ୍ଡାମାନେ ସେମାନଙ୍କୁ ବାଡ଼େଇ ବାଡ଼େଇ ଦରମରା କରିଦେଇଥିଲେ। ଠିକାଦାର ଭାରତୀକୁ ଧର୍ଷଣ କରି ସିକନ୍ଦରାବାଦ ରେଡ଼୍ ଲାଇଟ୍ ଏରିଆରେ ଜଣେ 'ମାଡ଼ାମ୍'କୁ ବିକ୍ରି କରିଦେଇଥିଲା। ଆଉ ତା'ର ଭାଇ ଭାରତ ମାଝି ପ୍ରାଣ ବଞ୍ଚାଇବାକୁ ଠିକାଦାରର ନଜର ଏଡ଼ାଇ ଷ୍ଟେସନକୁ ପଳାଇଥିଲା। ଟ୍ରେନ୍ ଚଢ଼ି ଓଡ଼ିଶା ଫେରି ଯିବାକୁ ଚାହିଁଥିଲା। କିନ୍ତୁ ଟ୍ରେନ୍‌ରେ ଯିବା ପାଇଁ ତା' ପାଖରେ ଟଙ୍କା କିମ୍ବା ଟିକଟ ନଥିଲା। ଟି.ଟି. ତାକୁ ପଚା ପରିବା ବସ୍ତା ଭଳି ଟ୍ରେନ୍‌ରୁ ଏକ ଜନବିରଳ ପ୍ଲାଟଫର୍ମ ଉପରକୁ ଠେଲି ଦେଇଥିଲା। ଆଉ ଅଦୃଶ୍ୟ ନିୟତି ଭଳି ତା' ପାଖରେ ପହଞ୍ଚି ଯାଇଥିଲା ନକ୍ସାଲପନ୍ଥୀ ସାମିମ୍ ଅଲ୍ଲି। ସେଇ ତାକୁ ହାତ ଧରି ବାଟ କଢ଼ାଇ ନେଇଥିଲା ଜଙ୍ଗଲ ଭିତରକୁ।

ତାକୁ ବନ୍ଧୁକ ଚାଳନା ଶିଖାଇ ଦେଇଥିଲା । ମାଇନ୍ ବିଛା, ବୋମା ଫିଙ୍ଗାର କଳାକୌଶଳ ବତାଇ ଦେଇଥିଲା । ତା' କାନରେ ମନ୍ତ୍ର ଉଚ୍ଚାରଣ କରିଥିଲା- ବଞ୍ଚି ରହିବାକୁ ହେଲେ ଯୁଦ୍ଧ କରିବାକୁ ହୁଏ । ନିଜର ପ୍ରାପ୍ୟ ବଳ ପ୍ରୟୋଗ କରି ଛଡ଼ାଇ ଆଣିବାକୁ ପଡ଼େ । ଏ ସରକାର, ଏ ସାହୁକାର, ଏ ଠିକାଦାର, ଏ ମଲ୍‌ଟିନାସ୍‌ନାଲ କମ୍ପାନୀ ଆମର ଶତ୍ରୁ । ଏଇ ଶ୍ରେଣୀଶତ୍ରୁମାନଙ୍କୁ ଖତମ କରିବା ପାଇଁ ତମ ହାତକୁ ଏ ହତିଆର ଦେଲି- ନିଅ-

ନେଇଥିଲା ଭାରତ ମାଝି । ଜନଯୁଦ୍ଧ ଗୋଷ୍ଠୀ ଏରିଆ କମାଣ୍ଡର ସାମିମ୍ ଅଲ୍ଲିର ନେତୃତ୍ୱରେ ଶ୍ରେଣୀଶତ୍ରୁ ବିରୁଦ୍ଧରେ ଲଢ଼େଇ କରିବା ପାଇଁ ସେ ତା' ହାତରୁ ବନ୍ଧୁକ ଉଠାଇ ନେଇଥିଲା । ଆଉ ଯେଉଁଦିନ ଜାଣିଲା ତା'ର ଧର୍ଷିତା ଭଉଣୀ ଭାରତୀ ସିକନ୍ଦରାବାଦ ସହରତଳୀ ନିଷିଦ୍ଧ ପଲ୍ଲୀର ମହଲାରେ ବ୍ଲାକ୍-କୁଇନ୍ ଭାବରେ ବାରବଙ୍ଗନା ଜୀବନଯାପନ କରୁଛି- ଦିନେ ସେ କୋଠି ଉପରେ ଚଢ଼ଉ କରି ତାକୁ ଉଦ୍ଧାର କରି ଆଣିଥିଲା ।

ସେଇ ଭାରତ-ଭାରତୀଙ୍କ ଜୀବନ-କାହାଣୀକୁ ନେଇ ଜି. କେ. ରେଡ୍ଡିଙ୍କ ତ୍ରିଭାଷୀ ଛବି 'ଝକ ଝକ ଝଟକୁଛି ଭାରତବର୍ଷ' । ଛବିର ନାମ ରେଜିଷ୍ଟ୍ରି କଲାବେଳେ ଫିଲ୍ମ କର୍ପୋରେସନ୍ ଏଭଳି ନାମରେ କୌଣସି ଛବିକୁ ସେନ୍‌ସର୍ ବୋର୍ଡ଼ ପ୍ରଦର୍ଶନ ପାଇଁ ଅନୁମତି ଦେଇନପାରେ ବୋଲି କହିବାରୁ ମିଷ୍ଟର ରେଡ୍ଡି 'ଝକ ଝକ ଝଟକୁଛି' ଅଂଶଟି ବାଦ୍ ଦେଇଥିଲେ । 'ଭାରତବର୍ଷ' ନାମରେ ଛବିର ପଞ୍ଜିକରଣ ହୋଇଥିଲା ।

ଖୁବ୍ ଦ୍ରୁତ ଗତିରେ ଚାଲିଥିଲା ଛବିର ସୁଟିଂ ।

ଭାରତୀର ଅଭିନୟ ଥିଲା ସବୁଠାରୁ ବଳି ହୃଦୟସ୍ପର୍ଶୀ । ଅଭିନୟ କରିବାର ପୂର୍ବ ଅଭିଜ୍ଞତା କିମ୍ବା ପ୍ରଶିକ୍ଷଣ ନଥିଲା । କିନ୍ତୁ ନିଜ ଜୀବନର ତିକ୍ତ ଅନୁଭୂତିକୁ ବ୍ୟକ୍ତ କଲାବେଳେ ସେ ଏପରି ନାଚୁରାଲ ଆକ୍ଟିଂ କରୁଥିଲା ଯେ- କୌଣସି ସଟ୍‌ର ରିଟେକିଂ ମଧ୍ୟ ଦରକାର ହେଉନଥିଲା । ଯେଉଁ ରାଜନୈତିକ ନେତା, ପୋଲିସ ଅଫିସର, ବିଜିନେସ୍ ମ୍ୟାଗ୍‌ନେଟ, ମଲଟିନାସ୍‌ନାଲ କମ୍ପାନୀର ସୁପରଷ୍ଟାରମାନେ ଯୌନସୁଖ ପାଇଁ ବିଳମ୍ବିତ ରାତ୍ରିରେ ଅନ୍ଧକାରରେ ରୁମାଲ ମୁହଁରେ ଢାଙ୍କି କୋଠିରେ ତା'ର ଅତିଥି ହେଉଥିଲେ- ସେମାନଙ୍କ ଭୂମିକାରେ ଅଭିନୟ କରୁଥିବା ଅଭିନେତାମାନଙ୍କୁ ସେ ହିଁ ନିର୍ଦ୍ଦେଶନା ଦେଉଥିଲା !

ଗାଁ ଗହଳର ଲକ୍ଷ ଲକ୍ଷ ଲୋକ ପାନୀୟ ଜଳ ଅଭାବରୁ ଅପରିଚ୍ଛନ୍ନ ପୁଷ୍କରିଣୀର ଦୂଷିତ ଜଳ ପାନ କରି ରୋଗ ଭୋଗ କରୁଥିବା ବେଳେ ସହରର ସୁଖୀ ମଣିଷମାନଙ୍କୁ ବୋତଲବନ୍ଦୀ ଥଣ୍ଡା ପାନୀୟ ଯୋଗାଇବା ପାଇଁ ମାର୍କିନ କମ୍ପାନୀ କୋକାକୋଲା ପ୍ଲାଣ୍ଟ୍ ବସାଇଛି । ଭାରତ ମାଝି ନେତୃତ୍ୱରେ ନକ୍ସାଲମାନେ ବିସ୍ଫୋରଣ ଘଟାଇବାକୁ ଯାଉଛନ୍ତି ବୋଲି ଖବର ପାଇ ଘଟଣାସ୍ଥଳକୁ ଛୁଟି ଯାଇଥିଲା ପ୍ରକାଶ । ଧ୍ୱସ୍ତବିଧ୍ୱସ୍ତ କୋକାକୋଲା ତିଆରି କାରଖାନାର ଛବି ନିଜ କ୍ୟାମେରାରେ ତୋଳି ଆଣିଥିଲା ।

ଶେଷ ହୋଇ ଆସୁଥିଲା 'ଭାରତବର୍ଷ'ର ସୁଟିଂ ପର୍ବ। ବିଭିନ୍ନ ଆଞ୍ଚଳିକ ଏବଂ ଇଂରେଜୀ ଭାଷାର ସମ୍ବାଦପତ୍ରର ଚଳଚ୍ଚିତ୍ର ସାମ୍ବାଦିକମାନେ ଏ ଛବି ସମ୍ପର୍କରେ ସଚିତ୍ର ସମ୍ବାଦ ପ୍ରକାଶ କରୁଥିଲେ। ସରକାର ଦେଶ ସୁଖରେ ଛଳଛଳ ହେଉଛି ବୋଲି ପ୍ରଚାର କହୁଥିବାବେଳେ ମଧ୍ୟ ଅଶୀକୋଟି ଭାରତବାସୀ କିପରି ଅନ୍ଧକାରରେ ଅଛନ୍ତି- ତା'ର ପ୍ରାମାଣିକ ତଥ୍ୟଚିତ୍ର ହେଉଛି 'ଭାରତବର୍ଷ'। ଏ ଛବି ଆନ୍ତର୍ଜାତିକ ଚଳଚ୍ଚିତ୍ର ଉତ୍ସବରେ ପ୍ରଦର୍ଶିତ ହେଲେ ପ୍ରକୃତ ଭାରତବର୍ଷର ରୂପ ବିଶ୍ୱବାସୀ ଦେଖିପାରିବେ ବୋଲି ମଧ୍ୟ କେତେକ କାଗଜରେ ସମ୍ପାଦକୀୟ ଲେଖା ହୋଇଗଲା।

ତା'ପରେ ଚିତ୍ର ପ୍ରଯୋଜକ ଜି. କେ. ରେଡ୍ଡିଙ୍କ ପାଖକୁ ଆସିଲା ଧମକପୂର୍ଣ୍ଣ ଟେଲିଫୋନ୍ କଲ୍। ନାସିରୁଦ୍ଦିନ୍ ଖାଁ ଜଣେ ପାକିସ୍ଥାନୀ ଗୁପ୍ତଚର। ନାୟିକା ଭାରତୀ ମାଝି ମାଓବାଦୀ ପିପୁଲସ୍ ୱାର୍ ଗ୍ରୁପ୍‌ର ମହିଳା ବାହିନୀର ନେତ୍ରୀ। ତାକୁ ଅଭିନୟ କରିବାକୁ ସୁଯୋଗ ଦେବା ଦେଶଦ୍ରୋହ ସହିତ ସମାନ। ଏଥିପାଇଁ 'ଭାରତବର୍ଷ'ର ପ୍ରଯୋଜକ, ସ୍କ୍ରିପ୍ଟ ରାଇଟର୍‌ଙ୍କୁ ସନ୍ତ୍ରାସ ବିରୋଧି ଆଇନ୍‌ରେ ଗିରଫ କରିବା ପାଇଁ ମଧ୍ୟ କେତେକ ଧର୍ମାନ୍ଧ ସଂଗଠନ ତରଫରୁ ଦାବି ହେଲା।

ବିପଦର ବାସ୍ନା ବାରି ମେହେବୁବା ଷ୍ଟୁଡ଼ିଓର ମାଲିକ ରେଡ୍ଡି ସାହେବ ସୁରକ୍ଷା ଯୋଗାଇ ଦେବାଲାଗି ପୋଲିସ ଆଇ.ଜି.ଙ୍କୁ ଚିଠି ଲେଖିଥିଲେ। ଷ୍ଟୁଡ଼ିଓରେ 'ଭାରତବର୍ଷ' ଛବିର ଏଡ଼ିଟିଂ ଚାଲିଥିଲା। ଅଭିନେତ୍ରୀ ଭାରତୀ, କାହାଣୀ ସଂଳାପ ଲେଖକ ନାସିରୁଦ୍ଦିନ ଖାଁ ଏବଂ ଅନ୍ୟ ଅଭିନେତା-ଅଭିନେତ୍ରୀ, ଲାଇଟ୍‌ମ୍ୟାନ ସମସ୍ତେ କାର୍ଯ୍ୟବ୍ୟସ୍ତ ଥିଲେ। ପ୍ରକାଶ 'ଭାରତବର୍ଷ' ନାଟକର କେତେଗୁଡ଼ିଏ ସଟ୍‌ର ଆଉଥରେ ଛବି ଉଠାଉଥିଲା।

ଏହି ସମୟରେ ଘଟିଗଲା ସେଇ ଅଘଟଣ। ସେମାନେ ପଙ୍ଗପାଳ ଭଳି ଚାରିଆଡୁ ହାତରେ ବର୍ଚ୍ଛା, ଖଣ୍ଡା, ଛୁରୀ ଧରି ରେରେକାର ଧ୍ୱନିରେ ଗଗନପବନ ପ୍ରକମ୍ପିତ କରି ଦଳଦଳ ହୋଇ ମାଡ଼ି ଆସିଲେ। ଷ୍ଟୁଡ଼ିଓ ଭିତରେ ପଶି ଆରମ୍ଭ କରିଦେଲେ ଭଙ୍ଗାରୁଜା। ଷ୍ଟୁଡ଼ିଓର ଯେଉଁ କର୍ମଚାରୀମାନେ ବାଧା ଦେଲେ ସେମାନଙ୍କୁ ମାରଣାସ୍ତ୍ରରେ ଆକ୍ରମଣ କରାଗଲା।

ମେହବୁବା ଷ୍ଟୁଡ଼ିଓ ହୋଇଗଲା ରଣକ୍ଷେତ୍ର। ପେଟ୍ରୋଲ୍ ବୋମା ପକାଇ ସେମାନେ ଷ୍ଟୁଡ଼ିଓରେ ନିଆଁ ଧରାଇଦେଲେ। ଜଳିଗଲା 'ଭାରତବର୍ଷ'ର ଉତ୍ତୋଳିତ ଛବି। ସେମାନେ ଭାରତୀକୁ ଉଲଗ୍ନ କରିବାକୁ ଚେଷ୍ଟା କଲାବେଳେ ବାଧାଦେବାକୁ ଯାଇ ନାସିରୁଦ୍ଦିନ ଫାର୍ଶା ଆଘାତରେ ମାଟିରେ ଲୋଟି ପଡ଼ିଲେ। ତାଙ୍କ ପେଟରୁ ପିଚ୍ ପିଚ୍ ହୋଇ ବାହାରୁଥିବା ରକ୍ତ ଫୁତ୍କାରରେ ଭାରତୀର ମୁହଁ ଲାଲ୍ ହୋଇଗଲା। ଦୁଇଜଣ ଶିଶୁ ଶିଳ୍ପୀ ମଧ୍ୟ ସେମାନଙ୍କ ଆକ୍ରମଣରୁ ରକ୍ଷା ପାଇଲେ ନାହିଁ। ପୋଲିସ୍‌କୁ ଆସିବା ପାଇଁ ମିଷ୍ଟର ରେଡ୍ଡି ବାରମ୍ବାର ଫୋନ୍ କଲେ ମଧ୍ୟ କେହି ଆସିଲେ ନାହିଁ।

ଭାରତବର୍ଷରେ ସୁଖର ହାୱା ବହୁଛି। ଚାରିଆଡ଼େ ସମୃଦ୍ଧିର ଫିଲ୍ ଗୁଡ୍ ଟଚ୍। ଭାରତବର୍ଷର ଏହି ଝଲସିତ ଛବିକୁ ଖରାପ କରି ଦେଖାଇବା ପାଇଁ ଜି. କେ. ରେଡ୍ଡି ଛବି ନିର୍ମାଣ କରୁଥିଲେ। ତାହା ଦେଶପ୍ରେମୀ ବାହୁବଳୀମାନେ ସହ୍ୟ କଲେନାହିଁ। ପୋଲିସ ଆସି ପହଞ୍ଚିଲା ବେଳକୁ ମେହବୁବା ଷ୍ଟୁଡ଼ିଓର ଅନ୍ତେଷ୍ଟିକ୍ରିୟା ଶେଷ ହୋଇଯାଇଥିଲା। ପଙ୍ଗପାଳମାନେ ଅନ୍ତର୍ଦ୍ଧାନ ହୋଇ ଯାଇଥିଲେ।

ପ୍ରକାଶର ମୁଣ୍ଡରେ ଆଘାତ ଲାଗିଥିଲା। ତା' ହାତରୁ କ୍ୟାମେରା ଛଡ଼ାଇ ନେବାକୁ ସେମାନେ ଚେଷ୍ଟା କଲାବେଳେ ପ୍ରତିରୋଧ କରିବାକୁ ଯାଇ ସେମାନଙ୍କ ଲାଠି ମାଡ଼ରେ ଆହତ ହୋଇଥିଲା। କୌଣସିମତେ ଜୀବନ ବଞ୍ଚାଇ ସେଇଦିନ ରାତିରେ ସେ ଓଡ଼ିଶା ଫେରି ଆସିଥିଲା। ସନ୍‌ରାଇଜ୍ ଷ୍ଟୁଡ଼ିଓରେ ଫଟୋଗୁଡ଼ିକ ଧୋଇ ସେ ବସାକୁ ଫେରିଲା ପରେ ଦେଖିଲା, ତାକୁ ଅପେକ୍ଷା କରି ବସି ରହିଛି ପ୍ରାର୍ଥନା।

ତା' ମୁଣ୍ଡରେ ବ୍ୟାଣ୍ଡେଜ୍, ହାତରେ ଥିଲା କିଛି ଫଟୋ ?

ତା'ର ଅବସ୍ଥା ଦେଖି କାନ୍ଦି ପକାଇଲା ପ୍ରାର୍ଥନା।

କାତର କଣ୍ଠରେ ପଚାରିଲା- ତମର ଏ କ'ଣ ହୋଇଛି ? ତମ ହାତରେ ଏସବୁ କାହାର ଫଟୋ।

ମୃଦୁ ହସି ପ୍ରକାଶ ଉତ୍ତର ଦେଲା- ଏସବୁ ମହାଯୁଦ୍ଧର ଛବି। କାଲି ରାତିରେ ମେହେବୁବା ଷ୍ଟୁଡ଼ିଓରେ ଯୁଦ୍ଧ ଲାଗି ଯାଇଥିଲା। ବୋମାର ବିସ୍ଫୋରଣରେ ଜଳିଗଲା ଷ୍ଟୁଡ଼ିଓ, ପୋଡ଼ି ପାଉଁଶ ହୋଇଗଲା ଦୁଃଖିନୀ ଭାରତମାତାର ଛବି। ମୁଁ ସେ ନିଆଁ ଭିତରେ ପଶି ମହାଯୁଦ୍ଧର ଛବି ଉଠାଇ ଆଣିଛି। ଏଇ ଦେଖ-

ବରିଷ୍ଠ ନିର୍ଭୀକ ସାମ୍ବାଦିକ, ଚିତ୍ରନାଟ୍ୟ ଲେଖକ ନାସିରୁଦ୍ଦିନ୍‌ଙ୍କ ରକ୍ତାକ୍ତ ମୃତ ଦେହ ପାଖରେ କୁଙ୍କୁଡ଼ି କାଙ୍କୁଡ଼ି ହୋଇ ଆଣ୍ଠୁ ଉପରେ ମୁହଁ ରଖି ବସିରହିଛି ଜଣେ ନାରୀ। ତା'ର ମୁହଁ ଦେଖାଯାଉ ନାହିଁ।

ସେଇ ଛବି ଆଡ଼କୁ ଆଙ୍ଗୁଠି ଦେଖାଇ ପ୍ରକାଶ ପଚାରିଲା- ଚିହ୍ନିପାରୁଛ ?

'ଗୁୟେର୍‌ନିକା'ରେ ସେ ମାରଣା ଷଣ୍ଢକୁ ଚିହ୍ନିପାରି ନଥିଲା ପ୍ରାର୍ଥନା। କିନ୍ତୁ ପ୍ରକାଶଙ୍କ ଏ 'ଗୁୟେର୍‌ନିକା'ରେ କ୍ରୋଧୀ ବୃଷଭର ଛବି ନାହିଁ, ଅଛି ମୃତଦେହକୁ ଜଗି ବସିଥିବା ଏକ ଅବଗୁଣ୍ଠନବତୀ ନାରୀର ମୂର୍ତ୍ତି।

ସେ ପଚାରିଲା ଏ କିଏ ?

- ଭାରତୀ ମାଝି, ଭାରତମାତା।

ପ୍ରକାଶର କଣ୍ଠରୁଦ୍ଧ ହୋଇଗଲା। ତଣ୍ଟି ଅଠା ଅଠା, ଆଖି ଛଳଛଳ।

ଜୀବନ ଯନ୍ତ୍ରଣା

ଯନ୍ତ୍ରଣା ଶାରୀରିକ ହେଲେ ମଧ୍ୟ ରୋଗଟା ମାନସିକ। ଯନ୍ତ୍ରଣା କୌଣସି ରୋଗର ଉପସର୍ଗ ନୁହେଁ, ଏହା ସ୍ୱୟଂ ଏକ ରୋଗ। ଯନ୍ତ୍ରଣାରୁ ମୁକ୍ତି ପାଇବାକୁ ହେଲେ ଶରୀରଠାରୁ ମନକୁ ଅଲଗା କରି ରଖିବାକୁ ହୁଏ।

ହୁଏ ନାହିଁ, ସଂସାରୀ ମଣିଷ ମନକୁ ଦେହଠାରୁ ବିଛିନ୍ନ କରିପାରେ ନାହିଁ। ସେଥିପାଇଁ ଯନ୍ତ୍ରଣାକୁ ସାଙ୍ଗରେ ନେଇ ଜନ୍ମ ହୋଇଥିବା ଯଶୋଦା ଚୌଧୁରୀ ଡାକ୍ତରଙ୍କ କଥାରୁ କୌଣସି ସାନ୍ତ୍ୱନା ଖୋଜିପାଏ ନାହିଁ।

କେଉଁ ଗୋଟିଏ ମେଡ଼ିକାଲ ଜର୍ଣ୍ଣାଲ୍‌ରେ ସେ ପଢ଼ିଥିଲା ପ୍ରତିବର୍ଷ ବିଶ୍ୱରେ ତିନି ଲକ୍ଷ ଅଣଚାଳିଶ ହଜାର ପାଞ୍ଚଶହ କୋଟି ଟଙ୍କାର ପେନ୍‌କିଲର୍ ବଟିକା ବିକ୍ରି ହୁଏ। ଭାରତବର୍ଷର ଏହି ସାମୟିକ ବ୍ୟଥା ଉପଶମକାରୀ ଔଷଧର ବାର୍ଷିକ ବିକ୍ରି ପରିମାଣ ନଅ ଶହ କୋଟି ଟଙ୍କା! ମନକୁ ଦେହଠାରୁ ଅଲଗା କରି ରଖିବାର ମନ୍ତ୍ର ଯଦି ମଣିଷ ଶିଖିପାରନ୍ତା, ତାହାହେଲେ ଏଇ ପେନ୍‌କିଲର୍ ଡ୍ରଗ୍‌ସ୍ ଇଣ୍ଡଷ୍ଟ୍ରି ଦେବାଳିଆ ହୋଇଯାଆନ୍ତା !

କିନ୍ତୁ ଏକ ଶ୍ରାବଣ ସଂଧ୍ୟାରେ ଆଣ୍ଠୁର ଯନ୍ତ୍ରଣାରେ ଛଟପଟ ହେଉଥିବା ବେଳେ ହଠାତ୍ ଯଶୋଦା ଶ୍ୟାମଳଙ୍କୁ ଦେଖିବା ମାତ୍ରେ ନିଜର ଯନ୍ତ୍ରଣା ଭୁଲିଗଲା। ଡାକ୍ତରଙ୍କ ବାରଣ ନମାନି ସଦ୍ୟ ଅସ୍ତ୍ରୋପଚାରିତ ଆଣ୍ଠୁକୁ ତଳୁ ଉପରକୁ ଉଠାଇ ଆଣିବାକୁ ଗଲାବେଳେ ଝିଅ ନର୍ମଦା କ୍ଷୀଣ କଣ୍ଠରେ ଚିତ୍କାର କରି ଉଠିଥିଲା– ମମି! ଏ କ'ଣ କରୁଛ ? ଡାକ୍ତର ବାରମ୍ବାର କହି ଯାଇଛନ୍ତି–

ଅଳ୍ପ ସମୟ ଆଗରୁ ଅସରାଏ ବର୍ଷା ହୋଇ ଯାଇଥିବାର ଦୃଶ୍ୟ ନର୍ସିଂହୋମ୍ ସ୍ପେସିଆଲ୍ କ୍ୟାବିନ୍‌ର ଝରକା ବାଟେ ଲକ୍ଷ୍ୟ କରିଥିଲା ଯଶୋଦା। ବର୍ଷା ଛାଡ଼ି ଯାଇଥିଲେ ବି ଶ୍ୟାମଳଙ୍କ ମୁହଁରେ, କାନମୂଳରେ ତଥାପି ଲାଗି ରହିଥିଲା କେଇବିନ୍ଦୁ ବର୍ଷାଜଳ।

ମୁଣ୍ଡ ବାଳ ସବୁ ପାଚି ଝୋଟ। ମୁହଁର ମାଂସପେଶିରେ କିନ୍ତୁ କେଉଁଠି ବୟସର ଭାଙ୍ଗ ପଡ଼ିନାହିଁ।

ଅନାହୂତ ଆଗନ୍ତୁକଙ୍କୁ ଏକ ଲୟରେ ମମି ଚାହିଁ ରହିଥିବା ଲକ୍ଷ୍ୟ କରି ନର୍ମଦା ପ୍ରଥମେ ଚକିତ ଓ ପରେ ଅପ୍ରତିଭ ହୋଇ ପଡ଼ିଥିଲା। ତା'ପରେ ତଡ଼ିତ୍ ରେଖାଭଳି ଧାରେ ଉଜ୍ଜ୍ୱଳ ହସ ତା' ମୁହଁକୁ ଅଳ୍ପକ୍ଷଣ ପାଇଁ ଆଲୋକିତ କରି ଅପସରିଗଲା। ମମି ଏବଂ ତାଙ୍କର ପୂର୍ବତନ ପ୍ରେମିକଙ୍କ ମଧ୍ୟରେ କାନ୍ଥ ଭଳି ଠିଆ ହୋଇ ନରହିବାକୁ ସେ ଓଠକୁ ଦାନ୍ତରେ ଚାପିଧରି ବାହାରକୁ ଚାଲି ଯାଇଥିଲା।

- କେମିତି ଅଛ ? ଭଲ ! ତମ ଅପରେସନ୍ କଥା ଜଷ୍ଟିସ୍ ଚୌଧୁରୀଙ୍କଠାରୁ ଶୁଣି କାଲି ମତେ ମୋର ଜଣେ ଓକିଲ ବନ୍ଧୁ ଖବର ଦେଲେ-

ଶ୍ୟାମଳଙ୍କ କଥା ଶୁଣି ମଧ୍ୟ ନଶୁଣିଲା ଭଳି ନିର୍ବାକ୍ ରହି ଯାଇଥିଲା ଯଶୋଦା। କେତେ ବର୍ଷ ପରେ ତାଙ୍କ ସହିତ ଦେଖା ହେଉଛି ବୋଲି ମନେ ମନେ ସେ ହିସାବ କରୁଥିଲା। ବାହାଘରର ତୃତୀୟ ବର୍ଷ ନର୍ମଦା ତା' କୋଳକୁ ଆସିଥିଲା। ଝିଅର ବୟସ ବର୍ତ୍ତମାନ ଅଠେଇଶି। ଅର୍ଥାତ୍ ଦୀର୍ଘ ଏକତିରିଶ ବର୍ଷ ପରେ ଶ୍ୟାମଳ !

ଶ୍ୟାମଳ ପୂର୍ବ ପ୍ରଶ୍ନର ପୁନରାବୃତ୍ତି କଲା ପରେ ଯଶୋଦା ତାଙ୍କଆଡ଼ୁ ଦୃଷ୍ଟି ଫେରାଇଆଣି ଉତ୍ତର ଦେଲା-

- ଡାହାଣ ଆଣ୍ଠୁ ପୋରିହାଁ ଆଉ ରୋଗଣା ହୋଇ ଯାଇଥିଲା। ଆଥ୍ରାଇଟିସ୍। ଚାଲିବାକୁ କଷ୍ଟ ହେଉଥିଲା। ମୁମ୍ବାଇର ରିପ୍ଲେସ୍‌ମେଣ୍ଟ୍ ସର୍ଜରିର ବିଶେଷଜ୍ଞ ଡାକ୍ତର ସାଲିମ୍ ଏଠାରେ ଅପରେସନ୍ କରିଛନ୍ତି। ଅରିଜିନାଲ୍‌କୁ ବାଦ୍ ଦେଇ ଆର୍ଟିଫିସିଆଲ୍ ଆଣ୍ଠୁଚକି ରୋପଣ କରାଯାଇଛି। ଅସ୍ତ୍ରୋପଚାର ସଫଳ ହୋଇଛି ବୋଲି ଡାକ୍ତର କହୁଥିଲେ ମଧ୍ୟ ଯନ୍ତ୍ରଣା କମିନାହିଁ-

ବାକ୍ୟ ଶେଷ କରିବା ଆଗରୁ ଏତେବେଳଯାଏ ଭଲଥିବା ଅସ୍ତ୍ରୋପଚାରିତ ଆଣ୍ଠୁକୁ ପୁଣି ଯନ୍ତ୍ରଣା ଫେରିଆସିଲା। ଦେହଠାରୁ ବିଚ୍ଛିନ୍ନ ମନ ପୁଣି ଦେହ ସହିତ ଯୋଡ଼ି ହୋଇଗଲା। ସେ ପୁଣି ଓଃ- ଓଃ- ଉଃ- ଉଃ- ହେବାମାତ୍ରେ କୋଠରୀ ଭିତରକୁ ଫେରି ଆସିଲା ନର୍ମଦା !

ଶ୍ୟାମଳ ତା' ଆଣ୍ଠୁର ଦ୍ରୁତ ଆରୋଗ୍ୟ କାମନା କରି ଫେରିଗଲେ।

ନର୍ମଦା ନିଜ ମନର ଆବେଗକୁ ଚାପି ରଖିନପାରି ପଚାରିଲା- ମମି ! ଯେ ଆସିଥିଲେ ଆଉ ଚାଲିଗଲେ- ସେ ତମର ଫାଷ୍ଟ୍ ଲଭ୍ ନା ? ଯେ ଆଇ.ଏ.ଏସ୍. ନପାଇଲେ ତାଙ୍କ ସହିତ ତମର ବିବାହ ଦେବେ ନାହିଁ ବୋଲି ତମର ଇଣ୍ଡଷ୍ଟ୍ରିୟାଲିଷ୍ଟ୍ ପିତା ଜିଦ୍ ଧରିଥିଲେ !

- ତୁ କେମିତି ଜାଣିଲୁ ? ଶ୍ୟାମଳଙ୍କ କଥା ତ ମୁଁ ତତେ କେବେ କହିନାହିଁ। ମୋ ବାହାଘର ପରେ ସେ ମଧ୍ୟ ଆଗରୁ ମତେ କେବେ ଦେଖା କରିନଥିଲେ।

- ଏକଥା କାହାକୁ ମୁହଁ ଖୋଲି କହିବାକୁ ପଡ଼େ ନାହିଁ। ସେ ଏ ଘରେ ପହଞ୍ଚିଲା ମାତ୍ରେ ତମ ମୁହଁରୁ ଅସ୍ତ୍ରୋପଚାରିତ ସକଳ ଯନ୍ତ୍ରଣା ଲିଭି ଯାଇଥିଲା। ନିଜର ପ୍ରଥମ ପ୍ରେମିକ ବିନା ଆଉ କିଏ ଅବା ନାରୀର ଶାରୀରିକ ଯନ୍ତ୍ରଣାକୁ ଉପଶମ କରି ଦେଇପାରେ !

ପୂର୍ବତନ ପ୍ରେମିକ ତାହାହେଲେ ରୁଗ୍ଣ ନାରୀ ପାଇଁ ପେନ୍‌କିଲର୍ କ୍ୟାପ୍‌ସୁଲ ! ସେ ପାଖରେ ଥିବା ପର୍ଯ୍ୟନ୍ତ ଯନ୍ତ୍ରଣା ଅନୁଭୂତ ହୁଏ ନାହିଁ; ଚାଲିଗଲା ପରେ ଆରମ୍ଭ ହୁଏ ଜୀବନ ଯନ୍ତ୍ରଣା !

କମ୍ପ୍ୟୁଟର ଇଞ୍ଜିନିଅର ନର୍ମଦା ଚୌଧୁରୀକୁ ପ୍ରେମର ଏ ଜଟିଳ ପାଠ ସରଳ କରି କିଏ ଶିଖାଇ ଦେଇଛି ?

ସନ୍ତ୍ରାସବାଦୀ ଅନୱର୍ ଅଲ୍ଲି!

ଅଲ୍ଲିର ନାମଟା ମନ ଭିତରକୁ ପଶି ଆସିବା ମାତ୍ରେ ତା' ମୁଣ୍ଡରୁ ଶିରା ଉପଶିରା ସବୁ ଟାଣି ହୋଇ ଛିଡ଼ି ଯାଉଥିବା ଭଳି ଅନୁଭବ କରେ ଯଶୋଦା। ଆଜି ନୁହେଁ- ସେଇଦିନଠାରୁ ଯେଉଁଦିନ ତା'ର ନିଉୟର୍କ ଆପାର୍ଟମେଣ୍ଟରୁ ନର୍ମଦା ଫୋନ୍ କରି କହିଥିଲା- ମମି ! ଜାହିରାର ବଡ଼ଭାଇ ନିଉୟର୍କ ପୋଲିସ୍‌ର କୋପଦୃଷ୍ଟିକୁ ଏଡ଼ାଇବା ପାଇଁ ଆମ ଫ୍ଲାଟ୍‌ରେ ଆତ୍ମଗୋପନ କରି ରହିଛି।

- କିନ୍ତୁ ତମର ତ ସିଙ୍ଗଲ୍ ରୁମ୍ ଫ୍ଲାଟ। ଗୋଟିଏ କୋଠରୀର ଦୁଇଟି ବିଛଣାରେ ତିନିଜଣ ରହୁଛ କେମିତି ?

- ଜାହିରା ତା' ଭାଇ ପାଇଁ ନିଜ ବିଛଣା ଛାଡ଼ିଦେଇ ତଳେ ଶୋଇଯାଉଛି। କିଛି ଅସୁବିଧା ହେଉ ନାହିଁ। ଆମ ୱାନ୍ ରୁମ୍ ଫ୍ଲାଟରେ ରହିବା ପାଇଁ ସେ ମୋର ଅନୁମତି ମାଗିଥିଲା- ନଅ / ଏଗାର ଘଟଣା ପରେ ବିଶ୍ୱବାଣିଜ୍ୟ କେନ୍ଦ୍ରର ଦ୍ୱିତଳ ସମୁଚ୍ଚ ପ୍ରାସାଦ ଆଲ୍-କାଏଦା ଆତଙ୍କବାଦୀଙ୍କ ଆତ୍ମଘାତୀ ଆକ୍ରମଣରେ ଖଣ୍ଡ ଖଣ୍ଡ ହୋଇ ଭାଙ୍ଗି ପଡ଼ିଥିଲା। ନିଉୟର୍କ ପୋଲିସ ଦୁଇ ଆତ୍ମଘାତୀ ପାଇଲଟ୍‌ଙ୍କର ତିନିଜଣ ସହଯୋଗୀଙ୍କ ଆନୁମାନିକ ରେଖାଚିତ୍ର ଖବରକାଗଜ ଓ ଟେଲିଭିଜନ ପରଦାରେ ପ୍ରଚାର କରିଥିଲା। ଅନୱର ମୁହଁ ଜଣେ ସନ୍ଦିଗ୍ଧ ଇସ୍‌ଲାମୀ ଆତଙ୍କବାଦୀ ମୁହଁ ସହିତ ଅବିକଳ ମିଶି ଯାଉଥିଲା। ସନ୍ଦିଗ୍ଧ ଆତଙ୍କବାଦୀଙ୍କର ଯିଏ ସଂଧାନ ଦେଇପାରିବ, ତାକୁ ମୋଟା ଅଙ୍କର ଇନାମ ଦିଆଯିବ ବୋଲି ଖବରକାଗଜରେ ଛପା ହୋଇଥିଲା। ଆଇନାରେ ନିଜ ମୁହଁ ଆଉ 'ନିଉୟର୍କ ଟାଇମସ୍'ରେ ଛପା ହୋଇଥିବା ଜଣେ

ସନ୍ଦିଗ୍ଧ ଆତଙ୍କବାଦୀର ମୁହଁର ଆଶ୍ଚର୍ଯ୍ୟଜନକ ମେଳ ଲକ୍ଷ୍ୟ କରି ଅନୱରଭୟ ପାଇଯାଇଥିଲା। ନିଜର ନିଶଦାଢ଼ି କାଟି ସଫା କରି ଅନ୍ଧାରରେ ମୁହଁ ଲୁଚାଇ ଆମ ଫ୍ଲାଟ୍‌କୁ ପଳାଇ ଆସିଥିଲା। ଭୟରେ ଗୋଟାସୁଦ୍ଧା ଥରୁଥିଲା। ମଲା ମଣିଷଙ୍କ ଭଳି ତା' ମୁହଁ ରକ୍ତହୀନ, ନିଷ୍ପ୍ରଭ ଦେଖା ଯାଉଥିଲା। ଜାହିରା ମୋ ମୁହଁକୁ ଅନେଇଲା। ମୁଁ ନାହିଁ କରିପାରିଲି ନାହିଁ।

ଝିଅର କଥା ଶୁଣି ସେଦିନ ଯଶୋଦା ପ୍ରତିବାଦ କଲା-

- ଜଣେ ଆତଙ୍କବାଦୀ ମୁସଲମାନକୁ ଆତ୍ମଗୋପନ କରିବା ଲାଗି ଆଶ୍ରୟଦେବା ମଧ୍ୟ ଏକ ଅପରାଧ। ଧରା ପଡ଼ିଲେ ଅନୱର୍ ସହିତ ତତେ ମଧ୍ୟ ନିଉୟର୍କ ପୋଲିସ୍ ଧରିନେଇ ଜେଲ୍‌ରେ ପୂରାଇଦେବ। ତା'ଛଡ଼ା, ସିଙ୍ଗଲ୍ ରୁମ୍ ଫ୍ଲାଟରେ ଜଣେ ଅନାତ୍ମୀୟ ପୁରୁଷକୁ ପ୍ରଶ୍ରୟ ଦେବା କ'ଣ ଠିକ୍ ହେଲା ?

- ମମି ! ଅନୱର୍ ଜଣେ ଟ୍ୟାଲେଣ୍ଟେଡ୍ ଆର୍କିଟେକ୍ଟ। ଏଠାରେ ଗୋଟିଏ ଆମେରିକା କନ୍‌ଷ୍ଟ୍ରକ୍‌ସନ୍ କମ୍ପାନୀରେ କାମ କରୁଛି। ଖୁବ୍ ଭଦ୍ର ଓ ଶାନ୍ତ ପିଲା। ସେ କେବେହେଲେ ଟେରରିଷ୍ଟ୍ ହୋଇପାରେନା। ୯/୧୧ ଘଟଣା ପରେ ନିଉୟର୍କ ପୋଲିସ ଦାଢ଼ି ରଖିଥିବା ସବୁ ମୁସଲମାନଙ୍କୁ ଆଲ୍‌କାଏଦା ଟେରରିଷ୍ଟ୍ ବୋଲି ଧରିନେଇ ଜେଲ୍‌ରେ ଭର୍ତ୍ତି କରିଦେଉଛି। ସେମାନଙ୍କୁ ଅମାନୁଷିକ ନିର୍ଯାତନା ଦିଆଯାଉଛି ବୋଲି ଶୁଣାଯାଉଛି। ମୁଁ ଜାଣିଶୁଣି ତାକୁ ମାର୍କିନ୍ ମରଣଯନ୍ତା ମୁହଁକୁ ଠେଲିଦେବା କଣ ଠିକ୍ ହୋଇଥାଆନ୍ତା ?

ଯଶୋଦା କ'ଣ ଉତ୍ତର ଦେବା ଆଗରୁ ନର୍ମଦା ଲାଇନ୍ କାଟି ଦେଇଥିଲା। ଆଉ ସେଇଦିନ ସେଇ ମୁହୂର୍ତ୍ତରେ ଆରମ୍ଭ ହୋଇଥିଲା ତା'ର ଅସହ୍ୟ ମୁଣ୍ଡବ୍ୟଥା। ମାଇଗ୍ରେନ୍ !

ସେଦିନ ରାତିରେ ସେ ସ୍ୱାମୀଙ୍କୁ ସେସବୁ କଥା ବୁଝାଇ କହିଥିଲା। ଅନୁରୋଧ କରିଥିଲା- ତମେ ନର୍ମଦାକୁ ଇନ୍ଫୋସିସ୍ କମ୍ପାନୀ ଚାକିରିରୁ ଇସ୍ତଫା ଦେଇ ଘରକୁ ଫେରିଆସିବା ପାଇଁ କୁହ। ସେ ଜଣେ ମୁସଲମାନ ଆତଙ୍କବାଦୀକୁ ନିଜ ବେଡ୍‌ରୁମ୍‌ରେ ଲୁଚି ରହିବାକୁ ପ୍ରଶ୍ରୟ ଦେବା ଆଦୌ ଠିକ୍ ହୋଇନାହିଁ। ମୁଁ ସେକଥା ଶୁଣିଲା ପରଠାରୁ ମୋର ମୁଣ୍ଡବ୍ୟଥା ଆରମ୍ଭ ହୋଇଛି। କୌଣସି ପେନ୍‌କିଲର୍ ଟ୍ୟାବ୍‌ଲେଟ କାମ କରୁନାହିଁ। ସେ ମୋ ପାଖକୁ ଫେରି ନଆସିଲେ ମୁଁ ଅନ୍ନଜଳ ସ୍ପର୍ଶ କରିବି ନାହିଁ।

ପତ୍ନୀଙ୍କ କଥା ଶୁଣି ହାଇକୋର୍ଟର ମାନ୍ୟବର ବିଚାରପତି ସୁଧାଂଶୁ ଶେଖର ଚୌଧୁରୀ କିଛି ସମୟ ଆତ୍ମମଗ୍ନ ହୋଇ ରହିଲେ। ତା'ପରେ ମୃଦୁ କଣ୍ଠରେ କହିଲେ- ଇନ୍ଫୋସିସ୍ କମ୍ପାନୀ ତାକୁ ଗୋଟିଏ ପ୍ରୋଜେକ୍ଟ କାମରେ ନିଉୟର୍କ ପଠାଇଛି। ସେ

ପ୍ରୋଜେକ୍ଟ ଶେଷ କରବା ପାଇଁ ଆଉ ତିନି ମାସ ସମୟ ଅଛି। ତା' ଆଗରୁ ତାକୁ ଚାକିରି ଛାଡ଼ି ଚାଲି ଆସିବାକୁ କହିବା ଠିକ୍ ନୁହେଁ। କହିଲେ ମଧ୍ୟ ସେ ଆମ କଥା ମାନି ନପାରେ। ଝିଅର ବୟସ ହୋଇଛି। ତା'ର ଭଲମନ୍ଦ, ଭବିଷ୍ୟତ କଥା ସେ ଆମଠାରୁ ଭଲକରି ଜାଣେ। ଯଶୋଦା! ଆମେ ଏପରି କିଛି କଥା ତାକୁ କହିବା ଉଚିତ ନୁହେଁ ଯାହା ଆମ ଦୁହିଁଙ୍କଠାରୁ ତା'ର ଦୂରତ୍ୱ ବଢ଼ାଇବାରେ ସହାୟକ ହେବ।

ସ୍ୱାମୀ ତାଙ୍କର ରାୟ ଶୁଣାଇଦେଇ ଷ୍ଟଡ଼ିରୁମ୍‌କୁ ଚାଲି ଯାଇଥିଲେ। ଯଶୋଦା ଯନ୍ତ୍ରଣା ଜର୍ଜରିତ ମୁଣ୍ଡକୁ ଦୁଇ ହାତ ପାପୁଲିରେ ଚାପିଧରି ବସି ରହିଥିଲା।

ନର୍ମଦା ଇଣ୍ଡିଆ ଫେରି ଆସିବାର ଅଳ୍ପଦିନ ଆଗରୁ ଆମେରିକାରେ ଥିବା ଭାରତୀୟ ରାଷ୍ଟ୍ରଦୂତଙ୍କ ହସ୍ତକ୍ଷେପ ଫଳରେ ଅନୱ୍ୱର୍ ମୁମ୍ବାଇ ଫେରି ଆସିଥିଲା। ଯଶୋଦା ଆଶା କରିଥିଲା ନିଉୟର୍କ ଛାଡ଼ିଲା ପରେ ସେ ଦୁଇଜଣଙ୍କ ସମ୍ପର୍କ ଛିନ୍ନ ହୋଇଯିବ। ତା'ର ମୁଣ୍ଡବ୍ୟଥା କମିଯିବ। କିନ୍ତୁ ଝିଅର ପୋଷ୍ଟିଂ ପୁଣି ମୁମ୍ବାଇରେ ହେବା ଫଳରେ ତା'ର ମୁଣ୍ଡବ୍ୟଥା ବଢ଼ିଲା ସିନା, କମିଲା ନାହିଁ।

ସ୍ୱାମୀ ତାକୁ ଅନେକଥର ବୁଝାଇଛନ୍ତି, ଅନୱ୍ୱର୍ ହୁଏତ ପ୍ରକୃତରେ ସନ୍ତ୍ରାସବାଦୀ ନୁହେଁ, ଆଲ୍-କାଏଦା ସହିତ ତା'ର କେବେ କୌଣସି ସମ୍ପର୍କ ନଥିଲା ବା ନାହିଁ, ଏବଂ ତା' ସହିତ ନର୍ମଦାର ସମ୍ପର୍କ ହୁଏତ ସେପରି କିଛି ଗଭୀର ନୁହେଁ; ଯେଉଁଥିପାଇଁ ସେ ଦୁଇଜଣଙ୍କ ସମ୍ପର୍କକୁ ସନ୍ଦେହ କରି ରାତି ରାତି ଧରି ଅଜଣା ଆଶଙ୍କାରେ ତମର ଆଖିପତା ଯୋଡ଼ି ହେଉନାହିଁ!

ବିଚାରପତି ସ୍ୱାମୀଙ୍କ ବିଚାରର ସତ୍ୟତା ପରଖିବା ଲାଗି ଏଥି ମଧ୍ୟରେ ତିନୋଟି ଭଲ ବିବାହ ପ୍ରସ୍ତାବ ସେ ଝିଅ ପାଖକୁ ପଠାଇଥିଲା। ଜଣେ ନିଉକ୍ଲିୟର୍ ସାଇଣ୍ଟିଷ୍ଟ, ଜଣେ ଚାଟାର୍ଡ଼ ଅକାଉଣ୍ଟାଣ୍ଟ୍ ଏବଂ ତୃତୀୟ ଜଣକ ସୁପ୍ରିମ୍‌କୋର୍ଟରେ ପ୍ରାକ୍ଟିସ୍ କରୁଥିବା ଉଦୀୟମାନ ବାରିଷ୍ଟର୍।

ତିନିଟିଯାକ ପ୍ରସ୍ତାବ ନାକଚ କରି ଦେଇଥିଲା ନର୍ମଦା।

ଯୁକ୍ତି ବାଢ଼ିଥିଲା- ପୁଣି ତିନିବର୍ଷ ପାଇଁ କମ୍ପାନୀ ମତେ ଜାପାନ ପଠାଇବ। ସେଠାରୁ ଫେରିବା ପରେ ହିଁ ମୁଁ ବାହାଘର କଥା ଚିନ୍ତା କରିବି।

ସୁଧାଂଶୁଶେଖର ଝିଅର ଯୁକ୍ତିକୁ ସମର୍ଥନ କରିବା ଫଳରେ ଯଶୋଦା ଆଉ ସେ ଦିଗରେ ଅଗ୍ରସର ହୋଇନଥିଲା।

ଗତବର୍ଷ ସେ ଦୁହେଁ ମୁମ୍ବାଇ ତାଜ୍ ହୋଟେଲରେ ଝିଅର ଜନ୍ମଦିନ ପାଳନ କରିଥିଲେ।

ସେଇ ବାର୍ଥଡ଼େ ପାର୍ଟିରେ ହଠାତ୍ ଅନୱ୍ୱର୍ ଆସି ପହଞ୍ଚିଗଲା। ତା' ହାତରେ

ଥିଲା ଅଠେଇଶିଟି ତାଜା ରକ୍ତ ଗୋଲାପ ଖଚିତ ଫୁଲତୋଡ଼ା। ଜନ୍ମଦିନର ଉପହାର। ତା' ହାତରୁ ସେ ଫୁଲତୋଡ଼ା ନେଲାବେଳେ ଝିଅ ମୁହଁରେ ଏପରି ଏକ ଅଲୌକିକ ଆନନ୍ଦର ଆଲୋକ ଉଦ୍ଭାସିତ ହୋଇଉଠିଲା ଯେ ଭୟରେ ଯଶୋଦାର ଦୁଇ ଆଖି ବୁଜି ହୋଇ ଯାଇଥିଲା। ଅନଓ୍ୱରର୍ ଦାଢ଼ିଭର୍ତ୍ତି ମୁହଁ ଆଉ ସାପଭଳି ସତର୍କ ଅଥଚ କ୍ଷୁଧିତ ଦୁଇ ଆଖି ତା' ମନରେ ଜଣେ ଟେରରିଷ୍ଟର ଭ୍ରମ ସୃଷ୍ଟି କରୁଥିଲା। ସେଥିପାଇଁ ବାର୍ଥଡେ ମ୍ୟୁଜିକ୍ ଆଉ ଡ୍ରିଙ୍କ୍ସ୍ ନେଇ ଆନନ୍ଦ ଉପଭୋଗ କରୁଥିବା ବେଳେ କୌଣସି ଏକ ଭୟଙ୍କର ବିପଦ ଆଶଙ୍କାରେ ଯଶୋଦା ତିଳତିଳ ଯନ୍ତ୍ରଣାରେ ଦଗ୍ଧ ହେଉଥିଲା।

ସେହିଦିନୁ ତା' ମନରେ ଏକ ଧାରଣା ଦୃଢ଼ୀଭୂତ ହେଉଥିଲା ଯେ ଅନଓ୍ୱର୍ ଅଲ୍ଲି ନାମକ ଜଣେ ଇସ୍‌ଲାମୀ ସନ୍ତ୍ରାସବାଦୀ ବନ୍ଧୁକ ଉଞ୍ଚାଇବା ବଦଳରେ ରକ୍ତଗୋଲାପର ତୋଡ଼ା ଦେଖାଇ ତା'ର ଏକମାତ୍ର ସନ୍ତାନ ନର୍ମଦାକୁ ତା'ଠାରୁ ଦୂରରୁ ଦୂରକୁ ନେଇଯାଉଛି। ଚାହିଁଲେ ମଧ୍ୟ ସେ ତାକୁ ବାଧା ଦେଇପାରୁ ନାହିଁ। ଏକ ମର୍ମନ୍ତୁଦ ଅସହାୟତାରେ ତା'ର ମସ୍ତିଷ୍କର ସ୍ନାୟୁତନ୍ତ୍ରୀ ସବୁ ଛିଣ୍ଡି ଛାରଖାର ହୋଇଯାଉଛି। ଯେତେ ହୋମିଓପାଥି - ଏଲୋପାଥି ଖାଇଲେ ମଧ୍ୟ ତା'ର ମୁଣ୍ଡବ୍ୟଥା କମୁ ନାହିଁ।

ଶେଷରେ ସେ ସ୍ୱାମୀଙ୍କୁ ଅନୁନୟ କରି କହିଥିଲା-

- ହଁ, ତମେ କହିଲେ ସେ ତମ କଥା ଆଦୌ ଭାଙ୍ଗି ପାରିବ ନାହିଁ। ସେ ସେହି ଇସଲାମୀ ସନ୍ତ୍ରାସବାଦୀଠାରୁ ସକଳ ସମ୍ପର୍କ ଛିନ୍ନ କରି ଆମ ମନୋନୀତ ପାତ୍ରମାନଙ୍କ ମଧ୍ୟରୁ ଜଣକୁ ବାହାହେବା ପାଇଁ ରାଜି ହେଉ। ସେମାନେ ସମସ୍ତେ ବାହାଘର ପରେ ତାକୁ ଜାପାନ ପଠାଇବା ପାଇଁ ରାଜି।

- ମୁଁ କହିଲେ ସେ ହୁଏତ ନାହିଁ କରିବ ନାହିଁ। କିନ୍ତୁ ସେ ଚାହୁଁଥିବା ପାତ୍ରକୁ ବାହା ନହୋଇ ଆମକୁ ଖୁସି କରିବା ଲାଗି ଆମ ମନୋନୀତ ପାତ୍ରକୁ ବାହାହେଲେ ସେ କ'ଣ ସୁଖୀ ହେବ ?

ପ୍ରଶ୍ନ ପଚାରି ଉତ୍ତର ଲକ୍ଷ୍ୟ ଆଶାରେ ପତ୍ନୀଙ୍କ ମୁହଁକୁ ଚାହିଁ ରହିଥିଲେ ଜଷ୍ଟିସ୍ ସୁଧାଂଶୁଶେଖର।

ସ୍ୱାମୀଙ୍କ ପ୍ରଶ୍ନ ଶୁଣି ଯଶୋଦା ଛାତିରୁ ଅତଡ଼ା ଖସି ପଡ଼ିଥିଲା।

ଦିଶି ଯାଇଥିଲା ଶ୍ୟାମଳଙ୍କ ମୁହଁ। ତିନି ବର୍ଷର ଗାଢ଼ ହୃଦୟ ବିନିମୟ ପରେ ଶ୍ୟାମଳ ଯେତେବେଳେ ନିଜେ ତାଙ୍କ ଘରେ ବିବାହ ପ୍ରସ୍ତାବ ଉତ୍ଥାପନ କରିଥିଲେ- ତା'ର ଶିଳ୍ପପତି ପିତା ରୁଦ୍ରମାଧବ ପଟ୍ଟନାୟକ ସର୍ତ୍ତ ରଖିଥିଲେ- ତମ ଭଳି ଜଣେ କଲେଜ ଶିକ୍ଷକଙ୍କୁ ବାହାହେଲେ ମୋ ଝିଅ କେବେ ହେଲେ ସୁଖୀ ହୋଇ ପାରିବ

ନାହିଁ। ତମେ ଯଦି ଆଇ.ଏ.ଏସ୍. ପରୀକ୍ଷାରେ ଉତ୍ତୀର୍ଣ୍ଣ ହୋଇ ନିଯୁକ୍ତି ପାଅ- ତାହାହେଲେ ତାକୁ ତମ ସହିତ ବିବାହ ଦେବାରେ ମୋର କିଛି ଆପତ୍ତି ନାହିଁ।

ଲଜ୍ଜା, ଅପମାନରେ ଜର୍ଜରିତ ହୋଇ ସେଦିନ ଫେରି ଯାଇଥିଲେ ଶ୍ୟାମଳ। ବାପାଙ୍କୁ ଖୁସି କରିବା ପାଇଁ ତାଙ୍କର ମନୋନୀତ ପାତ୍ର ବିଲାତ ଫେରନ୍ତା ବାରିଷ୍ଟର ସୁଧାଂଶୁଶେଖରଙ୍କୁ ସେ ବିବାହ କରିଥିଲା। ଯାହା ଚାହିଁ ମଧ୍ୟ ପାଇନଥିଲା ତା'ପାଇଁ ଅବସୋସ ନକରି, ଯାହା ପାଇଥିଲା ତାକୁ ଗଣ୍ଠିଧନ କରି ଅବଶିଷ୍ଟ ଜୀବନ ସେ ସୁଖୀ ହେବାକୁ ଚେଷ୍ଟା କରିଥିଲା। ତା'ର ଆଜି ପର୍ଯ୍ୟନ୍ତ ଧାରଣା ଥିଲା ତା'ର ଚେଷ୍ଟା ସଫଳ ହୋଇଛି। ସେ ସୁଖୀ ହୋଇଛି। ସୁଖର ସାମଗ୍ରୀ କିଣିଦେବାରେ ସ୍ୱାମୀ କେବେ କାର୍ପଣ୍ୟ କରିନାହାନ୍ତି। କିନ୍ତୁ ଏତେ ଦୀର୍ଘ ଦିନ ପରେ ହଠାତ୍ ସେଦିନ ନର୍ସିଂ ହୋମ୍‌ରେ ଦେଖା କରିବାକୁ ଆସି ଶ୍ୟାମଳ ତା'ର ସେ ଭ୍ରମ ଦୂର କରି ଦେଇଗଲେ।

ତାଙ୍କୁ ଦେଖିବା ମାତ୍ରେ ସେ ଆତ୍ମବିସ୍ମୃତ ହୋଇ ଯାଇଥିଲା। ଭୁଲି ଯାଇଥିଲା ଆଣ୍ଠୁର ଯନ୍ତ୍ରଣା। ଏ ଯନ୍ତ୍ରଣାବିହୀନ ସୁଖ ତ ସୁଧାଂଶୁଶେଖର ତାକୁ କେବେ ଦେଇ ପାରିନାହାନ୍ତି। ନର୍ମଦା ତାଙ୍କୁ ଖୁସି କରିବା ପାଇଁ ସେମାନଙ୍କ ମନୋନୀତ ପାତ୍ରକୁ ବାହାହେଲେ ସୁଖୀ ହେବ ବୋଲି ସେ କିପରି ସ୍ୱାମୀଙ୍କୁ ନିର୍ଭର ପ୍ରତିଶ୍ରୁତି ଦେଇପାରିବ!

ପତ୍ନୀଙ୍କ ମୁହଁର ଭାବଭଙ୍ଗୀରୁ ତାଙ୍କ ମନକଥା ବୁଝି ପାରିଲେ ସୁଦାଂଶୁଶେଖର। ମୃଦୁ କଣ୍ଠରେ କହିଲେ, ଝିଅ ଉପରେ ବିଶ୍ୱାସ ରଖ। ସେ କେବେହେଲେ ଆମ ମନରେ ଆଘାତ କଲାଭଳି କାମ କରିବ ନାହିଁ।

ନର୍ସିଂହୋମ୍‌ରୁ ଘରକୁ ଫେରିଆସିଲା ଯଶୋଦା। ତା'ର ଆଣ୍ଠୁର ଯନ୍ତ୍ରଣା କମି ଯାଇଥିଲା; କିନ୍ତୁ ୱାକର ନଧରିଲେ ତା'ର ଗୋଟିଏ ଜାଗାରୁ ଆଉ ଗୋଟିଏ ଜାଗାକୁ ଯିବାର ଶକ୍ତି ନଥିଲା। ନର୍ମଦା ପ୍ରତିଦିନ ଫୋନ୍ କରି ତା' ଆଣ୍ଠୁର ଖବର ନେଉଥିଲା।

ଦିନେ ସକାଳୁ ନର୍ମଦାର ଫୋନ୍ ଆସିଲା।

ମମି! କାଲି ନଭେମ୍ବର ୨୬। ଅନୱରର ଜନ୍ମଦିନ। ତାଜ୍ ଇଣ୍ଟରନାସନାଲ୍‌ରେ ତା' ବାର୍ଥଡ଼େ ପାର୍ଟି ଦେବା ପାଇଁ ବାଙ୍ଗାଲୋର୍‌ରୁ ଜାହିରା ଆସିଛି। ଅନୱର୍ ତମକୁ ବାର୍ଥଡ଼େ ପାର୍ଟିକୁ ନିମନ୍ତ୍ରଣ କରିଛି। କିନ୍ତୁ ତମକୁ ତ ଡାକ୍ତର ବିଛଣା ଛାଡ଼ିବାକୁ ମନା କରିଛନ୍ତି। କାଲି ସନ୍ଧ୍ୟାରେ ମୁଁ ମୋବାଇଲ୍‌ରେ ତା' ସହିତ ସଂଯୋଗ ସ୍ଥାପନ କରିଦେବି। ତମେ କେବଳ ତାକୁ ଜନ୍ମଦିନର ଶୁଭକାମନା ଜଣାଇଦେବ। ବାସ୍!

ଝିଅର କଥା ଶୁଣି ଆଣ୍ଠୁର ବ୍ୟଥା କମି ଯାଇଥିଲେ ସୁଦ୍ଧା ତା'ର ମୁଣ୍ଡର ଶିରାପ୍ରଶିରା ଦପ୍ ଦପ୍ ହୋଇଉଠିଲା।

ନଭେମ୍ବର ୨୬ ତାରିଖ ସନ୍ଧ୍ୟା ହୋଇ ଆସିବା ମାତ୍ରେ ଯଶୋଦାର ହୃତ୍‌ସ୍ପନ୍ଦନ

ବଢ଼ିଗଲା। ନର୍ମଦାର ଫୋନ୍ ଆସିବ। ତାକୁ ଟେଲିଫୋନ୍‌ରେ ଅନଓ୍ୱର୍‌କୁ କେବଳ କହିଦେବାକୁ ହେବ- ହାପି ବାର୍ଥଡ଼େ ଟୁ ୟୁ! ବାସ୍!

ନର୍ମଦାର ଫୋନ୍ ଆସିବାରେ ଟିକିଏ ବିଳମ୍ବ ହେଲା।

ହାଲୋ କହିବା ମାତ୍ରେ ଆରପଟୁ ଭାସି ଆସିଲା ଝିଅର ଆର୍ତ୍ତ ଚିତ୍କାର। ମମି! ତାଜ୍ ଅଣ୍ଡର୍ ଆଟାକ୍। ପାକିସ୍ଥାନୀ ଟେରରିଷ୍ଟ୍‌ମାନେ ହୋଟେଲରେ ପଶି ଆଖିବୁଜା ଗୁଳି ଚଳାଉଛନ୍ତି। ଏଇ, ଗୁଳିର ଆବାଜ୍ ଶୁଣିପାରୁଛ? ମମି! ଆମେ ନିରାପଦରେ ଗୋଟିଏ ରୁମ୍‌ରେ ପଶି ଭିତରପଟୁ ଦରଜା ବନ୍ଦ କରିଦେଇଛୁ- ମମି! ଟେଲିଭିଜନ୍ ଖୋଲି ଦେଖ-

ଏମିତି କିଛି ଘଟିବ ବୋଲି ଆଶଙ୍କା କରୁଥିଲା ଯଶୋଦା। ଅନଓ୍ୱର୍ ଏମାନଙ୍କୁ ବାର୍ଥଡ଼େ' ପାର୍ଟି ନାମରେ ହୋଟେଲରେ ବନ୍ଦୀ କରି ରଖି ଗୁଳି ଚଳାଉଛି। ମୋ ଝିଅ- ମୋ ଝିଅ-

ପତ୍ନୀଙ୍କ ଚିତ୍କାର ଶୁଣି ପାଖକୁ ଚାଲିଆସିଲେ ସୁଧାଂଶୁଶେଖର।

ସ୍ୱାମୀଙ୍କୁ ଦେଖି ଆଉ ନିଜକୁ ସମ୍ଭାଳି ପାରିଲା ନାହିଁ ଯଶୋଦା। ସେଇ ସନ୍ତ୍ରାସବାଦୀ ଅନଓ୍ୱର୍ ଅଲ୍ଲି ନର୍ମଦାକୁ ବାର୍ଥଡ଼େ ପାର୍ଟି ନାମରେ ତାଜ୍ ହୋଟେଲକୁ ଡାକିନେଇ ସନ୍ତ୍ରାସବାଦୀଙ୍କ ପାଖରେ ବନ୍ଧା ପକାଇଦେଇ ନିଜେ ଖସିଯାଇଛି- ତମେ ଟିକିଏ ବମ୍ବେ ପୋଲିସ୍‌କୁ ଫୋନ୍ କର- ମୋ ଝିଅ- ମୋ ଝିଅ-

ସେତେବେଳକୁ ଟେଲିଭିଜନ ପରଦାରେ ଆତଙ୍କବାଦୀ ଆକ୍ରମଣର ପ୍ରତ୍ୟକ୍ଷଦର୍ଶୀ ଧାରା ବିବରଣୀ ପ୍ରସାରିତ ହେଉଛି। ହେଲିକପ୍ଟର୍‌ରୁ ଓହ୍ଲାଇ କମାଣ୍ଡୋମାନେ ହୋଟେଲର କୋଠରିରେ ପୋଜିସନ୍ ନେଉଛନ୍ତି। କୋଠରିବନ୍ଦୀ ନରନାରୀଙ୍କୁ ବାହାରକୁ ନେଉଛନ୍ତି। ଗୁଳି ଚାଲିଛି। କୋଠରିରେ ନିଆଁ ଲାଗିଯାଇଛି।

ରାତି ଏଗାରଟା ବେଳକୁ ନର୍ମଦାର ଫୋନ୍ ଆସିଲା- ମମି! ଅନଓ୍ୱର୍ ଆମକୁ ବହୁ କଷ୍ଟରେ ହୋଟେଲର ଗୋଟିଏ ଚୋରାବାଟରେ ବାହାରକୁ ଆଣୁଥିବାବେଳେ ଆତଙ୍କବାଦୀଙ୍କ ଗୁଳିରେ ସହୀଦ ହୋଇଯାଇଛି। ଆମେ ନିରାପଦରେ ବାହାରକୁ ଚାଲିଆସିଛୁ। ବିଚରା ଅନଓ୍ୱର୍! ଜନ୍ମଦିନ ଦିନ ସହୀଦ ହୋଇଗଲା। ଆମକୁ ବଞ୍ଚାଇବାକୁ ଯାଇ ନିଜେ ବଳି ପଡ଼ିଗଲା।

ଅନଓ୍ୱର୍ ଆତଙ୍କବାଦୀ ନୁହେଁ। ସବୁ ଆତଙ୍କବାଦୀ ମୁସଲମାନ ନୁହଁନ୍ତି। ସେମାନଙ୍କ ଭିତରୁ ଅନେକ ସହୀଦ ହୁଅନ୍ତି।

ଯଶୋଦାର ଆଖି ଅଶ୍ରୁର ଅସରନ୍ତି ଉସ୍ ହୋଇଗଲା।

ନିଷିଦ୍ଧ ମୃଗୟା

ଝିପି ଝିପି ବର୍ଷା । କିନ୍ତୁ ଦଲକାକୁ ଦଲକା ଥଣ୍ଡା ପବନ । ଛତା ଥୟ ଧରୁ ନାହିଁ । ତଥାପି ଗରୁଡ଼ କର୍ମକାର ଛତା ସମ୍ଭାଳି ଅପଲକ ଆଖିରେ ସେଣ୍ଟ୍ ଜର୍ଜ୍ ହସ୍‌ପିଟାଲର ଶହେ ଚାରି ନମ୍ବର କ୍ୟାବିନ୍‌ର ଝର୍କାକୁ ଚାହିଁ ରହିଛି । ବର୍ଷା ଛିଟାରେ ଶାର୍ଟ ଭିଜିଗଲାଣି । କିନ୍ତୁ ମନର ଉଷ୍ମତାରେ ଦେହ ଭିଜିଲେ ବି ଥଣ୍ଡା ଲାଗୁ ନାହିଁ ।

କ୍ୟାବିନ୍ ଅନ୍ଧକାର । ଝର୍କା ଖୋଲା ଥିଲେ ବି ଅନ୍ଧାରରେ ଭିତରର କୌଣସି ଦୃଶ୍ୟ ଦେଖାଯାଉ ନାହିଁ ।

ଛାତି ଭିତରେ କମ୍ପନର ଶବ୍ଦ ଶୁଣି ପାରୁଛି ଗରୁଡ଼ । ଏମିତି କେବେ ହୁଏ ନାହିଁ । ତା' ପିସ୍ତଲର ଗୁଳି କେବେ ଲକ୍ଷ୍ୟଭ୍ରଷ୍ଟ ହୁଏ ନାହିଁ । ଏଇ ପ୍ରଥମ ଲୋକଟା ମରୁ ମରୁ ବଞ୍ଚିଗଲା । ଏଥିପାଇଁ ସାହେବ ପାଖରୁ ତାକୁ ଗୀତାର ଶ୍ଳୋକ ଶୁଣିବାକୁ ହୋଇଛି । ଲୋକଟା ତାକୁ ଦେଖି ନେଇଛି ନିଶ୍ଚୟ । ଯଦି ବଞ୍ଚିଯାଏ ବିପଦ ।

ଲୋକଟାର ବଞ୍ଚି ରହିବା କଥାଟା ଭାବିବା ମାତ୍ରେ ଗରୁଡ଼ ଦେହ ଶୀତେଇ ଉଠିଲା । ଦେହର ଉଷ୍ମତା ବରଫ ପାଲଟିଗଲା । ସେ ନିଜ ଛାତି ଭିତରେ ହାତୁଡ଼ି ଶବ୍ଦ ଶୁଣିବାକୁ ପାଇଲା ।

ତଥାପି ଶହେ ଚାରି ନମ୍ବର କ୍ୟାବିନ୍‌ରେ ଆଲୁଅ ଜଳୁ ନାହିଁ । ଅର୍ଥାତ୍ ଅପରେସନ୍ ଟେବୁଲରୁ ଫେରି ନାହିଁ କମଲ ହୋସେନ୍ । କିମ୍ବା-

ଭାବନା ଅଟକିଗଲା । ତା' ପିଠିରେ କିଏ ଗୋଟାଏ ଘୁଷି ମାରି ଚାପା କଣ୍ଠରେ କହିଗଲା- ଖେଳ ଖତମ । ୧୦୪ରେ ଆଉ ଆଲୁଅ ଜଳିବ ନାହିଁ । ପଳା-

ଜ୍ୱର ଓହ୍ଲାଇଗଲା ଦେହରୁ । ଛାତିର ଧଡ଼୍‌ଧଡ଼ି ବନ୍ଦ ହୋଇଗଲା । ଜୟ ମା' ମହାକାଳୀ ! ମନେ ମନେ ଖଣ୍ଡା ଖର୍ପର ଧାରିଣୀ ଶ୍ମଶାନ କାଳୀଙ୍କ ଜୟଧ୍ୱନି ଦେଇ

ଦ୍ରୁତ ପାଦରେ ଗରୁଡ଼ କର୍ମକାର ସେଣ୍ଟ୍ ଜର୍ଜ୍ କର୍ପୋରେଟ୍ ହସ୍‌ପିଟାଲର ସାମ୍ନା ରାସ୍ତା ଛାଡ଼ି ପାଖ ଅନ୍ଧକାର ଉପଗଳିରେ ଅଦୃଶ୍ୟ ହୋଇଗଲା ।

ସେ ଚାଲିଯିବାର କିଛି ସମୟ ପରେ ଶହେ ଚାରି ନମ୍ବର କ୍ୟାବିନ୍‌ର ଅନ୍ଧକାରକୁ ଛିନ୍ନ ଭିନ୍ନ କରି ଜଳି ଉଠିଲା ଘରର ବାର୍ ଲାଇଟ୍ ।

ଅପରେସନ ଟେବୁଲ୍‌କୁ ଆସିବା ଆଗରୁ କମଲ ହୋସେନ୍‌ର ମୃତ୍ୟୁ ହୋଇ ଯାଇଥିଲା । ଖୁନୀ ତାକୁ ମୃତ ଭାବି ଛାଡ଼ି ଚାଲିଯିବାର ବତିଶ ମିନିଟ ପର୍ଯ୍ୟନ୍ତ ତା' ଦେହରେ ପ୍ରାଣ ଥିଲା । ହସପିଟାଲକୁ ଆଣିବା ବାଟରେ ସେ ବତିଶ ମିନିଟର ଆୟୁଷ ଶେଷ ହୋଇଗଲା ।

ଗରୁଡ଼ ତା'ର ନିର୍ଜନ କୋଠରୀରେ ପହଞ୍ଚିଲାବେଳକୁ ବର୍ଷାର ବେଗ ବଢ଼ି ଯାଇଥିଲା । ତୁଣୀରରୁ ନିକ୍ଷିପ୍ତ ନାରାଚ ଭଳି ତୀକ୍ଷ୍ଣ ଜଳଧାରା ଖଣ୍ଡଗିରିର ଆକାଶରୁ ଛୁଟି ଆସି ଚତୁର୍ଦ୍ଦିଗ ଜଳାର୍ଣ୍ଣବ କରିଦେଇଥିଲା ।

ଏଭଳି ପାଗରେ ହୁଇସ୍କି ପିଇ ମାତାଲ ହେବାରେ ଗରୁଡ଼ ଏକ ଅନ୍ୟ ପ୍ରକାର ଆନନ୍ଦ ଅନୁଭବ କରେ । ମୟମନସିଂ ଛାଡ଼ି ଚାଲିଆସିବା ପରେ ଆଉ କେବେ ସେ ଏଭଳି ଆନନ୍ଦ ଅନୁଭବ କରିନାହିଁ ।

ପିଟର୍ ସ୍କଚ୍ ବୋତଲର ଠିପି ଖୋଲିବା ଆଗରୁ ସେ ଥରେ ମୁନ୍‌ମୁନ୍‌କୁ ଫୋନ୍ କରିବାକୁ ଚାହୁଁଥିଲା । ଖବର ଦେବାକୁ ଚାହୁଁଥିଲା- ତୋ ମାଆ ଆଉ ଭାଇର ଖୁନୀକୁ ମୁଁ ଶେଷ କରିଦେଇଛି । ଅନେକ ଦିନୁ ଜମାଟ ବାନ୍ଧି ଯାଇଥିବା ମୋ ଛାତି ଭିତରର ଦୁଃଖ ସବୁ ବର୍ଷାର ଜଳ ଭଳି ତରଳି ବୋହିଯାଇଛି ।

କିନ୍ତୁ ଟେଲିଫୋନ୍ ଉଠାଇବା ଆଗରୁ ପାମେଲା ଦିଦିର ସାବଧାନ ବାଣୀ ତା' କାନରେ ଫଟା ଘଣ୍ଟର ଆବାଜ ଭଳି ଅଜାଡ଼ି ହୋଇପଡ଼ିଲା ।

ସାବଧାନ ! ମୁନ୍‌ମୁନ୍ ତୋ ଝିଅ ବୋଲି ଜଣା ପଡ଼ିଗଲେ ତାକୁ ବି ସେମାନେ ଖୁନ୍ କରିଦେବେ । ସେ ଅବଶିଷ୍ଟ ଜୀବନ ମୋ ଝିଅ ଭାବରେ ଦୁନିଆରେ ପରିଚିତା ହେବ । ସେ ନିଜେ ମଧ୍ୟ କୌଣସି ଦିନ ଜାଣିବ ନାହିଁ ସେ ଜଣେ ଖୁନୀ ଆସାମୀର କନ୍ୟା !

କଥାଟା ମନେ ପଡ଼ିଯିବା ମାତ୍ରେ ଗରୁଡ଼ କର୍ମକାର ଦୁଇ ଆଖିକୁ ଲୁହ ଆସିଗଲା ।

ଆଖି ଆଗରେ ନାଚି ଉଠିଲା ୧୯୯୨ ମସିହା ଡିସେମ୍ବର ସାତ ତାରିଖ ରାତିର ଦଙ୍ଗାଗ୍ରସ୍ତ ମୟମନସିଂ ସହରରେ ସେଇ ବୀଭତ୍ସ ଦୃଶ୍ୟ । ବାଦଶାହା ହୋଟେଲ ଚେନ୍‌ର ମାଲିକ କମଲ ହୋସେନ୍‌ର ପୋଷା ଗୁଣ୍ଡାମାନେ ବ୍ରହ୍ମପୁତ୍ର ବ୍ରିଜ୍ ପାଖରେ ଥିବା ତା'ର ମକାନ୍ ଉପରେ ଛୁରୀ, ଖଣ୍ଡା, ବର୍ଚ୍ଛା ଧରି ଆକ୍ରମଣ ଆରମ୍ଭ କରିଦେଲେ ।

ପୂର୍ବ ପାକିସ୍ଥାନ- ବାଂଲା ଦେଶରେ ୧୯୪୬ ମସିହାରୁ ୧୯୯୨ ମସିହା ପର୍ଯ୍ୟନ୍ତ ବାରମ୍ବାର ସାଂପ୍ରଦାୟିକ ଦଙ୍ଗା ହୋଇଛି । କିନ୍ତୁ ମୟମନସିଂ ସହରରେ ହିନ୍ଦୁ-ମୁସଲମାନ-ଖ୍ରୀଷ୍ଟିୟାନ ସଂପ୍ରଦାୟ ମଧ୍ୟରେ ଥିବା ପାରସ୍ପରିକ ସୌହାର୍ଦ୍ଦ୍ୟରେ କେବେ ଆଞ୍ଚ୍ ଆସିନାହିଁ । ଦେଶ ବିଭାଜନ ବେଳେ ବହୁ ହିନ୍ଦୁ ପୂର୍ବ ପାକିସ୍ଥାନ ଛାଡ଼ି ହିନ୍ଦୁସ୍ଥାନ ପଳାଇ ଆସିଥିଲେ ବି ମୟମନସିଂ ହିନ୍ଦୁମାନେ କେବେ ନିଜର ଚାଷଜମି, ବାସଭୂମି ଛାଡ଼ି ପଳାଇବା କଥା ଭାବି ନାହାନ୍ତି ।

ହୋଟେଲ ବାଦଶାହାର ମାଲିକ କମଲ ହୋସେନ୍‌ର ଆଖି ଥିଲା ହୋଟେଲକୁ ଲାଗି ଥିବା ତା'ର ଘରବାଡ଼ି ଉପରେ । ଅନେକ ଥର ସେ ତା'ର ଲୋକ ପଠାଇ ବୁଝାଇଛି- ବାଂଲାଦେଶ ବର୍ତ୍ତମାନ ହିନ୍ଦୁମାନଙ୍କ ରହିବା ପାଇଁ ଖତରନାକ୍ ଜାଗା । ଘରବାଡ଼ି ବିକିଦେଇ ଇଣ୍ଡିଆ ଚାଲିଯାଅ । ହୋସେନ୍ ସାହେବର ହୋଟେଲ ଅଛି ଗୌହାଟି, କଲିକତା ଆଉ ଲକ୍ଷ୍ନୌରେ । କାଠମାଣ୍ଡୁରେ । ସେ ତା'ର ହିନ୍ଦୁସ୍ଥାନରେ ରହିବା ବ୍ୟବସ୍ଥା କରିଦେବ । ହୋଟେଲରେ ଚାକିରି ଦେବ । ତା' ବଦଳରେ ବାଦଶାହା ହୋଟେଲକୁ ଲାଗି ଥିବା ତା'ର ଘରବାଡ଼ି ସେ ହୋସେନ୍ ସାହେବକୁ ବିକିଦେବ ।

ଗରୁଡ଼ର ସ୍ତ୍ରୀ ଏ ପ୍ରସ୍ତାବରେ ଏକ ପ୍ରକାର ରାଜି ହୋଇ ଯାଇଥିଲା । ଶେଖ୍ ମୁଜିବୁର୍ ରହେମାନ୍ ଖୁନ୍ ହୋଇଗଲା ପରେ ଏ ବାଂଲାଦେଶରେ ହିନ୍ଦୁମାନଙ୍କ ଧନଜୀବନ ବିପନ୍ନ ହୋଇଉଠିଛି । ଚାରିଆଡ଼େ ସନ୍ଦେହ ଅବିଶ୍ୱାସର ଚାପା ଉତ୍ତେଜନା । ବାରୁଦ ସ୍ତୂପ ଉପରେ ବସି ରହିଛି ମୟମନସିଂ ସହର, କେତେବେଳେ ନିଆଁ ଲାଗିଯିବ କିଏ ଜାଣେ ? ଚାଲ- ପୁଅଝିଅଙ୍କୁ ଧରି ଭାରତ ପଳାଇବ । ସମ୍ପତ୍ତିବାଡ଼ି ପଛେ ପଠାଣ ଖାଆନ୍ତୁ- ଜୀବନ ରହିଯିବ ତ ।

ସୁଲେଖା କଥାରେ ରାଜି ହୋଇନଥିଲା ଗରୁଡ଼ ।

ଏଇ ବାଂଲାଦେଶ ତା'ର ଜନ୍ମଭୂମି । ସ୍ୱଭୂମି ଛାଡ଼ି ସେ ଭାରତବର୍ଷର ଶରଣାର୍ଥୀ ହେବ କାହିଁକି ? ଏଇଟା ତ ଆଉ ପାକିସ୍ଥାନ ନୁହେଁ- ବଙ୍ଗଳା ଭାଷାରେ କଥା କହୁଥିବା ଲୋକଙ୍କ ଦେଶ- ବାଂଲାଦେଶ ! ଏଇ ଦେଶକୁ ସ୍ୱାଧୀନ କରିବା ପାଇଁ ସେ ଇୟାହା ଖାଁ ସୈନ୍ୟମାନଙ୍କ ବିରୁଦ୍ଧରେ ଚଉଦ ବର୍ଷ ବୟସରେ ବନ୍ଧୁକ ଚାଳନା କରିଛି । ମୁକ୍ତିବାହିନୀ ଆଉ ଇଣ୍ଡିୟାନ୍ ଆର୍ମି କାନ୍ଧକୁ କାନ୍ଧ ମିଳାଇ ବାଂଲାଦେଶକୁ ସ୍ୱାଧୀନ କରିବା ପାଇଁ ଲଢ଼େଇ କଲାବେଳେ ସେ ମଧ୍ୟ ସେମାନଙ୍କ ସହିତ ମିଶି ଲଢ଼େଇ କରିଛି । ସାତ ସାତଟା ପାକିସ୍ଥାନୀ ସୈନ୍ୟଙ୍କ ଲାସ୍ ପକାଇ ଦେଇଛି ମୟମନସିଂ ସହର ରାସ୍ତାରେ । ଏ ସହରରେ ତା'ର ଜନ୍ମ । ବିବାହ । ଘରସଂସାର । ସେ କମଲ ହୋସେନ୍ କଥାରେ ଭୟ କରି ବାଂଲାଦେଶ ଛାଡ଼ି ଚାଲିଯିବ କାହିଁକି ?

ଗରୁଡ଼ର କଥାରେ ପାମେଲା ଦିଦି ଆଉ ତାଙ୍କ ବର ଅନୁପମ ଦତ୍ତ ଏକମତ ହୁଅନ୍ତି। ମୁଜିବୁରଲ ରହେମାନ୍ ଖୁନ୍ ହୋଇଗଲା ପରେ ବାଂଲାଦେଶରେ ପାକିସ୍ଥାନୀ ମୌଳବାଦୀମାନେ ପୁଣି ମୁଣ୍ଡ ଟେକୁଛନ୍ତି। ହିନ୍ଦୁ, ଖ୍ରୀଷ୍ଟିଆନମାନଙ୍କ ଚାଷଜମି, ବାସଭୂମି ଭୋଗ ଦଖଲ କରିବା ପାଇଁ ସେମାନେ ତୁଚ୍ଛା କଥାରେ ବେଳେବେଳେ ଦଙ୍ଗା ଲଗାଇଦିଅନ୍ତି। ହାଣକାଟ, ମାରପିଟ, ପୋଡ଼ାଜଳା ଆରମ୍ଭ ହୋଇଯାଏ। ସୁଲେଖା, ବିପାଶା, ପାରୁଲ ଦିଦିମାନେ ଭୟଭୀତ ହୋଇପଡ଼ନ୍ତି। ଧନସମ୍ପତ୍ତି ଅପେକ୍ଷା ସେମାନଙ୍କ ନାରୀତ୍ୱ ବେଶି ମୂଲ୍ୟବାନ। ମୌଳବାଦୀମାନଙ୍କ ଉସକାନିରେ ଇସ୍‌ଲାମୀ ଗୁଣ୍ଡାମାନେ ହିନ୍ଦୁ-ଖ୍ରୀଷ୍ଟିଆନ ରମଣୀମାନଙ୍କ ଇଜ୍ଜତ ଲୁଟିବା ପାଇଁ ରେରେକାର ଧ୍ୱନି ଦେଇ କବାଟ ଭାଙ୍ଗନ୍ତି। କାରଣ ସେମାନେ ଜାଣନ୍ତି- ଲର୍ଡ଼ କର୍ଜନ୍ ଆଇନ କରି ଅଖଣ୍ଡ ବଙ୍ଗକୁ ଦୁଇଖଣ୍ଡ କରିପାରି ନଥିଲେ। କିନ୍ତୁ ଜେହାଦୀ ମୁସଲିମ୍‌ମାନଙ୍କ ୧୯୪୬ ମସିହା ଡାଇରେକ୍ଟ ଆକ୍ସନ୍ ଫଳରେ ହିନ୍ଦୁ ନାରୀମାନଙ୍କ ଇଜ୍ଜତ ଲୁଣ୍ଠନ ଯେତେବେଳେ ଆରମ୍ଭ ହୋଇଗଲା- ସେମାନଙ୍କ ନାରୀତ୍ୱର ସୁରକ୍ଷା ପାଇଁ ବିଧାନ ରାୟ-ଶ୍ୟାମାପ୍ରସାଦ ମୁଖାର୍ଜୀ ବଙ୍ଗଭଙ୍ଗ ପାଇଁ ରାଜି ହୋଇଗଲେ। ଗାନ୍ଧିଜୀଙ୍କ ବିରୋଧ ସତ୍ତ୍ୱେ ଅଖଣ୍ଡ ବଙ୍ଗ ପୂର୍ବବଙ୍ଗ-ପଶ୍ଚିମବଙ୍ଗରେ ଭାଗଭାଗ ହୋଇଗଲା। ପାକିସ୍ଥାନପନ୍ଥୀ ମୌଳବାଦୀମାନେ ମୁସଲିମ୍ ଲିଗର ସେଇ ପନ୍ଥା ଧରି ଅଣ-ମୁସଲିମ୍‌ମାନଙ୍କୁ ବାଂଲାଦେଶରୁ ତଡ଼ି ସେମାନଙ୍କ ଜମି ଦଖଲ କରିବାକୁ ଚାହାନ୍ତି।

ପାମେଲା ଦିଦି ନର୍ସ। ଅନୁପମ ଦତ୍ତ ଅସ୍ଥିଶଲ୍ୟ ଚିକିତ୍ସକ ସର୍ଜନ। ଦୁହେଁ ଖ୍ରୀଷ୍ଟିଆନ୍। ଗରୁଡ଼ର ପାଖ ପଡ଼ୋଶୀ। ପତ୍ନୀର କଥାରେ ଭୟ ପାଇ ଗରୁଡ଼ ଦିଦିକୁ କହେ- ଏଠାରେ ମୌଳବାଦୀମାନେ ଉତ୍ପାତ କରୁଛନ୍ତି। ସୁଲେଖାକୁ ଭୟ ଲାଗୁଛି। ହୋସେନ୍ ସାହେବ କଥାରେ ରାଜି ହୋଇଯିବି ?

ଡାକ୍ତର ଦତ୍ତ ମନା କରନ୍ତି।

ମୌଳବାଦୀମାନେ କେଉଁଠି ନାହାନ୍ତି ? ଇଣ୍ଡିଆରେ, ପାକିସ୍ଥାନେ. ବାଂଲାଦେଶରେ, ସାଉଦିଆରବରେ, ଇରାନରେ, ଆମେରିକା, ଇଂଲଣ୍ଡ- ସର୍ବତ୍ର ମୌଳବାଦୀମାନଙ୍କର ସନ୍ତ୍ରାସ। ଇଣ୍ଡିଆରେ ହିନ୍ଦୁ ମୌଳବାଦୀମାନେ ଖ୍ରୀଷ୍ଟିଆନ୍ ନନ୍‌ମାନଙ୍କୁ ରେପ୍ କରିବା ଖବର ସବୁଦିନେ ଖବରକାଗଜରେ ବାହାରୁଛି। ଇରାକ-ଇରାନ୍‌ରେ ସୁନ୍ନି-ସିୟା ମୁସଲମାନଙ୍କ ମଧ୍ୟରେ ହାଣକାଟ। ମାରପିଟ୍। ମୌଳବାଦୀମାନଙ୍କୁ ଭୟ କରି ଆମେ ଯିବା କୁଆଡ଼େ ? ଆମକୁ ଆମ ନାରୀମାନଙ୍କ ଇଜ୍ଜତ ରକ୍ଷା କରିବାକୁ ହେବ। ହାତରେ ତୋଳି ନେବାକୁ ହେବ ହତିଆର। ସାଂପ୍ରଦାୟିକ ଶକ୍ତିର ମୁକାବିଲା କରିବାକୁ ହେବ। ଗରୁଡ଼ ତମେ ହତିଆର ଧର। ଆମେ ଦୁହେଁ ତମ ପଛରେ ଅଛୁ।

ଜେନେରାଲ ଇୟାହିୟା ଖାଁ ସୈନ୍ୟବାହିନୀର ମୁକାବିଲା କରିବା ପାଇଁ ଗରୁଡ଼ କର୍ମକାର ଦିନେ ଚଉଦବର୍ଷ ବୟସରେ ହାତରେ ବନ୍ଧୁକ ଉଠାଇ ନେଇଥିଲା। ପାମେଲା ଦିଦି-ଅନୁପମ ବାବୁର କଥାରେ ସେଇଦିନ ସେ ଆଉ ଥରେ ବନ୍ଧୁକ ନଳୀ ସଫା କଲା। ଜଣେ ଦକ୍ଷ ଖୁନୀ ଭାବରେ ତା'ର ଖ୍ୟାତି ବ୍ୟାପୀଗଲା। ଢାକା-ମୟମନସିଂ ସହର, ଗ୍ରାମଗଞ୍ଜରେ ପାଞ୍ଚ ପଚିଶ ଗୁଣ୍ଡା ବଦ୍‌ମାସ ଖୁନ୍ ହୋଇଗଲେ। ପୋଲିସ ଗରୁଡ଼ କର୍ମକାର ବିରୁଦ୍ଧରେ କୌଣସି ପ୍ରମାଣ ପାଇଲା ନାହିଁ।

କମଲ୍ ହୋସେନ୍ ମଧ୍ୟ ଭୟ ପାଇ ଯାଇଥିଲା।

ଅଯୋଧ୍ୟାରେ ବାବର ମସଜିଦ୍ ଧ୍ୱଂସ ପରେ ତାକୁ ସେ ସୁଯୋଗ ମିଳିଗଲା। ହିନ୍ଦୁମାନେ ମୁସଲମାନମାନଙ୍କ ମସଜିଦ ଭାଙ୍ଗିଛନ୍ତି। ଭାଙ୍ଗ ହିନ୍ଦୁ ମନ୍ଦିର। ଜାଳ ହିନ୍ଦୁ ଘର, ଦୋକାନ, ବଜାର।

ଧର୍ମର ଉନ୍ମାଦନା ବ୍ରହ୍ମପୁତ୍ରର ବନ୍ଧଭଙ୍ଗା ଆବିଳ ବନ୍ୟା ଜଳ ଭଳି। ସେ ଜଟିଳ ଜଳସ୍ରୋତରେ ସହିଷ୍ଣୁତା, ମାନବିକତା ତାଡ଼ି ଉପାଡ଼ି ହୋଇ ଭାସିଯାଏ।

ଡିସେମ୍ବର ସାତ ତାରିଖ ଦିନ ରାତିରେ ଗରୁଡ଼ ଦେଖିଲା ଶହ ଶହ ଧର୍ମାନ୍ଧ ପଶୁ ନିଆଁହୁଳା ଧରି, ଆଲ୍ଲାଙ୍କ ପବିତ୍ର ନାମ ଉଚ୍ଚାରଣ କରି, ହାତରେ ଖଣ୍ଡା, ବର୍ଚ୍ଛା, ଛୁରୀ ଧରି ତା' ଘର ଆଡ଼କୁ ମାଡ଼ି ଆସୁଛନ୍ତି। ବନ୍ଧୁକ ଉଞ୍ଚାଇ ସେ ସେମାନଙ୍କର ପ୍ରତିରୋଧ କଲା। ଦୁଇ ତିନି ଜଣ ମଶାଲଧାରୀ ଟଳିପଡ଼ିଲେ; କିନ୍ତୁ ସେ ସୁଲେଖା କିମ୍ବା ସାତ ବର୍ଷର ପୁଅ ନରେନ୍ଦ୍ରକୁ ରକ୍ଷା କରିପାରିଲା ନାହିଁ। କମଲ୍ ହୋସେନ୍‌ର ଗୁଣ୍ଡାମାନେ ତା' ଆଖି ଆଗରେ ସେ ଦୁଇଜଣଙ୍କୁ ଖୁନ୍ କରିଦେଲେ। ବାଂଲାଦେଶ ପୋଲିସ ପହଞ୍ଚିବା ଆଗରୁ ସେମାନେ ପାମେଲା ଦିଦିର ଦୁଲମହଲା କୋଠାଘରେ ମଧ୍ୟ ପେଟ୍ରୋଲ ବୋମା ପକାଇ ନିଆଁ ଧରାଇ ଦେଇଥିଲେ।

ଦେଢ଼ବର୍ଷର ଶିଶୁକନ୍ୟାକୁ ପାମେଲା ଦିଦି ଜିମା ଦେଇ ଗରୁଡ଼ କର୍ମକାର ସେଦିନ ରାତିରେ ଦୁର୍ଗାପୁର, ବିଜୟପୁର ଦେଇ କଣ୍ଟାଝଣ୍ଟା, ବାଟ ଅବାଟ ନମାନି ଜୀବନ ବିକଳରେ ଭାରତ ପଳାଇ ଆସିଥିଲା। ତା' ଆରଦିନ ଅନୁପମ ଭାୟା ଆଉ ପାମେଲା ଦିଦି ମଧ୍ୟ ବାଂଲାଦେଶ ସୀମାନ୍ତ ଅତିକ୍ରମ କରିଥିଲେ।

ଖ୍ରୀଷ୍ଟିଆନ ମିଶନାରିମାନଙ୍କ ସହିତ ସେଣ୍ଟ ଜର୍ଜ୍ ହସ୍‌ପିଟାଲକୁ ଗଲାବେଳେ ପାମେଲା ଦିଦି କହିଥିଲେ- ଗରୁଡ଼ ! ଏ ସାନଝିଅକୁ ନେଇ ତମେ ଶରଣାର୍ଥୀ ଶିବିରରେ ରହିବ କେମିତି ? ମୁଁ ମୁନ୍‌ମୁନ୍‌କୁ ଝିଅ କରି ନେଉଛି-

ସେଇ ମୁହୂର୍ତ୍ତରେ ତା'ର ଦେଢ଼ବର୍ଷର ଝିଅର ନୂତନ ନାମକରଣ ହୋଇଯାଇଥିଲା ମୁନ୍‌ମୁନ୍ ଦତ୍ତ।

ଗରୁଡ଼ କର୍ମକାର ସୁଅ ମୁହଁରେ ଶୁଖିଲା ପତ୍ର ଭଳି ତଡ଼ି ହୋଇ ଯାଇଥିଲା ମାଲକାନଗିରି !

ମୁନ୍‌ମୁନ୍ ଡେରାଡୁନ୍ ପବ୍ଲିକ୍ ସ୍କୁଲରେ ଷ୍ଟାଣ୍ଡାର୍ଡ଼ ଏଇଟ୍‌ର ଛାତ୍ରୀ। ଭାଗ୍ୟ ଭଲ, ସେ ତା'ର ମା'ର ଚେହେରା ପାଇଛି। ଦ୍ୱାଦଶୀ ମୁନ୍‌ମୁନ୍ ଯେ ତା'ର ଝିଅ ନୁହେଁ, ପାମେଲା ଦତ୍ତର ଝିଅ- ସେଥିପାଇଁ କେହି କେବେ ସନ୍ଦେହ କରନ୍ତି ନାହିଁ। ମୁନ୍‌ମୁନ୍ ପାଖରେ ସେ ଅଙ୍କଲ୍ ହୋଇ ରହିଯାଇଛି।

କମଲ୍ ହୋସେନ୍ ଯେ ଭୁବନେଶ୍ୱର ଆସିଛି, ସେ ଖବର ପାଇବା ମାତ୍ରେ ସେ ମାଲକାନଗିରିରୁ ଛୁଟି ଆସିଥିଲା। ଦୁଇଦିନ ଧରି ତାକୁ ଅନୁସରଣ କରୁଥିଲା। କାଲି ତାକୁ ଦୂରରୁ ଦେଖିବା ମାତ୍ରେ ତା' ଆଖି ଦୁଇଟା ରଡ଼ ନିଆଁ ଭଳି ଜଳି ଉଠିଥିଲା। ନାଚି ଉଠିଥିଲା ସୁଲେଖାର ରକ୍ତାକ୍ତ ଦେହ ଆଉ ଆର୍ତ୍ତ ଚିତ୍କାର। କାନରେ ଶୁଭି ଯାଇଥିଲା ପୁଅ ନରେନ୍ଦ୍ରର ବ୍ୟାକୁଳ କାନ୍ଦଣା- ମତେ ବଞ୍ଚାଅ- ମତେ ବଞ୍ଚାଅ।

ସେଦିନ ସେ ପତ୍ନୀ, ପୁତ୍ର- କାହାରିକୁ ବଞ୍ଚାଇପାରି ନଥିଲା। ବିଲେଇ ଛୁଆ ଭଳି ସାନ ଝିଅକୁ କାଖରେ ଜାକି ପାମେଲା ଦିଦି ପାଖକୁ ପଳାଇ ଯାଇଥିଲା। ଏତେ ଦିନ ପରେ ପତ୍ନୀ-ପୁତ୍ର ହନ୍ତାର ଅବଶିଷ୍ଟ ଆୟୁଷ ଶେଷ କରିଦେଇ ପାରିଥିବାରୁ ଏକ ଅଦ୍ଭୁତ ଆନନ୍ଦରେ ତା'ର ମନ ଭରି ଯାଇଥିଲା।

କମଲ୍ ହୋସେନର ପିଶାଚ ଆତ୍ମାର ସଦ୍‌ଗତି କାମନା କରି ହୁଇସ୍କି ଗ୍ଲାସ୍‌ରେ ଓଠ ଲଗାଇଲା ଗରୁଡ଼ କର୍ମକାର।

ତା'ପରେ ତା'ର ମାଲକାନଗିରି ଫେରିବାର ପାଳି।

ସୁପାରି ଧରି ତା'ପାଇଁ ବସି ରହିଥିଲା ପଞ୍ଝୁ ସାହେବର ଚର।

ସେ ଘରେ ପାଦଦେବା ମାତ୍ରେ ସୁପାରି ସହିତ ପଚାଶ ହଜାର ଟଙ୍କାର ନୋଟ ଧରାଇଦେଇ କହିଲା- ସାହେବ ତୋ ଉପରେ ଖୁବ୍ ଖୁସି। ବାଦ୍‌ଶାହାକୁ ଖତମ୍ କରିଦେଇ ତୁ ସାହେବ ପାଇଁ ସ୍ୱର୍ଗକୁ ରାସ୍ତା ତିଆରି କରିଦେଇଛୁ। ଶଳା ଢାକାର ବାଦ୍‌ଶାହା, କଲିକତାର ମହାରାଜା। ଓଡ଼ିଶା ରାଜନୀତିରେ ନାକ ଗଳାଇବାକୁ ଅସିଥିଲା। ସଂଖ୍ୟାଲଘୁ ଭୋଟ ବ୍ୟାଙ୍କ୍ ତା' ପକେଟରେ ଅଛି ବୋଲି କଂଗ୍ରେସ, ଜନତା, ବିଜେପି- ସବୁ ଦଳକୁ ନଚାଉଥିଲା- ପଞ୍ଝୁ ସାହେବଙ୍କ ଆଖିରୁ ନିଦ କାଢ଼ି ନେଇଥିଲା।

ପଞ୍ଝୁ ସାହେବର ଚର ଲେଙ୍ଗଡ଼ା ଶବର ଏଥର ଗୋଟାଏ ବିଡ଼ିରେ ନିଆଁ ଧରାଇଲା।

ବିଡ଼ିର ଗନ୍ଧ ଗରୁଡ଼ର ସହ୍ୟ ହୁଏ ନାଇଁ।

ସେ କହିଲା- ବକ୍ ବକ୍ ହଅନା। କାମର ଠିକଣା ବତା। କାହାର ରାମ ନାମ ସତ୍ୟ ହୈ କରିବାକୁ ପଡ଼ିବ କହ।

ଲେଙ୍ଗେଡ଼ା ଶବର ଗରୁଡ଼ର ତେଜ ଦେଖି ଟିକିଏ ନରମି ଗଲା। ସେ ଜାଣେ ବାଂଲାଦେଶୀ ଭୋଟ୍ ବ୍ୟାଙ୍କ୍‌ର ମାଲିକ ପଞ୍ଚୁ ସାହେବର ଖାସ୍ ଲୋକ କର୍ମକାର। ତେଢ଼ି କରି କଥା କହିଲେ ବିପଦ।

ସେ ନିଠେଇ ନିଠେଇ କହିଲା- ଏଥର ଖୁନ୍ ନୁହେଁ; ଅପହରଣ। ମୁଣ୍ଡବନ୍ଧା ରଖି ଅର୍ଥୋପେଡ଼ିକ୍ସ ଡାକ୍ତରଠାରୁ ପାଞ୍ଚ ଲକ୍ଷ ଟଙ୍କା ପଣ ଆଦାୟ ଫନ୍ଦି।

କୋଉ ଅର୍ଥୋପେଡ଼ିକ୍ସ ଡାକ୍ତର ?- ପଚାରିଲାବେଳେ ଗରୁଡ଼ର କଣ୍ଠନଳୀ ଅଠା ଅଠା ହୋଇ ଆସୁଥିଲା। ସେ ଶୁଣୁଥିଲା ସେଣ୍ଟ୍ ଜର୍ଜ୍ ହସ୍‌ପିଟାଲରେ ପଞ୍ଚୁର ଫୁଟବଲ୍ ଖେଳାଳୀ ସାନଭାଇର ଦୁର୍ଘଟଣାଗ୍ରସ୍ତ ଗୋଡ଼ରେ ଅସ୍ତ୍ରୋପଚାର ହୋଇଥିଲା। ଇନ୍‌ଫେକ୍ସନ୍ ହୋଇ ଗୋଡ଼ର ମାସଂପେଶି ପଚିଗଲା। ତା'ର ଜୀବନ ରକ୍ଷା ପାଇଁ ଗୋଡ଼ କାଟିଦେବାକୁ ହେଲା। ସବୁଦିନ ପାଇଁ ଫୁଟବଲ୍ ଖେଳିବାରୁ ନିବୃତ୍ତ ହେବାକୁ ପଡ଼ିଲା ପଞ୍ଚୁ ସାହେବଙ୍କ ଅନୁଜକୁ। ସେ ଅସ୍ତ୍ରୋପଚାର କୁଆଡ଼େ କରିଥିଲେ ଅର୍ଥୋପେଡ଼ିକ୍ସ ସର୍ଜନ ଅନୁପମ ଦତ୍ତ !

ଲେଙ୍ଗେଡ଼ା ଶବର ଚାପା କଣ୍ଠରେ କହିଲା- ଦତ୍ତ ଡାକ୍ତର।

- କାହାକୁ ଅପହରଣ କରି ଆଣିବାକୁ ହେବ ? ତାଙ୍କ ସ୍ତ୍ରୀ ପାମେଲା ଦତ୍ତଙ୍କୁ।

- ନା, ତାଙ୍କ ଝିଅକୁ ! ଦୁଇଦିନ ପରେ ସେ ଡୁନ୍ ସ୍କୁଲରୁ ଭୁବନେଶ୍ୱର ଫେରିବ। ବିମାନବନ୍ଦରରୁ ଦତ୍ତ-ମ୍ୟାନିସନ୍‌କୁ ଫେରିବା ରାସ୍ତାରେ-

ଏଥର ଗରୁଡ଼ର ନିଃଶ୍ୱାସପ୍ରଶ୍ୱାସରେ ଗ୍ରୀଷ୍ମ ପ୍ରବାହ, ଛାତି ଭିତରେ ମାତି ଉଠିଲା ପ୍ରଳୟଙ୍କରୀ ମହାବାତ୍ୟା। କିନ୍ତୁ ସେ ନିଜକୁ ସମ୍ଭାଳିନେଲା।

କହିଲା- ମୁଁ ଆଖି ବନ୍ଦ କରି ତୀର ନିକ୍ଷେପ କରି ମୃଗ ଶିକାର କରିଜାଣେ; କିନ୍ତୁ ଫାନ୍ଦ ବସାଇ ମୃଗ ଶାବକକୁ ଧରି ଜାଣେ ନାହିଁ। ଧର୍ ତୋ ସୁପାରି, ନୋଟ ବିଡ଼ା-

ଗରୁଡ଼ ନୋଟ ବିଡ଼ା ତା' ଉପରକୁ ଫିଙ୍ଗିଦେବା ଆଗରୁ ସେ ତା'ର ହାତକୁ ଧରିନେଲା।

କହିଲା- ତୁ ମନା କରନାଇଁ କର୍ମକାର ! ତୋ ଛଡ଼ା ସେ ଲଡ଼କୀକୁ କେହି ଧରି ଆଣିପାରିବେ ନାହିଁ। ସେ ତତେ ମାମୁଁ ବୋଲି ଡାକେ। ତୁ ଡାକିଦେଲେ ସେ ତୋ କୋଳକୁ ଡେଇଁ ପଡ଼ିବ। ତୋ ପାଖରେ ଥିବ ପଞ୍ଚୁ ସାହେବ। ତୁ ଗାଡ଼ିରୁ ଓହ୍ଲାଇଯିବୁ। ଦତ୍ତ ଡାକ୍ତର ଜାଣିପାରିବ ନାହିଁ, ତୁ ତା' ଝିଅକୁ ଅପହରଣ କରି ନେଇଛୁ- ଆଉ ତୁ ଯଦି ନାହିଁ କରିଦେଉ-

- ନାହିଁ କରିଦେଉଛି ତ ! କିଡ୍‌ନାପିଙ୍ଗ୍ ଧନ୍ଦା ମୋର ନୁହଁ-

- ନାହିଁ କର ନାଇଁ, ବିପଦରେ ପଡ଼ିବୁ। ତୋର ସବୁ ଖୁନ୍‌ର ଭିଡ଼ିଓ ରେକଡ଼ିଂ ପଞ୍ଚୁ ସାହେବ ପାଖରେ ଅଛି- ଏପରିକି ସାଦ୍ଦାମ ହୋସେନ୍‌ର ହତ୍ୟାର ଦୃଶ୍ୟ ମଧ୍ୟ-

କମଲ୍ ହୋସେନ୍‌କୁ ସାଦ୍ଦାମ ହୋସେନ୍ ବୋଲି ସମ୍ବୋଧନ କରିଥିବା ହେତୁ ଆପେ ଆପେ ହସି ଉଠିଲା ଲେଙ୍ଗେଡ଼ା ଶବର। କିନ୍ତୁ ଗରୁଡ଼ କର୍ମକାର ମୁହଁରୁ ଆଲୋକ ଲିଭିଗଲା। ମୁହଁର ରେଖାସବୁ କଠିନ ହୋଇଗଲା। ପଞ୍ଚୁ ସାହେବ ବାଂଲାଦେଶୀ ଭୋଟ ବ୍ୟାଙ୍କ୍‌ର ମାଲିକ। ମାଲକାନଗିରିରୁ ଆରମ୍ଭ କରି ସମୁଦ୍ର ଉପକୂଳ ଅଞ୍ଚଳ ପର୍ଯ୍ୟନ୍ତ- ଦେଶ ବିଭାଜନଠାରୁ ଆରମ୍ଭ କରି ଆଜି ପର୍ଯ୍ୟନ୍ତ ଯେତେ ବାଂଲାଦେଶୀ ମାଟିର ଅନ୍ୱେଷଣରେ ଓଡ଼ିଶା ଆସିଛନ୍ତି- ସମସ୍ତଙ୍କୁ ଟଙ୍କା ଦେଇ ସେ କିଣିନେଇଛି। ନିର୍ବାଚନ ବେଳେ ସେ ସେମାନଙ୍କର ଭୋଟ ବିକ୍ରି ଖର୍ଚ୍ଚ ଉଠାଇଦିଏ। ଯେଉଁ ଦଳ ଯେତେ ବେଶି ଟଙ୍କା ଦିଅନ୍ତି- ସେଇ ଦଳକୁ ପଞ୍ଚୁ ସାହେବର ଇଙ୍ଗିତରେ ବାଂଲାଦେଶୀମାନେ ଭୋଟ ଦିଅନ୍ତି। କମଲ୍ ହୋସେନ୍ ଢାକାରେ, ମୟମନସିଂରେ ହିନ୍ଦୁମାନଙ୍କୁ ଦେଶଛଡ଼ା କରେ; ଇଣ୍ଡିଆରେ ସଂଖ୍ୟାଲଘୁ ଭୋଟ ଅଧିକ ଟଙ୍କା ଦେଇପାରୁଥିବା ଦଳକୁ ବିକ୍ରି କରେ। ସଂଖ୍ୟାଲଘୁ ସଂପ୍ରଦାୟ ଲୋକଙ୍କୁ ବିପଦଆପଦରେ ସହାୟତା କରେ। ସେ ରାଜନୀତି କରୁନଥିଲା। ହୋଟେଲ ବ୍ୟବସାୟ କରି ମୁନାଫା ଲୁଟୁଥିଲା।

ଠିକ୍ ତା'ର ବିପରୀତ ପଞ୍ଚୁ ସାହେବ। ଶରଣାର୍ଥୀମାନଙ୍କୁ ସ୍ଥାୟୀ ଭାରତୀୟ ନାଗରିକ କରି ଦେଇ ସେ ସେମାନଙ୍କ ଆନୁଗତ୍ୟ କ୍ରୟ କରିଛି। ଭୋଟବେଳେ ସେ ଆନୁଗତ୍ୟକୁ ସେ ବିକ୍ରି କରେ। ଖୁନ୍, ଅପହରଣ କରି ସେ ଟଙ୍କା ସଂଗ୍ରହ କରେ ଶରଣାର୍ଥୀମାନଙ୍କୁ ସାହାଯ୍ୟ କରିବା ପାଇଁ। ସେ ବ୍ୟବସାୟ କରେ ନାହିଁ, ରାଜନୀତି କରେ। ରାଜନୀତି ତା'ର ବ୍ୟବସାୟ!

- କ'ଣ ହେଲା? ସୁପାରି ରଖିବୁ ନା ମାଡ଼ ଘରେ ଗୁଆ ପକାଇବୁ?

ଗରୁଡ଼ କର୍ମକାର ପଚାଶ ହଜାର ଟଙ୍କାର ନୋଟ୍ ବିଡ଼ାକୁ ନିଜ ଟେବୁଲ୍ ଡ୍ର ଭିତରେ ରଖି ହଁ ଭରିଦେଲା।

ଦୁଇ ଦିନ ପରେ ବିଜୁ ପଟ୍ଟନାୟକ ବିମାନ ଘାଟିରେ ଅପରାହ୍ଣ ଗୋଟାଏ ବେଳେ ଅବତରଣ କଲା ଦିଲ୍ଲୀରୁ ଆସୁଥିବା ବୋଇଂ ବିମାନ। ସିଡ଼ିରୁ ଓହ୍ଲାଇ ମୁନ୍‌ମୁନ୍ ପଡ଼ିଆରେ ପାଦ ରଖିବା ମାତ୍ରେ ଗରୁଡ଼ ତାକୁ ରୁମାଲ ଉଡ଼ାଇ ସ୍ୱାଗତ ଜଣାଇଲା। ସେ ଏୟାରପୋର୍ଟ ଲାଉଞ୍ଜରେ ପାଦ ଦେବା ମାତ୍ରେ ମେନ୍ ଗେଟ୍ ବାଟେ ନବାହାରି ପଛପଟେ ବାହାରିଗଲା। ମେନ୍ ଗେଟ୍ ସାମ୍ନାରେ ଡାକ୍ତର ବାବୁଙ୍କ ଡ୍ରାଇଭର ଗାଡ଼ି ଧରି ଠିଆ ହୋଇଥିଲା।

ପଛପଟ ଗେଟ୍ ସାମ୍ନା ରାସ୍ତାରେ ଗାଡ଼ି ଧରି ଅପେକ୍ଷା କରିଥିଲେ ପଞ୍ଚୁ ସାହେବ। ଡ୍ରାଇଭରଙ୍କୁ ଅପହରଣର ସାକ୍ଷୀ ନରଖିବାକୁ ସେ ନିଜେ ଗାଡ଼ି ଡ୍ରାଇଭ୍ କରୁଥିଲେ।

ପଛରେ ବସିଥିଲେ ଗରୁଡ଼ ଆଉ ମୁନ୍‌ମୁନ୍।

ଗାଡ଼ି ପଲାସପଲ୍ଲୀ ଦେଇ ଲିଙ୍ଗରାଜ ବିହାର ରାସ୍ତାରେ ଖଣ୍ଡଗିରି ଆଡ଼େ ଗଲାବେଳେ ନିର୍ଜନ ରାସ୍ତାରେ ଗରୁଡ଼ର ପିସ୍ତଲରୁ ଗୋଟାଏ ଗୁଳି ଛୁଟି ଯାଇ ପଞ୍ଚୁ ସାହେବର ମସ୍ତକ ଭେଦ କରିଗଲା। ଭୟରେ ଆଖି ବୁଜିଦେଲା ମୁନ୍‌ମୁନ୍।

ଡ୍ରାଇଭର୍ ସିଟ୍‌ରୁ ବାଂଲାଦେଶୀ ଭୋଟ ବ୍ୟାଙ୍କ୍‌ର ବାଦଶା ପଞ୍ଚୁ ସାହେବଙ୍କ ମୃତ ଦେହ ଗୋଟାଏ ବସ୍ତାରେ ଭର୍ତ୍ତି କରି ମ୍ୟୁନିସ୍‌ପାଲିଟି ଆବର୍ଜନା ସ୍ତୂପ ଭିତରେ ପୋତିଦେଲା ଗରୁଡ଼।

ତା'ପରେ ନିଜେ ଗାଡ଼ି ଉଡ଼ାଇ ନେଲା ଖଣ୍ଡଗିରି ରାସ୍ତାରେ। ଗାଡ଼ି ଲକ୍ ଥିଲା। ପଛରେ ହାଉହାଉ ହୋଇ କାନ୍ଦୁଥିଲା ମୁନ୍‌ମୁନ୍। ଗାଡ଼ିର ମ୍ୟୁଜିକ୍ ଭଲ୍ୟୁମ୍ ବଢ଼ାଇଦେଲା ଗରୁଡ଼। ଗାଡ଼ି ଉଡ଼ିଗଲା। ହାୱାଗାଡ଼ି। ଟ୍ରାଫିକ୍ ପୋଲିସ୍‌ର ଲାଲବତି ସବୁ ତା' ଗାଡ଼ିର ହର୍ଣ୍ଣ ଶୁଣି ଲିଭି ଯାଉଥିଲା। କିଛି ସମୟ ପରେ ପଛକୁ ମୁହଁ ଫେରାଇ ଗରୁଡ଼ ଝିଅକୁ ଗେହ୍ଲା କରି କହିଲା- କନ୍ୟା ମୋର! ଆଉ କାନ୍ଦନା- ସେମାନେ କାନ୍ଦନ୍ତୁ- ତୁ ହସ୍-

ସତକୁ ସତ ହସିଉଠିଲା ମୁନ୍‌ମୁନ୍। ମଧ୍ୟାହ୍ନର ଅନ୍ଧକାର ଭେଦ କରି ସତେ ଯେପରି ଚନ୍ଦ୍ର ଉଇଁଆସିଲା!

■

ଭୂତପୂର୍ବ ସ୍ୱାମୀ

ଆଜିକାଲି ଓଡ଼ିଆ ଖବରକାଗଜ ପଢ଼େ ନାହିଁ ଶ୍ରୀରାଧା। ସବୁଦିନ ସେଇ ବିରକ୍ତିକର ଖବର- ସବୁଆଡ଼େ କରୋନା ସଂକ୍ରମଣ କମୁଥିଲେ ବି ରାଜଧାନୀରେ ସଂକ୍ରମଣ ଓ ମୃତ୍ୟୁହାର ବଢ଼ିଚାଲିଛି। ପ୍ରତିଦିନ ବିଶିଷ୍ଟ, ମାନ୍ୟଗଣ୍ୟ ଲୋକଙ୍କ ମୃତ୍ୟୁ ଖବର ପଢ଼ି ପଢ଼ି ତା'ର ହୃତ୍‌ସ୍ପନ୍ଦନର ବେଗ ବଢ଼ିଯାଉଛି।

ଦୁଇ ଦୁଇଟା ଓଡ଼ିଆ ଖବରକାଗଜ ଘରକୁ ଆସେ। ବନ୍ଦ କରିଦେଲେ ଜୟନ୍ତର ବାପା ଅସନ୍ତୁଷ୍ଟ ହେବେ ବୋଲି ସେ କାଗଜ ବନ୍ଦ କରିବାକୁ ହକରକୁ କହିବା ପାଇଁ ସାହସ କରେନାଇଁ।

ଜୟ ଇଂଲିଶ ମିଡ଼ିୟମ୍ ସ୍କୁଲରେ ପଢୁଛି। ଓଡ଼ିଆ ଖବରକାଗଜ ନପଢ଼ିଲେ ମାତୃଭାଷା ଭୁଲିଯିବ ବୋଲି ସ୍ୱାମୀ ତା'ର ଏ ରାଜଧାନୀ ସହରରେ ଥିବାବେଳେ ନିୟମିତ ସକାଳୁ ପୁଅକୁ ଓଡ଼ିଆ ଖବରକାଗଜ ପଢ଼ି ଶୁଣାଇବା ପାଇଁ ଆଦେଶ ଦିଅନ୍ତି, କାଗଜରୁ ବାପାଙ୍କୁ ଖବର ପଢ଼ି ଶୁଣାଇଲା ବେଳେ କେଉଁଠି ଝୁଣ୍ଟିଲେ କିମ୍ବା ଭୁଲ୍ ଉଚ୍ଚାରଣ କଲେ ଜୟନ୍ତକୁ ଧମକ ଦିଅନ୍ତି।

ବାପାଙ୍କୁ ଓଡ଼ିଆ ଖବରକାଗଜ ପଢ଼ି ଶୁଣାଇବା ଜୟନ୍ତର ଅଭ୍ୟାସ ହୋଇଯାଇଛି। ଆଠମାସ ହେଲା ଅମିତାଭ ନୂଆ ଦିଲ୍ଲୀରେ ଗୋଟାଏ ମଲଟିନାସ୍‌ନାଲ କମ୍ପାନୀର ଏକ୍‌ଜିକ୍ୟୁଟିଭ୍, ବର୍ଷକୁ ପଚାଶ ଲକ୍ଷ ଟଙ୍କା ଦରମା। କମ୍ପାନୀ ୩୩ ଶତାଂଶ ଆୟକର କାଟିନେଲା ପରେ ମଧ୍ୟ ପାଖକୁ ପ୍ରାୟ ତିନିଲକ୍ଷ ଟଙ୍କା ତାଙ୍କ ବ୍ୟାଙ୍କ୍ ଆକାଉଣ୍ଟରେ ଜମା ହୁଏ।

ଥରେ ନୁହେଁ, ଅନେକ ଥର ସ୍ୱାମୀ ତାଙ୍କୁ କହିଲେଣି- ମୁଁ ତ କମ୍ପାନୀର ଟାର୍ଗେଟ ମିଟ୍ କରିବାକୁ ହାଡ଼କୁ ଚନ୍ଦନ ଭଳି ଘୋରି ପରିଶ୍ରମ କରି ଟଙ୍କା ରୋଜଗାର

କରୁଛି। କ'ଣ ଦରକାର ତମେ ନିଜ ସ୍ୱାସ୍ଥ୍ୟକୁ ଅବହେଳା କରି ସରକାରୀ ଓଡ଼ିଆ ସ୍କୁଲରେ ପିଲାଙ୍କୁ ପାଠ ପଢ଼ାଇବା !

ଦରକାର କ'ଣ ଭଲକରି ଜାଣେ ବୋଲି ଶ୍ରୀରାଧା ସରକାରୀ ସ୍କୁଲରୁ ଶିକ୍ଷୟିତ୍ରୀ ଚାକିରି ଛାଡ଼ିବା ପାଇଁ ରାଜି ହୋଇନି। ସେ ନିଜ ପାଦତଳର ମାଟି ହରାଇବାକୁ ଚାହେଁ ନାହିଁ। ଏଇ ଶିକ୍ଷୟିତ୍ରୀ ଚାକିରି ଥିଲା ବୋଲି ସେ ତଣ୍ଟିଆ ମାଡ଼ ଖାଇ ତଳେ ମୁହଁମାଡ଼ି ପଡ଼ି ପୁଣି ଉଠି ଠିଆହେଲା।

ଶିକ୍ଷୟିତ୍ରୀ ଚାକିରି ଛାଡ଼ିଦେଲେ ନିଜ ଗୋଡ଼ରେ ଠିଆହୋଇ ବଞ୍ଚିବାର ଅହଂକାର ତାଙ୍କୁ ଛାଡ଼ିଦେବାକୁ ପଡ଼ିବ।

ସେଇ ଅହଂକାର ହିଁ ତା'ର ସବୁଠାରୁ ମୂଲ୍ୟବାନ ଅଳଙ୍କାର। ସେ ଅଳଙ୍କାରକୁ ନିଜ ଦେହରୁ କାଢ଼ି ତଳେ ଥୋଇଦେବା କଥା ଭାବିଲେ ତା' ଛାତି ଥରିଉଠେ। ନିଃଶ୍ୱାସ ନେବାରେ ସେ କଷ୍ଟ ଅନୁଭବ କରେ।

ଅମିତାଭଙ୍କୁ ବୁଝାଇ କୁହେ- ତମେ ତ କମ୍ପାନୀ ଚାକିରି କଲାଦିନୁ ଘରଛାଡ଼ି ବାହାରେ ବାତଚକ୍ର ଭଳି ଘୂରିବୁଲୁଛ। ଆଜି ଦିଲ୍ଲୀ ତ ଚାରିମାସ ପରେ ହାଇଦ୍ରାବାଦ, ମୁମ୍ବାଇ ନହେଲେ ବେଙ୍ଗାଲୁରୁ। ଜୟନ୍ତ ତା' ସ୍କୁଲକୁ ଚାଲିଗଲା ପରେ ଘରେ ଏକୁଟିଆ ମୁଁ କ'ଣ କରିବି ! ସ୍କୁଲରେ ପିଲାଙ୍କ ସହିତ ସମୟ କଟିଯାଏ। ଘରେ ଏକୁଟିଆ ରହିଲେ ପାଗଳୀ ହୋଇଯିବି।

କୋଭିଡ଼ର ଦ୍ୱିତୀୟ ଲହରରେ ଗଲା ଚାରିମାସ ହେଲା ସେ ଗୃହବନ୍ଦିନୀ ଥିଲା। ସ୍କୁଲ, କଲେଜ ବନ୍ଦ। ପୁଅର ପାଠପଢ଼ା ବନ୍ଦ। ତା'ର ପାଠ ପଢ଼ାଇବା ବନ୍ଦ।

ଅମିତାଭ ଥରେ ଦିନ ବେଳା- ଆଉ ଥରେ ରାତିରେ- ଫୋନ୍ କରି ସାବଧାନ କରିଦେଉଛନ୍ତି- ଘର ଛାଡ଼ି ବାହାରକୁ ବାହାର ନାହିଁ। ଘରେ ରୁହ- ସୁସ୍ଥ ରୁହ। ଯାହା ଦରକାର ଅନ୍‌ଲାଇନ୍‌ରେ ମଗାଇ ନିଅ। ପଦାକୁ ବାହାରିଲେ କରୋନା- ଏ ସେକେଣ୍ଡ୍ ଲହରୀରେ କରୋନା ଭୂତାଣୁ ତା'ର ରୂପ ବଦଳାଇ ଦେଇଛି- ଏ କିଲିଂ ଭାଇରସ୍, ପୁଅ ମୁହଁକୁ ଚାହିଁ ପଦାକୁ ଗୋଡ଼ କାଢ଼ିବାର ଲୋଭ ସମ୍ବରଣ କର। ଦିଲ୍ଲୀ ଅବସ୍ଥା ଭୁବନେଶ୍ୱରଠାରୁ ଆହୁରି ଭୟଙ୍କର। ଟ୍ରେନ୍, ପ୍ଲେନ୍ ସବୁ ବନ୍ଦ। କର୍ପୋରେଟ୍ ଅଫିସ୍ ଯିବାକୁ ପଡୁନି- ଦିନରାତି ଅଠର ଘଣ୍ଟା ଲାପ୍‌ଟପ୍ ଧରି ବସିଛି- ଘରେ ଅଫିସ୍ କାମ କରୁଛି।

ସ୍କୁଲ ବନ୍ଦ। ପାଠପଢ଼ା ନାହିଁ। ପରୀକ୍ଷା ନାହିଁ; କିନ୍ତୁ ମାଧ୍ୟମିକ ଫାଇନାଲ୍‌ରେ ଅନେଶତ ଶତାଂଶ ରେଜାଲ୍ଟ।

ଖୁବ୍ ଉତ୍ତେଜିତ ହୋଇ ଜୟ ଓଡ଼ିଆ ଖବରକାଗଜଟା ଧରି ଏକପ୍ରକାର ଦୌଡ଼ି

ଆସି- ତା' ମୁହଁ ପାଖରେ ଖବରକାଗଜକୁ ଦେଖାଇ କହିଲା- ମମି ! ଆମ ସ୍କୁଲରେ ସେଣ୍ଟ୍ ପର୍‌ସେଣ୍ଟ୍ ରେଜାଲ୍ଟ। ଚାରିଜଣ ଆମ ସ୍କୁଲରୁ ସାରା ଓଡ଼ିଶାରେ ଟପର୍ ହୋଇଛନ୍ତି, କେହି ପଞ୍ଚାବନ ଶତାଂଶରୁ କମ୍ ରଖିନାହାନ୍ତି।

କୌତୂହଳୀ ହୋଇ ଓଡ଼ିଆ ଖବରକାଗଜ ପୁଅ ହାତରୁ ନେଇ ପଢ଼ିନେଲା ଶ୍ରୀରାଧା।

ଜୟ ଠିକ୍ କହୁଛି। ପାଠପଢ଼ା ବନ୍ଦ ଥାଇ, ପରୀକ୍ଷା ନଦେଇ ଗତ ବର୍ଷ ନବମ ଶ୍ରେଣୀ ବାର୍ଷିକ ପରୀକ୍ଷା ରେଜାଲ୍ଟ ଆଧାରରେ ଏବର୍ଷ ଦଶମ ଶ୍ରେଣୀର ଛାତ୍ରଛାତ୍ରୀମାନଙ୍କୁ ଏକାଦଶ ଶ୍ରେଣୀକୁ ପ୍ରମୋସନ ଦିଆଯାଇଛି। ଯେଉଁମାନେ ନବମ ଶ୍ରେଣୀରେ ପରୀକ୍ଷା ଦେଇନଥିଲେ କିମ୍ବା ଉପସ୍ଥାନଖାତାରେ ଯେଉଁମାନଙ୍କ ଉପସ୍ଥାନ ଦଶ ଶତାଂଶରୁ କମ୍, ସେମାନଙ୍କୁ ଅକୃତକାର୍ଯ୍ୟ ବୋଲି ଉଲ୍ଲେଖ କରାଯାଇଛି।

ଶ୍ରୀରାଧା, ହାତରେ ଖବରକାଗଜ ଧରି ସ୍ତମ୍ଭୀଭୂତ ହୋଇ ଠିଆହୋଇଛି, ଟେଲିଫୋନ୍‌ରେ ନିଜ ସ୍କୁଲର ସହପାଠୀଠାରୁ ନିଜ ରେଜାଲ୍ଟ ଶୁଣି ଦଉଡ଼ି ଆସିଲା ଜୟ।

- ମମି ! ଆମ ସ୍କୁଲ ୱେବ୍‌ସାଇଟରେ ଆମ ରେଜାଲ୍ଟ ବାହାରିଛି। ମୋର ନାଇଣ୍ଟି ସିକ୍ସ ପର୍‌ସେଣ୍ଟ୍ ମାର୍କ। ତୁ ମତେ ସବୁବେଳେ ପାଠପଢ଼ାରେ ଅଳସୁଆ- ଗଧ କହୁଥିଲୁ ନା ?

ଏଥର ରେଜାଲ୍ଟ-

ହସିଦେଇ ଶ୍ରୀରାଧା ମନ୍ତବ୍ୟ କଲା- କରୋନାର କରୁଣା ଯୋଗୁଁ ଗଧମାନେ ବି ଘୋଡ଼ା ହୋଇଯାଇଛନ୍ତି। ତୁ ଏଥିରେ ଖୁବ୍ ଖୁସି ହେବାର ନାହିଁ। ଯା-

ମମିଙ୍କ କଥା ଶୁଣି ଜୟନ୍ତର ମୁହଁ ଆମ୍ବିଳା ହୋଇଗଲା।

ତା' ଆରଦିନ ଅନ୍ୟମନସ୍କ ଭାବରେ ଖବରକାଗଜର ପୃଷ୍ଠା ଓଲଟାଉ ଓଲଟାଉ ତୃତୀୟ ପୃଷ୍ଠାର ଚତୁର୍ଥ ସ୍ତମ୍ଭର ତଳେ ଛପା ହୋଇଥିବା ଖବର ଉପରେ ତା'ର ଆଖି ଅଟକିଗଲା।

ପୂର୍ବତନ ମନ୍ତ୍ରୀ ଅବନୀ ଚୌଧୁରୀ

କରୋନାରେ ଆକ୍ରାନ୍ତ

ଭୁବନେଶ୍ୱର (ନିଜସ୍ୱ ପ୍ରତିନିଧି)

ଓଡ଼ିଶାର ବିଶିଷ୍ଟ ସର୍ବୋଦୟ ନେତା ହରେକୃଷ୍ଣ ଚୌଧୁରୀଙ୍କ ନାତି ଅବନୀ ଚୌଧୁରୀ ଦୁଇଦିନ ହେଲା କରୋନା ଦ୍ୱାରା ଆକ୍ରାନ୍ତ ହୋଇଛନ୍ତି। ଜ୍ୱର, କାଶ, ସର୍ଦ୍ଦି ଯୋଗୁଁ ସେ ନିଃଶ୍ୱାସ ନେବାକୁ କଷ୍ଟ ଅନୁଭବ କରୁଛନ୍ତି। ଜୟଦେବ ବିହାରରେ

ଗୋଟିଏ ଛୋଟ ଫ୍ଲାଟ୍ ଭଡ଼ାନେଇ ଶ୍ରୀ ଚୌଧୁରୀ ରହୁଛନ୍ତି। ବିଧାୟକ ପେନ୍‌ସନ୍ ହିଁ ତାଙ୍କର ଏକମାତ୍ର ସମ୍ବଳ। ତାଙ୍କ ପାଖରେ ଯେଉଁ ବୃଦ୍ଧ ଲୋକଟି ରହି ସେବା କରୁଥିଲା, ଶ୍ରୀ ଚୌଧୁରୀ କରୋନା ଆକ୍ରାନ୍ତ ବୋଲି ଜାଣିଲା ପରେ ସେ ତାଙ୍କୁ ଛାଡ଼ି ତା' ଗ୍ରାମକୁ ଫେରିଯାଇଛି।

ବିଶିଷ୍ଟ ସର୍ବୋଦୟ ନେତାଙ୍କ ନାତି ଏବଂ ପୂର୍ବତନ ମନ୍ତ୍ରୀ, ଅବନୀ ଚୌଧୁରୀଙ୍କ ସ୍ୱାସ୍ଥ୍ୟରେ ଦ୍ରୁତ ଅବନତି ଘଟୁଛି। ସରକାର ତୁରନ୍ତ ତାଙ୍କ ଚିକିତ୍ସା ବ୍ୟବସ୍ଥା କରିବା ପାଇଁ ଜୟଦେବ ବିହାରର ବରିଷ୍ଠ ନାଗରିକମାନଙ୍କ ପକ୍ଷରୁ ଦାବି ହେଉଛି।

ଛୋଟ ଖବରଟି ପଢ଼ି ସାରିଲା ପରେ ଶ୍ରୀରାଧା ଛାତିରୁ ବଡ଼ ମାପର ଏକ ଅତଡ଼ା ଖସିପଡ଼ିଲା।

କାରଣ ଅବନୀ ଚୌଧୁରୀ କେବଳ ଭୂତପୂର୍ବ ମନ୍ତ୍ରୀ ନଥିଲେ, ଥିଲେ ମଧ୍ୟ ଶ୍ରୀରାଧାର ଭୂତପୂର୍ବ ସ୍ୱାମୀ !

॥ ଦୁଇ ॥

ହରିପୁର ନିର୍ବାଚନ ମଣ୍ଡଳୀର ପଞ୍ଚାୟତ ସମିତିର ଚେୟାରମ୍ୟାନ ଥିଲେ ଧନଞ୍ଜୟ ରାୟ। ଶ୍ରୀରାଧାର ବାପା। ରେଭେନ୍ସାରୁ ବି.ଏସ୍‌ସି. ପାସ୍ କରି ଶିକ୍ଷୟିତ୍ରୀ ଚାକିରି କରିବ ବୋଲି ଶ୍ରୀରାଧା ରାଧାନାଥ ଟ୍ରେନିଂ କଲେଜରେ ବି.ଇଡ଼ି. ପଢୁଥିଲା। ସେଇ ବର୍ଷ ବିଧାନସଭା ନିର୍ବାଚନରେ ପ୍ରଗତି ଦଳର ପ୍ରାର୍ଥୀ ହେଲେ ଅବନୀ ଚୌଧୁରୀ। କଟକରେ ଓକିଲାତି କରୁଥିଲେ। ନିର୍ବାଚନ ମଣ୍ଡଳୀର କୌଣସି ଜନସମ୍ପର୍କ ନଥିଲା। ପ୍ରଗତି ଦଳର ଜଣେ ବଡ଼ ନେତା ରବି ରାୟ ତାଙ୍କୁ ନେଇ ପଞ୍ଚାୟତ ସମିତିର ଚେୟାରମ୍ୟାନ୍ ଧନଞ୍ଜୟ ରାୟଙ୍କ ସହ ପରିଚୟ କରାଇ ଦେଇଥିଲେ। ରାଜ୍ୟର ବିଶିଷ୍ଟ ସର୍ବୋଦୟ ନେତା ହରେକୃଷ୍ଣ ଚୌଧୁରୀଙ୍କ ନାତି ବୋଲି ଜାଣିଲା ପରେ ଧନଞ୍ଜୟ ରାଜି ହୋଇଥିଲେ ନିଜର ପ୍ରଭାବ ଖଟାଇ ଅବନୀ ଚୌଧୁରୀଙ୍କୁ ବିଧାନସଭା ନିର୍ବାଚନରେ ସାହାଯ୍ୟ କରିବା ପାଇଁ। ନବଗଠିତ ପ୍ରଗତି ପାର୍ଟିର ହରିପୁର ନିର୍ବାଚନମଣ୍ଡଳୀରେ କୌଣସି ସଂଗଠନ ନଥିଲା। ଅବନୀ ଚୌଧୁରୀଙ୍କୁ ନିର୍ବାଚନ ଅଫିସ ଖୋଲିବା ପାଇଁ କଂଗ୍ରେସ ସରକାରଙ୍କ ଭୟରେ କେହି ଘରଭଡ଼ା ମଧ୍ୟ ଦେବାକୁ ରାଜି ହେଲେ ନାହିଁ। ଶେଷରେ ଧନଞ୍ଜୟ ରାୟଙ୍କ ଘର ହିଁ ହେଲା ତାଙ୍କର ଦ୍ୱିତୀୟ ବାସଗୃହ ଆଉ ନିର୍ବାଚନ ପ୍ରଚାର ଅଫିସ। ସେ ମଧୁମେହ ରୋଗୀ ବୋଲି ଜାଣିଲା ପରେ ତାଙ୍କ ପାଇଁ ଶର୍କରା ବର୍ଜିତ ଖାଦ୍ୟ ଓ ବିନା ଚିନିରେ ଚା' ପ୍ରସ୍ତୁତ କରିବା ଦାୟିତ୍ୱ ପଡ଼ିଥିଲା ଶ୍ରୀରାଧା ଉପରେ। ଟ୍ରେନିଂ କଲେଜରୁ ଛୁଟି ନେଇ ଶ୍ରୀରାଧାକୁ ସେଥିପାଇଁ ବିଧାନସଭା ନିର୍ବାଚନ ଶେଷ ପର୍ଯ୍ୟନ୍ତ ଘରେ ରହିବାକୁ ପଡ଼ିଥିଲା।

ନିର୍ବାଚନ ଶେଷ ହେଲା। କଂଗ୍ରେସ ପ୍ରତିଦ୍ୱନ୍ଦ୍ୱୀଙ୍କୁ ପରାସ୍ତ କରି ବିଧାନ ସଭାକୁ ନିର୍ବାଚିତ ହେଲେ ଅବନୀ ଚୌଧୁରୀ। ନିଜ ତରଫରୁ ସେ ଶ୍ରୀରାଧା ସହ ବିବାହ ପ୍ରସ୍ତାବ ତା' ବାପା ଧନଞ୍ଜୟ ବାବୁଙ୍କୁ ଦେଲେ। ମାଆ ଛେଉଣ୍ଡ ଝିଅକୁ ନବ ନିର୍ବାଚିତ ବିଧାୟକ ଅବନୀ ଚୌଧୁରୀଙ୍କ ସହ ବିବାହ ଦେବାରେ ସେ ଆପତ୍ତି କଲେ ନାହିଁ।

ବି.ଇଡ଼ି. ରେଜାଲ୍ଟ ବାହାରିଲା ପରେ ଶ୍ରୀରାଧାଙ୍କୁ ଭୁବନେଶ୍ୱର ୟୁନିଟ୍-ଟୁ ସରକାରୀ ହାଇସ୍କୁଲରେ ଶିକ୍ଷୟିତ୍ରୀ ଚାକିରି ମଧ୍ୟ ମିଳିଗଲା।

ପ୍ରଗତି ଦଳ ସରକାର ଗଠନ କଲାପରେ ପ୍ରଥମେ ମନ୍ତ୍ରିମଣ୍ଡଳରେ ଅବନୀ ଚୌଧୁରୀଙ୍କୁ ଜାଗା ମିଳିନଥିଲା। ଦୁଇବର୍ଷ ପରେ ଯେତେବେଳେ ମନ୍ତ୍ରିମଣ୍ଡଳର ସମ୍ପ୍ରସାରଣ ହେଲା, ସେ ଆଶା କରୁଥିଲେ ଆଇନ ବିଭାଗ, କିନ୍ତୁ ମୁଖ୍ୟମନ୍ତ୍ରୀ ତାଙ୍କୁ ଯାଚି ଦେଲେ କୋଠାବାଡ଼ି, ବନ୍ଧବାଡ଼ ନିର୍ମାଣ ଦାୟିତ୍ୱରେ ଥିବା ପୂର୍ତ୍ତ ବିଭାଗ।

ବିଧାୟକଙ୍କ ପତ୍ନୀ ଭାବରେ ଶିକ୍ଷୟିତ୍ରୀ ଶ୍ରୀରାଧାର ଦାମ୍ପତ୍ୟ ଜୀବନ ସୁଖମୟ ଥିଲା। ବିଧାନସଭା ଚାଲୁନଥିବା ବେଳେ ଅବନୀ ଚୌଧୁରୀଙ୍କ ହାତରେ ପ୍ରଚୁର ଅବସର ସମୟ ଥିଲା। ରାଜଧାନୀରେ ଅବସ୍ଥାନ ସମୟରେ ପ୍ରତିଦିନ ପତ୍ନୀଙ୍କ ସହ ସକାଳୁ ମର୍ଣ୍ଣିଂ ୱାକ୍‌ରେ ଯାଉଥିଲେ। ଡାକ୍ତରଙ୍କ ପରାମର୍ଶ ଅନୁସାରେ ଶର୍କରା-ବର୍ଜିତ ଖାଦ୍ୟ ଖାଉଥିଲେ। ଚା'ରେ ଚିନି ପଡୁନଥିଲେ ବି ଶ୍ରୀରାଧାର ହାତ ତିଆରି ଚା' ମିଠା ଲାଗୁଥିଲା।

ଶ୍ରୀରାଧାର ସ୍କୁଲ ଛୁଟି ଥିଲେ ତାକୁ ସାଙ୍ଗରେ ଧରି ନିର୍ବାଚନମଣ୍ଡଳୀ ବୁଲି ଯାଉଥିଲେ ଅବନୀ ଚୌଧୁରୀ। ନିର୍ବାଚନମଣ୍ଡଳୀ ସହିତ ସମ୍ପର୍କ ସ୍ଥାପନ କରିବାରେ ଶ୍ରୀରାଧାର ଉପସ୍ଥିତି ତାଙ୍କୁ ବିଶେଷ ଭାବରେ ସହାୟତା କରୁଥିଲା; କିନ୍ତୁ ମନ୍ତ୍ରୀ ହେଲାପରେ ଅବନୀ ଚୌଧୁରୀ ଅଲଗା ପ୍ରକାର ମଣିଷ ହୋଇଗଲେ।

କ୍ୟାପିଟାଲ ମନ୍ତ୍ରୀ ନିବାସରେ କ୍ୱଚିତ୍ ରହନ୍ତି ଅବନୀ ଚୌଧୁରୀ। ସବୁବେଳେ ସରକାରୀ କାର୍ଯ୍ୟରେ ରାଜ୍ୟ ସାରା ଗସ୍ତ। ଅଧିକାଂଶ ସମୟରେ ସହଯାତ୍ରୀ ଚିଫ୍ ଇଞ୍ଜିନିୟର ଗଜାନନ ମିଶ୍ର। ଆଉ କେବେ କେବେ ତାଙ୍କର ସ୍ତ୍ରୀ କାନନବାଳା ମିଶ୍ର। ସ୍ୱାମୀଙ୍କ ଡାଇବେଟିସ୍ କଥା ଶ୍ରୀରାଧା କହିଲେ, ମିସେସ୍ ମିଶ୍ର ତାଙ୍କୁ ଆଶ୍ୱାସନା ଦିଅନ୍ତି- ସାର୍‌ଙ୍କ ପାଇଁ ଆପଣ ଆଦୌ ବ୍ୟସ୍ତ ହୁଅନ୍ତୁ ନାଇଁ। ମୁଁ ଥିଲେ ତ କଥା ନାହିଁ- ମୁଁ ନିଜେ ଡାଇବେଟିସ୍ ପେସେଣ୍ଟ- ବଡ଼ ବଡ଼ ହୋଟେଲର ଖାଦ୍ୟ ମୁଁ ସାର୍ ଆଉ ସ୍ୱାମୀଙ୍କ ପାଖ ପୂରାଇ ଦେବି ନାଇଁ, ତାଙ୍କ ବଙ୍ଗଳାରେ ଚିନି-ବର୍ଜିତ ଖାଦ୍ୟ ରାନ୍ଧିବା ପାଇଁ ଆମ କୁକ୍ ସେମାନଙ୍କର ସାଙ୍ଗରେ ଯିବ-

ଇଚ୍ଛା ଥିଲେ ମଧ୍ୟ ଶ୍ରୀରାଧା ସ୍ୱାମୀଙ୍କ ସହ ବି ଗସ୍ତରେ ଯାଇପାରେ ନାହିଁ। ମିସେସ୍ ମିଶ୍ରଙ୍କ କଥା ଉପରେ ତାକୁ ଆସ୍ଥା ରଖିବାକୁ ହୁଏ।

ସବୁ ଠିକ୍‌ଠାକ୍ ଚାଲିଥିଲା, ବର୍ଷକ ଭିତରେ ଶ୍ରୀରାଧା ଲକ୍ଷ୍ୟ କଲା ମନ୍ତ୍ରୀ ହେବା ପରେ ସ୍ୱାମୀଙ୍କ ଖାଦ୍ୟ ରୁଚିରେ ବିଶେଷ ପରିବର୍ତ୍ତନ ଘଟିନଥିଲେ ମଧ୍ୟ ପାନୀୟ ରୁଚିରେ ଭୟ ପାଇଲା ଭଳି ପରିବର୍ତ୍ତନ ଘଟିଯାଇଛି।

ତାଙ୍କ ମୁହଁରେ ଆଲ୍‌କହଲ୍‌ର ବାସ୍ନା।

- ତମେ ମଦ ପିଇଛ ?

ତା'ର ପ୍ରଶ୍ନରେ ସ୍ୱାମୀ ଦୁଃଖିତ ହେବା ବଦଳରେ କ୍ଷୁବ୍ଧ ହେବା ଭଙ୍ଗୀରେ ମନ୍ତବ୍ୟ କରିଥିଲେ- ଆଜି ଗୋଟାଏ ଜର୍ମାନ ମଲ୍‌ଟିନାସନାଲ୍ ଇଞ୍ଜିନିୟରିଂ କମ୍ପାନୀ ସହିତ ସୁବର୍ଣ୍ଣରେଖା ନଦୀ ଉପରେ ବନ୍ଧ ନିର୍ମାଣ ପାଇଁ ଆଲୋଚନା ଥିଲା। ଜର୍ମାନ୍ ଲୋକେ ପାର୍ଟିରେ ପାଣି ପିଅନ୍ତି ନାଇଁ, ସେମାନଙ୍କ ସହିତ ମତେ ମଧ୍ୟ ସ୍କଚ୍ ଦୁଇ ପେଗ୍ ନେବାକୁ ହୋଇଛି। ତମେ ଓକିଲ ଅବନୀ ଚୌଧୁରୀଙ୍କ ସ୍ତ୍ରୀ ନୁହଁ, ମନ୍ତ୍ରୀ ମିଷ୍ଟର୍ ଚୌଧୁରୀଙ୍କ ମିସେସ୍। ଏସବୁ ଛୋଟ ଛୋଟ କଥାରେ ମନ ଖରାପ କରନାହିଁ ଶ୍ରୀ !

ସେଇଦିନଠାରୁ ସ୍ୱାମୀସ୍ତ୍ରୀଙ୍କ ମଧ୍ୟରେ ଦୂରତ୍ୱ ସୃଷ୍ଟି ହୋଇଗଲା। କ୍ରମଶଃ ସେ ଦୂରତ୍ୱ ବଢ଼ିଲା ସିନା କମିଲା ନାହିଁ। ଦୁହେଁ ଗୋଟିଏ ବିଛଣାରେ ଏକାଠି ଶୋଉଥିଲେ ମଧ୍ୟ ଶାରୀରିକ ଦୂରତ୍ୱ କ୍ରମଶଃ ମାନସିକ ସ୍ତରକୁ ବି ସ୍ପର୍ଶ କରିଗଲା।

ସଚିବାଳୟର ପୂର୍ତ୍ତ ବିଭାଗର ବଡ଼ ବାବୁ ବୟୋବୃଦ୍ଧ ଘନଶ୍ୟାମ ସାମନ୍ତରାୟ ଶ୍ରୀରାଧାଙ୍କ ଅଞ୍ଚଳର ଲୋକ। ପୂର୍ବ ପରିଚିତ। ସ୍ୱାମୀ ମନ୍ତ୍ରୀ ହେଲାପରେ ସେ ତାଙ୍କ ପାଖକୁ ଆସି ସୌଜନ୍ୟମୂଳକ ସାକ୍ଷାତ କରି ଯାଇଥିଲେ।

ସ୍ୱାମୀ ବଲାଙ୍ଗୀର ଗସ୍ତରେ ଯାଇଥିବା ବେଳେ ଶ୍ରୀରାଧା ଘନଶ୍ୟାମ ବାବୁଙ୍କୁ ଘରକୁ ଡକାଇ ପଠାଇଥିଲେ। ଗତ ସପ୍ତାହରେ କୌଣସି ଜର୍ମାନୀ ଇଞ୍ଜିନିୟରିଂ ମଲ୍‌ଟିନାସାନାଲ୍ କମ୍ପାନି ସହ ସୁବର୍ଣ୍ଣରେଖା ନଦୀବନ୍ଧ ସମ୍ପର୍କରେ ଆଲୋଚନା ପାଇଁ ପାର୍ଟି ହୋଇଥିଲା ?

ଘନଶ୍ୟାମ ସାମନ୍ତରାୟ ପ୍ରଥମେ ମୁହଁ ଖୋଲିବାକୁ ରାଜି ହେଉନଥିଲେ; କିନ୍ତୁ ତାଙ୍କ ଦୁଇ ଆଖି ଏକ ଅବରୁଦ୍ଧ ଆବେଗରେ ଛଳଛଳ ହୋଇଆସିଲା।

ଶ୍ରୀରାଧା ତାଙ୍କୁ ଆଶ୍ୱସ୍ତ କରିବା ପାଇଁ କହିଲା- ଆପଣ ମୋର ପିତୃପ୍ରତିମ ବ୍ୟକ୍ତି। ମୁଁ ଆପଣଙ୍କ ଝିଅ ଭଳି। ମନ୍ତ୍ରୀଙ୍କ ମିସେସ୍ ଭାବରେ ନୁହେଁ, ନିଜର ଝିଅ ଭାବରେ ମତେ କୁହନ୍ତୁ- ଅବନୀ ବାବୁ କେମିତି ମୋଠାରୁ ଆସ୍ତେ ଆସ୍ତେ ଦୂରେଇ ଯାଉଛନ୍ତି।

ଆଖିରେ ଜକେଇ ଆସିଥିବା ଲୁହକୁ ନିଜେ ପୋଛିନେଇ ସବୁ ଗୁମର କଥା ଖୋଲି କହିଦେଲେ ଘନଶ୍ୟାମ। ଚାକିରିରୁ ଅବସର ନେବାପାଇଁ ତାଙ୍କର ମାତ୍ର ବର୍ଷେ

ଚାରିମାସ ବାକି ଅଛି। ମନ୍ତ୍ରୀ ରାଗିଲେ କି ଖୁସି ହେଲେ ତାଙ୍କର କିଛି ଲାଭକ୍ଷତି ନାହିଁ; କିନ୍ତୁ ତାଙ୍କ ହରିପୁର ପଞ୍ଚାୟତ ସମିତିର ଅଧ୍ୟକ୍ଷ ରାୟ ବାବୁଙ୍କ ଝିଅର ସଂସାର ଉଜୁଡ଼ିଯାଉ, ସେକଥା ସେ ସହ୍ୟ ପରିପାରିବେ ନାହିଁ।

ଏସବୁ ନାଟର ଗୋବର୍ଦ୍ଧନ ହେଉଛନ୍ତି ଚିଫ୍ ଇଞ୍ଜିନିୟର୍ ଗଜାନନ ଆଉ ତାଙ୍କର ସ୍ତ୍ରୀ କାନନବାଳା। ସରକାରୀ କୋଠାବାଡ଼ି, ବନ୍ଧବାଡ଼ ନିର୍ମାଣ ବାବଦ ଶହଶହ କୋଟି ଟଙ୍କାରୁ ରାଜଭାଗ ମିଶ୍ର ବାବୁଙ୍କ ପକେଟକୁ ଯାଉଛି, ମନ୍ତ୍ରୀଙ୍କୁ ମଦ ପିଆଇ, ଷ୍ଟାର୍ ହୋଟେଲ୍‌ରେ ଖୁଆଇପଆଇ ସେ ମନ୍ତ୍ରୀଙ୍କୁ ନିଜ ହାତମୁଠାରେ ରଖିଛନ୍ତି। ମଦ ନିଶାରେ କଣ୍ଟ୍ରାକ୍ଟରମାନଙ୍କ ବିଲ୍ ପାସ୍ କରିଦେଉଛନ୍ତି ମନ୍ତ୍ରୀ। ଜର୍ମାନୀ ମଲ୍‌ଟିନାସନାଲ୍ କମ୍ପାନୀ ଓଡ଼ିଶା ଆସିନାହାନ୍ତି କି ସୁବର୍ଣ୍ଣରେଖା ଉପରେ କୌଣସି ବନ୍ଧ ହେବାର ଯୋଜନା ନାହିଁ। ଯେଉଁ ପାର୍ଟିରେ ମନ୍ତ୍ରୀ ସ୍କଚ୍ ପିଇଥିଲେ ବୋଲି କହୁଥିଲେ, ପ୍ରକୃତରେ ସେଇଟା ପଞ୍ଚତାରକା ହୋଟେଲରେ ମନ୍ତ୍ରୀଙ୍କ ଠିକାଦାରମାନେ ଦେଉଥିବା ପାର୍ଟି।

ଶ୍ରୀରାଧାଙ୍କୁ ମା' ବୋଲି ସମ୍ବୋଧନ କରି ଘନବାବୁ କହିଥିଲେ, ମୁଁ ସତ କହୁଛି କି ନାହିଁ ଆପଣ ମନ୍ତ୍ରୀଙ୍କ ଡ୍ରାଇଭରକୁ ପଚାରି ବୁଝିପାରିବେ-

ପଚାରି ବୁଝିବାକୁ ସମୟ ପାଇନଥିଲା ଶ୍ରୀରାଧା।

ତାହାର ଗୋଟିଏ ସପ୍ତାହ ପରେ ବଲାଙ୍ଗୀର ସରକାରୀ ବାଳିକା ହାଇସ୍କୁଲକୁ ତା'ର ବଦଳି ଆଦେଶ ଆସିଗଲା।

ସ୍ୱାମୀଙ୍କୁ ସରକାରୀ ରାନ୍ଧୁଣିଆ, ଏବଂ ଅନ୍ୟ ଡୋମେଷ୍ଟିକ୍ ହେଲ୍‌ପରମାନଙ୍କ ଜିମା ଛାଡ଼ିଦେଇ ବଲାଙ୍ଗୀର ଯିବାକୁ ମୋଟେ ଚାହୁଁନଥିଲା ଶ୍ରୀରାଧା। ସ୍ୱାମୀଙ୍କୁ ମଧ୍ୟ ଅନୁରୋଧ କରିଥିଲା- ଭୁବନେଶ୍ୱରରୁ ମୋର ବଦଳି ଯଦି ଅପରିହାର୍ଯ୍ୟ, ତାହାହେଲେ ଅନ୍ତତଃ ମତେ କଟକର କୌଣସି ସ୍କୁଲକୁ ପଠାଇ ଦିଅନ୍ତୁ। ତମକୁ ସରକାରୀ ଚାକର, ପୁଝାରୀମାନଙ୍କ ଜିମା ଛାଡ଼ିଦେଇ ବଲାଙ୍ଗୀର ଯିବାକୁ ମୁଁ ଚାହୁଁ ନାହିଁ।

ଶ୍ରୀରାଧାର ଅନୁରୋଧ ଶୁଣି ଆକାଶରୁ ଖସି ପଡ଼ିଲା ଭଳି ଅବାକ୍ ହୋଇଗଲେ ମନ୍ତ୍ରୀ ଅବନୀ ଚୌଧୁରୀ।

ଚକିତ କଣ୍ଠରେ ଉତ୍ତର ଦେଲେ- ବଲାଙ୍ଗୀର କ'ଣ ଆଣ୍ଡାମାନ ନିକୋବର ହୋଇଛି ଯେ ତମେ ଯିବାକୁ ଡରୁଛ ? ଏଇ ମାସରେ ବଲାଙ୍ଗୀର ଗାର୍ଲସ୍ ହାଇସ୍କୁଲର ହେଡ୍‌ମିଷ୍ଟ୍ରେସ୍ ଚାକିରିରୁ ଅବସର ନେଉଛନ୍ତି। ତମେ ସେଠାରେ ଚାକିରିରେ ଜଏନ୍ କଲେ ସ୍କୁଲ ହେଡ୍‌ମିଷ୍ଟ୍ରେସ୍‌ଙ୍କ ଦାୟିତ୍ୱରେ ରହିବ। ଶିକ୍ଷାମନ୍ତ୍ରୀ ମତେ କହି ତମକୁ ବଦଳି କରିଛନ୍ତି। ବର୍ତ୍ତମାନ ମୁଁ ତମ ବଦଳି ବାତିଲ କରିବା କଥା କହିଲେ ସେ ଶୁଣିବେ କାହିଁକି ?

ସ୍ୱାମୀଙ୍କ ଜ୍ଞାତସାରରେ ତା'ର ବଲାଙ୍ଗୀର ବଦଳି ହୋଇଛି ଶୁଣି ଶ୍ରୀରାଧା ଆଉ ତା' ବଦଳି ବନ୍ଦ କରିବା କଥା କହିବାକୁ ଚାହିଁନଥିଲା।

ବଲାଙ୍ଗୀର ଗାର୍ଲସ୍ ହାଇସ୍କୁଲରେ ଜଏନ କଲାପରେ ଏକୁଟିଆ କ୍ୱାଟର୍ସକୁ ଫେରି ସେ କାନ୍ଦି ପକାଇଥିଲା। ସ୍ୱାମୀ ଟୁର୍‌ରେ ଗଲାପରେ ଭୁବନେଶ୍ୱର କ୍ୱାଟର୍ସରେ ସେ ଅନେକ ରାତି ଏକାକିନୀ ରହିଛି; କିନ୍ତୁ ସ୍ୱାମୀଙ୍କୁ ଭୁବନେଶ୍ୱରରେ ଛାଡ଼ି ବଲାଙ୍ଗୀରରେ ସିଙ୍ଗ୍‌ଲ ବେଡ଼୍‌ରେ ଏକାକିନୀ ଶୋଇବା କଥା ଭାବିବା ମାତ୍ରେ ତା' ଛାତି ଭିତରୁ କୋହ ଉଠି ଆସୁଥିଲା। ଆଖିର ଲୁହକୁ ସମ୍ଭାଳି ପାରୁନଥିଲା।

ଅବନୀ ଚୌଧୁରୀ କିନ୍ତୁ ଶ୍ରୀରାଧାକୁ ଏକାକିନୀ ରହିବାକୁ ଦେଉନଥିଲେ। ସକାଳ, ମଧ୍ୟାହ୍ନ, ସନ୍ଧ୍ୟା ଏବଂ ମଧ୍ୟରାତ୍ରିରେ ଅନ୍ୟୁନ ଚାରିଥର ତାକୁ ଫୋନ୍ କରୁଥିଲେ। ତା' କଥା ମାନି ସେ କିପରି ମଦ୍ୟପାନ ଛାଡ଼ି ଦେଇଛନ୍ତି, ତାଙ୍କର ଆଦେଶ ମାନି ଖାନସାମା ଯେଉଁ ସୁଗାର ବର୍ଜିତ ଖାଦ୍ୟ ପ୍ରସ୍ତୁତ କରୁଛି, ତାକୁ ସେ କିପରି ଅମୃତ ଭଳି ପାଇ ଦେଉଛନ୍ତି, ସେକଥା ବର୍ଣ୍ଣନା କରିବା ସହିତ ଶ୍ରୀରାଧାକୁ ନିଜର ସ୍ୱାସ୍ଥ୍ୟ ପ୍ରତି ଯତ୍ନ ନେବାକୁ ମଧ୍ୟ କହିବାକୁ ଭୁଲୁନଥିଲେ।

ସେ ପାଖରେ ଥିଲାବେଳେ ସ୍ୱାମୀ ମଦ ପିଉଥିଲେ, ସେ ଚାଲିଆସିବା ପରେ ମଦ୍ୟପାନ ଛାଡ଼ି ଦେଇଛନ୍ତି ଶୁଣି ଶ୍ରୀରାଧା ମଧ୍ୟ ଖୁବ୍ ଖୁସି ହୋଇଥିଲା।

କିନ୍ତୁ ତା'ର ସେ ଖୁସି ବେଶି ଦିନ ସ୍ଥାୟୀ ହେଲା ନାହିଁ।

ଦେଢ଼ ମାସ ପରେ ହଠାତ୍ ଦିନେ ଘନଶ୍ୟାମ ବାବୁଙ୍କ ଫୋନ୍ ଆସିଲା। ସେ ଖୁବ୍ ଚାପା କଣ୍ଠରେ ମନ୍ତ୍ର ଉଚ୍ଚାରଣ କଲାଭଳି ଶ୍ରୀରାଧାଙ୍କୁ କହିଲେ- ମାସେ ହେଲା ଚିଫ୍ ଇଞ୍ଜିନିୟର୍ ମିଶ୍ରବାବୁ ତାଙ୍କ ପାଳିତା କନ୍ୟା ଅନୁରାଧାଙ୍କୁ ମନ୍ତ୍ରୀଙ୍କ ଦେଖାଶୁଣା କରିବାକୁ ତମ କ୍ୱାଟର୍ସରେ ରଖାଇ ଦେଇଛନ୍ତି। ସରକାରୀ ଚାକର, ପୂଝାରୀ, ମାଳୀ, ଡ୍ରାଇଭର ତା' କଥାରେ ବସ୍ ଉଠ୍ ହେଉଛନ୍ତି। ସେ ବର୍ତ୍ତମାନ ତମ ଘରର ମାଲିକିଆଣୀ, ବଡ଼ ଝୁଙ୍କି ନେଇ ମୁଁ ତମକୁ ପବ୍ଲିକ୍ ଟେଲିଫୋନ୍ ବୁଥ୍‌ରୁ ଫୋନ୍ କରୁଛି, କାନ୍ଥର ବି କାନ ଅଛି। ଏକଥା ଯେମିତି ଅନ୍ୟ କେହି ନଜାଣନ୍ତି ସେଥିପାଇଁ ମୋର ବିଶେଷ ଅନୁରୋଧ।

ଘନଶ୍ୟାମ ବାବୁଙ୍କ ଟେଲିଫୋନ୍ ପାଇଲା ପରେ ଶ୍ରୀରାଧା ଆଖିରେ ଅଶ୍ରୁ ନୁହେଁ, କ୍ରୋଧର ଦାବାଗ୍ନି ଜଳିଉଠିଲା। ତା' ଆଖିର ଅନ୍ତରାଳରେ ତା'ର ସୁଖୀ ଦାମ୍ପତ୍ୟ ଜୀବନର ସବୁଜ ଅରଣ୍ୟ ଜଳି ଯାଉଥିବାର ଦୃଶ୍ୟ ଦିଶିଯିବା ମାତ୍ରେ ସେ ଘର ଛାଡ଼ି କ୍ୱାଟର୍ସ ବାହାରକୁ ବାହାରି ଆସିଲା। ଟେଲିଫୋନ୍ କରି କାଲି ସକାଳ ଦଶଟା ବେଳକୁ ଭୁବନେଶ୍ୱର ଯିବା ପାଇଁ ଗୋଟାଏ ପ୍ରାଇଭେଟ୍ ଟ୍ୟାକ୍ସି ବୁକ୍ କଲା।

ସ୍କୁଲରୁ ଗୋଟିଏ ସପ୍ତାହ ଛୁଟି ନେବାପାଇଁ ଦରଖାସ୍ତ ଲେଖି ଅଫିସ୍‌ରେ ଜମା କରି ଟ୍ୟାକ୍ସି ଧରିଲା ।

ଭୁବନେଶ୍ୱରରେ ପହଞ୍ଚୁ ପହଞ୍ଚୁ ସନ୍ଧ୍ୟା ।

ବଲାଙ୍ଗୀରରୁ ଫେରିଲାବେଳେ ସେ ମନେମନେ ଭଗବାନଙ୍କୁ ଡାକୁଥିଲା- ଘନଶ୍ୟାମ ବାବୁଙ୍କ ଟେଲିଫୋନ୍ କଥା ମିଥ୍ୟା ହେଉ, ତା'ର ସଜଡ଼ା ସଂସାର ଉଜୁଡ଼ି ଯାଇନଥାଉ ।

ଗେଟ୍ ଖୋଲି ଭିତରକୁ ପଶିଲା । ଶ୍ରୀରାଧା ଦେଖିଲା କ୍ୱାର୍ଟର୍ସରେ ଆଲୁଅ ଜଳୁଥିଲା ।

ରୁଦ୍ଧ ଶ୍ୱାସରେ ଡୋରବେଲ୍ ସୁଇଚ୍ ନଟିପି ସେ ସିଧା ନିଜ ବେଡ଼ରୁମ୍‌କୁ ପଶିଗଲା ।

ତା'ର ଡବଲ ବେଡ୍‌ରେ ଆରାମରେ ଶୋଇଛନ୍ତି ତା'ର ସ୍ୱାମୀ । ଆଉ ତାଙ୍କ ପାଦ ତଳେ ବସି ନିଜ ଜଙ୍ଘ ଉପରେ ସ୍ୱାମୀଙ୍କ ଗୋଡ଼ ରଖି ଘଷିଦେଉଛି ଜଣେ ଶ୍ୟାମାଙ୍ଗୀ ଯୁବତୀ, ଯାହାର ନାମ ଘନଶ୍ୟାମ ବାବୁ ଟେଲିଫୋନ୍‌ରେ ଅନୁରାଧା ବୋଲି କହୁଥିଲେ ।

ଅଚାନକ ଶ୍ରୀରାଧାକୁ ଦେଖି ମନ୍ତ୍ରୀ ଚୌଧୁରୀ ଚମକି ପଡ଼ିଲେ, ଅନୁରାଧା ଜଙ୍ଘ ଉପରୁ ନିଜ ଗୋଡ଼ କାଢ଼ିଆଣି ଉଠି ବସିଲା ।

- ଟେଲିଫୋନ୍ ନକରି ହଠାତ୍ ତମେ ବଲାଙ୍ଗୀରରୁ ଚାଲି ଆସିଲ କେମିତି ?

- ସ୍ତ୍ରୀ ସ୍ୱାମୀଙ୍କ ପାଖକୁ ଆସିବା ପାଇଁ ଆଗତୁରା ଟେଲିଫୋନ୍ କରିବା ଦରକାର ହୁଏ ନାଇଁ, ଆଉ ଏ ସ୍ତ୍ରୀଲୋକ କିଏ ? ମୋ ବିଛଣାରେ ଉଠିବା ପାଇଁ ତା'ର ସାହସ ହେଲା କେମିତି ?

ହଠାତ୍ ମନ୍ତ୍ରୀଙ୍କ ମିସେସ୍‌କୁ ଦେଖି ନର୍ଭସ ହୋଇ ଯାଇଥିଲା ଅନୁରାଧା । କିନ୍ତୁ ମନ୍ତ୍ରୀ ଯେତେବେଳେ କହିଲେ- ସେ ମୋର ସେବିକା । ତମ ଅନୁପସ୍ଥିତିରେ ମୋ ଦେହ ମୁଣ୍ଡର ଯତ୍ନ ନେବା ପାଇଁ ମୁଁ ତାକୁ ଡାକି ଆଣିଛି- ଅନୁରାଧାର ସାହସ ମଧ୍ୟ ବଢ଼ିଗଲା ।

ସେ କହିଲା- ହଁ, ସାହେବଙ୍କ ଦେହ ମୁଣ୍ଡ ଦେଖାଶୁଣା କରିବା, ଆଉ ଘର ସମ୍ଭାଳିବା ପାଇଁ ଚିଫ୍ ଇଞ୍ଜିନିୟର୍ ସାର୍ ମତେ ପଠାଇଛନ୍ତି ।

ବଲାଙ୍ଗୀର ଗଲାବେଳେ ଶୋଇବା ଘର ଡବଲ୍ ବେଡ୍ ପଲଙ୍କ ଉପରେ ଗୋଟିଏ ତକିଆ ରଖି, ନିଜେ ବ୍ୟବହାର କରୁଥିବା ତକିଆ ଆଲମାରିରେ ସେ ରଖି

ଦେଇଥିଲା। ସ୍ୱାମୀଙ୍କ ତକିଆ ପାଖରେ ଆଲମିରାରୁ ବାହାରି ତା' ତକିଆ ଶୋଭା ପାଉଥିବା ଦେଖି ଶ୍ରୀରାଧାର ମୁଣ୍ଡକୁ ପିତ୍ତ ଚଢ଼ିଗଲା।

ଅନୁରାଧାର ମୁଣ୍ଡ ଚୁଟି ଧରି ସେ ଧକ୍କା ଦେଇ କହିଲେ- ବାହାର- ବାହାର ମୋ ଘରୁ- ମୋ ଘର ସମ୍ଭାଳିବାକୁ ତୁ କିଏ ?

ତାଙ୍କ ସେବିକାକୁ ଚୁଟି ଧରି ତଣ୍ଟିଆ ମାରି ଶ୍ରୀରାଧା ବିଦା କରି ଦେଉଥିବା ଦେଖି ସହ୍ୟ କରିପାରିଲେ ନାହିଁ ମନ୍ତ୍ରୀ ଅବନୀ ଚୌଧୁରୀ।

ପତ୍ନୀଙ୍କ ପାଖରୁ ସେବିକାକୁ ଛଡ଼ାଇ ଆଣି ସେ ଚିତ୍କାର କରିଉଠିଲେ- ନା, ସେ ଯିବନାହିଁ। ସେ ମୋ ସେବା କରିବାକୁ ରହିବ। ତମେ ଯଦି ନ ଚାହଁ- ତମେ ବାହାରିଯାଅ।

ସ୍ୱାମୀଙ୍କ କଥା ଶୁଣି ସ୍ତବ୍ଧ ହୋଇଗଲା ଶ୍ରୀରାଧା।

ସ୍ୱାମୀଙ୍କ ମୁହଁକୁ ଅନେଇ ଅଶ୍ରୁସଜଳ ନୟନରେ ପଚାରିଲା- ତମେ ଏକଥା କହିପାରିଲ ? ମୁଁ ତମର ସହଧର୍ମିଣୀ ହୋଇ ନିଜ ଘର ଛାଡ଼ି ଚାଲିଯିବି- ଆଉ ଏ ରଙ୍ଗନଟୀ ମୋ ବିଛଣାରେ ମୋ ତକିଆରେ ମୁଣ୍ଡଦେଇ ତମ ପାଖରେ ରହିବ ?

- ହଁ, ହଁ, ହଁ- ତିନିଥର ହଁ କହି ମନ୍ତ୍ରୀ ଅବନୀ ଚୌଧୁରୀ ସେଦିନ ତାଙ୍କୁ ଘରୁ ତଡ଼ି ଦେଇଥିଲେ। ଦୁଇଦିନ ପରେ କୋର୍ଟ୍‌ରେ ଦାଏର କରିଦେଲେ ଛାଡ଼ପତ୍ର ମକଦ୍ଦମା। ଛାଡ଼ପତ୍ରର ବିରୋଧ କରିନଥିଲା ଶ୍ରୀରାଧା। ସ୍ୱାମୀଙ୍କ ମନ୍ତ୍ରୀ ଉଆସ ଛାଡ଼ି ସେ ବଲାଙ୍ଗୀର ଗାର୍ଲସ୍ ସ୍କୁଲ କ୍ୱାଟର୍ସକୁ ଫେରି ଆସିଥିଲା।

ତା'ର ଦୁଇ ମାସ ପରେ ଚାକିରିରୁ ଅବସର ନେଇ ଘନଶ୍ୟାମ ବାବୁ ବଲାଙ୍ଗୀର ଆସିଥିଲେ ତାକୁ ଦେଖା କରିବା ପାଇଁ। କଥା ପ୍ରସଙ୍ଗରେ ରେଭେନ୍ସାରେ କମର୍ସ ଅଧ୍ୟାପକ ଥିବା ଅମିତାଭ ସହିତ ତା'ର ବିବାହ ପ୍ରସ୍ତାବ ଦେଇଥିଲେ। ସେ ଡାଇଭୋର୍ସି ବୋଲି ଜାଣି ସୁଦ୍ଧା ତାକୁ ବିବାହ କରିବା ପାଇଁ ଅମିତାଭର ଆନ୍ତରିକ ଆଗ୍ରହ ଦେଖି ରାଜି ହୋଇ ଯାଇଥିଲା ଶ୍ରୀରାଧା। ବିବାହ ପରେ ଅଧ୍ୟାପନାରୁ ବିରତି ନେଇ ଦୁଇବର୍ଷ ଜାଭିଅର୍ସରୁ ଏମ୍.ବି.ଏ. ଡିଗ୍ରୀ ଆଣିଥିଲେ। ବିବାହର ଦୁଇବର୍ଷ ପରେ ତା'ର କୋଳ ପୂର୍ଣ୍ଣ କରି ଆସିଥିଲା, ଜୟ; ଜୟନ୍ତ।

ଏସବୁ କୋଡ଼ିଏ ବର୍ଷ ତଳର ଅଲେଖା ଇତିହାସ।

ନିଜ ନୂତନ ସଂସାର ଗଢ଼ିବାରେ ସେ ଏପରି ଆତ୍ମମଗ୍ନ ଥିଲା ଯେ ନିଜର ଭୂତପୂର୍ବ ସ୍ୱାମୀ ଅବନୀ ଚୌଧୁରୀଙ୍କ କଥା ଭାବିବା ପାଇଁ ସମୟ ପାଇନଥିଲା।

ଆଜି ଓଡ଼ିଆ ଖବରକାଗଜରେ ସେ କରୋନା ଆକ୍ରାନ୍ତ ବୋଲି ପଢ଼ିଦେବା

ମାତ୍ରେ କୋଡ଼ିଏ ବର୍ଷ ତଳର ସେଇ ଅଲେଖା ଇତିହାସର ପ୍ରତିଟି ଅକ୍ଷର ଜଳଛବି ଭଳି ତା' ଆଖିରେ ଝଲସି ଉଠିଲା।

॥ ତିନି ॥

ଯିବ ନା ନାହିଁ?

ଯାହା ହେଲେ ବି ସେ ତା'ର ଭୂତପୂର୍ବ ସ୍ୱାମୀ।

ଅସହାୟ ଭାବରେ ଭଡ଼ାଘରେ କରୋନା ଭୂତାଣୁରେ ଆକ୍ରାନ୍ତ ହୋଇ ପଡ଼ି ରହିଛନ୍ତି। ମଧୁମେହ ରୋଗ ଥିଲା। ମନ୍ତ୍ରୀ ହେଲାପରେ ରକ୍ତଚାପ ମଧ୍ୟ ଉପର ତଳ ହେଉଥିଲା। ଏଭଳି ଲୋକ କୋଭିଡ୍ ଆକ୍ରାନ୍ତ ହେଲେ କ'ଣ ବଞ୍ଚି ବର୍ତ୍ତିପାରନ୍ତି?

ଅବନୀ ଚୌଧୁରୀ ମରିଗଲେ ତା'ର ବିଧବା ହେବାର ନାହିଁ। ତଥାପି ତାଙ୍କର ମୃତ୍ୟୁ କଥା ଭାବିଲେ ତା'ର ତାଳୁରୁ ତଳିପା ଯାଏ ଏକ ହିମଶୀତଳ ପ୍ରବାହ ସଞ୍ଚରି ଯାଉଛି କାହିଁକି?

ସେ' ତ ନିଜେ ତାଙ୍କୁ ଛାଡ଼ି ଆସିବାକୁ ଚାହିଁନଥିଲା, ସେ ନିଜେ ତାଙ୍କୁ ତଣ୍ଟିଆ ଦେଇ ଘରୁ ତଡ଼ି ଦେଇଥିଲେ। ଛାଡ଼ପତ୍ର ଦଲିଲରେ ତାକୁ ଦସ୍ତଖତ କରିବାକୁ ବାଧ୍ୟ କରିଥିଲେ। ମନ୍ତ୍ରିତ୍ୱର ଅହଂକାର ଆଉ କୁହୁକିନୀ ଅନୁରାଧାର ଫେନିଳ ଯୌବନର ନିଶାରେ ସେ ମାତାଲ ହୋଇଯାଇଥିଲେ। ଏବେ ସେମାନେ ଗଲେ କୁଆଡ଼େ?

ଠିକାଦାରମାନଙ୍କୁ ଅହେତୁକ ଅନୁଗ୍ରହ ଦେଖାଇ ଖରସ୍ରୋତା ନଦୀବନ୍ଧ ଯୋଜନା ଏବଂ ସରକାରୀ କୋଠାବାଡ଼ି ନିର୍ମାଣରେ ଶହେ ବୟାଳିଶ କୋଟି ଟଙ୍କାର ଦୁର୍ନୀତି ହୋଇଛି ବୋଲି ଭିଜିଲାନ୍ସ ଅଭିଯୋଗ କରିଥିଲା। ବିଚାର ବିଭାଗୀୟ ତଦନ୍ତ ପରେ ପୂର୍ତ୍ତ ବିଭାଗ ମନ୍ତ୍ରୀ ଅବନୀ ଚୌଧୁରୀ ଦୋଷୀ ସାବ୍ୟସ୍ତ ହୋଇଥିଲେ। ତାଙ୍କୁ ଛଅମାସ ଜେଲଦଣ୍ଡ ମଧ୍ୟ ଭୋଗିବାକୁ ପଡ଼ିଥିଲା। ମନ୍ତ୍ରିତ୍ୱ ଯାଇଥିଲା, ଜେଲ୍ ଫେରନ୍ତା ଆସାମୀ ଭାବରେ ତାଙ୍କର ଓକିଲାତି ଲାଇସେନ୍ସ ମଧ୍ୟ ବାତିଲ କରିଦିଆଗଲା। ଠିକାଦାରମାନଙ୍କଠାରୁ ନେଇଥିବା ଉତ୍କୋଚ ସେ ଅନୁରାଧା ବ୍ୟାଙ୍କ୍ ଆକାଉଣ୍ଟରେ ଜମା କରିଥିଲେ। ଅବନୀ ଚୌଧୁରୀ ଜେଲ୍ ଗଲାପରେ ଅନୁରାଧା ତାଙ୍କ ଘରେ କଳାକନା ବୁଲାଇ ସବୁ ମୂଲ୍ୟବାନ ଆସବାବପତ୍ର, ଗହଣାଗାଣ୍ଠି, ଟଙ୍କାପଇସା ଧରି ଫେରାର ହୋଇଗଲା।

ଏସବୁ ଶ୍ରୀରାଧାର ଶୁଣା କଥା। ସ୍ୱୟଂ ଘନଶ୍ୟାମ ବାବୁଙ୍କ ମୁହଁରୁ ସେ ନିଜ ପୂର୍ବତନ ସ୍ୱାମୀଙ୍କ ଏହିସବୁ କାହାଣୀ ଶୁଣିଥିଲା। ଘନଶ୍ୟାମ ବାବୁ ନିଶ୍ଚୟ ଭାବିଥିବେ ପାପିଷ୍ଠ ଅବନୀ ଚୌଧୁରୀଙ୍କ ନିଜ କୃତକର୍ମର ଫଳ ଭୋଗର କାହାଣୀ ଶୁଣି ଶ୍ରୀରାଧା

ନିଶ୍ଚୟ ଆନନ୍ଦରେ ଉତ୍‌ଫୁଲ୍ଲ ହୋଇଥିବ । କିନ୍ତୁ ପ୍ରକୃତରେ ଏସବୁ କଥା ଶୁଣିଲା ପରେ ଖୁସି ବଦଳରେ ଶ୍ରୀରାଧାର ମନ ସେଦିନ ବିଷାଦରେ ଭାରି ହୋଇ ଉଠିଥିଲା । ବିଷାଦର ବଳୟରୁ ନିଜକୁ ଫେରାଇ ଆଣିବା ଲାଗି ସେ ନିଜର ଛାଡ଼ି ଆସିଥିବା ସଂସାର କଥା ଭୁଲିଯାଇ ନିଜ ନୂଆ ସଂସାରକୁ ଗଢ଼ିବାରେ ନିଜକୁ ସମ୍ପୂର୍ଣ୍ଣ ଉତ୍ସର୍ଗ କରିଦେଇଥିଲା ।

ସାତ ବର୍ଷ ତଳେ ଘନଶ୍ୟାମ ବାବୁଙ୍କ ଦେହାନ୍ତ ହୋଇଗଲା ।

ତାହା ପରେ ଅବନୀ ଚୌଧୁରୀଙ୍କ ଖବର କେହି ତା' କାନ ପାଖରେ ପହଞ୍ଚାଇ ଦେଇନଥିଲେ ।

ଆଜି ଓଡ଼ିଆ ଖବରକାଗଜରେ ତାଙ୍କର କରୋନା-ସଂକ୍ରମଣ ଖବର ସେଥିପାଇଁ ତା' ଅବଚେତନରେ ଏକ ଘୂର୍ଣ୍ଣିଝଡ଼ ସୃଷ୍ଟି କରିଦେଲା ।

ତାଙ୍କୁ ଥରେ ଦେଖି ଆସିବାକୁ ସେ ଯିବ ନା ନାହିଁ ?

ଅମିତାଭ ଦିନକୁ ତିନିଥର ବାହାରକୁ ଗୋଡ଼ ନକାଢ଼ିବା ପାଇଁ ଟେଲିଫୋନ୍ କରୁଛନ୍ତି । ତାଙ୍କ ଉପଦେଶ ଅଗ୍ରାହ୍ୟ କରି ଜଣେ କୋଭିଡ୍ ଆକ୍ରାନ୍ତ ରୋଗୀକୁ ଦେଖିବାକୁ ଯିବା କ'ଣ ଠିକ୍ ହେବ ? ଯଦି ଅବନୀ ଚୌଧୁରୀଙ୍କ ସଂସ୍ପର୍ଶରେ ଆସି କରୋନା ଭୂତାଣୁ ତା' ଦେହରେ ପ୍ରବେଶ କରନ୍ତି ? ଘରେ ପୁଅ ଜୟନ୍ତ । ତା' ସଂସ୍ପର୍ଶରେ ଆସି ପୁଅ ଯଦି-

ଆଉ ଭାବିପାରେ ନାହିଁ ଶ୍ରୀରାଧା । ସେ ନିଃଶ୍ୱାସ ନେବାରେ ଅମ୍ଳଜାନ ଅଭାବ ଅନୁଭବ କରେ । କିନ୍ତୁ ଥରେ ମିନିଟ୍ କେତୋଟି ପାଇଁ ମୁଖା ପିନ୍ଧି, ସାମାଜିକ ଦୂରତ୍ୱ ରକ୍ଷା କରି ନିଜର ପୂର୍ବତନ ସ୍ୱାମୀଙ୍କୁ ଦେଖି ଆସିବାର ଇଚ୍ଛାକୁ ତ୍ୟାଗ କରିପାରେ ନାହିଁ ।

ଯିବ, ଯିବ ନାହିଁ ଏହି ପ୍ରଶ୍ନ ଭାବି ଭାବି ଶେଷରେ ଦିନେ ଡ୍ରାଇଭରକୁ ଡାକି ଗ୍ୟାରେଜରୁ ଗାଡ଼ି ବାହାର କରି ଜୟଦେବ ବିହାର ବାହାରିପଡ଼ିଲା ।

ଭୂତପୂର୍ବ ମନ୍ତ୍ରୀଙ୍କ ଘର ଖୋଜି ପାଇବାରେ ବେଶି ପେଟ୍ରୋଲ ପୋଡ଼ିବା ଦରକାର ହେଲାନାହିଁ । ପାଞ୍ଚ ମହଲା ଆପାର୍ଟମେଣ୍ଟର ଏକ ବଖୁରିଆ ଫ୍ଲାଟ୍‌ରେ ଅବନୀ ଚୌଧୁରୀଙ୍କ ନାମ ଫଳକ ଲାଗିଥିଲା । ସେ ଏକା ନଥିଲେ, ତାଙ୍କର ପୂର୍ବତନ ଭୃତ୍ୟ କରୋନା ସଂକ୍ରମଣ ଭୟରେ ତାଙ୍କୁ ଛାଡ଼ି ପଳାଇଲା ପରେ ବରୀ ଗାନ୍ଧୀ ଆଶ୍ରମରୁ ଆଉ ଜଣେ ଖଦଡ଼ିଆ ବୃଦ୍ଧ ଖବର ପାଇ ଆସି ଟୁଲ୍ ଉପରେ ବସିଥିଲେ ।

ଚିତ୍ ହୋଇ ଶୋଇଥିଲେ ଅବନୀ ଚୌଧୁରୀ । ଜ୍ୱରରେ ଦେହରେ ଖଇ ଫୁଟୁଥିଲା । ଆଖି ଖୋଲି ଚାହିଁ ପାରୁନଥିଲେ । ଶ୍ରୀରାଧା ମୁହଁରୁ ମାସ୍କ ଖସାଇଦେଲା ପରେ ତାଙ୍କ କମ୍ପିତ କଣ୍ଠରୁ ଗୋଟିଏ ଶବ୍ଦ ଉଚ୍ଚାରିତ ହେଲା- ଶ୍ରୀ !

ଖଦଡ଼ ଧୋତି ପିନ୍ଧି ଖଦଡ଼ ଚାଦର ଘୋଡ଼ିହୋଇ, ଖଦଡ଼ ମୁଖା ପିନ୍ଧି ବୃଦ୍ଧ ବୃନ୍ଦାବନ ମହାରଣା ତା’ ମୁହଁକୁ ଚାହିଁ ପଚାରିଲେ- ତମେ ଆମ ଧନଞ୍ଜୟ ବାବୁଙ୍କ ଝିଅ ନା ?

- ଆପଣ ମୋ ବାପାଙ୍କୁ ଚିହ୍ନନ୍ତି ? ସିଏ ତ ଖଦଡ଼ ପିନ୍ଧନ୍ତି ନାହିଁ।

- କିନ୍ତୁ ଆମ ଆଶ୍ରମକୁ ନିୟମିତ ଆର୍ଥିକ ସହାୟତା ପଠାଇ ଦିଅନ୍ତି। ଆଶ୍ରମ ଅବସ୍ଥା ସ୍ୱଚ୍ଛଳ ନୁହେଁ। ମତେ ପଦ ବାବୁ ପାଞ୍ଚଶହ ଟଙ୍କାଦେଇ ପଠାଇଛନ୍ତି- ଅବନୀ ବାବୁଙ୍କୁ ଆଶ୍ରମକୁ ନେଇଯିବା ପାଇଁ। ଏଠାରେ କିନ୍ତୁ ପହଞ୍ଚି ଦେଖୁଛି- ତାଙ୍କ ଅବସ୍ଥା ଭଲ ନୁହେଁ। ସେ ବସ୍‌ରେ ବସି ବରୀ ଆଶ୍ରମକୁ ଯିବା ଅବସ୍ଥାରେ ନାହାନ୍ତି।

ଘରୁ ବାହାରିବା ଆଗରୁ ଶ୍ରୀରାଧା ଏମ୍‌ସ୍‌ର ଡାକ୍ତର ଖଣ୍ଡେଓ୍ୱାଲାଙ୍କ ସହ କଥାବାର୍ତ୍ତା କରି ଆସିଛି। ବହୁ କଷ୍ଟରେ ସେ ତାକୁ ଗୋଟିଏ କୋଭିଡ୍ ବେଡ୍ ଦେବେ ବୋଲି ରାଜି ହୋଇଛନ୍ତି।

ସେ ଆଶ୍ରମର ବୃଦ୍ଧ ବୃନ୍ଦାବନ ବାବୁଙ୍କ ସହାୟତାରେ କରୋନା ରୋଗୀଙ୍କୁ ଗାଡ଼ିର ପଛ ସିଟ୍‌ରେ ବସାଇ ନିଜେ ଡ୍ରାଇଭର ପାଖରେ ସାମ୍ନାରେ ବସି ଏମ୍‌ସ୍ ହସ୍‌ପିଟାଲ ଉଦ୍ଦେଶ୍ୟରେ ଗାଡ଼ି ଛୁଟାଇଦେଲା।

ଓଡ଼ିଶାର ମାନ୍ୟବର ପୂର୍ବତନ କ୍ୟାବିନେଟ୍ ମିନିଷ୍ଟର ଭାବରେ ଅବନୀ ଚୌଧୁରୀଙ୍କ ଏକ ସ୍ପେସିଆଲ୍ କ୍ୟାବିନ୍‌ର ବ୍ୟବସ୍ଥା ହୋଇଗଲା। ଅଣଓଡ଼ିଆ ହେଲେ ବି ଡାକ୍ତର ଖଣ୍ଡେଓ୍ୱାଲା କରୋନା ପେସେଣ୍ଟଙ୍କ ପ୍ରତି ଖବ୍ ସମ୍ବେଦନଶୀଳ। ତାଙ୍କୁ ଶ୍ରୀରାଧା ବୁଝାଇ କହିଲା- ମିଷ୍ଟର ଚୌଧୁରୀ ଜଣେ ହେଭି ଡାଇବେଟିସ୍ ପେସେଣ୍ଟ, ହାଇ ବ୍ଲଡ଼ପ୍ରେସର ରୋଗୀ ମଧ୍ୟ। କୋଭିଡ୍ ଟ୍ରିଟମେଣ୍ଟ ବେଳେ ତାଙ୍କର ଏ ରୋଗର ଚିକିତ୍ସା ମଧ୍ୟ ହେବା ଦରକାର। ଟଙ୍କା ପାଇଁ ଚିନ୍ତା କରନ୍ତୁ ନାହିଁ। ତାଙ୍କ ଚିକିତ୍ସା ପାଇଁ ମୁଁ ଦୁଇଲକ୍ଷ ଟଙ୍କାର ଏକ ଚେକ୍ ଡିପୋଜିଟ୍ କରିଦେଇ ଯାଉଛି। ମୋ ମୋବାଇଲ୍ ନମ୍ବର ଦେଇଯାଉଛି- ଆଉ ଟଙ୍କା ଦରକାର ହେଲେ ଟେଲିଫୋନ୍‌ରେ ମେସେଜ୍ ପଠାଇବେ।

ଦୁଇ ଲକ୍ଷ ଟଙ୍କା ଡିପୋଜିଟ୍ ହେଇଥିବା ଶୁଣି ଅବନୀ ଚୌଧୁରୀଙ୍କ ଭ୍ରୁକୁଞ୍ଚନ ହେଲା। ସେ କ’ଣ କହିବାକୁ ଯାଉଥିଲେ।

ଆଖିର କଟାକ୍ଷରେ ତାଙ୍କୁ ଚୁପ୍ କରିଦେଲା ଶ୍ରୀରାଧା।

ପ୍ରଥମ ଦୁଇଦିନ ଅବନୀ ଚୌଧୁରୀଙ୍କ ସ୍ୱାସ୍ଥ୍ୟରେ କିଛି ପରିବର୍ତ୍ତନ ହେଲା ନାହିଁ। ଜ୍ୱର ନକମିବାରୁ ଡାକ୍ତରମାନେ ଚିନ୍ତାରେ ଥିଲେ। ଡାଇବେଟିସ୍ ନିୟନ୍ତ୍ରଣ ବାହାରକୁ ଚାଲିଯିବାରୁ ତାଙ୍କୁ ଆଇସିୟୁକୁ ନେବାପାଇଁ ଖଣ୍ଡେଓ୍ୱାଲା ସୂଚନା ଦେଲାପରେ ଶ୍ରୀରାଧା ମଧ୍ୟ ଅଜଣା ଆତଙ୍କରେ ଶିହରି ଉଠିଲା।

ଆଇସି.ୟୁ ପରେ ଭେଣ୍ଟିଲେଟର। ତା'ପରେ ?

ଭୟରେ ଶ୍ରୀରାଧାର ଆଖି ବୁଜି ହୋଇଗଲା।

ସେଦିନ ରାତିରେ ନୂଆଦିଲ୍ଲୀକୁ ଫୋନ୍ କଲା। ତା'ର ବୁଦ୍ଧିବଣା ହୋଇଗଲେ ସେ ସ୍ୱାମୀଙ୍କୁ ଫୋନ୍ କରେ।

- ଜ୍ୱର କମୁ ନାହିଁ। ରକ୍ତରେ ଶର୍କରା ଭାଗ ଅଧିକ ରହୁଥିବାରୁ ଡାକ୍ତରମାନେ ଚିନ୍ତିତ। ବେଳେବେଳେ ଅବନୀ ଚୌଧରୀ ଜ୍ୱରର ତାପ ଓ ଉତ୍ତାପ ସହ୍ୟ କରିନପାରି ଅଚେତ ହୋଇ ଯାଉଛନ୍ତି। କୋମାକୁ ଚାଲିଯିବାର ଡର ହେଉଛି। ସେଥିପାଇଁ ତାଙ୍କୁ ଆଇ.ସି.ୟୁକୁ ନେଇଯିବା ଲାଗି ଡାକ୍ତର ଖଣ୍ଡେଓ୍ୱାଲା ସୂଚନା ଦେଇଛନ୍ତି। ମୁଁ ତାଙ୍କୁ ଏମ୍‌ସ୍‌କୁ ନେଇ ବିପଦରେ ପଡ଼ିଛି। ଯଦି ତାଙ୍କର କିଛି ହୋଇଯାଏ, ମତେ କେହି କ୍ଷମା କରିବେ ନାହିଁ। ଅଯଥାରେ ଗୋଳିଆ ପାଣିରେ ଗୋଡ଼ ବୁଡ଼ାଇ ନିଜ ଦେହକୁ କର୍ଦ୍ଦମାକ୍ତ କରି ସାରିଲିଣି। ତମେ ପାଖରେ ଥିଲେ ମତେ ଏତେ ଭାବିବାକୁ ପଡ଼ନ୍ତା ନାଇଁ।

ଅମିତାଭ ପତ୍ନୀଙ୍କୁ ସାହସ ଦେଇ କହିଲେ- ଅବନୀ ବାବୁ ସ୍ୱାଭାବିକ ଭାବରେ ନିଃଶ୍ୱାସ ନେଇ ପାରୁଛନ୍ତି ମାନେ ତାଙ୍କ ଫୁସ୍‌ଫୁସ୍‌କୁ କରୋନା ଭୂତାଣୁ ଆକ୍ରମଣ କରିନାହାନ୍ତି, ଆମ୍ ସିଓର, ସେ ଦିନେ ଦୁଇଦିନ ମଧ୍ୟରେ ସୁସ୍ଥ ହୋଇଉଠିବେ।

ଅମିତାଭଙ୍କ କଥା ହିଁ ସତ୍ୟ ହେଲା। ତିନି ଦିନ ପରେ ଜ୍ୱର କମିଲା। ବ୍ଲଡ୍ ସୁଗାର ହ୍ରାସ ପାଇଲା। ଧୀରେ ଧୀରେ ଲଟା କାଶ ମଧ୍ୟ ଚା'ରେ ଚିନି ଭଳି ମିଳାଇଗଲା।

ସାତଦିନ ପରେ ରୋଗୀକୁ ଡିସଚାର୍ଜ କରିବା ପାଇଁ ଡାକ୍ତର ଖଣ୍ଡେଓ୍ୱାଲ ଶ୍ରୀରାଧାଙ୍କୁ ଟେଲିଫୋନ୍‌ରେ ଜଣାଇଦେଲେ।

ଏମ୍‌ସ୍‌ରୁ ଛାଡ଼ ପାଇଲା ପରେ ଟ୍ୟାକ୍ସିରେ ତାଙ୍କୁ ବରୀ ଗାନ୍ଧି ଆଶ୍ରମକୁ ପଠାଇଦେବାର ବ୍ୟବସ୍ଥା କରିଥିବା କଥା ସେ ସୁସ୍ଥ ଚୌଧୁରୀଙ୍କୁ ଜଣାଇଦେଲା।

ଅବନୀ ଚୌଧୁରୀ ଅନୁନୟ କଲାଭଳି ନିଜର ପୂର୍ବତନ ପତ୍ନୀଙ୍କୁ କହିଲେ-

- ଶ୍ରୀ! ତମେ ମୋ ପାଇଁ ଅନେକ କରିଛ, ଯେଉଁ ଋଣ ଏ ଜୀବନରେ ମୁଁ ଶୁଝିପାରିବି ନାହିଁ। ମୋର ଛୋଟ ଗୋଟିଏ ଅନୁରୋଧ ରଖିପାରିବ ?

- ପାରିଲେ ନିଶ୍ଚୟ ରଖିବି।

- ବରୀ ଆଶ୍ରମକୁ ଗଲେ ମୁଁ ଆଉ କେବେ ପୁରୀ ଆସିପାରିବି ନାଇଁ। ବରୀ ଯିବା ପୂର୍ବରୁ ମୁଁ ଥରେ ତମ ସହିତ ଜଗନ୍ନାଥ ଦର୍ଶନ କରିବାକୁ ଚାହେଁ। ମତେ ଶ୍ରୀମନ୍ଦିରକୁ ନେଇ ଯାଇପାରିବ ?

ଶ୍ରୀରାଧା ଗୋଟାଏ ଦୀର୍ଘଶ୍ୱାସ ଛାଡ଼ି କୋମଳ କଣ୍ଠରେ ଉତ୍ତର ଦେଲା, ସମସ୍ତଙ୍କ

ପାଇଁ ଶ୍ରୀମନ୍ଦିର ଦ୍ୱାର ଖୋଲା ରହିଥିଲେ ମଧ୍ୟ ମାନନୀୟ ମୁଖ୍ୟମନ୍ତ୍ରୀ ବରିଷ୍ଠ ନାଗରିକମାନଙ୍କୁ ଜଗନ୍ନାଥ ଦର୍ଶନ ବାରଣ କରିଛନ୍ତି। ପୁରୀ ଏବେ ମଧ୍ୟ ରେଡ୍‌ଜୋନ୍ ଭିତରେ ଅଛି।

- ବୁଢ଼ାମାନଙ୍କୁ ଜଗନ୍ନାଥ ଦର୍ଶନ ମନା! ଆଶ୍ଚର୍ଯ୍ୟ!

ପୂର୍ବତନ ପତ୍ନୀଙ୍କ ମୁହଁରୁ ମାନନୀୟ ମୁଖ୍ୟମନ୍ତ୍ରୀଙ୍କ ନିଷେଧାଜ୍ଞା ଶୁଣି ଭୂତପୂର୍ବ ମନ୍ତ୍ରୀ ଅବନୀ ଚୌଧୁରୀଙ୍କ ମୁହଁରେ ବିଷାଦର ଛାୟା ଗାଢ଼ ହେଲା।

ଡାକ୍ତର ଖଣ୍ଡେଓ୍ୱାଲ ଅବନୀ ଚୌଧୁରୀଙ୍କ ଡିସଚାର୍ଜ ସାର୍ଟିଫିକେଟ ଲେଖିଲାବେଳେ ଶ୍ରୀରାଧାକୁ ପଚାରିଲେ- ଏ ରୋଗୀ ଆପଣଙ୍କର କ'ଣ ହୁଅନ୍ତି? ଆପଣ ତାଙ୍କ ପାଇଁ ଏତେ ଅର୍ଥ ଖର୍ଚ୍ଚ କଲେ-

- ଭୂତପୂର୍ବ ସ୍ୱାମୀ।

ସଂକ୍ଷେପରେ ଉତ୍ତର ଦେଇ ହସିଦେଲା ଶ୍ରୀରାଧା।

ସୂର୍ଯ୍ୟାସ୍ତ ପୂର୍ବରୁ ସନ୍ଧ୍ୟା

ପ୍ରଥମ

ଜୟ ଭୁବନେଶ୍ୱରରୁ ବଦଳି ହୋଇ ବାଲେଶ୍ୱର ଚାଲିଗଲା ପରେ ସେ ମଧ୍ୟ ରମାଦେବୀରୁ ରେଭେନ୍ସା ଚାଲିଆସିଛି। ସେ ସରକାରୀ କଲେଜର ଇଂରାଜୀ ଅଧ୍ୟାପିକା। ଚେଷ୍ଟା କରିଥିଲେ ଜାହ୍ନବୀ ମଧ୍ୟ କଟକରେ ଗୋଟିଏ ସରକାରୀ କ୍ୱାର୍ଟସ ପାଇ ପାରି ଥାଆନ୍ତା। କିନ୍ତୁ ବାବା ହାଇକୋର୍ଟରୁ ବିଚାରପତି ଭାବରେ ଚାକିରିରୁ ଅବସର ନେବା ପୂର୍ବରୁ ତା' ପାଇଁ କାଠଯୋଡ଼ି କୂଳରେ ସନ୍‌ସାଇନ୍ ପଡ଼ିଆ ପାଖରେ ଏକ ମହଲା ଘରଟିଏ କିଣି ଦେଇଥିଲେ।

ବାହାଘର ସମୟରେ ଆଇ.ପି.ଏସ୍. ଜୟନ୍ତ ପଟ୍ଟନାୟକ କୌଣସି ପ୍ରକାର ଯୌତୁକ ନେବାକୁ ମନାକରି ଦେଇଥିଲେ। ଯୌତୁକ ନେବା ଆଇନ୍ ଅନୁସାରେ ଏକ ଦଣ୍ଡନୀୟ ଅପରାଧ। ନ୍ୟାୟାଧୀଶ ଜଗନ୍ନାଥ କାନୁନ୍‌ଗୋ ସେଥିପାଇଁ ଜାମାତାଙ୍କୁ କୌଣସି ଯୌତୁକ ନଦେଇ ଦୁଇ ଲକ୍ଷ ଟଙ୍କା ମୂଲ୍ୟରେ ନିଜର ଗେହ୍ଲା ସାନ ଝିଅ ଜାହ୍ନବୀ ନାମରେ ଗୋଟିଏ ବାଂଲୋ ଟାଇପ୍‌ର ଘର କିଣିଥିଲେ। ଆଉ ତାକୁ କଲେଜରୁ ନେବା ଆଣିବା ଲାଗି, ପୁଅ ସିଦ୍ଧାର୍ଥକୁ ସ୍କୁଲ୍ ବସ୍‌ରେ ନପଠାଇ ଗାଡ଼ିରେ ପଠାଇବା ପାଇଁ ଜୟନ୍ତ ତା'ପାଇଁ କିଣି ଦେଇଥିଲେ ଗୋଟିଏ ନୂଆ ଏନୋଭା ଗାଡ଼ି।

ରେଭେନ୍ସାକୁ ବଦଳି ହୋଇ ଆସିଲା ପରେ, ଗାଡ଼ି ଓ ଡ୍ରାଇଭର ସହିତ ଜାହ୍ନବୀ କଟକ ଫେରିଆସି ନିଜ ଘରେ ରହୁଛି। ଷ୍ଟାଣ୍ଡାର୍ଡ଼ ଥ୍ରିରେ କନ୍‌ଭେଣ୍ଟ୍ ସ୍କୁଲରେ ସିଦ୍ଧାର୍ଥର ନାମ ଲେଖାଇ ଦେଇଛି।

ବାହାଘରର ଏଇ ନଅବର୍ଷ ଭିତରେ ହାଇକୋର୍ଟ ପୂର୍ବତନ ବିଚାରପତି ଜଗନ୍ନାଥ

କାନୁନ୍‌ଗୋଙ୍କ ଦେହାନ୍ତ ହୋଇଯାଇଛି। ମାଆ ଶାନ୍ତି ଦେବୀଙ୍କୁ ପୁଅବୋହୂ କଟକ ଆସି ସାଙ୍ଗରେ ନେଇ ଆମେରିକା ଚାଲିଯାଇଛନ୍ତି। ଜଗନ୍ନାଥ କାନୁନ୍‌ଗୋଙ୍କ ଏକମାତ୍ର ପୁଅ ସଂଜୟ କମ୍ପ୍ୟୁଟର ଇଞ୍ଜିନିୟର ଆଉ ବୋହୂ ମାଳବିକା କ୍ୟାନ୍ସର୍ ରୋଗ ବିଶେଷଜ୍ଞ ଡାକ୍ତରାଣୀ। ସେମାନଙ୍କର ଦୁଇ ପୁଅ ଆମେରିକାରେ ହିଁ ଜନ୍ମ ହୋଇଛନ୍ତି। ସଂଜୟ ଆଉ ମାଳବିକା କାଲିଫର୍ଣ୍ଣିଆରେ ସ୍ଥାୟୀ ଭାବରେ ବସବାସ କରିବାକୁ ସ୍ଥିର କରିଛନ୍ତି। ସେଥିପାଇଁ ମା'ଙ୍କୁ ନେଇ ଆମେରିକା ଚାଲିଗଲା ପରେ କଟକ କାଳିଗଳିରେ ଥିବା ତାଙ୍କର ପ୍ରାସାଦୋପମ ଘର ଓ ବଗିଚା ଗୋଟିଏ ମଲ୍‌ଟିନାସନାଲ୍ କମ୍ପାନୀକୁ ସେ ଭଡ଼ା ଦେଇ ଦେଇଛନ୍ତି। ଜାହ୍ନବୀ ତା' ଭାଇ ସଂଜୟଠାରୁ ନଅବର୍ଷ ସାନ। ସେ ଉତ୍କଳ ବିଶ୍ୱବିଦ୍ୟାଳୟରୁ ଇଂରାଜୀ ସାହିତ୍ୟରେ ପ୍ରଥମ ଶ୍ରେଣୀରେ ପ୍ରଥମ ହୋଇ ସ୍ୱର୍ଣ୍ଣପଦକ ଲାଭ କଲାପରେ ସଂଜୟ ତାକୁ ମଧ୍ୟ କାଲିଫର୍ଣ୍ଣିଆ ୟୁନିଭର୍ସିଟିର କୌଣସି କଲେଜରେ ଅଧ୍ୟାପନା କରିବା ପାଇଁ ଡାକି ନେବାକୁ ବସିଥିଲା।

କିନ୍ତୁ ଜୟନ୍ତ ପଟ୍ଟନାୟକ ସହିତ ତା'ର ବାହାଘର ହୋଇଯିବା ପରେ ଜାହ୍ନବୀ ଓଡ଼ିଶା ଛାଡ଼ି ଆମେରିକା ଯିବାପାଇଁ ନାହିଁ କରିଦେଲା।

ପୈତୃକଘର ଭଡ଼ା ଲାଗିଗଲା ପରେ ଜଷ୍ଟିସ୍ କାନୁନ୍‌ଗୋଙ୍କ ଗୃହଭୃତ୍ୟ ହରପ୍ରସନ୍ନ ଏବଂ ମାଳୀ ଗଜାନନ ଜାହ୍ନବୀ ପାଖକୁ ଚାଲିଆସିଛନ୍ତି। ବାହାଘର ପରେ ସ୍ୱାମୀଙ୍କ ସହିତ ଭୁବନେଶ୍ୱର ଚାଲିଗଲା ପରେ ଜାହ୍ନବୀର ହର କାକା ଆଉ ମାଳୀ ମଉସା ସହିତ ଯେଉଁ ସମ୍ପର୍କର ଡୋର ଛିଡ଼ି ଯାଇଥିଲା, କଟକ ଫେରିଆସିଲା ପରେ ସେ ଦୁହିଁଙ୍କ ସହିତ ଛିଡ଼ି ଯାଇଥିବା ସେହି ସମ୍ପର୍କ ଆଉଥରେ ଯୋଡ଼ି ହୋଇଗଲା।

ସିଦ୍ଧାର୍ଥ ତା' ଡାଡ଼ିକୁ ଅହରହ ମନେ ମନେ ଖୋଜି ହେଉଥିବାବେଳେ ଜାହ୍ନବୀ ତା' ହର କାକା, ମାଳି ମଉସାଙ୍କ ଉପସ୍ଥିତି ଯୋଗୁଁ ନିଜକୁ କୌଣସିମତେ ସମ୍ଭାଳି ନେଇଥିଲା।

ମୋବାଇଲ ଫୋନ୍ ସେ ଦୁଇଜଣଙ୍କ ମଧ୍ୟରେ ସୃଷ୍ଟି ହୋଇଥିବା ଦୂରତ୍ୱକୁ ଅନେକ ପରିମାଣରେ ସଂକୁଚିତ କରିଦେଇଥିଲା।

ତା' ଏନୋଭା ଗାଡ଼ିର ଡ୍ରାଇଭର ରସିଦ୍ ମିଆଁର ଘର କଟକ କାଜି ବଜାରରେ। ସେ ଭୁବନେଶ୍ୱରରେ ଥିଲାବେଳେ ତାଙ୍କ ସରକାରୀ କ୍ୱାର୍ଟର୍ସର ଆଉଟ୍ ହାଉସ୍‌ରେ ରହୁଥିଲା। ସେ କଟକ ଫେରି ଆସିଲା ପରେ ରସିଦ୍ ତା' କାଜିବଜାର ଘରକୁ ଚାଲିଗଲା। ଘରୁ ସକାଳ ଆଠଟାରେ ଆସି ଡ୍ୟୁଟିରେ ଯୋଗଦିଏ ଏବଂ ରାତି ଆଠଟା ପରେ ଗ୍ୟାରେଜରେ ଗାଡ଼ି ରଖି ଚାବିଦେଇ ଘରକୁ ଫେରିଯାଏ।

ସେଦିନ ରବିବାର।

ରସିଦ୍ ମିଆଁ ଏକା ନୁହେଁ, ତା' ସାଙ୍ଗରେ ଆଉ ଜଣେ ଅପରିଚିତ ଲୋକକୁ ଧରି ଆସି ପହଞ୍ଚିଥିଲା।

ରବିବାର ଦିନ ଗାଡ଼ି ଧୋଇବା ରସିଦ୍ ମିଆଁର ପ୍ରଥମ କାମ। ଗ୍ୟାରେଜରୁ ଗାଡ଼ି କାଢ଼ି ଧୋଇବା ଲାଗି ଜାହ୍ନବୀ ତାକୁ ଚାବି ବଢ଼ାଇ ଦେବାବେଳେ ବାରଣ୍ଡାରେ ଠିଆ ହୋଇଥିବା ଅପରିଚିତ ଭଦ୍ରଲୋକଙ୍କୁ ଦେଖି ଡ୍ରାଇଭରକୁ ପଚାରିଲା- ଏ କିଏ ?

ତା' ଡ୍ରାଇଭର୍ କିଛି ଉତ୍ତର ଦେବା ଆଗରୁ ଅପରିଚିତ ଭଦ୍ରଲୋକ ନିଜ ହାତରେ ଧରିଥିବା ଆଟାଚି ବ୍ୟାଗ୍ ଟେବୁଲ ଉପରେ ଥୋଇଦେଇ ଖୁବ୍ ବିନୀତ କଣ୍ଠରେ କହିଲେ- ନାଇଁ ମାଡ଼ାମ୍, ରସିଦ୍ ମତେ ଚିହ୍ନି ନାଇଁ। କିନ୍ତୁ ଆପଣ କ୍ୟାପିଟାଲରେ ଥିବାବେଳେ ମୋ ଗାଡ଼ି ଡ୍ରାଇଭର୍ ହମିଦ୍ ମିଆଁ ସହିତ ରସିଦ୍‌ର ଖୁବ୍ ଦୋସ୍ତି ଥିଲା। ହମିଦ୍ ସାହାଯ୍ୟରେ ରସିଦ୍ ସାଙ୍ଗରେ ମୁଁ ଆପଣଙ୍କ ପାଖକୁ ଆସିଛି। ଖୁବ୍ ଜରୁରୀ କାମ। ଆପଣ ମୋ ଅନୁରୋଧ ରଖିବେ ବୋଲି କହିଲେ ମୁଁ ଆସିବାର ଉଦ୍ଦେଶ୍ୟ-

ବିନୀତ ବଶମ୍ବଦ ଭାବରେ କଥା କହୁଥିଲେ ବି ଲୋକଟାର କଥା କହିବାର ଠାଣିମାଣିରେ ଔଦ୍ଧତ୍ୟର ଅହଂକାର ବାରି ହୋଇପଡୁଥିଲା।

ସେ ଭ୍ରୂକୁଞ୍ଚନ କରି କହିଲା- ମୋ ପାଖରେ ଆପଣଙ୍କର କି କାମ? ଯଦି କଲେଜ ସମ୍ପର୍କୀୟ କିଛି କଥା ଥାଏ, କଲେଜକୁ ନଆସି ଘରକୁ ଆସିଛନ୍ତି କାହିଁକି ?

- ମୁଁ ବଡ଼ ବିପଦରେ ପଡ଼ିଯାଇଛି ମାଡ଼ାମ୍! ଜଳେଶ୍ୱରରେ ମୋ ଘରଭଡ଼ା ନେଇ ରହିଥିବା ଜଣେ ମାଛ ବ୍ୟବସାୟୀ ଶେଖ୍ ରହେମନ୍ ଘରେ କାଲି ପୋଲିସ୍ ଚଢ଼ାଉ କରି ପାଞ୍ଚ ଶହ ଗ୍ରାମର ବ୍ରାଉନ୍‌ସୁଗାର ଜବତ କରିଛି। ବାଲେଶ୍ୱର ଏସ୍.ପି. ଜୟନ୍ତ ବାବୁ ମୋ ଘର ଭଡ଼ାଟିଆକୁ ଗିରଫ୍ କରି ହାଜତକୁ ପଠାଇ ଦେଇଛନ୍ତି। ଟ୍ରକ୍ ଲୋଡ୍ ବାଲାଂଦେଶୀ ପଦ୍ମା ଇଲିସି ମୋ ଘର ଆଗରେ ଠିଆ ହୋଇଛି। ଆଉ ଦୁଇ ଦିନ ବିନା ବରଫରେ ରହିଲେ ମାଛ ସବୁ ପଚି ଦୁର୍ଗନ୍ଧ ହେବ। ଶେଖ୍ ରହେମନ୍ ଜେଲରେ ରହିଲେ ଆଇସ୍ ପ୍ୟାକ୍ କରି ତାକୁ ଓଡ଼ିଶାର ବିଭିନ୍ନ ମାଛ ବ୍ୟବସାୟୀଙ୍କ ପାଖକୁ ପଠାଇବ କିଏ ? ବାଲାଂଦେଶୀ ପଦ୍ମାନଦୀର ଇଲିସ୍ ଚାହିଦା ଆଉ ଦାମ୍-

ଲୋକଟିର କଥା ଶୁଣି ଜାହ୍ନବୀର ମୁଣ୍ଡ ଗରମ ହୋଇଗଲା। ତା' ପାଟିରୁ ଅଶ୍ରାବ୍ୟ ଗାଳି ଜିଭ ଡେଇଁ ପଦାକୁ ବାହାରି ଆସୁଥିଲା। କିନ୍ତୁ ଜୟନ୍ତଙ୍କ କଥା ଭାବି ସେ ନିଜକୁ ସମ୍ଭାଳି ନେଲା। କହିଲା-

-ଆପଣ କିଏ, କ'ଣ କରନ୍ତି ମତେ ଜଣା ନାହିଁ। ଆପଣଙ୍କ ଘରର ଭଡ଼ାଟିଆର ସମସ୍ୟା ଆପଣ ମୋ ଘରକୁ ନେଇ ଆସିଛନ୍ତି କାହିଁକି ? ଟ୍ରକ୍‌ଭର୍ତ୍ତି ବାଲାଂଦେଶୀ ମାଛଠାରୁ ପାଞ୍ଚଶହ ଗ୍ରାମ୍ ବ୍ରାଉନ୍‌ସୁଗାରର ଦାମ୍ ନିଶ୍ଚୟ ବେଶି ହେବ-

ଲୋକଟା ଏଥର ନିର୍ଲଜ୍ଜଙ୍କ ଭଳି ହସିଲା।

କହିଲା- ମୋ ମାତୃଦତ୍ତ ନାମ ହେଉଛି ସ୍ୱଦେଶ ପ୍ରଧାନ। ମୁଁ କରେ କ'ଣ? ଦେଶ ସେବା ଛଡ଼ା ମୋର ଆଉ କରିବାର କ'ଣ ଅଛି? ମତେ ଅନ୍ୟ କିଛି କାମ ଜଣା ମଧ୍ୟ ନାହିଁ। ଆମର ଶିକ୍ଷାମନ୍ତ୍ରୀ ଗୋପାଳ ମହାନ୍ତିଙ୍କର ମୁଁ ଥିଲି ଇଲେକ୍ସନ ଏଜେଣ୍ଟ, ଶେଖ୍ ରହେମନ୍ ସମସ୍ୟା ପ୍ରଥମେ ତାଙ୍କୁ ହିଁ ଜଣାଇ ଥିଲି। ସେ ବାଲେଶ୍ୱର ଏସ.ପି.ଙ୍କୁ ଥରେ କହିଦେଇଥିଲେ କଥା ଛିଡ଼ିଯାଆନ୍ତା। କିନ୍ତୁ ସେ ମତେ ଆପଣଙ୍କ ଆଡ଼କୁ ଅଡ଼େଇଦେଲେ।

ଲୋକଟା କେବଳ ଧୂର୍ତ୍ତ ନୁହେଁ, ଏକ ନମ୍ବର ବ୍ଲାକ୍ ମେଲର। ସେ ଶିକ୍ଷା ବିଭାଗରେ ଚାକିରି କରେ ବୋଲି ତାକୁ ଶିକ୍ଷାମନ୍ତ୍ରୀ ତା' ପାଖକୁ ପଠାଇଛନ୍ତି ବୋଲି କହି ସେ ତାକୁ ବ୍ଲାକମେଲିଂ କରିବାକୁ ଚାହୁଁଛି।

ସେ କେବଳ ବାଲେଶ୍ୱର ଏସ୍.ପି.ଙ୍କ ସ୍ତ୍ରୀ ନୁହେଁ, ପୂର୍ବତନ ହାଇକୋର୍ଟ ବିଚାରପତିଙ୍କ କନ୍ୟା।

ସେ ନିଜ କଣ୍ଠର ସ୍ୱରଗ୍ରାମ ଉପରକୁ ଉଠାଇ କହିଲା- ଆପଣଙ୍କ ଜିଲ୍ଲାର ଶିକ୍ଷାମନ୍ତ୍ରୀଙ୍କୁ କହିଦେବେ- ସେ ଭୁଲ୍ ଲୋକ ପାଖକୁ ଗୋଟାଏ ଭୁଲ୍ କାମ କରାଇନେବାକୁ ପଠାଇଛନ୍ତି- ଆପଣ ଯାଆନ୍ତୁ- ପ୍ଲିଜ୍ ଗେଟ୍ ଆଉଟ୍।

ଜାହ୍ନବୀ ମୁହଁରୁ ଗେଟ୍ ଆଉଟ୍ ଅର୍ଡ଼ର ଶୁଣି ସ୍ୱଦେଶ ପ୍ରଧାନଙ୍କ ତେଜ ମଉଳିଗଲା। ସେ ବୁଲିପଡ଼ି ବାରଣ୍ଡାରୁ ଓହ୍ଲାଇ ଦ୍ରୁତ ଗତିରେ ଫାଟକ ପାଖକୁ ଆଗେଇ ଗଲାବେଳେ ଜାହ୍ନବୀର ଆଖି ପଡ଼ିଗଲା ତା' ଟେବୁଲ ଉପରେ ଥୁଆ ହୋଇଥିବା ଆଟାଚି ବ୍ୟାଗ୍ ଉପରେ।

ସେ ଚିତ୍କାର କରି କହିଲା- ମିଷ୍ଟର ପ୍ରଧାନ- ଆପଣଙ୍କ ଆଟାଚି ବ୍ୟାଗ୍ ଛାଡ଼ିଗଲେ। ନେଇଯାଆନ୍ତୁ।

ଏଥର ଚାଲିବାର ବେଗ କମାଇଦେଇ ପଛକୁ ମୁହଁ ଫେରାଇ ଚାହିଁଲେ ଦେଶ ସେବକ ସ୍ୱଦେଶ ପ୍ରଧାନ। ହସି ହସି କହିଲେ- କୌଣସି ମାନ୍ୟଗଣ୍ୟ ବ୍ୟକ୍ତିଙ୍କୁ ଭେଟିବାକୁ ମୁଁ ଖାଲି ହାତରେ ଯାଏନାହିଁ। ସେ ବ୍ୟାଗ୍ ଆପଣଙ୍କ ପାଇଁ ଆଣିଥିଲି- ସେଥିରେ ଦଶ ଲକ୍ଷ ଟଙ୍କାର ଗାନ୍ଧିମୁଣ୍ଡ ଛପା ହଜାରେ ଟଙ୍କିଆ ନୋଟ୍ ଅଛି।

ଦଶ ଲକ୍ଷ ଟଙ୍କାର ଲାଞ୍ଚ ନେଇ ତା' ପାଖକୁ ଆସିଥିବାର ଦୁଃସାହସ ଦେଖି କ୍ରୋଧରେ ବିସ୍ଫୋରିତ ହୋଇଗଲା ଜାହ୍ନବୀ।

ଟେବୁଲ୍ ଉପରୁ ଆଟାଚି ବ୍ୟାଗ୍ ଉଠାଇ ସେ ଲୋକକୁ ଲକ୍ଷ୍ୟକରି ଫୋପାଡ଼ି ଦେଇ ଘର ଭିତରେ ପଶି ଭିତରପଟୁ ଦରଜା ବନ୍ଦ କରିଦେଲା। ପାଟିରୁ ତା'ର କଥା

ବାହାରୁନଥିଲା। ନିଃଶ୍ୱାସ ଘର ଧରୁନଥିଲା। ପୂର୍ବରୁ ଏଭଳି କେବେ ସେ ଅପମାନିତ ହୋଇଥିବା କଥା ତା'ର ମନେ ପଡୁନଥିଲା।

ସେ ଆଟାଚି ବ୍ୟାଗକୁ ଧରିଥିବା ତା'ର ଡାହାଣ ହାତ ଆଙ୍ଗୁଠି ଆଉ ପାପୁଲି ସାବୁନରେ ଭଲକରି ଧୋଇଲାବେଳେ ତା'ର ଦୁଇ ଆଖିରେ ଲୁହ ଜକେଇ ଆସୁଥିଲା।

ଦ୍ୱିତୀୟ

ସକାଳେ ସାତଟାରୁ ଆଠଟା ଭିତରେ ଥରେ, ସନ୍ଧ୍ୟାରେ ଦ୍ୱିତୀୟ ଥର ଏବଂ ରାତି ନଅଟା ପରେ ତୃତୀୟ ଥର ପ୍ରାୟ ନିୟମିତ ଫୋନ୍ କରନ୍ତି ଜୟନ୍ତ। ସକାଳ ଫୋନ୍ ପୁଅ ସିଦ୍ଧାର୍ଥ ପାଇଁ। ସେ ସ୍କୁଲ ଯିବା ଆଗରୁ ଡାଡ଼ିଙ୍କ ସହ କଥା ହୋଇନଥିଲେ ସ୍କୁଲ୍ ବ୍ୟାଗ୍, ଟିଫିନ୍ ବକ୍ସ କିମ୍ବା ପାଣିବୋତଲ ଧରି ସ୍କୁଲ ଯିବାପାଇଁ ଗାଡ଼ିକୁ ବାହାରେ ନାହିଁ।

ଜାହ୍ନବୀ ଆଖି ଡୋଳା ଉପରକୁ ଉଠାଇ ମୃଦୁ ଧମକ ଦେଇ ପୁଅକୁ ପଚାରେ- ତୋ ସ୍କୁଲବେଳ ଡେରି ହୋଇଯାଉଛି। ଗାଡ଼ିକୁ ଯାଉନୁ କାହିଁକି ? ସିଦ୍ଧାର୍ଥ ଉତ୍ତର ଦିଏ- ଡାଡ଼ିଙ୍କ ଫୋନ୍ ଆସିନି। ଡାଡ଼ିଙ୍କ ସାଙ୍ଗରେ କଥା ନହୋଇ ସ୍କୁଲ ଚାଲିଗଲେ ପାଠପଢ଼ାରେ ମନ ଲାଗିବ ନାହିଁ।

ପୁଅର ମନ କଥା ବୁଝିଯାଏ ଜାହ୍ନବୀ। ପୋଲିସ୍ ଚାକିରିରେ ବେଳ ଅବେଳ କିଛି ନାହିଁ, ସକାଳୁ ଯଦି ଡ୍ୟୁଟିରେ ବାହାରି ଯାଇଥିବେ ପୁଅକୁ ଫୋନ୍ କରିବାକୁ ସୁଯୋଗ ପାଇନଥିବେ।

ସେକଥା ସିଦ୍ଧାର୍ଥକୁ ବୁଝାଇ ଦେଲାପରେ ସେ ବ୍ୟାଗ୍, ଟିଫିନ୍ ବକ୍ସ, ପାଣି ବୋତଲ ଧରି ଗାଡ଼ିକୁ ଚାଲିଯାଏ। କିନ୍ତୁ ବାପାଙ୍କ ସହିତ କଥା ହୋଇନଥିବାର ଦୁଃଖ ତା' ମୁହଁ ସାରା ଲେଖି ହୋଇଯାଇଥାଏ।

ସଂଧ୍ୟା ଓ ରାତିରେ ତାକୁ ହିଁ ଫୋନ୍ କରନ୍ତି ଜୟନ୍ତ। ସିଦ୍ଧାର୍ଥ ଶୋଇପଡ଼ିଲା ପରେ ରାତି ନଅଟା, କେବେକେବେ ଦଶଟା ପରେ ଫୋନ୍‌ରେ ଭୌଗୋଳିକ ଦୂରତ୍ୱ କିପରି ତାକୁ ପାଖରେ ପାଇବା ପାଇଁ ତାଙ୍କ ଦେହମନକୁ ଉଚ୍ଚାଟିତ କରିଦେଇଛି, ତାହାର ଧାରା ବିବରଣୀ ଶୁଣିଲାପରେ ଅନୁରାଗ ବଦଳରେ ରାଗରେ ତା'ର ହାଡ଼ ଜଳିଯାଏ। ସେ ତା'ର ସ୍ୱାମୀଙ୍କୁ ଜଣେ ସ୍ତ୍ରୈଣ ପୁରୁଷ ଭାବରେ ନୁହେଁ; ଜଣେ ଦୃଢ଼ମନା ବଳିଷ୍ଠ ମଣିଷ ଭାବରେ ଚାହେଁ। ସେ ଯେତେବେଳେ ଜଡ଼ିତ କଣ୍ଠରେ କହନ୍ତି- ତମକୁ ଛାଡ଼ି ଆସିଲା ଦିନୁ ରାତିରେ ନିଦ ହେଉନି- ଭାବୁଛି କଲେକ୍ଟରଙ୍କୁ ନକହି ଏଇ

ଶନିବାର ଗାଡ଼ି ଚଲାଇ ତମ ପାଖକୁ ପଳାଇବି। ସେ କ୍ଷୀଣ କଣ୍ଠରେ ଚିତ୍କାର କରିଉଠେ- ପ୍ଲିଜ୍ ଜୟନ୍ତ ! ଏ ପାଗଳାମୀ ବନ୍ଦ କର। ଆଠ ବର୍ଷ ଚାକିରି ପରେ ଭିଜିଲାନ୍ସ ଡି.ଏସ୍.ପି.ରୁ ଜିଲ୍ଲା ଏସ୍.ପି. ର୍‍ୟାଙ୍କ୍‌କୁ ପ୍ରମୋଶନ୍ ପାଇଛ। ତମକୁ ଆହୁରି ଅନେକ ଦୂର ଯିବାକୁ ହେବ- ଅନ୍ତତଃ ଆଇ.ଜି. ପଦକୁ ତମର ଉନ୍ନତି ହେବାର ଦିନକୁ ମୁଁ ଅପେକ୍ଷା କରି ରହିଛି। ଜିଲ୍ଲା କଲେକ୍ଟରଙ୍କ ବିନା ଅନୁମତିରେ ଆଇନ୍ ଶୃଙ୍ଖଳା ଦାୟିତ୍ୱରେ ଥିବା ପୋଲିସ୍ ଏସ.ପି. ହେଡ୍ କ୍ୱାର୍ଟର୍ସ ଛାଡ଼ିବା ଗୁରୁତର ଅପରାଧ। ମୁଁ ଚାହେଁନା ତମ ପଦୋନ୍ନତିରେ ବାଧକ ହେଲାଭଳି କିଛି କାମ ତମେ କର। ତମେ ଆସିଲେ ବି ତମକୁ ମୋ ବିଛଣାକୁ ଉଠିବା ପାଇଁ ଦେବି ନାହିଁ।

ତା' କଥା ଶୁଣି ଏକଦମ୍ ଚୁପ୍ ହୋଇଯାଇଥିଲେ ଜୟନ୍ତ। ଗୁଡ୍ ନାଇଟ୍, କହିବା ଆଗରୁ ଲାଇନ୍ କାଟି ଦେଇଥିଲେ। ତା' କଥାର ବାଣ ଯେ ତାଙ୍କ ମର୍ମଭେଦ କରିଛି ବୁଝିପାରି ମନେମନେ ଖୁସି ହୋଇଥିଲା ଜାହ୍ନବୀ।

ଅନେକ ଦିନ ତଳର ଗୋଟିଏ କଥା ମନେ ପଡ଼ିଯିବା ମାତ୍ରେ ଏକ ନିଃଶବ୍ଦ ହସ ତା'ର ଓଠରେ ଅଙ୍କୁରିତ ହୋଇ ଲିଭିଗଲା।

ସେତେବେଳେ ତା' ବାବା ହାଇକୋର୍ଟର ବିଚାରପତି ହୋଇନଥିଲେ, ହାଇକୋର୍ଟର ସେ ଥିଲେ ସିନିୟର୍ ଆଡଭୋକେଟ୍। ଜୟନ୍ତଙ୍କ ବାପା ଶ୍ରୀକାନ୍ତ ପଟ୍ଟନାୟକ ତା' ବାବାଙ୍କ ପାଖରେ ଜୁନିୟର୍ ଓକିଲ ଭାବରେ କାମ କରୁଥିଲେ। ତାଙ୍କ ଦୁଇ ପରିବାର ମଧ୍ୟରେ ଖୁବ୍ ନିବିଡ଼ ସମ୍ପର୍କ ଥିଲା। ତା'ର ମମି ଆଉ ଜୟନ୍ତଙ୍କ ମାଆ ଥିଲେ ସାଇବାବାଙ୍କ ଭକ୍ତ। ଏଇ ଆଧ୍ୟାତ୍ମିକ ଅନ୍ତରଙ୍ଗତା ଦୁଇ ନାରୀ- ତା' ମମି ଶାନ୍ତିଦେବୀ ଆଉ ଜୟନ୍ତଙ୍କ ମା' ହେମଲତାଙ୍କୁ ଅଚ୍ଛେଦ୍ୟ ବନ୍ଧନରେ ବାନ୍ଧି ରଖିଥିଲା। ସେତେବେଳେ ତା'ର ଷ୍ଟାଣ୍ଡାର୍ଡ଼ ଏଇଟ୍ ଆଉ ଜୟନ୍ତର ରେଭେନ୍ସାର ଫାଷ୍ଟ ଇଅର୍। ବେଳ ଅବେଳରେ କେତେବେଳେ ତା' ମା'ଙ୍କ ସାଙ୍ଗରେ ଆଉ କେବେକେବେ ମା'ଙ୍କୁ ଖୋଜିବା ଲାଗି ତାଙ୍କ ଘରକୁ ଚାଲି ଆସୁଥିଲେ ଜୟନ୍ତ।

ଥରେ ଅପରାହ୍ନ ପାଞ୍ଚଟାବେଳେ ତାଙ୍କ ବଗିଚାରେ ସେ ତା'ର ପଡ଼ୋଶୀ ଝିଅ ତା'ର କ୍ଲାସ୍‌ମେଟ୍ ଅଙ୍କିତା ସହିତ ବ୍ୟାଡ୍‌ମିଣ୍ଟନ୍ ଖେଳୁଥିଲା। ଜୟନ୍ତ କେତେବେଳେ ଗେଟ୍ ଖୋଲି ତାଙ୍କ ଘର ଭିତରକୁ ନଯାଇ ବଗିଚାରେ ସେ ଦୁଇଜଣଙ୍କ ବ୍ୟାଡମିଣ୍ଟନ୍ ଦେଖୁଛି ସେକଥା ତାଙ୍କୁ ଜଣା ନଥିଲା। ଜୟନ୍ତ ତା' ପଛପଟେ ଠିଆ ହୋଇ ସେ ବ୍ୟାଟ୍‌ରେ ବ୍ୟାଡ଼ମିଣ୍ଟନ କର୍କକୁ ପିଟିଲାବେଳେ ତା' ଫ୍ରକ୍ ପବନରେ ଉପରକୁ ଉଠି ଯାଉଛି ଆଉ ତା' ନଗ୍ନ ନିଟୋଳ ଗୋଡ଼ ଭଣ୍ଡାକୁ ଆଁ କରି ଡାଆଣାଙ୍କ ଭଳି ଯେ ଚାହିଁ

ରହିଛି ସେକଥା ଅଙ୍କିତା ତାକୁ ଆଖିଠାରରେ ଚେତେଇ ଦେଇନଥିଲେ ସେ ଜାଣି ପାରିନଥାନ୍ତା।

ସେ ପଛକୁ ଫେରି ଚାହିଁ ଜୟନ୍ତଙ୍କୁ ଦେଖିବା ମାତ୍ରେ ରାଗରେ ପାଟିକରି ଉଠିଲା- ଝିଅ ପିଲାମାନେ ଖେଳୁଥିବାବେଳେ ପାଟି ମେଲାକରି କାଙ୍ଗାଳଙ୍କ ଭଳି ଠିଆ ହୋଇ କ'ଣ ଦେଖୁଛ ? ନିର୍ଲଜ୍ଜ, ଇଡ଼ିୟଟ୍।

ତା' ପାଟିରୁ ଆଉ ଯେଉଁସବୁ ଅଶ୍ରାବ୍ୟ ଶବ୍ଦ ସେଦିନ ବନ୍ଧୁକ ନଳୀର ଛୁଟନ୍ତ ଗୁଳି ଭଳି ବାହାରି ଆସିଥିଲା, ତାଙ୍କୁ ଶୁଣିବା ପାଇଁ ଅପେକ୍ଷା ନକରି ଜୟନ୍ତ ସେଦିନ ଚିଲ ଭଳି ଗେଟ୍ ପାର୍ ହୋଇ ଛୁଟି ପଳାଇଥିଲା।

ତା'ର ଗାଳି ଶୁଣି ଚୋର ଭଳି ଜୟନ୍ତର ପଳାୟନ ଭଙ୍ଗୀ ଦେଖି ଅଙ୍କିତା ଆଉ ସେ ହସିହସି ବେଦମ୍ ହୋଇଥିଲେ। ଉଭିନ୍ନ-ଯୌବନା କିଶୋରୀ ଝିଅଙ୍କ ଗୋଡ଼ ଭଣ୍ଡାର ସୌନ୍ଦର୍ଯ୍ୟ ଦେଖିବା ପାଇଁ ଜୟନ୍ତର ସେ କାଙ୍ଗାଳପଣିଆ ଜାହ୍ନବୀ ମନରେ ତା'ପ୍ରତି ଏକ ବିରକ୍ତିକର ଅସହିଷ୍ଣୁତା ସୃଷ୍ଟି କରିଦେଇଥିଲା।

ସେ ଯେଉଁ ବର୍ଷ ସେକେଣ୍ଡାରୀ ବୋର୍ଡ଼ ପରୀକ୍ଷା ଦେଲା, ସେଇବର୍ଷ ହାଇକୋର୍ଟର ବିଚାରପତି ଭାବରେ ତା' ଡାଡ଼ି ଶପଥ ଗ୍ରହଣ କରିଥିଲେ। ଡାଡ଼ି ବିଚାରପତି ହେଲାପରେ ତାଙ୍କ ପାଖରେ ଥିବା ସବୁ କେଶ୍ ତାଙ୍କ ଜୁନିୟର୍ ଲୟାର୍ ଭାବରେ କାମ କରୁଥିବା ଜୟନ୍ତଙ୍କ ବାପା ଶ୍ରୀକାନ୍ତ ଅଙ୍କଲ୍ଙ୍କ ପାଖକୁ ଚାଲିଗଲା। ଜମି ଉଠିଥିଲା ତାଙ୍କର ଆଇନ୍ ବ୍ୟବସାୟ। କିନ୍ତୁ ଡାଡ଼ି ଜଜ୍ ହୋଇଗଲା ପରେ ଶ୍ରୀକାନ୍ତ ଅଙ୍କଲ୍ଙ୍କ ପରିବାର ସହ ଦୂରତ୍ୱ ତିଆରି ହୋଇଗଲା। ହେମଲତା ଆଣ୍ଟିଙ୍କ ତାଙ୍କ ଘରକୁ ଯିବା ଆସିବା ପ୍ରାୟ ବନ୍ଦ ହୋଇଗଲା। ଆଉ ତା' ବ୍ୟାଡ଼୍ମିଣ୍ଟନ୍ ଦେଖି ଗାଳି ଖାଇବା ପରଠାରୁ ତା'ଠାରୁ ଦୂରକୁ ଦୂରକୁ ଘୁଞ୍ଚି ଯାଉଥିଲା ଜୟନ୍ତ। ଦେଖାହେଲେ ବାଟ କାଟି ଚାଲିଯାଉଥିଲା। ତା' ମୁହଁକୁ ଚାହିଁବାକୁ ସାହସ କରୁନଥିଲା।

ଶ୍ରୀକାନ୍ତ ଅଙ୍କଲ୍ଙ୍କ ପିତା ମଧୁସୂଦନ ପଟ୍ଟନାୟକ ଥିଲେ ୧୯୩୦ ମସିହାର ଲବଣ ସତ୍ୟାଗ୍ରହୀ। ଗାନ୍ଧିବାଦୀ କର୍ମୀ। ତାଙ୍କୁ ସମସ୍ତେ କହୁଥିଲେ ତାଙ୍କ ଅଞ୍ଚଳର ଗୋପବନ୍ଧୁ ଚୌଧୁରୀ। ୧୯୪୮ ମସିହାରେ ଗାନ୍ଧୀଙ୍କ ହତ୍ୟା ଘଟଣା ପରେ ସେ ବିନୋବା ଭାବେଙ୍କ ଆଶ୍ରମକୁ ଚାଲି ଯାଇଥିଲେ। ଯିବା ପୂର୍ବରୁ ପୁଅକୁ ଡାକି କହି ଯାଇଥିଲେ- ସରକାରୀ ଚାକିରି ନକରି ସ୍ୱାଧୀନ ଭାବରେ ଓକିଲାତି କର। ଗାନ୍ଧୀ, ନେହେରୁ- ଉଭୟ ଥିଲେ ଓକିଲ, ବାରିଷ୍ଟର।

ବାପାଙ୍କ ଉପଦେଶ ମାନି ଶ୍ରୀକାନ୍ତ ଅଙ୍କଲ୍ ଓକିଲାତି କରୁଥିଲେ। ତାଙ୍କର ମଧ ଇଚ୍ଛା ଥିଲା ପୁଅ ଜୟନ୍ତ ଓକିଲାତି କରୁ। ତାଙ୍କ ସିରସ୍ତା ସମ୍ଭାଳୁ। କିନ୍ତୁ ରେଭେନ୍ସାରେ

ଇକନମିକ୍ସ ଅନର୍ସରେ ପ୍ରଥମ ଶ୍ରେଣୀ ପାଇଲାପରେ ଓକିଲାତି ପଢ଼ିବା ବଦଳରେ ନୂଆଦିଲ୍ଲୀ ଜେ.ଏନ୍.ୟୁ.ରେ ଇକନମିକ୍ସରେ ପି.ଜି କରିବାକୁ ଚାଲିଗଲା ଜୟନ୍ତ। ଶ୍ରୀକାନ୍ତ ଅଙ୍କଲ୍‌ଙ୍କୁ କହି ଯାଇଥିଲା, ସେ ଅର୍ଥନୀତି ଅଧ୍ୟାପକ ହେବ। ଓକିଲାତିରେ ତା'ର କୌଣସି ରୁଚି ନାହିଁ।

କିନ୍ତୁ ଜବାହରଲାଲ୍ ନେହେରୁ ବିଶ୍ୱବିଦ୍ୟାଳୟରୁ ଅର୍ଥଶାସ୍ତ୍ରରେ ପି.ଜି କରିସାରିଲା ପରେ ଅଧ୍ୟାପନା ବଦଳରେ ସେ ବସିପଡ଼ିଥିଲା ଅଲ୍ ଇଣ୍ଡିଆ ସିଭିଲ୍ ସର୍ଭିସ୍ ଏକଜାମ୍‌ରେ। ଆଇ.ଏ.ଏସ୍.ରେ ତା'ର ର୍‍ୟାଙ୍କ୍ ଅନେକ ତଳେ ଥିବାବେଳେ ଆଇ.ପି.ଏସ୍.ରେ ପ୍ରଥମ ଦଶଜଣଙ୍କ ମଧ୍ୟରେ ତା'ର ନାମ ଥିଲା।

ବାବା ସେତେବେଳକୁ ହାଇକୋର୍ଟର ବିଚାରପତି ପଦରୁ ଅବସର ନେଇ ସାରିଥିଲେ। ଭାଇ, ଭାଉଜ ଆମେରିକାରେ ଚାକିରି କରିବା ସାଙ୍ଗେସାଙ୍ଗେ ସେଠାରେ ଘର କିଣି ଘରସଂସାର ଆରମ୍ଭ କରି ସାରିଥିଲେ। ସେ ଦୁଇଜଣଙ୍କର ଡଲାରର ଦେଶ ଛାଡ଼ି ଦରିଦ୍ର ଭାରତବର୍ଷକୁ ଫେରିବାର କୌଣସି ଇଚ୍ଛା ନଥିଲା।

ସେ ଉତ୍କଳରୁ ଇଂରାଜୀରେ ପିଜି କରିସାରିଲା ପରେ ଡାଡ଼ି ତା'ର ବାହାଘର ପାଇଁ ବ୍ୟଗ୍ର ହୋଇଉଠିଥିଲେ। ଏତିକିବେଳେ ଓଡ଼ିଶାରୁ ପ୍ରକାଶିତ 'ଇଂରେଜ ଦୈନିକ ଷ୍ଟେଟ୍‌ସମାନ୍'ରେ ଜୟନ୍ତ ପଟ୍ଟନାୟକ ଆଇ.ପି.ଏସ୍.ରେ ଅଷ୍ଟମ ସ୍ଥାନ ଅଧିକାର କରିଥିବା ନିଉଜ୍ ତାଙ୍କର ଦୃଷ୍ଟି ଆକର୍ଷଣ କଲା।

ସେତେବେଳେ ଆଇ.ଏ.ଏସ୍, ଆଇ.ପି.ଏସ୍. ଓ ବାରିଷ୍ଟରମାନେ ଥିଲେ ଜାହ୍ନବୀ ଭଳି ଉଚ୍ଚ ମଧ୍ୟବିତ୍ତ ଶ୍ରେଣୀର ଝିଅମାନଙ୍କର ସ୍ୱପ୍ନର ରାଜକୁମାର। ଆଇ.ଏ.ଏସ୍. ଅପେକ୍ଷା ଆଇ.ପି.ଏସ୍.ମାନଙ୍କ ପୌରୁଷ ତା' ପାଇଁ ଥିଲା ଅଧିକ ଆକର୍ଷଣୀୟ। ଡାଡ଼ି ଯେତେବେଳେ ଆଇ.ପି.ଏସ୍. ଜୟନ୍ତ ସହିତ ତା'ର ବାହାଘର ପ୍ରସଙ୍ଗ ଉତ୍‌ଥାପନ କଲେ, ହଁ କି ନାହିଁ କିଛି ନକହି ସେ କେବଳ ହସିଦେଇଥିଲା।

ତାଙ୍କ ବଗିଚାରେ ବ୍ୟାଡ଼ମିଣ୍ଟନ୍ ଖେଳୁଥିବାବେଳେ ଜୟନ୍ତ ଆଁ କରି ତା' ଗୋଡ଼ ଭଣ୍ଡାକୁ କାଙ୍ଗାଳଙ୍କ ଭଳି ଚାହିଁ ରହିଥିବା ଦୃଶ୍ୟ ମନେ ପଡ଼ିଯିବା ମାତ୍ରେ ତା' ମୁହଁକୁ ଆଞ୍ଜୁଳାଏ ଜ୍ୟୋସ୍ନା ଭଳି ଶୁଭ୍ର ହସ ଚହଲି ଆସିଥିଲା ଆଉ ତା'ର ସେ ହସକୁ ତା'ର ସମ୍ମତି ବୋଲି ଧରିନେଇ ଡାଡ଼ି ତା'ର ବାହାଘର ଆୟୋଜନରେ ଲାଗି ପଡ଼ିଥିଲେ।

ବାହାଘର ହୋଇଗଲା।

ପ୍ରଥମ ସାକ୍ଷାତରେ ଜୟନ୍ତ କହିଥିଲେ- ତମେ ଯେ ମତେ ବାହାହେବା ପାଇଁ ରାଜିହେବ, ସେକଥା ଏବେ ବି ମୋର ମନରେ ବିଶ୍ୱାସ ହୁଏ ନାହିଁ। ତମ ବ୍ୟାଡ଼ମିଣ୍ଟନ୍

ଖେଳ ଦେଖୁଥିଲି ବୋଲି ତମର ଯେଉଁ ଗାଳି, ସେକଥା ମନେ ପଡ଼ିଗଲେ ଭୟରେ ମୋର ଆଖି ବୁଜି ହୋଇଯାଏ।

ସେ ଜୟନ୍ତଙ୍କ କଥା ଶୁଣି ହସ ଚାପିରଖି ଗମ୍ଭୀର ହୋଇଯାଏ। କହେ- ତମକୁ ବାହାହେବା ପାଇଁ ହଁ କରି ମୁଁ ଯେ ଭୁଲ୍ କରିନାହିଁ; ସେକଥା ତମକୁ ପ୍ରମାଣ କରିବାକୁ ହେବ।

ନିପଟ ନିର୍ବୋଧଙ୍କ ଭଳି ଜୟନ୍ତ ପ୍ରଶ୍ନ କରନ୍ତି- କିପରି ?

- ତମକୁ ପୋଲିସ୍ ଚାକିରିର ସର୍ବୋଚ୍ଚ ଶିଖରକୁ ଆରୋହଣ କରିବାକୁ ପଡ଼ିବ। ମୋ ଦେହକୁ ଜୟକରି ସାରିଛ। ସିଦ୍ଧାର୍ଥ ସେ ବିଜୟର ନିଶାଣ। ଏଣିକି ତମକୁ ମୋର ହୃଦୟକୁ ଜୟ କରିବାକୁ ହେବ। ସେଥିପାଇଁ ପୋଲିସ୍ ଚାକିରିର ସର୍ବୋଚ୍ଚ ପଦରେ ପାଦ ରଖିବା ଲାଗି ତମକୁ ତଳ ପାହାଚରୁ ଉପରକୁ ଉଠି ଶେଷ ପାହାଚରେ ପହଞ୍ଚିବାକୁ ପଡ଼ିବ।

ପାରିବେ ବୋଲି କହିନଥିଲେ ମଧ୍ୟ ଜାହ୍ନବୀ ଜାଣିଥିଲା ତା'ର ହୃଦୟ ଜୟ କରିବା ଯୁଦ୍ଧରେ କେବେ ହାରିବାକୁ ଚାହିଁବେ ନାହିଁ ଜୟନ୍ତ। ଭିଜିଲାନ୍ସ ଡି.ଏସ୍.ପି.ରୁ ବାଲେଶ୍ୱର ଏସ୍.ପି. ହୋଇଗଲା ପରେ ଜୟନ୍ତ ଠିକ୍ ରାସ୍ତାରେ ଚାଲିଛନ୍ତି ବୋଲି ଜାହ୍ନବୀର ହୃଦବୋଧ ହୋଇଥିଲା। କିନ୍ତୁ କାଲି ସେ ସ୍ୱଦେଶ ମହାନ୍ତି ଦଶଲକ୍ଷ ଟଙ୍କାର ଆଟାଚି ବ୍ୟାଗ୍ ତା' ବାରଣ୍ଡା ଟେବୁଲ ଉପରେ ଥୋଇଦେଇ ତା' ଘର ଭଡ଼ାଟିଆକୁ ଜେଲ୍‌ରୁ ବଞ୍ଚାଇବା ପାଇଁ ତା' ଉପରେ ଚାପ ପ୍ରୟୋଗ କରିଗଲା ପରେ ମନେମନେ ଡରିଯାଇଛି ଜାହ୍ନବୀ। କଲେଜରୁ ଆଜି ସେ ଶୁଣିଆସିଛି- ସ୍ୱଦେଶ ପ୍ରଧାନ ଜଣେ ମସ୍ତବଡ଼ ଡ୍ରଗ୍ସ ମାଫିଆ, ସେ କରିନପାରେ ଏମିତି କିଛି କାର୍ଯ୍ୟ ନାହିଁ। ସେ ଦଶଲକ୍ଷ ଟଙ୍କାର ଆଟାଚି ବ୍ୟାଗ୍ ତା' ଘରୁ ଫୋପାଡ଼ି ଦେଇ ସେ ନିଜର ଆତ୍ମସମ୍ମାନ ରକ୍ଷା କରିପାରିଥାଏ; କିନ୍ତୁ ତା'ର ପ୍ରତ୍ୟାଖ୍ୟାନ ଜୟନ୍ତଙ୍କ ଉପରେ ଯେ ବିପଦ ହୋଇପାରେ, ସେକଥା ଭାବି ସେ ନିଜ ଭିତରେ ପ୍ରଚଣ୍ଡ ଅସ୍ଥିରତା ଅନୁଭବ କରୁଥିଲା।

ଦିନକୁ ତିନିଥର ଫୋନ୍ କରୁଥିଲେ ବି ଏ ବ୍ରାଉନ୍‌ସୁଗାର କାରବାର ସମ୍ପର୍କରେ ଧରପଗଡ଼ କଥା ଥରେ ହେଲେ କହିନାହାନ୍ତି ଜୟନ୍ତ। କଲେଜରୁ ଫେରି ତିନି ତିନି ଥର ଜୟନ୍ତଙ୍କ ମୋବାଇଲ୍ ନମ୍ବର ଡାଏଲ୍ କଲାପରେ ମଧ୍ୟ ସେ ଫୋନ୍ ଉଠାଉ ନାହାନ୍ତି। କିନ୍ତୁ କାଲିର ଘଟଣା ଜୟନ୍ତଙ୍କୁ ନଜଣାଇବା ପର୍ଯ୍ୟନ୍ତ ଚା' ପିଇବାକୁ ସୁଦ୍ଧା ତା'ର ଇଚ୍ଛା ହେଉନଥିଲା।

କାଲି ରାତିରେ ସେ ଫୋନ୍ କରିନାହାନ୍ତି। ଆଜି ସକାଳେ ମଧ୍ୟ ନୁହେଁ। କ'ଣ ହୋଇଛି କିଛି ବୁଝିନପାରି ଜାହ୍ନବୀର ଦୁଶ୍ଚିନ୍ତାର ପାରଦ ଊର୍ଦ୍ଧ୍ୱଗାମୀ ହେବାରେ ଲାଗିଛି।

ଠିକ୍ ସଂଧ୍ୟା ସାତଟା ପନ୍ଦରରେ ମୋବାଇଲ ପରଦାରେ ଜୟନ୍ତଙ୍କ ନମ୍ବର ଝଲସି ଉଠିଲା ରୌଦ୍ରଦଗ୍ଧ ପୃଥିବୀରେ ପ୍ରଥମ ବର୍ଷଣ ଭଳି !

ତୃତୀୟ

ତମକୁ କାଲିଠାରୁ ଫୋନ୍ କରି କରି ଥକିଲିଣି । ଫୋନ୍ ରିଂ ହେଉଛି, ଅଥଚ ତମେ ଉଠାଉ ନାହଁ । ଅନ୍ୟ ଦିନ ଭଳି ଆଜି ସକାଳୁ ମଧ୍ୟ ପୁଅକୁ ଫୋନ୍ କରିନାହଁ । ତମର ହୋଇଛି କ'ଣ ?

- କିଛି ନାହିଁ । ଗୋଟାଏ ପୋଲିସ୍ କେଶ୍‌ରେ ଫସି ଯାଇଛି । ଜଳେଶ୍ୱରର ଜଣେ ମାଛ ବେପାରୀ ଘରୁ ମାଦକଦ୍ରବ୍ୟ ବିରୋଧୀ ପୋଲିସ୍ ପାଞ୍ଚଶହ ଗ୍ରାମ ବ୍ରାଉନ୍‌ସୁଗାର ଜବତକରି ମତେ ଖବର ଦେଇଥିଲା । ନିଶା ବ୍ୟବସାୟୀଙ୍କ ପ୍ରତି ଆଇନ୍ ବଡ଼ କଡ଼ା । ମୁଁ ସେ ଲୋକକୁ ଧରି ହାଜତରେ ପୂରାଇ ତା' ବିରୁଦ୍ଧରେ କେଶ୍ ଦାଏର୍ କରିଛି । କାଲି ରବିବାର ଥିଲା । କୋର୍ଟ୍ ବନ୍ଦ । ଆଜି ତାକୁ ବିଚାର ପାଇଁ କୋର୍ଟ୍‌ରେ ହାଜର କରିବା କଥା । କିନ୍ତୁ ସେ ମାଛ ବ୍ୟବସାୟୀକୁ ଡ୍ରଗ୍‌ସ କଣ୍ଟ୍ରୋଲ୍ ଆଇନ ଅନୁସାରେ ଗିରଫ କରି ହାଜତରେ ପୂରାଇ ଦେଇଛି ବୋଲି କେବଳ ଜଳେଶ୍ୱର- ବାଲେଶ୍ୱର ନୁହେଁ, ମୟୂରଭଞ୍ଜ-କେନ୍ଦୁଝରରେ ମଧ୍ୟ ଇଲିସିଲୋଭୀ ଖାଉଟିମାନେ ରାସ୍ତା ଅବରୋଧ ଆରମ୍ଭ କରିଦେଇଛନ୍ତି । ଜିଲ୍ଲା କଲେକ୍ଟର ମଧ୍ୟ ତାକୁ ସାବଧାନ କରିଦେଇ ଛାଡ଼ିଦେବାକୁ ପରାମର୍ଶ ଦେଇଛନ୍ତି । ମାଜିଷ୍ଟ୍ରେଟ୍‌ଙ୍କ କୋର୍ଟକୁ ମକଦ୍ଦମା ଚାଲିଗଲେ ମାଛ ବ୍ୟବସାୟୀ ଶେଖ୍ ରହେମନ୍‌ର ଅନ୍ୟୁନ ପାଞ୍ଚବର୍ଷ ଜେଲରେ ତେଲ ଘଣା ପେଲିବା ନିଶ୍ଚିତ ।

- କଲେକ୍ଟର ଯଦି ଚାହୁଁ ନାହାନ୍ତି, ତମେ କାହିଁକି ହାଣ କୁରାଢ଼ୀ ନିଜ ବେକ ପାଖକୁ ଆଣିବା ପାଇଁ ଜିଦ୍ ଧରିଛ ?

- କଲେକ୍ଟର ନିଜେ ଚାହୁଁ ନାହାନ୍ତି, ତାଙ୍କ ଉପରେ ଚାପ ପଡୁଛି । ସେ ଚାପ ସମ୍ଭାଳି ନପାରି କହୁଛନ୍ତି, ଡ୍ରଗ୍‌ସ କଣ୍ଟ୍ରୋଲ୍ ଇନ୍‌ସପେକ୍ଟର କୌଣସି ସ୍ଥାନୀୟ ନେତା, ସରପଞ୍ଚ କି ପଞ୍ଚାୟତ ସମିତି ସଭ୍ୟଙ୍କୁ ସାକ୍ଷୀ ନରଖି ମାଛ ବ୍ୟବସାୟୀର ଘର ଉପରେ ଚଢ଼ାଉ କରିବା ଆଉ ପାଞ୍ଚଶହ ଗ୍ରାମ ବ୍ରାଉନ୍‌ସୁଗାର ଜବତ କରିବା ଠିକ୍ ହୋଇନାହିଁ । ସ୍ଥାନୀୟ ସାମ୍ବାଦିକମାନଙ୍କୁ ହାଜତକୁ ଯିବା ଆଗରୁ ରହେମନ୍ କହିଯାଇଛି- ମୁଁ ଜଣେ ମାଇନରଟି କମ୍ୟୁନିଟିର ମାଛ ବ୍ୟବସାୟୀ ବୋଲି ପୋଲିସ୍ ନିଜେ ଏ ନିଶା ପୁଡ଼ିଆ ମୋ ଘର ଖୋଲା ଆଲମିରାରେ ରଖି ମିଥ୍ୟା ଅଭିଯୋଗରେ ମତେ ଗିରଫ କରିଛି । ମୁଁ ଜଣେ ଖାଣ୍ଟି ମୁସଲମାନ । ନିୟମିତ ନମାଜ ପଢ଼େ । କୁରାନ୍‌ରେ କୁହାଯାଇଛି-

ନିଶାସେବନ କରିବା ମହାପାପ। ମୁଁ କାହିଁକି ଆଲ୍ଲାଙ୍କ ଆଜ୍ଞାକୁ ଅବଜ୍ଞା କରି ନର୍କକୁ ଯିବା ରାସ୍ତା, ନିଜେ ତିଆରି କରିବି ? ଏସବୁ ପୋଲିସ୍‌ର ଫନ୍ଦି। ମତେ ନିଶା ଇନ୍‌ସପେକ୍ଟର ପଚାଶ ହଜାର ଟଙ୍କା ରିସ୍‌ବତ୍ ମାଗୁଥିଲା। ମୁଁ ଦେଇପାରିବି ନାହିଁ ବୋଲି କହିବା ମାତ୍ରେ ଏସ୍.ପି. ସାହେବଙ୍କୁ କହି ମତେ ହାଜତରେ ପୂରାଇଛନ୍ତି। ବାଂଲାଦେଶରୁ ଆସିଥିବା ଦଶ କୁଇଣ୍ଟାଲ୍ ପଦ୍ମା ଇଲିସି ଟ୍ରକ୍‌ରେ ପଡ଼ି ସଢୁଛି। କେନ୍ଦୁଝର, ବାଲେଶ୍ୱର, ବାରିପଦାର ମାଛ ବ୍ୟବସାୟୀମାନେ ମାଛ ନେବା ପାଇଁ ସକାଳୁ ଗାଡ଼ି ଧରି ବସିଛନ୍ତି। ବାଂଲାଦେଶୀ ଇଲିସି ଦେବି ବୋଲି ଆଗୁଆ ଟଙ୍କା ରଖିଥିଲି- ସେମାନେ କଟାଳ ଲଗାଇଛନ୍ତି ମାଛ ଦିଅ ନହେଲେ ଟଙ୍କା ଫେରାଅ। ମୁଁ ଏବେ କରିବି କ'ଣ ? ଆପଣ ଖବରକାଗଜ ଲୋକେ ଯଦି ସତ କଥା କାଗଜରେ ନଲେଖନ୍ତି ଏ ଲାଞ୍ଚୁଆ ପୋଲିସବାଲା ମତେ ଜେଲରେ ପୂରାଇ ଘଣା ପେଲାଇବେ ଆଉ କେନ୍ଦୁଝର ବାଲେଶ୍ୱର ବାରିପଦାର ଲୋକେ ପଦ୍ମା ଇଲିସିର ସ୍ୱାଦ ଚାଖିପାରିବେ ନାହିଁ।

ଖବରକାଗଜରେ ଶେଖ୍ ରହେମନ୍‌ର ମିଛ କଥା ଛାପା ହେଲା ପରେ ଲୋକେ ତାଙ୍କୁ ସତ ମଣି ରହେମନ୍‌କୁ ଛାଡ଼ି ଦେବାପାଇଁ ଦାବିକରି ରାସ୍ତା ଅବରୋଧ କରିଛନ୍ତି। କଲେକ୍ଟର ସାହେବ କହୁଛନ୍ତି- ବିନା ସାକ୍ଷୀରେ ମାଛ ବ୍ୟବସାୟୀ ବ୍ରାଉନ୍- ସୁଗାର ରଖିଥିଲା ବୋଲି କୋର୍ଟରେ ପ୍ରମାଣିତ କରିବା କଷ୍ଟ, ତେଣୁ କେଶ୍ କୋର୍ଟ୍‌କୁ ନପଠାଇ ସମସ୍ୟାର ସମାଧାନ କରିଦିଅ। ଶେଖ୍ ରହେମନ୍ ନିଶା କାରବାରରେ ସମ୍ପୃକ୍ତ ବୋଲି ପୋଲିସ୍ ପାଖରେ ପୂର୍ବରୁ କୌଣସି ରେକର୍ଡ଼ ନାହିଁ, ତେଣୁ ତାକୁ ୱାର୍ଣ୍ଣିଂ ଦେଇ ଛାଡ଼ିଦିଅ।

ମୁଁ କିନ୍ତୁ ସହଜରେ ଅପରାଧୀକୁ ଛାଡ଼ିଦେବା ଲୋକ ନୁହେଁ; ମାଛ ପେଟରେ ବ୍ରାଉନ୍‌ସୁଗାର ପୁଡ଼ିଆ ବାଂଲାଦେଶରୁ ଆସୁଥିବା ଖବର ମୋ ପାଖରେ ଥିଲା। ହେଲ୍‌ଥ ଇନ୍‌ସପେକ୍ଟର ଡାକ୍ତର ରାୟଚୌଧୁରୀ ମଧ୍ୟ ମତେ କହିଥିଲେ ଏୟାରପ୍ୟାକ୍‌ଡ଼ ବ୍ରାଉନ୍‌ସୁଗାର ପୁଡ଼ିଆ ମାଛ ପେଟରେ ମାସେ ରହିଲେ ବି ତା'ର ଦ୍ରବ୍ୟଗୁଣ ନଷ୍ଟହୁଏ ନାହିଁ। କାଲି ସକାଳୁ ସଂଧ୍ୟା ଯାଏ ବାଂଲାଦେଶରୁ ଆସିଥିବା ଇଲିସି ମାଛର ପେଟ ଚିରି ବ୍ରାଉନ୍‌ସୁଗାର ପୁଡ଼ିଆ ବାହାର କରିବାରେ ବ୍ୟସ୍ତ ଥିଲି। ସବୁ ଇଲିସି ପେଟରେ ନୁହେଁ- ଏଗାରଟା ମାଛ ପେଟରେ ପ୍ରାୟ ଦୁଇଶହ ଗ୍ରାମ ବ୍ରାଉନ୍‌ସୁଗାର ବାହାରିଲା। ସେଇ ସମୟରେ ତମର ଫୋନ୍ ବାଜୁଥିଲେ ମଧ୍ୟ ଧରିବାକୁ ସମୟ ନଥିଲା। ମାଛ ପେଟରୁ ବ୍ରାଉନ୍‌ସୁଗାର ପୁଡ଼ିଆ ବାହାର କଲାବେଳେ ଜଲେଶ୍ୱର ପଞ୍ଚାୟତ ସମିତିର ଚେୟାରମ୍ୟାନ୍, ଦୁଇଜଣ ସ୍ଥାନୀୟ ସାମ୍ବାଦିକ ଏବଂ ନିଶା ମାଫିଆ ସ୍ୱଦେଶ ପ୍ରଧାନ ଉପସ୍ଥିତ ଥିଲେ। ସମସ୍ତେ ସ୍ୱଚକ୍ଷୁରେ ଶେଖ୍ ରହେମନ୍ ପାଖକୁ ବାଂଲାଦେଶରୁ ଆସିଥିବା ମାଛ ପେଟରେ ବ୍ରାଉନ୍‌ସୁଗାର ପ୍ୟାକେଟ ଥିବା ଦେଖିଛନ୍ତି ବୋଲି ଲେଖାଥିବା

କାଗଜରେ ଦସ୍ତଖତ କରିଦେଲେ। କେବଳ ନିଶାମାଫିଆ ସ୍ୱଦେଶ ପ୍ରଧାନ, ଯାହାଘରେ ଶେଖ୍ ରହେମନ୍ ଭଡ଼ା ନେଇ ମାଛ ବ୍ୟବସାୟ କରୁଛି- ସେ ମାଛ ପେଟ ଚିରି ବ୍ରାଉନ୍-ସୁଗାର ପୁଡ଼ିଆ ବାହାର କରିବାର ବିରୋଧ କରି ଛାଡ଼ି ପଳାଇଲା।

ସ୍ୱଦେଶ ପ୍ରଧାନ ନିଶା ମାଫିଆ !

ଜୟନ୍ତଙ୍କ ମୁହଁରୁ ଏହା ଶୁଣିବା ମାତ୍ରେ ଉତ୍ତେଜନାରେ ଜାହ୍ନବୀର କଣ୍ଠସ୍ୱର କମ୍ପି ଉଠିଲା। ସେ କମ୍ପିତ କଣ୍ଠରେ କହିଲା- କାଲି ତମକୁ ମୁଁ ଏତେଥର କାହିଁକି ଖୋଜୁଥିଲି ଜାଣ ? ସେଇ ସ୍ୱଦେଶ ପ୍ରଧାନ କାଲି ଆଟାଚିଭର୍ତ୍ତି ଦଶଲକ୍ଷ ଟଙ୍କା ଧରି ମୋ ପାଖକୁ ଆସିଥିଲା। ତମକୁ କହି ତା' ଭଡ଼ାଟିଆ ମାଛ ବ୍ୟବସାୟୀ ବିରୁଦ୍ଧରେ କୌଣସି କେଶ୍ ନଦେବା ପାଇଁ ଅନୁରୋଧ କରୁଥିଲା। ନିଜକୁ ଦେଶ ସେବକ ବୋଲି ପରିଚୟ ଦେଇଥିଲା। ମୁଁ ଯଦି ଜାଣିଥାଆନ୍ତି ଯେ ସେ ଜଣେ ନିଶାବେପାରୀ, ତାହାହେଲେ- ତା' ଉପରକୁ ସେ ଛାଡ଼ିଦେଇ ଯାଇଥିବା ଟଙ୍କାଭର୍ତ୍ତି ଆଟାଚି ବ୍ୟାଗ୍ ନଫୋପାଡ଼ି, ଥାନାକୁ ଫୋନ୍ କରି ପୋଲିସ୍ ଦ୍ୱାରା ତାକୁ ଗିରଫ୍ କରାଇଥାଆନ୍ତି।

ଦେଖି ପାରୁନଥିଲେ ବି ଜାହ୍ନବୀ ବୁଝି ପାରୁଥିଲା ତା' କଥା ଶୁଣି ଜୟନ୍ତଙ୍କ ଓଠରେ ଦଲକାଏ ଚାପା ହସ ଚହଲି ଆସି ମୁହଁ ସାରା ଏଣେତେଣେ ବିଞ୍ଚି ହୋଇଗଲା। ହସ ନୁହେଁ, ଉପହାସ। କାରଣ ତା'ପରେ ଟେଲିଫୋନ୍ ସେ ଜୟନ୍ତଙ୍କ କଣ୍ଠରୁ ଶୁଣିବାକୁ ପାଇଲା-

- ପୋଲିସ୍ ହାତରେ ଧରାଇଦେଇଥିଲେ କିଛି ଲାଭ ହୋଇନଥାନ୍ତା। ସ୍ୱଦେଶ ପ୍ରଧାନ ଦେଶ ସେବା କରୁଛି- ସମ୍ପୂର୍ଣ୍ଣ ଭାବରେ ନହେଲେ ମଧ୍ୟ ତାହା ଆଂଶିକ ସତ୍ୟ। ଆଜିକାଲି ଟଙ୍କା ବଳରେ ହିଁ ଦେଶ ସେବା କରାଯାଏ ଆଉ ସ୍ୱେଦେଶ ପ୍ରଧାନ ଲୋକଙ୍କ ସେବା କରେ, ବ୍ରାଉନ୍‌ସୁଗାର ଓ ହେରୋଇନ୍ ନିଶାଦ୍ରବ୍ୟ ବିତରଣ କରି କୋଟି କୋଟି ଟଙ୍କା ଆୟ କରେ। ସେ ବାହାଚୋରା ହୋଇନାହିଁ। ତା'ର ଘର ଅଛି କିନ୍ତୁ ସଂସାର ନାହିଁ। ଜଳେଶ୍ୱରରେ ଥିବା ପୈତୃକ ଘର ମାଛ ବ୍ୟବସାୟୀ ଶେଖ୍ ରହେମନ୍‌କୁ ଭଡ଼ା ଲଗାଇଦେଇଛି। ମାସକୁ ଦୁଇ ହଜାର ଟଙ୍କା ଘର ଭଡ଼ା ପାଏ। ଆଉ ରହେ ବାଲେଶ୍ୱର ମୋତିଗଂଜ ପାଖରେ ଏକ ମହଲା ଭଡ଼ାଘରେ। ବାଲେଶ୍ୱର-ବାରିପଦା ସୀମାନ୍ତରେ- ବୁଢ଼ାବଳଙ୍ଗ ନଦୀ କୂଳରେ ଏକ ଆଶ୍ରମ କରିଛି। ବୃଦ୍ଧାଶ୍ରମ। ପ୍ରାୟ ଷାଠିଏ ଜଣ ଅସହାୟ ବୁଢ଼ାବୁଢ଼ୀ ସେ ଆଶ୍ରମରେ ରହନ୍ତି। ସେମାନଙ୍କ ମଧ୍ୟରୁ ଅଧିକାଂଶ ହେଉଛନ୍ତି ମୟୂରଭଂଜ, କେନ୍ଦୁଝରର ଅସମର୍ଥ ଆଦିବାସୀ। ଆଶ୍ରମରେ ରହୁଥିବା ବୁଢ଼ାବୁଢ଼ୀଙ୍କ ଖାଇବା, ପିଇବା, ରହିବାର ସମସ୍ତ ଖର୍ଚ୍ଚ ବହନ କରେ ସ୍ୱଦେଶ ପ୍ରଧାନ। ଅଥଚ ତା'ର କୌଣସି ବ୍ୟାଙ୍କ୍ ଆକାଉଣ୍ଟ ନାହିଁ। ଯିବା ଆସିବା କରିବା

ଲାଗି ଖଣ୍ଡେ ପୁରୁଣା ଆମ୍ବାସାଡ଼ର୍ ଗାଡ଼ି ଛଡ଼ା ଅନ୍ୟ କୌଣସି ଦାମୀ ଯାନବାହନ ମଧ୍ୟ ନାହିଁ। ବୃଦ୍ଧାଶ୍ରମ ପରିସରରେ କୌଣସି ଠାକୁର ଠାକୁରାଣୀଙ୍କ ମନ୍ଦିର ନାହିଁ। ଅଛି କେବଳ ଆଶ୍ରମ ସାମ୍ନାରେ ତିରିଶ ଫୁଟ ଉଚ୍ଚର ଏକ ବିଶାଳ ହନୁମାନ ମୂର୍ତ୍ତି। ଆଶ୍ରମରେ ରହୁଥିବା ସବୁ ବୁଢ଼ାବୁଢ଼ୀ ବୀର ହନୁମାନଙ୍କ ଭକ୍ତ।

ଏହି ଅଳ୍ପଦିନ ତଳେ ବୃଦ୍ଧାଶ୍ରମର ଅନ୍ତେବାସୀଙ୍କ ଚିକିତ୍ସା ପାଇଁ ଆଶ୍ରମ ପରିସର ଭିତରେ ଦଶ ଶଯ୍ୟାବିଶିଷ୍ଟ ଏକ ଡାକ୍ତରଖାନା ଖୋଲିଛି ସ୍ୱଦେଶ ପ୍ରଧାନ। କଲେକ୍ଟର ସେ ଡାକ୍ତରଖାନା ଉଦ୍‌ଘାଟନ କରିବାକୁ ଯାଇଥିଲେ। ମତେ ଡାକୁଥିଲେ- ମୁଁ ଜାଣିଶୁଣି ଯାଇନଥିଲି- କାରଣ ଡ୍ରଗ୍‌ସ ଭିଜିଲାନ୍‌ସ ଇନ୍ସପେକ୍ଟର ମତେ ଜଣାଇ ସାରିଥିଲେ ଯେ ସ୍ୱଦେଶ ପ୍ରଧାନ ଆର୍ଥିକ ସହାୟତାରେ ପଢୁଥିବା କେତେଜଣ ଛାତ୍ର ହେରୋଇନ୍ ବ୍ରାଉନସୁଗାର ବିତରକ ବା ବିକ୍ରେତା ଭାବରେ କାମ କରୁଛନ୍ତି। ଏଇମାନେ କୋମଳମତି ଛାତ୍ରମାନଙ୍କୁ ଧଳା ଜହର ନିଶାରେ ପାଗଳ କରିଦେବାରେ ଲାଗିଛନ୍ତି। ଏ ଧଳା ଜହରର ଗରାଖ ହେଉଛନ୍ତି ଧନୀ ପରିବାରର ପିଲାମାନେ। ସ୍ୱଦେଶ ପ୍ରଧାନର ଏଜେଣ୍ଟ ଭାବରେ କାମ କରୁଥିବା ଏହି ଡ୍ରଗ୍‌ସ ପେଡ଼ଲାର୍ ପିଲାମାନଙ୍କୁ ଧରିବା ପାଇଁ ଆମେ ଚେଷ୍ଟା କରୁଥିବାବେଳେ, ହଠାତ୍ ମଝିରେ ଏଇ ଜଳେଶ୍ୱର ମାଛ ବ୍ୟବସାୟୀ ଘରୁ ପାଞ୍ଚଶହ ଗ୍ରାମ ବ୍ରାଉନସୁଗାର ଜବତ ହେବା ଘଟଣା ମୋର ସବୁ ପ୍ଲାନ୍‌କୁ ଏପଟସେପଟ କରିଦେଲା।

- ସେ ଲୋକଟା ମତେ କହୁଥିଲା, ଆମର ଶିକ୍ଷାମନ୍ତ୍ରୀ ଗୋପାଳ ମହାନ୍ତିଙ୍କର ସେ ଇଲେକ୍ସନ୍ ଏଜେଣ୍ଟ ଥିଲା। ମୁଁ ଅବଶ୍ୟ ତା' କଥା ବିଶ୍ୱାସ କରି ନାହିଁ।

- ଅବିଶ୍ୱାସ୍ୟ କିଛି ନାହିଁ, ବୃଦ୍ଧାଶ୍ରମ କରି ମୟୂରଭଞ୍ଜ, କେନ୍ଦୁଝରର ଆଦିବାସୀମାନଙ୍କର ସେ ଖୁବ୍ ପ୍ରିୟଜନ, ତା'ପ୍ରତି ଏ ତିନି ଜିଲ୍ଲାରେ କ୍ରମବର୍ଦ୍ଧମାନ ପତିଆରା ହେଉଛି ତା'ର ଭୋଟ୍ ବ୍ୟାଙ୍କ୍। ସେଇ ଭୋଟ୍ ବିକ୍ରି କରି ନିର୍ବାଚନ ଲଢୁଥିବା ରାଜନେତାମାନଙ୍କର ସେ ଖୁବ୍ ମାଇଁ ଡିୟର୍ ଲୋକ ହୋଇଯାଇଛି। ତା' ବ୍ୟତୀତ ଆଜିକାଲି ବିଧାନସଭା ନିର୍ବାଚନ ଏତେ ବ୍ୟୟବହୁଳ ହୋଇଗଲାଣି ଯେ ନିର୍ବାଚନରେ ଜିତିବା ପାଇଁ ରାଜନେତାମାନେ ସ୍ୱଦେଶ ପ୍ରଧାନର ଧଳା ଜହର ବିକ୍ରି ଅର୍ଥ ଉପରେ ନିର୍ଭର କରିଥାଆନ୍ତି। ରାଜନୈତିକ ପୃଷ୍ଠପୋଷକତା ନଥିଲେ, ସ୍ୱଦେଶ ପ୍ରଧାନ କେଉଁଦିନୁ ଫାଶିଖୁଣ୍ଟରେ ଝୁଲିଥାଆନ୍ତା କିମ୍ବା ଆଜୀବନ ଜେଲଦଣ୍ଡ ଭୋଗୁଥାଆନ୍ତା।

- ଜୟନ୍ତ ! ତମ କଥା ଶୁଣି ମତେ ଭୟ ଲାଗୁଛି। ଏ ଭୟ ମୋ ପାଇଁ ନୁହେଁ। ତମ ପାଇଁ। ନିଶା ମାଫିଆମାନଙ୍କ ପଛରେ ପଲିଟିକାଲ୍ ସପୋର୍ଟ୍ ଥିଲେ, ସେମାନେ କରିନପାରନ୍ତି, ଏଭଳି କୌଣସି ଅସାଧ୍ୟ କାର୍ଯ୍ୟ ନାହିଁ।

– ଜାହ୍ନବୀ! ଆଇ.ପି.ଏସ୍. ଚାକିରି କରିବା ପାଇଁ ମନ ସ୍ଥିର କଲାବେଳେ, ମୁଁ ମନେ ମନେ ଗୋଟିଏ ସଂକଳ୍ପ କରିଥିଲି। ପୋଲିସ୍ ବଡ଼ ଲୋକଙ୍କ କୁତ୍ତା ଆଉ ସାଧାରଣ, ଗରିବ ଲୋକଙ୍କ ଶତ୍ରୁ, ପୋଲିସର ଏ ଭାବମୂର୍ତ୍ତି ମୁଁ ବଦଳାଇବି। ସେ ସଂକଳ୍ପରେ ମୁଁ ଏବେ ସୁଦ୍ଧା ଅଟଳ, ଅଚଳ। ସେଥିପାଇଁ ଯେକୌଣସି ମୂଲ୍ୟ ଦେବାପାଇଁ ମୁଁ ପ୍ରସ୍ତୁତ।

ଜୟନ୍ତ ଆଉ କ'ଣ ବୋଧହୁଏ କହିଥାଆନ୍ତେ, ଜାହ୍ନବୀର ମୋବାଇଲ୍‌ରୁ ଚାର୍ଜ ସରିଗଲା। ଲାଇନ୍ କଟିଗଲା।

ଚତୁର୍ଥ

ନିଶା ନିୟନ୍ତ୍ରଣ ଅଧିକାରୀଙ୍କ ଗାଡ଼ିରେ ଶେଖ୍ ରହେମନ୍ ବିରୁଦ୍ଧରେ ସାକ୍ଷୀ ଦେବାପାଇଁ ଜଳେଶ୍ୱର ପଞ୍ଚାୟତ ସମିତି ଚେୟାରମ୍ୟାନ୍ ମହେଶ୍ୱର ପାତ୍ର ଆଉ ଦୁଇଜଣ ସ୍ଥାନୀୟ ସାମ୍ବାଦିକ ଅଜୟ ଗିରି ଏବଂ ଚନ୍ଦ୍ରମଣି ଦାସଙ୍କୁ ଦେଖି ଜିଲ୍ଲା ପୋଲିସ୍ ସୁପରିଟେଣ୍ଡେଣ୍ଟ୍ ଜୟନ୍ତ ପଟ୍ଟନାୟକଙ୍କ ମୁହଁରେ ଚଉଡ଼ା ହସ ତରଙ୍ଗାୟିତ ହୋଇଉଠିଲା।

ଏ ତିନିଜଣ ସେଦିନ ଇଲିସି ମାଛ ପେଟରୁ ବ୍ରାଉନ୍‌ସୁଗାର ପୁଡ଼ିଆ ବାହାରିଥିବା ପ୍ରତ୍ୟକ୍ଷଦର୍ଶୀ ସାକ୍ଷୀ, ସେମାନେ ସ୍ୱଚକ୍ଷୁରେ ମାଛ ପେଟରୁ ବ୍ରାଉନ୍‌ସୁଗାର ପୁଡ଼ିଆ ବାହାରିଥିବା ଦେଖିଛନ୍ତି ବୋଲି ଗୋଟାଏ ଷ୍ଟାମ୍ପ୍ ପେପର୍‌ରେ ଦସ୍ତଖତ କରିଦେଇଛନ୍ତି। ସଯତ୍ନରେ ସାଇତି ରଖିଥିବା ସେଇ କାଗଜକୁ ସରକାରୀ ଓକିଲ ପ୍ରବୀର ପାଳଙ୍କୁ ଏଇ ଅଳ୍ପ ସମୟ ଆଗରୁ ଧରାଇ ଦେଇଛନ୍ତି ଜୟନ୍ତ।

ସାକ୍ଷୀ ତିନିଜଣଙ୍କୁ ଜୟନ୍ତ ଆଡ୍‌ଭୋକେଟ୍ ପାଳଙ୍କ ସହ ପରିଚୟ କରାଇଦେଲେ। ସରକାରୀ ଓକିଲ ମଧ୍ୟ ରାଜସାକ୍ଷୀ ଭାବରେ କାଠଅଡ଼ାରେ ଠିଆ ହୋଇଥିବାବେଳେ କେଉଁ କେଉଁ ପ୍ରଶ୍ନର କିଭଳି ଉତ୍ତର ଦେବାକୁ ହେବ ତା'ର ଏକ ରିହର୍ସାଲ୍ କରାଇନେଲେ।

ମାଛ ବ୍ୟବସାୟୀର ନିଶା କାରବାର ସମ୍ପର୍କରେ ମକଦ୍ଦମା ବିଚାର ଶୁଣିବା ପାଇଁ ସେଦିନ କଚେରିରେ ଖୁବ୍ ଭିଡ଼ ଥିଲା। ଏସ୍.ପି. ଜୟନ୍ତ ପଟ୍ଟନାୟକ ତିନିଜଣ ସାକ୍ଷୀଙ୍କ ଉପରେ ଭରସା ରଖି ନିଶ୍ଚିନ୍ତ ଥିଲେ ଯେ ଧଳା ଜହର ନିଶା କାରବାରୀଙ୍କୁ ମେରୁଦଣ୍ଡ ଭାଙ୍ଗି ଦେଲାଭଳି କୋର୍ଟ ନିଶ୍ଚୟ ଏକ ନିର୍ଣ୍ଣୟାତ୍ମକ ରାୟ ଦେବେ।

କିନ୍ତୁ ଜଣକ ପରେ ଜଣେ ତିନିଜଣଯାକ ସାକ୍ଷୀ- ପଞ୍ଚାୟତ ସମିତିର

ଚେୟାରମ୍ୟାନ୍ ପାତ୍ର, ସାମ୍ବାଦିକ ଗିରି ଓ ଦାସ ଭଗବତ୍ ଗୀତା ଉପରେ ହାତ ରଖି କହିଲେ ଯେ ପେଟଚିରା ମାଛ ପାଖରେ ସେମାନେ ଏଗାରଟା କାଗଜପୁଡ଼ିଆ ଦେଖିଛନ୍ତି; କିନ୍ତୁ ସେ ପୁଡ଼ିଆ ଭିତରେ ଧଳା ଜହର ଥିଲା କି ହୋମିଓପାଥି ଔଷଧ ଥିଲା, ସେମାନେ ଜାଣନ୍ତି ନାହିଁ। ପଞ୍ଚାୟତ ସମିତି ଚେୟାରମ୍ୟାନ୍ ମହେଶ୍ୱର ପାତ୍ର ଅଧିକନ୍ତୁ ଚଢ଼ା ଗଳାରେ କହିଲେ- ମୁଁ ଆସିଲାବେଳକୁ ପେଟଚିରା ମଲା ଇଲିସି ମାଛ ପାଖରେ ପୁଡ଼ିଆ ଥୁଆ ହୋଇଥିଲା। ସେ ପୁଡ଼ିଆ ମାଛ ପେଟରୁ ବାହାରି ଥିଲା କି ପୋଲିସ୍ ବାବୁଙ୍କ ପକେଟରୁ ବାହାରିଥିଲା, ମୁଁ କହିପାରିବି ନାହିଁ।

ରାଜସାକ୍ଷୀମାନଙ୍କ ଏହି ଚତୁର ବକ୍ତବ୍ୟ ଶୁଣି ଜୟନ୍ତ ଉଜ୍ଜ୍ୱଳ ମଧ୍ୟାହ୍ନକୁ ରାତ୍ରିର ଅନ୍ଧାର ଗ୍ରାସ କରିଗଲା ଭଳି ଅନୁଭବ କରୁଥିଲେ। ଏହି ସମୟରେ ଭିଜିଟର୍ସ ଗ୍ୟାଲେରୀର ପଛପଟୁ କାହାର ଖଣ୍ଡିକାଶ ଶୁଣି ଜୟନ୍ତ ପଛକୁ ଫେରି ଚାହିଁଲେ। ଖଣ୍ଡିକାଶ ମାରୁଥିବା ଦେଶ ସେବକ ସ୍ୱଦେଶ ପ୍ରଧାନଙ୍କ ହସିଲା ମୁହଁକୁ ଦେଖି ତାଙ୍କ ମୁହଁ ଲଜ୍ଜା ଓ ଅପମାନରେ କଳା ପଡ଼ିଗଲା।

କୋର୍ଟର ରାୟ ମାଛ ବ୍ୟବସାୟୀ ଶେଖ୍ ରହେମନ୍ ସପକ୍ଷରେ ଗଲା। ନିର୍ଦୋଷରେ ସେ କେବଳ ଖଲାସ ହୋଇଗଲା ନାହିଁ, ମିଥ୍ୟା ଅଭିଯୋଗରେ ତାକୁ ଗିରଫ କରି ଜେଲରେ ଭର୍ତ୍ତି କରିଥିବା ହେତୁ ତା'ର ଟ୍ରକ୍‌ଭର୍ତ୍ତି ବାଂଲାଦେଶୀ ଇଲିସି ପଚି ନଷ୍ଟ ହୋଇଯାଇଥିବାରୁ ତାକୁ ସରକାର ଦଶହଜାର ଟଙ୍କା କ୍ଷତିପୂରଣ ଦେବାପାଇଁ ମଧ୍ୟ ମାନ୍ୟବର ନ୍ୟାୟାଧୀଶ ରାୟ ଦେଇଥିଲେ।

କୋର୍ଟ ରାୟର ପରିଣତିସ୍ୱରୂପ ଏସ.ପି. ଜୟନ୍ତ ପଟ୍ଟନାୟକଙ୍କର ବାଲେଶ୍ୱରରୁ କୋରାପୁଟ ବଦଳି ହୋଇଗଲା। ସ୍ୱାମୀଙ୍କ କୋରାପୁଟ ବଦଳି ଖବର ଶୁଣି ଜାହ୍ନବୀର ମନ ଖରାପ ହୋଇଗଲା। ଜୟନ୍ତ ତାକୁ କୋରାପୁଟ ବଦଳି ହେବା ଖବର ଟେଲିଫୋନ୍‌ରେ ଜଣାଇଥିଲେ। ଶୁଣିସାରି ଜାହ୍ନବୀ ତାଙ୍କୁ ମନେ ପକାଇଦେଇଥିଲା- ତମ ବାବା ତମର ଗୁଣ ଜାଣି ତମକୁ ପୋଲିସ୍ ଚାକିରି ନକରି ଓକିଲାତି କରିବାକୁ କହିଥିଲେ। ବାବାଙ୍କ ଉପଦେଶକୁ ଉପେକ୍ଷା କରି ତମେ ପୋଲିସ୍ ଚାକିରି କରି ମସ୍ତବଡ଼ ଭୁଲ୍ କଲ ଆଉ ତମର ଭୁଲ୍ ପାଇଁ ମତେ ପ୍ରାୟଶ୍ଚିତ କରିବାକୁ ହେଲା। ଜାହ୍ନବୀର କଥା ଶୁଣି ଜୟନ୍ତର ପାଟିରୁ କଥା ବାହାରିଲା ନାହିଁ।

ସତ୍ୟତା, କର୍ତ୍ତବ୍ୟନିଷ୍ଠା ଏ ଯୁଗରେ ପୋଲିସ୍ ଚାକିରିରେ ପଦୋନ୍ନତିର ମାପକାଠି ନୁହେଁ- ଉତ୍ତର ଶୁଣିବା ପାଇଁ ଅପେକ୍ଷା ନକରି ଜାହ୍ନବୀ ମୋବାଇଲ୍ ଲାଇନ୍ କାଟିଦେଲା।

ପଞ୍ଚମ

ନିଶା କାରବାରୀମାନଙ୍କୁ କଡ଼ା ଶାସ୍ତି ଦେବାକୁ ସରକାର କଡ଼ା ଆଇନ୍ କରିଛନ୍ତି। ସେ ଆଇନ୍‌କୁ କଡ଼ାକଡ଼ି ଭାବରେ ପ୍ରୟୋଗ କରିବା ଜଣେ ପୋଲିସ୍ ଅଫିସର ଭାବରେ ତା'ର ପବିତ୍ର କର୍ତ୍ତବ୍ୟ ଥିଲା। କିନ୍ତୁ ଆଇନର ଫାଙ୍କ ବାଟେ ଚୋରା ନିଷିଦ୍ଧ ଧଳା ଜହର କାରବାର କରୁଥିବା ନିଶାବେପାରୀ ଶାସ୍ତି ପାଇବା ବଦଳରେ ଦଶ ହଜାର କ୍ଷତି ପୂରଣ ନେଇ ଖସିଗଲା। ଆଉ ନିଶା ବେପାରୀ ମାଛ ବ୍ୟବସାୟୀଙ୍କ ତଣ୍ଟିରେ ହାତ ପକାଇବା ଲାଗି ତାକୁ ହିଁ ଶାସ୍ତି ଭୋଗ କରିବାକୁ ହେଲା। ବାଲେଶ୍ୱରରୁ କୋରାପୁଟ ବଦଳି।

ଏ ଦୁର୍ଦ୍ଦିନରେ ସେ ପତ୍ନୀଙ୍କଠାରୁ ସହାନୁଭୂତି ଚାହୁଁଥିଲା। କିଛିଦିନ ଛୁଟି ନେଇ କଟକ ଯାଇ ଜାହ୍ନବୀର ଉଷ୍ମ ସାନ୍ନିଧ୍ୟରେ କଟାଇ ଆସିବ ବୋଲି କଳ୍ପନା କରୁଥିଲା। କିନ୍ତୁ ତା'ର ସେ ପରିକଳ୍ପନା ଉପରେ ଜାହ୍ନବୀ ମେଞ୍ଚାଏ କାଳି ବୋଳିଦେଲା। ତାକୁ ଉପଦେଶ ଦେଲା- ପୋଲିସ୍ ଚାକିରିରେ ପଦୋନ୍ନତି ପାଇଁ କେବଳ ସାଧୁତା ଆଉ କର୍ତ୍ତବ୍ୟନିଷ୍ଠା ଯଥେଷ୍ଟ ନୁହେଁ; ସେଥିପାଇଁ ଆଉ ଗୋଟିଏ ଗୁଣ ଦରକାର। ତା'ର ସେଇ ଅଲଗା ଗୁଣଟି ନାହିଁ ବୋଲି ସେ ହାରିଗଲା। ଶିକ୍ଷିତ, ସଂଭ୍ରାନ୍ତ ବାଲେଶ୍ୱର ସହରରୁ ତା'ର ବଦଳି ହୋଇଗଲା ସରଳ, ନିରୀହ, ଆଦିବାସୀ ଅଧ୍ୟୁଷିତ ମାଳଅଞ୍ଚଳ କୋରାପୁଟକୁ।

କୋରାପୁଟ କୌଣସି କଳାପାଣି ଆଣ୍ଡାମାନ, ନିକୋବର ନୁହେଁ। ବାଲେଶ୍ୱରରୁ କୋରାପୁଟ ଆସି ସେ କୌଣସି ମରୁଭୂମିରେ ପହଞ୍ଚି ନାହିଁ। କୋରାପୁଟ ସହରକୁ ଛାଡ଼ିଦେଲେ ଚାରିଆଡ଼େ ପାହାଡ଼, ଅରଣ୍ୟ। ଘଞ୍ଚ ନିବିଡ଼ ସବୁଜ ଅରଣ୍ୟକୁ ଅନେଇଲେ ଆଖିର ଦୃଷ୍ଟିଶକ୍ତି ବଢ଼େ। ସହଜରେ କ୍ଳାନ୍ତ ଦେହମନକୁ ସ୍ନିଗ୍ଧ, ସତେଜ କରିଦିଏ।

ଚାରି ମାଇଲ ଦୂରରେ ଯେଉଁ ନଣ୍ଡାପାହାଡ଼, ସ୍ଥାନୀୟ ଲୋକେ ତାକୁ କହନ୍ତି ଗନ୍ଧମାଦନ ପର୍ବତ। ଲକ୍ଷ୍ମଣଙ୍କ ଶକ୍ତିଭେଦ ପରେ ତାଙ୍କ କ୍ଷତାକ୍ତ ଦେହର ଆରୋଗ୍ୟ ପାଇଁ ପବନସୂତ ହନୁମାନ ଶ୍ରୀଲଙ୍କାରୁ ଉଡ଼ିଆସି ଏଇ ମୁଣ୍ଡା ପାହାଡ଼ରୁ କୁଆଡ଼େ ବିଶଲ୍ୟକରଣୀ ଗଛ ଚିହ୍ନିନପାରି ବୃକ୍ଷଲତା ଗୁଳ୍ମ ଆଚ୍ଛାଦିତ ସମଗ୍ର ପର୍ବତକୁ ଟେକିନେଇ ଯାଇଥିଲେ। ପର୍ବତର ମସ୍ତକ ବିଚ୍ଛିନ୍ନ ହୋଇଯିବା ପରେ ମସ୍ତକଚ୍ୟୁତ ଗନ୍ଧମାଦନ ପର୍ବତର ନୂତନ ନାମକରଣ ହୋଇଥିଲା ନଣ୍ଡା ପର୍ବତ।

ଅନୁଚ୍ଚ ଏହି ପାହାଡ଼ ଦେହରେ ଏବେ ବି ଅନେକ ଔଷଧୀୟ ବୃକ୍ଷଲତା ପତ୍ର-ଫୁଲ-ଫଳରେ ଏହାର ଶୋଭାବର୍ଦ୍ଧନ କରୁଛନ୍ତି। ପାହାଡ଼ ତଳେ ବସବାସ, ଚାଷବାସ କରୁଥିବା କୋୟା, କନ୍ଧ, ପରଜା ଆଦିବାସୀ ଲୋକେ ରୋଗରେ ଅସୁସ୍ଥ ହୋଇପଡ଼ିଲେ

କୋରାପୁଟ ଡାକ୍ତରଖାନା ଚିକିତ୍ସା ପାଇଁ ନଯାଇ ଏଇ ଔଷଧୀୟ ଗଛର ଚେରମୂଳ, ପତ୍ର ରସରେ ନିରାମୟ ହୋଇଉଠନ୍ତି । ପାହାଡ଼ ଉପରୁ ତଳକୁ ଓହ୍ଲାଇ ଆସୁଥିବା ଝରଣା ପାଣିରେ ଅନେକ ରୋଗନାଶକ ଧାତୁ ମିଶିରହିଛି ବୋଲି ଆଦିବାସୀ ଲୋକେ ଏଇ ଝରଣା ପାଣିକୁ ପାନୀୟ ଜଳ ଭାବରେ ବ୍ୟବହାର କରନ୍ତି ।

ଅଧିକନ୍ତୁ ଏଇ ନଣ୍ଡା ପାହାଡ଼ ଉପରେ ଅଛନ୍ତି ଆଦିବାସୀ-ମାନଙ୍କ ଦାରୁଦେବତା, ପାହାଡ଼ ତଳେ ରହୁଥିବା ଆଦିବାସୀ ନାରୀ ଓ ପୁରୁଷ ଏଇ ଆଦିବାସୀ ଦେବତାଙ୍କୁ ପୂଜା ଦେବା ପାଇଁ ବାରଶହ ଫୁଟ ଉଚ୍ଚା ଏଇ ନଣ୍ଡା ପାହାଡ଼ ଉପରକୁ ଉଠି ଯାଆନ୍ତି । ସେଥିପାଇଁ ପାହାଡ଼ କାଟି ତିଆରି କରିଛନ୍ତି ପଞ୍ଚଷଠିଟି ପାହାଚ ।

ଜୟନ୍ତ କୋରାପୁଟ ଜିଲ୍ଲାର ପୋଲିସ୍ ସୁପରିଟେଣ୍ଡେଣ୍ଟ୍ ହୋଇ ଆସିଲାପରେ ଖୁବ୍ ଶାନ୍ତିରେ ତିନିବର୍ଷ କଟିଯାଇଥିଲା । ଛୋଟକାଟର ଚୋରି, ଡକାୟତି, ହତ୍ୟା, ନାରୀ, ଧର୍ଷଣ ଯେ ସାରା ଜିଲ୍ଲାରେ ଲାଗି ରହିନଥିଲା, ଏମିତି ନୁହେଁ; କିନ୍ତୁ ପୋଲିସ୍ ସହିତ ସ୍ଥାନୀୟ ଆଦିବାସୀମାନଙ୍କ ସଂଘର୍ଷ ଘଟୁଥିଲା ଦୁଇଟି ଘଟଣାକୁ ନେଇ । ପ୍ରଥମଟି ହେଲା ବେଆଇନ୍ ପୋଡୁଚାଷ ଆଉ ଦ୍ୱିତୀୟଟି ହେଲା ମାଲ୍‌କାନଗିରିରେ ଗଞ୍ଜେଇ ଚାଷ । ପୋଡୁଚାଷ କେବଳ କୋରାପୁଟ ଜିଲ୍ଲାର ସମସ୍ୟା ନଥିଲା, ଜଙ୍ଗଲ ପୋଡ଼ି ନିଜର ଖାଦ୍ୟ ସଂଗ୍ରହ ପାଇଁ ଚାଷ ଜମି ତିଆରି କରିବା, ସାରା ଦେଶର ଆଦିବାସୀ ଅଧ୍ୟୁଷିତ ଅଞ୍ଚଳରେ ପ୍ରାୟ ନିତିଦିନିଆ ଘଟଣା ଥିଲା । କିନ୍ତୁ ମାଲକାନଗିରିର ଜଙ୍ଗଲ ଭିତରେ ଗଞ୍ଜେଇ ଚାଷ କୋରାପୁଟ ପ୍ରଶାସନର ମୁଣ୍ଡ ବ୍ୟଥାର କାରଣ ହୋଇଥିଲା । ପୂର୍ବ ପାକିସ୍ଥାନର ହିନ୍ଦୁ ଶରଣାର୍ଥୀ ମାଲକାନଗିରିରେ ବସତି ସ୍ଥାପନ କଲାପରେ ସେଇମାନଙ୍କ ଉସକାନିରେ ସ୍ଥାନୀୟ ଆଦିବାସୀମାନେ ବେଆଇନ୍ ଗଞ୍ଜେଇ ଚାଷ ଆରମ୍ଭ କରିଥିଲେ । ଆଦିବାସୀମାନେ ଧୂଆଁପତ୍ରର ପିକା ଟାଣନ୍ତି, ଗଞ୍ଜେଇର ଚିଲମରେ ଧୂଆଁ ଢୋକନ୍ତି ନାହିଁ । କିନ୍ତୁ ପୂର୍ବ ପାକିସ୍ଥାନୀ ଶରଣାର୍ଥୀମାନଙ୍କ ମଧ୍ୟରେ ଗୋଟିଏ ଗୋଷ୍ଠୀ ସ୍ଥାନୀୟ ଆଦିବାସୀମାନଙ୍କୁ ଗଞ୍ଜେଇ ଚାଷ ପାଇଁ ଉସ୍‌କାଇ ସେମାନଙ୍କଠାରୁ ଚଢ଼ା ଦରରେ ଗଞ୍ଜେଇ କିଣିନେବା ଫଳରେ ଧାନ, ମାଣ୍ଡିଆ ବଦଳରେ ଆଦିବାସୀମାନେ ଗଞ୍ଜେଇ ଚାଷରେ ମାତି ଯାଇଥିଲେ । ଡିଭିଜନାଲ କମିଶନରଙ୍କ ନିର୍ଦ୍ଦେଶନାରେ ଏସ.ପି. ଜୟନ୍ତ ପଟ୍ଟନାୟକ ମାଲକାନଗିରି ଗଞ୍ଜେଇ ଚାଷୀଙ୍କୁ ଗିରଫ କରି ମାଥିଲି ଥାନାକୁ ନେଇଯାଇଥିଲେ । ଥାନାରେ ଚାଷୀମାନଙ୍କୁ ପଚରାଉଚରା କଲାପରେ ନାଟର ଗୋବର୍ଦ୍ଧନ ପୂର୍ବ ପାକିସ୍ଥାନୀ ଶରଣାର୍ଥୀମାନଙ୍କ ନାମ ବାହାରିଆସିଲା ।

ପୂର୍ବ ପାକିସ୍ଥାନୀ ଶରଣାର୍ଥୀମାନେ କେନ୍ଦ୍ର ସରକାରଙ୍କ ଗେହ୍ଲାପୁଅ । ସେମାନଙ୍କୁ

ଗିରଫ କରି ଜେଲ୍‌ରେ ପୂରାଇବା ଜିଲ୍ଲା ପୋଲିସ୍ ସୁପରିଟେଣ୍ଡେଣ୍ଟଙ୍କ କାର୍ଯ୍ୟ ପରିସର ଅନ୍ତର୍ଭୁକ୍ତ ନୁହେଁ।

ସେଥିପାଇଁ ଜିଲ୍ଲା ଏସ.ପି. ମାଲକାନଗିରିର ଚାଷୀମାନଙ୍କୁ ବୁଝାଇ ଶୁଝାଇ ଅଧିକ ମୂଲ୍ୟ ପାଇବା ଲାଗି ଗଞ୍ଜେଇ ଚାଷ ବଦଳରେ ଚିନାବାଦାମ ଚାଷ ଲାଗି ଚାଷୀମାନଙ୍କୁ ପ୍ରବର୍ତ୍ତାଇ ଥିଲେ। ଧାନ, ମୁଗ ଅପେକ୍ଷା ଚିନାବାଦାମ ଚାଷ କଲେ ଦୁଇଗୁଣା ଲାଭ ପାଇବେ ବୋଲି ସେମାନଙ୍କୁ ବୁଝାଇଥିଲେ। ଜିଲ୍ଲା କୃଷି ବିଭାଗ ତରଫରୁ ମାଲକାନଗିରିର ଚାଷୀମାନଙ୍କୁ ଚିନାବାଦାମ ଚାଷ ପାଇଁ ଉନ୍ନତଧରଣର ଚିନାବାଦାମ ମଞ୍ଜି ଯୋଗାଇ ଦିଆଯାଇଥିଲା। ଚିନାବାଦାମ ପାଇଁ ଉପଯୋଗୀ ମାଟି ତିଆରି କରି ଦିଆଯାଇଥିଲା। ଚିନାବାଦାମ ଫସଲ ଅମଳ ପରେ ସେମାନଙ୍କ ମୁହଁରେ ହସ ଦେଖି ଜୟନ୍ତ ମୁହଁରେ ମଧ୍ୟ ହସ ଚହଟି ଉଠିଥିଲା। ଗଞ୍ଜେଇ ଚାଷ ବଦଳରେ ଚିନାବାଦାମ ଚାଷ ପାଇଁ ଆଦିବାସୀ ଚାଷୀମାନଙ୍କୁ ପ୍ରବର୍ତ୍ତାଇ ସେମାନଙ୍କ ଅର୍ଥ ଉପାର୍ଜନ ଦ୍ୱିଗୁଣିତ କରି ପାରିଥିବାରୁ ସେମାନଙ୍କ ମଧ୍ୟରେ ଖବ୍ ଲୋକପ୍ରିୟ ହୋଇଉଠିଥିଲା ଜିଲ୍ଲା ପୋଲିସ୍ ପ୍ରଶାସନ।

ମାଲକାନଗିରିର ନିଷିଦ୍ଧ ମାଦକଦ୍ରବ୍ୟ ତାଲିକାଭୁକ୍ତ ଗଞ୍ଜେଇ ଚାଷକୁ ଚିନାବାଦାମ ଚାଷରେ ରୂପାନ୍ତରିତ କରିଦେଇ ଜୟନ୍ତ ଆତ୍ମପ୍ରସାଦ ଲାଭ କରିଥିଲେ ଆନ୍ଧ୍ର ସୀମାନ୍ତ ସମୀପବର୍ତ୍ତୀ ଦୁର୍ଗମ ଅରଣ୍ୟ ଅଞ୍ଚଳରେ ନଣ୍ଡା ପାହାଡ଼ ତଳେ ଖଣିଜ ପଦାର୍ଥ ବହୁ ପରିମାଣରେ ଗଚ୍ଛିତ ଥିବା ଜଣା ପଡ଼ିଲା ପରେ ଜର୍ମାନୀର ଏକ ମଲ୍‌ଟିନାସ୍‌ନାଲ୍ କମ୍ପାନୀ ସେଠାରେ ଦଶହଜାର କୋଟି ଡଲାର୍ ବିନିଯୋଗ କରି ଏକ ଆଲୁମିନିୟମ୍ କାରଖାନା ପ୍ରତିଷ୍ଠା କରିବ ବୋଲି ଜାଣିବା ପରେ ନଣ୍ଡା ପାହାଡ଼ ତଳ କୋୟା ଆଦିବାସୀମାନଙ୍କ ପାଦ ତଳର ମାଟି ଦୁଲୁକି ଉଠିଲା।

ହଠାତ୍ ଦିନେ ମେଘମେଦୂର ଆକାଶକୁ ଜୟନ୍ତ ଚାହିଁ ବସିଥିବାବେଳେ ନଣ୍ଡା ପାହାଡ଼ ଆଦିବାସୀପଡ଼ାର ମୁଖିଆ ଡମ୍ବରୁ ଦୋରା ପଡ଼ାର ଦଳେ ଆଦିବାସୀମାନଙ୍କୁ ସାଙ୍ଗରେ ଧରି ଆସି ଆକୁଳ କଣ୍ଠରେ ପ୍ରାର୍ଥନା କଲା- ଆମକୁ ବଞ୍ଚାନ୍ତୁ ସାହେବ ! ନଣ୍ଡା ପାହାଡ଼ ଭାଙ୍ଗି ଆମକୁ ଜନମ ମାଟିରୁ ତାଡ଼ି ଫୋପାଡ଼ି ଦେବାପାଇଁ କମ୍ପାନୀ ଲୋକେ ବୁଲ୍‌ଡୋଜର ଧରି ମାଡ଼ି ଆସୁଛନ୍ତି।

ଆଦିବାସୀପଡ଼ାର ମୁଖିଆ ସାଢ଼େ ଚାରିଫୁଟ ଉଚ୍ଚତା'ର ଖର୍ବକାୟ କଳା ମଣିଷ ଡମ୍ବରୁ ଦୋରାର ଛଳଛଳ ଆଖି, କୋହ କମ୍ପିତ କଣ୍ଠର ଆକୁଳ ଆବେଦନ ଶୁଣି ଜିଲ୍ଲାର ପୋଲିସ୍ ସୁପରିଟେଣ୍ଡେଣ୍ଟ ଜୟନ୍ତ ମେଘମେଦୂର ଆକାଶରୁ ପ୍ରଳୟଙ୍କରୀ ବର୍ଷା ଜଳ ତା' ମୁଣ୍ଡ ଉପରେ ଆଘାତ ହୋଇ ପଡ଼ିଲା ଭଳି ଆତଙ୍କିତ ହୋଇଉଠିଲେ।

ଷଷ୍ଠ

ନଣ୍ଡା ପାହାଡ଼ ଅରଣ୍ୟାଞ୍ଚଳରେ ଗୋଟିଏ ମେଗା ଆଲୁମିନିୟମ୍ ଉତ୍ପାଦନ ଶିଳ୍ପ ସ୍ଥାପନ ପାଇଁ ଓଡ଼ିଶା ସରକାର ଜର୍ମାନୀର ମଲ୍‌ଟିନାସ୍‌ନାଲ୍ କମ୍ପାନୀ ସହିତ ରାଜିନାମା ପତ୍ରରେ ସ୍ୱାକ୍ଷର କରିଥିବା ସମ୍ବାଦ ପ୍ରସାରିତ ହେଲାପରେ କୋରାପୁଟ ସହରରେ ବନ୍ଧଭଙ୍ଗା ବନ୍ୟାଜଳ ଭଳି ଆନନ୍ଦଉଲ୍ଲାସର ବନ୍ୟା ବହିଗଲା। ଇଣ୍ଡିଆନ୍ ଟଙ୍କା ନୁହେଁ, ଦଶହଜାର କୋଟି ଆମେରିକାନ୍ ଡଲାର ଇଣ୍ଡିଆନ୍ କରେନ୍ସିରେ କେତେ ଟଙ୍କା ହେବ- ତା'ର ହିସାବ ଜାଣିନଥିବା ଲୋକେ ମଧ୍ୟ ନିଜ ଆନନ୍ଦକୁ ଚାପି ରଖିନପାରି ଘର ଛାଡ଼ି ରାସ୍ତା ଉପରକୁ ବାହାରି ଆସିଥିଲେ।

ଏତେବଡ଼ କାରଖାନା ବସିଲେ କେତେ ଲୋକ ମୋଟା ଅଙ୍କର ଦରମାରେ ଚାକିରି ପାଇବେ, ସେଥିପାଇଁ ମଧ୍ୟ ଲୋକମାନଙ୍କ ମଧ୍ୟରେ ବିଚାର ବିମର୍ଶ ଆରମ୍ଭ ହୋଇଗଲା। "କୋରାପୁଟ ଅଟେ ଆମର ଜିଲ୍ଲା, ଚାକିରି ପାଇବେ ଆମର ପିଲା।"- ସ୍ଲୋଗାନ ମଧ୍ୟ ଅଙ୍ଗାରରେ କଳା କଳା ଅକ୍ଷରରେ ଉତ୍ସାହୀ ଯୁବକମାନେ କାନ୍ଥ ବାଡ଼ରେ ଲେଖିବା ଆରମ୍ଭ କରିଦେଇଥିଲେ।

ସେପର୍ଯ୍ୟନ୍ତ କୋରାପୁଟ ଥିଲା ମଶା, ଡାଆଁଶମାନଙ୍କ ଅଧ୍ୟୁଷିତ ଅସୁସ୍ଥ ସହର। ମ୍ୟାଲେରିଆଗ୍ରସ୍ତ ଏଇ ସହରକୁ ବସବାସ ତ ଦୂରର କଥା, ସରକାରୀ ଚାକିରି କରିବାକୁ ଆସିବା ପାଇଁ ଲୋକେ ଭୟ କରୁଥିଲେ। ଆଲୁମିନିୟମ୍ କାରଖାନା ବସିଲେ ରାସ୍ତାଘାଟ ତିଆରି ହେବ, ନୂଆ କୋଠାଘର ନିର୍ମାଣ ହେବ। ନୂଆ ନୂଆ ଦୋକାନ ବଜାର ଖୋଲିବ, ଗଢ଼ିଉଠିବ ନୂଆ ସହର- ଏକଥା ଭାବି କୋରାପୁଟର ଅଣଆଦିବାସୀ ଲୋକେ ଉତ୍ସବରେ ମାତିଥିବା ବେଳେ, ଏ କାରଖାନା ବସାଇବା ପାଇଁ ଯେଉଁ ଆଦିବାସୀମାନଙ୍କର ଘର ଭଙ୍ଗାହେବ, ଚାଷଜମି ଉଜୁଡ଼ିଯିବ ସେମାନେ ଦୁଃଖ ଓ ଭୟରେ କାକୁସ୍ଥ ହୋଇ ରହିଥିଲେ। କେବଳ ନଣ୍ଡା ପାହାଡ଼ର କୋୟା ଆଦିବାସୀ ନୁହଁନ୍ତି; ଏ ଜଙ୍ଗଲରେ ଅନ୍ୟତ୍ର ରହୁଥିବା କନ୍ଧ, ପରଜା ଆଦିବାସୀମାନେ ମଧ୍ୟ ଚାଷଭୂମି, ବାସଭୂମି ହରାଇବା ଭୟରେ କୋୟା ଆଦିବାସୀମାନଙ୍କ ମୁଖିଆ ଡମ୍ବରୁ ଦୋରାଙ୍କୁ ନିଜର ମୁଖିଆ ମାନିଲେ। ପଞ୍ଚାୟତ ବସି କୋରାପୁଟ ଅରଣ୍ୟାଞ୍ଚଳର କୋୟା, କନ୍ଧ, ପରଜା, ଆଦିବାସୀମାନେ ଗଢ଼ିଲେ ଗିରିଜନ ମହାସଭା, ଡମ୍ବରୁ ଦୋରାଙ୍କୁ ସମସ୍ତେ ମହାସଭାର ମୁଖିଆ ଭାବରେ ମାନିଲେ। ଜର୍ମାନୀ କମ୍ପାନୀ ତା' କାରଖାନା ରମ୍ପା ଅରଣ୍ୟ ଅଞ୍ଚଳରେ ନବସାଇ ଦଣ୍ଡକାରଣ୍ୟର ଆଦିବାସୀ ଜନବସତି ନଥିବା ଜାଗାରେ ବସାଇବା ପାଇଁ ପ୍ରସ୍ତାବ କରାଗଲା। ସରକାରଙ୍କୁ ଏହା ଅବଗତ କରାଇବାକୁ ଗିରିଜନ ମହାସଭାର ଏଇ ପ୍ରସ୍ତାବ ମହାସଭାର ମୁଖିଆ ଡମ୍ବରୁ ଦୋରାଙ୍କୁ ଅଧିକାର ଦିଆଗଲା।

ନଣ୍ଡା ପାହାଡ଼ ହେଉଛି ଆଦିବାସୀମାନଙ୍କ ଦେବଭୂମି । ଏ ପାହାଡ଼ ଉପରେ ଥିବା ଖଜୁରି ଗଛକୁ ଦେବତା ଭାବରେ ଆଦିବାସୀମାନେ ପୂଜା କରନ୍ତି, ଏଇ ଗଛଦେବତାଙ୍କ ଦିଶାରି ହେଉଛନ୍ତି ମୁଖିଆ ଡମ୍ବରୁ ଦୋରା । ଚୈତ୍ର ମାସରେ ନଣ୍ଡା ପାହାଡ଼ ଉପରେ ବସେ ଆଦିବାସୀ ମେଳା । ମହୁଲି ମଦ ପିଇ ଟାଙ୍ଗୁ ବଜାଇ ଆଦିବାସୀ ଧାଙ୍ଗଡ଼ାଧାଙ୍ଗଡ଼ିମାନେ ନାଚଗାନରେ ମାତନ୍ତି । ଏଇ ନଣ୍ଡା ପାହାଡ଼ ଉପରୁ ତଳକୁ ବହି ଯାଇଥିବା ଝରଣାର ଜଳ ପାନ କରି ସ୍ଥାନୀୟ ଆଦିବାସୀମାନେ ବଞ୍ଚିଛନ୍ତି । ଝରଣାର ପାଣି ସେମାନଙ୍କ ପାଇଁ ଅମୃତ । ସେଇ ନଣ୍ଡା ପାହାଡ଼କୁ ଛାଡ଼ିଗଲେ ସେମାନେ ବଞ୍ଚିପାରିବେ ନାହିଁ ।

କିନ୍ତୁ ଜର୍ମାନୀ କମ୍ପାନୀ ନଣ୍ଡା ପାହାଡ଼ ତଳେ ଥିବା ମୂଲ୍ୟବାନ ଆଲୁମିନିୟମ୍ ଧାତୁ ଲୁଟି କରିବା ପାଇଁ ଏ ଜଙ୍ଗଲ ମଝିରେ ଆଲୁମିନିୟମ୍ କାରଖାନା କରିବାକୁ ଓଡ଼ିଶା ସରକାରଙ୍କ ସାଙ୍ଗରେ ଚୁକ୍ତି କରିଛି । ସେମାନେ କୋରାପୁଟର ଦକ୍ଷିଣରେ ଥିବା ଆନ୍ଧ୍ରପ୍ରଦେଶର ଗୋଦାବରୀ ଜିଲ୍ଲା ସୀମାଞ୍ଚଳମ୍‌ଠାରୁ ଓଡ଼ିଶାର କୋରାପୁଟ ପର୍ଯ୍ୟନ୍ତ ପରିବ୍ୟାପ୍ତ ଅରଣ୍ୟାଞ୍ଚଳ ଛାଡ଼ି ଉତ୍ତରରେ ମଧ୍ୟପ୍ରଦେଶ ପର୍ଯ୍ୟନ୍ତ ବିସ୍ତୃତ ଦଣ୍ଡକାରଣ୍ୟକୁ ଯିବେ କାହିଁକି ?

ସେମାନେ ଯିବେ ନାହିଁ କି ଏମାନେ ନଣ୍ଡା ପାହାଡ଼ ଛାଡ଼ିବେ ନାହିଁ । ବ୍ରିଟିଶ ସରକାର ମଧ୍ୟ ଏଇ ଜଙ୍ଗଲରୁ କୋୟା ଆଦିବାସୀମାନଙ୍କୁ ହଟାଇବା ପାଇଁ ବହୁ ଚେଷ୍ଟା କରିଥିଲେ । କିନ୍ତୁ କୋୟା ଆଦିବାସୀମାନେ ବିପ୍ଳବୀ ତାମ୍ମା ଦୋରାଙ୍କ ନେତୃତ୍ୱରେ ଲଢ଼େଇକରି ବ୍ରିଟିଶ ପୋଲିସ୍‌କୁ ପାଣି ପିଆଇ ଦେଇଥିଲେ । ସାମରିକ ଶକ୍ତି ପ୍ରୟୋଗ କରି ବିପ୍ଳବୀ ତାମ୍ମା ଦୋରାଙ୍କୁ ହତ୍ୟା କରାଯାଇଥିଲା, କିନ୍ତୁ ବ୍ରିଟିଶ ସରକାର କୋୟା ଆଦିବାସୀମାନଙ୍କୁ ସେମାନଙ୍କ ପ୍ରିୟ ଭିଟାମାଟିରୁ ହଟାଇ ପାରିନଥିଲେ ।

ଡମ୍ବରୁ ଦୋରା ସେଇ ବିପ୍ଳବୀ ସହିଦ୍ ତାମ୍ମା ଦୋରାଙ୍କ ବଂଶଧର । ତାଙ୍କ ଦେହରେ ସେଇ ବିପ୍ଳବୀ ତାମ୍ମାଙ୍କ ରକ୍ତଧାରା ବହୁଛି । ସେଥିପାଇଁ କୋୟା, କନ୍ଧ, ପରଜା ଆଦିବାସୀମାନେ ତାଙ୍କୁ ମୁଖିଆ ଭାବରେ ବାଛିଛନ୍ତି ।

ବ୍ରିଟିଶ ପୋଲିସ୍ ବିରୁଦ୍ଧରେ ଲଢ଼େଇ କରି ତାମ୍ମା ଦୋରା ପ୍ରାଣବଳି ଦେଇ ରମ୍ପା ଜଙ୍ଗଲରୁ ସେମାନଙ୍କୁ ତଡ଼ି ଦେଇଥିଲେ । ସ୍ୱାଧୀନ ସରକାରଙ୍କୁ ବୁଝାଇଶୁଝାଇ ଜର୍ମାନୀ କମ୍ପାନୀକୁ ନଣ୍ଡା ପାହାଡ଼ ଅରଣ୍ୟାଞ୍ଚଳରୁ ହଟାଇଦେବେ ବୋଲି ସେମାନେ ଆଶା ବାନ୍ଧି ବସିଛନ୍ତି ।

ସ୍ୱାଧୀନ ସରକାର ଓଡ଼ିଶାରେ କେଉଁଠି ଥାଆନ୍ତି ଡମ୍ବରୁ ଦୋରାଙ୍କୁ ଜଣାନଥିଲା ।

ସରକାର କହିଲେ ସେ ପୋଲିସ୍ ସାହେବଙ୍କୁ ବୁଝେ । ସେଥିପାଇଁ ଗିରିଜନ

ମହାସଭା ତରଫରୁ କୋରାପୁଟ ଜିଲ୍ଲା ପୋଲିସ୍ ସାହେବ ଜୟନ୍ତ ପଟ୍ଟନାୟକଙ୍କୁ ଭେଟି ସେମାନଙ୍କୁ ଜର୍ମାନୀ କମ୍ପାନୀ ଆକ୍ରମଣରୁ ରକ୍ଷା କରିବା ପାଇଁ ହାତ ଯୋଡ଼ି, ମୁଣ୍ଡ କୋଡ଼ି କାତର କଣ୍ଠରେ ପ୍ରାର୍ଥନା କରିଥିଲେ।

ଜୟନ୍ତ ସେମାନଙ୍କୁ ବୁଝାଇଥିଲା, ସେ ସରକାର ନୁହେଁ, ଓଡ଼ିଶା ସରକାରଙ୍କ ଦ୍ୱାରା ନିଯୁକ୍ତ ଜଣେ ପୋଲିସ କର୍ମକର୍ତ୍ତା। ସ୍ୱାଧୀନ ଓଡ଼ିଶା ସରକାର ଯାହା କରୁଛନ୍ତି, ତାହା କୋରାପୁଟ ଜିଲ୍ଲାର ଆଦିବାସୀ ଅଣଆଦିବାସୀ, ସବର୍ଣ୍ଣ ଅସବର୍ଣ୍ଣ ସବୁ ଲୋକଙ୍କ ମଙ୍ଗଳ ପାଇଁ। କୋରାପୁଟ ଜିଲ୍ଲାରେ ଏଇ ପ୍ରଥମ ଏତେବଡ଼ ଶିଳ୍ପ କାରଖାନା ହେଉଛି। ସେଥିପାଇଁ ଯଦି ଆଦିବାସୀମାନଙ୍କୁ ଘରଛଡ଼ା ହେବାକୁ ପଡ଼େ, ତେବେ ସରକାର ସେମାନଙ୍କୁ ଅଲଗା ଜାଗାରେ ଥଇଥାନ କରିବେ। ଝାଟିମାଟିର ଝୁମ୍ପୁଡ଼ି ଘର ବଦଳରେ ସେମାନଙ୍କୁ କୋଠାଘରେ ରଖାଯିବ। କାରଖାନାରେ ସ୍ଥାନୀୟ ଲୋକଙ୍କୁ ବେଶି ମଜୁରିରେ କାମ ଯୋଗାଇ ଦିଆଯିବ।

ପୋଲିସ୍ ସାହେବଙ୍କ କଥାରେ ଡମ୍ବରୁ ଦୋରା ଆଉ ତା' ସାଙ୍ଗରେ ଆସିଥିବା ଆଦିବାସୀଙ୍କ ମନ ଭଲିଲା ନାଇଁ। ସେମାନେ ଏକସ୍ୱରରେ ପ୍ରାର୍ଥନା କଲେ- ଆମର କୋଠାଘର ଲୋଡ଼ା ନାଇଁ ସାହେବ! ନଣ୍ଡା ପାହାଡ଼ ତଳେ ଝୁମ୍ପୁଡ଼ି ଘରେ ଆମକୁ ରହିବାକୁ ଦିଅ। ଆମେ ବାପଅଜା ଚଉଦପୁରୁଷର ଭିଟାମାଟି ଛାଡ଼ି କୁଆଡ଼େ ଯିବୁନାଇଁ, ଜର୍ମାନୀ କମ୍ପାନୀ ଲୋକେ ହତିଆର ଧରି ନଣ୍ଡା ପାହାଡ଼ ତାଡ଼ିବାକୁ ଆସିଲେ- ତୁ ସାହେବ ଆମର ମାଆବାପ୍- ତୁ ଆମକୁ ରକ୍ଷା କରିବା ପାଇଁ ବନ୍ଧୁକ ଚଳାଇ ସେମାନଙ୍କୁ ଘଉଡ଼ାଇ ଦେ-

ଜୟନ୍ତ ସେମାନଙ୍କୁ ହଁ କି ନାଇଁ କିଛି କହିପାରିଲା ନାହିଁ।

ସେମାନଙ୍କ କଥା ଭୁବନେଶ୍ୱରରେ ଥିବା ଓଡ଼ିଶା ସରକାରଙ୍କୁ ଜଣାଇଦେବ ବୋଲି ଡମ୍ବରୁ ଦୋରା ଆଉ ତା'ର ସାଙ୍ଗସାଥିମାନଙ୍କୁ ଆଶ୍ୱାସନା ଦେଲା।

ତା' ଆରଦିନ ଖବର କାଗଜ ଆଉ ରେଡ଼ିଓରେ ନଣ୍ଡା ପାହାଡ଼କୁ ତାଡ଼ି ଫୋପାଡ଼ି ଦେଇ ଜଙ୍ଗଲ ସଫାକରି ଜର୍ମାନୀ କମ୍ପାନୀ ମେଗା ଆଲୁମିନିୟମ୍ କାରଖାନା ବସାଇବା ଏବଂ ତା' ବିରୁଦ୍ଧରେ ସ୍ଥାନୀୟ ଆଦିବାସୀମାନଙ୍କ ପ୍ରତିରୋଧ ଖବର ପ୍ରଚାରିତ ହେବା ପରେ ଦେଶର ପରିବେଶବିତ୍‌ମାନଙ୍କ ମନରେ ଛନକା ପଶିଲା। ନଣ୍ଡା ପାହାଡ଼କୁ ବୁଲ୍‌ଡୋଜରରେ ଧ୍ୱଂସ କରି, ଜଙ୍ଗଲର ଗଛ କାଟି କାରଖାନା ବସାଇଲେ କୋରାପୁଟର ପ୍ରାକୃତିକ ପରିବେଶ ଧ୍ୱଂସ ପାଇବ ବୋଲି କୋରାପୁଟର ସର୍ବୋଦୟ ନେତା ବିଶ୍ୱନାଥ ପାଟଯୋଷୀ ନଣ୍ଡା ପାହାଡ଼ ଆସି ଆଦିବାସୀମାନଙ୍କ ପାଖରେ ଛିଡ଼ା ହେଲେ। ଖବର ପାଇ କୋରାପୁଟ ଛୁଟି ଆସିଲେ ପରିବେଶବିତ୍ ସୁନ୍ଦରଲାଲ୍ ବହୁଗୁଣା। କୋରାପୁଟ

ଗିରିଜନ ମହାସଭାର ଭାଇଭଉଣୀମାନଙ୍କୁ ଡକାଇ ସରକାରଙ୍କ ପାହାଡ଼ତଡ଼ା ଆଉ ଗଛକଟା ବିରୋଧରେ ସେମାନେ ଅହିଂସ ଓ ଶାନ୍ତିପୂର୍ଣ୍ଣ ଭାବରେ ସତ୍ୟାଗ୍ରହ କରିବା ପାଇଁ ବୁଝାଇଲେ। ହିଂସାତ୍ମକ ପ୍ରତିରୋଧର ରାସ୍ତା ଛାଡ଼ି ନିଜର ହକ୍ ହାସଲ କରିବା ଲାଗି ଗାନ୍ଧିଜୀଙ୍କ ପ୍ରଦର୍ଶିତ ମାର୍ଗରେ ଅହିଂସ ସତ୍ୟାଗ୍ରହ କରିବା ଲାଗି ସୁନ୍ଦରଲାଲଜୀଙ୍କ କଥାରେ ରାଜି ହୋଇଗଲେ ଗିରିଜନ ମହାସଭାର ମୁଖିଆ ଡମ୍ବରୁ ଦୋରା।

କିନ୍ତୁ ଓଡ଼ିଶା ସରକାର କୋରାପୁଟର ଉନ୍ନୟନ ପାଇଁ ଜର୍ମାନୀ ମଲ୍‌ଟିନାସନାଲ୍ କମ୍ପାନୀକୁ ପରିବେଶ ପାଇଁ ପରୱା ନକରି ପାହାଡ଼ ତାଡ଼ି, ଗଛ କାଟି, ଦଶହଜାର କୋଟି ଡଲାରର ଆଲୁମିନିୟମ୍ କାରଖାନା ବସାଇବା ଲାଗି ସବୁଜ ସଂକେତ ଦେଇଦେଲେ। କୋରାପୁଟ ଜିଲ୍ଲା କଲେକ୍ଟର ଓ ପୋଲିସ ସୁପରିଟେଣ୍ଡେଣ୍ଟଙ୍କୁ କାରଖାନା-ବିରୋଧୀ ନ୍ୟସ୍ତସ୍ୱାର୍ଥ ଗୋଷ୍ଠୀର ଲୋକଙ୍କୁ ନଣ୍ଡା ପାହାଡ଼ ଅରଣ୍ୟାଞ୍ଚଳରୁ ଉଠାଇଆଣି କୋରାପୁଟ ସହର ପାଖରେ ଅସ୍ଥାୟୀ ଶିବିରରେ ଥଇଥାନ କରିବାକୁ ନିର୍ଦ୍ଦେଶ ଦେଲେ। ସେମାନଙ୍କ ପାଇଁ ସ୍ଥାୟୀ ପକ୍କାଘର ନିର୍ମିତ ହେବା ପର୍ଯ୍ୟନ୍ତ, ଅସ୍ଥାୟୀ ଶିବିରରେ ସେମାନଙ୍କୁ ଖାଦ୍ୟ, ପାନୀୟ ଜଳ ରିଲିଫ୍ ଆକାରରେ ଯୋଗାଇଦେବା ଲାଗି ମଧ୍ୟ ଓଡ଼ିଶା ସରକାର ଆବଶ୍ୟକୀୟ ଅର୍ଥ ମଞ୍ଜୁର କରିଦେଲେ। କାରଖାନା ପାଇଁ ଯେଉଁ ଆଦିବାସୀ ଅଣଆଦିବାସୀ ଲୋକେ ନିଜର ବାସଭୂମି ଓ ଚାଷଜମି ହରାଇବେ, ସେମାନଙ୍କ ଜମି ଅଧିଗ୍ରହଣ ପାଇଁ ବର୍ଦ୍ଧିତ ହାରରେ ସରକାର କ୍ଷତିପୂରଣ ଦେବା ପାଇଁ ମଧ୍ୟ ବ୍ୟବସ୍ଥା କଲେ।

ଜମି ଅଧିଗ୍ରହଣ କାର୍ଯ୍ୟରେ କୋରାପୁଟ ପୋଲିସ୍‌କୁ ସାହାଯ୍ୟ କରିବା ଲାଗି କେନ୍ଦ୍ର ସରକାରଙ୍କ ଅର୍ଦ୍ଧସାମରିକ ବାହିନୀର ଯବାନମାନଙ୍କୁ ମଧ୍ୟ କୋରାପୁଟ ପଠାଗଲା। ଗୋଇନ୍ଦା ରିପୋର୍ଟରୁ ଜଣାପଡ଼ିଲା, ଜର୍ମାନୀ କମ୍ପାନୀ ବିରୁଦ୍ଧରେ ସ୍ଥାନୀୟ ଆଦିବାସୀମାନଙ୍କୁ ମତାଇ ହିଂସାକାଣ୍ଡ ଭିଆଇବା ପାଇଁ ଆନ୍ଧ୍ରର ସଶସ୍ତ୍ର ନକ୍ସଲ ଗରିଲାମାନେ ନଣ୍ଡା ପାହାଡ଼ ଅରଣ୍ୟାଞ୍ଚଳରେ ଅହିଂସ ସତ୍ୟାଗ୍ରହୀ ଛଦ୍ମବେଶରେ ଅନୁପ୍ରବେଶ କରିସାରିଛନ୍ତି। କୋରାପୁଟ ଏସ୍.ପି. ପୋଲିସ୍ ଓ ଅର୍ଦ୍ଧସାମରିକ ବାହିନୀର ସହାୟତାରେ ସତ୍ୟାଗ୍ରହରେ ବସିଥିବା ଆଦିବାସୀମାନଙ୍କୁ ବୁଝାଇଶୁଝାଇ ଉଠାଇ ନହେଲେ ବଳ ପ୍ରୟୋଗ କରି ସେମାନଙ୍କୁ ହଟାଇଦେବା ପାଇଁ ବ୍ୟବସ୍ଥା ଗ୍ରହଣ କରନ୍ତୁ ବୋଲି ନିର୍ଦ୍ଦେଶ ଗଲା।

ମୁଖ୍ୟମନ୍ତ୍ରୀଙ୍କ ନିର୍ଦ୍ଦେଶ ପାଇଲା ପରେ କଲେକ୍ଟରଙ୍କୁ ସାଙ୍ଗରେ ଧରି ଜୟନ୍ତ ସତ୍ୟାଗ୍ରହରେ ବସିଥିବା ଗିରିଜନ ମହାସଭାର ଆଦିବାସୀମାନଙ୍କ ପାଖକୁ ଯାଇଥିଲା। ଶହେ ଷାଠିଏ ଜଣ ଆଦିବାସୀ ପୁରୁଷ ଓ ମହିଳା ନଣ୍ଡା ପାହାଡ଼ ଅରଣ୍ୟାଞ୍ଚଳର ପ୍ରବେଶ

ପଥ ଅବରୋଧ ପୂର୍ବକ ରାମଧୁନ ଗାନ କରି ଧାରଣାରେ ବସିଥିଲେ। ସେମାନେ କଲେକ୍ଟର ଓ ଏସ୍.ପି.ଙ୍କୁ ଦେଖି ଠିଆ ହୋଇଯାଇ ହାତ ଧରାଧରି ହୋଇ ସେମାନଙ୍କୁ ଭିତରକୁ ଯିବାପାଇଁ ବାଟ ଛାଡ଼ିଲେ ନାହିଁ। ଆଗରୁ ଟଙ୍କାଥଳି ଧରି ଘରବାଡ଼ି ଛାଡ଼ି ଚାଲିଯିବା ବାବଦକୁ ବର୍ଦ୍ଧିତ ହାରରେ କ୍ଷତିପୂରଣ ଦେବା ପାଇଁ ଯେଉଁ ସରକାରୀ ଅଫିସର ଆସିଥିଲେ ସେମାନଙ୍କୁ ମଧ୍ୟ ବାଟ ଛାଡ଼ିନଥିଲେ।

କଲେକ୍ଟର ଏବଂ ଏସ୍.ପି.ଙ୍କୁ ଭିତରକୁ ଯିବାପାଇଁ ବାଟ ନଛାଡ଼ିବା ଫଳରେ କଲେକ୍ଟର ମିଶ୍ର ରାଗି ଯାଇ ନଣ୍ଡା ପାହାଡ଼ ଅରଣ୍ୟାଞ୍ଚଳରେ ୧୪୪ ଧାରା ଜାରି କରିଦେଲେ। ଯଦି ରାସ୍ତା ଅବରୋଧକାରୀ ସତ୍ୟାଗ୍ରହୀମାନେ ସ୍ଥାନ ଛାଡ଼ି ତୁରନ୍ତ ଅବରୋଧ ପ୍ରତ୍ୟାହର କରି ନନିଅନ୍ତି, ତାହାହେଲେ ପୋଲିସ୍ ଆକ୍ସନ ଆରମ୍ଭ ହେବ ବୋଲି ସତ୍ୟାଗ୍ରହୀମାନଙ୍କୁ ସାବଧାନ କରିଦେଲେ।

ସତ୍ୟାଗ୍ରହ କରୁଥିବା ସବୁ ଆଦିବାସୀମାନେ ଗିରିଜନ ମହାସଭାର ମୁଖିଆ ଡମ୍ବରୁ ଦୋରା ମୁହଁକୁ ଚାହିଁଲେ।

ଡମ୍ବରୁ ଦୋରା ସମସ୍ତେ ଶୁଣିପାରିଲା ଭଳି ବଡ଼ ପାଟିରେ କହିଲେ- ମରିବା ପଛେ ଭିଟାମାଟି ଛାଡ଼ିବା ନାହିଁ। ଦେଶକୁ ସ୍ୱାଧୀନ କରିବା ପାଇଁ ଏଇ କୋରାପୁଟର ବୀର ସନ୍ତାନ ଲକ୍ଷ୍ମଣ ନାଏକ ଫାଶି ଖୁଣ୍ଟରେ ଚଢ଼ିଥିଲା। ଆମେ ନିଜ ନିଜ ଭିଟାମାଟିର ସୁରକ୍ଷା ପାଇଁ ପୋଲିସ୍ ଗୁଳିମାଡ଼ ପାଇଁ ଛାତି ପାତିଦେବା; କିନ୍ତୁ ପୋଲିସ୍ ବିରୁଦ୍ଧରେ କିଛି କହିବା ନାଇଁ। ପୋଲିସ ଆମର ମାଆବାପ୍। ପୋଲିସ୍‌ର ଲାଠିଗୁଳି ଖାଉଥିବାବେଳେ ଆମେ ଏକ ସ୍ୱରରେ କହୁଥିବା- ଗାନ୍ଧି ମହାତ୍ମା କି ଜେ!

ଗୁଳି ନୁହେଁ, ସତ୍ୟାଗ୍ରହୀମାନଙ୍କୁ ରାସ୍ତା ଅବରୋଧରୁ ଉଠାଇନେବାକୁ ବାଧ୍ୟ କରିବା ଲାଗି, ଏସ.ପି. ପଟ୍ଟନାୟକ ମୃଦୁ ଲାଠିଚାଳନା ପାଇଁ ଆଦେଶ ଦେଇ କଲେକ୍ଟରଙ୍କ ସହ ପୋଲିସ୍ ହେଡ୍‌କ୍ୱାଟର୍ସକୁ ଫେରିଆସିଲେ।

ଦୁଇ ଘଣ୍ଟା ପରେ ଖବର ଆସିଲା, ସତ୍ୟାଗ୍ରହୀ ନେତା ଡମ୍ବରୁ ଦୋରା ମୁଣ୍ଡକୁ ଲକ୍ଷ୍ୟ କରି ପୋଲିସ୍ ଏସ.ଆଇ. ନବଘନ ମହାନ୍ତି ମୂଳି ବାଉଁଶଠେଙ୍ଗା ପ୍ରହାର କରିବାକୁ ଗଲାବେଳେ ତା' ପାଖରେ ବସିଥିବା ଦୁଇଜଣ ଅର୍ଘାତିଆ ଡେଙ୍ଗା କନ୍ଧ ଗେଡୁ ଡମ୍ବରୁ ଦୋରା ମୁଣ୍ଡକୁ ହଠାତ୍ ଉଢୁଆଳ କରିଦେବା ଫଳରେ ବାଉଁଶ ଠେଙ୍ଗା ମାଡ଼ରେ ସେ ଦୁଇଜଣଙ୍କ ମୁଣ୍ଡ ଫାଟିଛି, ଡମ୍ବରୁ ଦୋରା ବଞ୍ଚିଯାଇଛି।

ସେ ମୃଦୁ ଲାଠିଚାଳନା କରି ଅହିଂସ ସତ୍ୟାଗ୍ରହୀମାନଙ୍କୁ ଘଉଡ଼ାଇଦେବାକୁ ନିର୍ଦ୍ଦେଶ ଦେଇଥିଲା। ବାଉଁଶଠେଙ୍ଗାରେ କାହାର ମୁଣ୍ଡ ଫଟାଇବା ପୋଲିସ୍ କୋଡ୍‌ରେ ମୃଦୁ ଲାଠିଚାଳନା ନୁହେଁ।

ଏଇ କେତେଦିନ ହେଲା ସବ୍‌ଇନ୍‌ସପେକ୍ଟର ନବ ମହାନ୍ତି ଜର୍ମାନୀ କମ୍ପାନୀ ପବ୍ଲିସିଟି ଓଡ଼ିଆ ଅଫିସର ଦୀପକ ସାମନ୍ତରାୟ ସହିତ ଗୋପନରେ ଦେଖା କରୁଥିବା ଖବର ତା' ପାଖରେ ପହଞ୍ଚିଛି । ଜର୍ମାନୀ କମ୍ପାନୀର ସ୍ୱାର୍ଥରକ୍ଷା ପାଇଁ ଜଣେ ପୋଲିସ୍ ଅଫିସର୍‌ର ଦାୟିତ୍ୱ ଓ କର୍ତ୍ତବ୍ୟ କଥା ସେ ଭୁଲିଯାଇଛି । ଏ ଅନୁଚିତ କାର୍ଯ୍ୟ ପାଇଁ ସେ ଜର୍ମାନୀ କମ୍ପାନୀଠାରୁ ଟଙ୍କା ନେଇଛି କି ନାହିଁ ଜଣା ନାହିଁ । କିନ୍ତୁ ସବୁ ପ୍ରତିରୋଧ ହଟାଇ ଦେଇପାରିଲେ, ସରକାରୀ ଚାକିରି ଛାଡ଼ି ସେ ଜର୍ମାନୀ କମ୍ପାନୀର ଆଲୁମିନିୟମ୍ କମ୍ପାନୀରେ ଖୁବ୍ ମୋଟା ଦରମାରେ ସିକ୍ୟୁରିଟି ଅଫିସର ହେବ ବୋଲି ଅନେକ ଗୁଜବ ପ୍ରଚାରିତ ହୋଇଛି ।

ଗିରିଜନ ମହାସଭାର ମୁଖିଆ ମୁଣ୍ଡ ଫଟାଇବା ପାଇଁ ନବ ମହାନ୍ତି ଏସ୍.ଆଇ. ବାଉଁଶ ଠେଙ୍ଗାରେ ପ୍ରହାର କରିବା ଘଟଣା ସମ୍ପର୍କରେ ପ୍ରଚାରିତ ଗୁଜବ ସତ୍ୟ ବୋଲି ତା'ର ଧାରଣା କ୍ରମଶଃ ଦୃଢ଼ିଭୂତ ହେବାକୁ ଲାଗିଲା ।

ଡମ୍ବରୁ ଦୋରାକୁ ନିରାପଦ ରଖିବା ପାଇଁ ସେ ତାକୁ ୧୪୪ ଧାରା ଅମାନ୍ୟ ଦଙ୍ଗାରେ ଗିରଫ କରି କୋରାପୁଟ ଜେଲରେ ବନ୍ଦୀ କରି ରଖିବା ପାଇଁ କଲେକ୍ଟରଙ୍କୁ ପ୍ରସ୍ତାବ ଦେଇଥିଲା ।

ତା' ପ୍ରସ୍ତାବରେ ରାଜି ହେଲେ ନାହିଁ କଲେକ୍ଟର ମିଶ୍ର ।

କହିଲେ- ଗିରିଜନ ମହାସଭାର ନେତା ଡମ୍ବରୁ ଦୋରାକୁ ଗିରଫ କରି ଜେଲରେ ପୂରାଇଦେଲେ ତା' ଅନୁପସ୍ଥିତିରେ ଆଦିବାସୀ ପ୍ରତିରୋଧ ଆନ୍ଦୋଳନ ହିଂସ୍ର ରୂପ ନେଇପାରେ । ଆନ୍ଧ୍ରର ନାକ୍ସାଲ ନେତା ନାଗି ରେଡ୍ଡିର ସଶସ୍ତ୍ର ଗରିଲାମାନେ ପରଦା ଉଢୁଆଳରେ ଅପେକ୍ଷାକରି ରହିଛନ୍ତି । ଡମ୍ବରୁ ଦୋରା ଜେଲ୍ ଚାଲିଗଲେ, ତା'ର ଅନୁଗତ ଅହିଂସ ସତ୍ୟାଗ୍ରହୀମାନେ ଉତ୍ୟକ୍ତ ହୋଇ ଉଠିପାରନ୍ତି । ଆନ୍ଧ୍ରର ନକ୍ସାଲ ଗରିଲାମାନେ ସେମାନଙ୍କୁ ଉସ୍‌କାଇ ପ୍ରଳୟ କାଣ୍ଡ ସୃଷ୍ଟି କରିପାରନ୍ତି । ଅବସ୍ଥା ଆମ ନିୟନ୍ତ୍ରଣ ବାହାରକୁ ଚାଲିଯାଇପାରେ ।

କଲେକ୍ଟରଙ୍କ ମତାମତକୁ ଉପେକ୍ଷା କରିପାରିଲା ନାହିଁ ଜୟନ୍ତ ।

ସପ୍ତମ

ଦୀପକ ସାମନ୍ତରାୟ ତା' ସହିତ ଦେଖା କରିବାକୁ ଚାହୁଁଥିଲା । କୋରାପୁଟରେ ଜର୍ମାନୀ କମ୍ପାନୀର ପ୍ରସ୍ତାବିତ ଆଲୁମିନିୟମ୍ କାରଖାନାର ପବ୍ଲିକ୍ ରିଲେସନ୍ ଅଫିସର୍ ଦୀପକ ।

ତା' ସହିତ ତାଙ୍କର କି କାମ ?

ସେ ମନା କରିଦେବାକୁ ଯାଉଥିଲା, କିନ୍ତୁ ତା' ପୂର୍ବରୁ ପ୍ରସ୍ତାବିତ ଜର୍ମାନୀ ଆଲୁମିନିୟମ୍ କାରଖାନା ପି.ଆର.ଓ. ଖୁବ୍ ଚଢ଼ା ଗଳାରେ କହିଲେ- ଜର୍ମାନୀର ସ୍ୱାର୍ଥ ପାଇଁ ନୁହେଁ, ଓଡ଼ିଶାର ସ୍ୱାର୍ଥ ଓ ଆପଣଙ୍କର ସ୍ୱାର୍ଥ ପାଇଁ ମୁଁ ଆପଣଙ୍କ ସହିତ ପାଞ୍ଚ ମିନିଟ୍ କଥା ହେବାକୁ ଚାହେଁ।

ତା'ପରେ ମନା କରିପାରି ନଥିଲା ଜାହ୍ନବୀ।

ସେ ହଁ କହିବାର ଦଶ ମିନିଟ୍ ପରେ ଗୋଟାଏ ଦାମୀ ଜର୍ମାନୀ ଗାଡ଼ିରୁ ଓହ୍ଲାଇ ଦୀପକ ସାମନ୍ତରାୟ ହସହସ ମୁହଁରେ ତା' କ୍ୱାର୍ଟର ଗେଟ୍ ଖୋଲି ଗାଡ଼ିରୁ ଓହ୍ଲାଇ ତା' ପାଖକୁ ଚାଲିଆସିଲେ।

ଦୁଇହାତ ଟେକି ଜାହ୍ନବୀକୁ ନମସ୍କାର କରି ସାମନ୍ତରାୟ କହିଲେ- ଆପଣ ମତେ ଚିହ୍ନନ୍ତି ନାହିଁ। ମୁଁ ଆପଣଙ୍କ ବଡ଼ଭାଇ ସଂଜୟର ରେଭେନ୍ସାରେ କ୍ଲାସ୍‌ମେଟ୍ ଥିଲି। ଆପଣଙ୍କ ଘରକୁ ଦୁଇ ତିନି ଥର ସଂଜୟ ସାଙ୍ଗରେ ଆସିଛି। ଆପଣ ସେତେବେଳେ ଖୁବ୍ ଛୋଟ ପିଲା। ମତେ ଦେଖିଥିଲେ ବି ମନେ ପକାଇପାରିବେ ନାହିଁ।

ଭାଇର ସାଙ୍ଗ ବୋଲି ଜାଣିଲା ପରେ ଦୀପକ ସାମନ୍ତରାୟଙ୍କୁ ନିଜ ଡ୍ରଇଁ ରୁମ୍‌କୁ ଡାକିନେଲା ଜାହ୍ନବୀ। କାନ୍ଥରେ ଲାଗିଥିବା ବିବାହ ସମୟର ଜୟନ୍ତ ଓ ତା'ର ଯୁଗ୍ମ ଫଟୋକୁ ଅପଲକ ଆଖିରେ ଦୀପକ ଚାହିଁ ରହିଥିଲେ।

ଜାହ୍ନବୀ ତାଙ୍କୁ ସ୍ମରଣ କରାଇଦେଲା- ମୋ ହାତରେ ବେଶି ସମୟ ନାହିଁ। କଲେଜ ଯିବାକୁ ହେବ। କ'ଣ କହିବାକୁ ଚାହାନ୍ତି- କୁହନ୍ତୁ। ତା' କଥାରେ ଅନ୍ତରଙ୍ଗତା ଅପେକ୍ଷା ରୁକ୍ଷତାର ଭାଗମାପ ଅଧିକ ଥିଲା। ତଥାପି ଦୀପକ ସାମନ୍ତରାୟ ତାଙ୍କ ମୁହଁରୁ ହସର ଔଜ୍ଜ୍ୱଲ୍ୟକୁ ମଳିନ ହେବାକୁ ନଦେଇ କହିଲେ- ଆପଣ ନିଶ୍ଚୟ ଶୁଣିଥିବେ, ଜର୍ମାନୀର ପ୍ରସିଦ୍ଧ ମଲ୍‌ଟିନାସ୍‌ନାଲ୍ କମ୍ପାନୀ ଓଡ଼ିଶାର କୋରାପୁଟ ଭଳି ପଛୁଆ ଜିଲ୍ଲାରେ ଦଶହଜାର କୋଟି ଡଲାର ଖର୍ଚ୍ଚକରି ଏକ ଆଲୁମିନିୟମ୍ କାରଖାନା ସ୍ଥାପନ କରିବାକୁ ଓଡ଼ିଶା ସରକାରଙ୍କ ସହ ଚୁକ୍ତିବଦ୍ଧ ହୋଇଛି।

ଜାହ୍ନବୀ ଶୁଣି ମଧ୍ୟ ନଶୁଣିଲା ଭଳି ମୁଖଭଙ୍ଗୀ କରି ଉଦାସ କଣ୍ଠରେ ଉତ୍ତର ଦେଲା- ଖବରକାଗଜରେ ପଢ଼ିଛି। ସେ ବିଷୟରେ ଜାଣିବା ପାଇଁ ମୋର କୌଣସି ଆଗ୍ରହ ନାହିଁ। ଅନ୍ୟ କିଛି କଥା ଯଦି କହିବେ-

- ନା, ସେଇ ଆଲୁମିନିୟମ୍ କାରଖାନା ସମ୍ପର୍କରେ କହିବା ପାଇଁ କାଲି ରାତିରୁ ଗାଡ଼ି ଡ୍ରାଇଭ୍ କରି କୋରାପୁଟରୁ ଭୁବନେଶ୍ୱର ଆସିଛି। ଏଠାରେ ପ୍ରଥମ କାମ

ଆପଣଙ୍କୁ ଭେଟି କମ୍ପାନୀ କାରଖାନା ବସାଇବାରେ ଯେଉଁସବୁ ବାଧାବିଘ୍ନ ସୃଷ୍ଟି ହେଉଛି, ତାହା ଦୂର କରିବା ପାଇଁ ଆପଣଙ୍କ ସହାୟତା ନେବା।

ଜର୍ମାନୀ ମଲ୍‌ଟିନାସନାଲ୍ କମ୍ପାନୀର ପି.ଆର.ଓ.ଙ୍କ ମୁହଁରୁ ସେଇ ଶେଷ କଥା ପଦକ ଶୁଣିବା ମାତ୍ରେ ଜାହ୍ନବୀର ମସ୍ତିଷ୍କ କୋଷରେ ସତର୍କ ଘଣ୍ଟି ବାଜିଉଠିଲା। ମନେ ପଡ଼ିଗଲା ଡ୍ରଗ୍ସ ମାଫିଆ ସ୍ୱଦେଶ ପ୍ରଧାନର କଥା। ତା' ଜରିଆରେ ଜୟନ୍ତଙ୍କୁ ପ୍ରଭାବିତ କରି ବ୍ରାଉନ୍‌ସୁଗାର ବ୍ୟବସାୟୀକୁ ଜେଲରୁ ଖଲାସ କରିଦେବା ଲାଗି ଦଶଲକ୍ଷ ଟଙ୍କା ଲାଞ୍ଚ ଦେବାର ଦୁଃସାହସିକତା। ଦୀପକ ସାମନ୍ତରାୟ କ'ଣ ଜୟନ୍ତଙ୍କୁ ପ୍ରଭାବିତ କରି ତା' ଜରିଆରେ କମ୍ପାନୀ ପାଇଁ କିଛି ଫାଇଦା ଉଠାଇନେବା ଲକ୍ଷ୍ୟରେ ତା' ପାଖକୁ ଆସିଛି ?

- ଦେଖନ୍ତୁ, ମୋ ସ୍ୱାମୀ କୋରାପୁଟରେ ପୋଲିସ୍ ଅଫିସର। ମୁଁ ରେଭେନ୍ସା କଲେଜର ଇଂରାଜୀ ଅଧ୍ୟାପିକା। ସେ କେବେ ମୋ ଅଧ୍ୟାପନା ବିଷୟରେ ହସ୍ତକ୍ଷେପ କରନ୍ତି ନାହିଁ କି ମୁଁ ତାଙ୍କ ପୋଲିସ ଚାକିରିରେ ମୁଣ୍ଡ ପୂରାଏ ନାହିଁ। ଆପଣଙ୍କର ଯଦି କିଛି ଆଇନଶୃଙ୍ଖଳା ରକ୍ଷା ସମ୍ପର୍କରେ ସମସ୍ୟା ଥାଏ, ଆପଣ ତାଙ୍କୁ କହିପାରନ୍ତି-

- ଆଇନଶୃଙ୍ଖଳା ସମସ୍ୟା ନୁହେଁ, କୋରାପୁଟ ନଣ୍ଡା ପାହାଡ଼ ଅଞ୍ଚଳରେ ଦଶ ହଜାର କୋଟି ଡଲାର ବିନିଯୋଗ କରି ଯେଉଁ ଆଲୁମିନିୟମ୍ କାରଖାନା ବସାଇବାକୁ ଯାଉଛୁ, ସେ କାରଖାନା ସେଠାରେ ବସାଇ ନଦେବା ପାଇଁ ସ୍ଥାନୀୟ ଆଦିବାସୀମାନଙ୍କୁ ମତାଇ ଡମ୍ବରୁ ଦୋରା ନାମକ ଜଣେ ସନ୍ତ୍ରାସବାଦୀ ନକ୍ସଲ ନେତା ସେଠାରେ ସତ୍ୟାଗ୍ରହ ଆନ୍ଦୋଳନ ଚଳାଇଛି। ଓଡ଼ିଶା ସରକାର ସେ ଆନ୍ଦୋଳନକାରୀଙ୍କୁ ରାସ୍ତା ଅବରୋଧରୁ ହଟାଇ ଦେବାପାଇଁ କଲେକ୍ଟରଙ୍କୁ ନିର୍ଦ୍ଦେଶ ଦେଇଛନ୍ତି। କିନ୍ତୁ ନକ୍ସଲ ନେତା ଡମ୍ବରୁ ଦୋରା ପ୍ରତି ପୋଲିସ୍ ସୁପରିଟେଣ୍ଡେଣ୍ଟ୍ ସାହେବଙ୍କ ସଫ୍ଟ-କର୍ଣ୍ଣର ଥିବା ଯୋଗୁ ସରକାରୀ ଆଦେଶ କାର୍ଯ୍ୟକାରୀ ହୋଇପାରୁନି। ରାସ୍ତା ଅବରୋଧ ଯୋଗୁଁ କାରଖାନା ପାଇଁ ଜମି ଅଧିଗ୍ରହଣ ସୁଦ୍ଧା ଅଟକି ରହିଛି।

- କିନ୍ତୁ ଖବରକାଗଜରେ ମୁଁ ଯାହା ପଢ଼ିଛି- କୋୟା ଆଦିବାସୀମାନଙ୍କ ମୁଖିଆ ଜଣେ ଗାନ୍ଧିବାଦୀ ଲୋକ ଅହିଂସା ସତ୍ୟାଗ୍ରହରେ ବସିଥିବା ବେଳେ ରାମଧୁନ ଗାନ କରୁଛନ୍ତି।

ଦୀପକ ସାମନ୍ତରାୟ ପୋଲିସ୍ ସାହେବଙ୍କ ପତ୍ନୀଙ୍କ ଭ୍ରମ ସଂଶୋଧନ କରିଦେଇ କହିଲେ- ଡମ୍ବରୁ ଦୋରା ମୁହଁରେ ଗାନ୍ଧି ନାମ, ଭିତରେ ଲାଲ୍ ସଲାମ୍! ଏଇ ଡମ୍ବରୁ ଦୋରା ହେଉଛି ବ୍ରିଟିଶ୍ ବିରୋଧୀ ସନ୍ତ୍ରାସବାଦୀ ନେତା ତାମ୍ମା ଦୋରାର ନାତି। ବ୍ରିଟିଶ୍ ଇଣ୍ଡିଆ କମ୍ପାନୀ ରମ୍ପା ଜଙ୍ଗଲ କାଟି ପୋଲାଭରମ୍ ଡିଭିଜନରେ ଏକ ଜଳପ୍ରକଳ୍ପ

କାର୍ଯ୍ୟକାରୀ କରିବା ପାଇଁ ଜମି ଅଧିଗ୍ରହଣ କଲାବେଳେ ତାମ୍ମା ଦୋରା ତା'ର ବିରୋଧ କରି ବ୍ରିଟିଶ ସରକାର ସହ ଲଢ଼େଇ କରିଥିଲା। ଏ ହେଉଛି ୧୯୨୨-୨୪ ମସିହା କଥା। ପୋଲାଭରମ୍ ଜଳପ୍ରକଳ୍ପର ପ୍ରଧାନ ବିରୋଧୀ ଥିଲା ତାମ୍ମା ଦୋରା। ତାକୁ ବ୍ରିଟିଶ ପୋଲିସ୍ ହତ୍ୟା କଲାପରେ ସେ ପ୍ରକଳ୍ପ କାର୍ଯ୍ୟକାରୀ ହୋଇଥିଲା। ଡମ୍ବରୁ ଦୋରା ସେଇ ତାମ୍ମା ଦୋରାର ବଂଶଧର। ତା' ଧମନୀରେ ସେଇ ସରକାରୀ ପ୍ରକଳ୍ପ ବିରୋଧୀ ରକ୍ତ ପ୍ରବାହିତ ହେଉଛି। ଆନ୍ଧ୍ରର ନକ୍ସଲ ନେତା ନାଗି ରେଡ୍ଡିଙ୍କ ସହାୟତାରେ ସେ କୋରାପୁଟ ନଣ୍ଡା ପାହାଡ଼ ପାଖରେ ଆଲୁମିନିୟମ୍ କାରଖାନା ବିରୋଧୀ ଆନ୍ଦୋଳନ ଚଳାଇଛି। ତାମ୍ମା ଦୋରାକୁ ହତ୍ୟା କଲାପରେ ହିଁ ପୋଲାଭରମ୍ ଜଳପ୍ରକଳ୍ପ ବାସ୍ତବାୟିତ ହୋଇଥିଲା।

- କୋରାପୁଟ ଆଦିବାସୀ ମୁଖିଆ ଡମ୍ବରୁ ଦୋରା ଆପଣଙ୍କ ମେଗା ଆଲୁମିନିୟମ୍ କାରଖାନା ବସାଇବାରେ ବ୍ୟାରିକେଡ୍ ହୋଇ ଠିଆହୋଇଛି। ତା' ଜେଜେବାପା ତାମ୍ମା ଦୋରାଙ୍କ ଭଳି ଡମ୍ବରୁ ଦୋରାକୁ ଖତମ କରି ଆପଣ ଆଲୁମିନିୟମ୍ କାରଖାନା ବସାଇବାକୁ ଚାହୁଁଛନ୍ତି। ଏଇଆତ ?

- ଏକ୍‌ଜାକ୍ଟଲି ! ଆମେ ନୁହେଁ, ଓଡ଼ିଶା ସରକାର ତାହା ହିଁ ଚାହୁଁଛନ୍ତି; କିନ୍ତୁ ପୋଲିସ୍ ସାହେବଙ୍କ ଜେଜେବାପା କୁଆଡ଼େ ଥିଲେ ଜଣେ ଗାନ୍ଧିବାଦୀ ସର୍ବୋଦୟ ନେତା। କୋରାପୁଟର ଗାନ୍ଧିବାଦୀ ସର୍ବୋଦୟ ନେତା ବିଶ୍ୱନାଥ ପାଟ୍ଟଯୋଷୀ ଡମ୍ବରୁ ଦୋରାକୁ ଗାନ୍ଧିମନ୍ତ୍ର ଶୁଣାଇ ଅହିଂସ ସତ୍ୟାଗ୍ରହ କରିବା ପାଇଁ ମତାଇ ଦେଇଛନ୍ତି। ସେଥିପାଇଁ ହିଂସ୍ର ନକ୍ସଲ ନେତା ଡମ୍ବରୁ ଦୋରା ରାମଧୁନ୍ ଗାଇ ନଣ୍ଡା ପାହାଡ଼ ଅଞ୍ଚଳକୁ ଲମ୍ବି ଯାଇଥିବା ରାସ୍ତା ଅବରୋଧ କରି ବସିରହିଛି। ଆଉ ସର୍ବୋଦୟ ନେତାଙ୍କ ନାତି ପୋଲିସ୍ ସାହେବ ନକ୍ସଲ ମୁହଁରେ ଗାନ୍ଧିବାଣୀ ଶୁଣି ଏମିତି ମଜି ଯାଇଛନ୍ତି ଯେ, ତା' ଦେହରେ ପୋଲିସ୍‌କୁ ଟିପ ଛୁଇଁବାକୁ ଦେଉନାହାନ୍ତି।

ଜର୍ମାନୀ କମ୍ପାନୀର ପି.ଆର.ଓ.ଙ୍କ ମୁହଁରୁ ସବୁକଥା ଶୁଣି ସାରିଲା ପରେ ଜାହ୍ନବୀର ଛାତିରେ ପବନ ଅଟକିଗଲା। ପରିବେଶ ସୁରକ୍ଷା ପାଇଁ ସ୍ଥାନୀୟ ଆଦିବାସୀମାନଙ୍କ ସତ୍ୟାଗ୍ରହ ପ୍ରତି ତାଙ୍କର ଯେ ସମର୍ଥନ ଥାଇପାରେ, ସେଥିରେ ଅବିଶ୍ୱାସ କରିବାର କିଛି ନାହିଁ।

ସେ ପଚାରିଲା- ମତେ ଏସବୁ କଥା କହୁଛନ୍ତି କାହିଁକି ? ମୁଁ ଏଥିରେ ଆପଣଙ୍କୁ ଅବା କ'ଣ ସାହାଯ୍ୟ କରିପାରିବି ?

- ଆପଣ ପୋଲିସ୍ ସାହେବଙ୍କୁ ଏତିକି ଅନୁରୋଧ କରିବେ- ହିଂସ୍ର ନକ୍ସଲ ନେତା ଡମ୍ବରୁ ଦୋରାକୁ ବଞ୍ଚାଇବା ପାଇଁ ସେ ଯେପରି ଓଡ଼ିଶାର ଦଶ ହଜାର କୋଟି

ଡଲାର ପ୍ରକଳ୍ପକୁ ବିରୋଧ ନ କରନ୍ତି। କାରଣ ଏଇ ମେଗା ପ୍ରୋଜେକ୍ଟ କାର୍ଯ୍ୟକାରୀ ହେଲେ ଅନୁନ୍ନତ ମାଳ ଅଞ୍ଚଳର ଭାଗ୍ୟ ବଦଳିଯିବ। ବାସଚ୍ୟୁତ ଆଦିବାସୀମାନଙ୍କୁ କମ୍ପାନୀ ନିଜ ଖର୍ଚ୍ଚରେ ପକ୍କା ବାସଗୃହ ଯୋଗାଇଦେବ। କାରଖାନା ଅଣକୁଶଳୀ ଶ୍ରମିକ ଭାବରେ ସେମାନଙ୍କୁ କାମ ମଧ୍ୟ ଯୋଗାଇ ଦେବ। କୋରାପୁଟର ଭାଗ୍ୟ ପରିବର୍ତ୍ତନରେ ପ୍ରଧାନ ପ୍ରତିବନ୍ଧକ ଡମ୍ବରୁ ଦୋରା ମୁଣ୍ଡ ଉପରୁ ସେ କେବଳ ତାଙ୍କର ଅଭୟ ହାତ ଉଠାଇନିଅନ୍ତୁ। ତା'ନହେଲେ-

- ତା'ନହେଲେ ?

- ତା'ନହେଲେ ସେ ନିଜେ ବିପଦରେ ପଡ଼ିପାରନ୍ତି, ଆମେ ତାହା ଚାହୁଁ ନାହୁଁ। ଆପଣ ଆମର ଇଚ୍ଛା ଥରେ ତାଙ୍କୁ ଜଣାଇଦିଅନ୍ତୁ। ଆପଣ ହିଁ କେବଳ ଡମ୍ବରୁ ଦୋରା ପ୍ରତି ଥିବା ତାଙ୍କର ଭୁଲଧାରଣା ଦୂର କରିପାରିବେ।

କଥା ଶେଷ କରିବା ମାତ୍ରେ ଚେୟାର ଉପରୁ ଉଠି ଠିଆ ହୋଇଗଲେ ଜର୍ମାନ୍ କମ୍ପାନୀର ପବ୍ଲିକ୍ ରିଲେସନ୍ ଅଫିସର ଦୀପକ ସାମନ୍ତରାୟ। ତାଙ୍କ ଗାଡ଼ି ଯିବାର ଶବ୍ଦ ଶୁଣିପାରିଲା ଜାହ୍ନବୀ। ସେଦିନ ରାତିରେ ଜୟନ୍ତଙ୍କୁ ଟେଲିଫୋନ୍‌ରେ ସେ କହିଥିଲା- ମୁଁ କେବେ ତମକୁ କୌଣସି କଥା ପାଇଁ ଅନୁରୋଧ କରିନାହିଁ। କୋରାପୁଟରେ ପ୍ରସ୍ତାବିତ ମେଗା ଆଲୁମିନିୟମ୍ କାରଖାନାର ପି.ଆର.ଓ. ଦୀପକ ସାମନ୍ତରାୟଙ୍କଠାରୁ ସବୁ କଥା ଶୁଣିଲା ପରେ ମୋର ହୃଦ୍‌ବୋଧ ହୋଇଛି ଯେ ସେ କାରଖାନା କରାଇନଦେବା ପାଇଁ ଗାନ୍ଧିବାଦୀ ଛଦ୍ମବେଶରେ ନକ୍ସଲନେତା ଡମ୍ବରୁ ଦୋରା ଯେଉଁ ଆନ୍ଦୋଳନ ଚଳାଇଛନ୍ତି, ତମେ ତା'ର ପୃଷ୍ଠପୋଷକତା କରୁଛ। କେନ୍ଦ୍ର ସରକାର ନକ୍ସଲ ଆନ୍ଦୋଳନକୁ ନିଷିଦ୍ଧ ଘୋଷଣା କରିଛନ୍ତି। ତୁମେ କେନ୍ଦ୍ର ସରକାରଙ୍କ ଦ୍ୱାରା ନିଯୁକ୍ତ ଜଣେ ଆଇ.ପି.ଏସ୍. ଅଫିସର୍। ସରକାରଙ୍କ ଦ୍ୱାରା ନିଷିଦ୍ଧ ଘୋଷିତ ଏକ ସନ୍ତ୍ରାସବାଦୀ ସଂଗଠନର ପୃଷ୍ଠପୋଷକତା କରିବା ଆତ୍ମଘାତୀ କାର୍ଯ୍ୟ। ତମେ ଏଭଳି ଦେଶଦ୍ରୋହୀ କାର୍ଯ୍ୟରୁ ବିରତ ରହିବାକୁ ମୋର ଅନୁରୋଧ।

ଜୟନ୍ତ କୌଣସି ଉତ୍ତରଦେବା ଆଗରୁ ମୋବାଇଲ୍ ବନ୍ଦ କରିଦେଲା ଜାହ୍ନବୀ।

ଅଷ୍ଟମ

ସେଦିନ ମଧ୍ୟରାତ୍ରିରେ ନଣ୍ଡାପାହାଡ଼ ତଳି ଆଦିବାସୀ ପଡ଼ାରେ ନିଆଁ ଲାଗିଗଲା। ଜଳିଗଲା ସବୁ ଝାଟିମାଟି ଚାଳଘର। ପଡ଼ାର ପୁରୁଷମାନେ ପ୍ରବେଶପଥ ଅବରୋଧ କରି ସତ୍ୟାଗ୍ରହରେ ବସିଥିଲେ। ଝୁମ୍ପୁଡ଼ି ଘରେ ଥିଲେ ବୁଢ଼ାବୁଢ଼ୀ, ଛୁଆପିଲା ଆଉ ତିରିଲା ଲୋକେ।

ସତ୍ୟାଗ୍ରହୀମାନେ ଶୀତର ଅତ୍ୟାଚାରରୁ ନିଜକୁ ବଞ୍ଚାଇବା ପାଇଁ ଶୁଖିଲା କାଠ, କାଠିକୁଟା ଜାଳି ନିଆଁ ପୋଉଁଥିଲେ। ପଡ଼ା ଭିତରୁ ଚାଳଘର ପୋଡ଼ି ଯାଉଥିବା ଦୃଶ୍ୟ ଆଉ କାନ୍ଦବୋବାଳି ଶୁଣି ସେମାନେ ଦଉଡ଼ିଲେ ଜଳିଯାଉଥିବା ଘରୁ ଛୁଆପିଲାଙ୍କୁ ଉଦ୍ଧାର କରିବାପାଇଁ।

ପଡ଼ାର ଯେଉଁ ଧାଙ୍ଗଡ଼ାମାନେ ରାତିରେ ଲାଠି ଧରି ପହରା ଦେଉଥିଲେ ସେଇମାନେ ଘରେ ନିଆଁ ଲାଗିବା ମାତ୍ରେ ଘର ଭିତରେ ଥିବା ମଣିଷମାନଙ୍କୁ କଞ୍ଚା ନିଦରୁ ଉଠାଇ ବାହାରକୁ ନେଇ ଆସିଥିଲେ। ସେମାନେ ଘର ଭିତରେ ପଶି ଲୋକଙ୍କୁ ବାହାରକୁ ଟେକିନେଇ ଆସିବା ଫଳରେ ଲୋକେ ବଞ୍ଚିଗଲେ; କିନ୍ତୁ ଅଧ ରାତିରେ ଯେଉଁ ଦୁର୍ବୃତ୍ତ ଘର ଚାଳରେ ମାଟିତେଲ ଢାଳି ନିଆଁ ଲଗେଇଦେଲେ, ସେମାନଙ୍କୁ ଧରିପାରିଲେ ନାହିଁ। ତେବେ ସତ୍ୟାଗ୍ରହ ସ୍ଥଳ ଛାଡ଼ି ଡମ୍ବରୁ ଦୋରା ଆଉ ତାଙ୍କ ସାଥୀମାନେ ଜଳି ଯାଉଥିବା ଘରର ନିଆଁ ଲିଭାଇବା ପାଇଁ ଦୌଡ଼ି ଦୌଡ଼ି ଆସୁଥିବାବେଳେ ସେମାନଙ୍କୁ ଦେଖି ଚୋରଙ୍କ ଭଳି ପଳାଉଥିବା ପୋଲିସ୍ ପୋଷାକପିନ୍ଧା ଜଣେ ଲୋକ ସେମାନଙ୍କ ପାଖରେ ଧରା ପଡ଼ିଗଲା। ତା'ର ଗୋଟିଏ ହାତରେ ମାଟିତେଲର ଟିଣ ଆଉ ଆର ହାତରେ ଥିଲା ପିସ୍ତଲ। ସତ୍ୟାଗ୍ରହୀମାନଙ୍କ ମଧ୍ୟରୁ ଦୁଇଜଣ ତାକୁ ଦଉଡ଼ି ଯାଇ ଧରିପକାଇବା ମାତ୍ରେ ଅଗ୍ନି ଉଦ୍‌ଗୀରଣ କରି ତା'ର ପିସ୍ତଲରୁ ଗୋଟାଏ ଗୁଳି ଛୁଟିଆସି ସୁଗ୍ରୀବ ଦାନିର ବାମପଟ କାନ୍ଧ ଭେଦିଗଲା। କିନ୍ତୁ ସୁଗ୍ରୀବ ତା' ବାମପଟ କାନ୍ଧରୁ ପିଚ୍‌ପିଚ୍ ବାହାରୁଥିବା ରକ୍ତ ଓ ତଦ୍‌ଜନିତ ଯନ୍ତ୍ରଣାକୁ ଖାତିର ନକରି ଡାହାଣ ବାହୁରେ ସେ ପୋଲିସ୍ ପୋଷାକପିନ୍ଧା ଲୋକକୁ କାବୁ କରିନେଲା। ଅନ୍ୟମାନେ ତା' ହାତରୁ ପିସ୍ତଲ ଛଡ଼ାଇ ନେଇ ସେ ଲୋକକୁ ନେଇ ପୋଡ଼ି ଯାଉଥିବା ଜଳନ୍ତା ଘରର ନିଆଁ ଭିତରକୁ ଠେଲି ଜାଳିଦେବାକୁ ବାହାରିଥିଲେ।

ବାଧା ଦେଲା ଗିରିଜନ ମହାସଭାର ମୁଖିଆ ଡମ୍ବରୁ ଦୋରା। ଏ ଘରପୋଡ଼ା ବାନ୍ଦରକୁ ପୋଡ଼ିଜାଳି ମାରିଦେଲେ, ଏ ଲୋକ କିଏ, କିଏ ତାକୁ ରାତି ଅଧରେ ଆମ ପଡ଼ାର ଚାଳଘରେ ନିଆଁ ଲଗାଇବାକୁ ପଠାଇଥିଲା ଜଣାପଡ଼ିବ ନାହିଁ। ଏ ଘରପୋଡ଼ି ଜଣେ ଲୋକର କାମ ନୁହଁ- ଏ ଲୋକକୁ ମାରିଦେଲେ ଅନ୍ୟମାନେ ଖସିଯିବେ। ଏ ଲୋକକୁ ଶାଳ ଗଛରେ ବାନ୍ଧି ରଖ। କାଲି ଗିରିଜନ ମହାସଭାର ମେଳାରେ ଏହାର ବିଚାର ହେବ।

ଏତିକିବେଳେ ସୁଗ୍ରୀବ ଜାନି ଗୁଳିବିଦ୍ଧ କାନ୍ଧର ଯନ୍ତ୍ରଣା ସହିନପାରି ସେଇ ମାଟିରେ ଚେତା ହରାଇବସିଲା। ତାକୁ ଟେକିନେଇ ମଣ୍ଡିଘରେ ଶୁଆଇଦେଇ ଦେଖାଗଲା ଗୁଳିଟା ତା' କାନ୍ଧରେ ବାଜି ଛିଟିକିଯାଇଛି। ତା' କାନ୍ଧଭେଦି ଅଟକି ରହିନାହିଁ।

ପୋଲିସ୍ ପୋଷାକ ପିନ୍ଧା ଘରପୋଡ଼ା ବାନ୍ଦରକୁ ବଳଦ ପଘା ଦଉଡ଼ିରେ ଗଛରେ ବାନ୍ଧି ସାରିଲା ବେଳକୁ ରାତି ପାହି ସକାଳ ହୋଇଗଲା।

ତା' ଆରଦିନ ସକାଳୁ କଲେକ୍ଟର ମିଶ୍ର ବାବୁ ଆଉ ଏସ୍.ପି. ଜୟନ୍ତ ପଟ୍ଟନାୟକ ପାଖରେ ଖବର ପହଞ୍ଚିଲା ନଣ୍ଡା ପାହାଡ଼ ତଳ ଆଦିବାସୀ ପଡ଼ାରେ ଚାଳଘରେ ନିଆଁ ଲାଗି ଏଗାରଟା ଘର ପୋଡ଼ି ପାଉଁଶ ହୋଇଯାଇଛି। କୋରାପୁଟ ପୋଲିସ୍ ସେମାନଙ୍କ ଘରେ ନିଆଁ ଲଗାଇ ଦେଇଛନ୍ତି ବୋଲି ଆଦିବାସୀମାନେ କାନ୍ଧରେ ଧନୁ ଓ ହାତରେ ତୀର ଧରି ଥାନା ଉପରେ ଆକ୍ରମଣ କରିବାକୁ ସଜବାଜ ହେଉଛନ୍ତି। ଡମ୍ବରୁ ଦୋରା ଆଦିବାସୀମାନଙ୍କୁ ତତାଇ ସରକାର ବିରୁଦ୍ଧରେ ଆଦିବାସୀମାନଙ୍କୁ ମେଳି କରୁଛି।

ପୋଲିସ୍ ଫୋର୍ସ ନେଇ ଆଦିବାସୀ ବିଦ୍ରୋହୀମାନଙ୍କ ମୁକାବିଲା କରିବା ଲାଗି ଏସ୍.ପି. ଜୟନ୍ତ ପଟ୍ଟନାୟକ ନିଜେ ବାହାରିଥିଲେ। କଲେକ୍ଟର ମିଶ୍ର ବାରଣ କଲେ। ଉତ୍ୟକ୍ତ ଆଦିବାସୀମାନଙ୍କ ମୁକାବିଲା କରିବା ପାଇଁ ସେ ସବ୍‌ଇନ୍‌ସପେକ୍ଟର ନବଘନ ମହାନ୍ତିଙ୍କୁ ପଠାଇଲେ। ପୋଲିସ୍ ଫୋର୍ସ ନେଇ ଯିବାକୁ ମନାକଲେ ନବ ମହାନ୍ତି, ଏସ୍.ଆଇ। ପୋଲିସ୍ ଫୋର୍ସ ସାଙ୍ଗରେ ନେଇଗଲେ ଉତ୍ୟକ୍ତ ଆଦିବାସୀମାନଙ୍କ ସହ ସଂଘର୍ଷ ହେବ। ପରିଣତି ଭଲ ହେବନାହିଁ ବୋଲି କଲେକ୍ଟର ମଧ୍ୟ ଫୋର୍ସ ପଠାଇବା ସପକ୍ଷରେ ନଥିଲେ।

ନବ ମହାନ୍ତି ଗଲେ ଏବଂ ଏନ୍‌କାଉଣ୍ଟରରେ ନକ୍ସଲ ନେତା ଡମ୍ବରୁ ଦୋରାଙ୍କୁ ଗୁଳିକରି ହତ୍ୟାକରି ଫେରିଲେ। କିନ୍ତୁ ଏନ୍‌କାଉଣ୍ଟରରୁ ଜଣା ପଡ଼ିଲା ହାତରେ ତ୍ରିରଙ୍ଗା ଝଣ୍ଡା ଧରି ପ୍ରତିବାଦୀ ଆଦିବାସୀମାନଙ୍କ ନେତୃତ୍ୱ ନେଇ ଡମ୍ବରୁ ଦୋରା ଆସୁଥିବାବେଳେ ଫେକ୍ ଏନ୍‌କାଉଣ୍ଟର୍‌ରେ ଏସ୍.ଆଇ. ନବ ମହାନ୍ତି ତାଙ୍କୁ ଖୁନ୍ କରିଛି। ଶୋଭାଯାତ୍ରାରେ କଲେକ୍ଟରଙ୍କୁ ଦେଖା କରିବାକୁ ଆସୁଥିବା ଆଦିବାସୀମାନଙ୍କ କାନ୍ଧରେ ଧନୁ ନଥିଲା କି ହାତରେ ତୀର ନଥିଲା। ସେମାନେ ସମସ୍ତେ ହାତରେ ଧରିଥିଲେ ତ୍ରିରଙ୍ଗା ଜାତୀୟ ପତାକା।

ପୋଲିସ ଇନ୍‌କ୍ୱାରୀ ରିପୋର୍ଟ ଆଧାରରେ ଏସ୍.ପି. ଜୟନ୍ତ ପଟ୍ଟନାୟକ ଏସ୍.ଆଇ. ନବଘନ ମହାନ୍ତିଙ୍କୁ ଚାକିରିରୁ ସସ୍‌ପେଣ୍ଡ୍ କଲେ।

କିନ୍ତୁ ଏସ୍.ଆଇ. ନବଘନ ମହାନ୍ତିଙ୍କୁ ଜାଲି ଏନ୍‌କାଉଣ୍ଟର୍‌ରେ ଏସ୍.ପି. ଶ୍ରୀ ପଟ୍ଟନାୟକଙ୍କ କାର୍ଯ୍ୟରୁ ନିଲମ୍ବିତ କରିବା ତାଙ୍କ ପାଇଁ ମହଙ୍ଗା ପଡ଼ିଲା। ନଣ୍ଡା ପାହାଡ଼ ତଳି ଅରଣ୍ୟାଞ୍ଚଳରେ ଜର୍ମାନୀ ମଲ୍ଟିନାସ୍‌ନାଲ୍ କମ୍ପାନୀ ଆଲୁମିନିୟମ୍ କାରଖାନା ବସାଇବାରେ ଗିରିଜନ ମହାସଭାର ମୁଖିଆ ଡମ୍ବରୁ ଦୋରା ଥିଲା ପ୍ରଧାନ ପ୍ରତିବନ୍ଧକ। ସେ କଣ୍ଟାକୁ ଏନ୍‌କାଉଣ୍ଟର୍‌ରେ କାଢ଼ି ଫୋପାଡ଼ି ଦେବା ପାଇଁ ଏସ୍.ଆଇ. ନବ ମହାନ୍ତିଙ୍କୁ

ଦାୟିତ୍ୱ ଦେଇଥିଲେ କଲେକ୍ଟର ଆଇ.ଏ.ଏସ୍. ଗୋବର୍ଦ୍ଧନ ମିଶ୍ର। ଯେକୌଣସି ଉପାୟରେ ନଣ୍ଡା ପାହାଡ଼ ଅରଣ୍ୟାଞ୍ଚଳରୁ ଆଦିବାସୀ-ମାନଙ୍କୁ ହଟାଇ ତୁରନ୍ତ ଅଧିକୃତ ଜମିକୁ ଜର୍ମାନୀ କମ୍ପାନୀ ହାତରେ ଅର୍ପଣ କରିବାକୁ ଓଡ଼ିଶା ସରକାର ମଧ୍ୟ କଲେକ୍ଟରଙ୍କ ଉପରେ ଚାପ ପ୍ରୟୋଗ କରୁଥିଲେ। ଅରଣ୍ୟାଞ୍ଚଳରେ ଆଦିବାସୀମାନଙ୍କ ଜୀବନ ଓ ଜୀବିକା ଏବଂ ପରିବେଶ ଦୂଷଣ ଅପେକ୍ଷା କୋରାପୁଟରେ ଦଶ ହଜାର କୋଟି ଡଲାର ଶିଳ୍ପ ପ୍ରତିଷ୍ଠା ଥିଲା ସରକାରଙ୍କ ପ୍ରାଥମିକତା। ପୋଲିସ୍ ଆଚରଣବିଧି ଅନୁସାରେ ଫେକ୍ ଏନ୍‌କାଉଣ୍ଟର୍‌ରେ ଶତ୍ରୁ ସଂହାର ଏକ ଜଘନ୍ୟ ଅପରାଧ। ଏସ.ଆଇ. ନବଘନ ମହାନ୍ତି ସେଭଳି ଅପରାଧ କରିବା ଲାଗି କଲେକ୍ଟରଙ୍କ କଥାରେ ରାଜି ହେଉନଥିଲେ। ସରକାରୀ ଚାକିରି ହରାଇଲେ ମଧ୍ୟ ଜର୍ମାନୀ କମ୍ପାନୀର କୋରାପୁଟ କାରଖାନାରେ ମୋଟା ଟଙ୍କାରେ ସିକ୍ୟୁରିଟି ଅଫିସର ଭାବରେ ନିଯୁକ୍ତି ପାଇବାର ପ୍ରତିଶ୍ରୁତି ମିଳିବା ପରେ ତାଙ୍କର ମତ ପରିବର୍ତ୍ତନ ଘଟିଥିଲା। ଡମ୍ବରୁ ଦୋରାକୁ ଜଣେ ନକ୍ସଲ ସନ୍ତ୍ରାସବାଦୀ ଭାବରେ ଚିତ୍ରଣ କରି ସେଦିନ ସେ ଏନ୍‌କାଉଣ୍ଟର୍‌ରେ ତା ଉପରକୁ ଗୁଳି ଚଳାଇଥିଲେ। ସେଥିପାଇଁ ଏସ୍.ପି. ତାଙ୍କୁ ଜଣେ ନିରପରାଧ ଆଦିବାସୀ ନେତାଙ୍କୁ ଖୁନ୍ କରିଥିବା ଅପରାଧରେ କାର୍ଯ୍ୟରୁ ନିଲମ୍ବନ କଲାପରେ କୋରାପୁଟର ଅନ୍ୟ ପୋଲିସ କର୍ମଚାରୀମାନେ ଏସ.ପି.ଙ୍କ କାର୍ଯ୍ୟାନୁଷ୍ଠାନ ପ୍ରତିବାଦରେ କାମବନ୍ଦ ଆନ୍ଦୋଳନ ଆରମ୍ଭ କରିଦେଲେ।

ଏସ୍.ପି. ଜଣେ ନକ୍ସଲ ସମର୍ଥକ, ଜେ.ଏନ୍.ୟୁ.ରେ ପଢ଼ିଲାବେଳେ ସେ ଉଗ୍ର ବାମପନ୍ଥୀ ଭାବଧାରା ଦ୍ୱାରା ପ୍ରଭାବିତ ହୋଇଥିଲେ। କୋରାପୁଟ ମାଓବାଦୀ ନକ୍ସଲ ସଂଗଠନ ସହିତ ତାଙ୍କର ଗୋପନ ସମ୍ପର୍କ ରହିଛି। ସେଥିପାଇଁ ଛଦ୍ମବେଶୀ ଗାନ୍ଧିବାଦୀ ଅସଲ ନକ୍ସଲ ଡମ୍ବରୁ ଦୋରାର ଏନ୍‌କାଉଣ୍ଟର୍ ମୃତ୍ୟୁ ପାଇଁ ସେ ଏସ୍.ଆଇ. ନବ ମହାନ୍ତିଙ୍କୁ ଦାୟୀ କରି ସସ୍‌ପେଣ୍ଡ କରିଛନ୍ତି।

କୋରାପୁଟ ପୋଲିସ୍ କର୍ମଚାରୀମାନଙ୍କର ଦାବି ଥିଲା, ନବଘନ ମହାନ୍ତିଙ୍କ ଉପରୁ ନିଲମ୍ବନ ଆଦେଶ ପ୍ରତ୍ୟାହାର କରି ନିଆଯାଉ ଏବଂ ନକ୍ସଲ ସନ୍ତ୍ରାସର ସମର୍ଥକ ଏସ୍.ପି. ଜୟନ୍ତ ପଟ୍ଟନାୟକଙ୍କୁ ଗିରଫ କରି ଜେଲରେ ଭର୍ତ୍ତି କରାଯାଉ।

କଲେକ୍ଟର ଗୋବର୍ଦ୍ଧନ ମିଶ୍ର ପୋଲିସ୍ କର୍ମଚାରୀମାନଙ୍କ ଦାବି ମାନିନେଇ ଓଡ଼ିଶା ସରକାରଙ୍କ ପାଖକୁ ଏକ ରିପୋର୍ଟ ପଠାଇଲା ପରେ ଓଡ଼ିଶା ସରକାରଙ୍କ ସୁପାରିଶ ଅନୁସାରେ ନିଷିଦ୍ଧ ନକ୍ସଲ ଆନ୍ଦୋଳନର ପୃଷ୍ଠପୋଷକତା କରୁଥିବା ଜୟନ୍ତ ପଟ୍ଟନାୟକଙ୍କୁ କେନ୍ଦ୍ର ସରକାର ଆଇ.ପି.ଏସ୍. ଚାକିରିରୁ ବହିଷ୍କାର ଘୋଷଣା କଲେ।

ଏସବୁ ଘଟଣା ଏତେ ଦ୍ରୁତ ବେଗରେ ଘଟିଗଲା ଯେ ଜୟନ୍ତ ଆତ୍ମପକ୍ଷ ସମର୍ଥନ

କରି ଜର୍ମାନୀ ମଲ୍‌ଟିନାସ୍‌ନାଲ୍ କମ୍ପାନୀର ଚକ୍ରାନ୍ତର ଅସଲ ଚେହେରା ଜନଗଣଙ୍କ ସାମ୍ନାରେ ତୋଳି ଧରିବାର ସୁଯୋଗ ପାଇଲା ନାହିଁ।

ସେ ମାଓବାଦୀ ନକ୍ସଲ ଆନ୍ଦୋଳନର ସମର୍ଥକ ନଥିଲା କିମ୍ବା କୋରାପୁଟରେ ଆଲୁମିନିୟମ୍ କାରଖାନା ପ୍ରତିଷ୍ଠାର ବିରୋଧୀ ନଥିଲା। ନଣ୍ଡା ପାହାଡ଼ ତଳେ ଥିବା ମୂଲ୍ୟବାନ ଖଣିଜ ପଦାର୍ଥ ଲୁଟ୍ କରିବା ପାଇଁ ପାହାଡ଼କୁ ତାଡ଼ି ଫୋପାଡ଼ିଦେବା, ଜଙ୍ଗଲର ଗଛ କାଟି ସଫା କରିବା ଫଳରେ ଏ ଅରଣ୍ୟାଞ୍ଚଳର ପରିବେଶ ନଷ୍ଟ ହେବାକୁ ସେ ବିରୋଧ କରୁଥିଲା। କିନ୍ତୁ ସେଥିପାଇଁ ତାକୁ ଏତେ ଅଧିକ କ୍ଷତି ସହିବାକୁ ପଡ଼ିବ ବୋଲି ସେ ଭାବିନଥିଲା।

ଆଇ.ପି.ଏସ୍. ଚାକିରିରୁ ବିତାଡ଼ିତ ହେଲାପରେ କୋରାପୁଟ ଛାଡ଼ି ସେ ନିଜ ଘରକୁ କଟକ ଫେରି ଯାଇଥିଲା।

କିନ୍ତୁ ଘରେ ପହଞ୍ଚିବା ମାତ୍ରେ ତାକୁ ଦେଖି ଘରର ଦରଜା ବନ୍ଦ କରିଦେଲା ଜାହ୍ନବୀ। ଝର୍କା ବାଟେ ମୁହଁ ଗଳାଇ ଜୟନ୍ତଙ୍କୁ କହିଲା- ତମେ ପୋଲିସ୍ ପୋଷାକ ପିନ୍ଧିଥିବା ଜଣେ ସନ୍ତ୍ରାସବାଦୀ ନକ୍ସଲ, ତମ ସହିତ ଘରସଂସାର କଲେ ମୋର ଅଧ୍ୟାପିକା ଚାକିରି ଯିବ ଆଉ ସିଦ୍ଧାର୍ଥର ଭବିଷ୍ୟତ ଅନ୍ଧକାରାଚ୍ଛନ୍ନ ହୋଇଯିବ। ଜଣେ ସନ୍ତ୍ରାସବାଦୀ, ଦେଶଦ୍ରୋହୀର ସ୍ତ୍ରୀ କିମ୍ବା ପୁଅ ଭାବରେ ଆମେ ଶାନ୍ତିରେ ରହିପାରିବୁ ନାହିଁ।

ତା'ପରେ ଜାହ୍ନବୀ ଢୋକ ଗିଳି କିଛି ସମୟ ନିଶ୍ଚଳ ଦୃଷ୍ଟିରେ ଜୟନ୍ତ ମୁହଁକୁ ଚାହିଁ ରହିଲା। ଅଶ୍ରୁସିକ୍ତ ଶୋକାଚ୍ଛନ୍ନ କଣ୍ଠରେ, କିଛିକ୍ଷଣ ପରେ କହିଲା- ମୋର ଶେଷ ଛୋଟ ଅନୁରୋଧ ସୁଦ୍ଧା ତମେ ରଖିଲ ନାହିଁ। ତା'ର ପରିଣତି ଏକା ତମକୁ ନୁହେଁ, ଆମ ସମସ୍ତଙ୍କୁ ଭୋଗ କରିବାକୁ ହେଲା। ସନ୍ତ୍ରାସବାଦୀ ଦେଶଦ୍ରୋହୀ ଭାବରେ କେନ୍ଦ୍ର ସରକାର ତମକୁ ଇଣ୍ଡିଆନ୍ ପୋଲିସ୍ ସର୍ଭିସରୁ ବିତାଡ଼ିତ କରିଛନ୍ତି ବୋଲି ଖବରକାଗଜରେ ବଡ଼ବଡ଼ ଅକ୍ଷରରେ ଛପା ହୋଇଗଲା ପରେ ମୋ ଆଖିରୁ ନିଦ ହଜିଯାଇଛି। ମୁଁ ଶେଷ ସିଦ୍ଧାନ୍ତ କରିସାରିଛି- ତମକୁ ଛାଡ଼ପତ୍ର ନଦେଇ ସୁଦ୍ଧା ତମକୁ ଛାଡ଼ି ପୁଅକୁ ନେଇ ମୁଁ ଅବଶିଷ୍ଟ ଜୀବନ କଟାଇଦେବି। ଝର୍କା ଖୋଲା ଥିଲେ ବି ତମ ଲାଗି ସବୁଦିନ ପାଇଁ ମୋ ହୃଦୟର ଦରଜା ବନ୍ଦ ହୋଇଯାଇଛି।

ଝର୍କା ପାଖରୁ ଜାହ୍ନବୀର ମୁହଁ ଅପସାରିତ ହୋଇଯିବା ପରେ ତା' ଚାରିପଟେ ସୂର୍ଯ୍ୟାସ୍ତ ପୂର୍ବରୁ ସନ୍ଧ୍ୟାର ଅନ୍ଧାର ଘୋଟି ଆସିଲା। ସେ ଅନୁଜ୍ଜ୍ୱଳ ଅନ୍ଧକାର ମଧ୍ୟରେ ଅଣ୍ଡାଳି ଅଣ୍ଡାଳି ବାଟ ଖୋଜି ପାଇଲା ନାହିଁ ଜୟନ୍ତ।

■

BLACK EAGLE BOOKS

www.blackeaglebooks.org
info@blackeaglebooks.org

Black Eagle Books, an independent publisher, was founded as a nonprofit organization in April, 2019. It is our mission to connect and engage the Indian diaspora and the world at large with the best of works of world literature published on a collaborative platform, with special emphasis on foregrounding Contemporary Classics and New Writing.